# 烟

马道远 著

山东文艺出版社

图书在版编目（CIP）数据

烟 / 马道远著 . —济南：山东文艺出版社，2023.7
ISBN 978-7-5329-6920-3

Ⅰ . ①烟… Ⅱ . ①马… Ⅲ . ①长篇小说—中国—当代 Ⅳ . ① I247.5

中国国家版本馆 CIP 数据核字（2023）第 106097 号

# 烟
YAN
马道远　著

| | |
|---|---|
| 主管单位 | 山东出版传媒股份有限公司 |
| 出版发行 | 山东文艺出版社 |
| 社　　址 | 山东省济南市英雄山路 189 号 |
| 邮　　编 | 250002 |
| 网　　址 | www.sdwypress.com |
| 读者服务 | 0531-82098776（总编室） |
| | 0531-82098775（市场营销部） |
| 电子邮箱 | sdwy@sdpress.com.cn |
| 印　　刷 | 山东临沂新华印刷物流集团有限责任公司 |
| 开　　本 | 710 毫米 ×1000 毫米　1/16 |
| 印　　张 | 31.5 |
| 字　　数 | 450 千 |
| 版　　次 | 2023 年 7 月第 1 版 |
| 印　　次 | 2023 年 7 月第 1 次印刷 |
| 书　　号 | ISBN 978-7-5329-6920-3 |
| 定　　价 | 68.00 元 |

版权专有，侵权必究。如有图书质量问题，请与出版社联系调换。

# 目录

| | | | | |
|---|---|---|---|---|
| 一 | 001 | | 十四 | 262 |
| 二 | 021 | | 十五 | 283 |
| 三 | 042 | | 十六 | 303 |
| 四 | 062 | | 十七 | 323 |
| 五 | 081 | | 十八 | 343 |
| 六 | 099 | | 十九 | 362 |
| 七 | 121 | | 二十 | 381 |
| 八 | 142 | | 二十一 | 400 |
| 九 | 163 | | 二十二 | 421 |
| 十 | 183 | | 二十三 | 441 |
| 十一 | 203 | | 二十四 | 461 |
| 十二 | 221 | | 二十五 | 479 |
| 十三 | 241 | | | |

# 目录

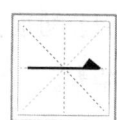

将陶明义送进日新小学,独自回到家里吃了点剩饭,屈蓉初连碗也没刷就坐在东间炕上,透过窗棂上的玻璃向院子里张望着。

刚刚过了元宵节,院子里还残留着鞭炮的碎屑。沐浴着正午的阳光,几点微红恍惚间骤然扩大,俨然一摊摊尚在四处蔓延的血迹。屈蓉初的身体禁不住哆嗦了几下,她叹息着将后背靠在西墙上,懒懒地凝视着挂在东墙上的全家福。略微有些模糊的全家福是民国十六年拍摄的,当时花了8块银元。因为疼钱,照片上的陶绍安很不自然,虽然脸上堆满了笑容;因为是第一次走进照相馆,照片上的陶明礼和陶明义非常兴奋,眼睛里洋溢着光彩,嘴角的笑意似乎在渐渐扩大。屈蓉初到当门里洗了块抹布,轻轻地擦去附着在相框以及玻璃上的灰尘,右手攥着抹布,继续凝视着照片上的陶明礼。

拍摄照片时的陶明礼刚刚过了16岁生日,依旧稚气未脱。谁知仅仅过了3年时间,陶明礼竟然长成了一个大小伙子,而且身材魁伟,眉宇间透着英俊和威严。陶绍安常常在英俊而又威严的儿子面前自惭形秽,据陶绍安说,陶明礼更像陶明礼早已去世的母亲。正如陶明礼不是屈蓉初的亲生儿子一样,陶明义也不是陶绍安的亲生儿子。望着照片上的陶明义,屈蓉初又一次想到了杳无音信的杨敬钊。陶明义已经13岁了,也就是说,

001

屈蓉初至少13年没有见到杨敬钊了。可是每次想到杨敬钊，屈蓉初的心里还是会荡起阵阵涟漪，说不上是苦涩还是幸福。她到当门里放下抹布，突然听到街门被敲响了。那敲门声很急促，要不是在白天，而且是正午，屈蓉初很容易想到劫匪或者暴徒。她匆忙跑到街门口，趴在门缝上向外张望着。

敲门人竟然是昨天赶往羊角沟的陶绍安，屈蓉初颇感意外。陶绍安满脸倦容，两只眼睛红红的，离家时背在身上的帆布包已不知去向。屈蓉初敲开街门，立刻闻到了浓浓的酒气。陶绍安迈进门槛，关闭街门，对着屈蓉初苦涩地一笑。屈蓉初转过身，跟在陶绍安身后问道："到底是怎么回事？"

"明礼他……"

陶绍安趔趄了一下，头也不回地走进当门里，坐在紧贴着北墙的方桌西侧。屈蓉初闭上北屋的房门，站在锅灶前问道："还没吃午饭吧。想吃点什么？"

"吃了。在火车上吃的。我是从羊角沟乘坐长途汽车赶到益都火车站，然后从益都火车站坐火车返回二十里堡的。"

"明礼呢？到底是怎么回事？"

"明礼他……"

陶绍安左臂撑着桌面，丫杈着伸直双腿，目光空洞地仰望着被炊烟熏黑了的房顶。屈蓉初用力咬了咬嘴唇，从方桌上拿起陶绍安经常使用的茶杯，泡上茶放在陶绍安身边。陶绍安坐直身子，端起茶杯吹了吹漂浮在水面上的茶叶，浓浓的酒气又在当门里飘散开来。屈蓉初侧着身子坐在方桌东侧，默默地注视着陶绍安。陶绍安双手捧着茶杯，背靠着墙壁叹息了一声，说道："明礼在羊角沟闯下了大祸，被巡警局抓起来了。"

屈蓉初心里一惊，急急地问道："到底是怎么回事？"

陶绍安喝了几口茶水，将茶杯放在方桌上说道："怎么回事？明礼把太古轮船公司羊角沟办事处主任的小舅子揍得鼻青脸肿……要不是会比划几下形意拳，明礼怎么敢惹是生非？我带去的50块大洋没起任何作用。明礼他……看来只好在监狱里吃几年苦头了。"

屈蓉初将陶绍安的茶杯里续满水，站在陶绍安面前说道："明礼不是惹是生非的孩子。他不可能轻易打人的。"

"我这个儿子真不如你那个儿子省心……看来陶记百货店要走出一位绿林英雄了。"

陶明礼是丹渊公司的董事长文澄怀特意招进丹渊公司的，他到丹渊公司羊角沟办事处任职刚刚半年时间，春节后离开二十里堡赶往羊角沟还不到10天时间。想到陶明礼在狱中有可能遭受的折磨，屈蓉初还是皱了皱眉头。她再次坐在方桌东侧，面无表情地注视着陶绍安。陶绍安摇摇晃晃地站起身，撩起东间的门帘迈进门槛，耷拉着双腿躺在炕上。屈蓉初独自坐在方桌旁，呼吸逐渐急促起来。她喝光陶绍安剩下的茶水，走进东间拎起一个枕头，用力摔到陶绍安脸上。陶绍安猛然坐起身，随即按着炕沿呕吐起来。屈蓉初等候陶绍安呕吐完了，从当门里端了一碗温水递给陶绍安，侧身坐在炕沿上。陶绍安漱了漱口，把碗交给了屈蓉初。屈蓉初端着碗走到当门里，又端着续满了水的茶杯走进了东间。她将茶杯交给背靠着西墙坐在炕上的陶绍安，再次问道："明礼为什么打人？"

"为什么打人？还不是逞能。"

陶绍安脱下鞋子，又躺在了炕上。

炕前里的呕吐物太熏人，屈蓉初没再说什么。她到院子里用铁锨铲了一些冻土压在呕吐物上面，随后将呕吐物连同冻土一起堆到院子西南角的柿子树下。虽然不是陶明礼的亲生母亲，但跟陶明礼相处了13年，屈蓉初对陶明礼还是产生了难以割舍的情感。她洗了洗手，钩起东间的门帘，再次坐在炕沿上。陶绍安勉强睁了睁眼睛，说道："明礼在小清河岸边闲逛，遇见一个小流氓调戏一个女学生，就把那个小流氓给揍了。那个小流氓仗着姐夫是太古轮船公司羊角沟办事处主任，反而诬陷明礼调戏女学生……"

"那个女学生难道不会给明礼做证吗？"

"那个女学生的父亲是太古轮船公司羊角沟办事处的职员，他敢违背顶头上司的意愿吗？"

陶绍安端起茶杯喝光里面的茶水，又将茶杯交给了屈蓉初。屈蓉初将茶杯里续满水，端着茶杯坐在炕沿上，沉默了。因为寒风不时地灌入，东间里的温度下降了许多，熏人的气味也减轻了许多。陶绍安失神地坐起身，双手搓了搓脸颊，呆呆地望着屈蓉初。屈蓉初将手里的茶杯递给陶绍安，双手夹在了大腿间。陶绍安端着茶杯靠近脸颊，想说什么，但没有发出任何声音。屈蓉初瞥了一眼陶绍安，低下头问道："真的没有一点办法了？"

"有一个人肯定能帮上忙，但我求他没用。"

"谁？"

"文澄怀。"

屈蓉初面对着陶绍安站在炕前里，目光冷冷的。陶绍安再次喝光茶杯里的茶水，随手将茶杯放在炕上，吞吞吐吐地说道："在回来的火车上我就想到他了。你只要开口，文澄怀肯定会帮忙的。表面上，我是陶明义的父亲，可实际上……陶明义真正的父亲，帮帮陶明义名义上的哥哥，也是应该的吧。"

"放你娘的屁！"

屈蓉初愤愤地走出东间，闭上北屋的房门，走进西间坐在陶明礼床上。陶明礼离开二十里堡到羊角沟之前，一直和陶明义住在西间里。他小时候涂抹在墙壁上的痕迹，大都被陶明义后来涂抹的痕迹覆盖了，不多的几处残留，依然透着顽皮和稚嫩。东间里的陶绍安很快就发出了鼾声，而且还不断地呓语。屈蓉初聆听着陶绍安时断时续的鼾声和呓语，又一次想到了杳无音信的杨敬钊，和同样生活在二十里堡但很少见面的文澄怀。

屈蓉初跟杨敬钊相识于民国五年。作为中华革命军东北军总司令部的作战参谋，杨敬钊驻扎在潍县火车站东北面的杜家庄；作为乐道院的学生代表，屈蓉初曾到杜家庄慰问东北军将士，并参加了一个盛大的联欢会。

就在那次联欢会上，屈蓉初和杨敬钊相识了。也许是被杨敬钊潇洒的身姿所吸引，也许是被护国讨袁的神圣使命所感召，屈蓉初回到乐道院办理了退学手续，随后加入了东北军。她和杨敬钊一起围困并攻打潍县城，在战场上产生的感情竟然像炮火一样热烈。袁世凯去世后，战争也就结束了。东北军和北洋政府停战和谈期间，屈蓉初妊娠反应强烈，不得不脱离了部队。当时担任东北军参谋长的蒋志清，也就是后来的蒋介石，多次调侃他们，说他们的爱情经过了战火洗礼。民国六年二月东北军开赴济南，杨敬钊就跟屈蓉初分手了，以后再也没有音信。

东北军离开潍县，屈蓉初随即品尝到了人生的苦酒。她和杨敬钊租住的小院子一片沉寂，曾经的欢笑再也没有响起。看着自己的肚子一天天鼓胀，屈蓉初对于杨敬钊的思念一天天减少，并且对于离开乐道院加入东北军的举动感到茫然。曾经热情的女佣因为得不到佣金不辞而别，即将到期的房租也没有着落，屈蓉初犹豫再三，鼓足勇气给文澄怀写了一封信。

屈蓉初父母早亡，11岁那年被卖到瞻可园，成了文澄怀母亲身边的小丫鬟。因为没有兄弟姐妹，文澄怀很快就喜欢上了屈蓉初。他像大哥哥一样呵护着屈蓉初，逐渐引起妻子沈漱芳的不满。基于对文澄怀的尊重，也基于对沈漱芳的保护，文澄怀的母亲派人将屈蓉初送进了美国人创办的乐道院，并且负担了相关费用。屈蓉初在乐道院读书期间，再也没有踏进瞻可园，只是听说文澄怀有了儿子，后来又听说老太太去世了，文澄怀成了瞻可园的主人。也是在乐道院读书期间，屈蓉初真正意识到了自己在社会上的位置，意识到了自己跟文澄怀之间的距离。就在房主下达逐客令的当天，文澄怀出现在屈蓉初面前。屈蓉初在信中没有提及腹中胎儿的父亲，文澄怀也没有询问。在文澄怀眼里，屈蓉初似乎还是瞻可园里那个没有长大的小姑娘。就在屈蓉初租住的小院子，文澄怀和屈蓉初曾经有过一次肌肤之亲，而且是唯一的一次，因为沈漱芳的突然出现，他们永远分开了。

陶绍安的鼾声越来越响，屈蓉初的思绪也越来越纷乱。她到东间里看了看鼾声大作的陶绍安，拉过一床被子轻轻地盖在陶绍安身上，又走出东间，放下了门帘。跟文澄怀一样，陶绍安也不知道屈蓉初的生命中曾经有过一个叫杨敬钊的人。虽然陶绍安常常在酒后提及文澄怀，并且将文澄怀当成了陶明义的生父，但屈蓉初丝毫不在意。她既然没有向文澄怀提及杨敬钊，更没有向陶绍安解释的必要了。陶绍安问急了，屈蓉初也只是否认文澄怀跟陶明义的父子关系。

陶绍安之所以对文澄怀耿耿于怀，是因为他和屈蓉初的婚事也是文澄怀撮合的。

陶绍安原是经常光顾二十里堡的小货郎，因为老婆死得早，经常带着陶明礼走街串巷。据陶绍安后来说，文澄怀曾经多次跟他攀谈，最后才说明了真情。按照陶绍安的说法，虽然捡了个破罐子，毕竟回家后又能吃上热饭了。屈蓉初急于给即将出生的孩子找个父亲，也就再次接受了命运的安排。文澄怀随后兑现了事先的承诺，帮助陶绍安在靠近车站东路的车站三街上开了一爿百货店。百货店开业后，文澄怀便在屈蓉初的视野里消失了，就像平静的水面落下了石块，涟漪渐渐散去，再也找不到痕迹。陶明义出生后，陶绍安虽然很尴尬，但也没有放弃自己该尽的义务。陶明义用过的尿布，几乎都是陶绍安洗涤晾晒的。

让屈蓉初极为感慨的是，陶明义过百日那天，陶绍安悄悄地将百货店更换了匾额，原先的"百货店"前面，增加了同样字体的"陶记"。第一次看到"陶记"二字，屈蓉初愣怔了半天。陶绍安将百货店冠以"陶记"，自然是自欺欺人之举，但屈蓉初还是感受到了陶绍安对新生活的热情。陶明义三岁那年，陶绍安将陶记百货店原先的三间门面增加至五间，而且除了集市日，尽量不让屈蓉初承担百货店的杂务。按照陶绍安的说法，屈蓉初主要的工作是培养陶明礼和陶明义。就算陶明义是文澄怀的儿子，如今也打上"陶记"的烙印了。

接受了陶绍安的建议，屈蓉初特意去了一趟乐道院。她从乐道院附近的旧书摊买了一套废弃的英语教材回到家中，在当门里的方桌旁静坐了很长时间。屈蓉初购买的英语教材跟她在乐道院使用的英语教材属于同一个版本，重新阅读那一篇篇曾经熟悉的课文，屈蓉初感觉尘封的往事扑面而来。反复出现在屈蓉初眼前的，除了自己曾经熟悉的乐道院和瞻可园，还有文澄怀和杨敬钊的身影。

屈蓉初决定亲自教授陶明礼和陶明义英语，主要还是因为二十里堡生活着众多的英国人和美国人。

二十里堡是伴随着胶济铁路的运营而诞生的一座具有异域风情的小城镇，尽管最初只是一片旷野。英美烟公司在二十里堡南面不远处的坊子试种烤烟成功，胶济铁路沿线地区迅速成为英美烟公司在华重要的烤烟种植基地。英美烟公司在二十里堡设立了南北两座烟叶复烤厂后，二十里堡在中国烟草界的地位越发重要，有的媒体甚至将二十里堡称作"中国的达勒姆"。而达勒姆，是英美烟公司第一任董事长詹姆斯·杜克的家乡，也是其事业的发祥地。

准确地说，二十里堡因胶济铁路而兴，因英美烟公司而盛。铁路是德国人建造的，但德国人并没有像他们所期望的那样成为永久的占有者。即使打败了德国人的日本人，也没能长久地占据胶济铁路，倒是控制了铁路沿线烟草种植区的英美人，越来越频繁地从二十里堡火车站进进出出。

常年生活在二十里堡，常年听到南腔北调的英语发音，屈蓉初似乎又回到了乐道院，又恢复了女学生的生活状态。她在辅导陶明礼和陶明义学习英语的同时，也开始大量地阅读英文小说，譬如《红字》，譬如《简·爱》，譬如《马丁·伊登》。陶绍安没有进过学堂，所认识的汉字大都与账目有关，但他看到屈蓉初低头读书的样子，倒是非常舒心。

陶绍安鼾声如雷，屈蓉初也产生了倦意。她到东间里给陶绍安掖了掖被子，脱掉鞋子上了炕。酒气依然在空气中弥漫着，但不再熏人了。屈蓉初枕着双手躺在炕上，聆听着陶绍安持续不断的鼾声，眼睛不自觉地闭上了。陶绍安很少打鼾，除非极度疲劳的时候。从二十里堡赶往羊角沟，再从羊角沟回到二十里堡，陶绍安仅仅用了两天时间，可谓风尘仆仆。屈蓉初侧过身子看了看躺在炕上一动不动的陶绍安，再一次想到了已经失去自由的陶明礼。

如雷的鼾声戛然而止，陶绍安咳嗽了一声。他挣扎着坐起身，背靠着西墙伸开了双腿。屈蓉初端起陶绍安用过的茶杯下了炕，重新泡了一杯茶递到陶绍安手里。陶绍安双手捧着茶杯，叹息着说道："为了明礼，我腿也跑了，钱也花了……该做的都做了。除了求文澄怀，再没有人可求了。"

屈蓉初瞅了一眼陶绍安，低下头坐在炕沿上。陶绍安到当门里洗了洗脸，回到东间里指了指挂在北墙上的挂钟，说道："你还是去求求文澄怀吧。他应该还在丹渊公司。"

丹渊公司全称丹渊经贸有限公司，坐落在二十里堡的达勒姆路东侧，从屈蓉初居住的白杨巷到丹渊公司，直线距离不超过1500米。可是真正走完这1500米，对于屈蓉初来说，的确需要鼓足勇气。这么多年来，一提到文澄怀，陶绍安总是酸溜溜的。他看到屈蓉初无动于衷，只好继续说道："不管怎么说，明礼也叫你妈。难道你愿意明礼继续在巡警局受折磨？如果文澄怀能将明礼保出来，你即使再上文澄怀的床，我也不说什么。"

"我跟你讲过多少次了。明义真的不是文澄怀的儿子。如果明义是文澄怀的儿子，他可能留在你身边吗？"

屈蓉初站起身，侧着身子向当门里走去。陶绍安转身抱住屈蓉初，说道："明礼是个好孩子。他受了委屈，我又没有办法，实在着急呀。你如果不愿意去求文澄怀，我只好去了。文澄怀即使答应帮忙，也是看你的面子。"

屈蓉初的眼睛里突然溢出了泪水。她双手搂着陶绍安的脖颈，啜泣道："咱们既然是夫妻，明礼和明义都是咱们的孩子……你何必说那些让我伤心的话呢？"

陶绍安双手捧着屈蓉初的脸颊，说道："我，一个走街串巷的小货郎，能够拥有你，实在是福分。我总担心这福分来得太突然，太容易，不长久。为了明礼，也为了我，你还是去求求文澄怀吧。明礼在巡警局遭了大罪。

我见到他时，他脸上还有血迹，衣服也被撕破了。"

屈蓉初一惊，嘴角的肌肉抽搐了一下。陶绍安揽着屈蓉初坐到炕沿上，耷拉着脑袋继续说道："我本不想将明礼挨打的事告诉你，可又管不住嘴。那些巡警收了我的银元，也许会对明礼好一些……我们这些小百姓，实在就是些猪狗，甚至还不如猪狗。可是，可是我们总还得活下去呀！"

屈蓉初挣脱陶绍安的怀抱，双手擦掉脸颊上的泪水，长长地叹息了一声。她到当门里洗了洗脸，回到东间里梳了梳头，换上了一身洁净衣服。陶绍安坐在炕沿上注视着屈蓉初，极力掩饰着脸上复杂的神情。屈蓉初对着陶绍安苦涩地一笑，走到当门里说道："你下午别去百货店了。明义放学前，我不一定能回家。"

因为火车站是二十里堡最初的建筑，二十里堡除了连接南北两个复烤厂的达勒姆路，其余的五条主要道路都以车站命名。南北走向跟铁路平行的两条街道自西向东依次为车站路和车站东路，东西走向跟铁路垂直的三条街道从北向南依次为车站一街、车站二街和车站三街。屈蓉初居住的白杨巷在车站三街北面、车站东路东侧，因为巷口的两棵白杨树而得名。那两棵白杨树在二十里堡建镇以前就有了，粗壮高大，像两把摩天巨伞。屈蓉初走出自家街门，踏着残存的积雪走到两棵白杨树之间的雪堆旁，停下脚步仰望着被树枝刺破的天空。

天空湛蓝，几朵白云随意点缀在树枝间，倒也增添了几分情趣。屈蓉初从车站东路向南拐上车站三路，又沿着车站三街走到达勒姆路路口。她望着东北面的丹渊公司略微停顿了片刻，最终还是迈开了脚步。达勒姆路在车站东路和铁路线之间，是二十里堡最繁华的街道，也是二十里堡最具欧美风情的街道。跟白杨巷的那两棵白杨树一样，达勒姆路两侧的法桐也掉光了叶子。屈蓉初经过一棵棵法桐，一步步靠近丹渊公司大门，心里越来越凄楚。因为寒冷，达勒姆路上的行人和车辆都很稀少，坐在丹渊公司门房里的保安团团丁似乎有些寂寞。听说文澄怀下午没来丹渊公司，而且上午也仅仅在丹渊公司待了很短时间，屈蓉初竟然感到了丝丝缕缕的失落。文澄怀不在丹渊公司，肯定会在瞻可园。难道自己真的要再次踏进瞻可园吗？屈蓉初走出丹渊公司，在达勒姆路东侧的一棵法桐树下站立了很长时间。

达勒姆路中段路西偏北处，也就是丹渊公司西北面，是闻名遐迩的芳菲苑。芳菲苑的大门大开着，英美烟公司中国分公司二十里堡经理处处长吉尔伯特，和芳菲苑的经理黄泓丽，面对面站在舞厅门前的大柳树下，热烈交谈着。林伊萍、邵佩珊以及四五位年轻舞女聚集在院子里，不时地发出笑声。吉尔伯特左手捏着一只雪茄，淡淡的烟雾不时地飘散在黄泓丽面前。屈蓉初听不清他们说什么，只是感觉他们的笑声透着戏谑。

达勒姆路的北首连通着车站二街，车站二街中央路北，便是英美烟公司二十里堡第一复烤厂的南门，东侧门垛上镌刻着"英美烟公司二十里堡第一复烤厂"。第一复烤厂南门紧闭，一名肩背步枪的保安团团丁在门前悠闲地吸着烟。屈蓉初从达勒姆路向东拐上车站二街，又一次来到日新小学门前。日新小学在车站二街跟车站东路交汇处西北角，校门朝南，校园的东墙紧靠着车站东路。因为正是课外活动时间，操场上一片喧腾，时高时低的歌声似乎减轻了天气的寒冷。屈蓉初瞥了一眼在操场上奔跑的小学生，快步踏上车站东路，又望见了白杨巷巷口的那两棵白杨树。

转了一圈，真的要返回家中吗？真的要放弃营救陶明礼的唯一希望吗？屈蓉初叹了一口气，无奈地摇了摇头。她对着从南面驶来的一辆黄包车摆了摆手，穿过车站东路站在一棵刺槐树下。除了白杨巷巷口的两棵白杨树，车站东路两侧长满了刺槐树。这些刺槐树是曾经统治二十里堡的德国人栽种的。每到刺槐花盛开时节，车站东路就会荡漾着甜甜的香气，可是栽种这些刺槐树的德国人早已无影无踪。伴随着德国人黯然消失的，还有他们曾经的雄心和豪迈的誓言。

车站二街和车站一街之间的车站东路西侧，除了靠近车站二街的日新小学的东墙，和靠近车站一街的二十里堡保安团的东墙，全部是第一复烤厂的东墙。车站东路东侧，却是一片旷野。旷野里除了连接潍县和安丘县的潍安汽车路，便是香火旺盛的斐非寺，和坐落在车站一街跟虞河交汇处的瞻可园。黄包车沿着车站东路拐上车站一街，又沿着车站一街向东穿过潍安汽车路，终于来到瞻可园的照壁前。屈蓉初下了黄包车，付了车费，并没有走向瞻可园那两扇半掩着的黑漆木门，而是继续向东，踏上了虞河西岸。

虽然虞河是白狼河的一条支流，但二十里堡却坐落在虞河和白狼河之间。在瞻可园生活了4年，屈蓉初对于跟瞻可园只有咫尺之遥的虞河自然是熟悉的。她靠近曾经多次驻足过的一棵柳树，拨开轻轻抖动的毫无生命色彩的柳丝，望着瞻可园高高的围墙，以及围墙内那座具有西洋风格的望云楼。虞河河面结了厚厚的冰，除了偶尔响起的冰层破裂的声音，同样没有一丝生命迹象。倒是斐非寺突然响起的钟声像涟漪一样荡漾开来，在屈蓉初耳边绵绵不绝地回响着。她望着夕阳的余晖长长地吸了几口气，走到瞻可园的园门前拍了拍扣环。园门吱吱嘎嘎地开启，周振武上下打量着屈蓉初，问道："你找谁？"

周振武是二十里堡保安团的摩托车驾驶员，他和保安团的参谋长程铭淮，临时充当了瞻可园的门卫。屈蓉初瞥了一眼周振武身上崭新的制服，犹犹豫豫地说出文澄怀的名字。听到是找文澄怀，周振武没再说什么。他将屈蓉初领进园门东侧的门房，交给了端坐在门房里的程铭淮。程铭淮已经听到了屈蓉初和周振武的对话，他对着周振武摆了摆手，盯着屈蓉初问道："你是……"

"我是文老板从前的佣人。"

程铭淮指了指靠近北墙的一张木排椅，说道："文老板有重要客人，现在不可能接待你。"

屈蓉初点了点头，讪讪地坐在木排椅上。

瞻可园的门房共两间房子，南北走向。西墙上除了房门，还有一扇玻璃窗。程铭淮没再理睬屈蓉初，他悠闲地吸着烟，透过窗玻璃懒懒地望着肃立在门房外面的周振武。屈蓉初同样没有跟程铭淮攀谈的兴趣，她望着程铭淮的侧影，谛听着西面传来的火车的汽笛声。程铭淮40多岁，屈蓉初所能看到的半张脸上，除了冷漠，还是冷漠。倒是火炉里的火越烧越旺，屈蓉初的脸颊和手脚渐渐有了暖意。程铭淮站起身，用卷烟指着屈蓉初身边的一台旧收音机说道："你如果没有要紧事，还是改日再来找文老板吧。你愿意等，也随你。这台收音机还能用，你如果闷得慌，可以听听收音机。"

屈蓉初站起身，还没来得及表示感谢，程铭淮已经走出门房，随手带上了房门。门房里异常安静，整个瞻可园也是一片死寂。屈蓉初重新坐在木排椅上，伸手打开收音机，顿时愣住了："蒋总司令致电阎锡山，对三全大会指派圈定代表办法进行申辩，并要阎锡山结束无益之辩论，停止不祥之举动，临崖勒马，维持和平。国民党中政会临时全体会议，决定下令讨伐阎锡山。"

屈蓉初在家里常听收音机，知道后来改称蒋介石的蒋志清担任了中华民国陆海空军总司令，知道山西省政府主席阎锡山在春节前，也就是小年那天就任了中华民国陆海空军副总司令。屈蓉初对于收音机里播放的内容并不能完全理解，但她知道蒋介石和阎锡山产生了难以化解的矛盾，有可能兵戎相见了。屈蓉初关于战争的记忆，印象最深的就是民国五年的那场护国讨袁战争。那场战争改变了屈蓉初的命运，也让她看到了炮火下血肉横飞的生命。双方将领战后把酒言欢的场景，曾经深深刺痛了屈蓉初。

在政客们眼里，芸芸众生实在贱如草芥啊！

收音机里还在喋喋不休，程铭淮又回到了门房。屈蓉初关闭收音机，对着程铭淮点了点头。程铭淮依然满脸冷漠，他将椅子往火炉旁靠了靠，不停地在火炉上方搓着双手。从北向南一阵轻轻的脚步声响过，二十里堡保安团副团长贺惟忠推开房门，刚想对着坐在火炉旁的程铭淮说些什么，随后惊讶地睁大了眼睛。屈蓉初见到贺惟忠，也是非常惊讶。她站起身，想说什么但又不知如何开口。贺惟忠也曾是瞻可园的仆人，不过那是20多年前的事了。他燃亮门房里的白炽灯，上下打量着屈蓉初，脸上堆满了笑意。二十里堡虽然不大，屈蓉初跟陶绍安结婚后还是第一次见到贺惟忠。她跟着贺惟忠走出门房，沿着院子中央的南北甬道向北走去。

瞻可园有条连通着东墙外虞河的小溪，叫匹练溪。匹练溪从东南角流进瞻可园，从东北角流出瞻可园，园门和望云楼之间的南北甬道上出现了三座小桥，从北向南依次为溪光桥、微吟桥和暗香桥。瞻可园得名于苏轼和文同，因为苏轼字子瞻，文同字与可。文同有诗作《洋州守居园池三十首》传世，苏轼有诗作《和文与可洋州园池三十首》传世，瞻可园就是根据苏轼和文同所传世的这60首诗的意境设计建造的。贺惟忠在暗香桥上停下脚步，抬起右手向北指了指灯火通明的望云楼，又指了指东面不远处没有一丝亮光的槐樱草堂，说道："你先到槐樱草堂等等吧，晚宴快要结束了。今晚的客人是陈主席的警卫营副营长，叫楚颖凯。楚颖凯急着赶火车。"

"陈主席？"

"就是山东省政府主席陈调元。"

"省政府主席竟然派人来瞻可园？"

"前一段时间，山西省政府主席阎锡山和河南省政府主席韩复榘，都派人来过瞻可园。"

贺惟忠带着屈蓉初走到槐樱草堂门前，推开房门，拉亮一盏白炽灯，匆匆离去了。

槐樱草堂南面的空地因为匹练溪分成了南北两部分，溪流北面生长着几棵刺槐树，溪流南面生长着几棵樱花树。不管是刺槐树还是樱花树，树枝都光秃秃的，在茫茫暮色中呈现一幅幅剪影。屈蓉初目送着贺惟忠消失在南北甬道上，并没有立刻走进槐樱草堂，而是站立在槐樱草堂门前，若有所思地张望着那些曾经熟悉的刺槐树和樱花树。

槐樱草堂是瞻可园的会客室，德国人控制胶济铁路期间，叫刺槐草堂；日本人控制胶济铁路期间，叫樱花草堂。槐樱草堂这一名称的最终确立，是在中华民国收回胶济铁路以后。槐樱草堂的"槐樱"，无疑指的是刺槐和樱花，而刺槐和樱花，无疑又象征了二十里堡历史上两个极其重要的时期。槐樱草堂共4开间，中间没有任何间隔。屈蓉初慢慢地迈进槐樱草堂的门槛，仿佛迈进了久远的历史。槐樱草堂的布局和陈设基本上没有变化，只是不见了袁世凯大总统的画像。屈蓉初在槐樱草堂转了一圈，随手从报架上拎起一摞《申报》，坐在白炽灯下面的圈椅上。除了火车站、复烤厂以及达勒姆路上的建筑，瞻可园是二十里堡唯一用电力照明的地方。再一次坐在白炽灯下，再一次阅读曾经熟悉的《申报》，屈蓉初感受最深的还是沧桑。

屈蓉初手中的《申报》是按照见报日期摞在一起的，1月22日的报纸上有一篇关于阎锡山在太原就任中华民国陆海空军副总司令宣誓典礼的综合报道，阎锡山提出的"整个的党，统一的国"出现在副标题中，特别醒目。2月10日的《申报》头版刊发了蒋介石致阎锡山的电报，措辞非常强硬，指出"中国今日危险已达极点，惟救国之事与祸国之罪，皆由我两人实负此责"。阎锡山对于蒋介石的指责并不示弱，2月11日的《申报》上登载的阎锡山致蒋介石的电报中，除了坚持"整个的党，统一的国"的主张，特别强调"武力统一不特不易成功，且不宜用之于民主党治天下"。阎锡山表示要"礼让为国""决意下野"，与蒋介石"共息仔肩"。

阎锡山和蒋介石虽然在隔空喊话，但战争的意味已经不言而喻。屈蓉初一张一张地翻阅着《申报》，脑海里反复出现的，还是她参与过的护国讨袁战争。不管是中华革命军东北军的将士，还是北洋军第五师的将士，都自视将正义的炮火射向了对方。枕藉的尸体，淋漓的鲜血，异常清晰地浮现在屈蓉初的脑海里。她叹息着将《申报》放回报架，神情恍惚地走到槐樱草堂门口，透过房门玻璃向外张望着。

天完全黑了，甬道上的路灯越来越亮。一辆黑色的凯迪拉克轿车在园门口慢慢停住，文澄怀下了车，对着车窗摆了摆手。屈蓉初分辨出文澄怀的身影，心里竟然有了一丝紧张，或者说激动。园门慢慢闭合，文澄怀穿过暗香桥，拐上了通往槐樱草堂的甬道。屈蓉初望着文澄怀的身影，感觉呼吸顿时急促起来。她悄悄地拽开房门，站在房门内侧。20多年前，也是在槐樱草堂，屈蓉初曾经躲在房门口恶作剧，惊吓过文澄怀。想到20多年前的情形，屈蓉初抬起右手理了理头发，下意识地摸了摸微微发烫的脸颊。文澄怀走到槐樱草堂门前，盯着屈蓉初的脸庞说道："听说你已经等了很长时间？"

"你有事。没关系的。"

文澄怀走进槐樱草堂，闭合房门，将里面的白炽灯全部拉亮了。虽然文澄怀还是那么亲切，甚至还像以前那样有些羞涩，但屈蓉初依然感到了某种程度的陌生。可能是为了接待重要客人，文澄怀的衣着特别讲究，身上的黑色呢子外套没有一丝褶皱，脚上的皮鞋也在白炽灯下闪着幽光。屈蓉初等候文澄怀坐在报架旁的一把圈手椅上，也在文澄怀对面的圈手椅上坐下了。她双手交叉着放在双腿上，想直接说出自己的请求，但又有些犹豫。文澄怀解开外套的衣扣，轻轻地转了转脖颈，说道："有一天在日新小学校门前，我遇到了一个叫陶明义的小男孩。他说是你的儿子。"

"他很调皮，一点也不用功。"

"谁小时候不调皮？不贪玩？"

"听说笃修小的时候，手里整天抱着书。听说笃修现在杜克大学读博士？"

"你在乐道院读书的时候，外籍教师大都是博士，博士有什么了不起？每个人的生命轨迹不尽相同，人生终点却是相同的。古今将相在何方，荒冢一堆草没了。"

"你现在是胶济铁路沿线的闻人，怎么会有这种感慨？"

"民国十七年十二月东北易帜，国家算是实现了统一，没想到才过了一年多时间，战端又要开启了。"

屈蓉初不知道应该说什么，只是低着头，等待文澄怀继续说下去。文澄怀发表了一通对于时局的感慨，逐渐失去了谈话兴趣。他对着屈蓉初尴尬地笑了笑，说道："将明礼派往羊角沟后，我也没来得及询问他的有关情况。他适应羊角沟的生活吗？经常给你写信吗？"

听到文澄怀主动提及陶明礼，屈蓉初轻松了许多。她收敛了勉强挤出的笑容，刚想说什么，房门突然开了。夏美云身着红色棉旗袍，花朵一样飘进槐樱草堂，揽着文澄怀的脖颈坐在文澄怀的膝盖上。文澄怀顿时显得非常尴尬，他拍了拍夏美云的后背，目光落到屈蓉初身上。夏美云好像突然发现了屈蓉初，她慌忙站起身，故作羞涩地推了推文澄怀，说道："原来还有客人呢，你也不早说一声。"

"这位是……"

屈蓉初站起身，也显得非常尴尬。

"我的三太太……"

"夏美云。"

夏美云抢先说出自己的名字，显然是不愿意屈蓉初称呼自己"三太太"。屈蓉初略一踟蹰，对着夏美云叫了声"文夫人"。这一声"文夫人"让夏美云的虚荣心得到了满足，她坐在文澄怀身边，注视着屈蓉初问道："您是……"

"我以前是瞻可园的仆人，姓屈。"

"以前的仆人？"

屈蓉初不知道夏美云为什么会怀疑自己以前的身份，但还是点了点头。她重新坐在圈手椅上，一时间不知所措。夏美云用右手的食指轻轻地戳了一下文澄怀的脑袋，意味深长地笑了笑。她站起身，对着屈蓉初摆了摆手，再次像花朵一样飘出槐樱草堂，随手带上了房门。夏美云的脚步声还未消失，文澄怀故意咳嗽两声，说道："前几年我的生活有些荒唐。她以前是在青岛新舞台唱平剧的……"

"有钱人拥有三妻四妾，是很正常的。听说二太太是齐鲁大学的女学生？"

文澄怀越发尴尬，他低下头嗫嚅道："她叫陈静楠。跟我相识时在青岛亨利王子饭店舞厅当舞女。"

夏美云虽然没有下达逐客令，但希望文澄怀离开槐樱草堂的意味已十分明显。屈蓉初自然不便于再跟文澄怀攀谈了，她呼吸着夏美云残留的脂粉香，叹息着说道："太古轮船公司驻羊角沟办事处主任的小舅子，因为调戏一名女学生被明礼揍了一顿。那位办事处主任反而诬陷明礼调戏女学生……明礼被关进了巡警局，而且吃尽了苦头……"

"那位女学生为什么不说明情况？"

"女学生的父亲是太古轮船公司羊角沟办事处的职员。"

文澄怀沉默了，尴尬的神色也消退了许多。屈蓉初没再说什么，只是静静地坐在文澄怀对面，茫然地望着槐樱草堂南面模模糊糊的刺槐树和樱花树。一阵说笑声和高跟鞋敲击甬道的橐橐声响过，南面的窗玻璃上出现了两位年轻女性的面孔，其中的一位是刚才离去的夏美云，另一位自然就是那位齐鲁大学的女学生陈静楠了。屈蓉初瞥了一眼窗外的夏美云和陈静楠，站起身对着文澄怀笑了笑，说道："你如果……明礼总不至于被枪毙吧。"

文澄怀对着屈蓉初摆了摆手，站起身说道："你别着急，我到望云楼打几个电话。"

屈蓉初重新坐在圈手椅上，文澄怀转身离去了。

甬道上又一阵橐橐的脚步声响过，随即响起了嘻嘻哈哈的说笑声。屈蓉初谛听着嘻嘻哈哈的说笑声逐渐消失，陡然感到了一种从未有过的孤独。不知道过了多长时间，文澄怀再次出现在槐樱草堂。他跟屈蓉初面对面站在白炽灯下，说道："明礼的事圆满解决了，最近几天就会返回二十里堡。明礼返回二十里堡后，就留在公司总部任职吧……"

屈蓉初的眼里突然溢出了泪水，她仰起头盯着文澄怀说道："我不知道怎么感激你。我是鼓足了勇气才踏进瞻可园的。"

"咱们之间不应该这么客气的。已经很晚了，我也不留你了。明礼回到二十里堡后，你让他自己到丹渊公司找我……也没来得及给你倒杯水，估计你连晚饭也没吃吧。"

"明礼关在巡警局,我怎么还能吃得下饭?"

屈蓉初通过北面的窗子看了看已经不再灯火通明的望云楼,抢先走出了槐樱草堂。文澄怀带上槐樱草堂的房门,陪着屈蓉初走到园门口,谁都没再说话。门房里静悄悄的,贺惟忠和程铭淮默默对视着,周振武已经不知去向。程铭淮看到了文澄怀,急忙走出门房,敞开了园门。文澄怀对着随后走出门房的贺惟忠说道:"家里的车子送客人去了,还是麻烦你派保安团的摩托车将蓉初送回家吧。这么晚了。"

"没关系的,没关系的。我自己回家就可以。"

尽管屈蓉初极力婉拒,贺惟忠还是到门房里打了个电话,随即和屈蓉初一起迈出园门,踏上了车站一街。夜色已浓,瞻可园南面的斐非寺仅仅呈现出模糊的轮廓。屈蓉初从寺内的藏经楼、钟楼和大雄宝殿上收回目光,又回头望了望瞻可园园门前的照壁。在瞻可园生活期间,屈蓉初跟贺惟忠并没有太多的接触。记忆中的贺惟忠沉默寡言,但不论跟谁说话,脸上都满是笑容。长长的汽笛声响过,一列灯火暗淡的火车出现在西面的铁道上。屈蓉初往贺惟忠身边靠了靠,问道:"文老板有几位少爷了?"

贺惟忠放慢脚步,似乎有些不解。

"文老板不是新娶了两位年轻太太吗?"

"两位太太都还没有生育。"

"文老板还不到50岁,不可能冷落两位年轻太太的。"

"我现在主要负责维护二十里堡的治安,特别是保护瞻可园、丹渊公司和英美烟公司的安全,哪有心思理会这些事情。"

屈蓉初笑了。

车站一街跟潍安汽车路交会处的西北角,伫立着几座烤烟房,烤烟房四周的田野里偶尔响起几声悠长的鸟鸣。伴随着越来越清晰的脚步声,烤烟房南面的车站一街上出现了一辆黄包车。黄包车自西向东,在保安团大门前的光影里似乎停顿了片刻。贺惟忠下意识地停下脚步,挺直身子向西张望着。黄包车越来越近,很快穿过了西面的十字路口。贺惟忠说了声

"是少爷回来了"，急忙离开屈蓉初，站在街道中央。屈蓉初没有跟着贺惟忠站在街道中央，而是匆匆地走到街道南侧的刺槐树下，小心翼翼地躲到树干南侧。

果然是文笃修坐在黄包车上。他在贺惟忠身边下了黄包车，左手搭在车厢上用力跺了跺脚。贺惟忠叫了一声"少爷"，随后埋怨道："刚下火车吧。怎么不提前跟家里说一声？"

"我担心父亲派人到车站接我，兴师动众的。"

贺惟忠瞥了一眼屈蓉初藏身的刺槐树，和文笃修一起跟着黄包车向东走去。屈蓉初等候贺惟忠和文笃修走进瞻可园的园门，不无苦涩地沿着车站一街踽踽独行。想到文笃修作为杜克大学的博士衣锦还乡，想到陶明礼有可能还关在羊角沟的巡警局，屈蓉初内心的凄凉犹如略过旷野的寒风，<u>丝丝缕缕但绵绵不绝</u>。

"蓉初……"

屈蓉初刚刚穿过潍安汽车路，车站一路北面的那几座烤烟房突然传出了陶绍安的声音。屈蓉初骇然停下脚步，不安地向北张望着。一间烤烟房的小木门吱吱嘎嘎开启，陶绍安弯着腰探出头，瑟缩着身子跑到屈蓉初身边。他不停地往双手上哈着气，说道："我到丹渊公司找过你了……我估计你肯定进了瞻可园。"

"这么冷的天，你躲在烤烟房里干什么？"

"我不像文澄怀，不光有好几个老婆，而且还占着碗里的看着锅里的。"

屈蓉初听懂了陶绍安的话外音，但只是凄楚地一笑，问道："你和明义都吃了？"

"我没心做饭，到饭馆里吃的。明义已经做完作业了，我离开家的时候，他正在看你从乐道院购买的英语课本。"

屈蓉初和陶绍安并肩走在一起，说道："明礼的事，办妥了。"

"你只要找到了他，他还能拒绝？"

019

屈蓉初侧过头看了看陶绍安，脚步明显加快了。

"你怎么这么晚才从瞻可园出来？"

屈蓉初瞅了陶绍安一眼，有意跟他分开了一段距离。陶绍安回头望了望瞻可园，说道："我说过的，只要明礼能够尽快离开巡警局，我无所谓的。自己主动送上门的，他还不欣然收下？"

"你不要烦我了好不好？我没送给你几顶绿帽子，你是不是很失落？文澄怀即使再不堪，也不会在他太太们的眼皮子底下跟我做那种事。你知道他的两位姨太太多么年轻吗？我都快40岁了，早就是豆腐渣了。"

"那他怎么这么晚才放你出来？"

屈蓉初仰起头叹息了一声，说道："他先是有客人，后来又打电话跟有关方面沟通。这一切不都需要时间吗？"

陶绍安还想说什么，西面的车站一街上响起了摩托车的轰鸣声。他拽着屈蓉初往路边靠了靠，沉默了。

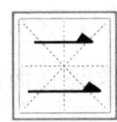

时隔4年再次回到瞻可园,文笃修感觉历史的烟尘扑面而来。他走在连通园门和望云楼的南北甬道上,脚步始终轻轻的,仿佛担心惊醒了自己还未醒来的酣梦。因为想家想得厉害,在杜克大学读书期间,文笃修将亲手制作的一张瞻可园平面图贴在宿舍的墙壁上,平面图上的每一处标示,都会引发他长时间的遐想。贺惟忠提着行李箱快步走进望云楼,望云楼内的窗子次第亮了起来。文笃修走到暗香桥上,手扶着西面的桥栏杆停下脚步,若有所思地望着不远处的横湖以及横湖中央的蓼屿。月亮不知躲到什么地方去了,只有暗淡的星光在水面上颤动。蓼屿上的树木掉光了叶子,只在水面上留下一抹印痕。曲折回环的匹练溪,尤其是波平如镜的横湖,经常出现在文笃修梦中。

接连穿过微吟桥和溪光桥,踏上望云楼南面的小广场,文笃修放慢了脚步。生长在小广场中央的四棵玉兰树没有一片树叶,只有交叉在一起的树枝撕扯着墨色的天幕。文笃修走到四棵玉兰树之间,仰望着早已镌刻在记忆中的望云楼,心跳骤然加快了。望云楼四周的光线越来越亮,附着在望云楼上的爬山虎清晰地出现在文笃修眼前。文笃修轻轻地拍了拍东北角的那棵玉兰树,慢慢地踏上楼门前的石级,突然听到了急促的脚步声。伴随着脚步声一起响起的,是文澄怀略显颤抖的声音:"笃修回家了!笃修终于回家了！"

文笃修推开楼门叫了声"爸"，快步走进一楼大厅。

文澄怀身着睡衣睡裤，但睡衣睡裤外面披着呢子外套。他站在大厅中央，慈爱地看着慢慢接近自己的文笃修，眼睛里闪耀着泪光。文笃修走到文澄怀面前，停下脚步凝视着文澄怀稀疏的白发，说道："三年前听到妈妈病故的消息，我真想马上赶回家。有好几次做梦，我都梦到了您。直到登上归国的客轮，我还在担心您的身体。看到您这么健康，我放心了。"

"你能够学成回国，你妈妈即使在九泉之下……"

文澄怀叹息了一声，抓起文笃修的左手轻轻晃了晃。轻轻的脚步声响过，大厅北面的楼梯上出现了夏美云的身影。她左手扶着楼梯栏杆，俯下身子看了看文澄怀和文笃修，笑着说道："父子俩久别重逢，何必傻乎乎地站着呢？"

文笃修猛然将目光移向楼梯口，脸上流露出惊讶的神情。文澄怀颇为尴尬地松开文笃修的左手，压低声音说道："那是你三妈，叫夏美云。我原本想写信告诉你的……"

夏美云还是穿着那件红色棉旗袍，像一团火。她袅娜着身子走下楼梯，依偎着文澄怀站在文笃修面前，说道："笃修，你没必要担心你爸爸的身体。你爸爸的身体好着呢。你妈妈去世后，你爸爸接连娶了两位姨太太。二太太叫陈静楠，我是三太太。"

文笃修收敛了诧异的神色，对着夏美云点了点头，叫了声"三妈"。夏美云"哎哟"了一声，随即格格格地笑了。笑声过后，她紧紧地攥着文澄怀的左手，站稳身子说道："笃修，你千万别这么叫我。我比你还小好几岁呢。你是留过洋的，又是博士，如果不嫌我没文化，还是叫我美云吧。"

文笃修满脸窘色，支支吾吾地望着文澄怀。文澄怀苦笑着，欲言又止。又一阵脚步声轻轻响起，身着灰色毛衣和灰色长裤的陈静楠出现在楼梯上。跟文笃修目光相遇的一刹那，陈静楠的神情略微有些不自然。她双手交叉在腹部，低着头走下楼梯，站在了楼梯口。夏美云甩掉文澄怀的左手，转身走到陈静楠身边，斜睨着文笃修叫了声"静楠"。文笃修知道所谓的"静楠"就是父亲的二太太了，他偷偷地瞥了一眼文澄怀，对着陈静楠叫了声"二妈"。

陈静楠满脸通红，但只是笑了笑。夏美云拉着陈静楠走到文笃修面前，说道："笃修，静楠跟你一样，也很有学问。不信问你爸。静楠是齐鲁大学的学生，二年级没毕业就嫁给了你爸。"

陈静楠的脸色更红了，红得像夏美云身上的棉旗袍。餐室的门轻轻开启，文笃修随即嗅到了久违的饭菜的香味。贺惟忠走出餐室，对着文澄怀、文笃修以及陈静楠和夏美云笑着躬了躬腰，径直走向了望云楼的楼门。文澄怀目送着贺惟忠消失在楼门口，慈爱地对着文笃修说道："我让厨师给你做了一碗馄饨，特意加了紫菜和虾皮，而且还打了个荷包蛋。都是你爱吃的。"

"虽然在美国待了4年，我最想吃的还是肉火烧、炸酱面和馄饨。什么牛排、汉堡，只是充饥而已。"

谈及饮食，文澄怀终于摆脱了尴尬。他和文笃修并肩走向餐室，说道："如果抛开现代科技，单就烹饪法来说，中国比西洋不知要先进多少倍。西洋烹饪法主纯，中国烹饪法主和。西洋人宴客，是在食品之外着意，如桌椅之摆设、桌单之缎或绸、器皿之样式、花卉之陈列……中国宴客，其注意力全在食品上，至于食品以外的陈设，自然也相当讲究，不过只有桌围桌帔、金银酒杯、象牙筷子而已。"

夏美云挽着陈静楠的右臂跟在文澄怀身后，目光不时落在文笃修身上。她听到文澄怀喋喋不休地谈论饮食，从背后拍了拍文澄怀的左肩，说道："你第一次请我到国际俱乐部吃饭，就说人家的糟蒸鸭肝做得不到火候，而且还说要为我亲自下一次厨。谁知你将我骗进瞻可园，就食言了。"

陈静楠微微一笑，目光在文澄怀脸上停留了片刻。文澄怀没接话茬，他回过头看了看夏美云和陈静楠，继续说道："糟蒸鸭肝是道火候菜。用沸水烫鸭肝的时间和上蒸笼蒸鸭肝的时间，都需严格掌握。吃的时候，最好带点血。"

夏美云再次从背后拍了拍文澄怀的左肩，说道："你第一次请我到国际俱乐部吃饭的时候，说的就是这些，我都听腻了。我想知道你什么时候下厨做上几个菜，让笃修、静楠和我饱饱口福。"

"最近事太多，再过几天吧。"

餐室的长条桌还是文笃修出国前用过的，只是桌布的颜色由白色换成了浅黄色。悬挂在墙壁上的4幅油画也是文笃修熟悉的，只是色泽有些暗淡。文笃修瞥了一眼摆放在长条桌上的一碗馄饨和四碟小菜，到水池旁洗了洗手，面对着文澄怀、陈静楠和夏美云坐在餐桌旁。夏美云没再说话，文澄怀和陈静楠也沉默了。文笃修用匙子捞起一个馄饨吹了吹，放在嘴里慢慢咀嚼着，眼睛不知不觉地湿润了。他不好意思擦拭即将溢出眼眶的泪水，只好转过头，将目光投向那幅题为《劳作者》的油画。

悬挂在餐室里的4幅画作，都是文笃修在乐道院读书时的美术老师希布纳创作的。文笃修离开乐道院前夕，希布纳的女儿阿格尼丝将画作作为纪念品送给了文笃修。因为从小生活在二十里堡，因为二十里堡迷人的田园风光，文笃修尤其喜欢其中的《劳作者》。整个画面安静而又庄重，无论天空还是田野，都洇润着暖黄色调，即使正在采摘烟叶的农妇，也呈现浓浓的暖意。因为希布纳是法国画家米勒的信徒，文笃修在杜克大学读书期间，特意购买了一本《米勒作品集》。尽管《米勒作品集》收录了米勒的大量作品，文笃修最喜欢的，还是那些田园牧歌式的作品，因为那些作品常常让文笃修想到二十里堡，想到二十里堡四周的旷野。

将馄饨和荷包蛋全部吃掉，又将碗里的汤全部喝掉，文笃修端起饭碗走进了厨房。一直等候在厨房里的女佣急忙接过饭碗，不安地叫了声"少爷"。文笃修愣怔了一下，顿时记起了自己的少爷身份。他返回餐室，对着坐在餐桌旁的文澄怀笑了笑，又对着站立在文澄怀身边的陈静楠和夏美云笑了笑。文澄怀读懂了文笃修的笑容，站起身说道："不是坐轮船就是坐火车，肯定很累了。因为不知道你回家的准确时间，也没提前给你整理卧室，你今晚还是在此君斋休息吧。你小的时候，也经常在此君斋过夜。"

望云楼的一楼和二楼，分别有一间宽大的书斋。一楼的书斋题名晚钟斋，紧贴着文笃修的卧室，以前归文笃修使用。二楼的书斋题名此君斋，紧贴着文澄怀的卧室，以前归文澄怀使用。文笃修跟在陈静楠、夏美云和文澄怀身后上到二楼，竟然产生了强烈的陌生感。二楼的布局虽然没有变化，色彩却跟以前迥异了。地毯已不是以前的深褐色，而是换成了红色；墙壁也不是以前的乳白色，而是变成了淡黄色。尤其让文笃修凄楚的是，曾经挂在墙壁上的沈漱芳的照片被陈静楠和夏美云的照片取代了。

文澄怀是最先登上二楼的。他站在楼梯口，讪讪地望着夏美云、陈静楠和文笃修，再次流露出尴尬的神情。陈静楠对着文笃修笑了笑，独自走进东面的涵虚轩，随后闭上了轩门。夏美云不动声色地瞥了一眼文澄怀，抢先走到此君斋门前，推开斋门燃亮了白炽灯。此君斋还保持了以前的布局，即使书桌也还是以前的那张紫檀镶云石六抽书桌，只是书桌上的沈漱芳的照片同样不见了踪影。文笃修在书桌旁静立了片刻，慢慢地靠近东南面墙角的紫檀贵妃榻，瞥了一眼贵妃榻西侧那张熟悉的紫檀木鼓式圆桌和三个紫檀木鼓式坐墩。夏美云拽了拽贵妃榻上的床单，又拿起被子铺在贵妃榻上，站直身子对着文澄怀说道："笃修还是先到我房间里洗洗澡再睡吧。火车上肯定无法洗澡，虽说轮船上能洗澡，恐怕也洗不舒服。"

"这……"

文笃修犹犹豫豫地望着文澄怀。文澄怀接连打了两个哈欠，走到书桌旁合上那本看了一半的《英美烟公司月报》，说道："你三妈说的有道理，你还是按照你三妈说的做吧。"

夏美云回过头对着文笃修笑了笑，独自走出了此君斋。

此君斋南北长东西短，南墙和北墙上各有一个窗子，西墙上有两个窗子。靠近斋门北侧的东墙，是一排书橱。书橱里除了文笃修小时候就熟悉的二十四史，还有文同的《丹渊集》。因为这套《丹渊集》，文笃修看到了自己家族久远的历史。那张紫檀镶云石六抽书桌面朝南，紧贴着西墙的北窗摆放着。文澄怀等候文笃修回到自己身边，不无羞愧地说道："你母亲去世后，我的生活陷入了一团乱麻，我也感到了从未有过的孤独，所以……"

"爸爸，这是你的自由。你没必要向我解释。"

文澄怀张了张嘴，没再说下去，倒是夏美云的声音传进了此君斋："笃修，睡衣和洗漱用具都给你找好了，你爸爸的，但从未用过。快过来吧。"

文澄怀抬起右手拍了拍文笃修的后背，依然没再说什么。

夏美云的房间被称作待月轩，所谓的待月轩就是文澄怀以前的卧室，正像涵虚轩是沈漱芳以前的卧室一样。待月轩的房门还是以前的房门，但已经重新漆过了。文笃修跟着文澄怀走出此君斋，对着站在待月轩门前的夏美云点了点头，勉强挤出一丝笑容。曾经摆放在待月轩起居室的紫檀木桌椅不见了，取而代之的是一张长沙发和一张茶几。长沙发的南北两端分别摆放着一个铁艺花架，花架上分别摆放着一盆一品红和一盆迎春花。

待月轩总共三个房间，起居室的西侧和东侧依旧是卧室和卫生间。文笃修跟着文澄怀和夏美云走进待月轩，眉头禁不住皱了皱。卧室的房门开着，里面的窗帘是粉红色的，床罩是粉红色的，连挂在墙壁上的夏美云和文澄怀的合影，镜框也是粉红色的。文笃修瞥了一眼照片上满脸笑容的文澄怀，用力咬着嘴唇，低下头走进了卫生间。卫生间里增加了一个白色搪瓷浴盆，澡盆里放满了水，水面上浮动着雾气。文笃修关闭房门，脱掉衣服搭在浴盆旁的吊杆上，发现梳妆台上有一个盛有水的玻璃杯，杯口横放着一只涂有牙膏的牙刷。文笃修拿起牙刷刷了刷牙，随后洗了洗头，将身体涂满香皂用力搓了搓。他将身体冲洗干净，穿上衣服，不小心将墙根的一个洗衣盆踢了一脚。洗衣盆呈弧形滚动着，盛在里面的一条粉色内裤和一个粉色乳罩，滚落在地面上。文笃修弯下腰抓起洗衣盆放回原处，又弯下腰抓起了那条内裤和那个乳罩。内裤和乳罩显然是刚刚换下的，还没来得及洗涤。文笃修望着手中的内裤和乳罩，突然有了异样的感觉。他慌忙将内裤和乳罩扔进洗衣盆，打开卫生间的门，回到了起居室。

待月轩静悄悄的，文澄怀和夏美云坐在长沙发的南北两侧，似乎都有些疲倦。他们不约而同地站起身，不约而同地打了一个哈欠。夏美云用左手掩着嘴，问道："浴室的地面有些滑，刚才是不是差点摔倒？"

"不是的。我不小心将墙根的一个洗衣盆踢了一脚。"

"洗衣盆？"

夏美云一愣，脸上飞起了一抹红晕。她将文笃修送出待月轩，揽着文澄怀的左臂站在走廊里。文笃修向文澄怀和夏美云道了声"晚安"，在他们的注视下走进此君斋，闭合了斋门。待月轩的轩门轻轻闭合的声音响过，整幢望云楼完全陷入了沉寂。文笃修熄灭此君斋中央的吊灯，摸索着靠近南面的窗子，拉开了窗帘。瞻可园南北甬道上的路灯还亮着，但已阒无人迹。蓼屿上掉光了叶子的树木仿佛淡淡的雾气，在横湖泛着白光的水面上升腾。文笃修茫然地望着模模糊糊的瞻可园，眼睛渐渐地润湿了。他回到了真实的瞻可园，脑海里越来越清晰的，却是自己在杜克大学读书期间手绘的瞻可园平面图。

那张平面图是用糨糊粘在墙壁上的，文笃修回国前曾试图揭下来，但没有成功。宿舍后来的入住者看到那张用汉语标示的平面图，会做何感想？他们是否会感受到自己那颗拳拳的心？是否会感受到自己心中的孤寂？可是回到瞻可园，自己感受到的却是陌生。父亲依旧，瞻可园依旧，可是母亲不在了。仅仅因为母亲的离世，瞻可园就失去色彩了吗？

在杜克大学读书期间，文笃修也常常想到瞻可园南面不远处的斐非寺，想到斐非寺里的澄明法师。小时候调皮，文笃修做了不少佛头着粪的事。面对文笃修留下的让人哭笑不得的劣迹，澄明法师只是摇摇头，神情还是像虞河平静的水面。眼前的斐非寺像剪影一样伸展在天地之间，幽幽地泛着青光，仿佛在杜克大学读书期间多次出现的梦境。此君斋实在太寂静，文笃修的叹息竟然在虞河水一样澄澈的夜色中激起了阵阵涟漪。他重新拉上窗帘，脱下衣服扔到鼓式圆桌上，掀开贵妃榻上的被子钻进了被窝。长时间在轮船和火车上动荡，文笃修感觉身下的贵妃榻依然像枯叶一样在寒风中颤抖。他在迷迷糊糊中迎来第一缕晨曦，穿上衣服叠好被子，蹑手蹑脚地走出此君斋和望云楼，站在楼前的台阶上。

没有风，空气还是非常干冷。文笃修从楼前的四棵玉兰树上收回目光，转过身望着东面的院墙，以及虞河西岸的垂柳。那些垂柳大都被风剥光了叶子，但柳丝还是被霞光涂上了淡淡的红晕。再次看到曾经无数次出现在梦中的景色，文笃修还是感到了一丝欣慰。他举起双手用力抻了抻腰，慢慢地走下台阶，向着西南面的过溪亭走去。

过溪亭是个四角攒尖顶的小亭子，矗立在匹练溪的拐角处，四根立柱的内侧依次镌刻着文同的那首题为《过溪亭》的诗作："小约过清溪，有亭才四柱。地僻少人行，翩翩下鸥鹭。"对于文同的这首诗作，文笃修早已烂熟于胸，但他走进过溪亭，还是仰起脸仔细凝视着。过溪亭跟南面的横湖之间是一片修竹，修竹的竹叶大都呈暗绿色，在晨风中偶尔发出轻微的声响。横湖的北端被称作寒芦港，所谓的寒芦港不过是架在水中的一段长条石而已。连接过溪亭和寒芦港的小路是用鹅卵石铺就的，小路呈反转的S形穿过竹林。文笃修从过溪亭踏上鹅卵石小路，陡然感到天空变成了窄窄的一线。他走出竹林，站在寒芦港的长条石上，自言自语道："溶溶晴港漾春晖，芦笋生时柳絮飞。还有江南风物否，桃花流水鳖鱼肥。"

苏轼的这首《寒芦港》完全是春日的景色，文笃修眼中却是一片苍凉。长条石东西两侧的芦苇完全枯黄，不少芦苇倒伏在水面上，几条黑色的游鱼在芦苇间出没着。长条石的南端系着一只木船，木船的船桨上横亘着几段芦苇，显然被长时间冷落了。文笃修叹息着回到过溪亭，沿着匹练溪东侧的小径绕过望云楼的西北角，又沿着匹练溪南侧的小径向东走去。匹练溪的出口在瞻可园东北面围墙的底部，粗实的铁栅栏已经锈迹斑斑。文笃修俯下身子看了看铁栅栏上的锈迹，又退回几步，走进了距离东墙仅仅十几米的露香亭。露香亭更应该叫做露香榭，它呈东西走向横跨在匹练溪上，顶部悬挂着一块镌刻着"露香亭"的匾额，北侧设有座凳栏杆和弓形靠椅。座凳栏杆和弓形靠椅北面的墙壁上嵌有两幢诗碑，分别为文同和苏轼题写的同名诗作《露香亭》。文同的诗作为："宿露濛晓花，婀娜清香发。随风入怀袖，累日不消歇。"苏轼的诗作为："亭下佳人锦绣衣，满身璎珞缀明玑。晚香消歇无寻处，花已飘零露已晞。"

露香亭的南面是一块花圃，花圃的尽头是槐樱草堂。因为真正的春天还没有来临，花圃里各种各样的花草并没有显露生命的色彩。文笃修望了望南面的槐樱草堂，久久凝视着北面墙壁上的两幢诗碑。刻有苏轼诗作的石碑出现了裂缝，"佳人"残缺了。文笃修面对着残缺的"佳人"微微前倾着身体，听到身后远远地传来了橐橐的脚步声。橐橐的脚步声越来越近，身着浅灰色呢子大衣的陈静楠出现在花圃中央的小径上。文笃修转过身站直身子，静静地望着陈静楠孤独的身影，再一次感到了尴尬。跟文笃修不期而遇，陈静楠也感觉很不自然。她犹犹豫豫地走进露香亭，对着文笃修笑了笑。文笃修张了几次嘴，最后还是叫了一声"二妈"。

陈静楠再次笑了笑，脸色渐渐变红了。

"二十里堡的初春真冷。杜克大学的初春，也这么冷吗？"

"差不多，差不多一样冷。"

陈静楠看了看文笃修，低下头望着脚下的匹练溪。

"离家这么多年，对于过去熟悉的家也会感到新奇吧。"

"谈不到新奇，只是有了陌生感。"

"你妈妈不在了，你爸爸又给你娶了两位姨娘。"

文笃修同样低下头，沉默了。

"你爸爸是个不错的人。他爱着你，也爱着你妈妈。"

文笃修仰起脸吸了一口气，目光移向了刻有苏轼诗作的石碑。

"你爸爸将我和夏美云，也就是你的三妈娶回家，更多的是因为孤独。一个还不到50岁的男人独自生活在这么大的园子里，能不孤独吗？你妈妈不在了，你又在万里之外的美国……"

文笃修叹息了一声，目光聚焦在残缺的"佳人"上。

"我知道你比我年长两岁。作为一个比你还要年轻的女人，我自然不是为了减轻你父亲的孤独而走进瞻可园的，但也没有龌龊的目的。正如昨晚美云所说的，我曾在齐鲁大学就读过，我知道你也曾在齐鲁大学就读过。只不过你毕业后赴美留学，成了博士，我中途辍学，做了你父亲的姨太太罢了。"

陈静楠苦笑了一声，也将目光移向了残缺的"佳人"。

"是什么原因造成你中途辍学？"

"听说过两年前发生在济南的五三惨案吧？我也是那次惨案的受害者。"

文笃修颇为惊讶，目光离开了残缺的"佳人"。

"我的父亲曾经在泺源门附近的顺城街开了一家木器店，店面是一幢钢筋混凝土结构的二层楼房。5月3日下午日军炮轰泺源门，城门楼和城墙垛口被炸成一片瓦砾，我父亲的木器店也化为了废墟。5月8日日军在顺城街一带纵火，我父亲慌乱中坠入护城河，淹死了。父亲去世后，母亲因为伤心过度，随后离开了人世。无奈之下，我独自离开济南，去了青岛。"

"为什么要去青岛？"

陈静楠再次苦笑了一声。

"济南是我的伤心之地。在济南的每一天，我都能呼吸到血腥的气息，都能看到父母痛苦的面容。再说，父母在，故乡在。作为一名失去了父母的孤女，到哪里还不是一样？"

"你，您是怎么跟我父亲相识的？"

"到青岛后，我短时间从事过好多职业，诸如家庭教师、店员，最后成了亨利王子饭店的一名舞女……你父亲陪着英美烟公司中国分公司的几位高管到亨利王子饭店跳舞，我们就认识了。"

"我父亲很少出入娱乐场所的。"

"你说的没错。舞女虽然不直接卖身，但也是靠身体吃饭的。对于舞客的种种非礼举动，只能默默忍受。英美烟公司中国分公司的那个副总经理洛克伍德，就是直接分管二十里堡经理处的那个洛克伍德，常常以折磨舞女为乐。但你父亲跟舞女们在一起，始终规规矩矩的。"

太阳慢慢爬上虞河西岸的柳树梢，露香亭里的光线更加明亮了。陈静楠走到苏轼的诗碑前，举起右手抹了抹"佳人"上面的裂痕，说道："要不是五三惨案，我怎么会出现在瞻可园？怎么会成为你父亲的姨太太？对于人生，我也有过幻想……"

"晚香消歇无寻处，花已飘零露已晞。"

文笃修随口吟咏道，但又立刻感到不妥。陈静楠读懂了文笃修的表情，笑着说道："你没有必要担心伤害我的自尊。一个做了姨太太的人，还谈什么自尊？做了你父亲的姨太太，我重新过上了平静的生活。生活在瞻可园里，我除了看看书，弹弹琴，实在无所事事。瞻可园很漂亮，尤其是春夏两季，但我更喜欢冬季的瞻可园。镌刻在瞻可园里的诗作，我最喜欢苏轼的这首《露香亭》，尤其是你刚才吟咏的这两句。"

"为什么？"

"自恋呗。"

陈静楠再次笑了笑，转身向西走去。初升的太阳在陈静楠面前涂上了一道长长的阴影，那阴影伴随陈静楠的脚步缓缓移动着。文笃修再次将苏轼的《露香亭》默念了一遍，突然感到异常寒冷。他用力跺了跺脚，若有所思地望着踽踽独行的陈静楠，心里弥漫着难耐的寂寞和酸楚。陈静楠消失在望云楼西面，文笃修也离开露香亭，沿着花圃中央的小径拐上望云楼南面的小广场。小广场上的四棵玉兰树静静地伫立着，树冠沐浴着阳光，在晨风中轻轻抖动。文笃修站在四棵玉兰树之间，瞥了一眼站在过溪亭内的陈静楠，迟迟疑疑地走进了望云楼。一楼大厅靠近餐室的东北角摆放着一张长沙发和两张单人沙发，文澄怀仰靠在长沙发上微眯着眼睛，两只脚交叉着搭在茶几上。文笃修远远地叫了声"爸爸"，快步走到文澄怀身边，坐在文澄怀左侧的单人沙发上。文澄怀从茶几上移下脚，穿上鞋子，抬起左手拍了拍文笃修的右膝盖问道："起得这么早，是不是还不适应国内的生活？"

"怎么可能？"

"昨天晚上，我也想了很多，尤其是你和你母亲……你二妈和三妈的事，我原本打算写信告诉你的，因为怕影响你的学业……"

"爸爸，这件事您无需解释了。我即使没有出国留学，也不会干涉您的生活。您毕竟还不到50岁，而我也不可能永远生活在瞻可园……"

"你这次回国，是不是有了自己的打算？"

"我已经接受了复旦大学的聘书，八月底就要到上海。我陪伴您的时间只有半年多……"

"难道你不想帮着我经营丹渊公司？我只有你一个儿子，而且还没有女儿。"

"丹渊公司是您一手缔造的商业王国，还是由您继续经营吧。二十里堡和上海有铁路联通，不管是从二十里堡去上海，还是从上海回二十里堡，都很方便。如果您需要，我会很快回到您身边……二妈和三妈这么年轻，您还会有孩子的。"

文澄怀突然间非常尴尬，他笑了笑，将目光移向了东南面的晚钟斋。

晚钟斋因为能在傍晚听到坊子天主教堂的钟声而得名。正像晚钟斋是文笃修以前的书斋一样，晚钟斋北面的房间是文笃修以前的住处，只是现在已被命名为漱芳轩。不管是晚钟斋的斋门还是漱芳轩的轩门，都大开着，但只有漱芳轩里不时地传出细微的声响。文澄怀沉默片刻，颇为怅惘地拍了拍文笃修的右肩，起身走向了漱芳轩。文笃修略微有些迟疑，但还是跟在了文澄怀身后。

虽然漱芳斋就是文笃修以前的住处，但陈设全部更换了，正冲着轩门的起居室里竟然摆放着沈淑芳生前使用的那张酸枝木罗汉床。文笃修瞥了一眼空无一人的卫生间，跟着文澄怀走进了卧室。卧室里非常忙碌，两名女佣正在擦拭着黄花梨云纹花片方角柜，夏美云正在往被子上套着被罩。两名女佣先后朝着文澄怀和文笃修弯了弯腰，低低地叫了声"老爷、少爷"。夏美云抬起头叫了声"笃修"，随后说道："冬天的园子，没有什么好看的。昨晚是不是没睡好？"

"确实没睡好，但睡得很踏实。"

夏美云将已经套上被罩的被子叠起来，连同已经换上了新枕套的枕头摆放在靠近床头的一侧，面对着文笃修跟文澄怀站在一起。漱芳轩里的家具都是从涵虚轩搬下来的，基本上保持着沈漱芳生前使用的样子，只是那张黄花梨蟠龙纹六柱式架子床的床垫已经更换了。文笃修跟夏美云寒暄了几句，猛然看到了挂在东墙上的沈漱芳的照片。照片上的沈漱芳微微笑着，好像要对文笃修说些什么。跟沈漱芳目光相对的刹那间，文笃修抽泣起来。他不好意思地看了看夏美云、文澄怀和忙着擦拭方角柜的女佣，双手按着床垫，低着头沉默了很长时间。

沈漱芳的这张照片，是沈漱芳主动到潍县城里的丽芳照相馆拍摄的。沈漱芳拿到照片的当天，亲自到邮局给文笃修寄了一张。文笃修是在期末考试前夕接到照片的，照片虽然有些折皱，文笃修却能经常从沈漱芳的眼神里感到温暖。直至走出杜克大学的校门，文笃修一直将照片藏在行李箱的最深处，高兴的时候或者忧郁的时候，都会将照片拿出来仔细端详一番。文澄怀离开夏美云，走到文笃修身后说道："这张照片是你妈妈去世后挂在这里的。"

文笃修直起腰，仰望着沈漱芳的照片说道："同样的照片，我也有一张。是妈妈寄给我的，就在我从美国带回来的行李箱里。"

文澄怀轻轻地叹息了一声。

两位女佣将方角柜擦拭干净，攥着抹布离开了漱芳斋。夏美云侧着身子坐到床沿上，仰望着照片上的沈漱芳对文笃修说道："笃修，千万不要难过了。虽然我没有见过漱芳大姐，但我从你爸爸嘴里知道漱芳大姐是非常善良的人。其实无需你爸爸介绍，漱芳大姐的目光，已经说明了……"

文笃修没再说什么，他转身走出漱芳轩，走进了晚钟斋。

晚钟斋的窗玻璃、书桌以及书橱，也擦拭过了，几乎没有一丝灰尘。书橱里摆放着文笃修的三张照片，一张是文笃修在乐道院的留影，一张是文笃修在齐鲁大学的留影，一张是文笃修在杜克大学的留影。这三张照片都是沈漱芳亲自配的镜框，而且是沈漱芳亲自摆放在书橱里的。文笃修走到书桌前，坐在自己曾经无数次坐过的椅子上，对着随后走进晚钟斋的文澄怀和夏美云说道："爸爸，三妈，我想独自坐一会儿。"

夏美云跟文澄怀对视了一眼，挽着文澄怀的左臂走出晚钟斋，带上了斋门。

晚钟斋的布局没有任何改变，相信书橱里的书也不会有任何增减。文笃修仰靠在椅背上，呆呆地盯着书橱，感觉往事像潮水般汹涌而至。他双手按着桌面站起身，围绕书桌慢慢踱着，仿佛每一步都踏在记忆深处。窗台上摆放着几盆花草，一盆花草的枝叶上还带有水珠。文笃修走到窗台前，端详着那几颗附着在枝叶上的水珠，仿佛看到了自己没有溢出的泪水。不知道过了多长时间，晚钟斋的斋门被敲响了。斋门轻轻开启，陈静楠出现在斋门口。她疑惑地看了看低着头走向自己的文笃修，说道："早饭已经准备好了。"

文笃修抬起手擦了擦眼角，跟着陈静楠走出晚钟斋，走进了餐室。

长条桌上摆满了丰盛的饭菜。文澄怀独自坐在长条桌北侧，夏美云紧靠着文澄怀坐在长条桌东侧，只有长条桌西侧空着两把椅子。陈静楠略一踟蹰，还是坐在了文澄怀身边。文笃修紧靠着陈静楠坐在长条桌旁，对着文澄怀和夏美云笑了笑。文澄怀依次看了看陈静楠和夏美云，坐直身子注视着文笃修说道："笃修去国 4 年，终于学成回国，实在可喜可贺。咱们文家虽然多次获取进士功名，但获取博士学位还是第一次，而且是从美国获取的博士学位。"

文澄怀说完，端起牛奶杯跟文笃修碰了碰杯，随后又跟陈静楠和夏美云碰了碰杯。夏美云抿了口牛奶，慢慢地将牛奶杯放在长条桌上。她等候文澄怀、陈静楠和文笃修都放下了牛奶杯，亲自将一个鸡蛋剥了皮，放在文笃修面前的盘子里。文笃修说了声"谢谢"，随后对着文澄怀叫了声"爸爸"，又对着陈静楠和夏美云分别叫了声"二妈""三妈"。面对满腹心事的文笃修，和两位比文笃修还要年轻的姨太太，文澄怀再次感到了尴尬。他拿起一个鸡蛋在桌面上碰了碰，说道："你在美国的这4年，咱们国家实现了名义上的统一，但和平尚属奢望。一个国家如果长期处于战争状态，怎么可能进行大规模建设？怎么可能振兴实业？"

文笃修长长地吸了一口气，说道："距离到复旦大学报到，还有半年多时间。我想利用这段时间，对二十里堡，对整个潍县，以及胶济铁路沿线的烟草种植区域进行详尽调查。如果条件成熟，我想将我的博士论文补充修订成一本专著，题目还叫《烤烟种植与山东农民》。"

"烤烟在坊子成功种植以及在胶济铁路沿线的成功推广，增加了山东的经济作物品种，也影响了山东人的思想观念。要不是英美烟公司在二十里堡设立了烟叶收购基地和两个复烤厂，二十里堡也不会迅速成为胶济铁路沿线的重要城镇。当然，也就不会有丹渊经贸有限公司的诞生。你爷爷将大片土地交到我手里，但我们家的财富，更多的来自烤烟。你的这个选题还是不错的，我们潍县就有众多的烟草公司，譬如二十里堡的英美烟公司、虾蟆屯的米星烟公司、坊子的南洋兄弟烟草公司……咱们文家与烟草的关系，你也可以作为个案解剖。"

夏美云放下筷子，帮着文澄怀剥掉鸡蛋皮，说道："早就知道你们文家发了烤烟财，今天还是第一次听你这么郑重地说起烤烟。斐非寺周围的田地里也种有大片烟草，车站一街和潍安汽车路交叉处就有烤烟房，可我对于烤烟还是一无所知。笃修的这次……调查，需要助手吗？"

文笃修笑了笑，左手抓起一个面包，右手撕下了一块。文澄怀也笑了笑，说道："你又没念过多少书，你懂得什么是调查？你如果无所事事，还是继续研究你的平剧吧。"

"我念书少，不懂得什么是调查。静楠先后在育英中学和齐鲁大学念过书，有学问。静楠有资格给笃修当助手吗？"

夏美云将剥好的鸡蛋交给文澄怀，又拿起了筷子。

"这……"

文澄怀语塞了。陈静楠低着头，好像并没有听到夏美云说的话。文笃修喝光杯子里的牛奶，拿起餐巾擦了擦嘴，对着文澄怀说道："这次调查，我早就有助手了。您还记得在乐道院教我美术的希布纳老师吗？我的助手就是希布纳老师的女儿阿格尼丝。"

"阿格尼丝？她又回到中国了？"

"两年前就担任了乐道院医院的医生，前些日子被派到了熙春医院。我决定做这项调查，最初还是阿格尼丝提议的。"

文澄怀咬了口鸡蛋，慢慢咀嚼着。

"阿格尼丝就是少奶奶吧？"

夏美云立刻表现出恍然大悟的样子。陈静楠依然低着头，只是脸上露出了一丝笑意。对于文笃修和阿格尼丝的亲密关系，文澄怀并没有感到意外。文笃修在乐道院读书期间，阿格尼丝曾经来过几次瞻可园，那时候的阿格尼丝还是个小姑娘。文笃修在齐鲁大学读书期间，好像也到乐道院找过几次阿格尼丝。再后来，文澄怀从文笃修嘴里听说阿格尼丝回英国了。

"阿格尼丝就是少奶奶吧？"

夏美云将刚才的问话重复了一遍，文笃修依然未置可否。文澄怀跟陈静楠和夏美云分别对视了一眼，没再继续有关阿格尼丝的话题。

吃完早饭，文澄怀和陈静楠、夏美云一起上了楼，文笃修独自走进晚钟斋闭合了斋门。太阳早已经升得很高，晚钟斋里洒满了阳光。文笃修面对着南窗坐在书桌前，左手支撑着脸颊，左肘靠在书桌上。父亲还是原来的父亲，文笃修却感到了生疏。曾经魂牵梦绕的瞻可园，曾经朝思暮想的瞻可园，好像因为母亲的去世而失去了魅力，或者说不再温暖了。

站起身，靠近南窗的玻璃，文笃修凝望着坊子天主教堂耸立在阳光下的塔楼，心里还是透着凉意。轻轻的敲门声响过，斋门开了，身着黑色呢子外套的文澄怀出现在斋门口。文笃修转过身叫了声"爸爸",脸上勉强挤出一丝笑意。文澄怀抬起左手对着文笃修摆了摆,说道:"我准备去公司了,你在家里好好休息休息吧。那本题为《烤烟种植与山东农民》的著作,也不是一天两天就能完成的。"

说完,文澄怀便从斋门口消失了。和文澄怀一起从斋门口一闪而过的,还有陈静楠和夏美云。文笃修跟着陈静楠和夏美云走出望云楼,但没有跟着她们走向停在台阶下的黑色凯迪拉克轿车,而是留在了台阶上。夏美云给文澄怀整理了一下围巾,和陈静楠一起站在轿车旁边。文澄怀钻进轿车,砰的一声带上车门,轿车随即发动了。文笃修从陈静楠和夏美云身后望着缓缓南行的凯迪拉克轿车,不经意间嗅到了香水的气味。那气味幽幽的,淡淡的,朦朦胧胧,渺渺茫茫。

凯迪拉克轿车驶出瞻可园,陈静楠和夏美云相继转过了身。文笃修对着她们笑了笑,在他们的注视下向南走去。他接连穿过溪光桥、微吟桥和暗香桥,又一次感受到往事的尘埃扑面而来。除了镇区的道路是沥青路面,二十里堡四周的道路大都是沙土路面,唯有车站一街延伸到虞河西岸的道路依旧是用沥青铺设的。文笃修走出瞻可园,徘徊在照壁南面,似乎在寻找着自己以前留在沥青路上的足迹。南面的斐非寺悄无声息,霞光掩映下的藏经楼、钟楼和大雄宝殿越发雄伟。瞻可园和斐非寺之间的田地一片苍凉,除了几簇枯草,便是几只孤独的小鸟。小鸟时飞时落,嘈杂的叫声也透着凄楚。车站一街空无一人,即使那条跟车站一街垂直交叉的铁路线上也见不到火车,天和地好像还没有从酣睡中醒来。

转过身,若有所思地走到虞河西岸,文笃修轻轻地拍了拍身边的一棵柳树。虞河厚厚的冰层早已融化,平静的水面上漂浮着枯枝、落叶和杂草。阳光倾泻到水面上,溅起粼粼的波光。波光明灭不定,仿佛久远的梦境。文笃修痴痴地望着波光粼粼的水面,再一次陷入了遐思。他走下斜坡,沿着靠近水面的荒径向北走了十几米,侧身仰望着瞻可园高高的围墙。瞻可园的围墙是用青砖砌成的,墙头上的几簇枯草静静地直立着,偶尔出现一丝颤抖。

　　在二十里堡接触了太多的美国人，年少的文笃修一度将赴美留学作为执着的梦想。可是真的到了美国，文笃修反而极度失落。他看到了美国的繁华与先进，越发看清了中国的贫穷与落后，越发关注中国的未来。西面传来的火车的汽笛声打破了难耐的沉寂，虞河平静的水面仿佛也起了微澜。文笃修似乎听到了某种召唤，他匆匆地回到瞻可园的照壁南面，静静地望着西面铁道上急速行驶的火车。车轮跟铁轨的碰撞声倏忽而逝，汽笛声也不再响起，文笃修又被纷乱的思绪缠住了。他神情沮丧地回到瞻可园，慢慢地登上望云楼门前的台阶，意外地听到了钢琴声。伴随着琴声响起的，是陈静楠低低的吟唱："青春，青春，我美好的青春，你在哪里？你在哪里？你在哪里？我将有什么样的前程？这目光白白将它找寻，它隐藏得多么深，别管它，让命运决定！明天也许有箭从身边飞过，那箭也可能射穿我的心，都一样，我的死亡，我的生存，全由命运决定！……"

　　歌剧《叶甫根尼·奥涅金》中的连斯基咏叹调！瞻可园里竟然响起了歌剧《叶甫根尼·奥涅金》中的连斯基咏叹调！文笃修颇感意外，他将楼门推开一道缝，走进一楼大厅仔细聆听着。在杜克大学，文笃修曾欣赏过《叶甫根尼·奥涅金》的整场演出，也曾经被连斯基这位年轻的浪漫诗人所打动。连斯基因为无法忍受叶甫根尼·奥涅金的玩世不恭，提出跟叶甫根尼·奥涅金决斗，并在决斗前演唱了这首著名的咏叹调。文笃修记得故事发生在第2幕的第2场，舞台上呈现的是冬日黎明暗淡的景色。当时的连斯基面对着不可知的命运，在望云楼里演唱这首咏叹调的陈静楠，面对的又是什么呢？文笃修悄悄地回到漱芳斋，仰面躺在床上。

　　虽然陈静楠的歌声持续荡漾着，瞻可园依旧像墓地般死寂，这又是文笃修没有想到的。距离到复旦大学任教还有半年多时间，这半年多时间如果全部在瞻可园度过，实在是非常难堪的。文笃修伸开左手，依次蜷起手指，再一次感到时间的漫长。他大睁着眼睛，一动不动地望着沈漱芳的照片，眼睛再次润湿了。母亲去世了，竟然又有了年轻的二妈、三妈，文笃修苦笑着坐起身，下意识地走进晚钟斋，打开了从美国带回来的两个行李箱。

一个行李箱里是几件换洗衣服，另一个行李箱里是几本日记和几本书，譬如《诗经》《老残游记》以及英文版的《论语》。再一次翻看英文版的《论语》，文笃修竟然有了新的发现和不一样的感受。文笃修将带回来的几本书摆放在书架上，拎起两个行李箱走进漱芳轩，突然听到了凌乱的脚步声。凌乱的脚步声过后，漱芳轩的轩门被敲响了。文笃修将两个行李箱摞在方角柜上，随后敞开了轩门。

出现在文笃修面前的果然是陈静楠和夏美云！陈静楠脸上依旧平静得像虞河水，夏美云脸上依旧堆满了笑容。文笃修没有称呼她们"二妈、三妈"，只是拽了拽上衣的衣角，说道："瞻可园里竟然还能响起西洋音乐，实在出乎我的意料。刚才的琴声和歌声虽然透着抑郁，但也弥漫着无法抑制的生命的激情！"

"静楠是洋学生，我不是告诉过你吗？"

"我的琴声和歌声都是噪音。美云是真正的平剧名家，程艳秋的私淑弟子。你爸爸在青岛新舞台看了她的演出，顿时神魂颠倒……"

夏美云抬起右手戳了一下陈静楠的左腋窝，吃吃地笑了。陈静楠没再继续说下去，脸上的神情依旧是平静的。文笃修注意到，夏美云没有在刚才的谈话中称呼陈静楠为"二太太"，陈静楠也没有在刚才的谈话中称呼夏美云为"三太太"。她们似乎不仅仅是父亲的姨太太，也是真正的姐妹。夏美云收敛了笑容，拽着陈静楠的衣袖对文笃修说道："博士，我和静楠都没有出过国，你给我们讲讲你的海外见闻如何？你在美国生活了4年，肯定有着刻骨铭心的感受。"

"这……"

"到楼上的此君斋吧。那里有一张圆桌，还有三个坐墩。"

"这……"

夏美云不容分说地将文笃修推出漱芳轩，带上轩门说道："我和静楠是你爸爸的姨太太，又不是魔鬼。你怕什么？"

夏美云对着陈静楠会心地一笑，陈静楠的脸上也露出了笑意。文笃修没法拒绝陈静楠和夏美云的邀请，只好跟着她们登上二楼，走进了此君斋。此君斋南面的窗帘已经全部拉开，贵妃榻的大部以及那张紫檀木鼓式圆桌和三个紫檀木鼓式坐墩，全部暴露在阳光下。夏美云拉上南面的薄纱窗帘，指着圆桌北面的坐墩说道："请坐吧，博士。"

鼓式圆桌上摆放着一个茶盘，茶盘里摆放着一把茶壶和三个茶碗。跟茶盘摆放在一起的，还有一盘切成长条的萝卜。陈静楠坐在鼓式圆桌东北面靠近贵妃榻的坐墩上，拿起一块萝卜递给文笃修，又举起一块萝卜说道："烟台苹果莱阳梨，不如潍县的萝卜皮。在美国，能吃到这么好的萝卜吗？"

夏美云背对着窗子坐在圆桌南面的坐墩上，不以为然地说道："都成博士了，不可能再关心萝卜皮了吧？"

文笃修笑了笑，没有答话。他咬了一口萝卜慢慢咀嚼着，那种辣中带甜的味道又一次勾起了遐思。从上一次吃潍县萝卜到再一次吃到潍县萝卜，时间已经超过4年。注视着陈静楠和夏美云以及书架上藏书，文笃修突然感到生活了4年的杜克大学不再真实，甚至变成了一团模糊。夏美云将茶壶里倒满水，放下暖瓶，注视着茶壶里冒出的雾气说道："你真的已经接受了复旦大学的聘书？"

"对，八月底报到。"

"也就是说，你只能在瞻可园待半年多时间。"

"可以这样说吧。"

"因为你的出现，瞻可园多了一些生气。我和静楠都盼着你能在瞻可园多待一些时间。做了你爸爸的姨太太，我才意识到身边出现了一道无形的围墙。说到底，已经没有人再跟我们交流。虽然名义上我和静楠比你高一辈，但我们的毕竟是同龄人。因为忙于生意，你爸爸留在瞻可园的时间很少，晚饭也经常不在瞻可园吃。你爸爸不在的时候，瞻可园跟坟墓一样寂静。你母亲去世后,你爸爸接连将静楠和我娶进瞻可园,可你爸爸根本没将我和静楠放在心上。他所关心的,只有丹渊公司。我们只是他的摆设,跟家具没什么两样。"

文笃修咽下嘴里的萝卜,尴尬地维持着脸上的笑容。陈静楠端起茶壶,将三个茶碗里倒满水,说道:"笃修初到美国,举目无亲,肯定也会感受到寂寞的滋味。那种感受,跟我们生活在瞻可园的感受,应该是一样的。"

夏美云叹息了一声,说道:"你是说,我们走进瞻可园,注定要与寂寞为伴了。"

"除了寂寞,我们不是还有锦衣玉食吗?"

夏美云再次叹息了一声,说道:"博士,我们请你来,是想请你讲述海外见闻的,你怎么一直不说话?"

"有什么好讲的?在美国留学的这4年,我一直生活在北卡罗来纳,其他地方仅仅是坐着火车匆匆而过。除了杜克大学所在的达勒姆,我对于北卡罗来纳的其他城市基本没有印象。即使达勒姆,我熟悉的也仅仅是杜克大学的校园。"

夏美云不以为然地摇了摇头,说道:"听说大学生活非常浪漫。你在杜克大学求学期间,难道就没有遇到你喜欢的美国姑娘或者喜欢你的美国姑娘?听说美国姑娘是非常浪漫的。"

"在不少美国人眼里,中国人等同于下等人、奴隶、猪狗。一个国家没有尊严,他的子民是不会被注意的。"

"你是说……"

文笃修打断陈静楠的话语,继续说道:"我在杜克大学的这4年,全部的精力都用在学习上了。我所想的,只是用成绩告诉那些自以为是的美国人,有着几千年文明史的中国人绝不是下等人、奴隶、猪狗。"

陈静楠收敛了原本就不明显的笑意,倒是夏美云依旧问道:"你比我和静楠都年长。除了那个阿格尼丝,你的情感生活不可能是一张白纸吧?"

"好多年前我就爱上了阿格尼丝,而且许下了诺言。"

## 三

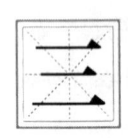

嘈杂的二乐斋安静下来，已经临近正午了。文澄怀在茶几旁独自吃了午饭，随即按了按办公桌上的电铃键。公司杂役收拾起文澄怀用过的碗筷，又用抹布将摆放碗筷的茶几擦拭干净，双手捧着托盘离开了二乐斋。文澄怀端起茶杯漱了漱口，走进套间闭上房门，轻轻地揉了揉眼睛。套间里的窗帘已经拉上，光线暗暗的。文澄怀脱掉上衣和长裤，躺在床上伸展开双腿，虽然疲劳，却没有睡意。他大睁着眼睛辗转反侧，眼前不时地出现文笃修的身影。直至陈静楠和夏美云走进瞻可园，沈漱芳去世后的相当长时间，文笃修是文澄怀唯一的亲人。隔着浩瀚的太平洋，即使跟文笃修频繁通信，也无法化解那绵绵的思念。可是昨天晚上，也就是见到了文笃修的昨天晚上，文澄怀感觉曾经的绵绵思念竟被忧虑取代了。

因为沈漱芳的辞世，又因为陈静楠和夏美云的出现，瞻可园对于文笃修失去了吸引力。虽然文澄怀不愿意承认这一事实，但又无法否认这一事实。前些日子或者说前几年，自己一直盼望文笃修尽快返回二十里堡，竟忽视了沈漱芳的辞世，或者说陈静楠和夏美云的出现所带给文笃修的心灵伤害。可是，谁能阻止死神的降临？虽然陈静楠和夏美云进入了瞻可园，但并没有取得沈漱芳的名分。她们不过是姨太太呀！

连续翻了几次身，还是没有睡意，文澄怀便下了床。他洗了洗脸，穿上长裤和上衣,懒懒地拽开了套间的房门。贺惟忠独自坐在茶几旁的长沙发上,双手按着膝盖,微眯着眼睛。文澄怀轻轻地咳嗽了一声,走到办公桌前用力睁了睁眼睛,好像还沉浸在有关文笃修的遐思之中。贺惟忠急忙站起身,走到文澄怀身边说道:"山西、河南、山东三个省的政府主席都知道丹渊公司,而且亲自派人跟您接洽,这说明丹渊公司已经具有全国影响了。"

文澄怀侧着身子坐在办公桌前的椅子上,再次用力睁了睁眼睛说道:"中国目前仅有潍县、凤阳、许昌三个烟草产地,阎锡山、韩复榘和陈调元知道丹渊公司,并不奇怪。政客们都想握有枪杆子,而购买枪杆子和使用枪杆子,又离不开金子银子。"

"丹渊公司的影响越来越大,保安团能够给瞻可园、丹渊公司和您提供安全保障,实在是莫大的荣耀。"

文澄怀笑了笑,问道:"丹渊公司每月赞助保安团的银元,账房都能按时送到吗?"

"都能按时送到,而且从来没拖后过。"

"那就好。只要你在保安团任职,我就不会停止对保安团的资助。如果你离开了保安团,那就另当别论了……昨晚你说吉尔伯特怎么了?"

贺惟忠拉开二乐斋的斋门向外看了看,又回到文澄怀身边小声说道:"吉尔伯特最近有些异常,英美烟公司的其他外国人好像也是心事重重。"

"你是说……"

"最近一段时间,吉尔伯特跟上海的电报来往特别频繁,好多封电报都交由吉尔伯特亲自翻译。"

"你掌握相关的电报内容吗?"

贺惟忠摇了摇头,说道:"外人根本无法进入吉尔伯特所在的星条庐,除了芳菲苑,吉尔伯特几乎不到别的地方。我派人跟踪过吉尔伯特几次,吉尔伯特跟芳菲苑的所有舞女都热情有加,但能够深交的,只有黄泓丽一人。"

文澄怀从抽屉里取出两包银元递给贺惟忠，说道："黄泓丽也许了解相关的电报内容，你可想办法从她嘴里获知一二。"

贺惟忠摆了摆手，说道："能为您效劳，已经非常荣幸了。哪能再要您的钱？"

文澄怀再次将那两包银元递给贺惟忠，说道："没有钱，芳菲苑会认真接待你吗？黄泓丽是什么人，你该明白。"

贺惟忠笑着接过银元，犹犹豫豫地问道："新任保安团团长即将到任的消息，您听说了吗？"

"谁来都是过客。"

听文澄怀这么一说，贺惟忠谦恭地退出二乐斋，带上了斋门。文澄怀从身旁的报架上取下最新一期的《申报》《大公报》和《字林西报》，摊在办公桌上慢慢翻阅着，再一次对时局产生了忧虑。唐生智和蒋介石之间的战争年前刚刚结束，昙花一现的和平又将毁于炮火。昨天晚上跟陈调元的特使楚颖凯交谈的过程中，文澄怀的脑海里不时地出现已经点燃了导火索的炸药包。山东和山西虽然不接壤，但阎锡山和蒋介石之间如果爆发战争，山东绝不可能置身事外。如果山东成了战场，作为胶济铁路重镇的二十里堡，必将繁华尽毁。不管是《申报》《大公报》，还是《字林西报》，其发布的消息，已经透着硝烟的气味。阎锡山的电报，蒋介石的电报，社会各界的声明，以及吉尔伯特跟上海频繁的电报往来，似乎都预示着战争的不可避免。

真的是山雨欲来风满楼了！

电话铃声突然响起，文澄怀的身体禁不住哆嗦了一下。他抓起话筒仰靠在椅背上，思忖了片刻说道："那1000吨豆饼从大连运抵羊角沟后，可通过小清河和胶济铁路，尽可能快地发放到烟农手里，羊角沟的仓库里不要有存货。原先存放在虾蟆屯火车站仓库的那200吨豆饼，可以转让给米星烟公司，如果那些日本人还想要的话……今年不同于往年了。"

扣上话筒，将刚才翻阅过的报纸挂到报架上，文澄怀走出二乐斋，下了楼。黑色的凯迪拉克轿车静静地停放在楼前的院子里,骤然而起的寒风吹起一张纸片,落在轿车的挡风玻璃上。那张纸片擦着挡风玻璃慢慢滑落,随后又抖动着缓缓上升,越过了丹渊公司西面的围墙。文澄怀扣紧外套衣扣,仰望着围墙外面的法桐树走出丹渊公司,沿着达勒姆路东侧向北走去。

达勒姆路还是那么静寂,青石板铺就的路面上除了几片纸屑和枯叶,只有文澄怀孤独的身影。因为天色还早,丹渊公司西北面的芳菲苑大门紧闭,里面也没有一丝声响。二十里堡日渐繁荣的同时,色情业也日渐发达,虽然先后出现过几家妓院和所谓的舞厅,但芳菲苑始终独领风骚。因为丹渊公司和芳菲苑都处在达勒姆路上,而且相距不远,文澄怀跟黄泓丽并不陌生。沈漱芳辞世以后,陈静楠和夏美云进入瞻可园以前的那段时间,文澄怀在黄泓丽的邀请下进出过几次芳菲苑,但也只是跟里面的舞女说说笑笑而已,并没有留宿,更没有肌肤之亲。

再一次从芳菲苑对面经过,文澄怀想到的却是跟黄泓丽关系密切的吉尔伯特。阎锡山和蒋介石一旦在二十里堡兵戎相见,英美烟公司同样会蒙受巨大损失。对于迫在眉睫的战事,英美烟公司不可能没有相应的对策。虽然丹渊公司跟英美烟公司合作紧密,但是吉尔伯特会向自己透露英美烟公司的相应对策吗?即使吉尔伯特会向自己透露,他又能掌握多少呢?

沿着达勒姆路继续北行,文澄怀来到达勒姆路跟车站二街的交汇处。他站在东南角的一棵法桐树下,望着第一复烤厂半开着的南门,再一次陷入了沉思。因为去年的烟叶已经收购完毕,今年的烟苗还没有移栽,不管是丹渊公司还是英美烟公司,都很安静,即使整个二十里堡,也少有人行。英美烟公司的英美人大都到青岛度假去了,依然留在二十里堡的英美人,几乎都忘情于芳菲苑的霓裳艳影。芳菲苑那个华美的舞厅,是生活在二十里堡的英美人魂牵梦绕的地方,也是他们丧魂失魄的地方。

东面不远处的日新小学传出了急促的钟声,钟声还未消失,学生们的喧闹声便响了起来。文澄怀在绵绵不绝的喧闹声中迈开脚步,向西走到第一复烤厂的南门前。坐在门房里的保安团团丁急忙走出门房,恭恭敬敬地叫了声"文老板",随后抬起手指了指大门东北面的一棵银杏树。吉尔伯特站在银杏树北面呆呆地仰望着残存在树枝上的枯叶,身体像银杏树树干一样一动不动。文澄怀径直走到吉尔伯特身后,说道:"一岁一枯荣,春天的脚步已经踏上二十里堡了。"

吉尔伯努力挤出一丝笑意,说道:"虽然听到了春天的脚步声,但感受到的,还是凛冽的寒风。"

吉尔伯特来自北卡罗来纳州的达勒姆,跟英美烟公司第一任董事长詹姆斯·杜克系老乡,据说连接第一复烤厂和第二复烤厂的达勒姆路,就是吉尔伯特提议命名的。吉尔伯特的这一提议,不单纯是为了取悦詹姆斯·杜克,也寄托了他对家乡的思念。从二十里堡到上海,再从上海回到二十里堡,吉尔伯特在中国已经生活了14年。这14年里,他不光能够熟练地使用汉语,而且还从一个不名一文的穷学生,变成了英美烟公司中国分公司二十里堡经理处的处长。

跟达勒姆一样,二十里堡同样因为烟草而驰名,但在二十里堡,吉尔伯特感受到的是在达勒姆感受不到的孤独。这种孤独有时候像蚂蚁一样在他心里爬行,难耐而又无奈,尤其是烤烟收购结束而烟苗还没有移栽的这段时间。这段时间虽然短暂,对于吉尔伯特来说,却是漫长的,漫长到常常通宵失眠,并且在辗转反侧中迎来第二天的黎明。

可能是因为从小生活在达勒姆的缘故,吉尔伯特对于纽约、上海或者青岛等大城市,没有太大的兴趣。他更愿意亲近的,倒是二十里堡的田园风光,尤其是虞河平静的水面,以及两岸婆娑的垂柳。在二十里堡任职的英美人,全部是男性,没有一个女性。即使已经成家的男性,也都把家眷留在了上海或者青岛。胶济铁路以及津浦铁路和沪宁铁路,就像风筝摇曳的丝线一样牵引着无数双渴望的眼睛。

"我喜欢二十里堡,但不喜欢二十里堡的冬季和初春。"

吉尔伯特叹息了一声。

"英美烟公司入住二十里堡之前,特别是二十里堡火车站建成之前,现在的二十里堡仅仅是一片旷野,除了寂寞还是寂寞。牵引着犁铧的黄牛,和带着苇笠在田野里劳作的农人,都是悄无声息的。黄牛偶尔的叫声,以及农人偶尔的歌声,越发加重了寂寞。火车的汽笛声像利剑一样割裂了这片土地,这片土地越来越喧嚣。"

"我更喜欢二十里堡的喧嚣。"

吉尔伯特再次叹息了一声,转过身对着文澄怀苦涩地一笑。跟吉尔伯特相识的这些年里,文澄怀很少看到吉尔伯特消沉的样子。他无法了解吉尔伯特的精神世界,也就沉默了。吉尔伯特指了指西面经理处那扇涂有黑漆的铁门,对着文澄怀笑了笑说道:"经理处同样寂寞得很,咱们到芳菲苑喝咖啡吧。不瞒您说,芳菲苑已经是我在二十里堡最重要的生活场所了。"

文澄怀答应了一声,跟着吉尔伯特离开第一复烤厂,走进了芳菲苑。

芳菲苑原先是德国驻军的军营和铁路职员的生活区,是跟二十里堡火车站同时建成的。虽然几经易手,即使遭受过日本驻军的破坏,大的格局仍没有改变。黄泓丽取得这片房屋的产权后,更名为芳菲苑。芳菲苑的舞厅原先是个小型礼堂,经过设立在青岛的毕娄哈建筑事务所精心改造,已经不亚于上海的黑猫舞厅。不光在坊子、潍县、益都从事烟草种植和收购的英美人常常因为芳菲苑乐不思蜀,即使济南和青岛的达官贵人,也常常因为芳菲苑甘愿忍受火车的颠簸。晚霞尚未染红西天的云彩,舞池里只有三队男女在缓缓舞动着,音乐台上也只有一位萨克斯手在吹奏《绿袖姑娘》。《绿袖姑娘》是一首古老的英国民歌,优美淳朴而又略带伤感。因为能够从中感受到二十里堡甚至达勒姆的乡村景色,吉尔伯特早已对它的旋律和歌词烂熟于心。他拽着文澄怀绕到舞池的西北角,隔着圆桌面对面坐在卡座上。

不知是有特殊安排,还是那位萨克斯手特别喜欢《绿袖姑娘》,《绿袖姑娘》竟然被连续吹奏了三遍。就在第二遍即将结束的时候,黄泓丽右手托着摆放着三杯红葡萄酒和一盘水果的托盘,左手拎着一瓶波尔多红葡萄酒，悄无声息地出现在文澄怀和吉尔伯特身边。她将托盘和酒瓶放在圆桌上，微笑着跟吉尔伯特坐在一起。吉尔伯特端起一杯红葡萄酒交给文澄怀，又端起一杯红葡萄酒交给了黄泓丽。黄泓丽跟文澄怀碰了碰杯，说道："文老板是芳菲苑的稀客。今天怎么有兴致？"

"芳菲苑人美、舞美，黄老板更是风情万种。可惜阃政太严，只能偶尔涉足。"

黄泓丽哎哟了一声，说道："文老板在瞻可园左拥右抱，哪里还有闲暇出入芳菲苑？跟两位如花似玉的如夫人相比，我们哪个不是残花败柳？"

黄泓丽说完，不动声色地瞥了一眼吉尔伯特。吉尔伯特不时地将目光移向黄泓丽，但脸上的神情还是冷冷的，似乎极力表现出某种拘谨。文澄怀明显感受到吉尔伯特压抑着的热情，但又不好说破，只是默默地喝着红葡萄酒，目光不时地投向舞池里的三对男女。萨克斯手刚刚走下音乐台，吉尔伯特竟然叹息着站起身，离开了卡座。文澄怀不解地望着吉尔伯特的身影，慢慢地将手中的酒杯放在圆桌上。三对男女还在舞池里徘徊，吉尔伯特已经站在麦克风后面。他直视着坐在西北角的黄泓丽，突然用英文唱起了歌。

文澄怀听不懂英文，但能听出依旧是萨克斯刚才吹奏的旋律。黄泓丽喝光杯子里的红葡萄酒，端着空酒杯双手交叉在胸前。她等到吉尔伯特离开麦克风，才若有所思地放下空酒杯，拿起一根香蕉递给了文澄怀。舞厅的门不停地开启，尚未离开二十里堡的英美人陆续走进了舞厅。黄泓丽将文澄怀和吉尔伯特的酒杯里续满酒，对着刚刚走下音乐台的吉尔伯特摆了摆手，独自离去了。文澄怀将站在不远处的一位侍女叫到自己身边，指着慢慢走向自己的吉尔伯特问道："这位先生刚才演唱的是什么歌？"

"《绿袖姑娘》。"

文澄怀点了点头，端起吉尔伯特刚才用过的酒杯，递给了再次回到圆桌旁的吉尔伯特。吉尔伯特端着酒杯坐在卡座上，眼睛一直盯着酒杯里红红的酒液。客人越来越多,乐队也出现在音乐台上。林伊萍、邵佩珊手拉着手走进舞厅,不约而同地回头看了看其他几位舞女,说笑着走向音乐台北侧的长条椅。文澄怀主动跟吉尔伯特碰了碰杯,说道:"芳菲苑荟萃了美酒美人和美的歌声,是二十里堡最具吸引力的地方,美国人、英国人甚至日本人,都成了这里的常客。"

"主要还是因为寂寞。漫长的冬季和初春,二十里堡四周看不到一丝绿色,天地间毫无生气,只有火车的汽笛声还在宣示着磅礴的力量。大多数人走进芳菲苑,无非是追求感官刺激,但也有人是为了寻求心灵慰藉。我们这些来自遥远国度的外乡人,除了开拓新天地的豪情,也有绵绵的凄楚和无尽的感伤。"

"你也算功成名就了,何不衣锦还乡?"

吉尔伯特哈哈一笑,说道:"我不过是英美烟公司的一名雇员。像我这样级别的雇员,英美烟公司何止成百上千。英美烟公司的触角已经伸向全世界,作为英美烟公司的雇员,我只能四海为家了。故乡对我来说,更多的是一种符号,或者是一种思念的载体。"

"既然是四海为家,何必非要留在中国?中国的政局很不稳定,留在中国意味着要承担意想不到的风险。"

"你指的是蒋介石和阎锡山之间有可能爆发的战争吧?"

"战争一旦爆发,山东不可能置身事外。英美烟公司想必也会遭受无法预料的损失。"

"英美烟公司跟蒋介石集团和阎锡山集团的沟通管道始终是畅通的。不管是蒋介石还是阎锡山,都不会损害英美烟公司的利益。准确地说,不管是蒋介石还是阎锡山,都是英美烟公司重要的合作伙伴。"

"即使蒋介石和阎锡山都严令保护英美烟公司的利益,其手下的将领也不一定完全遵从。"

"英美烟公司自从进入中国,已经经历了好几场战争,德国跟日本的,日本跟中国的,以及中国跟中国的,都没有遭受大的损失。对于应对战争,公司早就有了成熟的预案,而且屡试不爽。战争是可怕的,战争的发动,却是基于人的欲望。"

吉尔伯特说到这里戛然而止。他端起酒杯抿了一口,脸上的神情再次庄重起来。调试乐器的声音响过,乐队开始演奏美国民歌《轻率的爱情》。吉尔伯特的眉头皱了皱,慢慢地放下了酒杯。芳菲苑的乐手全部是俄罗斯人,而且大都毕业于圣彼得堡帝国音乐学院,但他们很少演奏俄罗斯歌曲。烟叶收购结束而烟苗尚未移栽的这段时间,滞留在二十里堡的英美人大都无所事事,爱情成了他们唯一的追求。作为爱情的天使,芳菲苑的舞女整天沉浮在甜蜜的柔波里。

再一次从音乐声中感受到爱情,吉尔伯特下意识地叹息了一声。文澄怀注意到吉尔伯特微微翘起的嘴角,但还是装出若无其事的样子。吉尔伯特喝光杯子里的酒,站起身向南走了几步,又转过身对着文澄怀笑了笑。文澄怀在吉尔伯特的注视下离开卡座,跟着吉尔伯特绕过舞池,走到吧台旁。黄泓丽友好地将一位看不清面容的男士推到邵佩珊怀里,嬉笑着走到文澄怀和吉尔伯特身后,一起出了舞厅。

芳菲苑舞厅跟芳菲苑开在达勒姆路上的大门斜对着,舞厅和大门之间的小广场,原先是德国人利用坊子煤矿的煤矸石铺就的,芳菲苑开业前夕铺上了沥青。舞厅房门两侧的球形灯不停地变幻着色彩,伴随着溢出舞厅的音乐,文澄怀和吉尔伯特的身影仿佛在有规律地颤抖。黄泓丽往吉尔伯特身边靠了靠,抬起右手理了一下头发,说道:"你还是吃了晚饭再回经理处吧。文老板家里有两位如夫人,其乐融融,你又没有什么牵挂。吃了晚饭,我还可以陪你跳上几支曲子,《绿袖姑娘》或者《轻率的爱情》。"

《绿袖姑娘》和《轻率的爱情》,黄泓丽是用英文讲的,文澄怀并没有听懂,但他还是微笑着绕过芳菲苑大门内侧的大柳树,独自走出芳菲苑踏上了达勒姆路。一辆载有英美人的黄包车从北面缓缓驶来,黄包车夫的身影或浓或淡地在路面上交叉着。文澄怀迎着黄包车踏上达勒姆路和车站二街形成的丁字路口，不时地张望着西面的第一复烤厂南门和南面的第二复烤厂。

虽说英美烟公司在二十里堡建设了两个复烤厂，但第一复烤厂渐渐变成了生活区和货物存储区，原先的复烤机也都迁往第二复烤厂了。除了偶尔响起的狗的叫声，第一复烤厂内寂静无声，东面不远处的日新小学同样寂静无声，整条车站二街似乎提前进入了梦乡。犹豫再三，文澄怀沿着车站二街南侧拐上了车站路。车站路和铁路之间隔着一道青砖围墙，围墙内灯火通明。文澄怀围绕火车站广场东北角的合欢树转了几圈，低着头走向了车站路西侧与候车室相邻的聚贤馆。聚贤馆共有五间门面，南面的两个房间是雅间，北面的三个房间是散客间。不管是雅间还是散客间，窗玻璃都雾蒙蒙的，黄黄的灯光犹如月亮的光晕。文澄怀刚刚迈进门槛，随即嗅到了炒肝的香味。他面对着窗子坐在散客间临窗的一张方桌前，点了一碗炒肝和一壶白酒，又点了一碟花生米、一碟松花蛋和两个芝麻酱烧饼。

文澄怀特别喜欢炒肝，是聚贤馆的常客，但从没有炫示过身份。有一次到北平，他特意到前门外鲜鱼口的会仙居吃过一次炒肝，还是觉得不如聚贤馆的味道好。聚贤馆可能刚刚送走一批客人，唯一的跑堂段裕征，正在擦拭着文澄怀东侧的方桌；始终面带笑容的店老板薛宗汾，亲自将酒壶、花生米和松花蛋摆放在文澄怀面前，随后又端来一碗炒肝。

每次出现在聚贤馆，文澄怀都会点上一碗炒肝，但他光顾聚贤馆，不仅仅是因为想吃炒肝，主要还是因为跟聚贤馆相邻的二十里堡火车站，或者说二十里堡火车站所联通的远方。二十里堡火车站建成于光绪二十八年，第一次响起的火车的汽笛声始终回响在文澄怀的记忆深处，而且越来越清晰。那伸向天边的铁轨，曾经无数次将文澄怀的视线引向二十里堡以及潍县以外的天地，引向并不清楚的未来。

从某种意义上来说，二十里堡火车站是文澄怀的心灵憩园。

将酒盅里倒满酒，文澄怀叹息着一饮而尽。他舀了一匙子炒肝放进嘴里慢慢咀嚼着，仰起脸望着对面墙壁上的横幅。"稠浓汁里煮肥肠，一声过市炒肝香",再一次读到这条横幅,文澄怀还是不知不觉地想到了北平的会仙居。会仙居里挂着一条同样内容的横幅,只是书法更讲究罢了。因为吃饭的高峰期已过,薛宗汾不再那么忙碌了。他将盛有两个芝麻酱烧饼的柳条筐放在文澄怀面前,撩起搭在肩头的毛巾擦了擦脸。文澄怀咽下嘴里的炒肝,问道:"北平有一家炒肝老店,叫会仙居。你知道吗?"

薛宗汾一愣,答道:"当然知道。您怎么会想到会仙居?"

文澄怀对着对面的横幅扬了扬头,说道:"会仙居里不也有同样内容的横幅吗?"

"北平的饭馆大都是山东人开的。我曾在会仙居当过学徒,辫帅进京那年回到了二十里堡。因为生活在北平的很多日本人喜欢会仙居的炒肝,我就在二十里堡开设了这家小酒馆。那时候的二十里堡还被日本人占据着。"

"相比会仙居的炒肝,我更喜欢聚贤馆的炒肝。"

"聚贤馆的炒肝更适合潍县人的口味……还是会仙居的炒肝好。"

"你为什么不在北平开一家字号?北平的钱不是比二十里堡的钱更好挣吗?"

"北平的大帅太多,整天鸡飞狗跳的,不安稳。再说,多少钱算多?能够吃上碗安稳饭,不用整天担惊受怕,也就满足了。人活一辈子,不就是那么回事?民国二年,美国人在前后埠头和石砬子种了60亩烤烟,成功了。许多人都跟着种烟,可是真正发财的,也只有那个文澄怀。不到20年的时间,铁路沿线长满了烤烟,烟价却越来越低。小老百姓只有出力的份,饿不死罢了。"

听到薛宗汾提及自己,文澄怀从旁边的方桌上拿过一个酒盅,倒了一盅酒递给薛宗汾。薛宗汾接过酒盅,从柜台上拿过一碟切开的咸鸭蛋放到文澄怀面前,说道:"人就活个心境。文澄怀住在瞻可园里,还有两房姨太太侍候着,难道就没有烦恼了?我不信。"

"你认识文澄怀?"

"不认识。他出门坐的是小轿车，没有几个人能见到他。不过，人的名儿，树的影儿，不少在我这里吃饭的人常常说起他。瞻可园原本是文家的乡间别墅，二十里堡火车站通车后，文家人才在里面常驻的。文澄怀和他父亲都是单传，文澄怀唯一的儿子还在美国留学，没有成亲。听说文澄怀的两个小老婆，也都没有开怀。"

长长的汽笛声响过，火车剧烈的颠簸声也远去了，三位提着行李包的旅客走进聚贤馆，不约而同地望着房门对面的曲尺形柜台。薛宗汾意犹未尽地结束了跟文澄怀的交谈，捏着自己用过的酒盅回到柜台后面，热情地招呼着新来的客人。三位旅客可能是上海人，说话很慢，但"阿拉、阿拉"个不停。文澄怀从薛宗汾嘴里听到有关自己的新闻，倒是颇为意外。他慢慢地喝着酒，慢慢地吃着炒肝，心里越来越困惑。

为什么不回到瞻可园，而是要独自留在聚贤馆呢？

房门再次开启，文笃修竟然出现在聚贤馆。他看到独自坐在方桌旁的文澄怀，愣怔了一下。文澄怀好像突然记起了什么似的，他下意识地站起身，随后又坐下了。文笃修坐到文澄怀对面的方凳上，弯下身子说道："您没在公司里，也没回瞻可园……没想到您独自在这里喝酒。"

面对昨天晚上刚刚回到二十里堡的儿子，文澄怀感到了一丝愧疚。他指了指面前的碗碟，问道："是不是还没吃晚饭？"

"我在熙春医院和阿格尼丝一起吃过了……两位姨娘还没吃。"

"你到火车站候车室往家里打个电话，让她们先吃吧。"

文笃修张了张嘴，但还是离开了方桌。

操着上海口音的三位旅客围坐在柜台前的方桌旁，每人先吃了一个芝麻酱烧饼，随后旁若无人地大声说笑起来。薛宗汾将三碗馄饨陆续摆放在三位旅客面前，微眯着眼睛坐在柜台后面，脸上的笑容始终若隐若现。文澄怀再次从旁边的方桌上拿过一个酒盅，倒满酒跟自己的酒盅摆放在一起。文笃修回到聚贤馆，重新坐在文澄怀对面的方凳上，身体略微向前倾了倾。文澄怀将自己的酒盅里添满酒，轻轻地将酒壶放在自己和文笃修中间，问道:"打通电话了?"

"打通了。"

那三位操着上海口音的旅客热烈地说笑着,但文澄怀几乎听不懂他们说了些什么,除了偶尔的几个"阿拉"和"侬"。薛宗汾依然微眯着眼睛坐在柜台后面,只是脸上没有了笑容。文澄怀回过头望了望薛宗汾和那三位操着上海口音的旅客,端起酒盅对着文笃修举了举,问道:"怎么知道我在这里?"

"二十里堡又不大。"

文澄怀抿了一口酒,放下酒盅说道:"兴冲冲地回到瞻可园,突然发现瞻可园已经非常陌生,本来想找寻美好的记忆,谁知却失落了记忆中的美好。我完全能理解你现在的心情。在杜克大学,经常跟同学们一起喝酒吗?"

文笃修盯着面前的酒盅,颇为感慨地说道:"杜克大学的中国留学生很少……因为经常遭遇美国人的冷眼,中国留学生经常聚在一起借酒浇愁。借酒浇愁愁更愁,记得好像有这么一句古诗。我们这一代留学生,酒量都不小。越是生活在国外,越是期盼中国能快快富强起来。"

"国家终究会一天天富强起来的。仅仅用了20多年时间,二十里堡不就从一片旷野变成了一座繁华的小城镇吗?交通银行、中国银行、正金银行以及上海商业储蓄银行,不都在二十里堡设立了办事机构吗?"

"二十里堡的繁荣是中国人创造的吗?二十里堡的未来掌握在中国人手里吗?如果不是借助英美烟公司,您能够拥有现在所拥有的财富吗?"

"没想到你去国4年,竟有……你成熟了。"

"不管是谁,只要面对美国人轻蔑的眼神,都会瞬间成熟的。"

文澄怀端起酒盅抿了一口,慢慢地放在方桌上。文笃修确实有相当的酒量了,他端起酒盅一饮而尽,丝毫没有犹豫。文澄怀将文笃修的酒盅里再次倒满酒,嘴角微微抽动着,不知是因为感慨还是因为欣慰。文笃修没再喝酒,只是抬起左手看了看手表。文澄怀到柜台前结了账,刚要离开,便被操着上海口音的三位旅客叫住了。其中的一位旅客站起身，一字一句地说道："我们是中途下车的。听说二十里堡有个芳菲苑，您能告诉我们具体地址吗？"

"离开饭馆往南走，左拐一次，右拐一次，就到了。"

文澄怀已经不止一次在火车站附近遇到这类问路的旅客了，他回答完毕，还没等他们说完"谢谢"，便走出了聚贤馆。文笃修和文澄怀从车站路拐上车站一街，又沿着车站一街走到保安团大门东侧的车站东路路口，不约而同地放慢了脚步。文澄怀侧过头看了看文笃修，说道："陈静楠和夏美云来到瞻可园以后的很长一段时间，我经常良心不安，总觉得对不起你。你回到瞻可园以后，我更加无地自容。"

"没必要的，爸爸。我已经说过了。"

"你的宽恕其实加重了我的内疚。"

"两位姨娘都是不错的人。"

"她们走进瞻可园，也都是出于无奈……陈静楠心性很高，倒是夏美云更关注物质生活的富足。"

文笃修不知道怎样跟文澄怀谈论陈静楠和夏美云，他停下脚步，转过身望着文澄怀说道："今年的烤烟生产会不会遇到障碍？我是说，蒋介石和阎锡山之间有可能爆发战争。我在青岛一上岸，就嗅到了硝烟的气味。在从青岛开往二十里堡的火车上，旅客们谈论最多的，也是阴云密布的时局。"

"目前的中国，大小军阀如过江之鲫，内战是无法避免的。作为老百姓，唯一能做的就是祈祷和平。可是，祈祷有用吗？"

"一个国家竟然有无数个大大小小的军事集团，实在匪夷所思。中国的富强，只能在一个强大的军事集团有效地统一中国之后，而这个军事集团必须代表绝大多数中国人的利益。"

"蒋介石和阎锡山，不都宣称代表绝大多数中国人的利益吗？"

文笃修轻蔑地一笑，沉默了。

沿着车站一街继续东行，文澄怀和文笃修来到了车站一街和潍安汽车路形成的十字路口。十字路口东北面的那几座烤烟房，剪影般点缀在旷野中，冷冷地透着凄清。南北走向的潍安汽车路像拙劣的画笔涂抹的毫无生气的线条，孤独地平铺在大地上。东北面的瞻可园也被黑暗笼罩了，只有望云楼还透着亮光。文澄怀和文笃修没再说话，他们走进瞻可园，并肩踏上了望云楼门前的台阶。一楼大厅光线暗淡，悄无声息。文笃修等候文澄怀的身影消失在楼梯转角处，悄悄地走进了漱芳轩。

卧室里开着床头灯，被子已经展开了，茶几上除了点心，还摆放着一盘水果。文笃修关闭轩门，脱下衣服挂在衣架上，光着身子走进了卫生间。他匆匆地洗了洗澡，穿着睡衣躺在架子床上，心事重重地仰望着挂在东墙上的沈漱芳的照片。照片上的沈漱芳模模糊糊，似乎满面愁容。文笃修极力分辨着沈漱芳的眼神，又一次感受到巨大的失落。

父亲肯定也躺下了。他是躺在陈静楠身边，还是躺在夏美云身边呢？

想到这里，文笃修的心里像东墙外的虞河一样荡起了涟漪。涟漪渐渐扩大，整幢望云楼恍惚间变成了一叶孤舟。文笃修将被子盖在身上，熄灭床头灯，大睁着眼睛望着浓雾一样化不开的黑暗。仿佛闪过一道亮光，文笃修在黑暗中看到了阿格尼丝的身影。和阿格尼丝一起出现的，还有熟悉的乐道院以及自己和阿格尼丝一起就读过的教室。坐在教室里的阿格尼丝还是十几年前的样子，金黄的头发、浅浅的笑靥、清澈的眼睛。在美国生活了四年，文笃修和阿格尼丝通过无数封信，即使阿格尼丝离开潍县回到英国读书期间。每次阅读阿格尼丝的信函，文笃修总能体会到初吻的感觉，尤其是阿格尼丝湿湿的嘴唇和略微颤抖的身体。

谛听着自己越来越剧烈的心跳，文笃修的思绪越发飞扬起来。从乐道院到齐鲁大学，从齐鲁大学再到杜克大学，文笃修脱尽了少年的稚气，渐渐体味到了人生的艰难，尤其是作为中国人不得不忍受的屈辱。在杜克大学期间，曾有德国籍和日本籍的女同学先后垂青过文笃修，甚至表示过爱慕之情，但都被文笃修断然拒绝了。不仅仅是因为阿格尼丝，也是因为德国和日本曾经给中国造成的巨大伤痛。德国人和日本人背着步枪在二十里堡晃动的身影，像步枪上的刺刀一样闪烁着寒光。在刺刀的寒光映衬下，阿格尼丝的形象反而越来越美好。想到阿格尼丝，文笃修常常想到乐道院上空丝丝缕缕的白云。

实在没有睡意，文笃修拉亮床头灯，背靠着床头半躺在床上，再一次将目光投向沈漱芳的照片。要是母亲还生活在世界上，要是父亲身边没有陈静楠和夏美云，重新回到瞻可园的自己，又会拥有什么样的心情呢？闭上眼睛，静静地追思着沈漱芳的音容笑貌，文笃修的思维突然转入了火车站旁边的聚贤馆。对于聚贤馆，文笃修并不陌生，赴美留学之前，他不止一次到那里吃过饭。文笃修感到不解的是，父亲竟然会在自己回到瞻可园的第二天晚上，独自在聚贤馆喝酒。作为成功的企业家，父亲有什么酸楚？有什么难以排遣的心事？

越来越清晰的火车的汽笛声从西面传来，文笃修下意识地下了床，呆立在床前。四年前，尤其是等候出国前的那些日子，原本已经被漠视的火车的汽笛声常常将文笃修从梦中唤醒。那长长的汽笛声犹如随风招展的旌幡，吸引着文笃修从二十里堡奔赴陌生的、带有神秘感的远方。那时候的远方犹如天堂，犹如在乐道院第一次听说过的伊甸园。可是自己在美国生活的4年，收获的又是什么呢？除了那个博士文凭，更多的是沧桑，还有对于叶赛宁的那句诗的深切体味："金黄色的落叶堆满心间，我已经不再是青春少年。"

可是，自己真能像叶赛宁所说的那样"不惋惜，不呼唤，我也不啼哭"吗？

反复回味着叶赛宁的诗句，文笃修疲惫地闭上了眼睛。

一觉醒来，已经是午饭时间。文笃修洗漱完毕，搓着双手走出漱芳轩，意外地见到了阿格尼丝。阿格尼丝和陈静楠、夏美云围坐在一楼大厅西北角的沙发上，茶几上的果盘里已经出现了一小堆瓜子皮、橘子皮和香蕉皮。虽然昨天已经在熙春医院跟阿格尼丝见过面了，但在瞻可园再次见到阿格尼丝，文笃修还是有些激动。他走到茶几旁叫了一声"阿格尼丝"，面对着阿格尼丝坐在陈静楠身边。陈静楠剥开一个橘子递给阿格尼丝，侧过身对着文笃修说道："阿格尼丝一早就来了。她怕影响你休息，没忍心叫醒你。"

阿格尼丝将手中的橘子分成两半，将其中的一半递给文笃修，说道："不就是在海上漂泊了几天？至于这么晚才起床？"

"回到家里，彻底放松了。"

"对，你有家。"

对于阿格尼丝的回答，陈静楠颇感意外。她从阿格尼丝身上移开目光，端起茶壶给文笃修倒了一杯茶，又将茶壶里倒满了热水。因为有陈静楠和夏美云在场，文笃修颇为拘谨。他将阿格尼丝递给自己的橘子塞进嘴里，像突然记起了什么似的问道："在伦敦读医学院期间，你到访过希布纳先生曾经生活过的康威小镇吗？"

"康威小镇已经物是人非。父亲常说的那片小树林还在，那条小河还在，那处古堡还在，我却没有回到故乡的感觉。我更愿意将潍县当作故乡，我的童年记忆主要来自乐道院。"

陈静楠突然有些伤感。她对着文笃修笑了笑，拽着夏美云走进了餐室。阿格尼丝尴尬地站起身，跟在文笃修身后走进晚钟斋，任凭泪水滑过脸颊。一阵长吻过后，阿格尼丝微笑着停止了哭泣。她掏出手绢擦掉自己脸上的泪水和文笃修脸上的泪水，目不转睛地凝视着文笃修的眼睛，喜悦中透着羞涩。在杜克大学读书期间，文笃修曾经设想过无数个跟阿格尼丝重逢的场景，但从没想到竟会无话可说，即使昨天在熙春医院与阿格尼丝久别重逢。他闭合晚钟斋的斋门再次将阿格尼丝抱在怀里，忘情地亲吻着。轻轻的敲门声响过，晚钟斋的斋门开了。夏美云咳嗽了一声，笑着说道："真对不起，打扰你们了。午饭已经摆上了长条桌，不知你们……"

仿佛突然遭到了电击，文笃修和阿格尼丝同时松开手，不知所措地望着夏美云。跟文笃修和阿格尼丝一样，夏美云的脸颊也红红的，像刚刚露出地平线的朝阳。她将刚才说过的话重复了一遍，随即从晚钟斋的斋门口消失了。文笃修和阿格尼丝相视一笑，满脸愧色地走进餐室，立刻遇到了夏美云意味深长的目光。文澄怀一早就去了丹渊公司，餐室里只有陈静楠和夏美云。陈静楠并不知道夏美云在书房里看到了什么，也没有留意文笃修和阿格尼丝的神情。她举起早就倒好的红葡萄酒，分别跟文笃修、阿格尼丝和夏美云碰了碰杯，说道："老爷中午很少回瞻可园，也不知道阿格尼丝到了瞻可园。我和美云张罗了这桌饭菜，特意向你们表示祝福。期待阿格尼丝尽快搬进瞻可园，和我们生活在一起。我和美云也期待瞻可园能够增添新的生命。瞻可园很长时间都没有生气了。"

　　文笃修未置可否，他喝了一小口酒，随后放下了酒杯。阿格尼丝瞥了一眼文笃修，脸色越发红润了。她对着陈静楠和夏美云笑了笑，也跟着文笃修喝了一小口酒。陈静楠似乎颇多感慨，她等候阿格尼丝和夏美云同时放下酒杯，继续说道："从潍县奔赴遥远的英国和美国，再从遥远的英国和美国回到潍县，你们拥有了跟别人不一样的人生，真的很羡慕你们。"

　　夏美云瞥了一眼文笃修，对着阿格尼丝说道："静楠曾经在齐鲁大学念过书。"

　　在中国生活了这么多年，阿格尼丝完全清楚陈静楠和夏美云在瞻可园的地位。她恭恭敬敬地跟陈静楠和夏美云说着话，并没有对文笃修有任何亲昵的表示。文笃修注意到，陈静楠话语中的"瞻可园"，大多数情况是可以用"家"取代的。陈静楠避免使用"家"，显然是在回避这个温暖的字眼。可是重新回到瞻可园的自己，真正体味过家的温馨吗？听到陈静楠也曾经在齐鲁大学就读过，阿格尼丝的话语渐渐多了起来。她主动跟陈静楠谈及了乐道院跟齐鲁大学的渊源，以及曾经在乐道院生活过的齐鲁大学的教师。也许是阿格尼丝的话语打开了陈静楠尘封的记忆，陈静楠脸上出现了一丝惆怅或者向往。她跟阿格尼丝交谈着，竟然使用了很长时间都没有使用过的英文。文笃修颇为诧异，夏美云也睁大了眼睛。

　　再次从自己嘴里听到熟练的英文，陈静楠愣怔了片刻。她似乎重新回到了齐鲁大学,回到了五三惨案发生以前的少女时代。要不是日军炮轰泺源门,要不是日军在顺城街纵火,自己的命运会跟姨太太联系在一起吗?想到这里,陈静楠轻轻地叹息了一声。阿格尼丝和陈静楠谈到的许多老师,有不少是文笃修熟悉的。文笃修静静地聆听着她们的交谈,感受最深的是一去不回的时光。

同样是文澄怀的姨太太,夏美云从未感受到来自陈静楠的敌意,即使文澄怀两三个星期都不踏进陈静楠居住的涵虚轩。有时候是出于对陈静楠的内疚,有时候是想暂时摆脱文澄怀的纠缠,夏美云不止一次鼓动文澄怀到涵虚轩过夜,陈静楠也没有表示反感或者感激。即使文澄怀连续几天都在涵虚轩,陈静楠的神情也是冷冷的。因为寂寞无聊,夏美云有时候也谈及文澄怀在床上的表现,陈静楠听后仅仅是笑笑而已。

始终感受不到来自陈静楠的敌意,夏美云渐渐地将陈静楠当成了姐姐,尽管陈静楠喜怒不形于色。夏美云知道陈静楠的英文水平很高,但从未听过陈静楠讲英文,只是经常从陈静楠的床头上看到英文书。虽然陈静楠和阿格尼丝用英文谈论的都是琐碎的往事,但在文笃修听来,始终弥漫着无限惆怅。他仰望着挂在墙壁上希布纳创作的那几幅油画作品,尤其是那幅《劳作者》,似乎融进了金黄色的田野中。烤烟在坊子试种成功以后,二十里堡四周的大片耕地都种植了烤烟,文笃修有关二十里堡的记忆似乎都弥漫着辛辣的气息。

吃了午饭,文笃修和阿格尼丝没在瞻可园停留,而是沿着虞河东岸临近水面的荒径向北走到露香亭正东面,面对着露香亭站立在一棵粗大的苦楝树下。苦楝树的树叶几乎落光了,数不清的苦楝子依然悬挂在树枝上。微风吹过,树枝不时地发出窸窸窣窣的声响,仿佛凄楚的哀叹。青砖围墙的墙皮剥落了许多,挺立在墙头扣瓦缝隙里的一簇簇杂草,也在微风中瑟瑟颤抖。阿格尼丝伸手摘下一枚苦楝子,靠近文笃修说道:"再一次踏进瞻可园,我感受不到温馨了。"

"何止是你?我同样如此。"

"结婚后,咱们如果不离开瞻可园的话,将很难跟你父亲的这两位姨太太相处。她们都比我们年轻。"

"这在中国是很正常的,我们只能接受。"

"她们好像并没有幸福感。"

"她们怎么可能有幸福感呢?她们只是找了个饭碗而已。"

文笃修叹息了一声,没再说下去。阿格尼丝也没再说什么,她拉着文笃修坐在苦楝树裸露的树根上,注视着虞河平静的水面说道:"父母相继去世后,你成了我唯一的亲人。我之所以继续留在潍县,完全是为了等候你。我现在已经没有勇气再次离开你了,也没有勇气让你单独远行了。见到你父亲的两位姨太太后,我又有些担心,担心你身边也会出现其他女人。"

"怎么可能呢?中国正在发生巨大变革,婚姻观念也不可能始终如一。"

"你起床之前,我已经跟你父亲的两位姨太太交谈了很长时间。我感觉咱们的爱情已经失衡,我毕竟成了孤女,而且是没有故乡的孤女,而你却是有钱人家的少爷,丹渊公司唯一的财产继承人。我爱着你,但又害怕你不珍视我。我担心……"

"对于这个问题,我们已经在信中交流过多次,无须再提了。我爱着你,即使虞河不再扬波,即使二十里堡从地球上彻底消失。"

## 四

陶明礼从羊角沟乘坐汽车赶到益都火车站,再从益都火车站乘坐火车回到二十里堡,已经是下午一点钟了。他在聚贤馆吃了一碗和乐和三个芝麻酱烧饼,拎起铺盖卷扛在肩上,重新踏上了车站路。车站路上熙熙攘攘,提着行李箱匆匆赶路的旅客以及胸前挂着柳条筐高声叫卖的小贩拥挤在一起,喧嚣声连绵不绝。陶明礼躲躲闪闪着向南走到火车站围墙的豁口处,意外地听到了微弱的呻吟。他扛着铺盖卷慢慢地转了一圈,左手攀着围墙的豁口向火车站内部张望着。

铁道线东侧堆积着如山的货物,大多数货物都覆盖着帆布,只有很少一部分裸露在阳光下。在如山的货物和围墙之间,有一个南北走向的土坑。土坑北面有一个木柴垛和一个烟秸垛,土坑南面有一棵梧桐树,梧桐树下堆着一堆木柴和烟秸,呻吟声就是从那堆木柴和烟秸下面发出的。想到在羊角沟遭受的冤屈,陶明礼叹息着向南走了几步,随后回到了豁口处。他将铺盖卷搭在围墙上,双手攀着豁口翻越围墙,迅速拨开了梧桐树下的木柴和烟秸。木柴和烟秸下面竟然躺着一个人,而且是在日新小学担任过国文教员的庄季江!陶明礼惊恐地蹲下身子,小声叫道:"庄老师,庄老师。"

庄季江的额头和脸颊上都有淤血,呼吸非常微弱。陶明礼连续拍击了几下庄季江的脑袋,庄季江也只是哼哼了两声。庄季江身上并没有搏击过的痕迹,只是脖颈上有明显的勒痕,而且还结了痂。陶明礼趴在围墙的豁口处叫住一辆三轮车,背起庄季江翻越了围墙。他将庄季江和铺盖卷移到三轮车上,拨开围观的人群,引领三轮车夫进入了熙春医院。

熙春医院在车站路和车站一街交汇处的东南角。可能是刚刚过了午饭时间,医院里很安静,除了售药窗口前站立着的两个人,只有阿格尼丝坐在诊室里翻阅着一本《病理学》。她看到奄奄一息的庄季江,急忙离开问诊桌,指挥陶明礼和三轮车夫将庄季江抬到病床上。陶明礼付了车费,将自己的铺盖卷从三轮车车厢抱进诊室,抻开被子盖在庄季江身上。阿格尼丝将右手在庄季江的鼻孔处晃了晃,又用听诊器听了听庄季江的心脏,站直身子说道:"病人受了严重外伤,又挨了冻,恢复起来需要一定时间。你是……"

"我是他的学生,他曾经在日新小学担任过国文教员……如果庄老师康复后无法偿还治疗费用的话,我愿意替他偿还。"

阿格尼丝没再说什么。她坐在问诊桌前开出一个处方,随后离开了诊室。走廊里简短的低语声响过,一位护士走进诊室,和陶明礼一起架着庄季江走进了二楼的三号病房。庄季江刚刚躺在靠近前窗的病床上,另一位护士托着一个搪瓷盘,跟在阿格尼丝身后走到了庄季江的病床前。她给庄季江挂上吊瓶,双手端着搪瓷盘站在阿格尼丝身边。阿格尼丝再次将右手在庄季江的鼻孔处晃了晃,转过身指了指房间里的另一张病床,对着陶明礼说道:"庄老师需要很长时间才能清醒过来,你到那张病床上躺躺吧。"

陶明礼知道暂时无法回家了,也就顺从地点了点头。

熙春医院是设立在乐道院的潍县基督教医院的分院,主体建筑是一栋五开间的二层楼房,楼房东面有两排供医护人员居住的平房。因为要在诊室接诊,阿格尼丝离开病房后便消失了,只有护士给庄季江换了两次吊瓶。医院里静悄悄的,即便走廊里偶尔响起的脚步声,也好像来自虚幻的梦境。阳光从西南面射入,庄季江完全暴露在光影里。陶明礼侧着身子躺在病床上，望着依然昏迷的庄季江和庄季江身体上方的吊瓶，追忆着从发现庄季江直到将庄季江送进熙春医院的整个过程。庄季江怎么会躺在火车站内的土坑里？他身上的勒痕又是怎么留下的？

第三个吊瓶还未滴完，庄季江醒了过来。他睁开眼睛，愣愣地望着头顶上方的吊瓶和病房里的一切，目光空空洞洞的。陶明礼原本想喊一声"庄老师"的，可是话到嘴边又咽了下去。他兴奋地注视着庄季江，似乎在等待着什么。或许是将陶明礼当作跟自己一样的病人了，庄季江慢慢地将后背靠在床头上，从上衣口袋里摸出一块银元，伸向陶明礼说道："麻烦你跑一趟保安团吧。请你告诉贺惟忠，说庄季江到了二十里堡。"

确信庄季江没有认出自己这个曾经的学生，陶明礼顿时非常失落。他没有理睬庄季江手中的银元，而是下了床，穿上了鞋子。庄季江再次将后背往床头上靠了靠，说道："我没有更多的钱了。贺团长到来后，会重赏你的。"

陶明礼没有答话，甚至也没有回头。他在庄季江疑惑的目光里走出三号病房，轻轻地带上了房门。阿格尼丝还在诊室里忙碌，陶明礼向她说明外出原因，随后踏上了熙春医院门前的车站路。车站路上依然川流不息，黄包车的车铃声伴随着黄包车夫的脚步声，时高时低地响着。陶明礼夹杂在匆匆的人流和车流中拐上车站一街，眼前不时地闪现着庄季江伸向自己的那枚银元。那枚银元仿佛骤然而起的寒风，在陶明礼心中激荡着。

二十里堡保安团在车站一街和车站东路交会处的西南角，大门开在车站一街上。陶明礼低着头走到保安团大门口，心跳突然加速了。二十里堡保安团的大门，竟然跟羊角沟巡警局的大门极其相似！青砖垒成的门柱上安装着弧形铁架，铁架上除了国徽还插有国旗。那国旗已经褪色，很不情愿地微微抖动着。可能是有关羊角沟巡警局的记忆太深刻，陶明礼身上的鞭痕又开始隐隐作痛。他到警卫室通报了一声，沿着院内的南北甬道向南走去。

二十里堡保安团占用的是英美烟公司的房舍，中间偏南处有一个独立的院落，被称作度因院。度因二字取自《晏子春秋》中的一句话，也就是"谋必度于义，事必因于民"的缩写。度因院朝东开有月亮门，院内仅有开有两个门洞的一排平房，门洞东侧的墙上分别嵌有度义斋和因民斋。度义斋居西，因民斋居东，整排平房带有明显的异域风情，跟西面第一复烤厂内的建筑风格完全一致。平房南面搭有一座巨大的葡萄架，虽然葡萄架上仅剩了几片枯叶，但蜿蜒的藤蔓依然顽强地纵横伸展着。

因民斋共有三间房屋，西面的两间房屋之间没有墙壁，用作了会议室；东面的那间房屋房门紧闭，系办公室。陶明礼被站立在月亮门口的一名团丁带进因民斋，不安地瞥了一眼会议室内呈东西方西摆放的一张会议桌，以及摆放在会议桌四周的一圈椅子。贺惟忠坐在会议桌北面最东侧的椅子上，左脚踩着椅子的左山撑，右脚在会议桌上轻轻抖动着。那名团丁趴在贺惟忠的左耳边低语了几声，转身退出因民斋，站在院子里的月亮门内侧。贺惟忠将右腿移下会议桌，瞥了一眼紧盯着自己的陶明礼，懒懒地问道："你找我有什么事？"

"是庄季江要我给你送信的，他现在熙春医院。"

尽管已经得到了庄季江遇救的消息，但从陶明礼嘴里听到"庄季江"这三个字，贺惟忠还是流露出惊讶的神情。他按着桌面站起身，慢慢地走到陶明礼面前，说道："我以前见过你的……能陪我到熙春医院看看庄季江吗？"

陶明礼答应了一声，转身走出了因民宅。贺惟忠到办公室打了个电话，带着陶明礼走出度因院，坐上了刚刚停在月亮门前的三轮摩托车。三轮摩托车轰鸣着驶进熙春医院，陶明礼因为第一次乘坐摩托车而产生的紧张感才消失了。他引领贺惟忠走进二楼的三号病房，默默地站在了贺惟忠身后。庄季江挣扎着坐起身，伸出右手跟贺惟忠握了握，又躺下了。陶明礼还不知道庄季江现在的身份，但已经从贺惟忠谦卑的神情看出了端倪。他对着贺惟忠和庄季江笑了笑，悄悄地退出病房，下到了一楼。阿格尼丝诊室门前的长椅上坐满了人，两名英美人站在走廊里高谈阔论着。陶明礼刚刚走出熙春医院，随后听到了贺惟忠的叫声。贺惟忠拽着陶明礼的衣袖走到熙春医院对面的一棵刺槐树下，从口袋里掏出20枚银元按在陶明礼的右手里，说道："这是庄团长托我送给你的，你没必要拒绝的。你如果加入保安团，必将受到重用。"

"庄团长？"

陶明礼愣住了。

贺惟忠流露出一丝诧异的神情，转身离去了。陶明礼蜷起右手，愣愣地望着贺惟忠的背影，身体像身边的刺槐树一样僵立着。车站路两侧的路灯突然燃亮，陶明礼的眼睛禁不住眨了眨。他将手中的银元放进上衣口袋，躲闪着进出火车站的人流向南走去。一名商贩在火车站广场东北角的合欢树下转来转去，大声叫卖着提篮里卷有鸡蛋的单饼。聚贤馆的房门半开半闭，饭菜的香味在门前弥漫着。陶明礼按着上衣口袋快步走到火车站围墙的豁口处，久久地望着土坑南侧那棵梧桐树下凌乱的木柴和烟秸，心里升腾起越来越多的谜团。喷吐着雾气的火车从南面缓缓驶来，土坑及土坑西侧的货堆完全被雾气笼罩了，土坑南侧的梧桐树也变得影影绰绰。

从车站路拐上车站二街，再从车站二街拐上车站东路，陶明礼终于站在了白杨巷巷口。巷口南侧的两棵白杨树依旧向天空伸展着光秃秃的枝条，树间的积雪却不见了踪迹。陶明礼怅怅地走到自家的街门前，脑海里挥之不去的，还是火车站的围墙豁口和庄季江脖颈上的勒痕。街门已经闭合，但里面并没有上锁。陶明礼旋转了一下固定着门关的门环，推开门，迈进了门槛。陶明义最先听到了陶明礼开启街门的声音，他绕过影壁墙，双手抱住陶明礼说道："哥哥，听说你被人打了？"

陶明礼闭合街门，搭上门关，俯视着陶明义的脸颊说道："没事的，没事的。"

当门里的方桌上亮起了美孚灯，陶绍安和屈蓉初侧着身子坐在方桌的东西两侧，不约而同地向房门外张望着。陶明礼揽着陶明义走进当门里，随手闭上房门，叫了一声"爸爸、妈"。陶绍安和屈蓉初先后答应了一声，疑惑不解地望着陶明礼。陶明礼知道陶绍安和屈蓉初的目光意味着什么，但没做任何解释，只是洗了洗手，坐在了方桌旁。

晚饭是玉米饼子和玉米糊糊，大碗里的辣炒萝卜丝已经所剩无几。陶绍安没再动筷子，他吃掉手里的半块玉米饼子，悄悄地离开了方桌。屈蓉初也没再动筷子，她将自己剩下的玉米饼子放回饭笸箩，默默地看着陶明礼和陶明义。陶明礼将盛有辣炒萝卜丝的大碗往陶明义面前移了移，一边吃着玉米饼子，一边喝着玉米糊糊。屈蓉初从饭橱里拿出一块辣疙瘩咸菜到院子里洗了洗，切成细条后收入了一个小碟子。陶明礼接过小碟子叫了声"妈"，随手捏起一条辣疙瘩咸菜。陶明义吃了几筷子辣炒萝卜丝，不好意思地将盛有辣炒萝卜丝的大碗推到陶明礼面前，低低地叫了声"哥哥"。

陶明礼吃了两个玉米饼子，喝了两碗玉米糊糊，便将凳子往外移了移。陶明义吃完饭，在衣服上擦了擦双手，走进西间放下了门帘。大碗里的辣炒萝卜丝并没有吃光，但还是被屈蓉初倒掉了。陶明礼帮着屈蓉初收拾起碗筷，擦干净方桌，又洗了洗手。屈蓉初洗干净碗筷放进饭橱，擦干净双手坐在方桌旁，眼睛一直盯着陶明礼。西间里不时地响起陶明义诵读课文的声音，或高或低；东间里不时地传出陶绍安哼唱平剧的声音，同样或高或低。屈蓉初朝着陶明礼探了探上身，小声问道："你怎么这么晚才回家？铺盖呢？"

陶明礼不愿意提及救助庄季江一事，吞吞吐吐地说汽车和火车都晚了点，铺盖丢在了火车上。屈蓉初略微点了点头，没再追问。她注意到陶明礼脖颈上的鞭痕，眉头随即皱紧了。陶明礼知道自己无法掩饰身上的鞭痕，索性解开上衣纽扣，裸露了胸膛。屈蓉初双手捂着嘴啊了一声，禁不住啜泣起来。陶明礼担心屈蓉初的啜泣会影响正在复习功课的陶明义，急忙撩起东间的门帘，搀扶着屈蓉初坐到炕沿上。

看到陶明礼胸膛上的道道鞭痕，陶绍安也吃了一惊。他不安地往屈蓉初身边靠了靠，渐渐收敛起因为陶明礼重获自由而露出的笑容。陶明礼扣紧上衣纽扣，面对着陶绍安和屈蓉初坐在炕前里的椅子上，双手轻轻地揉搓着。东间的东墙上挂着一盏美孚灯，淡黄色的灯光涂抹在陶绍安和屈蓉初脸上，加重了他们的忧郁。陶绍安撩起门帘走出东间，用炉钩捅了捅连通着西间的火炉，加进了两铲子煤块。他将院子里的一个陶瓷大盆刷了刷搬进当门里，又从井里提了一桶水，倒进了大盆。屈蓉初回到当门里，不解地望着陶绍安，问道："你这是？"

陶绍安将燎壶里的开水以及暖瓶里的热水全部倒进大盆，贴近屈蓉初的左耳说道："让明礼洗洗澡吧。"

屈蓉初试了试水温，对着东间的门帘大声说道："明礼，你先洗洗澡吧。你爸爸给你准备好水了。"

陶明礼答应了一声，走出东间叫了声"爸爸"。他从上衣口袋里掏出贺惟忠赠送的20枚银元，连同自己积攒的两枚银元交给屈蓉初，脱掉上衣放在凳子上。屈蓉初右手托着22枚银元，拽着同样满脸疑惑的陶绍安走进东间，紧靠着东墙坐在炕沿上。她将22枚银元整齐地摞在炕上，脸上的神情犹如院子里僵硬的土地。陶绍安瞥了一眼低垂的门帘，指着摞在炕上的银元小声说道："明礼怎么有这么多钱？他是不是……"

屈蓉初摇了摇头。

当门里响起了哗啦哗啦的水声，火炉的风声也越来越响了。

"我给明礼搓搓后背吧。"

陶绍安说完，站起身走出东间，在当门里跟陶明礼低语着。屈蓉初独自坐在炕沿上，眼睛始终盯着摞在炕上那22枚银元。按照丹渊公司的规定，像陶明礼这样刚开始学生意的职员，除了管吃管住，所谓的薪水仅仅是象征而已。这22枚银元到底是从哪里来的？陶绍安跟陶明礼说话的声音很小，屈蓉初根本听不清。门帘撩起又闭合，陶绍安再次回到了屈蓉初身边。他将那22枚银元摊放在炕上，贴近屈蓉初说道："我还是早到店里值夜吧。你跟明礼好好谈谈。这22枚银元来路不明。"

"你跟他谈谈不是更好吗？"

"我虽然是明礼的亲爹,但在明礼眼里,连个后爹也不如。你虽然是后妈,明礼却像待亲妈那样待你。"

屈蓉初没再说什么,只是低下了头。

当门里哗啦哗啦的水声不再响起,西间里响起了陶明礼和陶明义的说话声。屈蓉初跟着陶绍安走出东间,并肩站在方桌旁。方桌南面的地面已经湿了,空气中增加了一丝腥臭味。屈蓉初蹲下身子,将陶瓷大盆清洗了一遍,站直身子甩了甩双手。陶绍安将大盆里的浊水倒在院子里,又将大盆放在井台边,随后走出了街门。屈蓉初关闭街门,回到当门里关闭房门,对着坐在火炉旁的陶明礼笑了笑。陶明礼的头发湿湿的,脸色红红的。他站起身叫了声"妈",随后问道:"爸爸呢?"

"到店里值夜了。"

"以后还是我去值夜吧。我都这么大了。"

"再大也是孩子。你在羊角沟受了那么大的委屈,你爸爸能忍心让你一回家就去值夜吗?"

听到屈蓉初提及羊角沟,陶明礼轻轻地叹息了一声。他瞅了一眼西间的门帘,走进了东间。屈蓉初到西间里看了看还在看书的陶明义,从柜子里找出两床被子铺在另一张床上,也回到了东间。陶明礼面朝着南窗站在炕前里,双手交叉在胸前,身体一动不动。屈蓉初走到陶明礼身边,仰起头盯着陶明礼的眼睛说道:"你爸爸到店里去了,你弟弟在西间里看书。你告诉我,这22枚银元是怎么来的?"

从发现庄季江,到给贺惟忠报信,再到贺惟忠走进熙春医院,这一系列环节犹如一个个谜团,而每一个谜团似乎都有多种答案。如果说被关进羊角沟巡警局之前的陶明礼仅仅是个少不更事的青年人,走出羊角沟巡警局的陶明礼却有了观察世界的独特视角,并且开始怀疑所看到的生活表象。他决心独立做人,也决心独自承受生活中的风雨。

"妈妈,这22枚银元都是别人给我的酬金,既不是偷来的,也不是抢来的。"

069

"这酬金也太重了。你到底做了什么事？"

"妈妈，我已经长大了，尤其在羊角沟巡警局度过了那几个不眠之夜之后。我不会伤害别人，也已经知道保护自己。"

屈蓉初望着陶明礼的脸颊，感到了某种程度的陌生。她找不到恰当的语言继续跟陶明礼对话，只好沉默了。陶明礼表现出明显的疲惫，也不想再向屈蓉初解释什么，他讪讪地回到西间，躺在了床上。陶明义合上书跟陶明礼说了几句话，西间里再也没有发出任何声音。屈蓉初熄了灯躺在炕上，大睁着眼睛望着眼前的漆黑，反复回味着陶明礼回家后说过的每一句话。

陶明礼长大了！

尽管不愿意接受这一现实，屈蓉初还是感受到了欣慰。想到被杨敬钊遗弃后所经历的艰难的日子，想到文澄怀对于自己的兄长般的关爱，想到陶绍安的种种付出和种种怨言，屈蓉初在床上辗转反侧，难以入眠。夜半时分，陶明礼大叫一声，随即说起了梦话。陶明义惊恐不安地摸到东间炕上，钻进了屈蓉初的被窝。屈蓉初轻轻地抚摸着陶明义，直到陶明义发出轻微的鼾声。陶明礼的梦话时断时续，带有明显的惊恐。屈蓉初下了炕，悄悄地走进西间站在陶明礼床边，俯视着蜷缩在床上的陶明礼。陶明礼背靠着墙壁，双手抱着头，好像在躲避着什么。

回到东间躺在炕上，屈蓉初又一次想到了陶明义的亲生父亲杨敬钊，想到了和杨敬钊一起度过的甜蜜的日子，想到了和杨敬钊共同参与的护国讨袁战争。陶明礼还在西间里呓语，但语速越来越快，声音越来越小，最终消失了。屈蓉初往陶明义身边靠了靠，侧过头感受着陶明义的呼吸，闭上了眼睛。临近天亮的时候，屈蓉初做了一个梦。在梦中，杨敬钊和陶绍安同时出现在屈蓉初身边，随后扭打在一起。陶明礼和陶明义躺在不远处呻吟着，脸上和衣服上到处都是血迹。梦中的屈蓉初努力挣扎着，但双手像被捆住了一样，嘴里发不出任何声音。

猛然坐起身，屈蓉初听到了由远而近的火车的汽笛声。

等到急促的呼吸慢慢平复，屈蓉初神情恍惚地穿上衣服，走出了东间。当门里的火炉刚刚添了煤，西间的门帘也已钩起。屈蓉初走进西间，低着头坐在陶明义的床沿上，挥之不去的还是梦中的景象。陶明礼和陶明义的被子方方正正地摞在床上，陶明礼却不知去向。屈蓉初将装满水的燎壶坐在火炉上，洗了洗脸，推开房门站在院子里。院子里寒意正浓，朝霞将一抹微红涂抹在柿子树光秃秃的树枝以及墙头的枯草上，俨然梦中尚未消失的血迹。院墙外熟悉的脚步声打断了屈蓉初的遐思，她叹息着敞开街门，从陶绍安手里接过一个牛皮纸包。牛皮纸包里盛有5个肉烧饼，扑鼻的香味飘散在清冷的空气中。陶绍安探出身子往外看了看，随后闭上街门说道："明礼站在巷口的两棵白杨树之间，傻乎乎得一动不动，我从他身边经过，他都没看见。"

"昨天晚上他说了很长时间梦话，看来他在羊角沟……"

"过去的事了，别再提了。要不是文澄怀出面说情，谁知道会是什么结果？你不是说文澄怀打算将明礼留在丹渊公司总部任职吗？明礼什么时候到丹渊公司报到？"

"他只是说说而已，明礼……"

"他怎么可能只是说说而已呢？你只要出面求他，他什么事情都会答应的。"

尽管陶绍安提及文澄怀的语气是平静的，就像冰封的虞河，没有波澜，甚至没有一丝涟漪，屈蓉初还是体味到了心灵深处的酸楚和屈辱。她知道陶绍安嘴里的"文澄怀"和"他"，有时候是一个人，也能够体味陶绍安用"他"指代"文澄怀"时的心境，但并不想做出任何解释，因为有些误会是无法解释的。陶绍安在影壁墙西侧转过身，欲言又止。屈蓉初低着头走到陶绍安身边，蹭了蹭陶绍安的衣袖说道："等我跟明礼谈谈再说吧。他遭了那么大的罪，没必要急着找工作。相信明礼不会无所事事。"

"反正明礼……你看着办吧。"

听到东间里传出呼唤"妈妈"的声音，屈蓉初再也没有理睬陶绍安。

她抢先回到当门里，将盛有肉烧饼的牛皮纸包放在方桌上，随后到西间拿起陶明义的衣服和鞋袜走进了东间。陶明义侧着身子躺在炕上，脸上带着甜甜的笑意。屈蓉初将陶明义的鞋子摆在炕前里，将衣服和袜子放在炕上，随后将早已伸开双手的陶明义从炕上拽起来。陶绍安回到当门里，伸出双手在火炉上方搓了搓。他将脸盆里倒进冷水和热水，又倒了一碗热水放在方桌上，对着东间喊道："香喷喷的肉烧饼，再不吃可就没有了。"

"谁信？"陶明义撇了撇嘴，穿上鞋子走出了东间。

尽管陶明义不是陶绍安的亲生儿子，但和陶明义在一起，陶绍安经常表现出孩子般的笨拙和幼稚。因为孩子般的笨拙和幼稚，陶绍安常常受到陶明义的嘲笑和讥讽。面对陶明义的嘲笑和讥讽，陶绍安常常表现得更加笨拙和幼稚。不管是陶明义和陶绍安相互嘲笑，还是相互讥讽，屈蓉初所感受到的，都是快乐和温馨。陶明义用陶绍安兑好的温水洗完脸，匆匆地吃掉两个肉烧饼，走进西间背起了书包。屈蓉初没有像往常一样将陶明义送到学校门口，而是仅仅送到街门口就返回了当门里。锅灶上的锅盖已经盖上，陶绍安正坐在锅灶前往锅灶里填草。屈蓉初掀开锅盖看了看，说道："你不是买的肉烧饼吗？何必再馏玉米饼子？"

"那肉烧饼还是留给明礼吃吧。"

屈蓉初没再说什么，她将陶绍安推到一边，自己坐在锅灶前。陶绍安并没有推让，而是坐到方桌旁，注视着屈蓉初的一举一动。屈蓉初烧开锅，关闭灶门，随后将当门里洒上水，清扫了一遍地面。早已过了早饭时间，陶明礼还没有回家，屈蓉初不免着急了。她洗了洗手，独自走出街门，迎面遇到了陶明礼。陶明礼勉强挤出一丝笑意，跟着屈蓉初回到当门里，站在脸盆架前洗了洗手。陶绍安掀开锅盖，将锅里的玉米饼子拾入饭笸箩，又将锅里的玉米糊糊盛了三大碗。陶明礼擦干手，从屈蓉初手里接过盛有玉米糊糊的瓷碗放在方桌上，背对着房门坐在方桌旁。陶明礼满腹心事，沉默着；陶绍安不知道应该说什么，沉默着；屈蓉初不知道陶明礼为什么满腹心事，也沉默着。他们谁都没有触及牛皮纸包里的肉烧饼，只是默默地吃着玉米饼子,喝着玉米糊糊。屈蓉初跟陶绍安交换了一下目光,放下碗筷注视着陶明礼说道:"你爸爸特意给你买的肉烧饼。羊角沟肯定也有肉烧饼,估计味道跟二十里堡不会完全相同吧。"

陶明礼喝掉瓷碗里的玉米糊糊,将筷子搁在瓷碗上说道:"在羊角沟学生意这段时间,我印象最深的并不是肉烧饼的味道,而是人世间的罪恶。善良的百姓为什么会受到欺凌?寡廉鲜耻的人为什么能够享受荣华富贵?难道无权无势的人只能坐以待毙?这世界太不公平了。"

陶绍安站起身,往后退了一步说道:"各人自扫门前雪,休管他人瓦上霜。你爸爸不过是个开百货店的,根本没有能力招惹别人。你被关在巡警局的这几天,你妈妈几乎每天晚上都睡不着……"

屈蓉初对着陶绍安摆了摆手,拽着陶绍安的衣袖走到街门口,不满地瞅了陶绍安一眼。陶绍安敞开街门,压低声音说道:"明礼好像变了一个人,弄不好要闯大祸。明礼如果能到丹渊公司总部任职,也许会收收心。"

屈蓉初不愿意继续有关丹渊公司的话题,她笑了笑问道:"你现在就到店里去?"

"不到店里还能到哪里?看到明礼现在这个样子,我心里很烦。他虽然是我的亲生儿子,倒不如文澄怀的那个儿子让我省心。"

"都这么多年了,何必呢?你要是觉得委屈,就到芳菲苑找个女人吧。明礼不是带回 22 枚银元吗?"

"你……"

陶绍安跨过门槛,头也不回地向西走去,脚步沉重而又急促。屈蓉初闭合街门回到当门里,脚步似乎有些迟疑。方桌上已经空无一物,饭笸箩也搁在了饭橱上。屈蓉初闭合房门,往火炉里加了一铲子煤块,撩起门帘走进了西间。陶明礼盘腿坐在西面的床上,手里捧着一本英文书。他对着屈蓉初笑了笑,将手中的英文书扣在床上,穿上鞋子坐在床沿上。屈蓉初面对着陶明礼坐在陶明义床上,盯着陶明礼身边的英文书的封面说道:"又在读《牛虻》?"

"在乐道院读书的时候,我曾经读过一遍,当时只是为了学习英文。我记得你也读过这本书。"

"我何止是读过……你现在为什么重读?"

"因为我跟书中的亚瑟一样,经历了铁窗生活。"

"中学毕业后,你应该继续读大学的……"

"能够读完中学,我已经很幸福了。咱们家的财力根本供不起一名大学生。"

屈蓉初沉默了片刻,说道:"文老板希望你回到二十里堡后尽快去找找他,他有意将你留在丹渊公司总部任职。"

"我现在心里乱得很,过些日子再谈工作的事吧。"

屈蓉初原本想催促陶明礼尽快跟文澄怀见面的,可话到嘴边又咽了下去。她再次跟陶明礼闲聊了几句,走出北屋站在院子里。西南角和东南角的柿子树都光秃秃的,倒是攀附在影壁墙北侧的枸杞还残留着几片枯叶,寒风中瑟瑟颤抖。屈蓉初围绕着井台来回转了几圈,再次走出街门,径直向西走去。白杨巷里寂静无声,西面的车站东路上却是车马喧阗。屈蓉初没有在那块生长着两棵白杨树的空地上停留,而是犹犹豫豫地绕到达勒姆路上,在丹渊公司大门南侧的一棵法桐树下停下了脚步。

伴随着两声喇叭的尖叫,一辆黑色的凯迪拉克轿车从车站二街拐上达勒姆路,又从达勒姆路拐进了丹渊公司。屈蓉初穿过达勒姆路走到丹渊公司大门对面,一边缓缓地向北行走,一边向东张望着。凯迪拉克轿车刚刚在办公楼前停稳,文澄怀和陈静楠同时从南北两侧的车门下了车。文澄怀等候陈静楠从车后绕到自己身边,牵着她的手迈上台阶,走进了办公楼。屈蓉初突然间一阵酸楚,她快步踏上车站二街,呆呆地望着第一复烤厂紧闭的南门。

自从杨敬钊不辞而别,尤其是嫁给了陶绍安之后,屈蓉初早已习惯了底层人的生活。她不再穿华丽的衣服,不再刻意修饰自己,甚至还有意埋藏曾经在瞻可园的生活,以及作为中华革命军东北军女战士的生活。但是每次邂逅文澄怀，或者每次看到瞻可园，屈蓉初尘封的记忆便如夏秋两季的虞河水，浪花激荡，涛声阵阵。

过去的一切，真的能轻易忘却吗？

英美烟公司中国分公司二十里堡经理处就设在第一复烤厂院内，在大多数二十里堡人眼里，那是比丹渊公司还要神秘的所在。想到陶明礼未来的工作，屈蓉初随即想到了文澄怀。文澄怀不可能不知道陶明礼已经回到了二十里堡，他会不会因为陶明礼没在第一时间拜访他而不快呢？屈蓉初叹息着回到丹渊公司大门对面，穿过达勒姆路走向了丹渊公司大门。公司大门口连接办公楼的甬道上留下了清晰的车轮的痕迹，只是那辆黑色的凯迪拉克轿车不见了踪影。屈蓉初向站在大门口的保安团团丁说明了拜访对象，随后被领进二楼的接待室。

接待室紧靠着文澄怀用作办公室的二乐斋，总共三开间。四面的墙壁上挂满了不同风格的书法作品，几乎所有作品都带有"敬录文同先生诗句"的字样。正冲着房门的北面墙壁中间摆放着一张鸡翅木雕花条案，条案上摆放着汲古阁刊印的一函八册的《丹渊集》。屈蓉初知道《丹渊集》是文澄怀的先祖文同的著作，但始终没有阅读兴趣。她再次将手伸向《丹渊集》，随即又收了回来。文澄怀不知在处理什么重要事情，接待室门前的走廊里不时地有人经过，只是脚步声透着胆怯。屈蓉初既没有翻阅《丹渊集》，也没有欣赏墙壁上的书法作品，而是站立在条案旁默默地感受着内心的凄凉。

接待室的房门终于开了，但出现在接待室的并不是文澄怀，而是陈静楠。陈静楠邀请屈蓉初坐在长沙发上，随手剥开一个橘子递给屈蓉初。屈蓉初急忙叫了一声"二太太"，接过橘子捧在手里。陈静楠从茶几上拿过一方白毛巾擦了擦手，对着屈蓉初说道："因为英美烟公司中国分公司的副总经理洛克伍德即将莅临二十里堡，澄怀正在安排相关事宜，上午没有时间接待您。澄怀说不管您提出什么要求，都让我答应下来。因为要接待洛克伍德，我也只好临时充当翻译了。"

屈蓉初没想到文澄怀竟然没有时间接待自己。她尴尬地笑了笑，说道："二太太原来还懂英文。"

"马马虎虎，讲得不好。"

屈蓉初不愿意跟陈静楠提及陶明礼，她将手中的橘子放回水果盘，随即拿起一块白毛巾不停地擦着手。陈静楠有些意外，也有些疑惑。屈蓉初将用过的白毛巾扔进茶几旁的竹筒，站起身用英文跟陈静楠谈论了一番《丹渊集》及其文同。听到屈蓉初带有美国口音的纯正英文，陈静楠不免有些诧异。她踌躇片刻，站起身用英文说道："澄怀不能出面接见您，实在不礼貌，可他的确脱不开身。"

"我的确没事。没关系的。"

陈静楠将屈蓉初送到二楼的楼梯口，停下了脚步。屈蓉初在陈静楠的目送下绕过楼梯的转角，仰起脸笑了笑。一楼大厅里增加几盆鲜花，几名工人正在擦拭着吊灯和壁灯。屈蓉初快步走出办公楼，站在楼前的甬道上瞥了一眼二楼的窗玻璃，再次看到了站在玻璃后面的陈静楠。她对着陈静楠摆了摆手，低着头走出丹渊公司，眼睛里溢出了泪水。达勒姆路上所有的店铺都大开着门，而且几乎所有的店铺都播放着音乐。屈蓉初面对着一棵刺槐树干擦了擦眼睛，在音乐汇成的河流中向北拐上车站二街，站在日新小学门前。可能是刚刚做完了课间操，几百名小学生聚集在大门内侧的操场上，正在高歌："上下数千年，一脉延，文明莫与肩。纵横数万里，膏腴地，独享天然利。国是世界最古国，民是亚洲大国民……"

对于这首由李叔同根据《老六板》曲调填词的《祖国歌》，屈蓉初自然是熟悉的。她在乐道院读书期间，曾经无数次演唱过。像许多因为演唱《祖国歌》而热血沸腾的男同学一样，屈蓉初也曾立下以身许国的壮志。可是谁能想到，仅仅过了20多年，曾经的热血早已冷却，曾经的壮志也都烟消云散了。屈蓉初望着聚集在操场上的几百名小学生，仔细找寻着陶明义。高唱着《祖国歌》的陶明义，是否会像当年的自己一样热血沸腾，踌躇满志？

嫁给陶绍安以后，尤其是陶明礼和陶明义先后就读于日新小学以后，日新小学校门对面的刺槐树下，经常留下屈蓉初的身影。有时候，屈蓉初并不是来看望在学校就读的儿子，而是来寻求心灵抚慰。学校毕竟是距离现代文明最近的地方，而且承载了屈蓉初太多的记忆。刺槐树渐渐变粗，变高，屈蓉初也渐渐地心如死灰。歌唱结束，小学生们一哄而散，屈蓉初再次迈开了脚步。

"……呜呼大国民！呜呼，唯我大国民！幸生珍世界，琳琅十倍增声价。我将骑狮越昆仑，驾鹤飞渡太平洋，谁与我仗剑挥刀？……"

屈蓉初哼唱着《祖国歌》拐上车站东路，又哼唱着《祖国歌》拐进了白杨巷。白杨巷南侧出现了一道狭长的阴影，两只小狗在阴影里追逐着，不时地发出愉快的叫声。屈蓉初躲闪着两只小狗回到自家街门前，推开街门迈进门槛，脸上挤出了一丝笑意。北屋的房门慢慢开启，陶明礼提着一个水桶迈出了门槛。他低低地叫了声"妈"，踏上井台捡起了井绳。屈蓉初走到井台南侧的柿子树下，看着陶明礼将井绳的铁钩钩在水桶把上，又看着水桶连同井绳慢慢缒入井筒。陶明礼接连往北屋的水瓮里注入了两桶水，随后将水桶放在井台旁，团起井绳挂在北屋的南墙上。

不光锅灶旁的水瓮里盛满了水，当门里的地面也清扫过了。屈蓉初跟着陶明礼走进西间，双手按着床沿坐在陶明义床上。她一时找不到恰当的话题，随口提到了洛克伍德即将到访二十里堡一事。陶明礼没有追问信息源，也没有表现出丝毫惊讶，他面对着屈蓉初坐在自己床上，说道："英美烟公司中国分公司的副总经理洛克伍德要来二十里堡，我在羊角沟就听说了。他这一来，二十里堡以及胶济铁路沿线的烤烟种植业者都要倒霉了。"

"为什么？"

"英美烟公司处心积虑地垄断山东烟草市场，并且进行了种种努力，包括收买行政院的高级官员。但就胶济铁路沿线众多的烟草公司来说，除了设立在坊子的南洋兄弟烟草公司、设立在虾蟆屯的米星烟草公司以及文澄怀的丹渊公司还有可能抗争外，其他公司只能束手就擒。山东的烟草市场一旦被英美烟公司垄断，以许昌为中心的河南烟草市场和以凤阳为中心的安徽烟草市场，必然也会成为英美烟公司的囊中之物。如果英美烟公司完全垄断了中国烟草市场，广大烟农以及民族烟草工业，将万劫不复。"

屈蓉初叹息了一声，随即沉默了。

"在羊角沟巡警局，我思考了很多问题，有生以来第一次尝到失眠的滋味。现在的中国，烟农、粮农、菜农、棉农以及渔民，自然是最下贱的，他们终日劳累，甚至不能果腹。但最高贵的人也不是那些耀武扬威的政府官员，而是那些无所不能的洋人。就拿吉尔伯特来说吧，不用说潍县县长，即使山东省政府主席见了他，不也是一副奴才相？"

"我知道你受了很大冤屈，但国家的事还是让那些大人物们思考吧。咱们这些小百姓除了过河随大流，能做的事不多。"

陶明礼"呃呃"了两声，随手拿起床上那本英文版的《牛虻》翻了翻，也沉默了。

面对着陶明礼，回味着陶明礼刚才的话语，屈蓉初仿佛看到了年轻时的自己，耳边又响起了《祖国歌》的旋律。年轻时的自己亲身参与护国讨袁，自然是为了中国光明的未来。遗憾的是，即使被鲜血染红的土地上，也没有长出希望的胚芽；许多阵亡烈士的坟茔，早已荒草萋萋，甚至难觅踪影；当年参加过护国战争的慷慨之士，大都不愿意回首往事；即使回首往事，恐怕也不会像当年那样慷慨激昂了。屈蓉初长长地吸了一口气，回到当门里洗了洗手。陶明礼知道已经到了准备午饭的时间，他洗过手，将玉米饼子放进大锅的箅子上，盖上盖垫烧起了火。屈蓉初坐在火炉旁炒了一个白菜心，又用猪肉和粉条炖了一锅萝卜。除了火炉和锅灶内火焰跳动的声音，屈蓉初和陶明礼都没再说话，当门里出现了难堪的沉寂。他们刚刚离开火炉和锅灶，开关街门的声音便响了起来。陶绍安左手拎着一包用报纸包着的油条，右手牵着陶明义的左手，出现在影壁墙西侧。屈蓉初赶紧将方桌往南拖了拖，舀了四碗炖萝卜摆放在方桌四周，又将那盘炒白菜心摆放在方桌中央。

陶绍安和陶明义先后洗了洗手坐在方桌旁，午饭算是正式开始了。陶明礼将玉米饼子从锅里拾进饭笸箩，转身从饭橱里拿出四双筷子，每人分发了一双。陶绍安将包裹在报纸里的油条堆在一个大盘子里，随手将报纸扔到了火炉旁。屈蓉初将早上剩下的三个肉烧饼先后递给陶明义、陶明礼和陶绍安，拿起一个玉米饼子对着陶绍安说道："早上刚买了肉烧饼，中午又买油条。"

陶绍安将手中的肉烧饼撕掉一半递给屈蓉初，一边吃着一边说道："明礼终于平安回家了，咱们应该庆贺庆贺。"

陶明义抬起头看了看陶明礼，想说什么但没说出口。陶明礼喝了一口萝卜汤，直了直身子说道："论起在羊角沟的生活，还是不错的。吃了很多以前从未吃过的海鲜，也看了许多以前从未看过的……"

陶明礼说到这里便戛然而止。他瞥了一眼刚刚把最后一块肉烧饼塞进嘴里的陶明义，也把手里的最后一块肉烧饼吃掉了。陶绍安和屈蓉初知道陶明礼为什么戛然而止，都没再说什么。吃完饭，陶明义和陶绍安分别走进西间和东间，相继放下了门帘。陶明礼帮着屈蓉初洗刷完碗筷，坐在火炉旁拿起包裹过油条的那张报纸，慢慢展开了。

用来包裹油条的报纸是《申报》，3月1日出版的。报纸上除了英美烟公司和南洋兄弟烟草公司的大幅广告，最引人瞩目的便是一系列不祥的消息，譬如"阎锡山偕冯玉祥由五台县建安村抵达太原，各方反蒋代表在太原召开会议，反蒋联合阵线形成"，譬如"阎锡山复电蒋介石，坚持自己引退"，譬如"津浦线晋军决定集中德州，津浦线北段车辆被扣运兵"，譬如"国民政府所办北平《华北日报》、天津《民国日报》停刊，中央通讯社北平分社亦停止活动"，等等。

3月1日出版的这张《申报》，陶明礼在羊角沟办事处任职期间已经读过，再次阅读，依然嗅到了硝烟的气味。他将报纸重新扔在火炉旁，站起身看了看还在擦拭方桌的屈蓉初，走出北屋的房门和院子的街门，拖着短短的身影踏上了车站东路。伴随着越来越近的轰鸣声，周振武驾驶着三轮摩托车从车站三路拐上车站东路，慢慢地停在陶明礼身边。坐在车斗里的贺惟忠跳下车，拽着陶明礼的左手走到两棵白杨树中间，眼瞅着依旧骑在摩托车上的周振武说道："我昨天跟你说的事，考虑过了吗？"

陶明礼微微一愣，问道："什么事？"

"像你这样的青年人，如果不到保安团任职，实在太屈才了。不管你是否愿意到保安团任职，总不会拒绝陪着我到熙春医院看看庄团长吧。"

陶明礼略一踌躇，跟着贺惟忠走向了摩托车。

## 五

  谛听着阿格尼丝渐渐远去的脚步声，庄季江坐起身靠在床头上，眼前又出现了差点夺去他性命的两个臆想中的人。他没有看到那两个人的身影，也没有听到那两个人的话语，仅仅感到了那两个人急促的喘息。行李箱被抢劫，藏在行李箱里的金条自然也被抢劫了，可是这一抢劫事件仅仅是偶然的吗？想到勒在自己脖子上的麻绳，想到堆积在身上的木柴和烟秸，庄季江的思维再次停滞了。他对着刚刚走进病房的贺惟忠和陶明礼笑了笑，侧过身子刚要下床，便被贺惟忠按住了双腿。手持步枪站立在病房门口执勤的保安团团丁拿过一个凳子放在贺惟忠身后，什么话也没说，只是努力维持着脸上的笑容。贺惟忠拿起团丁放在自己身后的凳子递给陶明礼，打开摆放在床头柜上的食盒看了看，坐在庄季江的病床上说道："早就过了午饭时间了，里面的食物怎么一点也没动？"

  "躺在床上无所事事，实在没有胃口。"

  "那就过会儿再吃吧，不吃饭怎么行？"

  庄季江笑了笑，再次将身体往床头上靠了靠。他侧过脸望着陶明礼，指了指依然拎在陶明礼手中的凳子，说道："要不是你，我早就没命了。你是怎么发现我的？"

  "我从火车站围墙的豁口处经过，听到里面有呻吟声，就翻越了围墙……"

"你有没有发现异常情况？"

陶明礼将手中的凳子放在身旁，不解地问道："异常情况？"

贺惟忠站起身，将陶明礼按在凳子上，面对着庄季江坐在另一张病床上答道："我亲自带人到案发现场搜查过了，除了堆积在你身上的木柴和烟秸，根本没有任何有价值的物件。而那些木柴和烟秸，肯定取自土坑北面的木柴垛和烟秸垛。"

庄季江将目光移向贺惟忠，说道："那两名劫匪应该是跟我一起下的车。他们显然受过很好的训练，动作很敏捷也很娴熟。"

"那两名劫匪到底是图财还是害命？"

"这就不好判断了，但愿是图财。"

听着贺惟忠和庄季江的对话，陶明礼的脑海里又出现了火车站围墙的豁口，以及围墙内的那处土坑。土坑北面的木柴垛和烟秸垛，显然是火车站取暖用的。土坑虽然距离售票室、候车室以及办公室都很近，但除了车站的工作人员，很少有人光顾。围墙的豁口，也许就是附近的居民从火车站盗窃货物造成的。庄季江结束了跟贺惟忠的谈话，再次将目光移向陶明礼，说道："看样子你念过书。"

"您在日新小学教书的时候，我曾经是您的学生。"

庄季江听后一愣，问道："你叫……"

"陶明礼。"

"陶明礼？"

也许是陶明礼变化太大，也许是陶明礼在校期间的表现太平常，庄季江费了好长时间才捕捉到有关陶明礼的模模糊糊的印象。他仔细打量着陶明礼，不无尴尬地说道："车站三路上的陶记百货店好像是你家的，记得你妈妈好像还懂英文。小学毕业后，你是继续升学呢，还是……"

"我又到乐道院读完了中学，去年刚刚毕业。我记得庄老师是在我读三年级的时候离开的二十里堡。"

"对。你说的没错。"

陶明礼原来是屈蓉初的继子，这倒是贺惟忠没有想到的。但他并没有提及陶明礼与屈蓉初的关系，以及自己跟屈蓉初的交往，只是拍了拍陶明礼的右肩说道："你的庄老师这次返回二十里堡，算是衣锦还乡了。经过英美烟公司与山东省政府协商，你的庄老师已经被任命为二十里堡保安团团长了。昨天我邀请你加入保安团，是因为我相信保安团在你的庄老师领导下，一定会有大的起色。"

陶明礼早已知道了庄季江的真实身份，也听出贺惟忠的谈话针对的不完全是自己。他抬起头看了一眼庄季江，随后低下了。贺惟忠扫了一眼陶明礼，随即把目光移向庄季江，郑重地说道："如果庄团长提前告知我抵达二十里堡的准确时间，我肯定会亲自带人到火车站迎接的……庄团长在抵达二十里堡的当天就遭遇劫难，我实在是严重失职。我期待庄团长尽快康复……相信庄团长正式履职后，二十里堡的治安状况肯定会……"

"惟忠兄何必这么自谦呢？"

"哪里是自谦？要不是明礼发现了你，并将你送进熙春医院，后果实在不堪设想。不堪设想！"

略微停顿之后，贺惟忠再次拍了拍陶明礼的右肩，继续说道："至于是否加入保安团，我建议你慎重考虑考虑。你的庄老师还需在医院静养，总得有人照顾起居吧。你作为庄老师的学生，难道不应该承担照顾庄老师的责任吗？"

"这……"

陶明礼站起身，不安地望着庄季江。庄季江摇了摇头，说道："人各有志，我也是不得已才返回二十里堡的。至于二十里堡保安团团长一职，相信惟忠兄是最合适的人选。"

"怎么可能？怎么可能？"

"我之所以能够担任二十里堡保安团团长，主要是因为吉尔伯特的要求和推荐。吉尔伯特不可能永远主政二十里堡，我也不可能永远在二十里堡任职。也许还等不到吉尔伯特离开二十里堡，我就离开二十里堡了。"

"你跟吉尔伯特很熟？"

"吉尔伯特担任二十里堡经理处处长之前，曾经在二十里堡工作过一段时间，那时候我正在日新小学任教。因为吉尔伯特经常到日新小学的操场上跑步，我们就熟悉了。"

聆听着庄季江的谈话，陶明礼的脑海里立刻浮现出许多英美人在日新小学操场上跑步时的身影，只是不知道吉尔伯特当时夹杂其中而已。担任二十里堡经理处处长之前，吉尔伯特曾经在二十里堡工作过一段时间，这又是贺惟忠没有想到的。他在脑海里快速搜索着有关吉尔伯特的十几年前的记忆，但一无所获。前前后后在二十里堡生活过的英美人实在太多，他怎么会对一位无足轻重的美国人感兴趣呢？他怎么能想到十几年前的一位无足轻重的美国人，竟会成为二十里堡的主宰？

世事的确难料啊！

"吉尔伯特之所以推荐我担任二十里堡保安团团长，主要是为了保障英美烟公司在烟草收购、复烤和运输等方面的安全。至于二十里堡的治安状况，还是仰仗惟忠兄勉力维护，我不想过问。"

"这……"

"希望惟忠兄不要推辞。我毕竟是二十里堡的过客。"

贺惟忠没置可否。他将目光转向陶明礼，说道："不管你是否愿意加入保安团，庄团长在熙春医院住院期间，还是希望你能够留下来陪陪庄团长。有你陪着，庄团长就不会太寂寞了。"

陶明礼没法推辞，只好答应了。贺惟忠顿时如释重负，他从口袋里掏出 20 枚银元递给陶明礼，说道："庄团长所有的花费都由保安团负担，庄团长的健康是多少金钱都买不来的。"

陶明礼接过银元放在庄季江身边的床头柜上，又在贺惟忠身边坐下了。庄季江从床头柜上抓起那 20 枚银元伸向陶明礼，说道："谢谢你留下来陪伴我。我估计还要在这里躺三四天。你先回家跟令尊和令堂说一声吧，免得他们挂牵。回家的时候，顺便把你的铺盖也带上。"

陶明礼没有接受银元，而是将自己的那卷铺盖扛在肩上，在贺惟忠的目送下走出了熙春医院。熙春医院门前的车站路上人来人往，火车站广场上更是人声鼎沸。陶明礼扛着铺盖卷辗转回到自家的街门前，拨动门环推开街门，抬起衣袖擦了擦脸上的汗水。影壁墙和街门之间的地面显然清扫过了，竹扫帚划过的痕迹清晰可辨。陶明礼扛着铺盖卷绕过影壁墙，迈进北屋的门槛，迎面遇到了刚刚走出东间的屈蓉初。屈蓉初盯着陶明礼肩上的铺盖卷，问道："你到哪里去了？你的铺盖不是丢了吗？"

陶明礼没有回答屈蓉初的提问，而是将铺盖卷放到方桌西侧的凳子上，说道："曾经在日新小学任教的庄季江老师病了，现在熙春医院住院，我想照顾他几天。"

"照顾老师是应该的。你的铺盖怎么会失而复得？"

陶明礼从羊角沟回到二十里堡虽然仅仅一天时间，他的行为却让屈蓉初产生了深深的疑虑，这个失而复得的铺盖卷更是让屈蓉初对于陶明礼的行为感到了不安。火炉不时地发出呼呼的响声，当门里不时地吹进一阵阵寒风。屈蓉初拽了拽衣角，走到放有铺盖卷的凳子西侧盯着陶明礼说道："刚刚踏入社会，你就受了那么大的委屈，确实让人难过。但我们受了委屈，绝不能将同样的委屈强加给无辜的人。"

"妈妈，你想多了。"

"我记得庄老师好多年前就离开了二十里堡，他怎么会出现在熙春医院？"

"妈妈，我说的是真话。"

"最近几天，文老板很忙，肯定没有时间见你。等过了这几天，你还是将你在羊角沟所经历的一切，到丹渊公司告知文老板吧。你毕竟是丹渊公司的雇员，而且是文老板将你派到羊角沟去的。"

"好的。庄老师一旦康复，我立刻到丹渊公司找文老板。"

陶明礼答应了下来，屈蓉初也就不好再说什么了。短暂的沉默过后，陶明礼犹犹豫豫地告别屈蓉初，又一次走进了熙春医院的二楼三号病房。贺惟忠不见了踪影，床头柜上的食盒也不知去向。庄季江直挺挺地躺在床上，鼾声时高时低。陶明礼脱了鞋躺在庄季江对面的病床上，头枕着双手仰望着洁白的墙壁和天棚，思维在二十里堡和羊角沟之间跳跃着。

　　因为得到了精心照料，因为身体原本就很强壮，庄季江很快就康复了。洛克伍德莅临二十里堡的那天早晨，贺惟忠和程铭淮早早地赶到了熙春医院。他们等候庄季江和陶明礼吃完早饭，簇拥着庄季江下了楼。熙春医院门前停靠着周振武驾驶的那辆三轮摩托车和两辆黄包车，贺惟忠陪着庄季江坐上三轮摩托车，程铭淮随后邀请陶明礼坐上了黄包车。一阵整齐的脚步声响过，车站一街跟车站路交会处出现了一队保安团团丁，他们背着步枪，整齐地向南行进着。庄季江和贺惟忠乘坐的三轮摩托车以及陶明礼和程铭淮乘坐的黄包车，迎着那队保安团团丁缓缓拐上车站一街，又缓缓拐进了保安团大门。

　　保安团大门两侧挺立着两队持枪的团丁，影壁上挂有欢迎庄季江到任的横幅。庄季江乘坐的摩托车刚刚绕过影壁，悬挂在度因院月亮门两侧的鞭炮便响了起来。贺惟忠、庄季江以及程铭淮、陶明礼在鞭炮声中下了车，踏着鞭炮的碎屑走进月亮门，再次看到了悬挂在对面墙壁上的欢迎庄季江到任的横幅。一度关闭的度义斋斋门大开，重新油漆过的斋门在阳光下闪烁着亮光。庄季江瞥了一眼斋门紧闭的因民斋，跟在贺惟忠和程铭淮身后踏上了度义斋门前的台阶。

　　跟因民斋一样，度义斋也是三开间。庄季江没有走进用作办公室的东面的单间，而是径直走向了会议桌。会议桌南面的窗台上摆着四盆花草，其中的仙客来已经开出了花朵。那紫红色的花朵沐浴着阳光，娇艳欲滴。贺惟忠等待庄季江、程铭淮和陶明礼相继坐在会议桌旁边的椅子上，闭上斋门说道："度义斋已经半年多没人进入了。昨天下午，铭淮兄亲自带人打扫了一遍，还特意购买了几盆花。"

　　程铭淮站起身，慢慢地将会议桌上的茶壶里注入开水，眼睛始终盯着贺惟忠和庄季江。贺惟忠对着程铭淮点了点头，随即将目光移到庄季江和陶明礼身上。他跟庄季江寒暄了几句，端起茶壶将一个茶杯里倒满水，摆在庄季江面前。程铭淮立刻从贺惟忠手里接过茶壶，将茶盘里的另外三个茶碗里倒满茶水，依次放在贺惟忠、陶明礼和自己面前。贺惟忠侧过身，贴在程铭淮耳畔低语了几声。程铭淮放下茶壶对着庄季江和贺惟忠行了个军礼，约着陶明礼走出了度义斋和度因院。载着陶明礼来到保安团的黄包车依然停靠在月亮门东侧，只是搁板上多了一个网兜，网兜里盛满了白酒、罐头和点心，以及一个用红纸包裹着的圆柱体。程铭淮邀请陶明礼坐上黄包车，指着搁板上的网兜说道："这是贺团长特意给明礼兄准备的。区区薄礼，千万不要拒绝。"

"这……"

还没等陶明礼将话说完，程铭淮便抬起右手拍了拍黄包车夫的左肩。黄包车夫随即绰起车把，拉着黄包车驶出保安团大门，拐上了车站东路。陶明礼双手攥着车厢扶手，略微拱起腰，不安地谛听着黄包车夫沉重的脚步声。车站路与车站二街交叉口以及整条车站二街上，等距离站立着保安团团丁，他们手持步枪，不时地驱赶着行人。陶明礼在自家街门前下了车，左手拎起网兜，右手对着黄包车夫摆了摆。

黄包车刚刚拐上车站东路，陶绍安随即出现在白杨巷巷口。他的身躯略微前倾，步履缓慢而又平稳。陶明礼拉长声音叫了声"爸"，推开街门，右手搭在门框上。陶绍安叫了一声"明礼"，快步走到街门前，目光在陶明礼左手提着的网兜上停留了片刻。陶明礼等候陶绍安迈进门槛，随后带上街门，提着网兜跟在陶绍安身后。北屋的房门大开着，屈蓉初正坐在锅灶前烧火。陶绍安走到屈蓉初身边使了个眼色，随后悄悄地指了指陶明礼手中的网兜。屈蓉初将锅灶里塞进几段烟秸，站起身从陶明礼手中接过网兜，问道："这些东西是从哪里来的？"

"别人给的。"

"谁会送给你礼物？"

陶绍安没有参与屈蓉初和陶明礼的对话，他用笤帚将烟秸连同杂草扫进簸箕，端着簸箕出了北屋。屈蓉初关闭灶门，将网兜里的白酒、罐头和点心摆在方桌上，拿起那个用红纸包裹着的圆柱体慢慢旋转着。陶绍安回到当门里，右手刚要伸向东间的门帘，忽然停住了。屈蓉初撕开包裹着圆柱体的红纸，几十枚银元稀里哗啦地落到方桌上，还有几枚银元从方桌上滚落到地面上。陶绍安捡起滚落到地面上的银元放在方桌上，脸色都白了。他撩起东间的门帘坐在炕沿上，紧张地谛听着当门里的声响。

屈蓉初数了数方桌上的银元，一共50枚。她将包裹银元的红纸团起来扔进炉膛，坐在方桌旁盯着陶明礼。陶明礼也被方桌上的那50枚银元惊呆了，他伸出左手抓起一把银元，然后将银元一枚一枚地扔到桌面上，胆怯地盯着屈蓉初冷漠的神情。屈蓉初按住陶明礼再次伸向银元的左手，说道："明礼，你告诉我。你是不是做了伤天害理的事？"

"不会的，妈妈。"

"你告诉我真话。这钱是怎么回事？"

"这……"

陶明礼还是语塞了。对于从羊角沟回到二十里堡后的梦幻般经历，陶明礼越来越困惑。这梦幻般的经历起因于自己救助了庄季江。可是庄季江为什么会遇害？凶手是谁？

"明礼，你告诉我真话。这钱到底是怎么回事？"

听到屈蓉初的口气越来越严厉，陶明礼不敢再隐瞒什么了。他将自己从羊角沟回到二十里堡后的所作所为详细叙述了一遍，坐在方桌旁低下了头。听完陶明礼的叙述，陶绍安脸上渐渐有了血色。他从东间里走到火炉旁，捡起煤铲往火炉里添了两铲子煤块。屈蓉初闭着眼睛坐在方桌旁，右手一动不动地搭在桌面上，很长时间都没有说话。陶绍安第一次见到屈蓉初这种骇人的神情，他扔下煤铲走到屈蓉初身边，问道："你怎么了？"

屈蓉初没有理睬陶绍安，她用右手敲了敲靠近陶明礼一侧的方桌，说道："明礼，你必须将网兜里的东西全部送回保安团，越快越好。"

"这……"

陶明礼犹豫了。

"而且咱们绝不能到保安团任职，绝不能！"

陶绍安没想到屈蓉初的口气如此决绝，他到东间里找出一块破布，铺在方桌上说道："咱们不接受别人的馈赠，是应该的；明礼救了庄季江一命，保安团表示感谢，也是应该的。咱们即使不接受保安团的礼物，也没必要这么快就往回送吧。"

"明礼，你马上将网兜里的东西全部送回保安团，不要耽搁。"

屈蓉初不耐烦地用英语说道。她将方桌上的银元捡到破布上，撩起破布系起四个角。陶绍安没再说什么，他偷偷地瞥了一眼屈蓉初，帮着陶明礼将包有银元的破布以及白酒、罐头和点心装进了网兜。陶明礼没再迟疑，他拎着网兜走出房门和街门，踏着黄包车车轮的痕迹拐上车站东路，感觉手中的网兜越来越沉。跟陶绍安一样，陶明礼也对于屈蓉初的决绝态度极其诧异。他感受着带有寒意的春风，心里却有些燥热。因为车站路、车站二街和达勒姆路禁止通行，车站东路上的行人和车辆明显增多了。陶明礼在车站二街路口停顿了片刻，若有所思地望着骤然空旷了的车站二街和街道两侧等距离站立的持枪的保安团团丁，耳边又一次响起了屈蓉初严厉的声音。她坚决要求自己将网兜里的礼品和银元送回保安团，难道仅仅是因为不愿意接受别人的馈赠？

从车站东路拐上车站一街，提着网兜走向保安团大门，陶明礼的思绪还是一团乱麻。他听到贺惟忠、程铭淮和庄季江都到街上巡视去了，一时间颇为茫然。在大门口担任警卫的一名保安团团丁将陶明礼让进警卫室，骂骂咧咧地说道："来了个狗屁洛克伍德，整个保安团就不得安宁。真他妈的！凡是外国人，不论年龄大小，都是爷爷；凡是中国人，年龄再大也是孙子。什么世道！"

"什么世道？外国人说了算的世道！"陶明礼笑了笑，将手中的网兜放在办公桌上。那名团丁打量了一番陶明礼，指着办公桌上的网兜说道：

"有事求助长官？"

陶明礼不知道怎么回答，张了张嘴又闭上了。

"看样子你不像缺心眼的，怎么做出这样的傻事？"

"你是说……"

"给长官送礼，都是偷偷地送到家里？哪里有明目张胆地送到办公室的？老弟，我建议你还是提着这网兜东西回家吧。如果有事求助长官，最好直接送钱。长官们的胃口已经很大了，他们不会对你的这点东西感兴趣。如果送钱，办公室倒是理想场所。"

陶明礼笑了笑，依然没有说话。

警卫室里的挂钟当当当地敲了11下，车站街从西往东响起了摩托车的轰鸣声。站在大门口的团丁立刻庄重起来，而且身体笔挺，目不斜视。和陶明礼一起坐在警卫室里的那名团丁没再说话，而是双臂撑在办公桌上，默默地注视着刚刚驶进大门的三轮摩托车。驾驶摩托车的还是周振武，坐在车斗里的却是庄季江！陶明礼一阵惊喜，他拎起网兜跑出警卫室，站在甬道上叫了声"庄老师"。庄季江跳下摩托车，和陶明礼并肩走进度因院，有意无意地瞥了一眼因民斋斋门上的挂锁。他打开度义斋的斋门，指着陶明礼拎在手里的网兜说道："我都完全康复了，你买这么多东西干什么？"

陶明礼跟在庄季江身后迈进门槛，将网兜放在会议桌上说道："这不是送给您的，这是贺团长送给我的。我母亲不允许我接受别人的礼物。"

庄季江脸色一沉。他指着网兜里包有银元的破布问道："这里面是什么？"

"50枚银元。"

"你母亲……"

庄季江原本想询问一些有关屈蓉初的情况，但又觉得太唐突，随后沉默了。陶明礼也没有更多的话要说，他对着庄季江摆了摆手，讪讪地转过了身。庄季江将陶明礼送出度因院，跟他握了握手，面朝北站立在月亮门前。陶明礼踏着自己的影子走到影壁南侧，再次转过身对着庄季江摆了摆手，随即绕过了影壁。庄季江望着没有了陶明礼身影的甬道，望着依然挂在影壁上欢迎自己到任的横幅，呆呆地站立着。他听到西面响起了火车的汽笛声，才怅怅地回到度义斋，面对着陶明礼提来的网兜坐在会议桌旁。贺惟忠为什么要送给陶明礼这么贵重的礼物？仅仅因为陶明礼救了自己一命？

将网兜里的白酒、罐头和点心拿出来摆在会议桌上，庄季江打开那个包有银元的破布，将50枚银元摆在白酒瓶旁边。他将破布扔进西南角的废物桶，推开了用作办公室的东间的房门。办公室的地面非常洁净，北窗下还留有洒过水的痕迹。距离南窗半米处面朝西摆放着一张崭新的办公桌，桌面上摆放着一摞《英美烟公司月报》和一本上海民智书局出版的《建国方略》。庄季江拉开南窗的白色窗帘，翻开《建国方略》看了看孙中山的头像，随后将《建国方略》推到一边。

办公室的东南角面朝北摆放着一个保险柜，保险柜已经关闭，但锁孔里插着钥匙。庄季江打开保险柜，发现里面摆满了用红纸包裹着的圆柱体。他知道所谓的圆柱体肯定是一包银元，但还是在办公桌上展开了一包。红纸里包裹的银元，跟摊放在长条桌上的银元数目一样，也是50枚。庄季江将银元重新包起来放进保险柜，轻轻地闭合了柜门。他绕过办公桌前的椅子，走到从窗外封了塑料纸的北窗下，坐在紧靠着东墙的长沙发上。

长沙发前面摆放着茶几，茶几上摆放着一套茶具和一把暖瓶。庄季江将一个茶杯里倒进一些茶叶，拿起暖瓶将茶杯里倒满了水。度因院南面不远处便是操场，操场上不时地传出喊杀声。庄季江坐直身子望着茶杯里袅袅升腾的雾气，思维又回到了刚刚走下火车的那个晚上，脑海里又出现了那两个像幽灵一样的劫匪。喊杀声还未消失，度因院里便响起了沉重的脚步声。庄季江透过南面的窗玻璃看到贺惟忠的身影，站起身走出办公室，对着刚刚迈进度义斋的贺惟忠笑了笑。贺惟忠看到会议桌上的礼品以及银元，顿时有些尴尬。他走到庄季江身边，对着会议桌上的礼品和银元摆了摆头，问道："陶明礼来过了？"

"来过了。"

"我知道他肯定会将银元送回来的，没想到连礼品也送回来了。这样也好，这样也好。"

庄季江没有就贺惟忠的话语发表评论，而是邀请贺惟忠走进办公室，一起坐到长沙发上。贺惟忠自己泡了一杯茶，站起身走到保险柜前打开柜门，指着堆积在里面的包裹着红纸的圆柱体说道："这大约是5000银元，二十里堡的商家馈赠的，没入账。以前由我保管着，您来了，自然应该由您保管。"

"没必要的，没必要的。以前由您保管，还是继续由您保管吧。何必因为我而改变以前的规矩？"

贺惟忠微微一笑，神情越发尴尬。他抓起话筒接通程铭淮的电话，冷冷地说了声"你来一趟度义斋"，随即扣上了话筒。庄季江不知道贺惟忠的真实用意，只是独自坐在长沙发上，悠闲地喝着茶。程铭淮很快就出现在度义斋。他对保险柜里的银元没有表现出丝毫惊讶，只有目光在庄季江和贺惟忠脸上移来移去。贺惟忠突然间怒不可遏，他对着程铭淮的屁股狠狠地踢了一脚，大声说道："你还愣着干什么吗？庄团长第一天上任，就给兄弟们每人准备了10块银元的见面礼。你马上将这一见面礼发放到兄弟们手中，剩下的银元全部交到会计室……胆敢私吞，小心脑袋！"

程铭淮悄悄地瞥了一眼贺惟忠，挺直身子对着庄季江行了个军礼，接连说了两声"谢谢庄团长"。贺惟忠再次对着程铭淮的屁股狠狠地踢了一脚，拽着庄季江走出办公室，坐在会议桌旁边。程铭淮没有在意贺惟忠踢在自己屁股上的那两脚，反而将庄季江和贺惟忠用过的茶杯以及暖瓶端到会议桌上，谦恭地退出了度义斋。庄季江对于眼前发生的一切似乎视而不见，他跟贺惟忠谈论着二十里堡的田园风光以及自己离开二十里堡后的经历，有些惆怅又有些伤感。

程铭淮很快又出现在度义斋，和他一起出现在度义斋的，还有四名提着麻袋的团丁。程铭淮指挥那四名团丁将保险柜里的银元全部装进麻袋，又指挥他们抬起麻袋走到庄季江和贺惟忠面前。贺惟忠将办公桌上的白酒、罐头、点心以及银元堆在麻袋上,跟在程铭身后走出了度因院。庄季江对着贺惟忠的身影哼了一声,闭合斋门坐在会议桌旁自己刚才坐过的椅子上。一阵欢呼声过后,操场上的喊叫声消失了,度义斋里也完全陷入了沉寂。庄季江将自己的茶杯里倒满水,双手压着茶杯盖,愣愣地注视着贺惟忠刚才用过的茶杯。

以前在日新小学任教期间,庄季江跟贺惟忠没有任何接触,只知道他是保安团的一名副连长。从副连长升到副团长,贺惟忠始终没有离开保安团,其对保安团的影响之深可想而知。庄季江知道贺惟忠一度是二十里堡保安团团长的第一人选,也理解贺惟忠的失落和不满,但贺惟忠踢在程铭淮屁股上的那两脚,还是让庄季江感到了难堪。他的这一举动,到底意味着什么?庄季江左手拿掉茶杯盖,右手端起茶杯喝了一口茶水,用力将茶杯蹲会议桌上。他站起身,抓起贺惟忠使用过的茶杯刚要扔到地上,随后改变了主意。茶杯在空中停留的一瞬间,茶水顺着手臂流进庄季江的衣袖。他将贺惟忠用过的茶杯放回原处,竟然大口大口地喘起粗气。

保安团危机四伏,这是庄季江事先没有料想到的。他看了看大开着柜门的保险柜,以及插在锁孔里的钥匙,连斋门也没锁就走出了度义斋。在月亮门东侧站岗的团丁是刚刚从操场上训练完毕的,口袋里已经装进了10枚银元。他对着庄季江行了个军礼,脸上带有明显的谄媚和讨好。庄季江跟他握了握手,独自走出保安团大门,沿着车站一街来到东面的潍安汽车路路口。潍安汽车路东西两侧的田野里还没有移栽烟草,东北面的瞻可园和东南面的斐非寺显得非常突兀。庄季江伴随着一队挑夫向南拐上潍安汽车路,慢慢地走向斐非寺。

斐非寺大门朝西,所谓的大门其实就是天王殿。天王殿门前的照壁跟潍安汽车路的路沿石处在同一直线上,黄墙黑瓦,檐脊上的游龙翩翩欲飞。跟庄季江最后一次踏进斐非寺时一样,"斐非寺"这三个涂有黑漆的大字依然刻在照壁中央的三个白色正方形中间,遒劲中带有一丝柔媚。庄季江在照壁对面的汽车路旁停下脚步，若有所思地向斐非寺张望着。突然响起的钟声好像有些胆怯，虽然戛然而止，却在庄季江心里激起了阵阵涟漪。他绕过照壁，穿过天王殿，走在连通大雄宝殿的甬道上。

甬道两侧依旧是两排槐树，只是比以前粗壮了许多。庄季江望着东南面的钟楼和西北面的凉亭，似乎又呼吸到了浓浓的历史的尘埃。他没有直接走进大雄宝殿，而是沿着大雄宝殿南面的甬道绕过钟楼，走到斜对着大雄宝殿的藏经楼门前。藏经楼为二层楼房，面阔五间，两侧的楹柱上是陈介祺撰写的一副楹联，上联是"事分万殊折中惟理"，下联为"行敦五教明术在文"。庄季江面对着楹联站立片刻，懒懒地坐在楼门东侧的一把竹椅上，双手抓着竹椅扶手伸开了双腿。

藏经楼和大雄宝殿之间是一片松林，经历了寒冬的煎熬，松叶和松枝都明显变黑了。三个小和尚清扫着松树下的青砖地面，不时地聚在一起窃窃私语。庄季江在竹扫帚清扫地面的唰唰声里闭上眼睛，脑海里反复出现的还是贺惟忠踢打程铭淮的情形。贺惟忠踢打程铭淮的声音绵绵不绝，波涛般汹涌着。庄季江等候三个小和尚扛着竹扫帚嬉笑远去，双手按着竹椅扶手站起身，慢慢地踱到松林中央。松树硕大的树冠连接成一片，穹庐般遮蔽着天空，只有狭窄的缝隙里滴落下丝丝缕缕的阳光。庄季江在一棵棵松树周围转来转去，挥之不去的，还是贺惟忠踢打程铭淮的情形。那踢打声越来越响亮，似乎超越了钟楼里偶尔响起的钟声。

走出松林，踏上松林北面的甬道，庄季江又一次见到了镶嵌有一幢幢石碑的长廊。斐非寺原名斐斐寺，创建于何年已经无从查考，但长廊里的石碑可以追溯到顺治初年。在日新小学任教期间，庄季江在每一幢石碑前都徜徉过，对每一幢石碑的内容都了如指掌。基于对斐非寺历史的浓厚兴趣，庄季江跟斐非寺的住持澄明法师成了挚友，即使在离开二十里堡期间，他也没有跟澄明法师中断书信往来。澄明法师的方丈室就在长廊和围墙之间，可是庄季江并没有跟澄明法师晤谈的渴望，他知道自己的内心太嘈杂，短时间很难平静下来。

藏经楼门前的甬道东侧，是僧人生活区，高高的竹篱笆上依然攀附着枯干的藤蔓。庄季江沿着长廊和松林之间的甬道走到西面的凉亭，又从凉亭回到藏经楼门前的南北甬道，突然听到僧人生活区传出了熟悉的咳嗽声。那咳嗽声虽然有些苍老，但依然洪亮。庄季江慌忙跑进松林，躲在一棵松树西侧。僧人生活区的篱笆门慢慢开启，澄明法师的身影果然出现在藏经楼门前的甬道上。他穿着一身褪了色的僧衣，身体略微佝偻了。

澄明法师走到藏经楼门前，掏出钥匙打开楼门，小心翼翼地迈进了门槛。庄季江等候闭合楼门的声音慢慢响起，再一次走出松林，站在松林和长廊之间的甬道上。长廊里出现了两男两女两对年轻人，他们簇拥在康熙十三年树立的重修斐斐寺碑记前，议论的却是洛克伍德莅临二十里堡一事。他们的话题不光涉及站立在街道上的保安团团丁，还涉及第一复烤厂和丹渊公司装饰一新的大门，以及悬挂在芳菲苑内的彩旗和红灯笼。

年轻人艳羡的语气破坏了庄季江的心境。他没有走进大雄宝殿，而是从西面的凉亭折而向南，踏上了连通天王殿和大雄宝殿的甬道。庄季江原本是到斐斐寺寻求安宁的，可是寻求到的，更多的是怅惘。他低着头走进天王殿，跟迎面而来的文笃修擦肩而过。文笃修没想到会在斐斐寺邂逅庄季江，他停下脚步，惊讶地喊了一声"庄老师"。

天王殿面阔三间，进深两间，中间的通道光线暗淡。庄季江转过身，退回到弥勒佛坐像前，才看清同样退回到弥勒佛坐像前的文笃修的面容。文笃修再次叫了一声"庄老师"，庄季江才"呃呃"了两声，随后说道："你不是到美国留学去了吗？什么时候返回二十里堡的？没想到咱们竟会在斐非寺相遇。"

能够在斐非寺邂逅庄季江，文笃修非常兴奋。他揽着庄季江的腰向西走出天王殿，站在天王殿跟照壁之间的空地上。空地上洒满了阳光，青砖间的缝隙里残存着不少枯草。枯草棵棵直立，好像在贪婪地吸收着阳光的热度。时隔八九年再次相逢，文笃修和庄季江都没有心理准备，热情的问候之后，便失去了话题。他们在阳光下对视着，都有些尴尬。

听到潍安汽车路上响起摩托车的轰鸣声，文笃修颇为感慨地说道："英美烟公司不过是一家企业，其中国分公司的副总经理到访二十里堡，竟然成了二十里堡的一件大事。不光封了路，沿途还有保安团负责警卫，实在匪夷所思。要是英国女王或者美国总统到访二十里堡，整个二十里堡恐怕就要变成监狱了。"

"上级有命令，下级怎么可能不执行？"

文笃修猛然抬起头，笑着说道："我刚才知道，您已经就任保安团团长了。"

"刚才？"

"吉尔伯特跟洛克伍德谈及二十里堡，还特意提到了您。看样子他跟您很熟。"

"我在日新小学任教期间，吉尔伯特曾经在二十里堡短暂任职。那时候，他经常到日新小学的操场上跑步。你跟吉尔伯特是怎么认识的？"

"洛克伍德到访二十里堡，我给他担任翻译。"

"你既然是洛克伍德的翻译，怎么会出现在斐非寺？"

"洛克伍德和吉尔伯特现在丹渊公司，陈静楠替代我担任了翻译。"

"陈静楠？"

文笃修不愿意提及陈静楠跟自己的关系，他迟疑片刻，答道："耳东陈，安静的静，楠木的楠。"

跟文笃修面对面说着话，庄季江再一次想到了贺惟忠。跟文笃修一样，贺惟忠也对自己跟吉尔伯特的关系非常好奇。但文笃修的好奇仅仅是出于天性，而贺惟忠的好奇则有明显的目的性。自己能够就任二十里堡保安团团长，表面上吉尔伯特厥功甚伟，但内情绝非吉尔伯特所能知晓的。贺惟忠对于自己跟吉尔伯特的关系特别敏感，似乎也在情理之中。要不是自己的到来，贺惟忠极有可能就任保安团团长。也许是想让话题远离陈静楠，也许只是想陈述一个事实，文笃修说道："英美烟公司中国分公司的英美籍职员，不少人在二十里堡工作过。二十里堡似乎是他们必须经停的人生驿站。"

"自从呱呱坠地的那一天起，每个人都奔走在一个又一个的驿站，直至坟墓。英美人如此，中国人同样如此。对于我来说，二十里堡已不仅仅是人生旅途中的驿站了。这么多年，家在何方？不是他乡，便是梦乡。"

"抵达杜克大学的那天下午，天灰蒙蒙的。我独自漫步在一座座教学楼之间，心里突然间增加了许多岁月。黄庭坚说，去国十年，老尽少年心。何需十年，瞬间足矣。虽然完全能用英语跟老师和同学们交流，但我的心一直是落寞的。雪花飘落时才明白，高处不一定是天堂。可是曾经魂牵梦绕的故乡，就是天堂吗？"

文笃修苦涩地一笑，沉默了。他穿过天王殿踏上大雄宝殿门前的石级，伸出右手抚摸着石级北侧的石栏杆，似乎在找寻遗落的旧梦。庄季江望着文笃修的身影，思维渐渐地离开了斐非寺，以及斐非寺所在的二十里堡。作为庄季江在日新小学教过的最早的一批学生中的一员，文笃修在齐鲁大学以及杜克大学读书期间，曾经跟庄季江有过几次通信，但毕竟八九年没见面了。让庄季江颇为诧异的是，文笃修竟然有了这么多的人生感慨，而且一见面就像暴雨过后的虞河水一样恣意倾泻。

神情恍惚地对着庄季江摆了摆手，文笃修伴随着自己孤独的身影徘徊在大雄宝殿门前的台阶上。庄季江颇为不解地望着文笃修，转身绕到照壁北首，突然听到潍安汽车路上响起了熟悉的摩托车轰鸣声。他故作悠闲地往照壁上靠了靠，眼睛紧张地望着潍安汽车路上的行人和车辆。从南面风驰电掣般驶来的摩托车，又风驰电掣般向北驶出了庄季江的视野，但端坐在车斗里的贺惟忠，还是让庄季江感到了压抑。

沿着潍安汽车路走到车站一街路口，庄季江站在一棵刺槐树下，长时间遥望着东南面的斐非寺。他想到刚才踏进斐非寺的目的，竟然一脸茫然。是斐非寺的钟声吸引了自己，还是斐非寺的建筑吸引了自己，抑或有关斐非寺的记忆吸引了自己？庄季江伸出左手，从刺槐树上掰下一段侧枝扔进东面的水渠，嘴角透出一丝莫名的笑意。水渠东侧丛生着枯草，底部干涸得像刺槐树粗糙的树皮。

从斐非寺移开目光,庄季江将目光移向了斐非寺正北面的瞻可园。作为文笃修曾经的国文老师,庄季江一度频繁出入瞻可园。虽然跟文澄怀接触的机会极少,但跟沈潊芳还是熟识了。沈潊芳虽然经常请庄季江给文笃修补习功课,但所谓的补习功课,不过是陪着文笃修在虞河西岸游玩而已。庄季江也跟文笃修建立了很深的师生情谊,但庄季江从不讳言,这情谊首先基于沈潊芳那不菲的补课费。

从潍安汽车路拐上车站一街,庄季江的脚步依然有些迟疑。他似乎刚刚走出沼泽般的历史,又陷入了混沌不清的未来。站立在保安团大门口的团丁远远地望见庄季江,早早地挺起了胸膛。大门西侧的一排青砖瓦房前面站立着一队团丁,他们头颅低垂,身体一动不动。庄季江问了问站立在警卫室门前的团丁,才知道那排青砖瓦房是保安团的食堂。至于团丁们为什么站立在食堂门前,那名团丁只是撇了撇嘴。庄季江没再继续追问,他放弃了和团丁们共进午餐的念头,径直走向度因院的月亮门。在月亮门东侧担任警卫的团丁等候庄季江走到月亮门口,挺起身子行了个军礼,小声说道:"贺团长刚才大发雷霆。不知为什么,凡是嘴里有酒味的人都被罚站了。"

庄季江一愣,什么话也没说。他走进月亮门,对着刚刚走出因民斋的贺惟忠笑了笑,继续走向度义斋。贺惟忠跟随庄季江走进度义斋,将捏在手里的一张请柬递给庄季江,说道:"今天晚上,吉尔伯特将在芳菲苑举办酒会,欢迎洛克伍德莅临二十里堡。吉尔伯特派人送来请柬,邀请您参加。"

庄季江接过请柬看了看,说道:"仅仅邀请我自己吗?"

"也邀请我了。我因为还要负责洛克伍德的安全,便婉拒了。"

庄季江将请柬放在会议桌上,问道:"我刚才看到食堂前面站立着一队团丁。中午还要训练吗?"

"他们酗酒,严重违犯军纪。如果不加以惩处,军纪岂不成了儿戏?"

庄季江点了点头,神情有些凝重。

# 六

洛克伍德明显带有酒意了，他不停地更换舞伴，舞步越来越夸张。吉尔伯特和黄泓丽在舞池的角落里缓缓舞动着，不时地将目光投向洛克伍德。陈静楠和文澄怀并肩坐在舞池边的卡座上，默默地望着对面的文笃修以及舞池里的洛克伍德。和歌声一起在舞厅里飘来荡去的，竟然是冷清和寂寞。

一曲终了，洛克伍德离开舞池，坐在背靠着陈静楠的另一卡座上。跟洛克伍德面对面坐在一起的，是随后赶来的吉尔伯特和黄泓丽。因为要给洛克伍德充当翻译，文笃修离开文澄怀和陈静楠，坐在了洛克伍德身边。洛克伍德是从上海乘坐火车抵达二十里堡的，他跟吉尔伯特谈论了一番沿途看到的自然风光，又借助文笃修的翻译跟黄泓丽谈论了一番芳菲苑的舞女。据洛克伍德称，芳菲苑的舞女无论是舞姿还是身段，都不亚于上海滩的红舞女，而且具有上海滩的红舞女所不具有的乡野气息。黄泓丽听后微微一笑，说道："大都市的霓裳艳影固然曼妙，时间长了您也会厌倦的。相信二十里堡的乡野气息，一定能给您留下美好记忆。"

"那是当然。"

洛克伍德端起一杯香槟酒跟黄泓丽碰了碰杯，随后一饮而尽。黄泓丽在洛克伍德的注视下喝干杯子里的香槟酒，倒过酒杯对着洛克伍德晃了晃。吉尔伯特也跟文笃修碰了碰杯，但没有像洛克伍德那样一饮而尽，只是抿了抿唇，随后对着文笃修笑了笑。短时间的嘈杂声过后，音乐台上响起了歌剧《玛尔塔》中的咏叹调《她显得太可爱》。那欢快的旋律刚刚响起，整个舞厅迅速恢复了寂静。洛克伍德左手端着酒杯，右手抓起一瓶黑啤酒，独自走到文澄怀和陈静楠所处的卡座旁边。他隔着圆桌坐在文澄怀对面，将文澄怀和自己的酒杯里倒满黑啤酒，笑着问道："能请陈小姐跳个舞吗？"

文澄怀不知道洛克伍德说了些什么，他端起酒杯跟洛克伍德碰了碰杯，侧过头望着陈静楠。陈静楠往文澄怀身边靠了靠，说道："洛克伍德想请我跳舞，但不知道你是否同意。"

"这……没关系的。"

文澄怀说完，将酒杯放在圆桌上，对着洛克伍德点了点头。洛克伍德喝光杯子里的黑啤酒，站起身放下酒杯和酒瓶，揽着陈静楠的腰肢步入舞池。陈静楠瞥了一眼黑暗中的文澄怀，不自然地攥住了洛克伍德的双手。洛克伍德和陈静楠刚刚滑到舞池中央，舞池里意外地出现了一阵骚动。原先聚集在舞池中央的舞客陆续滑向舞池四周，一度拥挤的舞池竟然有些空旷了。

在齐鲁大学求学期间，陈静楠曾经在音乐课上学习过舞蹈，对于舞厅里常见的舞蹈形式并不陌生。因为生活优裕，更因为对于未来有着虚幻的梦想，陈静楠经常参加学校里组织的各种舞会和歌会，像一只快乐的小鸟。三年前发生的五三惨案彻底改变了她的人生，她虽然一度成为青岛亨利王子饭店的舞女，但学生时代跳舞的快乐早已享受不到了。文澄怀不会跳舞，也很少涉足舞厅，陈静楠嫁入瞻可园后，虽然也常常欣赏各种舞曲，但仅仅是为了消磨时光。

很长时间没跳舞了，刚刚迈开舞步的陈静楠还是有些拘谨。她跟着洛克伍德在舞池中央旋转了几圈，渐渐找回了舞蹈的感觉，和舞蹈的感觉一起找回的，还有早已淡忘的青春记忆。洛克伍德的舞步非常娴熟，他不仅能跟音乐融为一体，而且还让陈静楠感受到了体贴和温情。陈静楠跟着洛克伍德翩翩起舞，思维渐渐地离开芳菲苑，回到了睽隔已久的齐鲁大学。

乐曲临近尾声，有关齐鲁大学的种种美好记忆渐渐消失了，陈静楠所看到的依然是七彩的灯光和盛装的男女。洛克伍德带着陈静楠走向靠近音乐台的一个卡座，要了两杯咖啡和一盘水果，斜对着舞池坐在陈静楠对面。毕竟是很长时间没跳舞了，陈静楠感觉身体略微有些润湿。洛克伍德端起一杯咖啡递给陈静楠，陈静楠说了声"谢谢"，随即接过咖啡杯放在圆桌上。下一支曲子是《我找到了自己的爱》，很舒缓，也很缠绵。洛克伍德拥着陈静楠步入舞池，没再滑向舞池中央，而是在刚才坐过的卡座附近慢慢旋转着。他从远处分辨出文澄怀模模糊糊的身影，贴在陈静楠耳畔小声说道："文老板很幸福。"

"你说什么？"

陈静楠没有听懂洛克伍德的话语，仰起头反问了一句。洛克伍德将陈静楠往身上轻轻地搂了搂，俯视着陈静楠的眼睛说道："文老板很幸福。"

陈静楠听懂了洛克伍德的话外音，微笑着低下了头。

乐曲还在继续，吉尔伯特和黄泓丽相拥着滑行到舞池中央。他们一会儿手牵手快速旋转，一会儿又紧紧地拥抱在一起，缠绵得像热恋中的情人。洛克伍德和陈静楠围绕吉尔伯特和黄泓丽转了一圈，继续在刚才坐过的卡座附近慢慢旋转着。音乐台上的萨克斯手也许知道陈静楠跟文澄怀的关系，他在吹奏的间隙，不时地将目光投向陈静楠和文澄怀。因为距离很近，陈静楠感受到了萨克斯手的目光，也能读懂那目光意味着什么。她依旧缓缓地舞动着，但舞步明显出现了慌乱。

"陈小姐的英文讲得那么好，为什么还要像笼中鸟一样被囚禁在瞻可园？"

陈静楠没有回答洛克伍德的疑问。其实洛克伍德的疑问也曾经是陈静楠的疑问，只是这疑问由洛克伍德提出，有点刺耳罢了。在瞻可园生活久了，陈静楠常常反思自己嫁给文澄怀的最初动机。爱情自然是谈不到的，要说是仅仅为了安逸的生活，似乎也无法说服自己。文澄怀并不令人讨厌，跟他生活在一起，虽然有些乏味，但还算舒心的。

"听说文老板的大太太已经去世了。作为二太太的你，是不是可以递升为大太太？"

"大太太是正妻，二太太是妾。文老板还有另外的妾，妾的数目是不受限制的。只要文老板喜欢，任何一个妾都可以变成正妻……"

陈静楠说到这里戛然而止。她不知道洛克伍德为什么跟自己谈论这些事情，但洛克伍德的目光，还是让她感到了异样。洛克伍德似乎有些疲倦，他没等乐曲终了，便带着陈静楠回到了文澄怀所处的卡座。陈静楠面对着文笃修跟文澄怀并肩坐在一起，默默地盯着圆桌上的酒瓶和酒杯。文澄怀侧过头看了看陈静楠，邀请洛克伍德坐在了文笃修身边。文笃修望着陈静楠明显红润的脸庞，再次感到了尴尬。他挽起前来邀请自己跳舞的林伊萍的胳膊，柔柔地滑入舞池，脸上的笑容却是僵硬的。吉尔伯特跟黄泓丽低语了几声，随即离开了黄泓丽。黄泓丽走到文澄怀面前对着陈静楠笑了笑，挽着文澄怀的胳膊步入舞池，耐心地讲解着舞蹈动作。洛克伍德从圆桌上抓起一根香蕉，剥了皮递给陈静楠，问道："文老板不是还有另外的太太吗，怎么没有参加今晚的舞会？"

陈静楠接过香蕉，侧着身子说道："我参加今晚的舞会，主要是给文老板担任翻译。"

"文老板真的很幸福。"

洛克伍德又将刚才讲过的话重复了一遍。

乐队正在演奏歌剧《霍夫曼的故事》中的船歌《美丽的夜啊，爱的夜》，那一个个音符像一只只小手，有意无意地撩拨着陈静楠的心弦。她没再理睬洛克伍德，而是侧过身凝视着舞池里的一对对男女。洛克伍德有些失落，他端正身体，双手撑在圆桌上，眼睛一直盯着陈静楠手中的香蕉。吉尔伯特回到陈静楠和洛克伍德所处的卡座，从女侍手中接过三杯葡萄酒，摆放在圆桌上。陈静楠对着吉尔伯特和洛克伍德勉强笑了笑，随即收敛了笑容。吉尔伯特将一杯葡萄酒往陈静楠面前推了推，说道："没想到陈小姐的英文讲得那么好，那么纯正。"

"二十里堡的第一语言是英语，使用英语的机会比较多。"

"英美烟公司入住二十里堡以来，一直跟你先生打交道，可是他至今听不懂英语。我们这些在中国生活了十几年的人，讲汉语也非常吃力。"

"我们中国人都是下等人，你们有必要学习下等人的语言吗？"

吉尔伯特愣了愣，将目光移向了舞池。陈静楠没再说什么，她将手中的香蕉跟圆桌上的酒杯放在一起，目光一直追寻着舞池中的文澄怀和文笃修。文澄怀的舞步还是有些笨拙，因为有黄泓丽的配合，并没有显得特别难看。文笃修倒是舞步娴熟，他和林伊萍在舞池里转来转去，不时地引发唏嘘声。洛克伍德端起酒杯分别跟陈静楠和吉尔伯特碰了碰杯，盯着陈静楠说道："你不是文老板唯一的妻子，但文老板是你唯一的丈夫，可以这么理解吗？"

吉尔伯特不清楚洛克伍德为什么突然提及这类问题，他不安地望着陈静楠，端着酒杯的右手停在圆桌上方。陈静楠跟吉尔伯特碰了碰杯，抿了一口葡萄酒说道："洛克伍德先生不愧是英美烟公司的高管，对于我们下等人的家庭生活也了如指掌。"

洛克伍德似乎没有听出陈静楠的不满，继续说道："你既然不是文老板唯一的妻子，有什么必要将文老板作为唯一的丈夫？你看我有没有可能成为你……"

"洛克伍德先生……"

吉尔伯特急忙打断了洛克伍德的话语。他对着陈静楠摇了摇头，故作认真地聆听着刚刚响起的音乐，小声说道："歌剧《迷娘》中的浪漫曲《忆故乡，常向往》……我已经很长时间没有听到这支美妙的曲子了，不知陈小姐能否陪我跳上一曲。"

洛克伍德倒是很爽快，他说了一声"好的"，端起酒杯一饮而尽。

陈静楠和吉尔伯特同时将酒杯放在圆桌上，牵着手步入舞池，似乎都有些尴尬。陈静楠的脸上还是堆满了愠色,她伴着吉尔伯特慢慢移动脚步,呼吸明显有些急促。吉尔伯特注视着陈静楠因为愤怒而略微发红的脸庞,感受着陈静楠微微颤抖的身体。来到中国以后,尤其是来到二十里堡以后,吉尔伯特对于中国人的思想情感和行为方式有了深入了解。他不知道怎样安慰陈静楠,只是随着陈静楠舞动着。《忆故乡,常向往》的旋律还未完全消失,陈静楠对着吉尔伯特勉强笑了笑,说了声"谢谢"。

"洛克伍德先生喝多了,您无需介意的。"

陈静楠跟吉尔伯特握了握手,没有返回自己刚才坐过的卡座,而是径直走向了衣帽间。吉尔伯特叹息了一声,跟随文澄怀和文笃修走出舞池,再次回到了洛克伍德身边。洛克伍德双手按着圆桌仰靠在卡座上,眼睛半开半合,显然已经不胜酒力。吉尔伯特和文笃修将他从卡座上搀扶起来,也向着衣帽间走去。距离衣帽间还有五六米,洛克伍德突然拽住文澄怀的衣袖,含含糊糊地问道:"文老板,你跟你的两位妻子,平时是在一张床上呢,还是在不同的床上?"

吉尔伯特停下脚步,不知所措地望着文澄怀。文澄怀不知道洛克伍德说了些什么,只好将目光移向文笃修。文笃修对着洛克伍德用英语说了句"您太唐突了",随后对着文澄怀用汉语说道:"他说他没醉,还能再喝几杯。"

文澄怀笑着摇了摇头,吉尔伯特则长长地嘘了一口气。黄泓丽带着林伊萍和邵佩珊匆匆地赶到文笃修和吉尔伯特身后,从他们手中接过了洛克伍德。洛克伍德闭着眼睛抱住邵佩珊,含含糊糊地说道:"陈小姐,我真的很喜欢你,也真的想成为你丈夫中的一员。真的,真的。"

除了文笃修和吉尔伯特,没有人能够听懂洛克伍德说了些什么。邵佩珊不解地望着文笃修和吉尔伯特,文笃修和吉尔伯特则意味深长地对视了一眼。到衣帽间换上衣服,文笃修和文澄怀对着吉尔伯特摆了摆手,走出舞厅钻进了停在舞厅门前的凯迪拉克轿车。陈静楠早已坐在后排座位上,狐裘大衣紧紧地包裹着身体。她对着文笃修和文澄怀点了点头,脸上的神色渐渐恢复了以往的沉静。也许是因为文笃修坐在副驾驶座上,陈静楠和文澄怀都没有亲昵的表示,他们各自望着身边的车窗,静听着车轮跟地面的摩擦声。

辗转驶进瞻可园,凯迪拉克轿车缓缓停在望云楼南面的小广场上。文笃修和文澄怀同时下了车,又几乎同时转过了身。陈静楠在文澄怀和文笃修的注视下钻出车门,低着头走到文澄怀身边。就在凯迪拉克轿车调转车头的一瞬间,望云楼的一楼大厅亮起了灯。一位女佣拉开楼门,相继叫了一声"老爷""二太太"和"少爷"。陈静楠挽着文澄怀的右臂走进一楼大厅,回过头对着跟在身后的文笃修尴尬地一笑,依偎着文澄怀走向楼梯口。文澄怀在楼梯口停下脚步,转过身对着站立在大厅中央的文笃修说道:"已经很晚了,你也快休息吧。"

文笃修答应了一声,径直走向漱芳轩。

陈静楠和文澄怀刚刚拐上楼梯的转角,二楼走廊里的壁灯相继亮了。身着一件粉红色睡衣的夏美云站在楼梯口,睡眼惺忪而又神态慵懒。她抬起右手揉了揉眼睛,一边系着腰间的带子,一边俯视着陈静楠和文澄怀问道:"怎么这么晚才回来?"

文澄怀从陈静楠的臂弯里抽出右臂,踏上最后一级楼梯答道:"要不是洛克伍德喝多了,现在也回不来。"

"洛克伍德也太能玩了。"

夏美云瞥了一眼文澄怀,又对着跟在文澄怀身后的陈静楠笑了笑。

陈静楠什么话也没说,只是低着头上了楼。夏美云再次瞥了一眼文澄怀,伸出双手拥着陈静楠和文澄怀走进涵虚轩,摸索着拉亮了起居室中央的吊灯。也许是带子没有系紧,夏美云的睡衣从中间敞开了。吊灯燃亮的一瞬间,陈静楠看到了夏美云裸露的乳房。虽然同为文澄怀的姨太太,虽然知道文澄怀对于自己和夏美云的身体都不陌生,但是在文澄怀面前看到夏美云裸露的乳房,陈静楠还是羞红了脸。夏美云重新扎紧睡衣,对着陈静楠和文澄怀说道:"我已经睡了一觉了,你们也快休息吧。"

刚才在一楼大厅，陈静楠从文澄怀嘴里听到过"快休息吧"。因为那是文澄怀提醒文笃修的，陈静楠并没有特别的感受。再次从夏美云嘴里听到"快休息吧"，陈静楠竟然体味到了些许暧昧。她将夏美云送出涵虚轩，目光在夏美云已经包裹着睡衣的乳房上停留了片刻。夏美云依次熄灭走廊里的壁灯，回到待月轩轩门前对着陈静楠摆了摆手。陈静楠等候夏美云走进待月轩，脸上努力挤出一丝笑意。她回到涵虚轩关闭轩门，帮着文澄怀一件一件脱掉衣服，捧在手里。

对于文澄怀裸露的身体，陈静楠早已熟视无睹。再次面对文澄怀裸露的身体，陈静楠却感受到一丝屈辱，尤其是刚才看到了夏美云裸露的乳房之后。尽管陈静楠已经回到瞻可园，但她的思绪依然在芳菲苑的舞厅里飞扬。洛克伍德在舞厅里的谈话也许是无意的，或者仅仅出于好奇，但对陈静楠的刺痛，是绵绵不绝而又难以抚平的。文澄怀从陈静楠手里接过衣服挂在衣架上，眼瞅着卫生间说道："我先洗，还是咱们一起洗？"

"你先洗吧。"

文澄怀笑了笑，没再说什么。

房间里温度很高，暖气片偶尔发出沙沙的声音。陈静楠脱光衣服，背靠着床头躺在床上，眼前挥之不去的，依然是洛克伍德的身影；耳边反复回响的，还是洛克伍德的话语。卫生间里哗哗的水流声不再响起，身上披着白色浴巾的文澄怀走到陈静楠面前，慈爱地俯视着陈静楠裸露的身体。陈静楠下了床，用文澄怀身上的浴巾帮着文澄怀擦干头发，抱着浴巾走进了卫生间。卫生间里的灯全部燃亮了，陈静楠从梳妆台上的玻璃镜中清清楚楚地看到了自己的裸体。她将文澄怀用过的浴巾挂上墙上的挂钩，带上卫生间的房门走近玻璃镜，默默地望着玻璃镜中裸露的自己。

成为文澄怀的二太太已经一年多了，竟然还是处女，陈静楠再一次从玻璃镜中看到了嘲讽的微笑。在育英中学读书期间，尤其是在齐鲁大学读书期间，陈静楠经常感受到男同学火辣辣的目光，因为心性太高，那些目光从来没有在心里激起波澜。五三惨案以后，尤其是埋葬了父母以后，陈静楠同样感受到无数火辣辣的目光，但那目光里少了清纯，多了欲望。作为成熟的女人，她第一次向异性展示裸体，是在青岛的亨利王子饭店，在文澄怀面前。

文澄怀是英美烟公司重要的合作伙伴。作为世界上最大的烟草公司的合作伙伴，文澄怀从不吸烟，也从不允许陈静楠和夏美云吸烟，反而对各类香水有着浓厚兴趣。陈静楠洗完澡，略微化了化妆，随即将文澄怀喜欢的夏奈尔5号香水往身上洒了洒。她光着身子走出卫生间，逐一熄灭涵虚轩所有的灯，摸索着躺在文澄怀身边。

文澄怀从来不穿睡衣睡觉，陈静楠跟文澄怀在一起，也是光着身子。赤裸着身子的文澄怀和同样赤裸着身子的陈静楠躺在同一张床上，竟然像两个少不更事的孩子，始终没有逾越意想中的楚河汉界。文澄怀除了摸摸陈静楠的乳房，拍拍陈静楠的屁股，很少触碰陈静楠的下体。每次不经意间的触碰，文澄怀都会流露出歉意和尴尬。

对于陈静楠，文澄怀更像是父亲。

躺在文澄怀的臂弯里，感受着文澄怀渐渐平静的呼吸，陈静楠却没有了睡意。她坐起身，蜷起文澄怀的右臂搭在文澄怀身上，稍微往外移了移身子。在青岛的亨利王子饭店，第一次面对文澄怀裸体的那个夜晚，陈静楠曾经有过两种担心，一是担心文澄怀的行为会过于粗暴，一是担心文澄怀会鼾声如雷。让陈静楠欣慰的是，这两种担心都是多余的。虽然出现在公众面前的文澄怀衣冠楚楚，器宇轩昂，但在床上却非常拘束，即使呼吸，似乎也有些胆怯。

已经是凌晨三点了，陈静楠拉亮床头灯看了看手表，随后又将床头灯拉灭了。她仰躺在床上，双手交叉着抱在胸前，疲惫但又毫无睡意地凝望着眼前的虚空。参与接待洛克伍德，并和文笃修一起担任翻译，这是陈静楠嫁到瞻可园后第一次参加公开活动。对于自己纯正的英语，不光洛克伍德和吉尔伯特赞叹不已，即使文笃修也表现出某种程度的惊异。不管是座谈、宴会还是晚上的舞会，陈静楠大都跟文笃修在一起，但文笃修总是将在众人面前表现英语能力的机会让给陈静楠，自己只是在陈静楠忙不过来的时候充当替补。

跟文澄怀在床上的表现一样，文笃修陪着陈静楠出现在众人面前的时候，也有些羞涩。他既不像在瞻可园里那样称呼陈静楠"二妈"，也不像洛克伍德和吉尔伯特那样称呼陈静楠"陈小姐"，不得已的时候，只是发出一种含含糊糊的毫无意义的声音。想到文笃修那羞涩的神情，陈静楠感到了一种莫名的舒心。她在黑暗中笑了笑，随即看了看还在熟睡中的文澄怀。

虽然洛克伍德的话语常常让陈静楠难堪，但陈静楠并没有感受到恶意，感受最深的反而是直率。想到洛克伍德，陈静楠很自然地想到了吉尔伯特。因为吉尔伯特的善解人意，陈静楠在跟洛克伍德的接触中才避免了更大的尴尬。晨光刚刚透过窗帘的缝隙，文澄怀便醒了。陈静楠急忙闭上眼睛，依然背对着文澄怀躺在床上。洛克伍德购买的是晚上赶往青岛的火车票，整个白天还要在二十里堡活动，文澄怀自然也要全程陪同。他下了床，但并没有在卫生间里洗漱，而是穿上衣服，悄悄地走出涵虚轩，带上了轩门。文澄怀不在涵虚轩洗漱，显然是担心影响陈静楠休息。陈静楠对于文澄怀的体贴，又一次心生感动。

听到走廊里响起文澄怀和夏美云的低语声，又听到楼梯上响起文澄怀和夏美云的脚步声，陈静楠再也无法抵挡越来越浓烈的睡意。她在床上翻了几次身，渐渐地进入了梦乡。临近午饭时间，夏美云推开涵虚轩的轩门，禁不住皱了皱眉头。涵虚轩内光线暗淡，空气也有些龌龊。夏美云拉开卧室的窗帘，侧着身子坐在文澄怀睡觉的一侧，将右手伸进陈静楠的被窝。陈静楠像受了惊吓似的猛然坐起，整个上身全部暴露在夏美云面前。她急忙将被子包在身上，喘息着说道："你可吓死我了。他走了？"

"早就走了。他又不可能有什么作为，你怎么这么晚了还赖在床上？"

夏美云上身穿着一件黄色毛衣，下身穿着一条褪了色的牛仔裤，全身上下洋溢着青春的光彩。她从挂衣架上取下睡衣扔给陈静楠，脸上的神情有些暧昧。陈静楠背对着夏美云穿上睡衣，匆匆地洗漱完毕，一边往脸上涂着脂粉，一边走出了卫生间。夏美云帮着陈静楠整理了整理头发，说道："文澄怀还是很爱你的。他怕影响你休息，早上到我房间里洗漱的。"

"他其实更爱你。"

"他更爱我？"

"这有什么可怀疑的？要不然，他怎么特别留恋待月轩？"

夏美云笑了笑，说道："相信在文澄怀之前，你并没有跟男人上床的经验。我就不一样了，我以前是戏子，跟男人们上床是我生活的重要内容。第一次跟文澄怀上床，我就知道他不可能有任何作为。我之所以最终决定走进瞻可园，主要是他能给我提供安逸的生活。作为戏子，我见识了太多的男人。文澄怀虽然在那件事上无法满足我，但他……"

夏美云没再说下去，嘴角的笑意也慢慢消失了。陈静楠在夏美云面前脱掉睡衣，同样换上了一条褪了色的牛仔裤和一件黄色毛衣。她拽着夏美云走进卫生间，揽着夏美云的腰肢站在梳妆台前，指着她们在玻璃镜中的身影说道："他经常要我们穿着同样的衣服站在他面前，不会是把我们当成了他的两个女儿吧。"

"对他来说，你更像是女儿，我更像是娼妓，或者说是床上的玩物。"

"你怎么会有这种想法？"

夏美云没有回答陈静楠的提问，只是微微翘起嘴角，右手轻轻地触了触陈静楠的左肋。陈静楠哎哟了一声，慌忙后退了一步。夏美云追着陈静楠跑出卫生间，站在起居室中央说道："午饭已经准备好了，估计他已经着急了。"

"他……"

"他儿子。"

陈静楠会心地一笑，和夏美云一起走出涵虚轩，下了楼。餐室的房门已经开启，一位女佣站在房门外面，迎着陈静楠和夏美云叫了声"二太太、三太太"。陈静楠和夏美云同时点了点头，手拉着手走进餐室，迎面遇到了文笃修。文笃修叫了声"二妈、三妈",跟在陈静楠和夏美云身后走到长条桌旁。饭菜依然摆放在长条桌的北端,只是北端的椅子依然贴着长条桌。陈静楠和夏美云并排坐在餐桌东侧的椅子上,文笃修低着头坐在了她们对面。刚才站立在餐室门外的女佣收起盖着菜肴的盘子,悄悄地走进厨房,带上了厨房门。夏美云盛了一碗紫菜汤递给文笃修,问道:"你怎么没跟你父亲在一起?"

文笃修接过夏美云递给自己的那碗紫菜汤,答道:"父亲今天没有公开活动,主要是跟洛克伍德商讨生意上的事。吉尔伯特就是很好的翻译。"

夏美云瞥了一眼陈静楠,对着文笃修说道:"静楠说你的英文水平相当高,比那个洛克伍德和吉尔伯特还高。"

陈静楠皱了皱眉头,但没有表示异议。文笃修看了一眼陈静楠,将一把匙子放在盛有紫菜汤的碗里,说道:"洛克伍德和吉尔伯特都是商人,没有像我一样将大部分时间用来读书。二妈的英文讲得那么好,倒是我没想到的。跟我一起从美国毕业回国的留学生,有好几位说起英语来美国人都听不懂。"

夏美云再次瞥了一眼陈静楠,对着文笃修说道:"你在杜克大学的女同学中,有像静楠这么有才华的吗?"

"美云!"

陈静楠撕下一块馒头塞到夏美云嘴里,没让她再说下去。夏美云从嘴里捏出馒头,长长地喘了一口气,终于沉默了。也许是从情窦初开的那一天就爱上了阿格尼丝,文笃修很少留意其他女性,瞻可园中这两位年轻的姨娘,还是吸引了他的目光。她们微笑着坐在长条桌对面,仿佛两朵娇艳的迎春花,散发着浓烈的春的气息。

可能是因为羞涩,文笃修吃饭时很少抬头。他吃完饭,匆匆地告别陈静楠和夏美云,离开了餐室。陈静楠望着文笃修刚才坐过的椅子,突然间有些失落。她放下筷子,舀了一碗紫菜汤慢慢喝着,脑海里竟然出现了文笃修投向自己的胆怯的目光。夏美云漱了漱口，放下水杯指着文笃修刚才坐过的椅子，贴近陈静楠耳畔说道："你要想感受真正的男人，这倒是很好的对象。"

陈静楠突然间涨红了脸。她不安地注视着夏美云，小声说道："你怎么有这种想法？"

夏美云按着陈静楠的左肩站起身，说道："他对你我都有好感，我不相信你看不出来。你从未跟男人有过那事，你也许能守得住。可我是跟很多男人有过那事的人……"

再一次从夏美云嘴里听到"你从未跟男人有过那事"，陈静楠再一次感到了羞辱。她站起身，跟在夏美云身后走出餐室，上了楼。走廊里的窗帘已经全部拉开，窗台上的花草也洒了水。陈静楠在楼梯口跟夏美云分了手，讪讪地走进涵虚轩，闭合了轩门。涵虚轩的窗帘也已经全部拉开，房间里的光线明亮了许多。陈静楠懒懒地倒在长沙发上，侧着身子望着靠近北窗的书桌。书桌上还摆放着英国作家哈葛德的长篇小说《迦茵小传》的英文原版，以及林纾、魏易的中文译本，陈静楠却没有了阅读兴趣。

在瞻可园生活了一年多时间，陈静楠感受最深的就是寂寞。最初的时候，她也曾跟着夏美云学唱过平剧，但很快就厌倦了，惟有阅读英文原著还能引发她持续的兴趣。文澄怀倒是非常希望陈静楠终日与书籍为伴，并且通过多种渠道买来大量英文著作。陈静楠英文水平的急剧提高，与其说是基于她的勤奋，不如说是基于她的无奈。虽然同为文澄怀的姨太太，陈静楠对于夏美云并没有丝毫敌意，而是将她当成了伙伴。想到要在瞻可园度过漫长的岁月，陈静楠有时候会不寒而栗。夏美云没有受过正规教育，因为读过太多戏文的缘故，言语并不粗俗。她跟陈静楠交谈的时候，也常常会说出令陈静楠深思的话语。但更多的时间，她们是各自待在各自的房间，等待着文澄怀的出现。

文澄怀在瞻可园的时候，夏美云几乎从不进入涵虚轩；文澄怀不在瞻可园的时候，夏美云常常是涵虚轩的不速之客，而且进门前从不敲门。不管是对于陈静楠来说，还是对于夏美云来说，她们都是透明的，早已毫无秘密可言。她们所能坚守的，就是不同时光着身子跟同样光着身子的文澄怀相拥而卧而已。

可是这种坚守，又有什么意义呢？

虽然有了充足的睡眠，陈静楠还是有几分慵懒。她站起身，用力眨了眨眼睛，慢慢地走到待月轩的轩门前。待月轩闭着门，里面没有任何声音。陈静楠的右手刚要接触门把手，随后又垂下了。她走进此君斋，双手按着南面的窗台静静地站立着，努力忍受着窗台的冰凉。开启轩门的声音轻轻响起，陈静楠身后响起了脚步声。那脚步声消失在陈静楠的身体右侧，四周又陷入了沉寂。陈静楠知道站在身边的是夏美云，但只是从窗台上收回了双手。她既没有跟夏美云说话，也没有跟夏美云交流目光。

不知有多少次了，文澄怀不在瞻可园的早晨、午后或者黄昏，陈静楠和夏美云常常并排站立在此君斋的南窗下，或者走廊的南窗下，静静地感受着时光的流逝。她们或许长时间不说话，或许偶尔说几句话，但彼此都能感受到内心的寂寞与酸楚。文笃修的身影不知什么时候出现在过溪亭和竹林之间的小路上，他右手攥着一根竹枝，轻轻摇晃着。夏美云拽了拽陈静楠的毛衣，指着文笃修说道："自从他回到了瞻可园，我的心就难以平静了……有一天晚上，我差点将他爸爸当成了他。我渴望他的目光，可惜他不能像他爸爸那样躺在我身边。"

"你和他……毕竟有着母子名分。"

"我们跟他爸爸，不是还有着夫妻名分吗？可你现在还是处女。我没必要对你隐瞒什么，春节过后，我就渴望再次投入另外的男人怀抱，因为走不出瞻可园，也就找不到机会。我渴望真正的男人……"

陈静楠突然笑了，她盯着夏美云说道："贺惟忠还有保安团的好几名团丁，不是经常出入瞻可园吗？他们或许是真正的男人。"

"即使欲火熊熊燃烧起来，我也不会勾引奴才的。跟奴才在一起，不可能得到快感。真的，不骗你。"

夏美云说完，冷笑了一声。陈静楠没再说什么，又把目光投向南面的横湖。文笃修已经穿过竹林中间的小路，踏上了寒芦港的长条石。他的四周是枯黄的芦苇和水草，他的身影也像枯黄的芦苇和水草一样透着凄凉。陈静楠和夏美云不约而同地对视了一眼，随即移开了目光。文笃修在长条石上踱来踱去，似乎在找寻着什么。他有时候俯视着桥下的水面，有时候仰望着辽远的天空。陈静楠抬起左手碰了碰夏美云的腰肢，怅惘地说道："他跟那个英国医生阿格尼丝，早就谈婚论嫁了。"

"你以为我会奢望成为他的妻子？我姑妄言之，你姑妄听之。你可不能向文澄怀出卖我。"

陈静楠仰起脸叹息了一声，说道："同是天涯沦落人……如果以后你有了更好的归宿，我也会经常想起你的。我不会忘记咱们曾经在瞻可园里一起生活过，而且像真正的姐妹。"

夏美云突然间黯然神伤，她双手抱住陈静楠，眼角湿润了。

伴随着突然响过的喇叭声，瞻可园的园门开了，黑色的凯迪拉克轿车缓缓驶进瞻可园，停在望云楼南面的四棵玉兰树中间。陈静楠和夏美云急忙下到一楼，所见到的并不是文澄怀，而是保安团的那位副团长贺惟忠。贺惟忠弯下腰叫了声"二太太、三太太"，随后对着陈静楠说道："文老板请二太太马上赶往英美烟公司经理处。"

"为什么？"

"文老板什么也没说。"

也许文澄怀的确什么也没说，即使文澄怀什么都说了，贺惟忠也会守口如瓶。陈静楠常常提醒自己不要理睬贺惟忠，又常常为自己没能抑制住好奇心后悔。她重新登上楼梯，和夏美云一起回到涵虚轩，穿上了一件灰色呢子大衣。夏美云帮着陈静楠理了理头发，说道："估计还是让你当翻译。不过，为什么不叫他儿子去呢？"

"叫我去我就去呗，整天待在瞻可园，也实在闷得慌。"

"你不在瞻可园，我不更闷得慌？"

陈静楠瞥了一眼半开着的轩门,说道:"你心仪的男人不是还在瞻可园吗?我离开了瞻可园,你不就可以放胆勾引他了。"

夏美云也瞥了一眼半开着的轩门,轻轻地推了推陈静楠,小声说道:"我要是勾引他,难道还怕你知道?"

陈静楠抢先走出涵虚轩,下了楼。她故作矜持地走到凯迪拉克轿车的后车门右侧,瞥了一眼依然站立在寒芦港那段长条石上的文笃修,侧着身子钻进车里。谦恭地等候在轿车旁的贺惟忠关闭后车门,随即拉开前面的车门,坐在司机旁边。凯迪拉克轿车驶出瞻可园,缓慢行驶在车站一街上,车窗外不时地掠过几只悠闲的小鸟。司机不说话,贺惟忠也不说话,回响在陈静楠耳边的,只有车轮跟路面的摩擦声。瞻可园坐落在旷野之中,陈静楠却很少走进旷野。她感受着汽车的哪怕是轻微的颠簸,默默地望着街道两侧的树木和荒草,心里竟然有了解除束缚后的畅快。凯迪拉克轿车拐上车站东路,嘈杂的市声完全淹没了车轮跟路面的摩擦声。陈静楠从车窗外收回目光,脑海里不经意间出现了洛克伍德的形象。

文澄怀为什么要自己赶往英美烟公司经理处?会与洛克伍德有关吗?

凯迪拉克轿车从车站东路拐上车站二街,又从车站二街拐进第一复烤厂南门,陈静楠依然没能找到答案。经理处那扇涂有黑漆的铁门虚掩着,里面偶尔传出微风吹动枯枝的抖颤声。凯迪拉克轿车还未停稳,贺惟忠便跳下车,拉开了右侧后门。经理处寂静的院落里长满了法桐树,房顶高耸的星条庐和米字庐坐落在沥青铺就的南北甬道的东西两侧,静静地沐浴着从树枝间洒落的阳光。星条庐和米字庐原本没有名字,其得名,仅仅因为房顶上最初插有星条旗和米字旗而已。贺惟忠引导陈静楠走到星条庐的庐门前,庐门随即开了,首先出现在庐门口的,竟然是洛克伍德的笑脸。站在洛克伍德身后的,便是文澄怀和吉尔伯特。贺惟忠对着洛克伍德鞠了一躬,悄悄地退到庐门南侧。陈静楠略一迟疑,缓缓地踏上了庐门前的台阶。

"文老板将这么漂亮的太太藏在瞻可园,实在对不起像我这样的爱美之人啊！"

说话的时候，洛克伍德斜睨着文澄怀，眼睛的余光却聚焦在陈静楠身上。陈静楠没有翻译洛克伍德的这句话，倒是吉尔伯特将其译成了中文。陈静楠注意到，吉尔伯特的译文，删除了"像我这样的"这五个字。文澄怀听后哈哈一笑，伸出左手将陈静楠揽在身边，小声说道："所有的业务都谈妥了，该签的合同也签了。洛克伍德非常满意。他说你给他留下了极其美好的印象，希望在离开二十里堡之前能再次见到你。"

陈静楠什么话也没说，只是挽着文澄怀的右臂跟在洛克伍德和吉尔伯特身后。

正冲着星条庐的庐门是一个空旷的大厅，大厅的南北两侧分别有两个单间。南面的两个单间从西往东依次标有钱伯斯街和瑞灵顿街，分别被吉尔伯特用作了办公室和卧室；北面的两个单间从西往东依次标有第五大道和第一大道，分别被吉尔伯特用作了接待室和客房。吉尔伯特没有带着洛克伍德、文澄怀和陈静楠回到用作办公室的钱伯斯街，而是带着他们走进了钱伯斯街正北面用作接待室的第五大道。第五大道摆放着沙发、茶几和饮品柜，东南角还摆放着一架立式钢琴。陈静楠注意到，钢琴的琴盖已经打开，谱架上摆放着一份乐谱。吉尔伯特邀请洛克伍德、文澄怀和陈静楠坐在沙发上，伸出右手在钢琴的键盘上划了一下，说道："这架钢琴是德国生产的，德国籍的最后一任二十里堡火车站站长的私有财产。可能是德国人撤退时过于慌张，这架钢琴被留在了火车站。中国政府收回胶济铁路前夕，日本籍的最后一任二十里堡火车站站长将钢琴卖给了咱们公司。"

有关眼前这架钢琴的历史，吉尔伯特显然是讲给洛克伍德听的，陈静楠也就没有给文澄怀全文翻译，只是贴在文澄怀耳畔说了声"他在介绍这架钢琴的历史"。听完眼前这架钢琴的历史，洛克伍德极为惊讶。他坐到琴凳上轻轻地弹了几个音符，随后弹着钢琴用英文唱起了歌剧《玛尔塔》中那首著名的咏叹调《她显得太可爱》："她显得太可爱，叫我一见难忘怀。她显得太美丽，终日扰乱我心怀。伤害我，迷惑我，她将美丽当绳索；我眷恋，我爱慕，爱的烦恼摆不脱……"

对于《她显得太可爱》的旋律，陈静楠并不陌生，昨晚在芳菲苑就聆听过；对于歌剧《玛尔塔》的剧情，陈静楠却一无所知。她和文澄怀并肩坐在长沙发上，仔细品味着洛克伍德的歌声中所蕴藏的炽热情感，心里竟然涌出了一丝甜蜜。洛克伍德的手指在琴键上欢快地跳跃着，神情流露出一丝惆怅和向往。陈静楠似乎忘记了洛克伍德昨晚对自己的非礼，她偷偷地瞥了一眼站在洛克伍德身后的吉尔伯特，慢慢地将脸颊靠在文澄怀的左臂上。文澄怀好像也被洛克伍德的歌声所打动，他侧过脸注视着陈静楠，小声问道："洛克伍德唱的什么歌？这旋律好像在哪里听过。"

陈静楠猛然坐直身子，不安地注视着洛克伍德和吉尔伯特的背影。洛克伍德缓缓地垂下双臂，站起身对着陈静楠和文澄怀笑了笑，隔着一张单人沙发坐在陈静楠右侧。吉尔伯特盖上琴盖，面对着洛克伍德、陈静楠和文澄怀坐在琴凳上，抬起右手指了指茶几上的葡萄，说道："这些葡萄是去年秋天储藏在咱们公司冷库里的，到现在还很新鲜，味道也不错。"

"是吗？"

陈静楠从葡萄穗上捏下一粒葡萄递给文澄怀，又捏下一粒葡萄放进自己嘴里。茶几上的葡萄大都呈紫红色，紫红色的葡萄犹如紫红色的露珠，在阳光下闪烁着紫红色的光。陈静楠将葡萄皮和葡萄籽吐到左手里，细细地品味着嘴里酸酸的、甜甜的味道，目光不时地投向吉尔伯特。吉尔伯特不可能听不出洛克伍德的歌声所蕴藏的深意，但脸上的表情依然像平静的水面。陈静楠再次捏了一粒葡萄放进嘴里，友好地望着吉尔伯特，微微翘起的嘴角流露出一丝感激。

骤然响起的火车的汽笛声远远传来，随后便是车轮和铁轨的碰撞声。对于不时响起的火车的汽笛声以及车轮和铁轨的碰撞声，吉尔伯特早已习以为常，洛克伍德还是皱紧了眉头。他等候第五大道恢复了寂静，右手扶着沙发扶手，对着陈静楠和文澄怀说道："英美烟公司中国分公司自从在上海设立，雇佣过许多中国译员，像陈小姐这么高水平的译员，却是凤毛麟角。陈小姐是在哪里学的英语？"

"我在齐鲁大学学过英语，但没有完成学业。"

陈静楠回答完洛克伍德的问话，侧过头看了看文澄怀。文澄怀听不懂洛克伍德跟陈静楠的谈话内容，但还是将目光移向了洛克伍德。洛克伍德点了点头，颇为感慨地说道："那就更了不起了。我接触过很多从英美回来的中国留学生，他们共同的特点就是夸夸其谈，而他们的英文水平只能欺骗不懂英文的中国人。陈小姐的英文水平已经超过了普通的英美人。"

"您过奖了。"

陈静楠虽然不愿意跟洛克伍德深入交谈，但还是对着洛克伍德微微一笑。她知道自己真实的英文水平，也知道洛克伍德的评价并非过誉。可是谁能想到自己学习英语仅仅是消磨时间的一种手段呢？对于陈静楠来说，在瞻可园生活的日子是平静的，平静到只能感受日出日落，平静到寂寞像小虫子一样爬满早已封闭的内心世界。

"不同于我见过的大多数中国留学生，文老板的公子倒是满腹经纶。他不光英语纯正，而且思想深刻。文公子已经接受了复旦大学的聘书，我们也就不好邀请了。像陈小姐这么优秀的人才，我们公司同样求之不得。"

洛克伍德的这一建议太突然，陈静楠不知如何回答。她将目光移向文澄怀，但没有将洛克伍德的话语译成中文。吉尔伯特也有些错愕，他沉默片刻，对着文澄怀用汉语说道："洛克伍德先生希望令公子能够来我们公司任职。如果令公子另有高就的话，不知陈小姐是否愿意屈就？"

"这……"

文澄怀将目光移向陈静楠，语塞了。他将陈静楠和夏美云先后娶进瞻可园，更多的是因为瞻可园太寂寞。尽管陈静楠喜欢安静，夏美云喜欢热闹，但文澄怀从她们身上感受到的，都是自己已经远去的青春。文澄怀有时候也能从陈静楠和夏美云脸上觉察到隐隐约约的幽怨，但她们的幽怨反而让文澄怀感受到另一种美好。因为她们的幽怨是青春的幽怨，背后是躁动不安的激情。

而激情，正是文澄怀竭力追寻的。

"文老板是不是不希望陈小姐走出瞻可园？"

吉尔伯特又一次将洛克伍德的问话译成了汉语。

虽然文澄怀一时无法了解洛克伍德聘请陈静楠的真正用意，但他还是决定满足洛克伍德的这一愿望。因为陈静楠如果能够介入英美烟公司的内部事务，必然会对丹渊公司的经营产生重要影响。可是，洛克伍德仅仅因为陈静楠能讲流利的英文就决定聘用她吗？洛克伍德是不是想通过陈静楠来窥视丹渊公司呢？突然间，文澄怀想到了屈蓉初的儿子陶明礼，想到了那个因为打抱不平而遭受过牢狱之灾的年轻人。他哈哈一笑，对着洛克伍德说道："如果静楠愿意到贵公司任职，我不反对。前些日子，有一位年轻人找到我，希望我能将他介绍到贵公司……"

吉尔伯特走到洛克伍德身边跟洛克伍德低语了几声，又坐到琴凳上对着文澄怀说道："我们欢迎文老板推荐的任何人到我们公司任职，更希望陈小姐能够到我们公司任职。"

陈静楠原本以为文澄怀会拒绝洛克伍德的请求的，听到文澄怀表态"不反对"，一时竟不知所措。她看了看文澄怀，又看了看洛克伍德和吉尔伯特，低下头沉默了。文澄怀没再说话，他从果盘里捏起一粒葡萄，但没有放进嘴里，只是在两指间慢慢旋转着。洛克伍德和吉尔伯特也没再说话，他们互相交换着目光，有些焦灼地等待着陈静楠做出最终决定。

文澄怀表态"不反对"，到底是真的不反对，还是仅仅为了避免陷入尴尬？陈静楠紧张地思考着这个问题，脸颊微微发红了。洛克伍德望着陈静楠微微发红的脸颊，心里又一次产生了难以抑制的冲动。他站起身走到星条庐庐门前的法桐树下，随后又回到了第五大道。吉尔伯特感受到洛克伍德内心的焦躁，但还是对着文澄怀若无其事地说道："如果陈小姐能够担任我们公司的英文翻译，我们将在对面的米字庐为陈小姐设立专门的办公室。"

陈静楠依然没有表态，但脸颊更红了。

"如果陈小姐有闲暇，可以随便翻阅公司收藏的全部英文书籍。"

洛克伍德补充道。

陈静楠不好再沉默了。他看了看文澄怀，对着吉尔伯特说道："能带我去看看那些英文书籍吗？"

"当然可以。"

吉尔伯特答应了一声，随即离开了琴凳。陈静楠挽着文澄怀的左臂跟在吉尔伯特身后，虽然满是疑问，但并没有说话。洛克伍德犹犹豫豫地走出第五大道，独自站在星条庐的廊檐下，默默地望着陈静楠和文澄怀的身影。连接星条庐和米字庐的甬道同样是沥青铺设的，陈静楠挽着文澄怀的左臂踏上米字庐门前的台阶，慢慢地转过身，又一次遇到了洛克伍德的目光。洛克伍德仰望着星条庐和米字庐之间的法桐树冠，目光有些空洞。

吉尔伯特推开米字庐的庐门，回过头看了看站立在星条庐廊檐下的洛克伍德，嘴角露出了一丝笑意。他邀请陈静楠和文澄怀走进米字庐，任凭庐门大开着。米字庐的布局跟星条庐的布局完全一样，正冲着庐门同样是一个大厅，大厅的南北两侧同样分别有两个单间。惟一不同的是，星条庐的四个单间是以纽约市的四条街道的名字命名的，而米字庐的四个单间是以英国四大行政区的名字命名的。米字庐南面的两个单间从东往西依次为威尔士和北爱尔兰，北面的两个单间从东往西依次是英格兰和苏格兰。吉尔伯特推开苏格兰的房门，邀请陈静楠走进苏格兰，自己和文澄怀面对面站在房门前。苏格兰被用作了图书室，里面的图书主要是中文书籍和英文书籍。贴着南墙是一个大书架，书架上整整齐齐地摆满了开本不一的英文书籍。紧靠着西面的窗子是一张书桌，书桌上摆放着一本夹有书签的英文书，赤褐色的封面中央印有火中凤凰图案，端庄典雅。《查特莱夫人的情人》？陈静楠拿起书翻了翻，又放回书桌上。

文澄怀不懂英文，自然对于眼前的英文书没有兴趣。他望着陈静楠的背影，反复思考的，还是陈静楠到英美烟公司任职的利与弊。吉尔伯特没

119

有继续陪伴文澄怀，而是对着文澄怀摆了摆手，走出米字庐回到洛克伍德身边。文澄怀走进苏格兰拍了拍陈静楠的衣袖，站在了书桌旁。陈静楠将手里的一本英文版的《包法利夫人》插回原处，随后又抽出一本中文版的《共党产宣言》翻了翻，转过身对着文澄怀问道："我该怎么回答他们？"

"你的意见呢？"

"我能有什么意见？我是你的二太太。"

"那就答应他们吧。你还年轻，整天待在瞻可园，估计也闷得慌。你即使成了英美烟公司的雇员，他们也不会给你安排太多的工作。所谓的工作，不过是与这些书为伴。"

陈静楠没再说什么，只是将手中的《共党产宣言》跟那本英文版的《包法利夫人》插在一起，低下头靠在文澄怀身上。她挽着文澄怀的左臂回到星条庐的庐门前，悄悄地松开文澄怀的左臂，独自站在掉光了叶子的法桐树下。洛克伍德和吉尔伯特刚刚结束长谈，不约而同地将目光投向了陈静楠。文澄怀瞥了一眼陈静楠，对着洛克伍德和吉尔伯特说道："内人到贵公司任职，你们可要多支付薪水呦。"

"那是当然，那是当然。"

听完吉尔伯特的翻译，洛克伍德连连答道。吉尔伯特将洛克伍德的话语译成中文，随后将目光投向了陈静楠。陈静楠的脸颊再一次红了，她将目光从文澄怀的脸颊移向西北面的火车站，耳畔突然响起了缠绵的歌声。那歌声似乎来自第五大道，又似乎来自芳菲苑舞厅。

# 七

夏美云没想到陈静楠会到英美烟公司任职，更没想到文澄怀会同意陈静楠到英美烟公司任职，她站在此君斋的南窗下，望着推着脚踏车从门房北面拐上南北甬道的陈静楠，内心的失落越来越强烈。陈静楠的身影消失在瞻可园的园门口，瞻可园的园门随即闭合了。夏美云望着瞻可园紧闭的园门以及高大的围墙，再一次感到了天地的狭小。她连续吸了几口气，颇为不快地走出此君斋，回到待月轩关闭了轩门。待月轩内光线暗淡，文澄怀还在酣睡。夏美云拉开卧室的窗帘，掀开盖在文澄怀身上的被子，呼吸声越来越急促。文澄怀显然受到了惊吓，他猛然坐起身，不安地望着站在床前的夏美云。夏美云脸色通红，胸脯剧烈地起伏着。文澄怀将被子盖在身上，背靠着床头问道："怎么了？"

"你为什么让陈静楠参加工作，而不让我参加工作？"

文澄怀伸出左手将夏美云拉到床上，抚摸着她的头发说道："陈静楠是到英美烟公司担任英文翻译，你和我一样，对于英文一窍不通。"

"我是不懂英文，可我会唱平剧。"

"没听说英美烟公司需要平剧演员吧？"

夏美云扑哧笑了。她下了床站直身子，收敛了笑容说道："英美烟公司不需要我，青岛新舞台总还需要我吧。我要是重新下海，还会有不少人为我捧场。"

"那是当然，那是当然。文澄怀的三太太重新下海，肯定会在青岛和济南引起轰动，潍县就更不用说了。一些小报肯定会大肆宣扬，文澄怀濒临破产了，他的三太太只好另谋生路了。"

夏美云捂着嘴笑了笑，背靠着床头坐在文澄怀身边。文澄怀将夏美云揽在怀里，俯视着她的眼睛说道："你还是在瞻可园好好待着吧，不要胡思乱想了。闲着无聊，你可以唱唱平剧，听听唱片。要是笃修不忙，你也可以找他聊聊天，听他讲讲国外见闻。不过，笃修正在修订那部题为《烤烟种植与山东农民》的书，你尽量不要打搅他。"

"你和静楠不到晚上不回家，这么大个园子，大多数时候就我一个人，实在太寂寞。"

文澄怀双手捧着夏美云的脸颊，说道："你要是嫌寂寞，我就再娶一房姨太太陪着你吧。青岛新舞台的那帮姐妹，你跟谁最合得来？"

夏美云将右手伸进被窝，拧了一下文澄怀的大腿，随即挣脱文澄怀的怀抱。文澄怀故作夸张地哎哟一声，右手揉着大腿下了床，进入卫生间。夏美云伸展开四肢仰面躺在床上，脑海里又出现了曾经熟悉的舞台。舞台上的自己雍容华贵，可是舞台下的自己呢？除了向每一个为自己捧场的达官贵人送上笑脸甚至肉体，又能做什么？要是文澄怀真的想再娶一房姨太太，自己那些曾经的姐妹，怎么可能不趋之若鹜？

长长地叹息了一声，夏美云侧过身，瞥了一眼东北角的衣柜。衣柜是从青岛定制的，里面藏有三个上了锁的抽屉。最初的时候，夏美云以为这三个抽屉里藏有贵重物品，后来才知道是《姑妄言》《肉蒲团》《株林野史》之类的书。文澄怀虽然无法像其他男人一样放纵自己，有时候也会产生放纵自己的渴望。不过，他所能做的，无非是倾听夏美云阅读这些书中的色情片段。让夏美云难堪的是，自己的欲火燃烧起来了，文澄怀却已经酣然入梦。

正像自己可以随意进出涵虚轩一样，陈静楠对于出入待月轩也同样随意。她看到藏在衣柜中的三个抽屉，也曾经表现出好奇。夏美云不愿意欺骗陈静楠，又不愿意告诉陈静楠真相，只是微微一笑，算是搪塞过去了。时间长了，夏美云也从陈静楠嘴里知晓了一些文澄怀在涵虚轩的表现，尤其是跟陈静楠赤身躺在床上的表现。夏美云感觉到，躺在陈静楠身边的文澄怀更像是一位慈爱的兄长，或者是一位慈爱的父亲。

怎么会是这样呢？

卫生间的门轻轻开启，文澄怀光着身子走到夏美云面前。夏美云瞥了一眼依然摊放在床头柜上的《姑妄言》，脸颊突然红了。她服侍文澄怀穿上衣服，一起下了楼，走进了餐室。文笃修坐在餐室的南窗下，手里捧着一本英文版的经济学著作。文澄怀从文笃修手中接过那本著作翻了翻，随手放在文笃修坐过的沙发上说道："你没必要等我们，饿了就先吃吧。"

"我又没有要紧的事……再说也不饿。"

夏美云往文澄怀身边靠了靠，斜睨着文笃修说道："你是博士，又是少爷，怎么会对烤烟种植与山东农民感兴趣？"

"《烤烟种植与山东农民》是我的博士论文，我想补充一些资料，形成一本专著。回到二十里堡，再次呼吸到故乡熟悉的空气，我感到自己在论文中提出的一些观点，还是很幼稚的。曾经诞生了诸如老子、孔子、孟子、庄子等伟大先哲的国度，其历史轨迹和未来走向，真的需要借助洋人的视角才能看清楚吗？"

也许是文笃修的问题过于深奥，也许是意识到文笃修的谈话并没有针对自己，夏美云没再说什么。早已等候在长条桌旁的女佣将饭菜一样一样端上长条桌，随后回到厨房，带上了厨房门。夏美云跟在文澄怀和文笃修身后走到长条桌旁，坐在了文笃修对面，也就是陈静楠固定的位置。她看了一眼面朝南坐着的文澄怀，想说什么但没有说出口。文笃修似乎还沉浸在紧张的思索之中，他默默地吃着饭，只是偶尔抬起头看看长条桌旁的文澄怀和夏美云。

阳光静静地倾泻到地面上，墙壁上的油画清晰了许多。夏美云不时地抬头看看文笃修身后的那幅《劳作者》，思绪又一次飘出了瞻可园。陈静楠在英美烟公司竟然拥有独立的办公室，这是夏美云未曾想到的。坐在办公室里的陈静楠会是什么样子呢？跟陈静楠打交道的人会怎样称呼陈静楠呢，是叫陈小姐，还是叫二太太，或者叫文太太？不知是因为文澄怀喜欢，还是夏美云自己喜欢，夏美云身上的毛衣大都呈红色或者黄色，所不同的，仅仅是红或者黄的程度有深浅而已。不管是身着红色毛衣或者黄色毛衣，夏美云都显得非常靓丽。身着红色毛衣的夏美云像燃烧的火焰，身着黄色毛衣的夏美云更像是娇嫩的花朵。

也许是从自己的博士论文中挣脱了出来，也许是又想到了曾经就读过的乐道院，文笃修将目光投向了夏美云身后的那幅《小河边》。文笃修记得很清楚，希布纳是在乐道院北面的虞河岸边创作完成《小河边》的。希布纳创作《小河边》的时候，他和阿格尼丝都在希布纳身边。也许是因为不时地感受到夏美云的目光，也许是想到了曾经的美好，文笃修的脸色不经意间红了。夏美云望着文笃修白里透红的脸色，心里掀起了一阵波澜。昨天晚上文澄怀要求她念过的《姑妄言》的片段，尤其是其中的阮大铖的儿子跟阮大铖的小妾偷情的片段，异常清晰地回响在耳边。她端起杯子连续喝了几口热水，极力掩饰着自己有可能发红的脸色。夏美云和文笃修沉默不语，文澄怀也没有更多的话说，早餐很快结束了。夏美云望着文澄怀还未走出餐室的背影，突然想起了什么。她在餐室门口追上文澄怀，说道："我跟着你到丹渊公司上班吧，我自己一个人在家，实在太孤独。"

文澄怀回过头望了望依然坐在长条桌旁的文笃修，说道："这怎么可以呢？公司里事情很多，我没时间陪你。"

"我不需要你陪的。我就是想到外面转转。要不，你也将陈静楠留在家里，别让她去英美烟公司了。"

"那怎么可以呢？"

"可以不可以还不是你说了算？"

文澄怀沉吟片刻，说道："你代我办一件事吧。"

"什么事？"

"潍安汽车路和车站东路之间的车站三街上有一家陶记百货店。你到那家百货店问一问老板，他儿子陶明礼是否已经回到二十里堡。如果陶明礼已经回到了二十里堡，让他尽快到丹渊公司找我。听清楚了吗？"

陪着文澄怀走到望云楼前面的台阶上，夏美云往文澄怀身边靠了靠，说道："离开陶记百货店后，我再到哪里？"

"随你。只要别私奔了就行。"

夏美云拽起文澄怀的右手，在手背上轻轻地拧了一下，说道："到了床上再收拾你。"

文澄怀笑着走向早已等候在台阶下面的凯迪拉克轿车，拉开车门，钻进了车厢。夏美云望着黑色的凯迪拉克轿车消失在园门口，怅怅地转过身，返回了一楼大厅。大厅里靠近南窗的几盆花草刚刚洒过水，几颗水珠在刚刚长出的花蕾上闪烁着幽幽的光。夏美云没有再回餐室，而是坐到大厅东北角的沙发上，直直地望着南窗下的那几盆花草。文笃修走出餐室，对着夏美云点了点头，径直走进晚钟斋，闭合了斋门。

日复一日的枯燥的生活又要开始了！夏美云叹息了一声，怅怅地离开沙发，走向了楼梯口。二楼的走廊里洒满了阳光，红色地毯像青春的热血越发鲜艳。夏美云在楼梯口附近的地毯上来回踱了几步，最终还是走进了待月轩。待月轩内的窗子都已关闭，床铺也铺平了，惟有那册《姑妄言》还摊放在床头柜上。夏美云的脸颊禁不住一阵发热，她将那册《姑妄言》锁进衣柜内的抽屉，又一次坐到靠近北窗的沙发上。

陈静楠和文澄怀都离开了瞻可园，文笃修在晚钟斋内没有一点声音，整幢望云楼坟墓般寂静。对于文澄怀让自己到陶记百货店找寻陶明礼一事，夏美云刚才只是听听而已，并没当回事。她独自坐在待月轩，独自感受着漫无边际的寂寥，突然间想到了文澄怀的嘱托。文澄怀怎么会对一家百货店感兴趣？那个陶明礼又是何许人？夏美云尽管找不到答案，但还是对即将开始的陶记百货店之行感到了兴奋。

125

拉开衣柜门，从里面拿出几件外套贴在身上看了看，夏美云最终选择了一件颜色暗淡的棉布大衣。她担心身着艳丽的衣服会过于招摇，尤其是独自出现在大街上。北窗外面的梧桐树上不知什么时候出现了两只长尾巴鸟，它们在树枝上快乐地跳来跳去，更多的时候，是蹲踞在一根树枝上嗫嗫私语。夏美云望着那两只蹲踞在树枝上的长尾巴鸟，眼睛不知不觉间润湿了。她到卫生间用毛巾擦了擦脸，慢慢地下到一楼大厅，感觉空气中还是弥漫着寂寥。晚钟斋的斋门紧闭着，南窗下的花草孤独地伸展着枝叶和花蕾。夏美云略一踌躇，犹犹豫豫地走到晚钟斋门前，敲了敲斋门。沉重的脚步声响过，斋门开了，文笃修叫了一声"三妈"。可能是因为阳光过于强烈，南窗上的白色窗帘已经拉上，晚钟斋里的光线非常柔和。夏美云瞥了一眼摊放在书桌上的几张稿纸，对着文笃修说明外出原因，随后告别了文笃修。

走出望云楼，独自走在连通瞻可园园门的南北甬道上，夏美云感觉脚步轻飘飘的，路面似乎也不再坚实。溪光桥和微吟桥下的匹练溪波光闪闪，即使暗香桥上方的紫藤，也在孕育着生机。坐在门房里的保安团团丁没想到夏美云会独自外出，他慌忙走出门房，叫了一声"三太太"。夏美云点了点头，脸上的笑意竟然让那位团丁不知所措。她在团丁颇为疑惑的目光里走出园门，沿着车站一街向西走着，轻松得似乎身体失去了重量。

以往离开瞻可园，大都是乘坐凯迪拉克轿车或者黄包车，独自走在通往镇区的街道上，对于夏美云来说还是第一次。不管是乘坐凯迪拉克轿车外出，还是乘坐黄包车外出，车站一街和潍安汽车路十字路口西北面的那几座烤烟房，都会进入夏美云的视野。因为知道文澄怀的财富大都来自烤烟房烤出的烟草，夏美云对于烤烟房，始终有着浓厚兴趣。

从瞻可园到陶记百货店，最简捷的路程是从车站一街拐上潍安汽车路，再从潍安汽车路拐上车站三街。可是到了车站一街和潍安汽车路的十字路口，夏美云并没有向南拐上潍安汽车路，而是继续西行，在那几座烤烟房南面停下了脚步。最南面的那排烤烟房的房门紧闭着，烟囱里不时地飞出一只只小鸟。夏美云从车站一街向北拐上一条田间小路，走到小路东侧的一座烤烟房门前。

烤烟房的木门已经显露出腐烂迹象，门环也生了锈。夏美云踢了踢木门，木门开启了一道缝隙。就在木门开启缝隙的一瞬间，烤烟房里一阵骚动。两只体毛发白的大老鼠追逐着冲出烤烟房，差点撞到夏美云身上。夏美云受到了突然惊吓，进入烤烟房探访的兴致荡然无存。她回到潍安汽车路上拦住一辆黄包车，心有余悸地坐进了车厢。

黄包车夫是位中年人，步履有些沉滞。夏美云仰靠在车厢里，茫然地望着汽车路两侧一棵又一棵尚未焕发生机的刺槐树，剧烈的心跳渐渐平复了。到了斐非寺门前的照壁西侧，黄包车夫的脚步更加缓慢了。他不时地将脸颊转向斐非寺，直至斐非寺被远远地抛在身后。可能是黄包车夫满脸的沧桑打动了夏美云，她扶着车厢扶手端正身子，对着黄包车夫的背影说道："你怎么老看斐非寺？"

黄包车夫直起腰四下里看了看，才意识到跟他说话的是夏美云。他左手抓着车把，抬起右手的衣袖擦了擦额头上的汗水，回过头瞥了一眼夏美云说道："我是在坊子拉车的，已经拉了大半辈子了。最初主要是拉德国人，后来主要是拉日本人。中华民国收回了坊子和二十里堡，坐我车的人反而少了。老了，跑不动了，自然也就没有人愿意坐我的车了。保安团一位姓庄的团长好几次从坊子回到二十里堡，特意坐我的车，倒是出乎我的意料。原来老也有老的好处，老了，跑不动了，所拉的车子反而平稳了。"

夏美云笑了笑，说道："我刚才说的是斐非寺。"

"对，是斐非寺。坊子有个应灵祠，年轻的时候我倒是经常光顾，期盼祠里供奉的神灵能够对我慷慨一些，有求必应。老了，对生活不再有奢望了，才知道人生不过是一场空。我拉车，你坐车，这都是命。认了命，很多不能吃的苦也就能吃了，不能受的罪也就能受了。可是人活着，总得有个盼头吧？每次到二十里堡，我都会找机会到斐非寺里转转，即使进不了寺门，能够从寺门前经过，也很满足。"

夏美云轻轻地拍了拍车厢扶手，仰靠在车厢里闭上了眼睛。黄包车从潍安汽车路拐上车站三街，时走时停。卖白菜、萝卜的地摊，连同挑着担子的货郎聚集在街道两侧，原本就不宽阔的街道越发狭窄了。夏美云在陶记百货店东面大约20米处下了车，付给了黄包车夫两倍的车资。黄包车夫接过车资谦卑地一笑，说道："谢谢小姐。您一定会找一个有钱有权的丈夫。"

"人生不过是一场空。你忘了你刚才说过的话了？"

黄包车夫尴尬地一笑，躲躲闪闪地调转车头。夏美云望着黄包车夫明显佝偻的身影，仿佛看到了几十年后的自己。要不是嫁给了文澄怀，自己肯定还在青岛新舞台取悦那些达官贵人，肯定还会赢得那些达官贵人的青睐。可是人老色衰以后呢？当无法赢得达官贵人的青睐被迫离开舞台以后呢？想到这里，夏美云还是感到了一丝欣慰。文澄怀毕竟是个可以终生依靠的人。

陶记百货店门前拥挤不堪，不少挎着篮子的农妇进进出出。夏美云望着农妇们黧黑的脸色和粗糙的皮肤，又有了一种难以言说的凄楚。百货店里声音嘈杂，陶绍安在柜台与货架之间的狭长区域走来走去，脸上始终堆满了笑意。夏美云躲在店门东侧的南墙边望着货架以及货架上的物品，跟那些挎着篮子的农妇保持着一定的距离。也许是夏美云的装束和气质太与众不同，陶绍安瞥了一眼夏美云，不由得愣了一下。他将一把铲子递给柜台前的一位农妇，转过脸对着夏美云说道："您是……"

"您就是陶老板吧？文澄怀文老板，想知道令公子陶明礼是否已回到二十里堡？"

听说是文澄怀派来的，又听说是来找陶明礼的，不光陶绍安，即使百货店内的顾客，也有些惊讶。夏美云感受到了他们的目光，但脸上的表情还是冷漠的。她走到柜台前，若有所思地注视着那位刚刚接过铲子的农妇。陶绍安不知道夏美云的身份，也没有询问。他送走最后一位顾客，掀开柜台门走到夏美云身边说道："我家就在北面的白杨巷，咱们到家里坐坐吧。"

内人也是学生出身，能讲流利的英文。"

陶绍安强调屈蓉初"也是学生出身"，显然认为夏美云是学生出身。对于陶绍安的这一误解，夏美云倒是并不反感。她听说陶绍安的妻子竟然会讲英文，不免有些惊讶。陶绍安跟在夏美云身后走出百货店，锁上店门，抢先几步走到夏美云前面。从车站三街拐上车站东路，再从车站东路拐上白杨巷，总共十几分钟的路程，陶绍安第一次感到了遥远。他在自家街门前停下脚步，敲开街门对着夏美云笑了笑，说道："寒舍太寒酸，千万不要见笑。"

院子里不停地传出哗啦哗啦的声音，显然有人在洗衣服。夏美云没说什么，她跟着陶绍安迈进门槛，在影壁墙西侧停下了脚步。陶绍安快步走到井台东侧，跟背对着阳光正在洗衣服的屈蓉初低语了几声。屈蓉初猛然抬起头，愣住了。她慢慢地站起身，用力甩了甩手上的水珠。夏美云也愣住了，她微笑着走到屈蓉初面前，说道："原来您就是陶夫人啊！"

自从杨敬钊不辞而别，再也没有人称呼自己"夫人"了。再一次听到这一称谓，屈蓉初下意识地皱了皱眉头。她上下打量着夏美云，说道："原来是三太太。"

"澄怀要我来问问令公子陶明礼是否已回到二十里堡？"

夏美云将自己刚才跟陶绍安说过的话又说了一遍，眼睛一直盯着屈蓉初冻得通红的双手。屈蓉初将双手在围裙上擦了擦，回过头看了看站在夏美云身边的陶绍安。陶绍安更是深感诧异，他悄悄地指了指夏美云的背影，对着屈蓉初说道："院子里太冷，你还是请三太太到屋子里坐坐吧。店里很忙，我就不陪客人了。"

"也好。"

屈蓉初说完，推开北屋的房门，邀请夏美云迈进了门槛。夏美云从未进入二十里堡普通居民的家庭，她坐在紧靠着北墙的方桌西侧，目光在灶台、火炉以及地面上徜徉着。因为担心房间里光线太暗，屈蓉初并没有闭合房门，只是往火炉内多添了几铲子煤块。她听到火炉内响起呼呼的声响，又端起茶盘到井台旁刷了刷，泡了一壶茶放在方桌上。夏美云侧过身子表示了一下谢意，说道："澄怀很关心令公子。"

屈蓉初将一个茶碗里倒满茶水，随后将茶碗放到夏美云身边。她解下围裙包起双手，说道："谢谢文老板的关心，明礼已经返回二十里堡了。前几天我到过丹渊公司，并且见到了二太太。因为文老板太忙，我也就没有提及明礼的事。"

"您在丹渊公司见到二太太那天，肯定是洛克伍德来到二十里堡的第一天……二太太已经到英美烟公司担任英文翻译了。"

屈蓉初脸上流露出惊讶的神情，想说什么但又不知如何开口。夏美云望着屈蓉初满脸的惊讶，心里也充满了疑惑。屈蓉初能够获准出入瞻可园和丹渊公司，本身就说明屈蓉初跟文澄怀非常熟识。他们到底是什么关系？难道真的是单纯的主人和仆人的关系？从茶壶嘴冒出的热气越来越少，屈蓉初脸上的惊讶也渐渐消散了。她移动了一下身子，说道："三太太因为明礼的事光临寒舍，我实在很惶恐。谢谢三太太和文老板。"

"令公子没在家？"

"他一早就出去了，也不知为了什么事。他回家后，我让他马上赶到丹渊公司。"

夏美云笑了笑，说道："听说您能够讲流利的英文？"

"我在乐道院念过几年书。文老板满腹经纶，三太太肯定学富五车。"

夏美云再次笑了笑，没有答话。因为从小学戏，直至嫁给文澄怀才离开舞台，夏美云的学识主要来自戏文。因为天资聪颖，那些戏文不光让夏美云学会了读书看报，学会了用自己的眼睛看人生，也对于学问有了敬畏。她听到屈蓉初曾经在乐道院念过书，也就不想再说什么了。跟早已倾圮的麓台书院一样，乐道院也被视为潍县的文化圣地。夏美云不愿意跟受过良好教育的陌生人长时间谈话，她担心不经意间暴露自己的早年生活。

火炉的炉体已经通红了，但当门里的温度依然不高。屈蓉初将包裹着双手的围裙挂在东墙的挂钩上，再次往火炉的炉膛内加了两铲子煤块。夏美云等候屈蓉初将铲子靠在火炉旁的墙壁上，站起身离开了方桌。屈蓉初并没有挽留夏美云，她陪着夏美云走出街门，站在了街门口。夏美云在屈蓉初的注视下走到车站东路，回过头对着屈蓉初摆了摆手，向北走去。

屈蓉初虽然仅仅是百货店老板的妻子，但她脸上淡然的神情还是让夏美云读出了岁月的沧桑。屈蓉初的生活虽然不富裕，但家里的陈设都很洁净，即使锅灶旁和火炉旁也没有杂草和尘土。尤其让夏美云难以忘怀的，是屈蓉初的眼睛。那双眼睛像清澈的泉水，袒露在夏美云面前的，是微微抖动的涟漪；吸引夏美云的，却是涟漪下面的深邃。

屈蓉初是怎么离开瞻可园的？她又是怎么成为百货店老板的妻子的？

到了车站东路跟车站二街形成的十字路口，夏美云的思维终于离开了屈蓉初。她没有沿着车站东路继续北行，而是向西拐上车站二街，踏着刺槐树的树荫慢慢地移动着脚步。到了车站二街跟达勒姆路形成的丁字路口，夏美云停在了一棵刺槐树下。丁字路口南面不远处就是丹渊公司，此时此刻，文澄怀会做什么呢？丁字路口西面不远处便是第一复烤厂，此时此刻，陈静楠又会做什么呢？想到陈静楠，夏美云还是从脑海里摒除了文澄怀的身影。她走到第一复烤厂南门前，在担任警卫的保安团团丁的指示下走进西面的经理处。

因为接到了团丁的电话通知，陈静楠早早地站在米字庐门前的法桐树下。她对着远远走来的夏美云挥了挥手，双手插进了大衣口袋。陈静楠还是穿着在瞻可园经常穿的牛仔裤和灰色呢子大衣，但夏美云竟产生了强烈的陌生感。她快步走到陈静楠面前，兴奋地挽起陈静楠的左臂，脸上洋溢着无法掩饰的光彩。陈静楠瞥了一眼东面的星条庐，挽着夏美云走进米字庐，悄悄地闭合了庐门。

陈静楠用作办公室的英格兰内暖洋洋的，靠近东窗是一张办公桌，办公桌两侧分别有一把椅子。夏美云没有在房门东侧的长沙发上落座，而是坐在办公桌南面的椅子上，透过窗玻璃向外张望着。陈静楠泡了一杯茶递给夏美云，又将茶几上的一盘青萝卜端到办公桌上。夏美云没有了面对屈蓉初时的矜持,她掰下一段青萝卜捏在手里,对着陈静楠傻傻地笑着。望着坐在办公桌南侧的夏美云,陈静楠也感到了某种程度的陌生。夏美云白皙的皮肤泛着微红,那微红透着饱胀的青春。陈静楠面对着夏美云坐到办公桌前,向前探着身子说道:"他要是在这里见到你,估计不会再静如止水了。"

"他?"

"就是咱们的丈夫啊。"

夏美云的脸颊越发红了。她咬了一口青萝卜,笑着说道:"你以为他还能翻江倒海?"

办公桌上摆放着两方镌刻有"鸡声茅店月""人迹板桥霜"的青铜镇尺,镇尺旁边是陈静楠第一次走进米字庐那天见到的那本《查特莱夫人的情人》。这本书是洛克伍德带到二十里堡的,不知是因为匆忙还是其他原因,洛克伍德离开二十里堡的时候并没有带走。夏美云拿起《查特莱夫人的情人》随便翻了翻,捧在手里说道:"虽然都是小老婆,有学问的跟没学问的还是不一样。你懂英文,还可以当翻译;我没有学问,只好一个人困在瞻可园了。除了当翻译,你还有别的营生吗?"

"吉尔伯特知道我是文澄怀的小老婆,并没有给我安排多少工作。这两天我只翻译了一份文件,其余时间都是在这里看书。"

夏美云将手中的《查特莱夫人的情人》递给陈静楠,说道:"这也是一本有关烟草的书?"

"对。主要讲述烟草的育苗和田间管理。"

说完,陈静楠的脸颊倏地红了。

"文澄怀发了烟草财,他的小老婆……这倒应了那句话,嫁鸡随鸡,嫁狗随狗,嫁给兔子满坡里走。"

"文澄怀毕竟不是鸡狗和兔子啊。"

陈静楠将《查特莱夫人的情人》放在办公桌上,长长地叹息了一声。她从盘子里拿起一段青萝卜咬了一口,面对着窗外的法桐树慢慢咀嚼着。

夏美云也失去了说话的兴趣,她注视着神情怅惘的陈静楠,很快就把手中的青萝卜吃掉了。陈静楠从窗外的法桐树上收回目光,脸上的神情又恢复了平静。她指了指夏美云面前的茶杯,笑着问道:"你怎么有空来看我?"

"他让我到陶记百货店找一位叫陶明礼的人。我没见到陶明礼,倒是见到了陶明礼的父母。陶明礼的母亲叫屈蓉初,咱们在瞻可园见过她。她说她在丹渊公司还跟你有过交谈。"

"屈蓉初……她以前好像是瞻可园的仆人。"

"她跟我第一次见面的时候,也说过曾经是瞻可园的仆人……谁知道是真仆人还是假仆人?即使真仆人,也应该是通过房的那种。她住在白杨巷,我是从她家里来到你这里的。"

"无所谓了。对我们这些小老婆来说,他多几个女人又有什么关系?再说,他又不可能有什么作为。"

"我在意的倒不是这个。我是说屈蓉初竟然吸引了我,但我并不知道她为什么会吸引我。"

"那一天见到屈蓉初,我也感觉她与众不同。"

开闭庐门的声音响过,吉尔伯特站在了英格兰的房门前。夏美云看到陈静楠站起了身,也跟着站了起来。吉尔伯特对着夏美云点了点头,右手捏着一份文件走到陈静楠的办公桌旁边。他将手里的文件交给陈静楠,说道:"这是一份有关坊子南洋兄弟烟草公司的文件,你将它译成英文后,明天下午交给我吧。注意保密。"

陈静楠接过文件翻了翻,随手放进办公桌中间的抽屉。吉尔伯特打量了夏美云一眼,对着陈静楠说道:"快到午饭时间了。邀请客人一起到餐厅用餐吧。"

夏美云不愿意在吉尔伯特面前暴露自己的真实身份,她笑了笑,婉言谢绝了。吉尔伯特没再说什么,他相继离开苏格兰和米字庐,沿着米字庐和星条庐之间的甬道向南走去。夏美云将脸颊贴在窗玻璃上望了望吉尔伯特的身影,转过身贴近陈静楠问道:"你不到丹渊公司陪着咱们的丈夫吃午饭?"

"这两座小洋房南面的那排房子里就有餐厅。我到英美烟公司任职后,一直在南面的餐厅用餐,从未到丹渊公司跟咱们的丈夫用过餐。今天中午,咱们一起到火车站南侧的聚贤馆用餐吧。咱们的丈夫不止一次提及聚贤馆,那里的饭菜或许别具风味。"

"也好。"

夏美云略一踌躇,跟着陈静楠走出米字庐,站在廊檐下。陈静楠锁上庐门,带着夏美云走出经理处那扇涂有黑漆的铁门,并没有走向开在车站二街上的南门,而是沿着经理处东侧的南北甬道向北走去。第一复烤厂院内的南北甬道同样是用沥青铺就的,甬道东侧排列着一处处垛台。夏美云跟着陈静楠走到北面的一个丁字路口,张望着丁字路口西北面的几座大型仓库向西走去。

第一复烤厂的西门开在车站路上,斜对着二十里堡火车站大门。陈静楠牵着夏美云的右手走出第一复烤厂,向南踏上了火车站广场。嫁到瞻可园之前,夏美云多次往返青岛和济南,胶济铁路上经常留下她的身影。嫁到瞻可园以后,夏美云跟外面的世界失去了联系,每天面对的,仅仅是文澄怀和陈静楠。文澄怀留在瞻可园的时间本来就很少,陈静楠的身影如今也很难在白天看到。夏美云再一次看到火车站内的那几道铁轨,突然间产生了远行的渴望。她没有立刻走进南面不远处的聚贤馆,而是到售票室买了两张站台票,约请陈静楠进入了检票口。

笔直的铁轨西侧是一道铁丝网,铁丝网西侧是大片田野,田野的尽头是悬挂在树枝上的白云。夏美云站在站台上,长时间望着无垠的蓝天和伸向天边的铁轨,似乎忘记了陈静楠的存在。陈静楠站在夏美云身后望着夏美云的背影,也陷入了遐思。夏美云跟文澄怀交往的时间远远长于陈静楠跟文澄怀交往的时间,因为进入瞻可园的时间晚于陈静楠,只好做了三太太。夏美云根本没有在意自己的身份,进入瞻可园后的相当长时间,也流露出极大的满足。可是春节以后,尤其是文笃修回到瞻可园以后,夏美云不时地流露出几分惆怅。

南面传来了长长的汽笛声，站台上的人群相继后退了几步。夏美云好像刚刚睡醒的样子，她拽着陈静楠走出火车站，穿过人群的缝隙走到聚贤馆门前，静静地感受着温暖的阳光。聚贤馆的散座间已座无虚席，老板薛宗汾和跑堂段裕征都在忙碌着。两名顾客说笑着走出聚贤馆，临窗的那张方桌随即被段裕征擦拭得干干净净。夏美云和陈静楠先后走进聚贤馆，面对面坐在方桌的南北两侧，彼此都有些兴奋。陈静楠转过身望了望西面墙壁上的菜单，将身子往方桌上靠了靠说道："听咱们的丈夫说，这里最拿手的就是炒肝，咱们就点炒肝吧。"

"炒肝自然要点，小菜也要几份。"

陈静楠叫来段裕征，点了两碗炒肝、四份小菜和一瓶青岛啤酒。

"要啤酒干嘛？"

"咱们俩还从未在瞻可园外面单独吃过饭……我虽然成了英美烟公司的雇员，最终的归宿毕竟还是瞻可园，还是和你一起守着文澄怀。姨太太们大都势如水火，像咱们这样情同姐妹的，实在少之又少。衷心希望咱们俩能够在瞻可园携手走向生命的终点。"

"何必这么伤感呢？你毕竟是英美烟公司的雇员了……"

夏美云还没将话说完，段裕征已经用托盘端着四份小菜、两个酒杯和一瓶青岛啤酒来到夏美云和陈静楠身边。他将四份小菜和两个酒杯摆上方桌，随后开启了啤酒。陈静楠对着段裕征摆了摆手，亲自将夏美云和自己面前的酒杯里倒满啤酒，轻轻地将啤酒瓶放在方桌靠墙的一侧。夏美云端起还在冒着泡沫的酒杯跟陈静楠碰了碰杯，说道："你能够领取薪水了，以后可要多请几次客。"

"文澄怀的姨太太还在乎那点薪水？"

在青岛新舞台的时候，夏美云经常被达官贵人叫去陪酒，一次喝掉几瓶啤酒是很平常的。可是在陈静楠面前，她仅仅喝了半杯，便皱起了眉头。陈静楠看到夏美云空了一半的酒杯，勉强将杯子里的酒喝掉了一半。她放下酒杯咳嗽了几声，立刻用筷子夹了几粒花生米送进嘴里。夏美云既没有吃菜，也没再喝酒，她等候陈静楠放下筷子，感慨地说道："咱们还是应该感谢文澄怀。他不仅给我们提供了优裕的生活，还让我们成了要好的姐妹。要不是他，咱们怎么可能相识？人生真如戏文里经常唱的，不如意事常八九，可与人言无二三。"

"人生永远都不可能完美的。在英美烟公司任职的这些日子，我感觉那个美国人吉尔伯特，也是心事重重。他很可能已经或者即将卷入一场重大事变……所谓的重大事变，并不是指蒋介石和阎锡山之间有可能爆发的战争。即使咱们的丈夫文澄怀，也有着太多的人生遗憾。不说别的，他面对着像你这么迷人的女性却无能为力，不可能不……"

"你难道不迷人？"

夏美云笑了，陈静楠也笑了。

雅间里的顾客陆续离去，散客间里的顾客也越来越少了。夏美云和陈静楠还没喝完那瓶啤酒，两碗炒肝便端上了方桌。她们不约而同地端起酒杯，轻轻地碰了碰，将杯子里的啤酒全部喝光了。陈静楠紧贴着酒瓶放下酒杯，对着夏美云苦涩地一笑。夏美云将自己的酒杯跟陈静楠的酒杯摆在一起，刚想说什么，随即闭上了嘴。又有几位顾客离开聚贤馆后，程铭淮跟在庄季江身后迈进了门槛。他对着夏美云和陈静楠点了点头，和庄季江坐在柜台前面的方桌旁。

聚贤馆恢复了安静，夏美云和陈静楠也不再说话了。她们慢慢地吃着炒肝，只有目光不时地碰撞在一起。庄季江和程铭淮显然饿极了，他们匆匆地吃掉一碗炒肝，随后又分别要了一碗。庄季江不喝酒，但给程铭淮要了两瓶青岛啤酒。程铭淮将两瓶酒先后开启，举起一个酒瓶往嘴里灌了半瓶酒，放下酒瓶小声说道："以那个豁口为中心，周围200米之内的区域，我都仔细摸排过了。我接触的每一个人，都没有发现那天晚上有异常现象。"

庄季江用右手轻轻地敲了敲方桌，程铭淮也就不再说什么了。夏美云和陈静楠都从庄季江和程铭淮的话语里听出了神秘和紧张，她们不约而同地将匙子放进碗里，若无其事地站起了身。程铭淮再次对着夏美云和陈静楠点了点头，又将身体侧向了庄季江。陈静楠到柜台前付了费，和夏美云并肩走出聚贤馆，站在门前相视一笑。车站路上依然川流不息，火车站广场上依然人声鼎沸。夏美云陪着陈静楠走到第一复烤厂的西门口，扬起右手拦住了从南面驶来的一辆黄包车。她坐进车厢，对着陈静楠摆了摆手，没再说一句话。

黄包车躲闪着行人和车辆来到熙春医院门前，夏美云下意识地回过头，向着第一复烤厂的西门张望着。陈静楠依然站立在西门口，修长的身影透着孤独。夏美云的眼睛突然间润湿了，她在车厢里端正身子，闭上眼睛感受着黄包车夫的脚步声和车轮跟地面的摩擦声。黄包车拐上车站一街，穿过车站东路慢慢地驶向潍安汽车路，轻微地颠簸了一下。夏美云睁开眼睛四下里看了看，随后让黄包车夫停下脚步，自己懒懒地下了车，付了车费。

黄包车从车站一街拐上潍安汽车路，很快消失了。夏美云掏出手绢拭了拭眼角，面对着那几座烤烟房用力拍了拍身边的刺槐树，转身向东走去。潍安汽车路两侧形成了两道由汽车、马车、驴车以及独轮车形成的车流，潍安汽车路东面的车站一街却异常寂静。夏美云慢慢地走到瞻可园园门前，伴随她的，始终是孤独的身影。瞻可园的大门依旧，大门南面的照壁依旧，夏美云却有了异样的感受。她推开大门，在保安团团丁谦卑的叫声里踏上熟悉而又有些陌生的甬道，心里越来越酸楚。白天的瞻可园犹如午夜的墓地，夏美云走进一楼大厅，若有所思地环顾着大厅内熟悉的陈设，再一次体味到难以言说的寂寥。餐室的门紧闭着，晚钟斋的门紧闭着，漱芳轩的门紧闭着，就连身后的楼门也紧闭着。突然间，夏美云感觉有些窒息。她凄楚地爬上二楼，用力呼吸着，走进了属于自己的待月轩。

待月轩内的温度很高，夏美云的心里却像塞满了冰雪。她脱下棉布大衣挂在衣架上，双手捂着眼睛扑到床上，任凭泪水渗透到手指间。以前有陈静楠陪伴，夏美云对于孤独的感受还不强烈。陈静楠到英美烟公司任职以后，尤其是在英美烟公司见到了陈静楠以后，夏美云再也无法忍受瞻可园的冷清和寂寞了。恍惚之间，她似乎看到了自己远离瞻可园的背影，非常决绝，没有丝毫留恋。

夏美云毕竟是从青岛新舞台来到二十里堡的，而且早早地体味到了生活的艰辛和世态的炎凉。她想到离开瞻可园后要重新面对过去所面对的一切，渐渐失去了远离瞻可园的勇气。远离瞻可园是容易的，但远离瞻可园之后再到哪里栖身呢？夏美云苦笑着摇了摇头，努力抑制住即将溢出眼眶的泪水。她换上拖鞋到卫生间洗了洗脸，打开留声机，找出了一张平剧《梅妃》的唱片。

在青岛新舞台，夏美云不止一次演唱过《梅妃》，对于《梅妃》的唱词早已烂熟于胸。她的嗓音虽然不及程艳秋柔媚，身段虽然不及程艳秋婀娜，但主人公梅妃的心境，还是完全能够把握的。当那个被命名为《别院中起笙歌回风送听》的唱段响起的时候，夏美云突然想到了文笃修。尽管文笃修在自己面前表现得非常拘谨，但他毕竟生活在望云楼内，是自己在白天能够经常见到的唯一想见的人。

关上留声机，慢慢地走出待月轩，夏美云产生了一种强烈的渴望，这种渴望是以前从未有过的。她走下楼梯，扶着楼梯栏杆望着晚钟斋的斋门，一丝胆怯又油然而生。晚钟斋的斋门紧闭着，里面没有一丝声响。夏美云鼓足勇气敲了敲斋门，随即将斋门推开了。晚钟斋内一切如旧，书桌上依然摊放着稿纸，白色窗帘依然静静地下垂着，只是不见了文笃修的身影。在夏美云的记忆中，重新回到瞻可园的文笃修大部分时间都消耗在晚钟斋，即使晚饭后也会在晚钟斋待上一段时间的。

文笃修到哪里去了？夏美云走出晚钟斋，犹犹豫豫地走向漱芳轩。

尽管沈漱芳早已变成了一个符号，但这个符号常常让夏美云意识到自己的侍妾身份，虽然夏美云跟沈漱芳没有任何接触。文澄怀很少在夏美云和陈静楠面前谈及沈漱芳，但每次谈及，都会不经意间流露出一丝惆怅。

文澄怀不经意间流露出的那一丝惆怅，常常在夏美云心里激起阵阵涟漪。可能是不愿意看到挂在漱芳轩里的沈漱芳的照片，夏美云很少主动接近漱芳轩，即使被动进入漱芳轩的次数，也少得可怜。

敲了敲漱芳轩的轩门，依然没有回声，夏美云越发疑惑了。她拧了拧门把手，发现轩门从里面别上了。估计文笃修正在睡觉，夏美云轻轻地松开门把手，莫名其妙地笑了。她转过身，刚刚离开轩门，意外地听到漱芳轩内一阵慌乱。伴随着窸窸窣窣的声响，竟然还有高跟鞋踏地的声音。夏美云的喉咙突然干渴得难受，身上仿佛着了火。她蹑手蹑脚地走到楼梯口，身后的漱芳轩吱的一声开启了轩门。

站立在轩门口的果然是文笃修，站立在文笃修身后的还有阿格尼丝。文笃修的上衣纽扣没有完全扣上，阿格尼丝的头发也有些凌乱。夏美云原本想躲到楼上的，因为见到了文笃修和阿格尼丝，也就没有上楼的必要了。她转过身走到文笃修和阿格尼丝面前，笑着说道："打搅你们了，真是不好意思。"

夏美云这么一说，文笃修和阿格尼丝的脸颊更红了。文笃修叫了一声"三妈"，阿格尼丝则支吾了一声。面对满脸羞涩的文笃修和阿格尼丝，夏美云竟然不知所措。她对着文笃修笑了笑，盯着躲闪着自己目光的阿格尼丝说道："我刚从外面回来，有几个问题想请教笃修的。以后再说吧。"

阿格尼丝同样不知所措，她低着头，什么也没说。夏美云再次对着文笃修笑了笑，匆匆地回到楼梯口，踏上了楼梯。二楼还是那么寂静，时间好像也停滞了。夏美云踏着红红的地毯踽踽独行，意外地从空气中嗅到了暧昧的意味。她回到待月轩，脱掉长裤躺在床上，眼前反复出现的，竟然是阿格尼丝桃花般红艳的脸颊。

对于阿格尼丝桃花般红艳的脸颊，夏美云并不陌生，那种红艳在她的脸颊上也不止一次出现过，特别是在青岛新舞台的时候。想到第一个将自己抱到怀里的男人，想到那个男人将自己的衣服一件一件脱掉时的场景，夏美云脸上又是一阵火热。作为青岛新舞台曾经的花旦，夏美云经常出现在形态各异的达官贵人床上，但她早已将那些达官贵人淡忘了，她偶尔想到的，只有第一个将自己抱在怀里的男人。进入瞻可园，成了文澄怀的三太太，夏美云很少回顾在青岛新舞台的生活。再次想起来，她除了感受到屈辱和酸楚，还感受到些许伤感。

那些痛苦的记忆，毕竟也是青春的记忆啊！

文澄怀不在瞻可园，陈静楠也不在瞻可园，夏美云实在不知道以后的日子将如何度过了。她将被子盖在身上，轻轻地侧了侧身，左手触到了文澄怀经常枕的枕头。文澄怀是英美烟公司在胶济铁路沿线最大的合作伙伴，那些偶尔造访瞻可园的英美人、山东省政府以及潍县县政府的重要官员，充分证实了这一点。可是文澄怀从未在夏美云面前谈及丹渊公司以及英美烟公司的相关业务，生活在瞻可园的文澄怀似乎跟丹渊公司没有任何联系。

闭上眼睛伸展着双手躺在被窝里，夏美云的脑海里出现了文澄怀和文笃修的脸庞。这两张脸庞时而清晰，时而模糊，有时还会重叠在一起。因为文澄怀的无所作为，夏美云和陈静楠都怀疑过文澄怀和文笃修的父子关系。文澄怀不在瞻可园的时候，夏美云和陈静楠曾经找出文澄怀年轻时的照片与文笃修的照片进行过比对，比对的结果虽然确认了文澄怀和文笃修的父子关系，却增加了夏美云和陈静楠新的疑惑：文澄怀怎么会不行了呢？他是因为什么原因不行了的呢？

漫无边际地遐想着，夏美云听到走廊里响起了轻微的脚步声。她突然间一阵紧张，双手紧紧地抓住了被子的边缘。遗憾的是，那脚步声并没有在待月轩门前停留，而是消失在西面的此君斋里。夏美云知道那脚步声是文笃修和阿格尼丝发出的，也知道文笃修不可能像第一位将自己抱在怀里的男人一样随意走进自己房间，但她还是有了一种强烈的渴望，渴望文笃修能够出现在待月轩，像第一位将自己抱在怀里的男人一样粗暴。

站起身，在待月轩连续转了几圈，夏美云几次想走进此君斋，又几次失去了勇气。她极度失落地回到床上，心里越来越躁动不安。此君斋里没有任何声响,走廊里也没有任何声响,夏美云的呼吸和心跳却越来越急促。她将文澄怀枕过的枕头抱在怀里,突然间又羞愧难当。自己是文笃修的庶母,文笃修是自己的继子,怎么可能呢?怎么可以呢?

双手捧着发烫的脸颊,夏美云插上待月轩的轩门,走进了卫生间。她燃亮卫生间里所有的灯,挺直身子坐在梳妆台前的凳子上,静静地望着镜子里的自己。与青岛新舞台曾经的花旦相比,作为文澄怀三太太的夏美云丰腴了许多,脸上也褪去了曾经的风尘。适应了瞻可园的姨太太生活,夏美云也体味到了越来越难以忍受的空虚。这种空虚,有时候像天空中的一抹白云,很快就随风飘逝;有时候却像厚厚的雨幕,久久不愿离去。她脱掉衣服站在浴盆旁的大玻璃镜前面,对着镜中裸露的自己苦涩地笑着。

# 八

陪着文笃修到此君斋查阅了几本线装书,阿格尼丝又陪着文笃修回到了晚钟斋。她捧着一本英汉对照的《论语》坐在东南角的单人沙发上,望着坐在书桌前沉默不语的文笃修,几乎没有翻动过书页。文笃修双手交叉在胸前,眼睛始终盯着桌面,而桌面上的稿纸依然是凌乱的。他端起那个已经发凉的茶杯喝了一口茶水,起身走到阿格尼丝面前,说道:"你说怎么办?"

阿格尼丝将手中的《论语》放到茶几上,站起身依偎在文笃修怀里,说道:"我们不应该再分离了。"

"我何尝不希望现在就跟你生活在一起?可是……"

"我知道你不愿意生活在瞻可园,不愿意继续当少爷。我们可以到纽约,到伦敦,到上海,到愿意接纳我们的任何一个地方。只要我们不再分离。"

"我刚从美国回到二十里堡……"

依偎在文笃修怀里沉默了很长时间,阿格尼丝走到书桌前,坐在文笃修刚才坐过的椅子上。文笃修跟着阿格尼丝回到书桌对面,双手按着书桌,俯下身子说道:"如果我母亲还健在,如果我父亲身边没有两位年轻的姨娘,我们完全可以在瞻可园结婚,在瞻可园生活。对于现在的瞻可园来说,我已经是个陌生人,一个过客。"

"任何人都是过客,岁月的过客。"

文笃修叹息了一声,慢慢地绕到阿格尼丝身后,右手搭在椅背上。阿格尼丝回过头看了看文笃修,凄楚地说道:"我这次来找你,还有一个很重要的事情跟你商量。"

"没必要商量的,我已经决定了。我到复旦大学任教后,咱们立即结婚,再也不分离了。"

阿格尼丝笑了笑,眼睛里溢出了泪水。她双手按着桌面站起身,摇了摇头说道:"我所说的这件事,跟我们的婚事没有直接关系。"

文笃修没再说什么,只是拉着阿格尼丝的左手走到南窗下,隔着茶几坐在沙发上。阿格尼丝用手指抹去眼角的泪水,双手插在双腿间说道:"整个山东,马上就要变成战场了。"

"你是说蒋介石和阎锡山之间真的要爆发全面战争?"

"英国驻青岛领事馆已经要求生活在潍县的英国侨民做好随时撤离准备,最初的目的地可能是青岛。据我们院长说,汪精卫已经致电阎锡山,要求阎锡山在主持讨伐蒋介石的同时,组织国民政府,并担任政府主席。蒋介石也发表了告全体将士书,决心与阎锡山、冯玉祥殊死一搏……阎锡山的部队三天前占领了德州。"

"政客们啊,你们还嫌中国人的血水和泪水流得不够多吗?"

文笃修仰靠在沙发背上,痴痴地望着不远处的书桌。

"我们都是普通人,没有能力阻止战争,可我们不能不对未来做出自己的抉择。"

"你是说……"

"我不想再离开你。我决定留在潍县,即使潍县全部毁于战火。"

文笃修侧过身,默默地望着阿格尼丝。

阿格尼丝双手捂着脸,啜泣道:"在伦敦读医学院期间,我不止一次回到我所谓的故乡康威。在康威,我见到了父亲的两个哥哥和一个弟弟,见到了母亲的两个妹妹，可他们完全将我当成了路人。从血缘上讲，他们都是我的亲人，但亲人间并没有亲情，所有的仅仅是礼貌和应付。虽然我是英国人，但我长期生活在中国；虽然我长期生活在中国，但我无法真正融入中国社会。说到底，我既不是英国人，也不是中国人，我是天地间最尴尬的人。"

文笃修珍藏着阿格尼丝寄给自己的所有信件，那些信件寄自伦敦的居多。他从信件中读到的，更多的是祝福，是对未来的向往。再次回到二十里堡，再次见到阿格尼丝，文笃修感受最深的，竟然是忧郁和苦闷，以及隐藏在那些信件背后的凄楚。阿格尼丝的父母相继去世后，文笃修成了阿格尼丝唯一的牵挂。她怎么可能再次孤身远行？

"我们完全可以不举行婚礼，只要能生活在一起。笃修，我实在太孤单了，尤其是父母去世以后。"

聆听着阿格尼丝的诉说，文笃修仿佛看到了自己在杜克大学孤独的身影，曾经刻骨铭心的寂寞又在心里弥漫开来。

"真的，笃修。从今天起咱们就生活在一起吧，我在熙春医院的住所，完全够咱们两个人使用的。咱们生活在一起，并不影响你写作《烤烟种植与山东农民》。"

文笃修刚想说什么，便听到院子里响起了凯迪拉克轿车低沉的汽笛声。他站起身向窗外看了看，对着阿格尼丝说了声"爸爸回家了"。阿格尼丝掏出手绢擦了擦眼睛，跟着文笃修走出晚钟斋，迎着文澄怀走到楼门口。文澄怀的脸上大多数时间都是堆满笑意的，可是今天的脸色却像是毫无生机的大地，冷漠而又僵硬。他对着阿格尼丝努力挤出一丝笑容，但那笑容反而让阿格尼丝感到了沮丧。文笃修不知道文澄怀遇到了什么不快，只是将身体往阿格尼丝身边靠了靠，不安地叫了一声"爸爸"。

文澄怀点了点头，径直走向楼梯口。

刚刚下到楼梯转角处的夏美云看到文澄怀冷漠而又僵硬的神情，急忙收敛了笑容。她等候文澄怀从自己面前绕过转角，回过头对着阿格尼丝和文笃修摆了摆手,跟在文澄怀身后上了楼。阿格尼丝悄悄地攥住文笃修的右手,不知所措地望着空无一人的楼梯。文笃修揽着阿格尼丝刚刚走到晚钟斋门口,听到此君斋里响起了电话铃声,随后是文澄怀的声音:"德州被阎锡山占领的消息,我也是刚刚听到……德州是三天前被阎锡山占领的……韩复榘有可能出任山东省政府主席……庄季江对你封锁消息?"

文澄怀的声音突然变小,显然是此君斋的斋门被关闭了。阿格尼丝跟着文笃修回到晚钟斋,再也没有了说话的欲望。她和文笃修不约而同地走到南窗下,忧心忡忡地向南张望着,不经意间偶尔交流一下目光。暮色越来越浓,南面的槐樱草堂有些模糊了,斐非寺的大雄宝殿变成了一抹剪影。文笃修将阿格尼丝揽在怀里,默默地感受着阿格尼丝的呼吸和心跳,嘴角流露出一丝无奈。

瞻可园园门上方的电灯燃亮的一瞬间,双手推着脚踏车的陈静楠出现在灯影里。她把脚踏车交给等候在门房门前的保安团团丁,沿着南北甬道慢慢地走向望云楼,平静的脸色透着忧愁。阿格尼丝的目光随着陈静楠慢慢移动,直到视线被遮住了。她将双手搭在文笃修的肩头,用额头抵着文笃修的额头说道:"你要是不回到二十里堡,偌大的瞻可园只有你爸爸和陈静楠、夏美云,也够寂寞的了。陈静楠、夏美云怎么都没要孩子?如果再有几个小孩,瞻可园就不至于像现在这么冷清了。"

"你想知道的,是我应该问的吗?"

阿格尼丝笑了笑,说道:"我倒是渴望做妈妈了。"

文笃修也笑了笑,但没再说话。他从肩头上移下阿格尼丝的双手,燃亮屋顶中央的白炽灯,拉上了窗帘。阿格尼丝懒懒地坐在沙发上,随手燃亮了墙角的落地灯。她和隔着茶几坐在另一张沙发上的文笃修对视着,只有嘴角偶尔动一动。轻轻的脚步声响过,晚钟斋的斋门被敲响了。阿格尼丝和文笃修好像刚刚从睡梦中醒来的样子,慢慢地站起身,不约而同地走向了斋门。敲门声再次响过,斋门开了,一位女佣对着文笃修和阿格尼丝说道:"少爷和小姐,晚饭已经摆上餐桌了。老爷和两位太太都在餐桌旁坐下了。"

"好的,我们马上过去。"

文笃修答应了一声,陪着阿格尼丝走进了餐室。

餐室里所有的灯都燃亮了,阿格尼丝走进餐室的一刹那,最先看到了父亲希布纳创作的那幅题为《劳作者》的油画。因为午饭时只有文笃修和阿格尼丝两人,阿格尼丝并没有留意餐室里的装饰以及陈设,她感受最深的是甜蜜。再一次看到希布纳的作品,阿格尼丝恍惚间回到了十几年前,那时候的她还是一个经常拽着父母的双手撒娇的小姑娘。

正如女佣所说的,文澄怀、陈静楠和夏美云已经坐在长条桌旁,陈静楠和夏美云对面的两把椅子也跟长条桌拉开了一定的距离。阿格尼丝跟在文笃修身后坐在椅子上,先是瞥了夏美云一眼,随后把目光移向了文澄怀。文澄怀的脸上又像往常一样堆满了笑意,他说了几句欢迎阿格尼丝的话,晚饭算是开始了。因为直接面对着夏美云,阿格尼丝不时地从夏美云脸上读出暧昧的笑意。她没有勇气长时间接受夏美云的注视,只好将目光不时地移向墙壁上希布纳的画作。

除了偶尔点点头,陈静楠依然很少说话。她的脸上同样堆满了笑意,但那笑意更像是一种道具。文澄怀吃掉小碗里的海参,端起面前那杯意大利都灵生产的苦艾酒,分别跟阿格尼丝和文笃修以及陈静楠和夏美云碰了碰杯,望着阿格尼丝说道:"你这次来瞻可园,是不是因为听到了蒋介石和阎锡山即将开战的消息?"

"蒋介石和阎锡山开不开战跟阿格尼丝有什么关系?她是想咱们家笃修了才来瞻可园的。"

夏美云对着阿格尼丝举了举手中的酒杯,抢先答道。阿格尼丝的脸色顿时变得通红,她抿了一口苦艾酒,放下酒杯说道:"北伐胜利后,中国实现了名义上的统一,实际上依然处于割据状态。蒋介石、阎锡山、冯玉祥、李宗仁和张学良五大军事集团犹如五个独立王国,中国难有持久和平。"

"你是说……"

文澄怀微笑着鼓励阿格尼丝继续说下去。

"我不懂政治,我刚才说的话是从我们院长那里听来的。蒋介石和阎锡山即将在山东展开厮杀,青岛领事馆要求我们做好随时撤离熙春医院的准备。"

夏美云跟文澄怀交换了一下目光,盯着阿格尼丝问道:"你不会是想带着笃修一起撤离吧?"

阿格尼丝看了看文笃修,低下了头。

尽管已经得到蒋介石和阎锡山之间即将爆发全面战争的消息,但从阿格尼丝的嘴里得到证实,文澄怀还是有些意外。他抬起右手对着夏美云晃了晃,又将目光移向了陈静楠。陈静楠看了看阿格尼丝,放下筷子说道:"吉尔伯特也得到了蒋介石和阎锡山之间即将爆发全面战争的消息,但他表现得很镇静,好像即将爆发的战争跟他没有任何关系。英美烟公司的外籍职员也没有撤离二十里堡的迹象。"

"如果战争爆发,二十里堡不可能不受到影响。难道英美烟公司已经得到了交战双方的安全承诺?"

文澄怀像是在询问阿格尼丝和陈静楠,又像是自言自语。阿格尼丝和陈静楠都没有回答文澄怀的问题,只是相互对视了一眼。夏美云喝光杯子里的苦艾酒,对着阿格尼丝笑了笑说道:"战争未必会全面爆发。即使全面爆发了,也未必会殃及二十里堡。阿格尼丝如果真的要撤离,还是撤到瞻可园吧。一是瞻可园早晚是你的家,二是因为你的到来,瞻可园一定会热闹一些。"

自己的心事竟然被公之于众,阿格尼丝的脸颊再一次变得通红。她不好意思地看了看文笃修,欲言又止。作为护国讨袁的重要战场,潍县以及西面的周村早已经过了战争洗礼。因为年龄尚小,文笃修对于那场战争并没有太深刻的印象,印象最深刻的就是二十里堡变成了军人的天下,火车站停满了军车。对于蒋介石和阎锡山之间即将爆发的全面战争，文笃修也没有心理准备。他感受最深的，除了无奈，还是无奈。短暂的沉寂过后，文澄怀将身体往椅背上靠了靠，注视着文笃修说道："你已经回国了，阿格尼丝也从英国回到了二十里堡。我建议你们尽快将婚事提上议事议程。你们结了婚，即使逃难，也方便一些。"

文澄怀所说的的确是实情，但阿格尼丝和文笃修都没有明确的表示。他们不约而同地对着文澄怀笑了笑，一个将手伸向酒杯，一个将手伸向了匙子。夏美云对于阿格尼丝和文笃修的婚事表现出极大热情，她侧过身贴在陈静楠耳畔低语了几声，端正身体对着阿格尼丝和文笃修说道："如果整天想着战争，我们根本就没法活了，中国有几天不打仗？我盼着阿格尼丝尽快住进瞻可园，结不结婚又有什么关系？"

夏美云还没等阿格尼丝和文笃修答话，又侧过脸对着陈静楠说道："你白天不在瞻可园，我实在太寂寞。"

"即使蒋介石和阎锡山真的在潍县打起来，估计二十里堡也不会遭受太大损失。民国五年的护国讨袁战争，潍县不也是主战场？生活在潍县的外国人的生命财产，受到过什么伤害？不管是蒋介石还是阎锡山，都不会得罪外国人的，更不敢伤害外国人的。如果阿格尼丝能够住进瞻可园，反而会对瞻可园起到保护作用。"

陈静楠将目光投向阿格尼丝，似乎在寻求答案。阿格尼丝不知道应该说些什么，只好讪讪地望着文笃修。文笃修没法继续沉默了，只好侧过身子对着文澄怀说道："我知道您非常关心我和阿格尼丝的婚事，我和阿格尼丝也希望能够尽快结婚，但我们的婚礼必须在我有了固定收入之后才能举办。我已经依靠您的金钱完成了学业，不可能再依靠您的金钱筹办婚事了。"

"这有什么？我就你一个儿子，我的资产，整个的瞻可园，以后还不都是你……和你的二妈三妈的？"

陈静楠和夏美云都注意到了文澄怀话语的停顿，也都知道这停顿意味着什么。她们默默地吃着饭,谁都没再说话。阿格尼丝努力维持着脸上的笑容,还是低下了头。文笃修停顿了片刻,继续对着文澄怀说道:"爸爸,我虽然不了解您的创业过程,但我知道您肯定历尽了艰辛。我已经是个成年人,而且还取得了博士学位。我应该靠自己的能力在社会上立足,而不是继续依赖您的帮助。"

文澄怀笑了笑,再一次将话题引向了蒋介石和阎锡山。

吃完饭,天色完全黑了。阿格尼丝和文笃修陪着文澄怀、陈静楠和夏美云走出餐室,在楼梯口停下了脚步。文澄怀、陈静楠和夏美云刚刚消失在楼梯的转角处,文笃修便悄悄地拽了拽阿格尼丝的衣袖,拥着她走进了漱芳轩。漱芳轩内的窗帘已经拉上,或者说原本就没有拉开,床上的被子还是一团凌乱。阿格尼丝燃亮电灯,关闭轩门,和文笃修并肩坐在起居室的长沙发上。他们谁都没说话,只是紧紧地依偎在一起,默默地聆听着楼上留声机播放的一首英文歌曲。因为声音太小,阿格尼丝根本听不清歌词。她站起身看了看手表,说道:"我还是回熙春医院吧,已经不早了。"

"真的就不能在瞻可园住一夜吗?"

"我当然愿意跟你住在一起,但不是在瞻可园。如果你愿意,今晚咱们就住在熙春医院吧。只要能跟你在一起,无论贫穷与富足,我都能接受。"

"我一旦到复旦大学任教,咱们马上就结婚。这不是早就说好了的吗?咱们都熬过了……"

"你在杜克大学读书期间,能够接到你的信,我就很幸福了。可是当你回到二十里堡以后,我却不满足于仅仅见到你了。我希望现在就跟你生活在一起,直到永远。"

"你的希望何尝不是我的希望?"

文笃修叹息了一声。

楼上传出的留声机的声音越来越大,阿格尼丝听出正在播放的是约翰·佩恩作词、亨瑞·比肖普作曲的《甜蜜的家》。《甜蜜的家》是阿格尼丝经常哼唱的歌曲，不管是歌词还是旋律，都已烂熟于胸。但在瞻可园，在文笃修身边聆听这首歌，却有了异样的感觉。她敞开轩门，背靠着门框站在轩门口，在心里默念着歌词："纵然游遍海角天涯，住高楼住大厦，但是没有一处地方能胜过自己的家。仿佛天上飘来的声音，同我们说着话，叮咛游子莫忘家园，在心中常牵挂……"

对于这首《甜蜜的家》，文笃修并不熟悉。他走到阿格尼丝身边仔细聆听着歌词，竟然从温暖中听出了凄楚。阿格尼丝用右手的食指抹掉溢出眼角的泪水，和着楼上传来的歌声小声唱道："再没有一处地方，能胜过自己的家。"

文笃修再次叹息了一声。

轻轻的脚步声从二楼慢慢传下，陈静楠的身影出现在楼梯口。阿格尼丝和文笃修相继走出漱芳轩，面朝西站立着。陈静楠微笑着走到阿格尼丝身边，双手抓起阿格尼丝的左手，对着文笃修说道："你爸爸很疲惫，马上就要休息了。美云闲着无聊，要我来请你和阿格尼丝到我房间打扑克。"

"这……阿格尼丝正准备回医院的。"

陈静楠轻轻地晃了晃阿格尼丝的左手，说道："都这么晚了，有必要吗？即使战争爆发，阎锡山的军队也不可能今晚就打到二十里堡。如果你不愿意跟笃修住在一起，就让笃修住在此君斋，那里有一张贵妃榻。"

"这……"

"就在瞻可园住一夜吧，明天早上让家里的轿车先将你送回熙春医院。误不了你坐诊。"

陈静楠瞥了文笃修一眼，不容分说地拽着阿格尼丝的左手走向楼梯口。阿格尼丝几次想挣脱陈静楠，但都没有成功。文笃修面对着楼梯口站立在漱芳轩门前，直至陈静楠和阿格尼丝都上了楼，才略微移动了一下脚步。他没有立刻上楼，而是回到漱芳轩坐在了刚才和阿格尼丝共同坐过的长沙发上。又是一阵脚步声响过，夏美云出现在漱芳轩门前。她敲了敲大开着的轩门，走到文笃修面前说道："阿格尼丝都上楼了，你还坐在这里干什么？"

"阿格尼丝正准备回医院的，太晚了不安全。"

"你又不是童男子了，装什么正经？我都是过来人了，你以为我不知道你们俩下午在这屋里干了些什么？"

听夏美云这么一说，文笃修脸上顿时火辣辣的。夏美云左手拽着文笃修的衣袖走出漱芳轩，右手带上轩门，笑着说道："我要是阿格尼丝，就再也不理你了。跟人家都那样了，还装正经。你要是个男人，就把阿格尼丝留在瞻可园，有什么大不了的？"

"我……"

"我什么我？上楼再说。"

在楼梯口松开拽着文笃修衣袖的左手，夏美云用右手推了一下文笃修的后背。文笃修既没法争辩，也没法逃离，只好在夏美云的监督下踏上了二楼。二楼走廊里的壁灯已经熄灭，只有涵虚轩门前铺有一道光影。夏美云朝着待月轩的轩门望了望，往文笃修身边靠了靠说道："你爸爸这个人遇事总是往坏处想，想多了就累得要死。蒋介石和阎锡山愿意打就打呗，跟咱们有什么关系？"

"不可能没关系的。"

文笃修跟着夏美云走进涵虚轩，随即被夏美云推到了卧室门口。夏美云闭上轩门，拽着文笃修的衣袖走进卧室，对着背靠着床头坐在双人床上的陈静楠和阿格尼丝说道："博士有什么了不起？博士就不能陪着我们打打扑克了？"

阿格尼丝抬起头看了看文笃修，脸上多了一份羞涩。陈静楠往床头上靠了靠，指着摆在床中央的扑克说道："你们俩快到床上坐下，别拖拖拉拉的。阿格尼丝明天一早还要赶回熙春医院坐诊。"

夏美云脱掉裤子扔到靠近北窗的单人沙发上，微笑着坐在床上。文笃修望着仅穿着毛衣和秋裤的陈静楠、夏美云和阿格尼丝，一时间不知如何是好。夏美云看了看阿格尼丝，仰望着文笃修不耐烦地说道："你等什么，还不快脱了裤子上床？"

"这……"

文笃修还是犹犹豫豫。

"你难道准备站在床下跟我们打扑克？你不脱裤子怎么上床？你爸爸不脱裤子也不能上床。"

听到夏美云提及文澄怀，陈静楠的脸颊不知不觉间红了。她蜷起双腿，懒懒地抓起一张扑克牌看了看，随手扔到床上。文笃修越来越尴尬，他在夏美云的反复催促下脱掉长裤，穿着秋裤坐在夏美云身边。夏美云笑着摊开床上的扑克牌，随后又归拢成了一摞。阿格尼丝望着夏美云灵巧的双手，也感受到了某种程度的寂寞。作为文澄怀的三太太，夏美云衣食无忧，无所事事，她除了消磨时光又能干什么呢？

"该你摸牌了。"

听到陈静楠的提醒，阿格尼丝愣怔了一下。她摸起一张牌捏在手里，目光在陈静楠脸上停留了几秒钟。陈静楠的脸颊跟夏美云的脸颊同样白嫩，但明显少了青春的光彩。她一张一张地摸着牌，眼神是平静的，平静得近乎忧伤。阿格尼丝跟陈静楠没有太多的接触，但陈静楠的英语水平之高还是让阿格尼丝惊异；一位能讲流利英语的年轻女性竟然甘心充当姨太太，也不免让阿格尼丝困惑。

不光对于扑克，即使对于麻将或者各种棋类，文笃修也没有兴趣，输赢就更无所谓了。阿格尼丝知道文笃修无心打牌，但她并没有从文笃修脸上读出厌倦。不管是摸牌还是出牌，文笃修都很积极，只是在跟阿格尼丝目光相对时表现出一丝无奈。打牌时夏美云说话最多，她不停地谈论着牌局，但话语中似乎又透着某种惆怅。因为明天一早阿格尼丝要回熙春医院坐诊，陈静楠也要到英美烟公司上班，牌局并没有持续很长时间。夏美云故作夸张地打了个哈欠，将手中的牌扔到床上，首先下了床。陈静楠也没有挽留，她收拾起扑克，随手交给了夏美云。夏美云攥着扑克牌走出涵虚轩,但在轩门口停下了脚步。她看了看跟陈静楠站在一起的阿格尼丝,对着跟在自己身后的文笃修说道:"你是陪着阿格尼丝回漱芳轩呢,还是在此君斋凑合一夜?"

文笃修的脸颊又一次红了。她不好意思地看了看阿格尼丝和陈静楠,说道:"还是此君斋吧。"

"无所谓的。"

夏美云说完,对着陈静楠笑了笑。陈静楠也笑了笑,但什么话也没说。她在楼梯口跟夏美云和文笃修分了手,陪着阿格尼丝下了楼。一楼大厅仅亮着几盏壁灯,光线暗淡。阿格尼丝几次劝陈静楠留步,陈静楠仅仅笑笑而已。她引领阿格尼丝走向漱芳轩,推开了轩门。漱芳轩内一片漆黑,陈静楠摸索着燃亮起居室的吊灯,回过头看了看依然站在轩门口的阿格尼丝。阿格尼丝走进漱芳轩,忐忑不安地站在陈静楠身后。陈静楠带着阿格尼丝走进卧室,燃亮卧室的灯,最先看到了凌乱的床铺。阿格尼丝的脸上又是一阵火辣辣的,她有意跟在陈静楠身后,尽量不让陈静楠看到自己脸上的神情。陈静楠推开卫生间的门燃亮房间中央的吊灯,随后告别了阿格尼丝。阿格尼丝将陈静楠送到楼梯口,独自回到漱芳轩,插上了轩门。

漱芳轩内铺有地毯,阿格尼丝几乎听不到自己的脚步声。她在卧室、起居室以及卫生间来回转了几圈,突然想到自己的裤子以及文笃修的裤子还在涵虚轩。想到文笃修,阿格尼丝自然而然地想到了跟文笃修的婚事。她背靠着床头躺在架子床上,呆呆地望着东面墙壁上的沈漱芳的照片。十几年前,阿格尼丝曾经是瞻可园的常客。那时候,瞻可园的女主人还是沈漱芳,自己的父母也还健在。父亲希布纳跟文澄怀的友谊是如何建立的阿格尼丝并不清楚,她只知道他们每次来瞻可园,都会受到热情接待。

阿格尼丝漫无边际地遐想着,不时地听到火车的车轮跟铁轨的碰撞声。那碰撞声沉重而又短促,骤雨般落进阿格尼丝原本就不平静的心田。她脱光衣服走进卫生间,打开喷头站在浴盆里,茫然地环顾着卫生间内的一切。热水源源不断地喷洒在阿格尼丝身上,卫生间里渐渐地升腾起一层薄雾。

阿格尼丝洗干净头发，又用香皂将身上搓了搓，再次站在喷头下。卫生间里的雾气越来越浓，阿格尼丝感到眼前的一切越来越不真实。她关掉喷头，走出浴盆，用毛巾轻轻地擦拭着身体。

突然间，此君斋的电话铃一遍又一遍地响个不停。因为临近午夜，电话铃声犹如防空警报，惊心动魄。阿格尼丝急忙从衣架上取下一件浴衣穿在身上，走到起居室拔下轩门上的插销，悄悄地将轩门敞开了一条缝。急促的电话铃声刚刚平息，此君斋的斋门开了，随后响起了敲击待月轩轩门的声音。待月轩的轩门开启后，此君斋的斋门便闭合了。阿格尼丝听到文澄怀接电话的声音很大，但听不清具体内容。开启此君斋斋门的声音还未消逝，阿格尼丝又听到夏美云焦灼的声音："你非得今晚出去吗？你非得今晚出去吗？"

阿格尼丝没听清文澄怀说了些什么，但听到楼梯上响起了杂沓的脚步声，一楼大厅顿时亮如白昼。她穿上衣服跑出漱芳轩，发现文澄怀、文笃修、陈静楠以及夏美云已经站在大厅中央。他们谁都没有说话，只是对着阿格尼丝点了点头。亮着车灯的凯迪拉克轿车刚刚驶上望云楼南面的小广场，文澄怀就匆匆忙忙地走向了楼门。他在楼门口转过身，对着文笃修、陈静楠、夏美云以及阿格尼丝说道："暂时不会有危险的，你们都回房间睡吧。"

夏美云快步走到文澄怀身边，拽着文澄怀的衣袖说道："你非得今晚出去吗？你非得今晚出去吗？"

"没关系的，没关系的。"

文澄怀挣脱夏美云，举起手对着文笃修、陈静楠和阿格尼丝摆了摆。他推开楼门走下台阶，头也不回地钻进了车厢。凯迪拉克轿车缓缓驶出瞻可园，阿格尼丝、陈静楠和文笃修不约而同地长吁一口气，站在大厅中央面面相觑。夏美云叹息了一声，对着陈静楠和阿格尼丝说道："蒋介石很可能委任韩复榘担任第一军团总指挥，全面接管山东防务。陈调元怕是要离开山东了。"

陈静楠看了看站在夏美云身边的文笃修，又看了看站在自己身边的阿格尼丝，盯着夏美云问道："韩复榘全面接管山东防务，和陈调元离开山东，跟他的关系很重要吗？他为什么黉夜出行？"

"你忘了，春节刚过，陈调元就从他手里敲诈了10万银元，说是充当军饷。如果陈调元调离山东，那10万银元不就打了水漂？刚才的电话是保安团那位副团长贺惟忠打来的，千真万确。"

虽然已经回到了瞻可园，但文笃修对于瞻可园里发生的一切并不关心。文澄怀太忙碌，文笃修跟他的交流，主要是在餐桌旁。因为要同时面对陈静楠和夏美云，文笃修并不愿意多说什么。他跟文澄怀相处，更多的是沉默。阿格尼丝虽然是英国人，但因为常年生活在中国，已经具有了中国人的情感和思维方式。她早就看清了文笃修在瞻可园的处境，知道说什么都是不合适的。夏美云拉着陈静楠走到楼梯口，回过头看了看跟在身后的文笃修，笑着说道："你爸爸不在家了，你也就没必要做样子了，还是到漱芳轩陪着阿格尼丝睡吧。我和静楠都不会揭露你。"

文笃修顿时羞愧难当，他看了看同样满脸通红的阿格尼丝，说道："我的裤子还在……涵虚轩。"

夏美云轻轻地捅了捅陈静楠的腰肢，故作严肃地说道："你的裤子竟然在……涵虚轩？你的裤子怎么会在涵虚轩？涵虚轩可是静楠的卧室呀？静楠可是你爸爸的二太太呀！"

陈静楠伸出左手拧了一下夏美云的右臂，说道："你胡说些啥？"

夏美云极为夸张地跑上楼梯，消失在楼梯转角处。文笃修回过头看了看阿格尼丝，跟着陈静楠爬上二楼，瞥了一眼夏美云的背影。可能是夏美云刚才的玩笑有些过分，文笃修没再迈进涵虚轩，只是静静地站在轩门口。陈静楠从卧室里拿出文笃修和阿格尼丝的裤子交给文笃修，什么话也没说。文笃修接过裤子，不无尴尬地转过身，再次回到了漱芳轩。阿格尼丝早已等候在轩门内侧，她从文笃修手中接过裤子扔到身后的酸枝木罗汉床上，猛然扑到文笃修怀里，脸上已经满是泪水。文笃修闭合轩门，插上插销，抬起右手抚摸着阿格尼丝的头发说道："不要太难过，一切都会好起来的。"

"我知道，我知道。"

"用不了多长时间，我们就拥有自己的家了。"

"我知道，我知道，可是我已经迫不及待了。"

文笃修双手捧着阿格尼丝的脸颊亲了亲，随手熄灭起居室的电灯，揽着阿格尼丝的腰走进了卧室。床上的被子还保持着文笃修下午离开时零乱的样子，只是两个枕头已经摆放得很整齐了。文笃修望着床上的被子，很自然地想到了下午所发生的一切，以及夏美云的突然出现。夏美云和陈静楠是父亲的姨太太，但他们在自己面前所表现的，更多的是友情，或者说同龄人之间的友谊。

"夜已经很深了，咱们还是休息吧。"

阿格尼丝往文笃修身上靠了靠，接连打了两个哈欠。文笃修也没再说什么，他脱掉衣服钻进被窝，和阿格尼丝相拥着躺在床上，很快进入了梦乡。轻轻响起的敲门声惊醒了阿格尼丝的酣梦。她坐起身揉了揉眼睛，披着睡衣走出卧室，敲开了轩门。站在轩门口的竟然是夏美云和陈静楠，她们都穿着浅蓝色的牛仔裤，只是毛衣的颜色有所不同。不管是夏美云身上的红色毛衣，还是陈静楠身上的黄色毛衣，都映衬出她们饱胀的青春和袅娜的身姿。夏美云抬起手表在阿格尼丝眼前晃了晃，说道："天光大亮了，还不起床？……不要太贪，要有节制。"

夏美云还没说完，陈静楠的脸上已经露出了一丝笑意。她打量着阿格尼丝半露的大腿，拽了拽夏美云的毛衣说道："笃修还在睡觉呢，咱们不要影响他们了。你要是惹恼了笃修，小心他将你驱离瞻可园。"

"什么瞻可园不瞻可园的，他要是敢惹我，我现在就去掀他的被窝。不管怎么说，他也得叫我妈，虽然是三妈。"

夏美云明显提高了声调，她侧过身子，旁若无人地走进了漱芳轩。阿格尼丝顿时不知所措，她无奈地站在轩门口，求助似的望着陈静楠。陈静

156　烟

楠什么也没说，她拽着阿格尼丝的右手走进漱芳轩，若无其事地带上了卧室的房门。夏美云并没有走进卧室，更没有掀文笃修的被窝，她关闭轩门，站在陈静楠身边盯着阿格尼丝问道："阿格尼丝，你跟笃修结婚后，是不是应该像笃修一样叫我三妈？"

"那是当然了。"

"作为你未来的三妈，我希望你脱掉睡衣，扔到罗汉床上。"

不光阿格尼丝愣住了，即使陈静楠也愣住了。她们不安地对视了一眼，都将目光投向了夏美云。夏美云还是一脸严肃，她慢慢地走到卧室门口，伸出左手攥住门把手，回望着阿格尼丝说道："我从来没见过英国女人的裸体，我想知道英国女人跟中国女人有什么不一样。"

"美云！"

陈静楠再次拽了拽夏美云的毛衣，皱着眉头喊了一声。夏美云的左手紧紧地攥着门把手，表现出即将推开门冲进卧室的样子。阿格尼丝满脸通红，双手同时攥着衣襟的重叠处，无助而又窘迫。陈静楠试图从门把手上移开夏美云的左手，但没有成功，只好压低声音再次叫了一声"美云"。夏美云依然不为所动，她用右手将陈静楠轻轻地推了一下，说道："咱们都是当婆婆的。当婆婆的看看儿媳妇的裸体，难道不应该吗？"

夏美云转动了一下门把手，再次表现出要冲进卧室的样子。阿格尼丝低低地叫了一声"三妈"，眼睛里流露出一丝哀求。夏美云转动了一下门把手，将房门推开一道缝，随后又带上了。阿格尼丝后退至罗汉床旁边，松开紧握着衣襟的双手，脱掉睡衣扔到罗汉床上。陈静楠望着阿格尼丝白皙的身躯，立刻想到了洁白的雪。她将刚刚收回左手的夏美云推离卧室门口，从罗汉床上捡起睡衣，披到阿格尼丝身上。阿格尼丝在夏美云的注视下穿上睡衣，红红的脸颊像娇艳的桃花。她推开卧室门，低着头走进卧室，随后将卧室门闭合了。

被子整整齐齐地摆放在架子床上，文笃修衣着整齐地站立在北窗前，神情有些呆滞。阿格尼丝回过头看了看卧室门，抑制了很久的泪水终于流了出来。文笃修双手抱住阿格尼丝，轻轻地亲吻着阿格尼丝脸颊上的泪水。轩门开启与闭合的声音响过，陈静楠和夏美云的脚步声渐渐远去。文笃修仰起脸叹息了一声，帮着阿格尼丝脱掉睡衣，又帮着阿格尼丝将内衣和外衣穿在身上。阿格尼丝敞开卧室门，指着夏美云刚才站立过的地方说道："她，她……"

"她是跟你开玩笑的。"

文笃修摇了摇头，拉着阿格尼丝坐在罗汉床上。

刚才夏美云和陈静楠敲击漱芳轩的轩门的时候，文笃修也醒了。阿格尼丝敞开轩门的同时，文笃修快速地穿上衣服，下了床。他听到了夏美云、阿格尼丝以及陈静楠的全部对话，但不知道如何应付那种尴尬的局面，只好静候着事态发展。跟陈静楠一样，文笃修也没想到夏美云会提出那么过分的要求，更没想到夏美云会坚持这一要求。尽管隔着墙壁和卧室门，文笃修依然能够真真切切地感受到阿格尼丝脱掉睡衣的整个过程以及脸上的神情。那个时候的文笃修产生了一种从未有过的强烈冲动，冲动的对象，似乎不仅仅是阿格尼丝。

"跟我到熙春医院住几天吧，咱们现在就走。"

"怎么可能呢？爸爸那么早就离开了瞻可园，而且到现在也没回来。"

文笃修这么一说，阿格尼丝又想到了昨天晚上那阵急促的电话铃声。她走进卫生间洗漱完毕，倒了两杯白开水放在卧室门北侧的八仙桌上，默默地站立在起居室中央。文笃修略一踟蹰，讪讪地走进卫生间，很快又出来了。他喝光属于自己的那杯白开水，从衣架上取下了阿格尼丝的外套披到了阿格尼丝身上。阿格尼丝一边扣着外套纽扣一边走出漱芳轩，脸上的红晕还没有完全退尽。

一楼大厅一片寂静，阳光在地面上呈现或大或小的几何图形。阿格尼丝和文笃修踏着那些几何图形推开楼门，走下台阶踏上了南面的小广场。虽然天气还是有些寒冷，但阳光已经透出暖意。阿格尼丝走到小广场中央的四棵玉兰树中间，仰望着西南角的玉兰树，身体一动不动。文笃修站在东北角的玉兰树下，默默地注视着阿格尼丝的背影以及阿格尼丝面前的玉兰树，思维又回到了漱芳轩，耳边回响的，竟然是夏美云和阿格尼丝的全部对话。

远处传来凯迪拉克轿车的喇叭声，瞻可园的园门随后打开了。文笃修走到阿格尼丝身旁拽了拽阿格尼丝的衣袖，怅怅地向西走去。阿格尼丝跟着文笃修刚刚走到过溪亭内的石桌旁，凯迪拉克轿车便停在阿格尼丝和文笃修刚才站立过的小广场上。文澄怀和贺惟忠先后下了车，先后登上楼前的台阶，不约而同地望了望瞻可园的园门。贺惟忠没有跟随文澄怀走进望云楼，而是站在楼前的台阶上向南张望着。

显然是很长时间没有人在过溪亭驻足了，中间的石桌上满是尘土。文笃修从地面上捡起一段尚且泛着青色的竹枝，将镌刻在四根立柱内侧的文同的那首《过溪亭》，在石桌上抄录了一遍。他刚刚扔掉手中的竹枝，周振武驾驶的三轮摩托车便缓缓驶进了瞻可园。摩托车刚刚停在凯迪拉克轿车旁边，坐在车斗内的程铭淮就跳下车，走向站在台阶上的贺惟忠。阿格尼丝根本没有在意停靠在小广场上的凯迪拉克轿车和摩托车，她将刻在立柱上的《过溪亭》和写在石桌上的《过溪亭》对照了一番，抬起头仰望着南面的那片竹林。

程铭淮跟贺惟忠低语了几声，转身走下台阶，走向站立在摩托车旁的周振武。文笃修从贺惟忠、程铭淮和周振武身上收回目光，默默地望着阿格尼丝面前的竹林，眼前竟然出现了自己少年时代的身影。那时候的文澄怀似乎更加忙碌，文笃修的记忆几乎全部与沈漱芳有关。阿格尼丝再次看了看文笃修抄录在石桌上的文同的《过溪亭》，拽着文笃修穿过连接过溪亭和寒芦港的鹅卵石小路，悄悄地跟文笃修分开了一段距离。夏美云和陈静楠面向蓼屿站立在寒芦港的长条石上，仿佛盛开的花朵。夏美云身着粉红色外套，陈静楠身着海蓝色外套，在依然透着寒意的微风中，弥漫着浓烈的春的气息。长条石四周的芦苇已经长出新芽，蓼屿上的树木也不再是一片萧疏，横湖的水面不时地出现游鱼的影子。夏美云和陈静楠俏丽的身影跟返青的芦苇、树木以及荡漾着涟漪的湖水融合在一起，仿佛重现了意大利画家波提切利的经典作品《维纳斯的诞生》。

陈静楠最先发现了阿格尼丝和文笃修。她用右臂捅了捅夏美云，转过身挥了挥手。夏美云拽着陈静楠离开长条石，微笑着走到阿格尼丝面前，似乎并没有意识到文笃修的存在。阿格尼丝面对着夏美云，脸颊再一次红了。她看了一眼文笃修，低着头走到陈静楠身旁。陈静楠对着阿格尼丝笑了笑，说道："不久前这里还是一片萧条，芦苇枯黄了，树木落光了叶子，即使湖水好像也沉睡了。没想到在不经意间，又呈现一片生机。"

"人世间的一切何尝不是这样？祸福相依，否极泰来。"

文笃修侧过身望了望云楼，突然间极为惆怅。夏美云并没有完全听懂陈静楠和文笃修说了些什么，她往阿格尼丝身边靠了靠，说道："刚才在漱芳轩，是跟你开玩笑的，别往心里去。如果我做错了什么，还请你原谅。论年龄，你是我姐。"

阿格尼丝不好再说什么，只是嘴角略微动了动，浮现出一丝笑意。夏美云抓起阿格尼丝的右手，轻拍着说道："笃修是博士，静楠是英文翻译，自然英文都很好；你是英国人，英文更不用说。唯有我对英文一窍不通。你要是不嫌我笨，能不能担任我的英文老师？"

夏美云的要求出乎阿格尼丝的意料，她支吾了一声，慢慢地收回右手，将夏美云的要求用英文对着文笃修和陈静楠诉说了一遍。对于夏美云的要求，陈静楠也感到意外，但没说什么，只是笑着点了点头。文笃修一脸愕然，他盯着夏美云似笑非笑的脸庞，目光闪烁着疑问。夏美云虽然听不懂阿格尼丝刚才的话语，但完全读懂了文笃修的表情。她再次抓起阿格尼丝的右手，斜瞅着文笃修说道："还没结婚就这么袒护媳妇。教我几句英文，累不着阿格尼丝的……"

"您想到哪里去了？我只是觉得学英文会浪费您很多时间。"

"学英文会浪费我的时间？你觉得我的时间还有价值？你如果不希望阿格尼丝担任我的英文老师，应该找其他理由。"

"我是说……"

文笃修还想说什么,但被夏美云打断了。夏美云表现出恍然大悟的样子,盯着文笃修说道:"我知道你为什么不希望阿格尼丝担任我的英文老师了。"

"为什么?"

"你是怕阿格尼丝不在瞻可园的时候,我请你当老师……你不用害怕,即使阿格尼丝不在瞻可园,我也不会麻烦你的。你以为静楠就不能担任我的英文老师了?"

文笃修皱了皱眉头,说道:"我不是那个意思。即使我教您,也没有问题。"

夏美云松开阿格尼丝的右手,笑着说道:"笃修算是答应了,你可要收下我这个学生啊。"

陈静楠背对着过溪亭站在鹅卵石小路的尽头,静静地聆听着夏美云、文笃修以及阿格尼丝的交谈,目光不时地在他们脸上移来移去。她刚想对着夏美云、阿格尼丝和文笃修调侃几句,意外地听到南面的车站一街上响起了凯迪拉克轿车的喇叭声。阿格尼丝、文笃修和夏美云停止了交谈,也跟着陈静楠将目光转向瞻可园的园门。园门大开,吉尔伯特经常乘坐的那辆黑色凯迪拉克轿车出现在南北甬道上。陈静楠匆匆忙忙地穿过连通着过溪亭的鹅卵石小路,站在过溪亭里向着东北方向张望着。凯迪拉克轿车刚刚停在贺惟忠、程铭淮和周振武身边,吉尔伯特便推开车门下了车。陈静楠远远地喊了一声"吉尔伯特先生",一边挥着手一边走向吉尔伯特。吉尔伯特虽然跟陈静楠已经很熟悉了,但在瞻可园遇到陈静楠,还是第一次。他迎着陈静楠走到西南面的玉兰树下,挥着手喊了一声"陈小姐"。

吉尔伯特话音未落,望云楼的楼门便开了。文澄怀跟在贺惟忠身后走下台阶,跟吉尔伯特握了握手,随后对着贺惟忠和程铭淮摆了摆手。周振武发动摩托车,调转车头,载着贺惟忠和程铭淮离开了瞻可园。吉尔伯特看到跟文笃修携手走在一起的阿格尼丝，颇为疑惑。陈静楠微笑着走到文澄怀身边，对着吉尔伯特解释道："她叫阿格尼丝，文笃修的女朋友。英国人，生长在乐道院。"

吉尔伯特对着文澄怀点了点头，说道："早就知道令公子是杜克大学的高才生，没想到令儿媳竟是英国人。令公子跟令儿媳结婚后，你跟英美烟公司的关系就更密切了。"

文澄怀笑了笑，未置可否。吉尔伯特脸上虽然堆满了焦灼，但焦灼背后隐约透露出兴奋和满足。

# 九

韩复榘被蒋介石委任为第一军团总指挥并且全面接管山东防务的消息，终于从坊间传言变成了现实。从收音机里听到中央社的广播，贺惟忠慢慢地放下刚刚端起的水杯，仰靠在椅背上。收音机里的新闻节目早已结束，因民宅里荡漾着缠缠绵绵的歌声。可是贺惟忠耳边反复回响的，还是已经取代陈调元全面接管山东防务的韩复榘的名字。

不管是陈调元还是韩复榘，贺惟忠都不认识，也不可能认识。因为经常听文澄怀提及陈调元，贺惟忠对于陈调元这个名字早已不陌生。更重要的是，陈调元的警卫营副营长楚颖凯，元宵节期间带着陈调元的亲笔信到访瞻可园，贺惟忠曾经以二十里堡保安团副团长的身份参与了接待。贺惟忠事后才知道，楚颖凯到访瞻可园，并非如他所说的是了解烤烟在二十里堡的种植情况，唯一的目的是向文澄怀筹措军费。最终的结果是文澄怀答应提供10万银元，不过这10万银元迟迟没有汇出。

贺惟忠将双脚搭在办公桌的桌面上，仰躺在椅背上轻轻晃动着身体，脑海里渐渐浮现出楚颖凯黑黑的脸庞和浓浓的眉毛。可能是倾斜的幅度太大，椅子的两条后腿突然折断，贺惟忠冷不防跌落在地面上，后脑勺随即鼓起了一个大包。他双手按着椅子的前腿坐起身，双手扶着办公桌的桌面站起身，意外地看到院子里冲进了一队提着驳壳枪的年轻人。那队年轻人身着便衣，眉宇间透着杀气。

因民斋的斋门大开，三位年轻人站在办公室门口，同时将驳壳枪指向了贺惟忠。其中的一位年轻人从贺惟忠身上搜出手枪，挺直身子对着贺惟忠行了个军礼。贺惟忠正在疑惑间，楚颖凯意外地出现在因民斋。跟春节期间的全身戎装不同，眼前的楚颖凯一身细条纹西装，文雅得像医生或者教师。楚颖凯跟贺惟忠握了握手，脸色突然严肃起来。他看了看贺惟忠身后折断了后腿的椅子，对着攥着驳壳枪的三位年轻人说道："我不是叮嘱你们对贺团长一定要客气吗？这是怎么回事？"

三位年轻人也是满脸困惑，那位收缴了贺惟忠手枪的年轻人盯着贺惟忠说道："我们没有发生任何冲突啊。"

"和他们没关系。"

楚颖凯没再继续追问，他朝着三位年轻人摆了摆手，约着贺惟忠坐在长沙发上。贺惟忠不知道楚颖凯为什么突然现身二十里堡，也不知道二十里堡已经发生了什么。他和楚颖凯坐在一起，右手不时地揉揉后脑勺，神情倒是很平静。楚颖凯闭合斋门，倒了一杯白开水递给贺惟忠，说道："咱们是老朋友了，还是开门见山吧。进出二十里堡的道路已经被封锁，邮政分局也已经被控制。保安团的团丁被缴械后关进了保安团餐厅，他们如果没有过激行为，不会受到伤害。你如果不泄露我的真实身份，也是安全的。"

贺惟忠说了声"谢谢"，随后问道："你这次来到二十里堡……"

"你只要不走出南面的月亮门，可以享受充分的自由。"

楚颖凯摆了摆手，没让贺惟忠继续说下去。他站起身，敞开斋门，走出了因民斋。

庄季江同样被下了枪，他仰着脸站在院子里的葡萄架下，若无其事地望着头顶上方纵横交错的藤蔓。楚颖凯走到庄季江身后叫了声"庄团长"，友好地握了握手，随后走向了月亮门。贺惟忠走出因民斋，满脸沮丧地走到庄季江身边，后脑勺上的大包还是隐隐作痛。庄季江对着贺惟忠笑了笑，转过身望着东面不远处的月亮门。楚颖凯的身影刚刚消失在月亮门外，院子里十几名持枪的年轻人也离去了。庄季江再次对着贺惟忠笑了笑，问道："到底发生了什么事？"

贺惟忠摇了摇头。

"他们是些什么人？"

贺惟忠还是摇了摇头。

走出月亮门，肯定是危险的；继续站在院子里，也实在无聊。贺惟忠和庄季江相视一笑，不约而同地离开葡萄架，分别走进了因民斋和度义斋。断了后腿的椅子依然躺在办公桌前，茶几上的茶杯里依然冒着热气，贺惟忠侧着身子躺在长沙发上，感觉刚刚做了场白日梦。楚颖凯的不期而至，到底是为了什么？他手下的士兵为什么要着便衣呢？贺惟忠越想越困惑，索性什么也不想了。他到月亮门口看了看守候在外面的两位持枪的年轻人，热情地跟他们打了个招呼。两位年轻人一脸冷漠，他们什么也没说，只是抖了抖手中的驳壳枪。虽然知道生命不会有危险，贺惟忠还是对自己的处境不无忧虑。他没再返回因民宅，而是迈进了度义斋的门槛。他和庄季江面对面坐在会议桌的南北两侧，谁都没有说话。

到了午饭时间，院子里响起了脚步声。那脚步声先是在因民斋的斋门前消失了片刻，随后又回响在通往度义斋的甬道上。脚步声再次消失，度义斋的斋门便被推开了，一位右手提着食盒的年轻人出现在贺惟忠和庄季江面前。他将食盒放在会议桌上，对着贺惟忠和庄季江分别行了个军礼，说道："这些饭菜都是保安团原先的厨子做的，相信是两位长官爱吃的。"

庄季江说了声"谢谢"，随后问道："这是你们的长官要你送来的？"

"我现在的任务就是伺候好两位长官。"

"你们的长官叫什么名字？"

"我们有纪律，泄露长官的名字会被枪决的。"

庄季江打开食盒，将里面的饭菜拿出来摆在会议桌上，又从口袋里掏出五枚银元放进了食盒。

"长官,您这是……"

"没有别的意思。我们已经是你们的囚徒,还希望继续受到关照。听口音,你不是山东人。"

"长官真是好耳力,我是河北新安人。"

贺惟忠跟庄季江对视了一眼,也从口袋里掏出五枚银元放进食盒,望着站在会议桌旁的年轻人说道:"我们要是还能活下去,希望能跟你成为朋友。"

"长官不会有危险的。长官需要我做什么,尽管吩咐就是。"

年轻人从食盒里摸出那十枚银元,讪笑着装进口袋,退后了几步。贺惟忠和庄季江都没有食欲,仅仅夹了几筷子青菜就放下了筷子。那位年轻人微弓着腰走到会议桌旁边,双手交叉在腹部说道:"两位长官不会有任何危险的,放宽心好了。你们还是多吃点饭吧。我们的长官对两位长官特别优待,午饭后还要将两位长官带到一个叫什么苑的地方,据说那个地方……"

话还没说完,年轻人嘿嘿地笑了起来。

贺惟忠微微一愣,问道:"你所说的不会是芳菲苑吧?"

"我没听清楚叫什么苑,我只是听说里面有很多漂亮女人,有钱就可以……"

贺惟忠和庄季江先后点了点头。

年轻人将贺惟忠和庄季江吃剩的饭菜以及用过的碗筷装进食盒,先后对着贺惟忠和庄季江鞠了一躬,拎起食盒离开了度义斋。庄季江重新泡了一壶茶放在会议桌上,不无嘲讽地说道:"莫名其妙做了囚徒,又将莫名其妙地左拥右抱,今天的经历实在丰富多彩。"

"到芳菲苑寻欢作乐,肯定不会是痛苦的事情,但作为囚徒进入芳菲苑,恐怕就很难堪了。那个黄泓丽……"

"黄泓丽早已看惯云卷云舒了。"

庄季江话音未落,月亮门外响起了汽车的轰鸣声。一阵整齐的脚步声响过，六名提着驳壳枪的年轻人在度义斋门前整齐地排列在一起。庄季江对着贺惟忠点了点头，和贺惟忠一起走出了度义斋的斋门和度因院的月亮门。月亮门前停靠着一辆绿色敞篷汽车，车厢里同样站立着六名年轻人，只是他们的手中端着冲锋枪而已。贺惟忠和庄季江先后爬上敞篷汽车，随后被命令倒背着双手，面对挡板蹲在车厢里。提着驳壳枪的年轻人并没有上车，他们对着车厢里端着冲锋枪的年轻人摆了摆手，敞篷汽车随即发动了。

虽然知道自己将被押往芳菲苑，贺惟忠的心里还是产生了一丝恐惧。他和庄季江并排蹲在车厢里，从挡板的缝隙紧张地注视着车厢外的一切。他们谁都没有说话，只是偶尔交换一下目光。敞篷汽车辗转拐上达勒姆路，站立在车厢里的六名年轻人陆续收起冲锋枪，双手抓着车厢挡板跺了跺脚。芳菲苑的大门早已打开，黄泓丽独自站在舞厅门前的台阶上，长长的绿色纱巾在胸前轻轻抖动。敞篷汽车刚刚停在院内的大柳树下，黄泓丽便快步走到汽车的后挡板下面，仰望着蹲在车厢里的贺惟忠和庄季江。贺惟忠和庄季江的腿早就酸了，他们双手攀着车厢挡板站起身，无奈地对着黄泓丽摇了摇头。黄泓丽依然像往常一样热情，她跟庄季江和贺惟忠先后握了握手，说道："两位团长整天忙忙碌碌，实在应该好好歇歇了。"

贺惟忠和庄季江在六位年轻人的帮助下跳下车，双脚还是酸酸的。两队舞女手捧鲜花走出舞厅，呈八字形站立在舞厅门前的台阶上，笑脸像鲜花一样艳丽。贺惟忠和庄季江穿过舞女排成的夹道，听到舞厅内响起了管弦乐曲《蓝色多瑙河》的旋律。奥地利作曲家约翰·施特劳斯这首乐曲，贺惟忠几乎每次走进芳菲苑都能听到，但在莫名其妙地成了阶下囚的今天，再一次听到它，心里产生了一种难以言说的感动。他面对着庄季江和黄泓丽坐在舞池边的一处卡座上，静静地望着音乐台上的乐手。

黄泓丽挥了挥手，站立在舞厅门口的那两队舞女花枝招展地拥进舞池，在贺惟忠和庄季江面前排成了一队。贺惟忠跟大多数的舞女都熟悉，但又大都叫不出名字。他对着舞女们点了点头，明显失去了以前的自信。再次回到二十里堡，庄季江曾经到访过芳菲苑，也仅仅是到访而已。他面无表情地望着站在舞池里的那排舞女，意外地发现偌大的舞厅里竟然没有一位舞客！黄泓丽随着庄季江的目光环顾着沉寂的舞厅，将上身往庄季江身上靠了靠说道："芳菲苑也被封锁了，除了两位团长，没有其他客人。"

庄季江回头看了看坐在不远处的抱着冲锋枪的六位年轻人，问道："知道他们是哪部分的吗？"

"不知道。我也不允许离开芳菲苑。我看到斜对面的丹渊公司也被封锁了。"

"你见过他们的长官吗？"

"见倒是见过。将你们带到这里，就是他们的长官安排的。我总觉得他们的长官有些面熟……"

"你知道他们的长官叫什么名字吗？"

"不知道，他们谁都不说。"

贺惟忠倾听着黄泓丽和庄季江的对话，心里突然一阵紧张。元宵节期间楚颖凯莅临二十里堡，文澄怀曾经在芳菲苑举行过欢迎舞会。黄泓丽之所以没有记起楚颖凯的名字，也许是因为那时候的楚颖凯身着戎装，腰挂手枪，与现在的楚颖凯大相径庭；也许是因为出入芳菲苑的舞客太多，黄泓丽并没有特别留意楚颖凯。想到黄泓丽那双洞穿世事的眼睛，贺惟忠担心庄季江的谈话会激活黄泓丽的记忆。他站起身，将正对着自己的林伊萍拉到身边，对着庄季江说道："和这么多美人囚禁在一起，实在是非常幸福的事情。咱们何乐而不为呢？"

庄季江"啊啊"了两声，揽着黄泓丽步入了舞池。

因为贺惟忠和庄季江都有了舞伴，其他舞女们陆续离开舞池，三三两两地坐在卡座上。她们喝着饮料，吃着点心，对于悠闲的囚徒生活，似乎感到了欣慰。乐队正在演奏柴可夫斯基的《仍然像过去一样》，单调孤寂的旋律在舞厅里荡来荡去。黄泓丽将脸颊贴在庄季江耳边，说道："那么多的年轻舞女，你何不挑一个？她们的床上功夫也是一流的。我都是半老徐娘了。"

"我倒是对你更感兴趣。"

接连跳了几支曲子，贺惟忠和庄季江以及黄泓丽相继离开舞池，回到了原来的卡座。芳菲苑已被封锁，舞厅也禁止出入，黄泓丽只好陪着贺惟忠和庄季江海阔天空地闲聊。其他的舞女有的坐在卡座上，有的在舞厅内随意走动，谁都没有接近舞厅的房门。贺惟忠和庄季江、黄泓丽并没有太多的话说，他们不停地喝着酒或者果汁，最后都沉默了。黄泓丽对着乐队摆了摆手，乐手们随即离开音乐台，跟舞女们混在一起。

舞厅里没有了音乐声、歌声和笑声，不光是黄泓丽，即使贺惟忠和庄季江也有些失落。好容易熬到暮色降临，贺惟忠和庄季江吃了黄泓丽特意为他们准备的汉堡和牛排，都感到了疲倦。经过看管舞厅的六位年轻人允许，林伊萍陪着贺惟忠走进了莲香阁，邵佩珊陪着庄季江走进了菊英阁，其他舞女也跟着黄泓丽离开了舞厅。贺惟忠没有心思跟林伊萍睡一张床，更没有心思跟林伊萍调笑，林伊萍只好悻悻地离去了。

作为离开舞厅的交换条件，芳菲苑所有住人的房间都必须上锁。林伊萍刚刚回到走廊里，莲香阁的阁门便被锁上了。贺惟忠拉上窗帘，熄灭电灯，连衣服也没脱就倒在了床上。也许是因为过于紧张，也许是因为整个芳菲苑过于寂静，贺惟忠很快就睡着了。他一觉醒来，背靠着床头揉了揉发涩的眼睛，愣愣地望着透过窗帘缝隙的阳光。

莲香阁大约20平方米，分为卧室和起居室。卧室的北侧是个3平方米左右的卫生间，紧靠着卫生间的南墙是一排衣柜，衣柜南面摆放着一张双人床，双人床和南窗之间摆放着两把圈手椅。贺惟忠拉开卧室和起居室的窗帘，泡了一杯茶放在起居室的茶几上，突然听到了杂乱而又慌张的脚步声。伴随着脚步声响起的，便是铁锤敲击门锁的声音。贺惟忠不知道又发生了什么事情，他双手扶着门框站在卧室门口，紧张地谛听着阁门外的动静。又是几声敲击门锁的声音响过，阁门开了。程铭淮冲进莲香阁，对着贺惟忠说道："他们都走了，神不知鬼不觉地消失了。"

贺惟忠突然间放松了，他接连喝了几口茶水，跟着程铭淮走出了莲香阁。庄季江、黄泓丽、邵佩珊、林伊萍以及大多数的舞女都站在走廊里，地面上散落着十几把铁锁。程铭淮带来的十几名保安团团丁跟舞女们混杂在一起，他们一会儿看看庄季江和贺惟忠，一会儿又看看围绕在身边的舞女，局促不安而又兴奋不已。林伊萍将莲香阁门前的铁锁用力踢了一脚，大声问道："他们是什么时候走的？怎么一点声音也没有？"

长时间的窃窃私语过后，走廊里安静了下来。林伊萍又抬起右脚踢了踢莲香阁的阁门，再次大声问道："是不是昨晚的饭菜里有蒙汗药？不然我们怎么那么疲惫？不然我们怎么会听不到他们离去的声响？"

因为没法回答林伊萍的疑问，庄季江和贺惟忠谁都没有说话，只是不时地将目光投向程铭淮。伴随着再次响起的窃窃私语，黄泓丽匆匆忙忙地跑出走廊，又匆匆忙忙地回到了贺惟忠和庄季江面前。她左手顶在腰间，右手拢着头发说道："那群杂种不光带走了保险柜，还带走了舞厅里的大多数乐器。"

走廊里"啊"了一声，随即喧嚣不已。贺惟忠和庄季江交流了一下目光，随后将目光移向了黄泓丽。黄泓丽叹息着转过身，带着贺惟忠和庄季江走进了梅韵阁。梅韵阁里一切如旧，只是靠近东南角的地方出现了一块长方形的灰尘图案，那里显然就是曾经存放保险柜的地方。贺惟忠和庄季江没在梅韵阁驻足，也没有再次走进舞厅，他们在黄泓丽的目送下走出芳菲苑，并肩站在达勒姆路上。

达勒姆路东侧平铺着一道浓重的阴影，东南面的丹渊公司大门紧闭，但门前的车轮印痕异常清晰。庄季江没有走向周振武驾驶的三轮摩托车，而是沿着达勒姆路西侧向北走去。贺惟忠愣愣地望着庄季江孤独的身影，快步走向摩托车，皱着眉头坐在周振武身后。摩托车追上庄季江，慢慢地停在路边。庄季江对着贺惟忠摆了摆手，说道："你先回保安团看看吧，我随便走走。"

贺惟忠答应了一声，摩托车随即拐上车站二街，驶进了保安团大门。在大门前值勤的团丁垂头丧气，院内的甬道上出现了数不清的杂乱的脚印。贺惟忠瞥了一眼关押过保安团团丁的餐厅，但没有走向餐厅的欲望。他在度因院的月亮门前下了车，匆匆忙忙地走进因民斋，长长地吸了一口气。因民斋还保持着昨天离开时的样子，即使办公桌上的水杯也没有移动位置，只是里面的茶水已经变了颜色。贺惟忠掏出钥匙打开中间的抽屉，看到里面并没有翻动过的痕迹，一直悬着的心终于放下了。他离开因民斋，悠闲地走到度义斋门前，心跳突然加速了。

度义斋一片狼藉，不光会议桌四周的椅子倒了好几把，办公室门前还散落着几份文件。贺惟忠抬起右脚略一踌躇，又退回到院子里。他叹息着走出月亮门，叫住了恰巧从月亮门前经过的两名保安团团丁。其中的一名团丁对着贺惟忠行了个军礼，争吵似的说道："我们昨晚喝的小米稀饭中肯定被下了蒙汗药，不然，他们发动汽车的声音怎么都听不到？那些人突然封锁二十里堡，到底是为了什么？"

"而且还持有那么先进的武器。"

另一名团丁补充道。

贺惟忠分别拍了拍他们的肩头，说道："真相总会大白的。从现在起，你们俩就守候在月亮门前，庄团长回到度因院之前，不准任何人走进度因院。"

那两名团丁答应了一声，同时挺起了胸膛。贺惟忠在他们的注视下对着北面的警卫室挥了挥手，心事重重地走向了停在月亮门对面的三轮摩托车。因民斋完好无损，度义斋一片狼藉，这一对比实在太强烈了。贺惟忠知道楚颖凯对自己网开一面，可是这一面，却将自己置于了尴尬境地。贺惟忠刚刚坐进摩托车的车斗，在警卫室休息的周振武匆忙跑到月亮门对面，双手攥着车把跨上了摩托车。摩托车驶出保安团大门，再次出现在车站二街和达勒姆路形成的丁字路口。贺惟忠下了车，逐一探访了第一复烤厂附近的几处店铺，最后来到火车站广场的合欢树下。火车站广场依然吵吵闹闹，楚颖凯带领的那群年轻人好像没有出现过一样。贺惟忠让周振武在树下休息，自己先是到候车室看了看，随后推开了聚贤馆的房门。

正如贺惟忠所预料的，庄季江独自坐在聚贤馆靠近柜台的方桌旁，愣愣地望着面向车站路的窗玻璃。他对着贺惟忠笑了笑，抬起右手指了指自己对面的凳子。贺惟忠回过头看了看骑在摩托车上的周振武，径直走到柜台前要了碗炒肝，随后坐在了庄季江对面。庄季江面前的炒肝还冒着热气，看来刚刚端上来。他舀了一匙子炒肝放进嘴里，慢慢咀嚼着说道："你不是回保安团了吗，怎么到这里来了？"

贺惟忠双手搭在桌面上，盯着庄季江说道："度义斋一片狼藉，因民斋却安然无恙。"

庄季江点了点头，又舀了一匙子炒肝放进嘴里。

庄季江脸上并没有出现紧张的神情，仿佛度义斋被洗劫是一件与他无关的事情。贺惟忠从庄季江脸上移开目光，心里有了一丝欣慰，随即又产生了一丝不安。庄季江的平静，仅仅是因为度义斋里没有怕人的东西吗？如果那平静是刻意装出来的，又说明了什么？庄季江吃完炒肝，将碗移到靠墙的一侧，说道："对于那群不速之客的突然出现又突然消失，我百思不得其解。二十里堡的市面没有受到影响，也算是万幸了。"

庄季江依然没有提及被洗劫的度义斋，他拿过一把暖瓶往自己的碗里倒了一些水，随手将暖瓶放在方桌上。段裕征用托盘端着一碗炒肝放到贺惟忠面前，紧张地注视着庄季江。庄季江没有理睬段裕征，他重新坐在凳子上，默默地望着贺惟忠碗里的炒肝。袅袅娜娜的雾气在贺惟忠面前慢慢升腾着，庄季江的形象似乎也时而清晰时而模糊。贺惟忠在忐忑不安中吃光炒肝，站起身说道："摩托车就停在火车站广场，你坐上它，回保安团看看吧。"

"也好。"

庄季江没再拒绝，他在贺惟忠的陪伴下走出聚贤馆，独自走向停靠在合欢树下的摩托车。摩托车载着庄季江向北消失在人群中，贺惟忠转身回到聚贤馆，对着段裕征使了个眼色。段裕征向厨房探了探头，攥着一块抹布走到贺惟忠身边，一边擦着桌子一边小声说道："他来到聚贤馆，一直坐在方桌旁发呆。他以前来聚贤馆，总愿意靠近窗子用餐，今天却躲在了最里面。"

贺惟忠从口袋里掏出一枚银元扔到柜台上，说道："他每次来聚贤馆，你都要尽快告诉我，尤其是他在这里遇到过什么人。你要清楚，他虽然是团长，但不可能永远待在二十里堡；我虽然是副团长，但不可能离开二十里堡。"

段裕征从柜台上捡起那枚银元，说道："这些道理您不说我也懂。要是没有您的庇护，我怎么会有今天？我如果有做的不妥的地方，还请您当面指教。"

"言重了，言重了。"

贺惟忠对着段裕征摆了摆手，头也不回地走出聚贤馆，沿着车站路向南走去。车站围墙的豁口附近摆着几个地摊，几乎所有的摊主都仰着头望着行人，期待能够得到行人的青睐。贺惟忠经过那几个地摊时一直低着头，但眼睛的余光始终没有离开围墙的豁口。从车站路拐上车站二街，贺惟忠意外地遇到了吉尔伯特。吉尔伯特同样满腹心事，他仰着脸站在第一复烤厂大门西侧的一棵刺槐树下，眼睛微眯着。贺惟忠走到吉尔伯特身边叫了一声"吉尔伯特先生"，脸上的笑容就像绽放的花朵。

吉尔伯特"啊啊"了两声，随后问道："见到文老板了？"

贺惟忠愣了愣，问道："文老板怎么了？"

"你快到瞻可园看看吧。文老板昨晚被那群绑匪囚禁在斐菲寺，刚刚回家。绑匪突然出现在二十里堡的目的是什么？他们不可能仅仅为了芳菲苑的保险柜吧？"

"相信真相很快就会水落石出的。"

贺惟忠不愿意跟吉尔伯特过多交谈，他快步走到达勒姆路路口，犹犹豫豫地停下了脚步。跟丹渊公司一样，芳菲苑的大门也闭上了，熙熙攘攘的街道上透着凄冷。贺惟忠拦住一辆黄包车，双手扶着扶手仰靠在车厢里，静静地感受着车身的颤动。遵照贺惟忠的要求，黄包车夫没有急着赶路，而是缓慢而又平稳地向东挪动着脚步。对于楚颖凯在二十里堡的突然出现，贺惟忠一直大惑不解。文澄怀的被囚禁，似乎让贺惟忠找到了问题的关键。他仰望着街道上方已经长出新叶的刺槐树，刚刚过去的一切不停地闪现在脑海里。

黄包车沿着车站二街继续东行，穿过车站东路来到了潍安汽车路路口。潍安汽车路上行人稀疏，驴车、马车和汽车倒是川流不息，随风飘散的尘土犹如黄色烟雾。贺惟忠在斐非寺的照壁东侧下了车，付了车费，慢慢地走向了天王殿。天王殿的门槛已被拆除，几个小和尚正在清扫天王殿和大雄宝殿之间的南北甬道。贺惟忠绕过西面的凉亭走到面对着松林和钟楼的方丈室门前，心里又一次充满了困惑。除了南北甬道上突然增加的大量垃圾，斐非寺跟往常并没有不同。贺惟忠推开院墙的篱笆门，还没走到方丈室门前，方丈室的房门便开了。澄明法师迈出门槛，对着贺惟忠双手合十，说道："贺团长很长时间没有莅临寒寺了。大驾光临，莫非是因为那群匪徒？"

"澄明法师果然是高人。"

方丈室面南背北，一共三间。当门里被用做了接待室，东间被用做了卧室，西间被用做了书房。贺惟忠跟随澄明法师走进书房，背对着南窗坐在书案西侧的椅子上。澄明法师泡了一杯茶交给贺惟忠，坐在书案前合上《妙法莲华经》，左手的手指轻叩着封面说道："藏经楼是他们的临时司令部，文澄怀就关在藏经楼的地下室。"

藏经楼竟然还有地下室，贺惟忠颇感意外。他将茶杯放在书案上，尽可能平静地问道："他们为什么要关押文澄怀？"

"不清楚。除了那群匪徒，其他人无法接近藏经楼。"

"当时你在哪里？"

"我就被软禁在这个小院子里。"

"他们是什么时候离开的斐非寺？"

"不清楚。晚饭后我极度疲惫，早早地睡了。"

"你是什么时候发现的文澄怀？"

"早上醒来以后。事前我并不知道文澄怀关在藏经楼的地下室。"

"你知道那群匪徒的头领叫什么名字吗？"

"不知道。我一直被囚禁在这个小院子里，并没有接触他们的头领。"

贺惟忠没再继续追问，也没有踏访藏经楼的地下室，他在澄明法师的目送下走出斐非寺，伴随着匆匆驶过的驴车、马车和汽车向北走去。斐非寺和瞻可园之间的田野透着隐隐的绿色，瞻可园门前的车站一街上洒落着耀眼的阳光。贺惟忠从潍安汽车路向东拐上车站一街，走到瞻可园的园门前拍了拍门上的铜环。园门慢慢开启，担任门卫的一名保安团团丁探出头看了看贺惟忠，小声说道："文老板刚回来，现在槐樱草堂。两位太太和少爷在槐樱草堂等了一夜。"

贺惟忠什么话也没说，只是转动了一下眼珠。他侧着身子穿过门缝，从暗香桥的北桥堍折而向东，踏上了槐樱草堂门前的甬道。槐樱草堂房门紧闭，里面鸦雀无声。贺惟忠敲了敲门，随后将房门推开了。草堂南面的窗子都没有拉窗帘，房间里的光线非常明亮。文澄怀坐在斜对着房门的长沙发上，陈静楠和夏美云分别坐在长沙发两侧的单人沙发上，只有文笃修站在南窗下俯视着自己的影子。贺惟忠对着文澄怀叫了一声"文老板"，又对着陈静楠、夏美云和文笃修分别叫了声"二太太""三太太"和"少爷"。

文澄怀对着贺惟忠招了招手，但没有起身。陈静楠和夏美云对着贺惟忠勉强挤出一丝笑意，同时站起身，回望着文笃修走向了房门。文笃修并没有看到陈静楠和夏美云的目光，但也跟在她们身后离开了槐樱草堂。贺惟忠坐到夏美云刚才坐过的单人沙发上，侧着身子面向文澄怀，说道："保安团被缴了械，我也被软禁了。他们没难为您吧？"

文澄怀长叹一声，仰靠在沙发背上说道："天下熙熙，皆为利来。天下攘攘，皆为利往。陈调元要离开山东了，临行前派楚颖凯强索那10万

175

元军饷。"

"您……"

"现在的中国武夫当道，只好如此了。我在二十里堡生活了这么多年，从未听说斐菲寺的藏经楼内还有一间设施齐全的地下室。楚颖凯又是怎么知道的呢？真是咄咄怪事。"

文澄怀的疑问也正是贺惟忠的疑问，因为找不到答案，都沉默了。楚颖凯突然出现在二十里堡的目的和动机得到了证实，贺惟忠如释重负。他轻轻地活动了活动身体，依旧侧着身子说道："陈调元是蒋介石的部属。他的离去，是否意味着蒋介石准备放弃山东？"

"蒋介石怎么可能放弃山东？代替陈调元担负山东防务的韩复榘，也是蒋介石的部属。楚颖凯告诉我说，凭借陈调元的实力，根本无法阻止阎锡山囊括山东。陈调元主动将山东的防务交给韩复榘，完全基于陈调元的政治智慧。我之所以兑现了被迫做出的承诺，并不是害怕楚颖凯带来的那些人，主要是还不想中断跟陈调元的联系。蒋介石、冯玉祥、阎锡山、张学良和李宗仁合纵连横，政局很不明朗。"

"您是说……"

"好戏还在后头呢。"

文澄怀微微一笑，脸上流露出倦怠的神色。贺惟忠沉默了片刻，吞吞吐吐地说道："庄季江就任保安团团长后，根本没有什么作为。他大多数时间都在办公室里读书，很少外出。所谓的外出，就是独自在镇区内闲逛，或者偶尔到芳菲苑要上一杯咖啡，静静地坐在角落里欣赏音乐。他回到二十里堡，难道赋有特殊使命？"

"他如果真的赋有特殊使命，也不过是服务于即将爆发的战争。袭击庄季江的凶手找到了吗？"

"还在查找。"

文澄怀的脸上再次流露出倦怠的神色，他站起身，接连打了两个哈欠，眼睛快睁不开了。贺惟忠没法再说什么，只好讪讪地走出槐樱草堂，拖着长长的身影走向瞻可园的园门。瞻可园南面的旷野除了若有若无的绿色，便是一群轰然飞起又轰然落下的小鸟。小鸟们不停地抖动翅膀，阳光也像虞河的水面一样荡起层层涟漪。贺惟忠沿着车站一街穿过潍安汽车路，思维再次回到庄季江以及楚颖凯身上。

　　车站一街和潍安汽车路形成的十字路口西北面的那几座烤烟房，完全浸泡在阳光里，斑驳的墙皮和烟囱上的枯草格外清晰。贺惟忠没有直接赶往保安团，而是从车站一街向北拐上通往那几座烤烟房的小路，踏着新生的杂草在几座烤烟房之间踱来踱去。烤烟房遮住了阳光，烤烟房之间的小路上有些阴冷。贺惟忠将双手插进口袋，挺直身子仰望着烤烟房上方晴朗的天空，接连打了几个喷嚏。最西面的两座烤烟房中间生长着一棵粗大的小叶朴树，树下的地面上平铺着几片还没有完全腐烂的树叶。那几片树叶的叶脉向上翘着，不知是在羡慕新生的嫩叶，还是在做着重新回到树枝的美梦。贺惟忠抬起右脚对着树东侧一块凹凸不平的大青石踢了一脚，满腹惆怅地回到车站一街，迈开脚步走进保安团大门。

　　南北甬道上没有一个人影，只有周振武坐在警卫室里静静地看着报纸。贺惟忠拖着长长的身影拐进度因院，发现度义斋的斋门已经闭合。他敲了敲度义斋的斋门，还没等里面传出声音就把门推开了。一度狼藉的地面已经清扫过了，有的地方还残存着水渍。不管是会议桌还是椅子，都摆放得整整齐齐。办公室的房门大开着，庄季江坐在办公桌前翻阅着一册乾隆年间修订的《潍县志》，脸上的神情安静而又祥和，仿佛楚颖凯根本就没有出现过。贺惟忠走到庄季江的办公桌前，摇了摇头说道："过去的一天，简直就是一场梦。"

　　"比梦要好。"

　　庄季江合上《潍县志》，和贺惟忠一起坐到靠近北窗的长沙发上。他举起双手用力抻了抻，呼吸之间，略显倦意。贺惟忠往沙发扶手上靠了靠，侧着身子说道："那群匪徒不期而至又倏忽而逝，好像虞河里突然落进了石块。虽然浪花四溅，但很快便无声无息。我四处转了转，除了芳菲苑，没听到其他商铺或者居民遭受损失。那群匪徒到底为何而来？"

"既然二十里堡没有遭受大的损失，咱们也就没必要为那群绑匪伤脑筋了。昨天发生的一切，或许是我们的幻觉。"

"但愿如此。"

贺惟忠叹息了一声，没再说下去。他右臂撑着沙发扶手，不时地将目光投向庄季江。刚到二十里堡就差点死于非命，庄季江丝毫没有过激的表现；度义斋遭到了洗劫，庄季江还是镇静自若。他真正关心的到底是什么？想到这里，贺惟忠再次感受到空前的压力。他原本想问问度义斋被洗劫的情况，踌躇再三，最终放弃了。庄季江不说话，贺惟忠无话可说，时间好像凝结了。

听到清晰的脚步声回响在院子里，贺惟忠和庄季江都表现出刚刚醒来的样子。他们相继坐直身子，彼此对视了一眼。轻轻的敲门声响过，程铭淮走到了庄季江和贺惟忠面前。他对着庄季江和贺惟忠行了个军礼，随即向后招了招手。身着英美烟公司制服的陶明礼快步走到程铭淮身边，对着庄季江和贺惟忠鞠了一躬，说道："吉尔伯特先生要求我来保安团接受短期军训，希望两位长官能够接纳。"

庄季江没想到陶明礼会身着英美烟公司制服出现在保安团，他拽了拽陶明礼的衣袖，指着身边的单人沙发说道："先坐下，先坐下。"

陶明礼刚刚坐在沙发上，程铭淮便将捏在手里的一个信封递给庄季江，偷偷地瞥了一眼贺惟忠说道："这是明礼带来的一封信，是吉尔伯特亲自署名的。明礼现在是英美烟公司的保安了。"

信封没有封口。庄季江掏出信纸看了看，随手递给了贺惟忠。贺惟忠左手捧着信纸，愣愣地看着信纸上的字迹。除了陶明礼刚才提出的要求和吉尔伯特歪歪扭扭的汉字签名，信纸上还有几句客套话。不管是信纸还是信纸上的内容，都很普通，贺惟忠感兴趣的是信纸上吉尔伯特签名之外的娟秀的字迹。他将信纸还给庄季江，随后又将身子往沙发后背上靠了靠，斜睨着陶明礼问道："这封信是谁替吉尔伯特先生起草的？"

"陈小姐，就是丹渊公司文老板的二太太。"

庄季江将贺惟忠还给自己的信纸装进信封，离开长沙发走到了办公桌前。他将装有信纸的信封放到办公桌上，对着随后走到办公桌对面的程铭淮说道："所谓的军训，无非就是体能训练。对于明礼来说，体能训练当然是必要的，但射击训练更重要。你可给他配备一名神枪手。"

"好的。"

程铭淮答应了一声，再次偷偷地瞥了一眼贺惟忠。贺惟忠没有理睬程铭淮，他移到庄季江刚才坐过的位置上，将身体侧向陶明礼，说道："你不愿意到保安团当兵，怎么到英美烟公司当保安了？当保安跟当兵，还有很大区别吗？"

"我没想到英美烟公司会聘用我，更没想到会成为保安。"

"你是说……"

"是吉尔伯特先生要求我当保安的。"

庄季江一愣，随口问道："是给吉尔伯特先生当保安？"

"不清楚。"

陶明礼摇了摇头。

面对着陶明礼，庄季江又一次想到了重返二十里堡的那个夜晚，想到了自己失而复得的生命。挟持自己的那两名刺客显然早就在火车上，难道他们早就知道了我抵达二十里堡的准确时间？是谁指使他们伤害我的？从离开二十里堡到再次回到二十里堡，整整隔了八九年时间，谁还会认识自己呢？庄季江经常思考这些问题，但思考的结果，始终是一片混沌。他曾经多次想到贺惟忠，但又多次予以否决，因为掌握自己行程的人不止贺惟忠一个。

虽然加害自己的人尚未明确，救命恩人却是不容置疑的。庄季江没有专程向陶明礼表示谢意，甚至没有主动找寻他，并不是因为忘记了陶明礼的救命之恩，而是不想给陶明礼制造麻烦。谋害自己的凶手很可能就生活在二十里堡，说不定还在密切监视着自己，他们的最终目的到底是为了什么呢？杀死自己，他们又能得到什么呢？庄季江从办公桌上拿起刚才放下的信封，对着陶明礼抖了抖说道："你可以转告吉尔伯特先生，保安团原本就是为英美烟公司服务的，你在保安团，将始终感受到友好。"

"即使仅仅作为庄团长的救命恩人，你在保安团也会受到友好接待。"贺惟忠补充道。

陶明礼没有更多的话说，他向庄季江和贺惟忠表达完谢意，起身走出度义斋，站在院子里的葡萄架下。程铭淮给庄季江和贺惟忠每人泡了一杯茶，然后谦恭地退出度义斋，走到陶明礼身边。贺惟忠站起身，望了望陶明礼和程铭淮走向月亮门的背影，俯视着坐在办公桌前的庄季江说道："因为那群匪徒的到来，吉尔伯特也害怕了。"

"从道光年间直至现在，有多少外国人进入了中国，受到伤害的又有几人？寥若晨星。如果吉尔伯特真的害怕，那就是杞人忧天了。"

贺惟忠张了张嘴，但没有发出任何声音。他告别庄季江走出度义斋，没有走进属于自己的因民斋，而是直接走向了东面的月亮门。南北甬道上阳光灿烂，汽车轮胎留下的痕迹越发清晰。贺惟忠循着或浅或深的轮胎痕迹走出保安团大门，茫然地望着横亘在门前的车站一街。行人和车辆不时地从潍安汽车路拐上车站一街，贺惟忠眼前不时地泛起阵阵尘雾。尘雾时浓时淡，瞻可园和烤烟房时而清晰时而模糊。

车站一街和铁路交会处的西北角有两间废弃的扳道房，三年前被薛宗汾购得，并进行了修缮。扳道房坐西朝东，房前有一块很小的菜地，菜地里种着大蒜。贺惟忠走到扳道房西面的路基上，意外地发现枕木的空隙里散落着崭新的玻璃碎片，较大一些的碎片上带有青岛啤酒商标。对于生活在二十里堡的大多数人来说，啤酒还是稀罕物，即使喝了啤酒，也不可能舍得将啤酒瓶摔碎。贺惟忠突然意识到了什么，他四处张望着走到扳道房门前，还没敲门，房门就开了。薛宗汾问清楚贺惟忠的来意，便将贺惟忠请进扳道房，说道："昨天凌晨，三个年轻人突然出现在这间屋子，并将我控制了起来。他们身上都有枪。他们是今天凌晨离去的，临行前还将啤酒瓶在铁轨上摔碎了。"

"知道他们是从哪里来的吗？"

薛宗汾摇了摇头，说道："不清楚。他们要我帮他们到聚贤馆叫的饭菜，那几瓶啤酒也是我从聚贤馆带来的。"

"他们都谈了些什么？"

"他们都是外地口音，其中的一个好像说，他们很难再回山东了。他们并没有伤害我，走的时候也是客客气气的。贺团长，他们是些什么人，为什么要来二十里堡？"

贺惟忠没有回答薛宗汾的问话，而是转身走出扳道房，向东踏上了车站路。位于车站路和车站一街交汇处的熙春医院大开着院门，文笃修和阿格尼丝并肩站在院门口，向南张望着。贺惟忠快步走到他们面前，随即寒暄了几句。昨天出现的楚颖凯及其同伙并没有闯入熙春医院，但阿格尼丝还是表现出某种程度的恐慌。贺惟忠故作匆忙地拦住一辆黄包车，侧身坐进车厢，对着文笃修和阿格尼丝摆了摆手。黄包车夫询问目的地，贺惟忠随口说出了斐非寺。

"斐非寺？为什么要到斐非寺？"

对于自己的回答，贺惟忠充满了疑惑。黄包车驶过火车站广场拐上车站二街，很快来到达勒姆路路口。贺惟忠没让黄包车夫继续东行，而是指挥他拐上达勒姆路，停在芳菲苑门前。芳菲苑的大门半掩着，里面传出了隐隐约约的音乐声。贺惟忠下了车，付了车费，直接走向舞厅北面的梅韵阁。梅韵阁紧闭着阁门，里面有低低的说话声。贺惟忠敲了敲阁门，随即将阁门推开了。吉尔伯特和黄泓丽面对面坐在办公桌的东西两侧，似乎有些拘谨。贺惟忠颇感意外，脸上顿时流露出尴尬的神情。吉尔伯特对着贺惟忠点了点头，双臂撑在办公桌上问道："你见到陶明礼了？"

"见到了。他将在保安团接受严格训练，教授他射击的，是保安团最优秀的射手。"

吉尔伯特再次点了点头，沉默了。

梅韵阁显然清扫过了，那个不翼而飞的保险柜留下的痕迹也不见了。贺惟忠不愿意打搅吉尔伯特和黄泓丽的谈话，讪讪地退出了梅韵阁。黄泓丽不知道贺惟忠为什么突然出现在芳菲苑，也没有询问，她跟吉尔伯特低语了一声，带着贺惟忠绕到莲香阁门前，敲了敲阁门。轻轻的脚步声响过，林伊萍出现在阁门口。她抬起右手理了理头发，悄悄地瞥了一眼贺惟忠身后的黄泓丽。贺惟忠在熙春医院门前乘坐黄包车的时候，并没有明确的目的地。他在前往斐非寺的路上突然改道芳菲苑，或许只是想了解一下发生在芳菲苑的未知情况。黄泓丽将贺惟忠带到莲香阁，有意无意地点明了贺惟忠内心深处的渴望。林伊萍的眼睛里透出一丝羞涩，她低下头拽了拽贺惟忠的衣袖，慢慢地转过了身。

　　昨天晚上是以囚徒的身份出现在芳菲苑的，贺惟忠并没有特别留意林伊萍，只是感觉她身材高挑，眼睛特别有神。离开芳菲苑重获自由之后，贺惟忠眼前竟然不时地出现林伊萍的身影，赶也赶不走。他对着黄泓丽笑了笑，故作平静地走进莲香阁，坐在靠近南窗的圈手椅上。林伊萍披着浅蓝色的薄呢大衣，大衣下摆跟绣花拖鞋之间是裸露的双腿。她送走黄泓丽，关闭阁门，在贺惟忠的注视下走进了卧室。

　　窸窸窣窣的声音响过，林伊萍微笑着站在贺惟忠面前，扭动了一下身躯。贺惟忠望着林伊萍身上暗红色的旗袍和隆起的胸部，不知不觉地站起了身。林伊萍蜷起双手抵着下巴，略微侧着头，但眼睛始终盯着贺惟忠。贺惟忠伸出右手将林伊萍揽在怀里，闭上眼睛亲吻着林伊萍的脖颈和鬓发。林伊萍明显地感受到贺惟忠急促的呼吸，但身体依然一动不动，只是嘴角流露出并不明显的笑意。贺惟忠双手捧起林伊萍的脸颊，盯着林伊萍的眼睛说道："你对我不感兴趣？"

　　"贺团长能够出现在莲香阁，我自然深感荣幸。因为有了昨天的经历，我感觉贺团长跟我们这些靠身体迎合男人的舞女一样无助。昨天下午以及晚上的您，恐怕将永远留在我的记忆中了。"

　　贺惟忠愣了愣，悻悻地放开了林伊萍。

# 十

雨还在下着,天地间白茫茫一片。斐非寺的大雄宝殿时隐时现,瞻可园内的槐樱草堂也不再清晰了。文澄怀独自站在此君斋的南窗下,脸色像阴沉的天空。雨点不时地击打着窗玻璃,玻璃上的水流不时地变换着形状。文澄怀用右手的食指在玻璃上写了个"陈"字,随后写了个"韩"字,最后写了个"蒋"字。他怅怅地回到书桌前,倒在椅子上。

书桌上摊放着一摞报纸,不管是《申报》《大公报》还是《字林西报》,占据主要版面的都是蒋介石、阎锡山、冯玉祥、李宗仁、张学良以及汪精卫。所报道的内容也都大同小异,譬如"阎锡山在太原就任中华民国陆海空军总司令",譬如"南京国务会议议决免去阎锡山本兼各职并明令通缉",譬如"阎锡山畀冯玉祥以指挥前线各军全责",譬如"蒋介石以总司令名义通电全国将士讨伐阎冯"等等。文澄怀最关心的,是大公报刊发的如下消息:"阎锡山委石友三兼山东省政府主席,率部由豫东进攻山东……"

望着报纸上的"山东省政府主席",文澄怀又一次想到了楚颖凯。陈调元刚刚被蒋介石委任为山东省政府主席,就派楚颖凯莅临二十里堡筹措军费。楚颖凯开口 10 万银元,文澄怀也没有拒绝。山东省政府主席以前叫山东巡抚、山东督军或者督办山东军务。名称走马灯似的变换,人员也走马灯似的变换。跟他们打过太多的交道,文澄怀学会了拖字诀。他满以为这次又能拖过去了,没想到陈调元竟会在移防之前要求文澄怀兑现承诺,而且以武力相挟持。

窗外的雨柱变成了雨丝,最后变成了一团雾。文澄怀熄灭台灯,右手的五个手指轮流敲击着桌面,慢慢地闭上了眼睛。虽然文澄怀告知贺惟忠自己损失了10万银元,楚颖凯真正带走的,只是5万5千银元,其中包括贿赂楚颖凯的5千银元。这么多年来,不管谁来跟文澄怀商量军费,文澄怀总是能拖就拖,实在拖不过去,总是通过贿赂来减少损失。对那些接受贿赂的人,文澄怀也没有表现出蔑视,反而是感激。

"陈调元还未走,韩复榘和石友三就结伴来了……"

文澄怀自言自语道,嘴角流露出一丝嘲讽和一丝无奈。

隔壁的待月轩突然传出了丁耀亢的传奇《化人游》中西施的唱段:"绾青霞路,接丹山岛,莲鹜凌波窈。云裳羽叶飘,天上人间,是处情根照。青鸟隔重霄,武陵何日回仙棹?"夏美云的声音悲悲切切,像摇曳的丝线。文澄怀敞开此君斋的斋门,敲了敲待月轩的轩门,随后将轩门推开了。待月轩内弥漫着夏奈尔5号香水的芳香,夏美云头枕着沙发扶手斜躺在长沙发上,一只乳房裸露在睡衣外面。她恍恍惚惚地站起身,走到文澄怀身后关闭轩门,依偎在文澄怀身上。文澄怀拍了拍夏美云的脸颊,问道:"刚起床?"

夏美云拢了拢头发,说道:"文笃修在晚钟斋写书,陈静楠在涵虚轩读书,只有我闲得无聊……你又不陪我。"

文澄怀长叹一声,说道:"我也有我的事啊!"

"你们都有事,就是我没事!"

夏美云生气了。

夏美云的生气更是一种撒娇。文澄怀看到夏美云生气的样子,感受到的反而是舒心和快乐。他揽着夏美云坐到长沙发上,抚摸着她的头发说道:"静楠怎么没去英美烟公司?"

夏美云瞅了文澄怀一眼,说道:"你搂着我却想着静楠。今天不是星期天吗？"

文澄怀再次拍了拍夏美云的脸颊，说道："你最近不是一直跟着静楠和笃修学英文吗？有进步吗？"

夏美云站起身坐到文澄怀的双腿上，亲吻着文澄怀说道："我一个唱戏的，能有多大进步？仅仅学会了几个单词。笃修是博士，静楠是大学生。我的本领就是陪着你取乐……你能跟沈漱芳生孩子，怎么跟我和静楠就不行了？笃修真是你的吗？"

"你说呢？"

第一次听到夏美云提及此类问题，文澄怀曾经勃然大怒，连续十几天没进入待月轩。后来夏美云反复提及，文澄怀也就一笑了之了。不光没再发怒，反而感受到了某种乐趣。夏美云解开睡衣的带子将胸部贴到文澄怀脸上，说道："笃修和阿格尼丝青梅竹马，你怎么还不给他们操办婚事？阿格尼丝跟笃修结了婚，也就可以住在瞻可园了。"

"阿格尼丝是英国人，笃修是美国留学生。他们有他们的生活，咱们无需操心。"

"笃修整天心事重重的，在晚钟斋一待就是一上午或者一下午，见了我和静楠，有时候竟然像遇到了路人。"

"他的世界你进入不了。"

夏美云似乎受到了侮辱，她猛然站起身，胸部、腹部以及双腿全部裸露了。文澄怀饶有兴趣地看着满脸愠色的夏美云，不禁哈哈大笑。夏美云抬起右手指着文澄怀，颤抖着手指说道："你……你……你直到现在依然将我当成戏子。戏子怎么了？戏子就意味着下贱？意味着愚蠢？你当初将我骗到手，不就是因为我是戏子？"

也许是夏美云说话的声音太大，文澄怀和夏美云都没有听到敲门声。他们愣愣地望着站在轩门口的陈静楠，不免有些慌乱。陈静楠看到夏美云裸露的胸部、腹部以及双腿，脸颊倏地红了。她转过身刚要离去，随即被夏美云拽到文澄怀身边。夏美云微笑着关闭轩门，袅袅娜娜地走到陈静楠和文澄怀面前,一边系着衣襟一边对着陈静楠说道:"我不就是光着身子吗,有什么不好意思的?你又不是没在他面前光过身子。"

在文澄怀面前再一次看到夏美云裸露的身体,陈静楠还是非常窘迫。她瞥了一眼同样非常窘迫的文澄怀,贴在夏美云耳畔小声说道:"雨停了。咱们出去走走吧。"

"雨停了?"

夏美云反问了一句,脸上的愠色顿时变成了笑容。她到卧室里换上长裤、毛衣和外套,跟在陈静楠身后走出了待月轩。待月轩的轩门轻轻闭合,走廊里随即响起咻咻的笑声,笑声过后,便是平剧《鸳鸯冢》的选段:"对镜容光惊瘦减,万恨千愁上眉尖。盟山誓海防中变,薄命红颜只怨天。盼尽音书如断线,兰闺独坐日如年。才郎如是心肠变,孤身弱女有谁怜?"

夏美云喜欢程艳秋演唱的《鸳鸯冢》,经常在待月轩学唱。再一次听到夏美云凄楚的歌声,文澄怀心里却有了别样的滋味。夏美云反复学唱《鸳鸯冢》,自然是因为喜欢。难道仅仅是因为喜欢吗?文澄怀走到留声机旁边,从唱片匣中取出一张程艳秋的唱片,愣愣地盯着程艳秋的戏装照。程艳秋是著名的旦角,他在男扮女装的时候,会产生女人的情感吗?他假扮女性跟真正的女性在一起的时候,有没有可能产生男性的冲动呢?

待月轩归于了沉寂,整个望云楼也没有一点声音。文澄怀再次回到此君斋,再次站在南窗下望着小广场上的四棵玉兰树。玉兰花早已凋落,新生的绿叶经了雨水,越发娇嫩。让文澄怀颇为意外的是,站在树下的并不是陈静楠和夏美云,而是文笃修。文笃修左手拎着油纸伞,呆呆地仰望着西南角的那棵玉兰树,身体像玉兰树一样一动不动。

对于从美国返回瞻可园的文笃修,文澄怀感受最深的是陌生,尽管文笃修的外表并没有太大的变化。等待文笃修回国的日子,文澄怀想得最多的是文笃修能够接管丹渊公司,自己能够和陈静楠、夏美云在瞻可园优游岁月,或者带着陈静楠、夏美云到世界各地游历。因为文笃修明确拒绝接管丹渊公司,文澄怀清楚地意识到文笃修的思想早已离开了瞻可园,离开了二十里堡，即使那本《烤烟种植与山东农民》，也不是他思想的全部。

文澄怀轻轻地拍了拍窗台，目光又被陈静楠和夏美云吸引了。她们每人拎着一把花雨伞，手牵着手出现在文笃修身后。文澄怀望着陈静楠和夏美云手中的花雨伞，以及她们身上的服饰，强烈地感受到浓浓的春意。文笃修似乎没有注意到身后的陈静楠和夏美云，依然一动不动地站立着。不知夏美云用什么方式引起了文笃修的注意，文笃修猛然转过身，手中的雨伞意外地张开了。他慌乱地收拢雨伞，不安中透着笨拙。

夏美云真像个孩子！

文澄怀在心里默念了一句，随即想起了第一次见到夏美云时的情形。那时候的夏美云尚活跃在青岛新舞台，热情洋溢而又温柔多情。文澄怀知道夏美云之所以愿意躺到自己床上，主要是因为自己手里的银元，而且也知道躺在自己床上的夏美云也曾经多次躺在别的男人床上，但夏美云在床上表现出的机敏，还是让文澄怀感到了愉悦。

夏美云跟文笃修面对面站在一起，不停地交谈着，陈静楠远远地站在一边，不知是在欣赏玉兰树新生的嫩叶，还是在欣赏天上的云朵。文澄怀望着陈静楠俏丽的身影，脑海里再一次浮现出青岛的那家亨利王子饭店。不管是在舞厅里还是在客厅里，陈静楠的神情始终是冷漠的，似乎无怨无喜，或者说已经接受了生活赋予她的任何屈辱或者荣耀。正是因为陈静楠冷漠的神情吸引了文澄怀，文澄怀才主动接近她，并让她享有了比夏美云更高的名分。

从窗外收回目光，文澄怀叹息着回到书桌前，俯视着依然摊放在书桌上的那些报纸。报纸上极其醒目的大字标题，精灵一样在文澄怀眼前变幻着，最终变成了密集的炮火和淋漓的鲜血。文澄怀突然非常烦躁，以至于感到了压抑。他迫不及待地走出此君斋，下到一楼，推开了楼门。夏美云和文笃修不见了身影，只有陈静楠独自站在微吟桥上，凝望着西面的横湖以及横湖中央的蓼屿。文澄怀走到陈静楠身边叫了一声"静楠"，从陈静楠手里接过了花雨伞。陈静楠什么也没说，只是跟着文澄怀走出瞻可园，站在照壁东侧向南张望着。

瞻可园和斐非寺之间的田野弥漫着浓烈的土腥味,三位披着蓑衣戴着斗笠的农人低着头走在田埂上,好像在找寻着什么。虞河两岸的柳树呈现淡淡的绿色,柳丝轻轻抖动着,明显柔媚了许多。陈静楠往文澄怀身边靠了靠,说道:"春意越来越浓了。"

"战争的气息也越来越浓了。"

楚颖凯到底从文澄怀手里拿走了多少银元,文澄怀没有说,陈静楠也没有问。丹渊公司能够长期坚持并且日渐繁荣,自然经历了各种曲折,以后肯定还会经历各种曲折,文澄怀不可能过分在意那些被楚颖凯拿走的银元。陈静楠知道自己如果问起来,文澄怀反而会非常尴尬。她低下头,盯着脚上的回力球鞋说道:"最近一段时间,吉尔伯特跟上海总部的电报明显增多了。英美烟公司对于中国时局,也没有准确的判断。"

"时局瞬息万变,中国人都很难做出准确判断,何况英美人。不过,阎锡山、冯玉祥、李宗仁与蒋介石之间的战争,已经无法避免了。北伐战争胜利,中国实现了名义上的统一,但李宗仁、冯玉祥、阎锡山、张学良的实力,与蒋介石不分伯仲。即将爆发的战争,是因为蒋介石执意削藩引起的。对于削藩,蒋介石有着明确计划,那就是通过军事手段解决李宗仁,通过经济手段解决冯玉祥,通过政治手段解决阎锡山,通过外交手段解决张学良。阎锡山和冯玉祥提不出具体的政治主张,也缺乏严密的理论体系,但他们联手后的军事实力明显超过了蒋介石。"

"你是说即将爆发的战争,胜负难料?"

"张学良至今态度暧昧,他的动向有可能决定战争的最终结局。"

"但愿战争不会波及二十里堡。"

"二十里堡不是桃花源。蒋介石和阎锡山同时将手伸向山东,怎么可能漠视二十里堡?。"

文澄怀仰起头叹息了一声,拎着花雨伞向东走去。陈静楠从照壁上拔出一簇枯草,随手扔进南面的水沟里。

瞻可园门前的车站一街上没有积水，柏油路面经过雨水清洗，湿冷冷地闪烁着幽光。文澄怀走到虞河东岸，右手攥着花雨伞，左手抓住了陈静楠的右手。虞河的水量增大了许多，水流也浑浊了许多。文澄怀感受着飘过河面的微风，攥着陈静楠右手的左手，竟然汗津津的。陈静楠的神情依然是冷漠的，但冷漠中透出了一丝羞涩。她从文澄怀的左手中抽出右手，俯视着虞河的水面说道："你很少牵我的手，第一次是在青岛，我们站在栈桥上，一起欣赏大海……"

文澄怀早已过了浪漫的年龄，但聆听着陈静楠的话语，还是有了一种少年的冲动。他将花雨伞交给陈静楠，双手搀扶着陈静楠下到靠近河水的小路上，不禁愣住了。澄明法师面对着露香亭站立在苦楝树下，虽然已经不下雨了，右手依然举着油纸伞。微风不时地吹动他的僧衣下摆，他手中的油纸伞也在微微抖动着。陈静楠同样感到意外，她晃了晃手中的花雨伞，探询地望着文澄怀。文澄怀小心翼翼地走到苦楝树下，先是叫了一声"澄明法师"，随后问道："你怎么有闲暇站在这里？"

"下雨天你怎么不打伞？"

澄明法师将手中的油纸伞往文澄怀头上靠了靠，突然笑了。他收起油纸伞，轻轻地甩了甩。陈静楠不知道应该说些什么，只是低着头走到了文澄怀身边。文澄怀望了望苦楝树硕大的树冠，盯着澄明法师手中的油纸伞说道："雨早就停了，您手中的雨伞却不舍得收起。莫非您的世界里依然大雨倾盆？"

澄明法师突然间非常尴尬。他看了看陈静楠，支支吾吾地说道："只要你的心里一片澄明，再大的雨也无法遮挡你的视线。"

澄明法师虽然答非所问，他的话语却触动了文澄怀。文澄怀笑了笑，没再说什么。陈静楠拎着花雨伞静静地站立着，长时间注视着露香亭的亭顶。澄明法师再次跟文澄怀寒暄了几句，侧着身子从陈静楠身边擦过，向南走去。文澄怀转过身，目光始终追随着澄明法师的背影，直至澄明法师消失在车站一街上。陈静楠拽了拽文澄怀的衣袖，说道："澄明法师怎么会对露香亭感兴趣？他好像一直在观察露香亭。"

"他或许不是在观察露香亭，而是在观察他的内心。"

澄明法师刚才站立的地方，呈现出两个清晰的脚印。脚印平行排列，脚尖都指向西方。文澄怀围绕澄明法师留下的脚印转了一圈，目光始终没有离开露香亭的亭顶。澄明法师曾经多次到访瞻可园，而且每次到访瞻可园，几乎都会到露香亭驻足。作为出家人，他怎么会对露香亭有着这么浓厚的兴趣？文澄怀低下头看了看陈静楠沾满了泥巴的回力球鞋，揽着陈静楠离开苦楝树，问道："刚停了雨，咱们到虞河岸边做什么？"

"我是跟着你来的。"

牵着陈静楠的右手爬上河岸，和陈静楠并肩踏上车站一街，文澄怀的神情又庄重起来。车站一街跟胶济铁路交汇处正有一列火车向北疾驶，火车上不仅有猎猎的军旗，还有一门门大炮。陈静楠跟着文澄怀走到瞻可园园门前的照壁东侧，向西张望着说道："因为两年前燃烧在济南的战火，我来到了瞻可园。我不希望因为即将燃烧的战火再离开瞻可园。"

"民国五年的护国讨袁战争，潍县遭到了极大破坏，但瞻可园安然无恙。相信即将爆发的战争，也不会对瞻可园造成太大的损失。"

陈静楠盯着回力球鞋上的泥巴，点了点头。

瞻可园里突然传出了文笃修"哎哟、哎哟"的声音，随后传出了夏美云夸张的笑声。陈静楠愣了愣，拽着文澄怀走进瞻可园，站在连通园门和望云楼的南北甬道上。暗香桥上呈南北方向躺着一辆脚踏车，脚踏车的后轮还在旋转着。脚踏车的东侧坐着夏美云，西侧站着文笃修。夏美云脸颊红红的，裤脚已经湿了；文笃修望着坐在甬道上的夏美云，有些不知所措。

最近一段时间，夏美云一直在练习骑脚踏车，每次练习，都寻求文笃修保护。文笃修没法拒绝，只好双手把着脚踏车的后货架，跟在夏美云身后奔跑。陈静楠看到躺在路上的脚踏车和坐在桥上的夏美云，倒是有了几分惬意。她左手擎着花雨伞，右手拉起夏美云，对着文笃修笑了笑。文笃修双手扶起脚踏车，慢慢地推进门房东面的车棚，又回到暗香桥上。文澄怀从陈静楠手中抽出花雨伞，饶有兴味地望着夏美云红红的脸颊。夏美云抬起右手擦了擦额头上的汗珠，走到文澄怀身边说道："我原本以为能够独立骑行了，没想到摔了一跤。"

"没伤着就好。裤子都湿了，快回房间换下来吧。"

文澄怀没再说什么，他拎着花雨伞迈开脚步，离开了暗香桥。陈静楠和夏美云对着文笃修摆了摆手，不约而同地跟在文澄怀身后。文澄怀踏上望云楼门前的台阶，推开楼门走进望云楼，随手将花雨伞放在楼门旁。他回望着陈静楠和夏美云踏上楼梯，径直走进此君斋，双手按着书桌叹息了一声。因为没出太阳，此君斋里光线暗淡，报纸上那些让人心惊肉跳的大字标题，依然非常突兀。文澄怀将摊放在书桌上的报纸整理成一摞，又一次走到南窗下，注视连通园门和望云楼的南北甬道。甬道上虽然没有了水渍，但还是湿湿的。文笃修独自站在微吟桥上，双手扶着东面的桥栏杆俯瞰着桥下的溪水。

作为英美烟公司在山东最重要的合作伙伴，丹渊公司的业务涉及烤烟种植和收购的所有环节。文澄怀将文笃修送到杜克大学留学，原本是希望文笃修学成后能够接手丹渊公司，或者助自己一臂之力。可是归国后的文笃修竟然对学术研究情有独钟，这让文澄怀极度失落。文澄怀几次想要求文笃修改弦更张，但思虑再三，还是放弃了。

改变一个人的信仰或者说奋斗目标是非常困难的，至少需要时间。

唯一的儿子没法托付，文澄怀不得已想到了陈静楠。他不反对陈静楠进入英美烟公司任职，主要是希望陈静楠能够增加一些人生阅历。待月轩的轩门闭合又开启，身着家居服的夏美云走进此君斋，眉头禁不住皱了皱。文澄怀呆呆地望着站立在微吟桥上的文笃修，也像文笃修一样长时间低着头。夏美云循着文澄怀的目光看了看文笃修，嘴角流露出一丝舒心的笑意。她悄悄地依偎到文澄怀怀里，双手揽着文澄怀的脖颈说道："他好像比你还老。"

"他?"

"你儿子。"

夏美云刚刚洗完澡,头发湿漉漉的,全身上下散发着夏奈尔5号香水的芳香。文澄怀苦涩地一笑,转过身背对着南窗,默默地盯着夏美云的眼睛。夏美云读不懂文澄怀的笑意,似乎也没想读懂。她将文澄怀拽到靠近东墙的贵妃榻上,双腿交叉着站立在文澄怀的大腿上方,将文澄怀的脸颊按在自己胸前。文澄怀感受着夏美云的体温,呼吸着夏奈尔5号香水的芳香,说道:"练习骑脚踏车需要时间,不要操之过急。"

"笃修并不愿意帮助我练习骑脚踏车,但又不好拒绝。我毕竟是他的姨娘,你的三太太。"

说到这里,夏美云似乎有些惆怅。她将文澄怀的双腿移上贵妃榻,侧身坐在文澄怀身边,轻轻地揉捏着文澄怀的双腿。文澄怀躺在贵妃榻上,头枕着双手盯着夏美云,说道:"只要我活着,你肯定衣食无忧。即使我死了,你也会得到足够的遗产……学英文也好,练习骑脚踏车也好,你如果感受不到快乐,完全可以放弃。"

"无所谓快乐不快乐,只是……"

"笃修没时间教你英文,你也可以跟着静楠学,静楠的英文水平同样很高。吉尔伯特说静楠如果不是长着黑头发、黑眼睛、黄皮肤,单从她的英语能力,很难想象她是中国人。"

"自从进入瞻可园,静楠就没有放弃英文学习。她读的书大都是英文版的……你不在瞻可园的时候,她经常是一个人躲在涵虚轩读书,而且很少主动找我……"

文澄怀伸出左手将夏美云揽到身上,轻拍着她的后背说道:"静楠跟笃修是一类人。你多读一些书,或许能理解他们。"

"我一个唱戏的……你只要不嫌弃,我就万幸了。"

文澄怀将夏美云的头发往后拢了拢,说道:"你让我感到了愉悦,我怎能嫌弃你呢?"

夏美云直起腰，刚想说什么，突然听到楼梯上响起了脚步声。那脚步声频率缓慢，落地沉重，显然不是陈静楠发出的。夏美云的脸颊突然红了，她慌忙站起身，走到了斋门后面。文澄怀也离开贵妃榻，走到书桌前坐下了。夏美云还没等响起敲门声便敞开了斋门，她对着站立在斋门口的文笃修笑了笑，侧着身子走向了待月轩。文笃修回头看了看夏美云，走到文澄怀面前说道："我想查阅有关潍县户口、赋税的相关资料，我记得您这里有一套乾隆年间的《潍县志》。"

　　文澄怀离开书桌，从书架上取下那套一函六册的《潍县志》捧在手里，坐在靠近南窗的坐墩上说道："你真的决心做一名学者？"

　　文笃修闭上此君斋的斋门，隔着圆桌坐在文澄怀对面，低下头说道："爸爸，我知道您想说什么。我的选择也许不正确，但现在难以改变……在美国留学的日子，无论是看到古老的街巷，还是看到泛黄的图书，我都会在不经意间想到中国。想到中国的同时，总是会产生一种复杂的感情，有欣慰，有辛酸，也有迷茫。回到二十里堡，聆听着嘈杂的潍县土语，我的眼里经常会充满泪水。我没有能力改变中国，但我想静静地思考中国的未来。"

　　"你的选择也许是对的，但你是否思考过咱们的丹渊公司的未来？咱们的瞻可园的未来？我毕竟会老的，而且我只有你一个孩子。"

　　"整个中国都看不到未来，丹渊公司和瞻可园的未来肯定一片黯淡。"

　　"你是说……"

　　"我是说只有国家像个国家，政府像个政府，像我们这样的芸芸众生才有美好的未来，才可能看到美好的未来。在生命都无法保障的中国研究学问，其实是一种奢望，是知其不可为而为之的奢望。"

　　文澄怀语塞了。他将《潍县志》放在圆桌上，默默地望着对面的文笃修，又一次感到了他和文笃修之间的距离。那距离完全超越了中国和美国之间的距离，甚至超越了恒星和恒星之间的距离，遥不可及。文笃修一直没有抬头，他鼓足勇气叫了声"爸爸"，双手捧起圆桌上的《潍县志》走出了此君斋。文澄怀闭上眼睛谛听着文笃修的脚步声，直至那脚步声回响在一楼大厅。

难道，难道丹渊公司真的会……

文澄怀抬起右手擦了擦眼睛，看到手背上已经满是泪水。他用贵妃榻上的枕巾擦掉泪水，怅怅地站在此君斋的斋门口。

待月轩闭着门，但传出了留声机播放昆曲唱段的声音。文澄怀听不清唱词，但分明听出了惆怅。他走到待月轩门前略一停顿，最终还是迈开脚步走向了涵虚轩门前。涵虚轩里静悄悄的，根本听不到一丝声响。文澄怀举起右手刚要敲门，随即又垂下了。他转过身，双手按着轩门对面的窗台，远远地望着槐樱草堂南面那片刺槐树和樱花树。不管是刺槐树还是樱花树，都像一团团绿色的雾气。突然间，涵虚轩的轩门吱呀一声开了，文澄怀听到陈静楠"咦"了一声。他回过头对着陈静楠笑了笑，脸上堆满了慈爱。陈静楠身着浅蓝色睡袍，神情有些慵懒。她不好意思地走近文澄怀，脸颊越发红润了。文澄怀望了望大开着的轩门，小声问道："又睡了一觉？"

"刚才一直在看书，眼睛累了，想看看远处的景色。"

陈静楠挽着文澄怀的左臂回到涵虚轩，随手关上轩门，依偎在文澄怀怀里。文澄怀拍了拍陈静楠的后背，揽着她的腰肢走到紧贴着东墙的长沙发旁，坐下了。陈静楠从茶几上拿起文澄怀经常使用的那个红色水杯，问道："咖啡还是茶？"

文澄怀望了望书桌上的紫色水杯，问道："你的杯子里是什么？"

"咖啡。"

"我也要咖啡吧。"

陈静楠将红色水杯里泡进咖啡，端着水杯坐在文澄怀身边，不安地望着书桌上的那本英文版的《查特莱夫人的情人》。文澄怀接过水杯放在茶几上，站起身走到书桌前，拿起《查特莱夫人的情人》慢慢翻阅着。《查特莱夫人的情人》的书页间夹有不少纸条，每一张纸条上都有陈静楠用英文写下的心得。文澄怀合上书，回到长沙发旁交给陈静楠，问道："你看得这么认真，这是本什么书？"

"英国人写的，有关煤矿开采区的书。"

陈静楠说完，顿觉脸上火辣辣的。文澄怀重新坐在长沙发上，望着茶几上的红色水杯说道："烟叶复烤的确需要煤炭……吉尔伯特要求你阅读的？"

陈静楠将《查特莱夫人的情人》放回书桌，紧靠着文澄怀坐在长沙发上，说道："是洛克伍德留下的。"

"对于烟叶的种植、收购、复烤，以及与烟草生产有关的环节，洛克伍德都非常清楚。你掌握一些有关煤炭的知识也是应该的，不过无需深入研究。二十里堡常见的煤炭主要来自坊子煤矿和洪山煤矿，因为坊子煤的煤质不如洪山煤，现在的烟叶复烤，主要使用洪山煤。"

"你每年都要去几次洪山，原来是因为那里的煤。"

"煤炭、豆饼和烟叶的购销，是丹渊公司的主营业务。我们经营的煤炭主要来自洪山，胶济铁路沿线的大多数火车站，都有咱们的煤栈；我们经营的豆饼主要来自东北，羊角沟有咱们的好几个仓库；咱们收购的烟草主要来自胶济铁路沿线，唯一的客户就是英美烟公司。"

"听吉尔伯特讲，日本的米星烟公司和南信洋行，咱们中国的南洋兄弟烟草公司和上海烟草公司，都需要大批烟草。你为什么只跟英美烟公司合作？"

"丹渊公司只跟英美烟公司合作，完全是为了利益最大化……丹渊公司能有今天的局面，我可谓殚精竭虑，绞尽脑汁。企业经营也是一门大学问，你介入得越深，心里就越不踏实。作为企业主，任何决策都可能造成困境。也就是说，企业主的任何决策，都必须慎之又慎。"

陈静楠将双手插在两腿间，低下头说道："在英美烟公司服务的这些日子，我感觉自己越来越浅薄，也越来越觉得你不容易。"

"你懂英文，有时间可以多看一些有关英美烟公司的书。英美烟公司是美国烟草公司联合英国帝国烟草公司以及英国的另外四家烟草公司组成的，核心还是美国烟草公司。而美国烟草公司最初也仅仅是达勒姆镇的一个小作坊。美国烟草公司的发展史，值得丹渊公司借鉴；詹姆斯·杜克的经营理念，同样值得丹渊公司学习。"

"蒋介石和阎锡山、冯玉祥之间即将爆发全面战争……中国的政局如此不堪，丹渊公司的未来还能预期吗？"

"丹渊公司只要跟英美烟公司捆绑在一起，未来就可以预期。不管蒋介石还是阎锡山、冯玉祥，都不敢得罪外国人，尤其是美国人。但丹渊公司是中国的公司，绝不能成为英美烟公司的子公司，这一点你应该铭记。你在英美烟公司任职时间长了，就会理解我的用心了。"

陈静楠叹息了一声，说道："中国还是中国人的吗？清政府无能，香港、台湾、青岛、大连、旅顺，祖先留下的土地一块一块地脱离了中华母体。没想到中华民国政府取代了清政府，中国人还是处于任人宰割的境地。两年前发生的济南惨案，让我对所谓的中华民国政府彻底丧失了信心。美国人不敢得罪，英国人不敢得罪，日本人不敢得罪，唯有中国人可以任意得罪。"

济南惨案是陈静楠永远无法抚平的伤痛。再次提及济南惨案，陈静楠的语调还是充满了悲愤。文澄怀将陈静楠揽在怀里，说道："过去的就让它过去吧，我们不是为痛苦活着。"

"过去的真的能过去吗？"

陈静楠摇了摇头，再也没有说话。文澄怀放开陈静楠，端起红色水杯慢慢地喝着咖啡，也沉默了。涵虚轩的轩门紧闭着，整幢望云楼没有一点声音。文澄怀将红色水杯放在茶几上，轻轻地拍了拍陈静楠的脸颊，走出了涵虚轩。陈静楠将文澄怀送到楼梯口，转身回到涵虚轩的轩门前，凝望着南面的槐樱草堂以及瞻可园的园门。文澄怀走出望云楼，仰起头望了望玉兰树娇嫩的新叶，又回过头望了望站在二楼上的陈静楠，孤独地踏上了车站一街。

太阳刚刚钻出云层，斐非寺的大雄宝殿越发金碧辉煌。文澄怀站在瞻可园门前的照壁西侧，左手扶着照壁的檐脊，斜着身子望着潍安汽车路上的人流和车流。他从檐脊上收回左手，颇为惆怅地走到车站一街跟潍安汽车路的十字路口，拦住一辆黄包车说了声"斐非寺"。从车站一街跟潍安汽车路的十字路口到斐非寺，不超过两公里，黄包车很快就到了。黄包车夫在天王殿前停下车，回过头看着文澄怀。文澄怀并没有下车，而是闭着眼睛坐在车厢里，好像睡着了的样子。黄包车夫将车脚靠在地上，文澄怀才睁开了眼睛。他抬起右手对着黄包车夫晃了晃，说了声"继续往南"。黄包车夫重新绰起车杆，拉着文澄怀向南走去。他在潍安汽车路跟车站二街的丁字路口回头看了看文澄怀，得到的回答依然是"继续往南"。

斐非寺南面同样是一片旷野，旷野里的烟苗散发着勃勃生机。文澄怀在潍安汽车路跟车站三街的丁字路口下了车，付了车费，茫然地望着旷野中的潍县护国讨袁死难将士纪念碑。有了那天晚上在藏经楼地下室的经历，斐非寺对于文澄怀来说有了特殊的意义。陈调元竟然动用军队向自己索取军费，难道他真的要永远离开山东？难道他忘记了觥筹交错之间动人的话语？

与银元的光泽相比，所谓的友情实在逊色。

文澄怀不知道自己为什么赶到斐非寺，也不知道赶到斐非寺后为什么又要离开，他只觉得心里弥漫着无限的凄楚。车站三街两侧排列着许多地摊，原本就不宽阔的街道更加狭窄了。文澄怀在人群中挤来挤去，漫不经心地欣赏着许多挎着提篮的农妇跟摊主讨价还价的神情，心中的郁闷减轻了许多。时局虽然危急，人总是还要活下去的。仿佛阴霾的天空突然出现了一道闪电，文澄怀从眼前的忙碌中感受到了温暖。他夹杂在人流中向西挪动着脚步，不知不觉地来到陶记百货店门前。

陶记百货店还是老样子，只是墙壁和门窗陈旧了许多，房檐上还冒出了几簇矮矮的杂草。陶绍安将两位选购了镰刀的农人送出店门，突然愣住了。他下意识地搓了搓双手，前倾着身子叫了声"文老板"。对于邂逅陶绍安，文澄怀也没有心理准备。他"啊啊"了两声，跟着陶绍安进了百货店。虽然房门和窗子上的玻璃一尘不染，百货店里的光线还是有些暗淡。文澄怀右手按着柜台，仔细注视着货架上的农具、日用品以及小五金。陶绍安交叉着双手站在文澄怀身边，目光随着文澄怀的目光缓缓移动着。他等候文澄怀从货架上收回目光，邀请文澄怀走进东面的接待室，谦卑地说道："多亏您的关照，我和蓉初才有了这爿小店。虽然生意不是太好，但也过得去。明礼的工作也多亏了您，英美烟公司可不是谁想去就能去的地方。最近一段时间，明礼一直在保安团接受训练，听说吉尔伯特还要重用他。"

所谓的接待室只有一间房间，南墙和北墙上开有窗子，西墙上开有房门，贴近东墙摆放着一张单人床和一张木排椅。文澄怀环顾着接待室的一切，不时地点着头。陶绍安邀请文澄怀坐在木排椅上，自己坐在紧靠着南窗的方桌旁。虽然同样生活在二十里堡，文澄怀已经好多年没有见到陶绍安了。再次面对陶绍安，文澄怀感触最深的就是时间的印痕。陶绍安45岁左右，但两鬓已经泛白，眼睛也明显黯淡了。文澄怀双手撑着木排椅将身体向后靠了靠，说道："如果生活上遇到问题，还可以找我，我几乎每天都在丹渊公司。"

"谢谢文老板。明礼能够养活自己了，我和蓉初的负担减轻了许多。这爿小店足够我们一家吃用了。"

陶绍安讪讪地说完，脸就红了。他拿起茶叶筒刚要泡茶，便被文澄怀拦住了。文澄怀站起身，对着陶绍安摆了摆手。陶绍安将文澄怀送出百货店，站在店门口说道："蓉初自己在家里。"

文澄怀愣了愣，头也不回地向西走去。

从陶记百货店一直到车站东路路口，车站三街两侧依然满是地摊。文澄怀在此起彼伏的喧闹声中慢慢踱着，耳边反复回响的，竟是陶绍安跟自己告别时的最后一句话。他为什么要告诉自己"蓉初自己在家里"？难道他认为自己和屈蓉初还保持着暧昧关系？不经意间，文澄怀的脑海里浮现出屈蓉初年轻时的样子。年轻时的屈蓉初风姿绰约，简直就是一朵迎风摇曳的玉兰花！想到玉兰花，文澄怀又想到了跟屈蓉初在瞻可园采摘玉兰花的日子。

一切都成了往事，而往事往往不堪回首！

从车站东路路口到丹渊公司最近的路程，自然是沿着车站三街一直往西，然后拐上达勒姆路。可是文澄怀犹豫再三，从车站三街向北拐上了车站东路。他慢慢地走到白杨巷巷口，面朝南仰望着白杨树硕大的树冠，再一次产生了蓬勃的青春激情。这两棵白杨树在二十里堡小镇出现之前就有了，那时的瞻可园不过是文家的乡间别墅。孩提时代的文澄怀曾经无数次在这两棵白杨树下驻足，屈蓉初进入瞻可园后，也曾经跟着文澄怀在这两棵白杨树下徜徉。屈蓉初入住白杨巷的第一年，文澄怀曾经多次出现在巷口的白杨树下，但始终没有走进白杨巷。人生实在是无法破解的谜团。作为丹渊公司的老板，文澄怀曾经频繁穿梭在北平、上海、天津、济南、青岛和二十里堡之间，曾经不止一次进入各种娱乐场所，但他心中最美的女人，依然是屈蓉初！

文澄怀还在沉思默想着，白杨巷里传出了吱吱呦呦的开门声。屈蓉初左臂挎着提篮迈出门槛，右手带上街门，身体禁不住颤抖了一下。文澄怀也没想到会邂逅屈蓉初，他尴尬地站在巷口，右手慢慢举起，又慢慢放下了。倒是屈蓉初落落大方地走到文澄怀面前，笑着问道："你怎么会在这里？公司里的事情都忙完了。"

"活着干，死了算。怎么可能忙完？"

屈蓉初将提篮从臂弯处滑下，双手攥着提篮把说道："到家里坐坐吧，你还从未踏入我家门槛。"

"我刚才遇到陶绍安了，他说你自己在家里。"

屈蓉初脸色一沉，随后又笑着说道："他一直对我不放心。他一直怀疑我们……"

"这只能说明他心里有你……你要到哪里去？"

"我想到南面买点菜，明义一直吵着要吃饺子。明礼的工作多亏了你……我没想到吉尔伯特会安排明礼到保安团受训。"

"你是说……"

"我是当过兵的人。我知道男人手里一旦有了枪，意味着什么。从我记事起，咱们中国似乎从未停止过战争。作战双方都高举正义的旗帜，许多青年人的热血经常因为那面旗帜而沸腾。我不希望明礼重复我的人生。"

文澄怀盯着屈蓉初沉默了片刻，说道："明礼回家的时候，你可征求他的意见。如果明礼决定不再到保安团受训，我跟吉尔伯特打个招呼就可以了。如果明礼想再次回到丹渊公司，也没问题。不就是换个打工的地方嘛。"

屈蓉初笑了笑，说道："你是少爷，所以笃修是博士；我是下人，所以明礼只能是打工仔。"

"你想到哪里去了……你还是这么敏感。笃修虽然取得了博士学位，但我感觉他离我更远了。柳宗元有一首诗，说是'千山鸟飞绝，万径人踪灭。孤舟蓑笠翁，独钓寒江雪'。笃修回到二十里堡后，我的心境越来越接近柳宗元这首诗的意境。我的脑海里经常出现结了冰的虞河，我也幻化成了诗中的那位'孤舟蓑笠翁'。人生……不如意事常八九，可与人言无二三。"

"沈漱芳去世了，你不又娶了两位姨太太吗？怎么会有这种想法？难道笃修惹你生气了？"

"笃修并没有惹我生气，只是他的想法与我的期望……"

文笃修叹息了一声，没再说下去。屈蓉初不愿意介入文家的家事，她抬起右脚蹭了蹭地面，说道："你又不老，两位姨太太都很年轻，完全可以再生几个孩子啊。"

文澄怀突然间羞愧难当，他低下头注视着屈蓉初手中的提篮，没再说话。屈蓉初读不懂文澄怀羞愧的神色，她晃了晃手中的提篮，说道："十几年前，你还可以的……现在也应该还可以吧？"

文澄怀更加羞愧难当，他侧过身，再次将目光投向巷口南侧的那两棵白杨树的树冠。越来越响亮的摩托车轰鸣声从西南方向传来，周振武驾驶的三轮摩托车出现在车站东路和车站三街所形成的丁字路口。贺惟忠坐在车斗里，身体微微后仰着，两只手交叉着抱在胸前。文澄怀对着屈蓉初摆了摆手，像遇到了大赦似的退回到白杨树下，站在车站东路东侧的路沿石上。贺惟忠没有注意到刚刚从文澄怀身边经过的屈蓉初，他下了车，对着文澄怀小声说道："楚颖凯这次突然出现在二十里堡，仅仅控制了斐菲寺、保安团、芳菲苑和火车站。市面上没有骚乱。"

"对于楚颖凯的突然出现，庄季江有什么反应？"

"他一直都是喜怒不形于色，不光是对于楚颖凯的突然出现漠不关心，即使对于自己的遇刺，似乎也是漠不关心……他不知道楚颖凯的真实身份，也不知道楚颖凯的真实姓名。"

"一个差点命丧黄泉的人，会不关心加害他的人吗？庄季江突然回到二十里堡，绝对带有某种特殊使命。他的真实身份，应该不仅仅是二十里堡保安团的团长，或者说二十里堡保安团团长，仅仅是他的公开身份。"

"怎么可能呢？"

文澄怀笑了笑，偷偷地瞥了一眼屈蓉初远去的身影。屈蓉初略微有些发福，身影还是透着风韵。一个在瞻可园生活过的人，一个曾经在枪林弹雨中穿梭过的人，怎么可能仅仅满足于充当一名家庭主妇？文澄怀突然感到屈蓉初本身也是一个谜，正如庄季江留给自己的印象一样。他对着贺惟忠摇了摇头，自言自语道："每个人都是谜团。即使对于自己，我们又了解多少？不管是过去还是未来，都是虚幻的。"

贺惟忠有些愕然。他不安地注视着文澄怀的脸色，说道："楚颖凯的突然出现，不仅给丹渊公司造成了巨大损失，也给芳菲苑造成了巨大损失。黄泓丽的全部积蓄和首饰，都在被带走的那个保险柜里。黄泓丽可以说是一贫如洗了。"

"一个阅人无数的女人，一个将身体的所有部位都标价售卖的女人，是不会对突然降临的灾难束手无策的。"

"英美烟公司的那个吉尔伯特,对于芳菲苑一直兴趣浓厚……芳菲苑处于二十里堡的黄金地段,又是德国人留下的建筑。吉尔伯特会不会趁着黄泓丽目前所面临的困境,而将芳菲苑纳入英美烟公司呢?"

贺惟忠说完,脸上流露出暧昧的神情。

"不可能的,没必要的,芳菲苑本来就是英美人的后宫……吉尔伯特虽然在二十里堡拥有至高无上的权力,但毕竟只是英美烟公司的雇员。他不会愚蠢到为了满足自己的欲望,而承担丧失权力的危险吧。"

贺惟忠突然间非常失落。他讪讪地坐进摩托车车斗,回望着文澄怀的身影拍了拍周振武的后背。文澄怀聆听着摩托车的轰鸣声穿过车站东路,沿着西侧的人行道向南走去,脚步有些迟缓。他走到车站东路跟车站三街形成的丁字路口西侧,又看到了屈蓉初的身影。

跟屈蓉初站在一起的,竟然是陶明礼!

陶明礼看来刚刚训练完毕,身上的制服不仅沾满了泥土,后背上还洇出大片汗渍。他左手拎着提篮跟在屈蓉初身后,偶尔弯下腰跟屈蓉初低语几声。屈蓉初在一辆装有韭菜和白菜的独轮车旁停下脚步,从车上抓起一把韭菜放在车主的秤盘里,随后又放进了陶明礼手中的提篮。文澄怀不时地望着不远处的屈蓉初和陶明礼,眼里渐渐地充满了泪水。迷蒙中,他仿佛看到了文笃修渐渐远去的身影。

## 十一

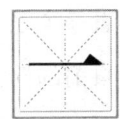

　　带着在保安团磨起的新跖回到第一复烤厂，陶明礼的脚步坚定了许多，体格也健壮了许多。他走到经理处那扇涂有黑漆的铁门前，举起双手拍了拍铁门的门楣，穿过铁门后用力甩了甩双手。

　　吉尔伯特独自站在星条庐的庐门前，左手攥着一根法桐树枝，轻轻敲击着青砖铺就的地面。青砖的缝隙间有几簇娇嫩的小草，它们在吉尔伯特的敲击下，有的已经糜烂了。陶明礼远远地叫了一声"吉尔伯特先生"，跑到吉尔伯特面前下意识地举起右手，随后又垂下了。吉尔伯特解开西装上衣的纽扣，打量着陶明礼说道："庄季江和贺惟忠两位团长都向我表扬过你，说你顺利通过了所有科目的测试，完全能够成为优秀的军人。"

　　"所谓的军训无非是队列、跑步、射击。对于队列和跑步，我并不陌生，这次军训最大的收获就是学会了射击。"

　　"两位团长说你极有射击天赋。"

　　陶明礼张了张嘴，不好意思地笑了。

　　因为陶明礼是吉尔伯特介绍到保安团接受训练的，庄季江和贺惟忠对于陶明礼的训练也就格外重视。保安团拥有的武器，陶明礼都接触过了，有的还进行了实弹射击。陶明礼精准的射击水平，竟然让庄季江和贺惟忠惊讶不已。不管是夜间打烟头，还是白天打飞鸟，也不管是单手据枪，还是双手据枪，几乎都弹无虚发。吉尔伯特看了看陶明礼起了新跰的双手，带着他进了星条庐。因为四周的树木都已枝繁叶茂，星条庐内透着淡淡的绿色。吉尔伯特用作办公室的钱伯斯街弥漫着咖啡的浓香，办公桌上摊放着一个笔记本，笔记本上搁着一支拧开了笔帽的钢笔。吉尔伯特坐在办公桌前的椅子上合上笔记本，将笔帽和笔杆拧在一起，抬起右手指了指办公桌对面的一把椅子。陶明礼走到椅子前面，但没有坐下，只是笔挺地站立着。吉尔伯特拉开办公桌中间的抽屉，从里面拿出一支崭新的勃朗宁手枪，轻轻地放在桌面上。他再次从中间的抽屉里拿出一支勃朗宁手枪，攥着枪管对着陶明礼晃了晃，说道："中国的时局很快就会发生剧烈动荡。英美烟公司有保安团防卫，应该不会有太大问题。你今后的任务，就是带领三名保安团团丁，负责经理处的安全。"

在保安团训练期间，陶明礼就多次猜测自己在英美烟公司的职位。他对于吉尔伯特的这一安排，并没感到意外。吉尔伯特将手中的勃朗宁手枪放回中间的抽屉，又将办公桌上的勃朗宁手枪往陶明礼面前推了推，说道："最近一段时间，希望你不要离开经理处。你不必为薪水操心，你的薪水将非常优厚。"

陶明礼拿起勃朗宁手枪，站在吉尔伯特面前等待进一步的指令。吉尔伯特没再说什么，他走出星条庐，站在星条庐和米字庐之间的甬道上。

米字庐内静悄悄的，同样透着淡淡的绿色。吉尔伯特在庐门口回头看了看陶明礼，推开庐门走到陈静楠用作办公室的英格兰门前，敲了敲房门。门开了，陈静楠出现在房门口。她叫了一声"吉尔伯特先生"，随后将吉尔伯特和陶明礼请进英格兰。英格兰的窗帘仅仅拉开了一半，白色的窗帘映衬着绿色的法桐树叶，透着温馨和生机。陈静楠的办公桌上摆放着一摞《英美烟公司月报》和一本夹着铅笔的英文版的《企业管理学》。吉尔伯特没有坐到紧靠着房门的长沙发上，而是走到紧靠着东窗的办公桌前，面对着站在办公桌另一侧的陈静楠说道："从今天起，明礼也将在米字庐办公了，想必你们已经见过面。"

陈静楠对着陶明礼点了点头，友好但不亲热。

陶明礼静静地站在房门口，同样对着陈静楠点了点头。

来英美烟公司任职的最初几天，也就是到保安团接受军训的前几天，陶明礼曾经出入过星条庐，也曾经留意过星条庐对面的米字庐。虽然是隔着窗玻璃，陶明礼还是看见了玻璃后面的陈静楠。他惊异于陈静楠的美丽，更对她的身份产生了好奇。可能是吉尔伯特看透了陶明礼的内心，也可能仅仅是出于礼貌，吉尔伯特对着陶明礼说道："陈小姐是咱们公司的英文翻译，曾经就读于齐鲁大学。"

吉尔伯特没有向陶明礼提及陈静楠跟文澄怀的关系，陈静楠有些欣慰，也有些感动。她侧过身对着陶明礼说道："我叫陈静楠，比你年长几岁，你可以叫我陈姐。"

陶明礼向前两步，对着陈静楠说道："我叫陶明礼，能讲简单的英文。期待陈姐多多指教。"

陶明礼？陈静楠听后略微一愣。她说了句"咱们共同学习"，便语塞了。吉尔伯特抬起右手轻轻地敲了敲陈静楠的办公桌，走到陶明礼身边说道："你的办公室在南面的威尔士，跟陈小姐的办公室对门。庶务室已经安排人清扫过了，还是请陈小姐带着你到里面看看吧。"

陶明礼和陈静楠同时答应了一声，一同跟着吉尔伯特出了英格兰。威尔士开着房门，里面的光线要比英格兰的光线明亮许多。陈静楠等候吉尔伯特消失在东面的星条庐，侧过头对着陶明礼微微一笑。威尔士的格局跟英格兰的格局完全一样，因为少了书橱，显得宽阔一些。东面的窗子上同样悬挂着白色窗帘，只是窗帘全部拉开了。陈静楠没有在威尔士停留，她跟陶明礼擦身而过，再也没有回头。陶明礼似乎受到了冷落，他坐到办公桌前的椅子上，茫然地环顾着威尔士洁白的墙壁。

人的命运真是难以预测！

元宵节前回到羊角沟，陶明礼第一次在丹渊公司羊角沟办事处拥有了人生中的第一张办公桌。那时候的他认定自己要一辈子做生意，时时留意

205

老生意人的生意经和市场行情,盼望着尽快拥有一处自己的店铺,比陶记百货店大得多的店铺。想象中的店铺还未形成清晰的轮廓,陶明礼第一次遭受了人生中的重大挫折。他没想到自己竟会与巡警局结缘,更没想到回到二十里堡的当天竟然遇到了差点死于非命的庄季江。接受完军训回到英美烟公司,陶明礼不光拥有了自己的办公桌,而且还拥有了自己的办公室。他在叹息之余,不免有些困惑。威尔士的东窗正冲着钱伯斯街的西窗,陶明礼不时地望望坐在钱伯斯街的吉尔伯特,心里弥漫着丝丝缕缕的酸楚。

所谓的负责经理处的安全,不就是给吉尔伯特当保镖吗?

办公桌的所有抽屉都闭合着,但钥匙都插在上面。陶明礼将勃朗宁手枪锁进中间的抽屉,颇为惆怅地取下钥匙装进口袋,眼前一片迷茫。从小学四年级开始,陶明礼常常和同学们到斐非寺跟着澄明法师练习形意拳。小学毕业后,尤其是中学毕业后,当年一起练拳的小伙伴各奔东西,唯独陶明礼还经常走进斐非寺,继续跟澄明法师切磋拳术。

难道自己苦苦练习形意拳,就是为了充当吉尔伯特的保镖?

拽了拽中间的抽屉,确定已经锁牢,陶明礼站起身走出了威尔士。英格兰依然紧闭着房门,里面也没有一丝声响。陶明礼轻轻地带上威尔士的房门,推开了米字庐的庐门。米字庐和星条庐的正南面有两排平房,北面的那排平房是餐厅、浴室和游艺室,南面的那排平房是员工宿舍。前些日子,因为军训过于紧张,陶明礼大都居住在九号宿舍。九号宿舍在南面那排平房的最西面,西墙外面就是车站路。最初的几个晚上,火车的汽笛声和颠簸声还会干扰陶明礼的睡眠,后来也就充耳不闻了。

九号宿舍大约十几平方米,除了一张单人床、一张两屉桌和一把椅子,再没有其他陈设。陶明礼回到九号宿舍,随手插上房门,斜着身子躺在床上。他迷迷糊糊地睡了一觉,最终决定再回一次家,将有关情况告诉陶绍安和屈蓉初。因为还没到下班时间,不管是游艺室、浴室还是餐厅,都静悄悄的。陶明礼刚刚走到星条庐的庐门前,庐门便开了,陈静楠手里捏着一份英文稿,面无表情地对着陶明礼点了点头。陶明礼同样对着陈静楠点了点头，悄无声息地走进星条庐，站在钱伯斯街的房门口。吉尔伯特低着头坐在办公桌前，专注地盯着办公桌上的那个笔记本。他听到陶明礼称呼自己"吉尔伯特先生"，猛然抬起头，随即合上了笔记本。吉尔伯特显然处在紧张的思虑中，他目光空洞地盯着陶明礼，脸上的神情有些僵硬。陶明礼说明来意，吉尔伯特随即答应了，而且还表现出一丝歉意。

第一复烤厂南门前的车站二街上，光线黯淡了许多，行人和车辆也减少了许多。陶明礼穿过达勒姆路路口走到日新小学门前，不得不放慢脚步。刚刚放学的小学生们蜂拥着挤出校门，说笑着奔向车站二街或者车站东路。陶明义看到站立在校门西侧的陶明礼，兴奋而又惊喜。他摆动双手跑到陶明礼身边，快乐得像刚从南方飞回的小燕子。陶明礼感受着陶明义的快乐，不由得想到了七八年前的自己。那时候的陶明礼也是日新小学的学生，上学或者放学，也跟陶明义走着同样的路，只是路边的刺槐树没有现在粗壮而已。从车站东路拐进白杨巷，陶明义仰视着陶明礼问道："哥哥，你太让人羡慕了。"

"羡慕我？"

"我的好些同学都希望长大后能进英美烟公司工作，他们说给英美人干活比给中国人干活挣钱多。"

陶明礼皱了皱眉头，说道："哥哥是不得已才去英美烟公司干活的，并不是因为英美人给的钱多。"

"你有了新工作，爸爸很满意，妈妈好像并不满意。"

"噢。"

"英美人都是讲英文的。妈妈的英文那么好，怎么会不愿意你给英美人干活呢？"

陶明礼没有回答陶明义的疑问，只是轻轻地拍了拍陶明义的右肩。到了自家街门前，陶明义抢先转动门环，推开了街门。他跑到影壁墙西侧，对着北屋大声喊道："爸，妈，哥哥也回家了！"

屈蓉初弯着腰站在锅灶旁，正在往锅里贴着玉米饼子。她侧过身向外看了看，仅仅说了一句"是吗"。和陶明礼一起迈进北屋的门槛，陶明义将书包交给陶明礼，主动坐在锅灶前的小板凳上。陶明礼拎着陶明义的书包站在陶明义身后，望着锅灶里熊熊燃烧的木柴对着屈蓉初说道："妈，我已经结束军训，回到英美烟公司了。吉尔伯特要求我从明天起正式上班。"

"你爸爸听到这个消息，一定会很高兴的。"

屈蓉初将最后一个玉米饼子贴到锅壁上，用右手的手背蹭了蹭陶明义的后脑勺，说道："快跑到店里告诉你爸爸，说哥哥已经完成军训，回到英美烟公司了。"

"好的！"

陶明义答应了一声，弯着腰跑出当门里，随即消失在影壁墙南面。屈蓉初盖上锅盖，坐到陶明义刚才坐过的小板凳上，往锅灶里填了几块木柴。陶明礼将陶明义的书包放到西间的书桌上，又回到屈蓉初身边说道："完成军训又不是什么大事，何必急着让爸爸知道？"

"怎么不是大事？"

屈蓉初叹息了一声。

炉灶内的火呼呼地响着，锅灶上方的雾气越来越浓。陶明礼注视着那团白茫茫的雾气，感觉自己的思绪慢慢地飘来荡去。在保安团受训期间，陶明礼曾经回过几次家，也曾经有意无意地谈及自己在保安团的见闻。对于有关保安团的见闻，屈蓉初没有表现出特别的兴趣。她除了陪着陶绍安勉强挤出几丝笑容，更多的是沉默。陶明礼不知道屈蓉初真实的内心世界，也没有刻意探究。屈蓉初将锅灶前的最后一段木柴扔进锅灶，关闭灶门，随即将锅灶前清扫得干干净净。她到院子里洗干净手，一边用围裙擦着手一边说道："英美烟公司的安全，不是一直由保安团负责吗？怎么又设立了专门的保安？"

"我们主要负责经理处的安全。"

"你们一共几个人？"

"加上我，4个。"

"准确地说，你们是吉尔伯特的保镖。"

尽管陶明礼知道自己的真实身份，但是一经屈蓉初说破，还是有些不自然。他站在房门口仰望着天空中几颗时隐时现的星星，沉默了。炊烟和雾气全部散尽，夜幕也合拢了。屈蓉初点亮方桌上的美孚灯，走到房门口拍了拍陶明礼的衣袖，说道："每个人的命运都不是自己所能把握的，好自为之就是了。"

陶明礼叫了一声"妈"，没再说下去。

白杨巷远远传来急促的脚步声，街门随即被推开了。陶明义绕过影壁墙，气喘吁吁地跑到房门前，拽着屈蓉初的衣袖说道："听说哥哥结束了军训，爸爸非常高兴。他特意去了炸货店，还说要跟哥哥喝几盅。"

陶明义靠近脖颈的上衣纽扣已经解开，脸上和身上都散发着热气。屈蓉初帮着陶明义扣上已经解开的纽扣，说道："快到屋子里去吧，别感冒了。"

"爸爸说，哥哥到英美烟公司上班后，每月都会挣很多钱的。"

屈蓉初对着陶明礼笑了笑，轻拍着陶明义的后脑勺说道："快到屋子里去吧，别感冒了。"

夜色像雾气一样四处弥漫着，星星越来越明亮。陶明礼跟着屈蓉初走出街门，站在街门口向西张望着。匆匆的脚步声响过，陶绍安胖胖的身躯出现在白杨巷口。他的两只手分别拎着一个小包裹，快乐得像一只颤抖着翅膀的鸭子。屈蓉初侧过脸看了看陶明礼，迎着陶绍安向西走了一段路，从陶绍安手里接过了那两个小包裹。所谓的小包裹其实是用纸绳捆着的牛皮纸包，隔着十几米，陶明礼就闻到了炸里脊的香味。他跟在屈蓉初和陶绍安身后迈进门槛，扣上街门的门关，回到当门里。

方桌已经离开了北墙，美孚灯在方桌中央放射着亮光。屈蓉初从饭橱里找出两个瓷盘，将一个纸包里已经切成长条的炸里脊和另一个纸包里的炸花生米分别倒进瓷盘，随手将纸包扔到了火炉旁。陶明义从饭橱里取出四双筷子摆在方桌上,眼睛一会儿盯着方桌,一会儿盯着陶绍安。屈蓉初用筷子夹起两条炸里脊放进陶明义嘴里,转身掀起了锅盖。她将贴在锅里的玉米饼子拾进饭笸箩,又给每人舀了一碗萝卜炖粉条。陶绍安从饭橱里拿出两个酒盅分别摆在陶明礼和自己面前,又到东间里拿出了半瓶白酒。他拔下瓶塞嗅了嗅,将陶明礼和自己面前的酒盅里倒满酒,一边往瓶口里扭着瓶塞一边说道:"明礼有了体面的工作,我脸上也有光彩。不光是二十里堡,即使整个潍县,或者说胶济铁路所经过的地方,有多少人盼着到英美烟公司工作啊!"

屈蓉初没想到陶绍安会有这么大的感慨,她从饭笸箩里抓起一个玉米饼子递给陶明义,说道:"你先吃饭吧,吃完饭还要做作业。"

陶绍安端起酒盅一饮而尽,眨着眼睛说道:"英美烟公司可不是谁想进就能进的呀!"

陶明礼端起酒盅抿了抿,说道:"英美烟公司是英美人的天下,不像你想象得那么好。在那些英美人眼里,咱们中国人不过是工具,会说话的工具。"

"何必这么计较?只要多给钱就行。要是你能挣足够多的钱,我何必起早贪黑地忙?谁不想像文澄怀那样……"

说到这里,陶绍安戛然而止。他放下酒盅,摸起筷子往嘴里夹了几粒炸花生米。屈蓉初咬了一口玉米饼子,不动声色地瞥了一眼陶绍安,端起盛有萝卜炖粉条的碗喝了一口汤。陶明义用筷子夹起一条炸里脊,瞅着陶绍安问道:"爸爸,像文澄怀那么有钱的人,是不是每天都吃炸里脊啊?"

陶绍安将自己的酒盅里再次倒满酒,讪讪地看着屈蓉初,没有答话。屈蓉初没有理睬陶绍安的目光,她默默地吃着饭,眼睛始终盯着自己碗里的粉条和萝卜。陶明礼将酒盅放在方桌上,说道:"文澄怀的确是有钱人,可是有钱人也有有钱人的烦恼。估计是因为文澄怀太有钱,前些日子才会有不明身份的人将他劫持到斐非寺,整整一夜都关在藏经楼的地下室里。那一夜到底发生了什么?文澄怀不可能说,估计也不可能忘怀。"

陶绍安又喝了一盅酒，放下酒盅问道："你不是说保安团也被那些不明身份的人缴了械吗？那些人到底是谁指使的？"

陶明礼没有回答陶绍安的提问，只是叹息着说道："芳菲苑的保险柜，也被那些人带走了。"

陶明义并不知道陶明礼和陶绍安所谈论的"不明身份的人"意味着什么，但看到瓷盘里所剩无几的炸里脊，脸上还是露出了愧色。他吃掉自己碗里的粉条和萝卜，随手将剩下的玉米饼子塞进嘴里，走进西间放下了门帘。门帘垂落的一瞬间，美孚灯的火焰跳动了几下，陶绍安脸上的笑容更加清晰了。他第三次将自己的酒盅里倒满酒，但没有像刚才那样一饮而尽，而是抿了一口，举着酒盅说道："不管怎么说，明礼有了体面的工作，是值得祝贺的。"

屈蓉初不经意间笑了笑，她用筷子指了指陶明礼面前的酒盅，说道："你爸爸这么高兴，你也应该陪着你爸爸干了这盅酒啊！"

陶明礼端起酒盅一饮而尽，随后将酒盅扣在方桌上。他接连咳嗽几声，抓起一个玉米饼子咬了一口，含含糊糊地叫了声"爸爸"，随后说道："我到英美烟公司上班后，家里的收入肯定会增加，但您没必要到处宣扬……"

"还用得着宣扬？时间长了，街坊邻居都会知道的。"

陶绍安喝光酒盅里的酒，将酒盅放在方桌上，眼睛有些红了。陶明礼将陶绍安的酒盅里倒满酒，随后将酒瓶拧上瓶塞，转过身放在锅台上。陶绍安望着拿走了酒瓶的陶明礼，醉意朦胧地说了声"你这是"，随即低下了头。屈蓉初将方桌上盛有炸里脊和炸花生米的盘子往陶绍安面前推了推，眼睛再次盯着陶绍安面前的酒盅。

除了极其高兴的时候，陶绍安几乎从不饮酒，即使中秋节和春节。可是在屈蓉初的记忆中，陶绍安所谓的极其高兴的时候，屈指可数。刚才被陶明礼放在锅台上的那瓶白酒，还是陶明礼到羊角沟任职前，陶绍安特意买的。陶明礼春节前从羊角沟返回二十里堡，陶绍安又喝了一次。屈蓉初吃掉手里的玉米饼子，放下筷子看了看同样放下筷子的陶明礼，从饭笸箩里抓起一个玉米饼子递给陶绍安，说道："快喝了酒吃饭吧，明礼也吃完饭了。"

陶明礼笑了笑，将屈蓉初和自己用过的碗筷收拾到锅台上，转过身对着陶绍安和屈蓉初说道："我到外面溜达溜达，等明义做完作业后再回家。"

陶绍安没说什么，只有屈蓉初对着陶明礼点了点头。陶明礼在屈蓉初和陶绍安的注视下绕过影壁墙，静静地站在影壁墙和街门之间。北面的屋子里没有声音，南面的白杨巷也没有声音，只有火车的汽笛声从西面远远传来。陶明礼似乎听到了某种召唤，他敞开街门，犹犹豫豫地迈出门槛，随后又将街门带上了。白杨巷黑乎乎的，巷口那两棵白杨树变成了两幅刺向夜空的剪影。陶明礼聆听着自己的脚步声走到巷口，不时地仰望着白杨树高高的树冠，也不时地注视着车站东路上三三两两的行人。

虽然已经是春天了，但晚上还是有些凉意。陶明礼将右手插进裤兜，穿过车站东路站在西侧的人行道上，向着自己家的方向张望着。除了在乐道院度过的六年时间，以及在羊角沟度过的半年时间，陶明礼的全部记忆都是有关二十里堡的，坐落在白杨巷的那个并不富裕的家，始终象征着美好。他在人行道上来回踱了几步，向南走到车站东路跟车站三街的丁字路口，右手扶着刺槐树站在丁字路口西侧的车站三街上。在白天，潍安汽车路和车站东路之间的车站三街，跟火车站广场一样喧嚣，可是到了晚上，这个区域竟然寂静得瘆人，不光没有行人，甚至也没有灯火。陶明礼向着陶记百货店所在的位置张望了一番，沿着车站三街走到达勒姆路路口。

达勒姆路是二十里堡最繁华的街道，每到夜晚，各种霓虹灯竞相闪耀，俨然一条色彩的河流。陶明礼从车站三街向北拐上达勒姆路东侧的人行道，仿佛突然间进入了一个陌生的世界。街道两侧的咖啡店和小酒馆竞相播放着音乐，一对又一对的外国男女徜徉在街道两侧，或牵着手，或挽着臂。丹渊公司办公楼四周的射灯全部燃亮了，五颜六色的光柱刺向天空，原本并不高耸的三层楼房，竟然显得非常巍峨。芳菲苑舞厅里飘出的柔柔的歌声，好像掠过虞河河面的微风，在陶明礼心里荡起了层层涟漪。那涟漪绵绵不绝，似乎要变成汹涌的波浪。陶明礼突然间产生了某种恐惧，他快步走到达勒姆路北首，意外地见到了吉尔伯特。吉尔伯特并没有留意街道东侧的陶明礼，他跟黄泓丽面对面站在两棵刺槐树之间，亲密地低语着。陶明礼向北穿过车站二街，沿着车站二街北侧的人行道走到第一复烤厂的南门前，突然对自己刚才走过的路感到了疑惑。为什么要踏上达勒姆路？为什么要回到第一复烤厂？再次响起的火车的汽笛声从西面传来，陶明礼又一次迈开脚步向西走去。

陶明礼很小的时候，最愿意到铁道旁玩耍。那喷吐着浓雾的火车，那两道伸向天边的铁轨，那或嘹亮或沉闷的汽笛声，常常将陶明礼的思绪带到并不清晰的远方。他从车站二街向北拐上车站路，悄悄地站在自己宿舍的西墙外。让陶明礼颇为诧异的是，车站路上竟然出现了许多保安团团丁，他们背朝西等距离站在街道西侧，肃穆得犹如雕像。一群刚刚走出火车站的旅客步履匆匆地向南走来，竟然没有一个人说话。

又要发生什么事情？陶明礼的心里一阵紧张。他看到程铭淮站在北面不远处，便跑到程铭淮面前，表达了自己的疑问。程铭淮什么话也没说，只是将目光投向了聚贤馆。陶明礼满腹疑惑地走到聚贤馆的东窗下，突然听到了敲击玻璃的声音。聚贤馆内紧靠着东窗的方桌上，摆放着一个仅剩了汤汁的瓷碗和两个残留着小咸菜的碟子。庄季江侧着身子坐在方桌旁，右手托着下颌向窗外张望着。陶明礼对着庄季江点了点头，随后走进了聚贤馆。庄季江指了方桌对面的凳子，说道："你怎么到这里来了？怎么不陪着吉尔伯特？"

陶明礼坐在凳子上，望了望坐在柜台后面的薛宗汾，小声说道："我明天才正式上班。"

庄季江将方桌上的碟子以及筷子全部放进瓷碗，说道："还没吃晚饭吧？"

"饭后出来的。"

薛宗汾拿走庄季江用过的碗碟,用抹布擦拭干净方桌,将一把茶壶和两个茶碗放在方桌上。陶明礼将两个茶碗里都倒满茶水,放下茶壶问道:"你怎么不在保安团餐厅用餐?也想吃这里的炒肝了?"

"外面的阵势你肯定看到了。有一辆重要专列要通过二十里堡,保安团临时担任防务。与其说我是在这里用餐,不如说是在这里歇歇脚。"

"前几天在保安团,长官们常常说时局不太平,有可能再次发生大战。所谓的重要专列,是否与战争有关?"

听到尖利的汽笛声从南面远远传来,庄季江微笑着走出聚贤馆,在聚贤馆门前的车站路上走来走去。所谓的重要专列并没有在二十里堡停留,甚至也没有降低速度。它拖着长长的汽笛声驶过二十里堡火车站,将困惑留给了陶明礼。集合的哨音响过,车站路上响起了整齐的脚步声。整齐的脚步声渐渐北去,庄季江又回到了聚贤馆。他坐在自己刚才坐过的凳子上,端起茶碗贴近嘴边,随后将里面的凉茶倒进了方桌旁的水桶。陶明礼将庄季江手中的茶碗里倒满热茶,又从柜台上拿过一把暖瓶,将茶壶里注满了水。庄季江一口气喝光茶碗里的茶水,说道:"战争的确无法避免了。"

"您是说……"

"刚才经过的火车上,除了军人,就是武器、弹药。"

陶明礼将暖瓶放在方桌上,问道:"战争会在什么地方爆发呢?"

"那是阎锡山、冯玉祥和蒋总司令考虑的事情,咱们无法预测。你如果没有重要事情,陪着我到火车站内走一走吧。"

"我能有什么重要事情?"

陶明礼站起身反问道。庄季江到柜台前付了款,和陶明礼一起走出聚贤馆,走向了火车站广场。仿佛雨后春笋,刚才还是一片死寂的火车站广场突然焕发了生机,不光出现了许多摊贩,上下车的乘客也不再步履匆匆了。庄季江带着陶明礼穿过进站口,直接踏上了站台。站台上的路灯全部燃亮了,铁轨的尽头依然是一团黑暗。陶明礼跟在庄季江身后跨过一道道铁轨，磕磕绊绊地踏上了铁轨西面的空地。除了地平线上的几颗星星，远处的旷野仿佛厚厚的帷幕，沿着铁轨向南北方向伸展着。庄季江小心翼翼地靠近西面的铁丝网，右手搭在支撑铁丝网的立柱上。陶明礼走到庄季江身边，轻轻晃动着铁丝网说道："在二十里堡生活了这么多年，我还是第一次在夜间踏进火车站。"

"任何一件事情，你如果换个角度，都有可能得出不同的结论。你觉得阳光下的二十里堡真实呢，还是星光下的二十里堡真实？"

陶明礼没想到庄季江会提出这样的问题，他"呃呃"了两声，语塞了。庄季江从立柱上收回右手，转过身注视着陶明礼说道："阳光下的我和星光下的我，可能也不是一个人。至于哪个我更真实，我自己也不清楚。作为个体的人，我们都可能有着两副面孔……"

"庄老师！"

陶明礼突然感到了惊恐。

又是一阵长长的汽笛声过后，一列从北面驶来的火车缓缓驶进火车站，站台上顿时忙乱起来。呼喊声、叫卖声以及小孩的哭声交织在一起，像一波又一波的涟漪荡漾在夜色中。庄季江拍了拍陶明礼的右肩，颇为惆怅地走到最西面的铁轨旁，凝视着停在铁路上的长长的火车。火车上所有的车窗都透着亮光，模模糊糊的人影在车厢里晃来晃去。陶明礼站在庄季江身边望着或远或近的车窗，心里也像迷茫的夜色一样荡起了涟漪。青岛自然是这趟列车的终点，可是，哪里是旅客们的人生终点呢？

陶明礼不经意间叹息了一声。

汽笛声再次响过，火车喷吐着雾气消失在南面的夜幕中。庄季江拽着陶明礼向南走了几步，又拽着他接连跨过几道铁轨，重新踏上了站台。可能是短时间内不会有火车经过，站台上空荡荡的，既没有等待上车的乘客，也没有竞相推销货物的商贩，只有一名管理员在连成一片的货物堆和铁轨之间踱着。庄季江带着陶明礼走到两个货堆之间的缝隙处，停下脚步小声问道："这两个货堆东侧，应该就是那个地方吧。"

"那个地方？对，那个地方。"

陶明礼点了点头，侧着身子挤进货堆之间的缝隙。缝隙南北两侧的货堆全是麻袋，麻袋里散发着花生的香气。因为货堆顶部覆盖着苫子，货堆之间的缝隙几乎没有光亮。陶明礼刚刚走到土坑西侧，意外地看到土坑南侧的梧桐树下站立着一个人。那个人惊恐地喊了一声"谁"，右手随即插进腰间。陶明礼迅速卧倒，卧倒的同时抓起一块石块掷向那个人的右手。伴随着石块跟金属的碰撞声和金属跌落的声音，庄季江箭一般跨过陶明礼的身体，跳跃着冲到那个人面前，猛然攥紧的右拳慢慢松开了。

"庄团长，我是程铭淮！"

程铭淮？竟然是程铭淮！陶明礼从梧桐树下捡起程铭淮掉落的驳壳枪，双手搀扶起程铭淮，并将驳壳枪还给了他。程铭淮将驳壳枪插进腰间的枪套，两只手紧紧地扣在一起，呼吸依然非常急促。庄季江将右手伸进裤兜，攥着裤兜里的勃朗宁手枪问道："你不是带着队伍回保安团了吗？怎么独自站在这里？"

"队伍刚刚出发我就回来了。我想找个安静的地方独自呆一会儿。生活实在无聊得很。你们俩怎么会到这里来？"

"同样无聊得很，随便走走。"

程铭淮轻轻地转动着双手，说道："整天忙忙碌碌，也不知道什么时候是个头。"

陶明礼望着程铭淮腰间的驳壳枪，还是隐隐约约地感到了危险。他绕到程铭淮身后，说道："咱们到站台上说话吧。这里黑乎乎的，怪瘆人。"

程铭淮答应了一声，慢慢地走向土坑西侧那两个货物堆之间的缝隙。庄季江转过身跟在程铭淮身后，右手依然插在裤兜里。陶明礼走到东面围墙的豁口处向外望了望，快步穿过货堆之间的缝隙，重新踏上了站台。曾经在站台上逡巡的管理员不见了踪影，越来越明亮的路灯光不时地拉长或者缩短程铭淮和庄季江的身影。陶明礼紧张地盯着程铭淮扣在一起的双手，直到走出出站口才松了一口气。火车站广场上空无一人，只有候车室里还聚集着几名等待上车的旅客。庄季江在广场东北角的合欢树下停下脚步，盯着程铭淮的右手说道："伤得厉害吗？"

程铭淮抬起右手对着庄季江和陶明礼晃了晃，说道："实在没想到明礼的武功如此了得，不仅反应快，而且出手狠。"

程铭淮的右手背已经肿了，鲜血还没有止住。陶明礼不知道应该说些什么，只是支支吾吾地重复了几遍"刚才，我"。程铭淮再次将双手扣在一起，对着陶明礼说道："你刚才做的是对的，我并没有责怪你的意思。"

庄季江抬起左手拍了拍陶明礼的后背，说道："这么晚了，快回家吧。我陪着程参谋长到熙春医院包扎包扎。"

陶明礼不好说什么，只是点了点头。他跟在庄季江和程铭淮身后离开火车站广场，低着头向南走去。聚贤馆已经上了门板，但里面还有灯光。陶明礼站在门缝泻出的狭长的光影里，默默地望着庄季江和程铭淮并肩远去的背影。整条车站路已经没有其他行人，庄季江和程铭淮的脚步声也越来越微弱。陶明礼转过身，孤独地走到车站围墙的豁口处，再次停下脚步向北张望着。程铭淮为什么会独自出现在土坑南侧的梧桐树下？他为什么那么惊恐？

围墙上的豁口依然大张着，围墙和货物堆之间的土坑像一汪黑色的水，神秘莫测。陶明礼双手搭在豁口处俯视着土坑，眼前又浮现出庄季江躺在梧桐树下的场景。到底是谁对庄季江实施了暗杀？暗杀者难道销声匿迹了？庄季江怎么可能善罢甘休？豁口处的青砖湿湿的，依然冰凉。陶明礼收回双手，用力搓了搓，满腹疑虑地拐上车站二街。

车站二街上同样不见了人迹，达勒姆路上的行人也非常稀疏。陶明礼努力排除脑海里的种种疑问，尽可能快地回到白杨巷，轻轻地推开了自家的街门。门轴转动的声音响过，白杨巷又恢复了沉静。陶明礼迈进门槛，随手关闭街门，蹑手蹑脚地绕过影壁墙。东间里黑黑的，倒是当门里和西间里还亮着灯。陶明礼推开房门，走进当门里，立刻听到了陶明义略带抱怨的声音："哥哥，你怎么才回家？"

陶明礼将房门插上门关，吹灭当门里的煤油灯，走进西间放下了门帘。西间的窗台上摆放着美孚灯，灯罩的上部已经熏黑了。陶明义背靠着床头坐在床上，手里捧着一本书。他对着陶明礼欠了欠身子，合上书说道："爸爸喝多了酒，吃完饭就上炕睡了……妈妈到百货店值夜去了。"

陶明礼突然感到了内疚，他从陶明义手里抽出书，放在窗台上说道："这么晚了，你快休息吧。我到店里将妈妈替回来。"

陶明义脱掉衣服往被窝里一钻，打着哈欠说道："你在英美烟公司到底每月能挣多少钱？爸爸竟然高兴地喝多了酒。"

"挣不了多少钱。快睡吧，明天还要上学。"

陶明礼吹灭美孚灯，摸索着点亮当门里的煤油灯，敞开房门走出了北屋。东间里突然响起了鼾声，那时断时续的鼾声像星光一样在夜色中荡漾着。陶明礼似乎不愿意打破自家院子以及白杨巷的沉静，不光闭合街门的声音有些胆怯，迈向巷口的脚步也轻柔了许多。他从白杨巷向南拐上车站东路，再从车站东路向东拐上车站三街，最终在陶记百货店门前停下了脚步。陶记百货店的店门和窗子已经上了门板和窗板，只有接待室的窗子还透着亮光。陶明礼轻轻地敲了敲接待室的窗板，说了声"妈，是我"。窗子内的灯光晃动了几下，陶记百货店的店门吱呦一声开了。陶明礼走进百货店，对着屈蓉初说道："妈，您快回家吧，我在这里值夜。"

屈蓉初闭上店门，笑了笑说道："你从羊角沟回到二十里堡后，一直心事重重。你不想……"

陶明礼再次叫了一声"妈"，跟着屈蓉初走进了接待室。

接待室东北角的单人床上，被子已经展开；靠近南窗的方桌上，摆放着一把暖瓶和一个瓷杯。陶明礼和屈蓉初坐在方桌东西两侧的椅子上，谁都没有开口说第一句话，只是默默地看着对方。陶记百货店门前的车站三街上没有了白昼的喧嚣，偶尔经过的几个行人几乎都步履匆匆，仿佛在追赶着未知的命运。屈蓉初拿起暖瓶往瓷杯里加了一些水，放下暖瓶将瓷杯往陶明礼面前推了推，说道："刚刚吃了晚饭就离开了家，仅仅因为担心影响明义做功课？"

"成了英美烟公司的雇员，我并没有感到高兴。看到爸爸那么高兴，我又不愿意败他的兴。"

"你爸爸是由衷的高兴。他原本希望你能够到大学深造的，可是家里的经济情况……"

"能够读完中学，我已经很满足了。像咱们这样的家庭，有几家的孩子能够读完中学？对于您和爸爸，我只有感激。明义很聪明，也很刻苦，我倒是希望他能够一直读下去，像文澄怀的儿子文笃修一样取得博士学位。"

听到陶明礼提及文澄怀和文笃修，屈蓉初愣了愣，问道："你认识文澄怀的儿子文笃修？"

"不认识。我只是听吉尔伯特说起过他。吉尔伯特说文笃修正在撰写一本题为《烤烟种植与山东农民》的书，而且还说文笃修的英文水平，超过了大部分英美人。"

"如果你也能接受良好的教育，你的英文水平肯定会超过文笃修。"

"妈妈，咱们不谈论这个问题了。您和爸爸已经付出很多了。"

屈蓉初苦涩地一笑，低下了头。陶明礼喝光瓷杯里的水，双手攥着空瓷杯坐在方桌旁，眼睛一直盯着方桌另一侧的屈蓉初。沉默了很久的火车的汽笛声又一次响了起来，那汽笛声似乎有些疲倦，仿佛长长的叹息。屈蓉初在汽笛声中站起身，但并没有回家的意向。她犹犹豫豫地走到单人床边，转过身面对着陶明礼说道："明天你还是辞掉英美烟公司的工作吧。你可能因为这份工作获得较高的薪水，但那些薪水，需要你付出血的代价，有可能是生命的代价。"

"妈，您所担忧的，我在接受军训的时候已经思考过了，准确地说，我在羊角沟巡警局就开始思考了。像我们这样的人，只有以生命为代价才能做成某种事情，哪怕是在别人看来微不足道的事情。我接受军训期间很少回家，不是因为训练忙，而是因为心里苦闷。您整天待在家里，很少接触外面的世界，一定会觉得我是在意气用事。不是的。作为吉尔伯特的保镖，我确实要承担一定的风险，但也可以接触像我们这样的人无法接触的世界。再说，生活在一国三公的中国，谁又是安全的呢？"

屈蓉初极为震惊。她明明知道坐在面前的就是陶明礼，但内心里还是产生了疑问。火车的汽笛声渐渐远去，陶明礼的话语也消失了。屈蓉初知道自己无力改变陶明礼的思想，也就没再说什么。她在陶明礼的陪伴下走出百货店，怅怅地向西走去。陶明礼锁上店门，默默地陪着屈蓉初走到白杨巷巷口，又迅速回到陶记百货店门前，打开了店门。跟刚才走进百货店时一样，除了挂在接待室墙壁上的那盏煤油灯，百货店里再没有其他光亮。陶明礼插上门关，走进接待室吹灭煤油灯，心里有些莫名的兴奋。他坐到方桌旁伸直双腿，懒懒地仰靠在椅背上，感觉黑暗像潮水般在身体四周激荡着，有漩涡，也有浪花。时间慢慢流逝，夜色越来越浓。陶明礼双手把着座面静坐着，突然听到东面不远处响起了脚步声。那脚步声越来越近，贺惟忠的低语声在窗外响了起来："你是说，你在那个土坑旁遇到了庄季江。"

陶明礼突然间一阵紧张。借着窗外的微明，他从窗板的缝隙间看到程铭淮和贺惟忠并肩走在一起。

# 十二

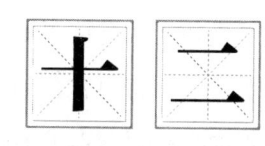

　　雨柱变成了雨丝，铅灰色的天空终于透出一丝亮光。陈静楠右臂撑着桌面，左手攥着两方铜镇尺，斜着身子望着窗外青翠欲滴的法桐树叶。对面星条庐的庐门慢慢开启，陶明礼和吉尔伯特每人拎着一把伞，出现在廊檐下。吉尔伯特将手伸进雨中停顿了片刻，转身从庐门内拎出一个手提箱。陶明礼弯着腰冲到米字庐的廊檐下，将手中的雨伞靠在廊柱上。他推开米字庐的庐门，走到英格兰门前敲了敲房门。陈静楠将手中的铜镇尺放在桌上，站起身敞开房门，微笑着望着陶明礼。陶明礼同样微微一笑，站在房门口说道："吉尔伯特先生要到济南住一段时间，他让您代他向文笃修博士问好。"

　　"你们现在就走吗？"

　　"现在就走。"

　　陈静楠没再说什么，她跟着陶明礼走出米字庐站在廊檐下，漫不经心地瞥了一眼悬挂在星条庐庐门上的门锁。吉尔伯特对着陈静楠摆了摆手，左手举着雨伞，右手提着手提箱，走进细雨中。陶明礼急忙从廊柱旁抓起雨伞，跑到吉尔伯特身边接过手提箱，随后将雨伞撑开了。吉尔伯特好像突然记起了什么，他转过身走到陈静楠面前，站在台阶下说道："前些日子洛克伍德留下的那本小说，能找出来我看看吗？那本小说或许能帮助我打发无聊的时间。"

"没问题。"

陈静楠答应了一声，不假思索地回到了英格兰。她从办公桌中间的抽屉里找出《查特莱夫人的情人》，随手装进一个大信封，走出米字庐交给了吉尔伯特。吉尔伯特将装有《查特莱夫人的情人》的大信封夹在腋下，再次举起雨伞走进细雨中。他和陶明礼并肩走出经理处，沿着经理处东侧的甬道向北走去。陈静楠回到米字庐，并没有立刻走进英格兰，而是在英格兰和威尔士之间踱来踱去。陶明礼进入米字庐以后，除了跟随吉尔伯特外出，大部分时间都待在威尔士。至于陶明礼待在威尔士做什么，陈静楠并不知晓。除了开关房门的声音，陶明礼发不出任何声音，即使开关房门的声音也是轻轻的。陈静楠知道现在的威尔士肯定没有人，但还是将威尔士的房门轻轻地推了推。她谛听着自己的脚步声回到英格兰，大开着房门站在办公桌前。

窗外的雨丝越来越细，最后变成了一团雾气。雨水冲刷过的窗玻璃洁净明亮，仿佛从窗框上消失了一样。办公桌中间的抽屉还开着，曾经长时间珍藏在里面的《查特莱夫人的情人》，却被吉尔伯特带走了。陈静楠感觉身上像突然着了火一样，她将抽屉推进办公桌，双手捧着脸颊坐在椅子上，手掌和脸颊都汗津津的。《查特莱夫人的情人》的书页中夹有很多纸条，每一张纸条都写有陈静楠阅读时的感受，这些感受全部是私密的，有些还是难以启齿的。因为事发突然，陈静楠在将《查特莱夫人的情人》交给吉尔伯特之前，并没有想到抽出那些纸条。如果吉尔伯特看到那些纸条，会做何感想？陈静楠踌躇再三，快步走出米字庐和经理处，沿着吉尔伯特和陶明礼刚才走过的甬道向北跑去。

甬道上残存着不少水渍，甬道两旁的刺槐树上还不时地落下雨滴。陈静楠跑到第一复烤厂西门，长长的火车已经停在铁轨上。她跑进售票室购买了一张站台票，攥着站台票冲进了进站口。站台上还聚集着三三两两的送行的人，但车厢的车门已经关闭。陈静楠在站台上奔跑着，焦灼地注视着每一扇车窗玻璃。汽笛声再次响起的一刹那，陈静楠从第13车厢的一扇车窗看到了吉尔伯特。她对着吉尔伯特喊了一声，惊喜地跑到窗子前面，立刻被车站管理员拽住了衣袖。伴随着突然喷出的雾气，火车缓缓开动了。吉尔伯特对着陈静楠摆了摆手，喊道："有事吗？"

陈静楠已经不可能再说什么，只好举起右手对着吉尔伯特挥了挥。

火车渐渐地加快速度，最后从地平线上消失了。陈静楠四下里看了看，极其失落地走出出站口，左手扶着广场东北角那棵合欢树静静地站立着。合欢树的树皮湿漉漉的，树干底部的地面上残存着一个水洼。陈静楠注视着水洼里自己模糊的脸庞，第一次感觉封闭已久的内心世界完全洞开了。她慢慢地迈向第一复烤厂西门，脚步始终软绵绵的。

再一次走进米字庐和英格兰，再一次坐在办公桌前，陈静楠极度疲惫。她闭上眼睛仰靠在椅背上，脑海里晃动着的，始终是吉尔伯特乘坐的那列火车。窗玻璃越来越明亮，书桌上竟然洒下了阳光。陈静楠拉上白色窗帘，才感觉喉咙干渴得难受。她冲了一杯咖啡端在手里，失神地盯着桌面上的铜镇尺，隐隐约约地听到甬道上响起了熟悉的脚步声。那脚步声越来越近，湿湿的，似乎同样惶恐不安。陈静楠贴着窗玻璃向窗外看了看，放下咖啡杯走出英格兰，拉开了米字庐的庐门。文笃修的左手捏着一个牛皮纸袋，脚上的球鞋满是泥点。他迎着陈静楠走到廊檐下，脸上流露出一丝尴尬。

在瞻可园遇到文笃修，陈静楠总是主动称呼文笃修"笃修"，文笃修也会称呼陈静楠"二妈"。可是在英美烟公司，陈静楠也跟文笃修一样，竟然不知如何称呼对方。短暂的沉默过后，还是陈静楠先开口了："吉尔伯特昨天就说你要来查阅英美烟公司的档案资料，早上还让我代他向你问好。昨天的晚饭时间和今天的早饭时间，都没见到你……听美云说你一直在熙春医院。"

"美云？"

文笃修反问了一句，讪讪地笑了。他跟着陈静楠走进英格兰，略微有些拘束地坐在紧贴着东墙的长沙发上，尽可能地躲避着陈静楠的目光。陈静楠从茶几上拿起一个玻璃杯到洗漱间刷了刷，冲了一杯咖啡放在文笃修面前，说道："你跟阿格尼丝那么恩爱，还是尽早结婚吧。你爸爸就你一个儿子，你结了婚，他也就没有什么心事了。"

"婚肯定要结的，只是我现在还没有心思。"

"是因为那本题为《烤烟种植与山东农民》的书稿，还是因为其他原因？"

文笃修顿时显得非常尴尬，他嗫嚅了一番，说道："吉尔伯特说你兼管档案，有关英美烟公司在潍县种植烤烟的档案，以及与复烤厂选址有关的档案，你能找出来让我看看吗？"

陈静楠没再继续有关阿格尼丝的话题，她打开正冲着英格兰房门的档案室的房门，拿出一个木制档案盒，交给了文笃修。文笃修打开档案盒，从里面拿出一摞档案放在茶几上，随手将档案盒推到了一边。陈静楠将档案以及档案盒移到办公桌上，对着文笃修说道："你坐在办公桌前慢慢看吧，我到隔壁房间查点资料。"

文笃修也没客气，他坐到办公桌前望着陈静楠问道："这些档案你都看过吗？"

陈静楠点了点头。她将文笃修的咖啡杯端到办公桌上，从档案中抽出1913年10月13日由潍县发往英美烟公司的一份英文调查报告，用英文念道："潍县地段是我们在山东所见到的最适宜于建立试种场的地方，因为在那里已经种植了大量的烟叶。1911年有500吨烟叶由铁路运往青岛，而这个数字并不包括全部种植的烟叶，还有很大数量由手推车运往本省北部地区以及烟台。我们估计潍县附近地区种植的烟叶每年有150万磅……离潍县两站路的坊子，可作为农场的地点，因为此处是德国人的煤矿所在地，而且位于最好的烟叶种植地的中心。这里的烤烟费用可以低得多，因为我们可以每吨4至8元的价格直接从煤矿得到煤炭。"

"也就是说，英美烟公司在潍县种植烤烟的历史，可以追溯到17年前；英美烟公司之所以在潍县种植烤烟，是因为潍县有着种植晒烟的传统，尽管晒烟不适用于制造卷烟。"

"是的。潍县可能是中国大陆最早种植烤烟的地方。"

"你知道，除了通商口岸和辟有外国居民点的地区及外国租界，外国人无权在中国购买或租赁土地……如果在通商口岸、外国人居住地和租界以外购买土地，必须借用中国人的名义。如果借用中国人的名义购买土地，英美烟公司就得冒双重风险，一是地契的合法性，一是被借用名义的中国人的可靠性。对于这个问题，英美烟公司是怎么解决的？"

陈静楠笑了笑，说道："英美烟公司在二十里堡购买的所有土地，都是借用了你父亲的名义。"

文笃修颇为惊异。

陈静楠从档案中找出1919年1月11日由二十里堡发往英美烟公司的一份英文信函复制件，用英文念道："我们现交给你关于购进新土地的有关数字如下：土地面积达35.84131亩，每亩平均价格为482.09元，整块土地的价格为17278.83元。我们已支付了这笔钱款，并从文那儿得到了附上的收条。"

"文？"

"就是你父亲。"

所谓的"附上的收条"，指的是文澄怀1917年2月16日签名的声明书。陈静楠从档案中找出"附上的收条"复制件，用汉语念道："文澄怀在这里承认并宣称用我的名义在二十里堡购置的土地，是用英美烟公司提供给我的钱购买的，我受上述公司委托持有这块地，我将按照该公司任何时候指示的方式来转让这块地或作另外的安排。"

文笃修将全部档案归拢好，沉默了。

"英美烟公司借用你父亲的名义购买的所谓的新土地，就是我们脚下的这片土地。第二复烤厂所占用的土地，也是借用你父亲的名义购买的……你在这里安心研究这些档案吧。"

陈静楠转身走出英格兰，走到了苏格兰门前。

虽然共同生活在瞻可园,但除了早饭和晚饭时间,陈静楠很少见到文笃修。因为有文澄怀和夏美云在场,即使见了面,陈静楠也很少跟文笃修交谈。而所谓的交谈,更多的是毫无意义的寒暄。借助那些毫无意义的寒暄,陈静楠偶尔也能窥视到文笃修的精神世界的某些角落。而每次窥视到那些角落,陈静楠的精神世界就像投入了石块的虞河一样,产生阵阵涟漪。陈静楠敞开英格兰的房门和最北面的窗子,无意中瞥见第一复烤厂的西门,身上再次涌出了热浪。

吉尔伯特现在到哪里了?他看到那些纸条会做何感想?

想到吉尔伯特,陈静楠感觉所处的米字庐也像火车一样颠簸起来。她听到真实的火车停靠在西面不远处的二十里堡火车站,叹息着走到紧贴着北墙的书架前,仰望着书架上的图书。苏格兰大约拥有5000册图书,而且大都是英文书。因为少有人借阅,大多数图书还保持着最初摆放时的样子。陈静楠进入米字庐后,也只是翻阅过一些有关烟草的书,以及英文版的文学书。

《男性生殖系统疾病》?

注意到这个书名,陈静楠皱了皱眉头。她从一套英文版的《欧洲风化史》旁边取下这本英文书,双手捧着回到北窗前,放在窗台上。

在齐鲁大学读书期间,陈静楠曾经暗恋过医学院的一位男同学。所谓的暗恋,准确地说是她对那位男同学有好感,而那位男同学一无所知。认识文澄怀以后,陈静楠从文澄怀那里感受到的,更多的并不是爱,而是信任,一种没有性别意识的信任。虽然陈静楠没有夏美云那么丰富的性生活经历,但她还是知道文澄怀的性器官出现了问题,准确地说是阳痿。虽然谈及文澄怀时夏美云经常流露出遗憾的神情,陈静楠对于文澄怀的阳痿却没有特别在意,只是在跟夏美云谈论起文澄怀的时候,脑海里偶尔出现某种暧昧的场景。

苏格兰竟然藏有专门讲述男性生殖系统疾病的书,这倒是陈静楠没有想到的。她打开书慢慢翻阅着,脸颊微微有些发热。《男性生殖系统疾病》

一书中有不少彩色插页，几乎每一张插页都涉及男性生殖器，而且不少情形是夏美云多次讲过而陈静楠从未见过的。英格兰没有任何声音，不远处的火车站也没有响起火车的汽笛声和颠簸声，陈静楠所听到的，只有自己越来越剧烈的心跳。她将书中的插页认真看了一遍，随即翻到了讲述阳痿的那个章节。

仅仅看了两页纸，陈静楠便胆怯地转过身，背靠着窗台静静地站立着。她合上书，仔细追忆着文澄怀在床上的种种表现，渐渐地理解了文澄怀的窘状。既然文笃修是文澄怀的亲生儿子，就说明文澄怀曾经是个健全的男人。如果文澄怀的阳痿是因为精神或者心理因素造成的，那么造成文澄怀阳痿的精神或者心理因素是什么？如果文澄怀的阳痿是因为受到了惊吓，那么谁又能够给予文澄怀惊吓呢？再次打开书，再次翻到讲述阳痿的那个章节，陈静楠听到米字庐的庐门被敲响了。她左手捏着书走出苏格兰，对着站在廊檐下的夏美云笑了笑，问道："你怎么有兴趣到这里来？"

"闲着无聊，我又没有朋友。"

夏美云闭合庐门，不动声色地看了一眼英格兰大开着的房门，跟着陈静楠走进了苏格兰。她在书架间转来转去，脸上流露出淡淡的惆怅。陈静楠陪着夏美云走到西窗下的书桌旁，才意识到自己手中捏着《男性生殖系统疾病》一书。她将手中的《男性生殖系统疾病》放在身边的书架上，说道："他心事重重的，你怎么不留在瞻可园陪陪他。"

"你刚离开瞻可园，贺惟忠就到了。他跟贺惟忠说了几句话，就和贺惟忠一同坐着轿车离开了瞻可园。最近一段时间，他反复挂在嘴边的，除了时局，还是时局。以前挂在他嘴边的好像除了丹渊公司，还是丹渊公司，反正没有咱们俩。"

"要是说他心里没有我，倒是事实。要是说他心里没有你，你也不会相信。"

"他在我床上待的时间，的确比在你床上待的时间长，但他心里更看重你。"

"他要是真的看重我，就不会经常待在你床上了。"

夏美云笑了笑，没再说什么。她取下陈静楠放在书架上的《男性生殖系统疾病》，捧在手里翻了翻，脸颊立刻红了。陈静楠的神情也变得极其不自然，她注视着夏美云泛红的脸颊，感觉自己的脸颊也开始发烫。夏美云抬起头望着陈静楠，不解地问道："这是本什么书？里面怎么那么多那个东西的图片？"

"一本讲述男性生殖系统疾病的书。我也是刚才发现的。"

夏美云又翻了翻捧在手中的《男性生殖系统疾病》，指着有关阳痿的那个章节的几张图片说道："这几张图片倒像是他的。"

"他？"

"咱们的丈夫呗。"

夏美云将《男性生殖系统疾病》交给陈静楠，右手按着书桌，静静地站立着。陈静楠将《男性生殖系统疾病》放回原来的位置，目光停留在那套英文版的《欧洲风化史》上。她抽出其中的风流世纪卷看了看，又迅速插入了文艺复兴时代卷和资产阶级时代卷之间。《欧洲风化史》收录了大量图片，几乎每一张图片都透着暧昧。陈静楠努力控制着越来越剧烈的心跳，慢慢地走到西窗下，跟夏美云站在一起。夏美云从书桌上收起右手，叹息着说道："瞻可园犹如一个金丝笼，我们只是笼中的金丝鸟而已。不瞒你说，春节以后，尤其是文笃修回到瞻可园以后，我便产生了离开瞻可园的念头。我毕竟还年轻，我想躺在一个真正的男人怀里。"

"那件事真的那么具有诱惑力？"

"不仅仅是为了那件事……以前有你陪着，我还没觉得瞻可园那么冷清。你来到英美烟公司担任英文翻译以后，我感觉瞻可园不光是一个金丝笼，更像一座枯草遍地的墓园……你比我有文化，我就不相信你从不考虑以后的生活，我更不相信你愿意以处女之身进入坟墓。"

陈静楠眼前突然出现了刚才看到的《欧洲风化史》中的图片，以及被吉尔伯特带走的《查特莱夫人的情人》描绘的场景。她仰起头笑了笑，说道:"我们毕竟是他的妻子。"

"不是妻子,是姨太太,是小老婆。"

陈静楠没再说话,夏美云也沉默了,她们苦涩地对视着,静静地谛听着对方的心跳。陈静楠突然间燥热难耐,她推开书桌旁的窗子长长地呼吸着,胸部像虞河的春潮一样时起时伏。夏美云悄悄地抓住陈静楠的双手,直视着陈静楠的脸颊说道:"要想将自己变成一个真正的妇人,并不难。"

"你是说……"

"没有一个男人能够经得起诱惑……包括文笃修。"

"你说什么?文笃修?"

"相信你并不厌恶他。在我看来,你更应该是文澄怀的儿媳妇,而不是文澄怀的姨太太。"

陈静楠低下头,胸部依旧像虞河的春潮一样起伏着。

"如果你愿意,我可以让他主动将你抱在怀里。"

陈静楠像突然受到了惊吓似的四下里看了看,小声说道:"他就在隔壁的英格兰,已经很长时间了。"

夏美云故作惊讶地望着陈静楠,随后笑了。她拽着陈静楠的左手走出苏格兰,悄悄地走进英格兰,又悄悄地将房门闭合了。文笃修一动不动地坐在办公桌前,双手捧着一份档案,好像陷入了遐思。他慢慢地放下手中的档案,不经意间愣住了。夏美云放开陈静楠的左手,独自走到文笃修对面,隔着办公桌俯视着文笃修说道:"不光对两位长辈不理不睬,而且还坐在椅子上一动不动,也太没有礼貌了吧?"

文笃修似乎还沉浸在刚才看过的档案里,他双手按着桌面站起身,犹犹豫豫地叫了一声"二妈、三妈"。夏美云侧过头对着陈静楠笑了笑,又对着文笃修说道:"虽然是姨娘,毕竟也是娘。当娘的,不会把孩子的过失当回事的。听说你已经工作很长时间了,是不是也应该休息休息了?别累着。"

文笃修不知道怎么回答夏美云,只好站在办公桌前无奈地垂着双手。

望着文笃修涨红的脸色，陈静楠开心地笑了。她拉着夏美云坐到长沙发上，指着自己用过的咖啡杯问道："你是喝咖啡呢，还是喝茶？"

夏美云看了看文笃修面前的咖啡杯，故作不屑地对着陈静楠说道："我不喝咖啡，我喝茶。咖啡是你们这些会洋文的人喝的。"

文笃修不安地瞥了陈静楠一眼，对着夏美云说道："咖啡虽然是洋饮料，但也是很普通的饮料。不少中国人都在喝。"

"那是当然了。你们俩的杯子里不都是咖啡吗？"

夏美云的话音未落，文笃修的脸颊越发红了。他侧着身子坐在椅子上，一会儿看看摊开在桌面上的档案，一会儿又看看坐在长沙发上的陈静楠和夏美云。夏美云从茶几的隔板上拿出一个瓷杯放在几面上，又拿出一个茶叶筒拧开了盖。她将瓷杯里倒进茶叶，拧紧茶叶筒盖，对着文笃修嗔怪道："笃修，真的需要你二妈给我倒水吗？"

文笃修局促不安地走到夏美云身边，迟迟疑疑地拿起茶几下面的暖瓶，将夏美云刚刚放进茶叶的瓷杯里倒满了水。陈静楠也变得局促不安，她低下头，尽量回避着夏美云那意味深长的目光。文笃修放下暖瓶，站直身子退回到办公桌前，探询地望着夏美云。夏美云瞅了瞅陈静楠的咖啡杯，再次将目光移向文笃修，说道："笃修，你都是博士了，难道不知道热咖啡更好喝吗？"

陈静楠急忙对着文笃修摆了摆手，说道："我不喝了，我不喝了。"

夏美云拎起暖瓶将陈静楠的咖啡杯加进半杯水，说道："你也不用这么护着笃修。当儿子的给当妈的倒杯水，难道不应该吗？"

文笃修再次坐在椅子上，目光不时地在夏美云和陈静楠脸上移来移去，脸颊依然红红的。夏美云抬起右手理了理垂到额角的头发，站起身笑着说道："笃修，我要是知道你在静楠这里，我就不来了。你们都是文化人，而且都精通英文。我除了会几句唱词，什么也不懂……实在对不起，我忘记你们俩都是我的英文老师了，实在对不起，实在对不起。"

最后两个"实在对不起"，夏美云是用英文说的，说完，她便对着文

230　烟

笃修和陈静楠分别鞠了一躬,随后叫了一声"笃修老师"和"静楠老师"。文笃修和陈静楠相继站起身,不知所措地望着夏美云。夏美云绕过茶几,交叉着双手站在英格兰中央,故作虔诚地说了声"打搅你们了"。文笃修和陈静楠面面相觑着,更加不知如何是好。夏美云对着他们笑了笑,头也不回地走出了英格兰和米字庐。陈静楠追着夏美云喊了一声"美云",孤独地站立在廊檐下,凝视着夏美云渐渐远去的身影。虽然夏美云刚才在自己和文笃修面前说的每一句话都意味深长,但陈静楠反复回味着,还是夏美云在苏格兰说过的话。那些话虽然都是真话,但又实在不可思议,因为文笃修毕竟是夏美云和她名义上的儿子。

自己竟然还有比自己年长的儿子!

轻轻感喟着回到米字庐,陈静楠突然意识到原本空旷的空间好像被某种东西塞满了。她回到英格兰,坐在长沙发上端起咖啡杯,若有所思地端详着文笃修。文笃修依然低着头坐在办公桌前,办公桌上依然摆放着一摞档案,但文笃修的思想显然已经离开了那本题为《烤烟种植与山东农民》的著作。他侧过身对着陈静楠笑了笑,说道:"你自从任职英美烟公司,中午好像从未回过瞻可园。"

"米字庐南面的那排平房里有餐室,中午可以在那里用餐。档案室里有一张小床,午餐后还可以休息一下。"

说完,陈静楠抬起右手指了指档案室的房门。

"我没想到她会到这里来。"

"她?"

"就是……美云。"

"我和美云是先后进入瞻可园的,那时候你还在美国留学。虽然同为你父亲的姨太太,但我们相处得很好,从来不……争风吃醋。"

"母亲去世后,父亲很孤独……我又不在国内。谢谢你们。"

"有什么可谢的?我和美云走进瞻可园,主要还是为了吃碗饱饭。当姨太太的,目的其实很简单。"

"你现在是英美烟公司的雇员,完全可以自食其力了。"

"我之所以能够进入英美烟公司,主要因为我是你父亲的姨太太。对于这一点,别人也许不清楚,我还是清楚的。"

文笃修感觉谈话越来越艰难,只好沉默了。他看了看手表,将办公桌上的档案摞成一摞,说道:"快到午饭时间了。我还是回瞻可园吧。如果你不外出,我下午继续来这里看档案。"

"你留在这里吃饭也没问题……吉尔伯特到济南去了。在他返回二十里堡之前,我没有任何事情可做。你随时可以来。"

文笃修说了声"谢谢",双手按着桌面站起了身。陈静楠没有将文笃修送出米字庐,仅仅将他送出英格兰,便在英格兰的房门前停住了。文笃修的脚步声消失在米字庐和星条庐之间的甬道上,陈静楠突然间感到了巨大失落。她不无惆怅地回到办公桌前,静静地注视着桌面上的那一摞档案。自从听说文笃修要修订他的题为《烤烟种植与山东农民》的博士论文,陈静楠便知道文笃修肯定要查阅英美烟公司的相关档案,但从未想到自己竟然会管理这些档案。她莫名其妙地撇了撇嘴,左手端起文笃修用过的那个咖啡杯,右手捏着杯盖走进洗漱间,静静地谛听着自己的喘息声。

最终决定走进瞻可园,陈静楠便将自己的内心世界封闭了。除了文澄怀,她不再留意其他异性的目光,尽管有些目光也是灼热的。进入瞻可园的最初时间,尤其是在涵虚轩跟文澄怀同床共枕的最初时间,陈静楠也曾回想过藏匿在记忆中的异性的目光,最终还是将那些目光掩埋了。因为那些目光除了给自己增添烦恼,已经没有任何意义。可是文笃修的出现,还是让陈静楠再次产生了莫名的渴望。文笃修的目光虽然没有任何温度,但那毕竟是异性的青春的目光。夏美云跟陈静楠闲聊的时候,从不掩饰对文笃修的好感,也从不讳言自己的过去。她不仅经常谈及她在青岛新舞台的放荡的生活,也经常谈及跟她交往过的形形色色的男人,包括某些常常让陈静楠面红耳赤的细节。

突然响起的火车的汽笛声在洗漱间里荡来荡去,陈静楠终于从越来越清晰的幻境中挣脱了。她将文笃修用过的咖啡杯反复清洗过，端在手中回到了英格兰。文笃修早已远去，估计已经回到了瞻可园，陈静楠依然嗅到了一种陌生的气息。她将手中的咖啡杯放到办公桌上，默默地注视着文笃修看过的那一摞档案，脑海里又出现了文笃修的身影。吃过午饭，陈静楠到洗漱间刷了刷夏美云用过的茶杯和自己用过的咖啡杯，随后走进了档案室。以前每次午睡，陈静楠总是关闭英格兰的房门和档案室的房门，可是这次午睡仅仅关闭了英格兰的房门。她脱掉外衣躺在单人床上，反复萦绕在脑海的，还是文笃修的形象，以及夏美云在苏格兰说过的那些话。难道自己早已封闭的精神世界，真的要透进一线光亮或者一缕春风？

反复追忆着夏美云在苏格兰说过的话语，陈静楠不知不觉地想到了《男性生殖系统疾病》，以及《男性生殖系统疾病》旁边的那套《欧洲风化史》。吉尔伯特去济南了，他不可能突然出现在米字庐；陶明礼跟随吉尔伯特去济南了，米字庐里也不可能响起他的脚步声。陈静楠在单人床上辗转反侧着，耳边却不时地出现臆想中的脚步声，时而清晰，时而模糊。时间一点点流逝，睡意也一点点消逝。陈静楠只好坐起身，穿上了外衣。她整理好床铺，走出档案室带上房门，站在英格兰中央。茶几上依然摆放着夏美云用过的茶杯和陈静楠用过的咖啡杯，那两个杯子紧紧地靠在一起，不时地透出凄清的光。陈静楠将文笃修用过的咖啡杯里重新倒进咖啡，盖上杯盖，坐在办公桌前向外张望着。

湿湿的甬道上洒满了阳光，法桐树的树叶偶尔抖动几下，叶面上的绿色仿佛要滴落下来。陈静楠不时地看看手表，深藏在心中的希望渐渐地变成了失望。他说过下午继续来看档案的，怎么还没来？想到这里，陈静楠再次感到脸上火辣辣的。她双手捧着脸颊注视着桌面上的档案，回响在耳边的，依然不是臆想中的脚步声，而是她自己的喘息声。他，自然不是文澄怀。自己怎么会魂不守舍地盼望他的到来呢？

懒懒地站起身，陈静楠走出英格兰，推开了苏格兰的房门。苏格兰的北窗和西窗都开着，书架间不时地掠过阵阵微风。陈静楠下意识地走到排列着《男性生殖系统疾病》的书架前，长时间仰望着书架上的《男性生殖系统疾病》，终于将文笃修从脑海里摒除了。文笃修是属于阿格尼丝的，只有文澄怀才是自己的。想到文澄怀，陈静楠很自然地想到了夏美云。准确地说，自己和夏美云都是属于文澄怀的。

　　陈静楠走出苏格兰，推开米字庐的庐门向南望了望，又回到了排列着《男性生殖系统疾病》的书架旁。文笃修依然没有出现在米字庐，陈静楠感到了越来越强烈的失落。她仰望着书架上的《男性生殖系统疾病》，眼前无意中闪现出文澄怀的裸体。文澄怀的裸体是陈静楠见到的唯一的成熟男性裸体，那具裸体让陈静楠感受到的却是绝望和无奈。文笃修的裸体会是什么样子呢？想到这里，陈静楠的心脏骤然加速了跳动，她将右手伸向《男性生殖系统疾病》，意外地落在《男性生殖系统疾病》旁边的《欧洲风化史》上。三卷《欧洲风化史》整齐地排列着，陈静楠略一迟疑，再次取下了风流世纪卷。她双手夹着风流世纪卷走到西窗下，坐在了书桌旁。

　　《欧洲风化史》系德国学者爱德华·傅克斯的作品，风流世纪卷是其中的第二卷。陈静楠坐在书桌前匆匆地浏览了一遍书中那些让人心慌意乱的插图，随便翻开一页，读了下去："夫人，婚姻的目的在于使双方幸福。我们两人在一起可并不幸福。忠贞不渝叫我们俩都难受，那又何必拿忠贞不渝来自鸣得意……过去我们彼此为了对方而牺牲了自己的自由是多么愚蠢。你自己想怎么过就怎么过吧，我也自己过我自己的日子。"

　　爱德华·傅克斯所抄录的是马蒙特尔的《劝善故事》中的一段对话。谈话的丈夫没有直截了当地鼓励妻子可以找个情夫，但他不限制妻子同其他男子来往的那份客气，作为妻子也会心知肚明。将爱德华·傅克斯的引文再次读了一遍，陈静楠极力压抑着越来越剧烈的心跳，再次走到排列着《男性生殖系统疾病》的书架旁，将另外两卷《欧洲风化史》取了下来。

　　苏格兰里原本就少有人迹，收藏其中的《欧洲风化史》更是没有人注意。陈静楠将刚刚取下的另外两卷《欧洲风化史》放在书桌上，从中找出文艺复兴时代卷，首先翻到了爱德华·博克斯于1909年春天所写的序言："每个时代的风化行为、风化观念、规范并制约性生活的种种规定，最典型最鲜明地表现了各个时代的精神。每个历史时期、每个民族和每个阶级的本质都在其中得到最真切的反映……"

又是性生活！陈静楠将三卷《欧洲风化史》全部放回原处，带上苏格兰的房门，再次推开了米字庐的庐门。米字庐门前的甬道上空无一人，即使东南面的黑漆铁门也无人出入。陈静楠站在廊檐下，默默地望着天空中丝丝缕缕的白云，思绪好像也在天空中飘荡着。太阳渐渐西沉，法桐树的树叶闪耀着若有若无的霞光。陈静楠若有所失地回到米字庐，莫名其妙地将文笃修曾经用过的咖啡杯里注入热水，懒洋洋地坐到办公桌前。说好下午还要来看档案的，怎么又不来了呢？陈静楠将自己经常用的那个咖啡杯放在办公桌上，又端起文笃修用过的咖啡杯离开办公桌，坐在长沙发上。

咖啡杯里的雾气缓缓飘散着，陈静楠的思绪也随着雾气缓缓飘散着。她慢慢地喝光杯子里的咖啡，到洗漱间刷干净杯子，叹息着锁上了英格兰的房门和米字庐的庐门。天空中的白云已经被晚霞染成了橘红色，车站路上的喧嚣声依然没有减弱。陈静楠到车棚里找到自己的脚踏车，骑着脚踏车离开了经理处和第一复烤厂。

映照着灿烂的晚霞，车站二街也呈现淡淡的橘红色。陈静楠没有像往常一样从车站东路折而向北，而是直接向东，拐上了潍安汽车路。经过雨水的浇灌，潍安汽车路两侧的田野里春意盎然，不光是远远近近的树木焕然一新，即使是不久前移栽的烟苗也呈现勃勃生机。脚踏车渐渐接近斐菲寺，陈静楠意外地听到天王殿和照壁之间响起了熟悉的笑声和惊叫声。文笃修和夏美云？陈静楠禁不住心里一沉。她骑着脚踏车来到照壁东侧，左脚撑着地，右脚依然踏在蹬子上。夏美云正在天王殿和照壁之间的空地上练习骑脚踏车，她双手攥着车把慢慢前行，不时地回过头看看双手把着后货架的文笃修。陈静楠下了车，支起撑子，对着文笃修挥了挥手说道："你……们，原来在这里。"

斐非寺内突然响起的钟声在霞光中荡漾着，天王殿和照壁之间的空地越发空旷，除了文笃修和夏美云，只有他们的身影。文笃修没想到陈静楠会突然出现，他松开把着后货架的双手，停下脚步回望着陈静楠。夏美云在脚踏车上晃动了几下，连续发出了几声尖叫。文笃修急忙追上夏美云，将她抱在怀里。脚踏车再次晃动了几下，最终还是倒下了。因为有文笃修的保护，夏美云并没有受伤。她轻轻地推开文笃修，红着脸走到陈静楠身边说道："你今天下班早。"

"吉尔伯特去济南了，我无事可做。"

"你那里不是有很多有趣的书吗？"

陈静楠往夏美云身边靠了靠，小声说道："书再有趣，也不如学骑脚踏车有趣。"

夏美云斜瞅着文笃修，贴在陈静楠耳边说道："我不会独自占有他的，你放心。"

"我不是那个意思。"

"你是哪个意思？我读过的书不如你多，但我见识过的男人比你多得多。不要忘了，我可是经历过情天恨海的人。直到现在，他还是将我们当作他父亲的姨太太看待，相信用不了多久，他就会将我们仅仅当作女人看待了。还是那句话，不管意志多么坚强的男人，也会融化在女人温柔的怀抱里。"

陈静楠有些羞愧，没再说什么。夏美云用右手的中指轻轻地触了触陈静楠的左臂，盯着文笃修说道："我知道他更看重你，但他跟你上床之前，肯定先跟我上床了。"

"你胡说啥呢？"

"假正经了呗。"

夏美云再次用右手的中指触了触陈静楠的左臂。

文笃修扶起脚踏车，双手推着脚踏车走到夏美云和陈静楠身边，脸上依然挂着细密的汗珠。夏美云接过脚踏车，快速地瞥了一眼陈静楠，对着文笃修说道:"我又不是阿格尼丝,摔到地上也没关系的。何必那么紧张?要不是静楠了解内情,局外人看到你脸上的汗珠,很可能以为你是因为心疼我呢?像我这样的女人,不值得心疼的。"

夏美云推着脚踏车向北走了几步,又回过头对着文笃修和陈静楠说道:"你们都是文化人,见了面肯定有很多话要说。我就不打搅你们了。"

陈静楠微微一笑,她犹犹豫豫地往文笃修身边靠了靠,默默地望着夏美云的背影。夏美云推着脚踏车拐上潍安汽车路,再也没有回头。陈静楠和文笃修相继收回目光,不约而同地对视了一眼,都有些尴尬。天王殿和照壁之间突然陷入了沉寂,笑声和惊叫声似乎也被夏美云带走了。陈静楠望了望自己的脚踏车,不无歉意地说道:"以前我都是从车站东路折而向北,也不知为什么,今天竟然拐上了潍安汽车路。"

"我本打算下午到你那里继续看档案的……她坚持要我陪她学骑脚踏车,我只好……她很聪颖,学得很快,相信用不了几天,就能独立上路了。"

跟文澄怀在一起的时候,每次提及陈静楠和夏美云,文笃修都会叫"二妈、三妈"。可是文澄怀不在场的时候,每次提及陈静楠和夏美云,文笃修都会犹豫。称呼她们"二妈、三妈"吧,他会感到尴尬,因为她们比自己年少;称呼她们"静楠、美云"吧,他同样感到尴尬,因为过于热情。在陈静楠面前用"她"来指代夏美云,文笃修更是难为情,因为那会显得自己跟陈静楠要远比跟夏美云亲近。陈静楠并没有注意到文笃修在提及夏美云时的两次停顿,她叹息了一声,说道:"她的确很聪颖。如果她能受到良好教育,一定会在某一方面有所成就。谁又能把握自己的命运?一切都是徒劳的。"

陈静楠竟然连续用"她"来指代夏美云,文笃修隐隐地感到了不安。他怯怯地看了看陈静楠的脚踏车,说道:"估计她……已经拐上车站一街了。咱们也走吧。"

陈静楠答应了一声,嘴角流露出一丝笑意。文笃修抢先走到照壁东侧,双手推着脚踏车走到陈静楠身边,抬起右腿跨到车座上说道:"我驮着你吧。"

陈静楠的脸颊顿时有些发烫。类似的话语,文澄怀不止一次对着陈静楠说过,当然是在涵虚轩,具体说是在涵虚轩的卧室里。跟陈静楠在一起,文澄怀最大的乐趣就是让陈静楠趴在他身上,听他讲述一些有关丹渊公司的并不机密的事情。因为陌生,也因为没有更有趣的事情可做,陈静楠对于文澄怀的讲述始终怀有浓厚兴趣。等到文澄怀讲述完了,陈静楠就会悄悄地从文澄怀身上移下身子,然后再聆听他轻微的鼾声。

"你担心我会摔着你?"

听到文笃修催促自己,陈静楠不好意思地坐到后货架上,双手紧紧地把着后货架。

因为早上下过雨,潍安汽车路上没有一丝尘土。即使汽车驶过,陈静楠感受到的也是暖暖的微风。驮着陈静楠的脚踏车跟夏美云刚刚推走的那辆脚踏车,款式完全相同,是文澄怀特意从青岛购置的。虽然文澄怀多次骑着脚踏车外出,但从来没有驮过陈静楠。陈静楠侧着身子坐在文笃修身后,有一丝羞涩,又有一丝胆怯。她不安地望着路上的行人,期盼着不要遇到熟悉的面孔。从潍安汽车路拐上车站一街,陈静楠悬着的心终于放下了。她抬起右手拍了拍文笃修的后背,说道:"快到瞻可园了,还是由我将脚踏车送进车棚吧。"

文笃修什么也没说,只是慢慢地停下脚踏车,将车把交给了陈静楠。陈静楠对着文笃修笑了笑,推着脚踏车回到瞻可园门前,回头看了看文笃修。文笃修没有紧随着陈静楠走进瞻可园,而是走到街道南侧的一棵刺槐树下,茫然地注视着斐非寺北面的大片烟田。陈静楠走进门房东侧的车棚,将自己骑过的脚踏车跟夏美云骑过的脚踏车排列在一起,左手按着车把静静地站立着。

车棚正对着那片樱花树和刺槐树,樱花和刺槐花早已凋谢,但枝叶异常茂盛。陈静楠交叉着双手离开车棚,踏着青石板铺就的小径走在光线暗淡的樱花树之间，目光不时地投向西面的南北甬道。匹练溪是从瞻可园的东南角进入瞻可园的，溪水平静地流淌着，天空和树木的倒影平铺在水面上，仿佛永无止息的惆怅。文笃修沿着南北甬道踽踽独行，慢慢地消失在槐樱草堂北面。陈静楠弯过一段樱花树的柔枝拂了拂脸，沿着匹练溪南岸的小径踏上暗香桥，眼睛一直盯着文笃修的背影。

文笃修回到瞻可园已经很长时间了，但真正受到陈静楠关注还是最近一段时间。他的身材以及走路的姿势，都跟文澄怀出奇的相像，即使脸上的神情，也能从文澄怀脸上找到影子，但是文澄怀从未像文笃修一样吸引陈静楠的目光。文笃修的身影消失在望云楼内，陈静楠的脚步也加快了。她像追寻幻梦一样连续穿过微吟桥和溪光桥，略显疲惫地站在望云楼南面的四棵玉兰树之间。玉兰花早已不见了踪影，高高的树干连同嫩绿的枝叶执着地伸向天空，仿佛在拥抱某个臆想中的目标。晚霞早已褪尽，天空浮动着苍凉。几颗若明若暗的星星不时地闪烁着，仿佛暧昧的眼神。

一滴冰凉的水珠落到陈静楠发烫的脸上，随后滑落到陈静楠的右手背上。陈静楠愣怔了片刻，神情恍惚地走进望云楼，回到涵虚轩燃亮所有电灯，插上了轩门。她坐到卫生间的梳妆台前，呆呆地望着镜子里的自己，越来越困惑。镜子里的陈静楠脸颊红红的，仿佛绽放的花朵。这是自己吗？镜子里的这个青春饱胀的年轻女性，真的是自己吗？陈静楠脱掉所有衣服，交叉着双手搭在肩上，面对着镜子呆坐着。尽管陈静楠跟文澄怀同床的机会不如夏美云多，但文澄怀从未冷落过陈静楠。文澄怀每次在涵虚轩留宿，都要求陈静楠脱光所有衣服，即使乳罩和内裤也不能留在身上。陈静楠每次赤裸着身子面对文澄怀，几乎都是当作履行姨太太的义务，偶尔的几次冲动，也像天空中的浮云，风一吹就散了。

自己绝不是凋零了的花朵，绝不是！

陈静楠仿佛受到了惊吓，她屏住呼吸四下里望了望，才意识到刚才听到的声音，其实来自心底。除了陈静楠的呼吸声，涵虚轩里并没有其他声音，寂静得犹如无人的旷野。镜子里的陈静楠神情恬淡，脸颊却越来越红润。她的胸脯不停地起伏着，犹如大雨过后的虞河水。突然间，镜子里的陈静楠潸然泪下，两行泪水蜿蜒着汇流在下巴上，闪耀着亮光滴落了。

陈静楠再也无法控制自己的情绪，她走进卧室，双手捂着脸颊扑到床上，低声啜泣着。火车的汽笛声远远传来，凯迪拉克轿车的刹车声也在楼下响起了。陈静楠止住啜泣，穿上衣服，跑进卫生间洗了洗脸。她用梳子梳了梳头发，匆匆地化了妆，不安地对着镜子看了看刚刚流过泪的眼睛。敲击轩门的声音响过，转动门把手的声音随后响起了。陈静楠走出卫生间，对着站在轩门口的文澄怀挤出一丝笑意，脸颊又一次红了。文澄怀闭合轩门，脱下外套交给陈静楠，问道："吉尔伯特去济南了？"

陈静楠将文澄怀的外套挂在衣架上，答道："早上乘火车去的。"

"他的济南之行是临时决定的，还是事先安排的？"

"很可能是临时决定的，我今天早上才得知他要去济南。"

文澄怀坐到沙发上叹息了一声，闭上眼睛沉默了。陈静楠努力排除脑海里的种种幻影，走到文澄怀面前问道："你想喝点什么？"

文澄怀摇了摇头，拉着陈静楠的双手站起身，俯视着她的眼睛问道："知道吉尔伯特为什么突然去济南吗？"

"不知道。"

"他临行前什么也没说？"

"他只说他有可能在济南停留一段时间。"

眼前仿佛出现了一道闪电，陈静楠再一次想到了那本题为《查特莱夫人的情人》的长篇小说，再一次想到了自己夹在书页中的那些纸条。她依偎到文澄怀怀里，感觉脸颊出奇地发烫。文澄怀双手捧起陈静楠的脸颊，身体禁不住哆嗦了一下。他用脸颊蹭了蹭陈静楠的额头，问道："你不舒服？"

"没什么。可能有点感冒，睡一觉就好了。"

# 十三

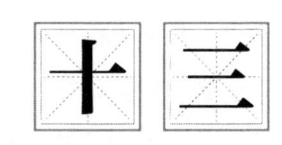

一等车厢内旅客稀少，大多数座位都空着。吉尔伯特独自坐在靠近车窗的车座上，心事重重地望着窗外的树木、田野以及偶尔出现的羊群和牛群。

"中国目前所迫切需要者，曰统一和平；中央始终所力求贯彻者，亦曰统一和平。故凡爱护国家、服从中央者，宜无不拥护统一和平之政策而促其实现。乃阎逆锡山、冯逆玉祥存封建之心理，具军阀之积习，深恐统一将不利于其割据之野心，和平将消弭其作乱之机会，故处心积虑必欲破坏统一而后已，必欲搅乱和平而后快……各将士须知此役为封建军阀最后之挣扎，亦即革命战争最后之一幕。其各忠勇奋发，灭此朝食，以竟革命之全功而奠国基于永固。"

对于以蒋介石名义通电全国的这篇《为讨伐阎冯两逆告将士书》，吉尔伯特已经耳熟能详了。从二十里堡赶往济南的火车上，喇叭里就在轮番播送这篇通电；从济南返回二十里堡的火车上，喇叭里还在轮番播送这篇通电。滞留济南的这十几天，吉尔伯特与社会各界进行了广泛接触，尤其是跟第一军团总指挥韩复榘进行了深入交谈，最终认定济南的陷落仅仅是时间问题，整个山东被阎锡山收入囊中，也有可能成为现实。

阎锡山控制山东后，他会如何保护英美烟公司在山东的利益呢？

吉尔伯特不相信阎锡山会损害英美烟公司在山东的利益，但对于阎锡山如何保护英美烟公司的利益，还是惴惴不安。更让吉尔伯特惴惴不安的，是有关英美烟公司中国分公司重要人事变动的消息。虽然最终结果还没有公开，但洛克伍德即将脱颖而出，已经不再是秘密。谁又是洛克伍德的继任者呢？最具竞争力的当然是自己，可是竞争力并不是最终的决定因素啊！吉尔伯特希望能够成为洛克伍德的继任者，不仅仅是想获得更大的权力和更多的财富，更重要的是有机会长住上海。因为只有长住上海，才有更多的时间跟格蕾丝在一起。

想到格蕾丝，吉尔伯特心里涌上了一阵酸楚。

火车不知疲倦地行驶着，车窗外的绿色渐渐暗淡，最后变成了一片苍茫。吉尔伯特从车窗外收回目光，默默地感受着火车有规律的颤动，双手环抱在胸前。火车抵达二十里堡火车站，站台上已经灯火通明。吉尔伯特被下车的乘客裹挟着来到火车站广场东北角的合欢树下，举起双手用力抻了抻，对着跟在身后的陶明礼说道："我只将咱们返回二十里堡的准确时间通过电报告知了陈静楠，并要求她保密……厨师肯定没给咱们准备晚饭。咱们还是到聚贤馆随便吃点吧。"

陶明礼答应了一声，拎着行李箱走向聚贤馆。

聚贤馆里还有不少顾客，菜香和酒香混合在一起，浓雾一般弥漫着。段裕征从陶明礼手中接过行李箱，引导吉尔伯特走到靠近南墙的一张方桌旁，将行李箱放在紧靠着墙壁的凳子上。吉尔伯特点了两碗炒肝和几样小菜，还要了一壶白酒。在济南逗留期间，陶明礼虽然不可能参与吉尔伯特的全部活动，但还是陪着吉尔伯特游览了大明湖、千佛山等诸多名胜，第一次领略了所谓的一城山色半城湖。可能是因为虞河两岸的自然景色跟大明湖、千佛山的自然景色颇为接近的缘故，陶明礼对于所谓的一城山色半城湖兴趣不大。他最为留意的，倒是商埠区惊人的繁华。相对于济南，二十里堡实在太冷清、太狭小了。提着吉尔伯特的行李箱走出二十里堡火车站的那一瞬间，陶明礼竟然感到了陌生。

二十里堡还是以前的二十里堡呀!

段裕征将几个小菜摆放在吉尔伯特和陶明礼面前,随即又端来了一个酒壶和两个酒盅。在济南没有应酬的时候,吉尔伯特常常和陶明礼要上一壶酒,相对而酌。陶明礼注意到,吉尔伯特好喝酒但酒量不大,而且很有节制。因为在济南多次和吉尔伯特相对而酌,陶明礼也不再觉得喝酒是痛苦的事情。他将吉尔伯特的酒盅和自己的酒盅里倒满酒,轻轻地将酒壶放在方桌靠墙壁的一侧。吉尔伯特主动跟陶明礼碰了碰酒盅,说道:"在二十里堡生活久了,我还是喜欢二十里堡的味道,不管是饭菜还是白酒。"

"陪着您到济南,是我的第二次远行。除了羊角沟,济南是我到过的最远的地方。可能是因为很少远行的缘故,我更怀念远离二十里堡的日子。"

"拥有更广阔的世界,是大多数青年人的梦想,我年轻的时候也跟你一样。等你有了一定的阅历,或者说经历了相当的苦难以后,一定会发现,故乡才是最美好的。不管你的故乡是二十里堡,还是达勒姆,或者任何一个不为人知的地方。"

段裕征端着两碗炒肝再次出现在吉尔伯特和陶明礼面前,并没有将炒肝立刻摆放在方桌上,而是稍微停顿了片刻。他将两碗炒肝分别递给吉尔伯特和陶明礼,悄悄地从聚贤馆消失了。聚贤馆的顾客渐渐减少,最后只剩下了吉尔伯特和陶明礼。贺惟忠悠闲地走进聚贤馆,不无惊讶地走到吉尔伯特和陶明礼面前的方桌旁,说道:"吉尔伯特先生,很长时间没见到您了。明礼自从跟了您,也很少踏进保安团了。"

吉尔伯特不知道贺惟忠要表达的真实意图,只是对着贺惟忠点了点头。陶明礼站起身,将自己坐过的凳子搬到贺惟忠身后,说道:"我要是有时间,肯定会到保安团看望您和各位长官的。要不是您的栽培……"

贺惟忠急忙打断陶明礼的话语,说道:"保安团说到底是为英美烟公司服务的,吉尔伯特先生才是真正的长官。我和你一样,都是吉尔伯特先生的下属,或者说是吉尔伯特先生的仆人。"

吉尔伯特摇了摇头说道:"我们都是上帝的仆人,时间的过客。看您风尘仆仆的样子,想必还没吃晚饭吧?"

"风尘仆仆谈不上,晚饭倒是没顾上吃。"

"想不到你们做长官的还这么辛苦。"

"辛苦算得了什么?只要二十里堡不出事就好,尤其是英美烟公司不能出事。英美烟公司一旦出事,不光对不起您,还会影响中国的国际形象。二十里堡毕竟是因为英美烟公司才逐渐繁荣的。"

"二十里堡的繁荣,也离不开贺团长的付出。如果没有良好的社会治安,二十里堡怎么能繁荣?贺团长在保安团任职,已经十几年了吧?"

"我是最早的那批保安团团丁,生命中最美好的时光都是在保安团度过的。"

"所以你能担任团长。"

"不是团长,是副团长。"

吉尔伯特没再说什么,他跟贺惟忠握了握手,起身离开了方桌。陶明礼到柜台前付了钱,左手拎着吉尔伯特的行李箱走出聚贤馆,右手对着贺惟忠摆了摆。车站路上的路灯全部燃亮了,两侧的行人依然络绎不绝。吉尔伯特没有从西门进入第一复烤厂,而是从车站路拐上车站二街,踏着昏黄的路灯走到了第一复烤厂南门前。他从陶明礼手中要过行李箱,说道:"你还是回家看看吧。在济南待了这么长时间,令尊和令堂肯定非常牵挂你的。"

陶明礼略一踟蹰,继续向东走去。

吉尔伯特没有立即走进第一复烤厂,而是拎着手提箱站在南门前,眼睛一直盯着陶明礼的背影。到英美烟公司任职后,尤其是在济南逗留期间,陶明礼给吉尔伯特留下了深刻印象。他的英文单词量并不大,但发音极其标准,尤其让吉尔伯特难以忘怀的,是他的敬业和自尊,以及身上体现出的一种终将会爆发的令人敬畏的力量。拎着行李箱走进第一复烤厂和经理处，吉尔伯特意外地发现英格兰还亮着灯。他将行李箱放在星条庐的庐门前，蹑手蹑脚地走到英格兰的窗子下面。陈静楠正坐在办公桌前看书，书的正前方摆着一份电报。吉尔伯特轻轻地敲了敲窗玻璃，对着陈静楠笑了笑。陈静楠顿时如释重负，她抓起办公桌上的电报对着吉尔伯特晃了晃，站起身离开了办公桌。

吉尔伯特走到米字庐的庐门前，庐门随后开了。陈静楠叫了一声"吉尔伯特先生"，左手拽着庐门站在了一边。吉尔伯特走进英格兰，拉亮英格兰房顶中央的吊灯，望着陈静楠问道："你怎么这么晚了还不回瞻可园？"

陈静楠将捏在手里的电报递给吉尔伯特，说道："这是一份加急电报，从青岛发来的。我知道您今晚一定回来，也就没急着回瞻可园。"

吉尔伯特将电报装进口袋，说道："你这么晚了还没回瞻可园，文老板一定非常着急了。"

陈静楠呃呃了两声，低下头走到办公桌西侧说道："我给他打过电话了。"

"你还是乘坐经理处的那辆凯迪拉克返回瞻可园吧，就不要骑脚踏车了。这么晚了……"

陈静楠抬起头看了看吉尔伯特，说道："我给瞻可园打个电话。他会派车来接我的……"

"何必这么麻烦呢？"

吉尔伯特走到陈静楠身边，抓起话筒往值班室打了个电话，随后扣上了话筒。陈静楠对着吉尔伯特说了声"谢谢"，鼓足勇气说道："那本……那本题为《查特莱夫人的情人》的书……"

吉尔伯特流露出恍然大悟的样子，他举起双手敲了敲脑袋，说道："那本书……我不知道丢在哪里了。我记得装进了行李箱，到济南后的第一天晚上，我想找出来翻一翻，怎么也没找到……那本书到底讲了些什么？"

"丢了？"

"或许是在火车上被偷走了，或许……"

陈静楠将信将疑，但也不好再说什么。吉尔伯特不无歉意地走出英格兰和米字庐，站在米字庐和星条庐之间的南北甬道上。陈静楠锁上英格兰的房门和米字庐的庐门，孤独地走向南面的黑漆铁门。吉尔伯特望着陈静楠的背影叹息了一声，回到星条庐的廊檐下敞开庐门，将行李箱拎进了门槛。就在庐门关闭的一刹那，南面传来了凯迪拉克轿车的轰鸣声。轰鸣声渐渐远去，最后消失了。

因为十几天没有人进入，星条庐内的空气透着腐烂气息。吉尔伯特逐一拉亮星条庐内所有的电灯，打开所有的窗子，拎起行李箱走进用作卧室的瑞灵顿街。除了刚才打开的窗子，瑞灵顿街还保持着吉尔伯特离开前的样子。床上的被子依然凌乱，曾经用过的浴巾依然在圈手椅上团成了一团。吉尔伯特将浴巾拿进浴室挂在衣架上，提起被子用力抖了抖，屏住呼吸走进隔壁的钱伯斯街。

空气中的腐烂气息已经散尽，窗外的法桐树偶尔发出簌簌的声响。吉尔伯特关闭窗子，拉上白纱窗帘和天鹅绒窗帘，坐到办公桌前。他打开中间的抽屉，从里面拿出了艾捷尔·丽莲·伏尼契的长篇小说《牛虻》。吉尔伯特所拥有的这本《牛虻》，是1897年出版的最初的版本。吉尔伯特将它珍藏在抽屉里，而不是摆放在书架上，不仅仅是因为稀有，主要是它被用作了密码本。需要吉尔伯特亲自翻译的电报，每个单词都用7个阿拉伯数字代替，前三个阿拉伯数字表示单词在《牛虻》中的页数，中间的两个阿拉伯数字表示单词在书页中的行数，最后的两个阿拉伯数字表示单词在每行中的列数。吉尔伯特虽然多次翻阅《牛虻》，但并没有完整地阅读过。

从口袋里拿出电报，剪开套封，吉尔伯特将每一组数字逐一标上了单词。他将标注的单词核对了一遍，随后合上《牛虻》，双手交叉着仰靠在椅背上。电报内容很简单，仅仅是告知洛克伍德明天上午11点抵达二十里堡，并要求吉尔伯特不要举行任何欢迎仪式。吉尔伯特将电报反复看了几遍，不免有些疑惑。电报内容并无秘密可言，何必加密呢？他捏起电报纸以及套封走进卫生间，点燃后扔进抽水马桶，将残纸和灰烬一同冲走了。洛克伍德的这次二十里堡之行到底肩负着什么使命？是个人行为还是公司行为？

关闭星条庐所有的窗子，熄灭除瑞灵顿街内的所有的灯，吉尔伯特回到了瑞灵顿街。他脱掉衣服挂在衣架上，光着身子走进卫生间，依然嗅到了刚才燃烧电报纸及其套封的气味。他看了看已经没有了残纸及其灰烬的抽水马桶，打开喷头迈进了浴盆。薄薄的雾气在浴盆四周升腾着，卫生间里的光线渐渐模糊起来。吉尔伯特洗完头发，将全身涂满香皂轻轻地搓了搓，静静地感受着冲击身体的温暖的水流。

蒋介石和阎锡山、冯玉祥之间的战争已经不可避免，但最终的胜利者还无从判断。洛克伍德这次二十里堡之行的目的，是为了跟自己交流对于中国政局的看法呢，还是为了向自己传达某种重要指示？从报纸上透露的相关消息，可以确信山东、河南、安徽将是主要战场，而这三个省份，都是英美烟公司重要的原料产地。如果战争持续时间过长，必将影响这三个省份的烟叶生产，相信上海的决策者甚至伦敦和纽约的决策者，已经寝食不安了。

关闭喷头，擦掉身上的水珠，吉尔伯特披着浴巾走出了卫生间。虽然已是春天，晚上还是有些寒意。吉尔伯特撩起浴巾反复擦拭过头发，换上睡衣半躺在床上，突然听到钱伯斯街的电话铃响了。电话铃声绵绵不绝，寂静的夜色像水流一样波动起来。这么晚了，谁会打电话呢？吉尔伯特首先想到了黄泓丽。

果然是黄泓丽！

"没想到你回来了……怎么不事先告知我？你离开二十里堡后，我每天都在这个时候往钱伯斯街打电话。需要我去陪你吗？"

"我刚回到二十里堡，原本打算明天上午到芳菲苑看你的。长时间待在火车上，实在太累了。我已经洗完澡，躺在床上了。"

"在济南待了十几天时间，估计不止一次领略过济南的霓裳艳影吧？

247

遇到过比黄泓丽更有风情的吗？"

"不光是济南，即使上海和纽约，也没有比黄泓丽更有风情的。"

吉尔伯特笑了。

"我也是曾经在济南、青岛和上海高张过艳帜的人。因为想平静地度过余生，所以来到了二十里堡。因为没有更好的谋生技能，所以开了这家芳菲苑。在二十里堡，既能享受现代工业文明的成果，又能欣赏不加雕琢的田园风光，实在是理想的人生驿站。"

"既然是驿站，就是临时处所。"

黄泓丽连用英文说了两个"不"，随后说道："二十里堡也许是我的临时处所，但我不会先于你离开二十里堡。你让我在二十里堡感到了美好。你快休息吧，我、我的身体愿意随时接纳你，芳菲苑也期待着随时接纳你。"

扣上话筒，将桌面上的《牛虻》放进办公桌中间的抽屉，吉尔伯特又看到了前往济南前收到的那封匿名信。所谓的匿名信，其实是几张有关洛克伍德跟格蕾丝的合影。那几张合影的背景，有的是黄浦江，有的是宾馆客房，还有的是草坪上的木排椅。合影中的洛克伍德和格蕾丝拥抱或者依偎在一起，亲昵得像一对恋人。吉尔伯特愣怔了片刻，回到瑞灵顿街半躺在床上，眼前出现了黄泓丽神态各异的身影。来到二十里堡任职的第一个月里，吉尔伯特就跟黄泓丽有了肌肤之亲，后来又在黄泓丽的安排下，跟芳菲苑的所有舞女有了肌肤之亲。从纽约到上海再到二十里堡，吉尔伯特的心情越来越沮丧。格蕾丝以儿子无法受到良好教育为由拒绝来二十里堡生活，吉尔伯特在二十里堡度过的最初的日子，感受最深的就是寂寞和凄楚。他跟黄泓丽的交往开始于逢场作戏，更准确地说是基于满足生理本能的需要。因为从黄泓丽的怀抱感到了温暖，吉尔伯特渐渐地向黄泓丽敞开了心扉。

连续开关了几次床头灯，吉尔伯特还是无法入睡。他索性下了床，打开一瓶啤酒喝了几口，然后将啤酒瓶放在床头柜上。因为已经是深夜，正在通过二十里堡火车站的火车没有鸣响汽笛，只有车轮跟铁轨的碰撞声像波浪一样在瑞灵顿街荡漾着。吉尔伯特突然间想到了什么，他迫不及待地打开从济南带回的那个行李箱，找出了陈静楠念念不忘的《查特莱夫人的情人》。

在一城山色半城湖的济南，吉尔伯特除了广泛接触社会各界，除了游览大明湖和千佛山，便是在宾馆里阅读《查特莱夫人的情人》。最初吸引吉尔伯特的，并不是书中那些让人脸红的描写，而是陈静楠留在书中的那些纸条。同时拥有两位姨太太的文澄怀竟然阳痿，实在匪夷所思。吉尔伯特一边读着书中的文字，一边读着纸条上或工整或潦草的字迹，渐渐地看到了陈静楠内心深处燃烧的火焰。

因为那些纸条透露了陈静楠的心灵秘密，吉尔伯特自然是无法再将《查特莱夫人的情人》还给陈静楠了。他捧着《查特莱夫人的情人》回到床上，再次翻开书页，一张一张地阅读着夹在书中的纸条。对于那些留在纸条上的文字，吉尔伯特已经非常熟悉了，但再次阅读，还是感到非常新鲜。他尽管跟许多女人有过肌肤之亲，但真正进入一个女人的内心世界，还是第一次。陈静楠在纸条上描绘的，竟是一个浩瀚的世界，里面既有涓涓细流，也有滔滔巨浪。

人的心灵，实在比星空还要绚烂。

迷迷糊糊地进入梦乡，又迷迷糊糊地睁开眼睛，吉尔伯特发现《查特莱夫人的情人》已经落到了床下。他捡起《查特莱夫人的情人》放进床头柜的抽屉，穿上衣服到卫生间洗漱完毕，走出星条庐锁上了庐门。英格兰的窗子已经打开，遮蔽了半边窗子的白色窗帘微微抖动着。吉尔伯特早已熟悉了陈静楠独自坐在办公桌前的身影，因为读到了那些纸条，他竟然从陈静楠的身影中感到了悲凉。

不经意间叹息了一声，吉尔伯特慢慢地走出经理处和第一复烤厂，踏上了车站二街。

车站二街南北两侧的刺槐树已经枝繁叶茂，不少枯萎的刺槐花还残留在枝叶间，空气中偶尔飘过丝丝缕缕的甜香。吉尔伯特躲避着树荫走在街道北侧，脚步始终落在阳光里。他从车站二街拐上达勒姆路，心里渐渐地产生了越来越强烈的渴望。达勒姆路两侧几乎所有的店铺都在播放着音乐，惟有芳菲苑静悄悄的。吉尔伯特推开没有上锁的大门，直接走进了同样没有上锁的舞厅。舞厅内所有的窗子都闭合着，所有的窗帘都闭合着，空气中弥漫着浓烈的脂粉气和酒气。吉尔伯特从舞厅的西便门走出舞厅，从舞厅北面的过道绕到梅韵阁门前，竟然没有遇到一个人。

所谓的早晨，应该是芳菲苑的午夜啊！

吉尔伯特不知道自己为什么没有直接走进梅韵阁，但看到梅韵阁的阁门虚掩着，再一次感到了舒心。他没有敲门，而是直接推开门，兴冲冲地迈进了门槛。或许是听到了吉尔伯特的脚步声，或许是看到了吉尔伯特的身影，黄泓丽早已站立在阁门旁边。她微笑着插上阁门，展开双臂将吉尔伯特抱在怀里，嗔怪道："原以为你会想我的，没想到我错了。"

"咱们都是有阅历的人了，还有必要表白什么吗？"

"你不表白，我怎么知道你在想什么？"

"我所表白的，一定就是我所想的吗？"

黄泓丽笑了，吉尔伯特也笑了。

黄泓丽刚刚洗过澡，还特意化了妆。她松开紧抱着吉尔伯特的双手，像芭蕾舞演员一样在吉尔伯特面前旋转了一圈，低下头撩起了睡衣下摆。吉尔伯特望着黄泓丽白里透红的脸颊、海蓝色的睡衣以及若隐若现的大腿，脑海里突然出现了夹在《查特莱夫人的情人》中的那些纸条。自己虽然努力抑制着越来越强烈的冲动，但毕竟产生了强烈冲动。要是文澄怀此时此刻面对着黄泓丽，还会无动于衷吗？黄泓丽没穿内衣，也没戴乳罩，全身上下只有一件睡衣。虽然睡衣系着带子，但乳房还是不时地裸露出来。吉尔伯特拉着黄泓丽的双手走进餐室，将脸颊贴在黄泓丽的脖颈上，辨别着黄泓丽混合着香水气味的体香说道："我一起床就到你这里来了，还没吃早饭呢。"

黄泓丽笑了笑，转身走进餐室北面的小厨房，带上了房门。吉尔伯特独自坐在紧靠着南窗的小圆桌旁，仔细捕捉着小厨房里发出的所有声响。最初来到二十里堡的时候，吉尔伯特所关心的只是如何控制山东的烟草市场，除了偶尔涉足芳菲苑，很少考虑其他事情。随着时间的流逝，他越来越渴望家的温暖。在吉尔伯特听来，锅碗瓢盆的碰撞声，才是世界上最动听的音乐。

小厨房的房门慢慢开启，黄泓丽端着一盘牛排和一盘煎鸡蛋出现在吉尔伯特面前。吉尔伯特接过牛排和煎鸡蛋放在小圆桌上，跟在黄泓丽身后走进小厨房，端出了两杯热牛奶。黄泓丽将一袋面包和两小碟辣酱摆放在盛有牛排和煎鸡蛋的盘子旁边，隔着小圆桌坐在吉尔伯特对面，抬起右手拢了一下头发说道："不知道你返回二十里堡的准确时间，也没有特意为你准备什么……你尝尝味道怎么样？"

吉尔伯特端起牛奶杯靠近嘴边，说道："只要是你亲手做的，味道一定是我喜欢的。"

黄泓丽笑着端起另一杯牛奶，说道："格蕾丝跟你在一起的时候，都是给你准备什么早餐？"

吉尔伯特跟黄泓丽碰了碰牛奶杯，答道："我一年都见不到她几回，哪里还记得她给我做过什么早餐。"

黄泓丽叉起一块牛排放到吉尔伯特嘴里，轻轻地放下叉子，沉默了。她从济南到青岛再到上海，自然结识了许多男人，但真正让她心安的，还是吉尔伯特。在不少中国人眼里，吉尔伯特是美国人，是统治者。但在黄泓丽眼里，吉尔伯特不过是个淘金者，是英美烟公司的高级雇员。有时候，特别是面临种种困境的时候，黄泓丽也曾幻想成为吉尔伯特的妻子，躺在他的怀里，接受他的抚慰。可是，当她冷静下来的时候，又觉得自己的想法太荒唐。愿意跟自己同床共枕的男人数不胜数，但愿意和自己携手走向生命终点的男人，还没有出现。

吃完饭，帮着黄泓丽将盘子、碟子、刀叉以及杯子收进小厨房，吉尔伯特主动拿起抹布将小圆桌擦了擦。他将抹布放在小厨房的水池边，扭开水龙头洗了洗手，又回到小圆桌旁坐下了。黄泓丽将一条热毛巾递给吉尔伯特，说道："你在我面前越来越拘谨了。我是舞女，不是圣女。"

吉尔伯特仰靠在椅背上，盯着黄泓丽说道："我告诉过你，以前我到你这里来，仅仅是寻求刺激，现在不是了。"

黄泓丽撩起睡衣坐在吉尔伯特的双腿上，双手揽着吉尔伯特的脖颈说道："我也愿意跟你在一起，哪怕你离开二十里堡后不再理我……不少成功的中国男人都有好几个姨太太，文澄怀就有两个姨太太……我愿意做你的姨太太。如果你嫌我老，我也可以让邵佩珊成为你的姨太太……我知道你也喜欢她。"

吉尔伯特抬起左手看了看手表，随后拍了拍黄泓丽的脸颊说道："我是美国人，不是中国人，而且我毕竟还要回到美国的。"

黄泓丽突然间非常失落。她站起身，回到自己刚才坐过的椅子上，注视着吉尔伯特说道："邵佩珊很愿意陪你的……而且会满足你的任何要求。"

"如果时间允许，我更愿意跟你在一起……你误解我了。半个小时以内，我必须离开这里。我真的有重要事情。"

黄泓丽苦涩地一笑，将视线移向了窗外。吉尔伯特再次看了看手表，站起身走到黄泓丽身边，拉起黄泓丽抱在了怀里。他吻了吻黄泓丽的脖颈、嘴唇和眼睛，说道："相信我。一有时间，我就会来你这里的。"

"因为有了你，我没再允许其他男人进入我的卧室，更没有允许……"

"我知道的。"

吉尔伯特拍了拍黄泓丽的双唇，虽然有些惆怅，但还是坚定地转过了身。他在黄泓丽的陪伴下走出梅韵阁，又在黄泓丽的目送下走出芳菲苑，脚步迟缓而又沉重。灿烂的阳光源源不绝地倾泻在达勒姆路上，树木、车辆以及行人，不同程度地沐浴着耀眼的光辉。暖洋洋的春风微微吹拂着，不知名的花香时有时无。吉尔伯特背负着阳光走到达勒姆路跟车站二街的丁字路口，又转过身面对着阳光站立了很长一段时间。

时令自然是春天了，吉尔伯特的心里依然堆积着冰雪。越来越看不透的中国政局，早已名存实亡的家庭，看不到希望的归宿，像嘈杂的市声一样环绕着吉尔伯特，他想挣脱，但又无能为力。不管是达勒姆路上的行人，还是车站二街上的行人，似乎都绽放着笑脸，他们或急或缓地走路，或高或低地交谈，根本没有留意茕茕孑立的吉尔伯特。吉尔伯特伴随着自己的身影拐上车站路，接连叹息了几声。

长长的汽笛声响过，从南面驶来的火车喷吐着雾气停靠在二十里堡火车站。吉尔伯特匆匆忙忙地赶到火车站广场，仔细地分辨着正在通过出站口的旅客。他从众多旅客中找寻到洛克伍德的身影，既感到意外，又感到不祥。洛克伍德每次来二十里堡都带有扈从，而且还带有很大的行李箱，这次竟然是一个人，而且仅仅带了一个手提箱。吉尔伯特靠近洛克伍德叫了一声"洛克伍德先生"，但没有得到洛克伍德的任何回应。他瞥了一眼洛克伍德脸上紧绷着的神情，抢先走到第一复烤厂的西门口。大门重新闭合的一瞬间，洛克伍德紧张的神情略微放松了。他跟着吉尔伯特走到星条庐的廊檐下，不无感慨地说道："我虽然已经出现在二十里堡，但并不知道是否应该出现在二十里堡。"

吉尔伯特皱了皱眉头，什么话也没说。他掏出钥匙打开星条庐的庐门，从洛克伍德手中接过手提箱，跟在洛克伍德身后先走进了钱伯斯街。钱伯斯街的窗帘还没有拉开，光线非常暗淡。吉尔伯特将手提箱放在长沙发上，匆忙拉开窗帘，泡了一杯绿茶递给了洛克伍德。洛克伍德端着茶杯坐在长沙发上，望着吉尔伯特问道："格蕾丝一直希望你离开二十里堡，是不是？"

"对。她希望我能返回上海。"

听到洛克伍德提及格蕾丝，吉尔伯特脸颊渐渐发烫了。他依然维持着微笑，但心里已经非常酸楚。格蕾丝在教堂里跟自己举行过婚礼，的确是自己的妻子，可是当吉尔伯特将格蕾丝跟自己的妻子联系在一起的时候，常常犹豫不决,特别是收到那封装有格蕾丝和洛克伍德合影的匿名信之后。格蕾丝真的是自己的妻子吗?吉尔伯特无法忘记格蕾丝跟洛克伍德在黄浦江畔漫步时那种亲密的样子,如果不是作为名义上的丈夫,仅仅是作为旁观者,一定会艳羡的。

"如果你想离开二十里堡,现在倒有一个机会。"

洛克伍德说完,端着茶杯仰靠在沙发背上。吉尔伯特双臂撑着桌面坐到办公桌前,目不转睛地盯着洛克伍德,似乎并没有听懂洛克伍德说了什么。洛克伍德喝光杯子里的茶水,双手捧着杯子说道:"到目前为止,英美烟公司在华设立了山东、河南、安徽三个重要的烟草种植基地。以二十里堡为中心的山东烟草种植基地,是其中的翘楚……这自然离不开你的付出。"

"作为中国分公司的副总经理,您也倾注了大量心血。"

洛克伍德笑了笑,说道:"咱们之间无需客套。英美烟公司有许多能干的人,但真正进入公司高层的人少之又少。"

吉尔伯特点了点头,双臂依旧撑在桌面上。

"我是因为到天津跟阎锡山晤面才经停二十里堡的,24小时后必须离开。我原本可以从上海直接乘船到天津的……我经停二十里堡,主要是想跟你充分交换意见。"

"代表公司?"

"仅仅代表我个人。"

吉尔伯特意味深长地笑了笑,站起身离开办公桌,跟洛克伍德并排坐在长沙发上。他泡上一杯茶端在手里,轻轻地吹着杯子里的热气,脸上的神情竟然是冷漠的。洛克伍德将手中的杯子放在茶几上,重新将杯子里倒满水,望着杯子上方袅袅的雾气说道:"公司刚派你到济南接触了韩复榘,又派我到天津跟阎锡山接触,说明中国政局越来越不明朗了。"

"中国政局如何演变,对于中国人来说自然是大事,但对于英美烟公司来说并不重要。自从进入中国市场,英美烟公司跟光绪皇帝、宣统皇帝、孙中山、袁世凯都有接触，他们之间政见各异，但对英美烟公司是同样友好的。"

"蒋介石和阎锡山、冯玉祥之间的战争已经迫在眉睫。战争一旦爆发，作为英美烟公司的职员，不一定受到礼遇。具体说，二十里堡一旦成为战场，你不一定受到礼遇。"

"那也只能听天由命了。"

吉尔伯特喝了几口茶水，将杯子放在了茶几上。洛克伍德没再说什么，他从茶几上端起茶杯，默默地注视着杯子里的茶水。轻轻的敲门声响过，陈静楠出现在钱伯斯街。她对着洛克伍德点了点头，将手中的一摞报纸交给吉尔伯特，转身离去了。洛克伍德谛听着陈静楠渐渐远去的脚步声，手中的茶杯不由自主地抖动了几下。吉尔伯特拿着陈静楠交给自己的那摞报纸回到办公桌前，坐在椅子上慢慢翻阅着报纸，没再理睬坐在长沙发上的洛克伍德。

陈静楠送来的报纸有英文版的，也有中文版的，英文版的主要有《字林西报》和《大美晚报》，中文版的主要有《申报》和《大公报》。不管是英文报纸还是中文报纸，占据主要版面的，都是蒋介石和阎锡山、冯玉祥之间迫在眉睫的战争。报纸所关心的，仅仅是战争的规模和进程而已。吉尔伯特挑出几张报纸捏在手里，再次坐到长沙发上，指着一篇三行标题的消息说道："阎锡山倒是充满着必胜的信心，已经着手组织新政府了。"

洛克伍德从吉尔伯特手中接过报纸，说道："这也就是我必须尽快跟他晤面的原因。"

"中国如果不能实现军令政令的统一，对我们来说，也是折磨。"

"中国如果真正实现了军令政令的统一，英美烟公司还能受到现在的礼遇吗？因为中国还没有实现军令政令的统一，你才能随意出入韩复榘的官邸，我也才有机会跟阎锡山晤面。前些日子有记者追问英美烟公司在华迅速扩张的奥秘，英美烟公司的所有高管都是顾左右而言他，真正的奥妙就是中国的政局不稳定。"

洛克伍德特意经停二十里堡，不可能仅仅为了跟自己探讨中国的政局。吉尔伯特并不主动涉及洛克伍德经停二十里堡的真实目的，只是漫无边际地闲聊着，从中国的茶叶谈到了巴西的咖啡。也许是因为明天必须离开二十里堡，也许是因为看透了吉尔伯特的真实心态，洛克伍德将手中的报纸放在茶几上，说道：“公司总部准备对中国分公司进行改组，现任总经理将离开中国。有资格继任总经理的，只有我和另外几位副总经理……"

"您希望我做些什么？"

谜底已经揭开，吉尔伯特没必要再装糊涂了。

洛克伍德从身边的手提箱里拿出一个没有封口的信封，交给了吉尔伯特。吉尔伯特再次回到办公桌前，从信封里抽出信笺，铺在桌面上。洛克伍德交给吉尔伯特的信件，实际上是一封写给英美烟公司总部的举报信。信中详细罗列了洛克伍德所谓的"另外几位副总经理"在华期间的种种劣迹，尤其是详细列出了他们在上海和青岛的房产名录。更让吉尔伯特吃惊的是，信件是以吉尔伯特的口气书写的。他将信件匆匆地看了一遍，抬起头盯着洛克伍德问道："我为什么要写这封信？"

"因为只要我担任了总经理，你就有机会担任副总经理，至少可以返回上海跟格蕾丝团聚……而且，信中的内容全部属实。"

"我可以将这封信从二十里堡发出，但仅仅是基于您对我的信任。因为即使您顺利担任了总经理，我也不一定能够担任副总经理。中国分公司跟我同一级别的，还有不少人。"

吉尔伯特折起信笺装进信封，锁进中间的抽屉。

洛克伍德站起身，掂了掂手提箱说道："在中国人眼里，我们都是上等人；即使在美国人眼里，我们也是著名的英美烟公司的高管……我这样做，也是迫不得已……我的这次二十里堡之行，是为了我，也是为了你。不管你做出什么样的决定，我都能理解并且接受。"

吉尔伯特再次笑了笑，什么话也没说。洛克伍德对着吉尔伯特点了点头，拎着手提箱走出钱伯斯街，走向了西北面用作客房的第一大道。第一大道开着房门，里面窗明几净。洛克伍德将手提箱扔到床上，随后走出第一大道，走进了隔壁的第五大道。用作接待室的第五大道开着西窗，西窗对面就是陈静楠用作办公室英格兰。英格兰的东窗也开着，陈静楠静静地坐在办公桌前，神态沉静而又安详。洛克伍德关闭窗子，拉上窗帘，对着随后走到自己身边的吉尔伯特说道："能让她陪陪我吗？"

"她？"

"就是文澄怀的二太太。"

"文澄怀可是英美烟公司重要的合作伙伴。"

洛克伍德微微一笑，闭上眼睛斜躺在长沙发上，似乎有些尴尬。吉尔伯特同样微笑着退出第五大道，带上房门，回到了钱伯斯街。钱伯斯街没有其他人，吉尔伯特却分明感受到了无数双眼睛。那无数双眼睛像星星一样闪烁着，暧昧中带着一丝讥讽。吉尔伯特将洛克伍德用过的茶杯拿到卫生间刷了刷，重新放在茶几上。他闭上钱伯斯街的房门，从办公桌前中间的抽屉拿出洛克伍德代替自己撰写的举报信，又拿出了格蕾丝和洛克伍德的那几张合影。

吉尔伯特跟格蕾丝曾经有过美好。吉尔伯特始终珍爱着这份美好，即使看到了格蕾丝跟洛克伍德亲密的合影。他知道自己跟格蕾丝的婚姻是个错误，但面对格蕾丝跟洛克伍德亲密的合影，心里还是非常酸楚。跟洛克伍德在一起的格蕾丝满脸幸福，对于这种幸福，吉尔伯特并不陌生，他跟格蕾丝结婚后的最初时间，不止一次从格蕾丝脸上看到过。

那种幸福的感觉，实在太短暂了。

坐在办公桌前一张一张地看着格蕾丝跟洛克伍德的合影，吉尔伯特的嘴角始终带着凄楚的笑意。有了跟黄泓丽以及芳菲苑众多舞女的交往，吉尔伯特并不在意格蕾丝躺在洛克伍德怀里，他在意的，只是这些照片的拍摄者。第五大道响起了轻微的鼾声，那鼾声时断时续，仿佛虞河里浪花的呢喃。吉尔伯特将洛克伍德代替自己撰写的举报信以及洛克伍德和格蕾丝的合影重新锁进中间的抽屉，叹息着走出星条庐，站在廊檐下。

法桐树的树叶密密麻麻，滴落到地面上的阳光也透着绿意。吉尔伯特在廊檐下来回踱了几步，若有所思地走下台阶，站在浓浓的树荫里。他望了望星条庐的第五大道，又望了望星条庐对面的米字庐，下意识地迈上米字庐门前的台阶，推开了庐门。陶明礼在家休息，米字庐里只有陈静楠。吉尔伯特慢慢地走向英格兰开着的房门，脚步略微有些迟疑。陈静楠的办公桌上摆放着爱德华·傅克斯的三卷本的《欧洲风化史》，其中的一本摊放在陈静楠面前。陈静楠好像突然间醒来的样子，她双手按着桌面站起身，对着吉尔伯特很不自然地笑了笑，问道："有任务？"

　　吉尔伯特摇了摇头，讪讪地坐到长沙发上。陈静楠冲了一杯咖啡递给吉尔伯特，又坐到了办公桌前。她抬起右手合上书，随即将右手压在封面上。吉尔伯特端着咖啡杯沉默了很长时间，侧过身子对着陈静楠说道："我在你的办公室里，不影响你读书吧？"

　　陈静楠愣了愣，说道："您……"

　　"如果你不反对，我想在这里坐一会儿。"

　　陈静楠不知道吉尔伯特遇到了什么事情，也不知道自己应该做些什么，只好随手翻开了刚刚合上的那本《欧洲风化史》。陈静楠面前的《欧洲风化史》是其中的资产阶级时代卷。她刚才正在阅读第一章，摊开的书页上有这样一段话："个人的性爱由于纯洁的情欲而得以净化之后，其最高度的终结就是婚姻。如今婚姻成了爱情的首要宗旨。恋爱关系只不过是婚姻的前奏。身体和灵魂应当用和谐的纽带终生联系在一起，婚姻的最高目的在于生儿育女。性行为不再仅仅是一种享乐，而是在生育后代的愿望中变得圣洁而免除了罪孽。孩子是婚姻的目的，他们不仅是财产和姓氏的继承人，而且是人类理念的后继者。"

　　这段话，陈静楠已经看过好多次了。再次阅读，心里还是泛起了波澜。文澄怀阳痿，陈静楠对于文中提到的"性爱"或者"性行为"没有切身感受，吸引她的，是文中的"婚姻的最高目的在于生儿育女"和"孩子是婚姻的目的"。尽管这两句话内涵重复，陈静楠还是愿意反复阅读。想到孩子，陈静楠最初的反应是向往，随后便是极度的失落。

自己怎么可能有孩子呢？

喝光杯子里的咖啡，吉尔伯特将咖啡杯放在茶几上，站起身走到陈静楠身边。陈静楠似乎不愿意让吉尔伯特看到自己反复阅读的这段话，她再次合上书，不好意思地抬起了头。吉尔伯特拿起陈静楠刚刚合上的《欧洲风化史》，随便翻开一页，小声念道："爱情将一个男人和一个女人永远地彼此紧紧拴在一起，哪怕他们之间隔着高山大海。他们变成了一个生命，心脏一起搏动，头脑一起思索。面对爱情的这条规律，世间的一切都无能为力。"

从吉尔伯特嘴里听到爱德华·傅克斯的文本，陈静楠脸上火辣辣的。她从吉尔伯特手中抽出《欧洲风化史》，苦笑着放在书桌上，眼睑微微垂下了。吉尔伯特知趣地离开陈静楠，重新坐在长沙发上说道："向往爱情，那是少不更事的少男少女们的专利。对于有了一定生活阅历的人来说，尤其是有了婚姻经历的人来说，爱情也许是种幻觉。"

陈静楠的脸上依然火辣辣的，她坐在办公桌前，呆呆地盯着桌面上的资产阶级时代卷以及另外两卷《欧洲风化史》，没再说话。吉尔伯特没有离去的意思，他低着头注视着茶几上的咖啡杯，也沉默了。陈静楠站起身，缓缓地走到吉尔伯特面前，从茶几上拎起暖瓶问道："再给你冲一杯咖啡？"

"还是白开水吧。"

吉尔伯特抬起头，脸上挤出了一丝笑容。陈静楠将吉尔伯特的咖啡杯里加满水，问道："你好像有心事？"

"我也是在思考有关爱情和婚姻的问题……你在经理处任职的时间已经不短了，肯定听说了不少有关我的私生活方面的传闻。在二十里堡，我跟黄泓丽长期保持着性关系，也在黄泓丽的引荐下，跟芳菲苑的不少舞女有过性关系……我跟她们在一起，仅仅是为了满足生理需求，并不是因为爱情……没有必要对你隐瞒什么，我对黄泓丽有好感，也仅仅是有好感而已。"

陈静楠没想到吉尔伯特会跟自己谈论这么私密化的问题，她将暖瓶放在茶几上，又回到办公桌前。

"来到二十里堡任职的最初时间，我也是洁身自好的。我原以为我会很快离开二十里堡，回到上海跟我的妻子格蕾丝团聚……谁知道我连二十里堡的方言都会讲了，还是没等到返回上海的机会……也可能是因为绝望，我才放纵自己的。不过，当我离开芳菲苑，独自躺在星条庐的时候，我感受最深的却是无助……"

"也就是说，在你看来，情和欲是可以剥离的？"

"也许可以，也许……我没有认真思考过。"

"我一直以为，我们中国人和你们欧美人，对于情感生活的理解是不一样的。"

"怎么会不一样？不管是中国人，还是欧美人，首先都是人嘛。"

吉尔伯特叹息了一声。他端起咖啡杯靠近嘴边，随后又放在茶几上。陈静楠拿起资产阶级时代卷摞在另外两本《欧洲风化史》上面，犹犹豫豫地问道："你有孩子吗？"

"有，是个儿子。"

"你爱你的儿子？"

吉尔伯特突然间极度惆怅，他扬起头说道："世界上很少有不爱儿子的父亲。只要儿子是亲生的。"

陈静楠注意到吉尔伯特惆怅的神情，心跳莫名其妙地加速了。她重新拿起资产阶级时代卷，但也仅仅是翻了翻，又摞在另外两卷《欧洲风化史》上面。突然间，米字庐的庐门开了，大厅里响起了脚步声。陈静楠愣了愣，跟着吉尔伯特站起身，离开了办公桌。洛克伍德走进英格兰，对着吉尔伯特笑了笑说道："坐了好几个小时火车，实在太累了。"

"我刚才到邮局寄了一封信……因为怕影响您休息，就到陈小姐这里来了。"

陈静楠叫了一声"洛克伍德先生"，低下头回到了办公桌前。洛克伍德会心地点了点头，目光追逐着陈静楠的身影，说道："陈小姐简直是典型的东方美人，无论意志多么坚强的男人，都会被倾倒的。"

陈静楠的脸颊不知不觉地红了。

洛克伍德跟吉尔伯特交换了一下眼色，又对着陈静楠说道："文老板实在太幸福了。他的另外一位太太也跟您一样漂亮吧？"

陈静楠没有回答洛克伍德的提问，只是低着头，努力压抑着内心的不快。洛克伍德再次笑了笑，盯着陈静楠泛红的脸颊问道："上次离开二十里堡的时候，我将一本题为《查特莱夫人的情人》的长篇小说，丢在这里了。不知陈小姐是否见过？"

"见过。"

"喜欢吗？"

陈静楠抬起头看了看吉尔伯特，嘴角微微动了一下。吉尔伯特邀请洛克伍德坐到长沙发上，斜睨着陈静楠说道："前些日子我带着那本书去济南，丢在火车上了。"

"可惜了，可惜了。"

洛克伍德摇了摇头。

# 十四

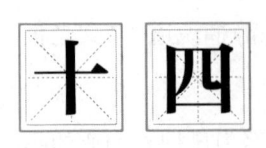

　　骑着脚踏车从北向南行驶在潍安汽车路上，夏美云不时地回过头望望吃力地追赶自己的文笃修，心里再一次掀起了波澜。因为临近黄昏，潍安汽车路上除了文笃修和夏美云，很长时间都看不到行人和车辆。可能是体力已经消耗殆尽，文笃修停止了奔跑。他佝偻着身子向前挪动着脚步，手背不时地擦拭着脸上的汗水。夏美云再次回过头望了望文笃修，骑着脚踏车向西拐上车站一街，又从车站一街拐上了连通烤烟房的小路。

　　每次练习骑脚踏车，夏美云都会将脚踏车骑进那几座烤烟房之间的小路，在小路最西端的那棵小叶朴树下休息。对于这一点，文笃修早已习以为常。他没有像往常那样绕行南面的十字路口，而是直接走进了潍安汽车路西侧的烟田。烟田里弥漫着辛辣气息，娇嫩的烟叶仿佛绿色的毡毯。文笃修小心翼翼地躲避着烟苗，脑海里又出现了那部题为《烤烟种植与山东农民》的书稿。因为陪着夏美云练习骑脚踏车，他不得不一次次中断书稿的写作。

　　作为博士论文，《烤烟种植与山东农民》成稿于杜克大学，并且获得了导师的激赏。但是回到二十里堡后，尤其是跟烟农们有了深入接触后，文笃修越来越感受到书斋的狭窄以及自己见解的短浅。因为烤烟，二十里堡富甲一方。胶济铁路每年的货运收入，二十里堡火车站占第三位，仅次于青岛火车站和博山火车站；一二等客票收入，二十里堡火车站竟然超越了青岛火车站和济南火车站，居第一位。但烟农们依然生活在贫困线以下，二十里堡的繁荣，只是他们眼中的风景。

从烟田踏上烤烟房之间的小路，文笃修放慢了脚步。夏美云面朝南站在小叶朴树下，面前的脚踏车和身后的大青石，似乎也透着落寞。文笃修望着夏美云的身影，脑海里竟然闪现出《米勒作品集》中的一幅幅油画，尤其是那幅《种植马铃薯者》。想象着和丈夫一起种植马铃薯的那位妻子，文笃修竟然感受到了家的温馨。他在感受到家的温馨的同时，又体味到了尴尬。

懒懒地转过身，夏美云的脸上顿时像绽放的花朵。她下意识地举起的右手，随即慢慢放下了。文笃修对着夏美云挥了挥手，眼前再次出现了《种植马铃薯者》中的那位妻子。那位妻子的神情像她身后的大片农田，平静得透着忧伤，而夏美云脸上却始终堆满了笑容。文笃修气喘吁吁地走到夏美云身边，迫不及待地坐在那块凹凸不平的大青石上。夏美云四下里看了看，小声说道："刚才把你累着了。"

"你的车技已经很高了。"

"我知道你想说什么。"

"你知道我想说什么？"

文笃修反问了一句，仰起脸望着南面那座烤烟房的烟囱。两只不知名的小鸟在烟囱顶部窃窃私语，仿佛柔情蜜意的恋人。夏美云将目光移向烟囱顶部的那两只小鸟，说道："不知这两只小鸟是否也有忧愁？相信跟自己所爱的人生活在一起，忧愁也是幸福。"

"幸福毕竟是一种感觉，而感觉，总是在变化的。"

夏美云微微一愣，左手下意识地搭在脚踏车的车座上。小叶朴树硕大的树冠遮住了晚霞，树下出现了明显的阴影。夏美云面对着脚踏车坐在文笃修身边，再也没有了说话的兴趣。文笃修低下头，目光不时地落到夏美云的双脚上。夏美云虽然比自己年少，毕竟是父亲的姨太太。最近一段时间，尤其是陪着夏美云练习骑脚踏车的这一段时间，文笃修不时地感受到夏美云异样的目光，而这种目光，他仅仅从阿格尼丝那里感受过。

一阵扑扑棱棱的声音倏地响起，小叶朴树北面的烤烟房里飞出了几只小鸟。小鸟鸣叫着落在小叶朴树的树冠上，溅落在树下的霞光似乎泛起了涟漪。夏美云意味深长地瞥了文笃修一眼，犹犹豫豫地转过身，钻进了北面的烤烟房。文笃修没有跟随夏美云钻进烤烟房，而是若有所思地聆听着小鸟们的鸣叫。那鸣叫似乎来自遥远的记忆，或者心灵深处的某种渴望，清脆而又美好。

"笃修，你看这是什么？"

烤烟房里传出了夏美云的声音。

文笃修愣了愣，弯着腰钻进烤烟房，跟夏美云面对面站在一起。烤烟房里纵横着一层又一层的木梁，烤烟的芬芳若有若无。夏美云站立在木梁围成的狭窄空间，脸上再也没有了熟悉的笑容。烤烟房内的光线虽然暗淡，文笃修还是看清了夏美云眼睛里晚霞般燃烧的火焰。他胆怯地低下头，问道："你发现了什么？"

"难道你没有发现什么？"

"光线太暗淡了。"

"光线确实很暗淡，但你不会看不到一个燃烧着欲火的女人吧？"

文笃修胆怯地后退几步，但还是被夏美云搂抱在怀里。伴随着木板门砰然关闭的声音，木梁上的尘土纷纷飘落着。夏美云再也没有了平时的矜持，她贪婪地亲吻着文笃修的双唇和眼睛，整个身体散发出一阵阵热浪。文笃修突然间不知所措，他努力挣脱夏美云的怀抱，但始终没有成功。夏美云停止了亲吻，依旧紧紧地搂抱着文笃修说道："我知道你爱着阿格尼丝。跟阿格尼丝比起来，我就像飘落在咱们身上的尘土，一钱不值……我不奢望独自占有你，我只是希望你能多看我一眼，如有可能，再抱抱我，紧紧地抱抱我……"

"美云，不要这样，真的不要这样……"

文笃修放弃了挣扎，但还是喃喃自语着。

"成为你爸爸的小老婆之前，我是个戏子。为了能吃上碗饱饭，我跟很多男人纠缠过……我是个贱女人……但我也有梦想……我不奢望独自占有你，我只是希望你能多看我一眼，如有可能，再抱抱我，紧紧地抱抱我……"

"美云，不要这样，真的不要这样……"

文笃修继续喃喃自语着。

"笃修，你不要害怕，我不会纠缠你，也不会让你难堪，我知道我能做什么，不能做什么……成为你爸爸的小老婆之前，我是个戏子。为了能吃上碗饱饭，我跟很多男人纠缠过……我有这方面的经验。但我对你是真心的，真心的……为了这一天，我在期待中度过了无数个不眠之夜，不眠之夜……"

烤烟房里越来越昏暗，夏美云的说话声也越来越小。文笃修感受着夏美云急剧起伏的胸脯，聆听着夏美云热烈的自白，一直仰望着头顶上方的天窗。从美国回到二十里堡不久，文笃修就从夏美云的话语中听出了某种被压抑的蓬勃的力量。因为恐惧那种蓬勃的力量，他总是尽量避免跟夏美云在一起；因为要陪着夏美云学骑脚踏车，他又不得不多次跟夏美云在一起，而且是单独在一起。结束了热烈的表白，夏美云慢慢地松开搂抱着文笃修的双手，脸上出现了娇羞的神情。她低低地叫了一声"笃修"，目光有些迷离。文笃修推开木板门，说道："咱们该回瞻可园了。"

夏美云跟着文笃修钻出烤烟房，走向小叶朴树东侧那块大青石。

晚霞基本上消散了，从烟田里吹来的微风懒洋洋的。文笃修和夏美云面对着脚踏车坐在大青石上，都有些尴尬。夏美云的脸颊红红的，不时地抬起头看看文笃修，又不时地抬起右脚蹭蹭脚下的泥土。文笃修的两只手交替着搭在车把上，有时候还下意识地揿一下车铃。夏美云站起身扑打了扑打身上的尘土，双手攥住车把看了看北面那间烤烟房，小声说道："笃修，不要害怕我。不管你愿不愿意接纳我,我都不会让你难堪的。"

"美云……"

夏美云蹬开脚踏车的撑子,调转车头,注视着文笃修问道:"笃修,告诉我真话。你爱我吗?"

"不,不不……"

文笃修仿佛受到了惊吓,呼吸顿时变得急促了。夏美云莞尔一笑,说道:"是不爱,还是不能爱?"

文笃修摇了摇头,默默地仰望着小叶朴树模糊成一团的树冠。夏美云没再说什么,她再次对着文笃修笑了笑,骑上脚踏车,再也没有回头。文笃修望了望夏美云远去的身影,再次走进小叶朴树北面的那间烤烟房,静静地站立着。因为没有关闭木板门,纵横在烤烟房里的木梁呈现出清晰的轮廓。文笃修双手攀着两根木梁,眼前不时地浮现夏美云的身影,耳边反复回响着夏美云刚才说过的话语。

烤烟房里依然残留着夏美云的气息,隐隐约约,丝丝缕缕。文笃修闭上眼睛,感觉刚刚搂抱过自己的那个夏美云,越来越不真实。怎么可能呢?怎么可能呢?文笃修懊悔地摇了摇头,但懊悔过后,竟然是一丝甜蜜。突然间,西北面响起了火车的汽笛声。文笃修愣愣地转过身,低着头钻出烤烟房,但没有再次走向那棵小叶朴树。他沿着烤烟房之间的小路向东踱着,脑海里挥之不去的,还是夏美云的身影。

火车的汽笛声越来越响,随即戛然而止。文笃修沿着夏美云刚才经过的小路踏上车站一街,并没有注意到右手扶着脚踏车车把,愣愣地站在车站一街南侧的陈静楠。他听到陈静楠呼喊"笃修",禁不住哆嗦了一下。陈静楠上下打量着文笃修,问道:"这么晚了,你怎么……"

文笃修走到车站一街南侧,对着陈静楠笑了笑,答道:"没什么,随便走走。"

"罗马不是一天建成的,《烤烟种植与山东农民》也不是一天就能修订完的。不管什么事,都不要急躁,慢慢来。"

文笃修说了声"谢谢",下意识地瞥了一眼北面那几座烤烟房。

夕阳早已落山,地平线上依然透着橘红色的光。伴随着火车的汽笛声再次响起,文笃修满腹惆怅地从陈静楠手里接过车把,推着脚踏车穿过车站一街和潍安汽车路的十字路口,继续向东走去。陈静楠不知道文笃修为什么会出现在那条连通烤烟房的小路上,但还是看出文笃修的身心非常疲惫。虽然共同生活在瞻可园,陈静楠跟文笃修并没有太多的接触,长时间深入的交谈,还是发生在文笃修到米字庐查阅有关英美烟公司的档案以后。出现在米字庐的文笃修是一位纯粹的学者,所关心的,仅仅是那部题为《烤烟种植与山东农民》的书稿。陈静楠快走几步,赶到文笃修身边问道:"你已经好几天没到米字庐了。资料准备工作,是不是已经结束?"

"文字资料的准备工作,差不多已经结束了。这几天,我一直在附近村子里进行田野调查。烟农们的口碑资料,也很重要,甚至更重要。"

"我在英美烟公司也了解到一些情况。烤烟在坊子成功试种以后,以二十里堡为中心的胶济铁路沿线,迅速成为英美烟公司重要的烤烟种植基地。因为烤烟的大面积种植,英美烟公司获取了巨额财富,你父亲也获取了巨额财富,惟有广大烟农依然生活在贫困线以下……你只要注视烟农们的眼睛,就会发现他们的眼睛已经看不到希望……如果你不反对,我倒想看一看你的大作,看一看你怎样评价那些看不到希望的烟农。"

"希望其实就是一道幻影。没有了幻影,生活也许更真实一些。"

"如果希望仅仅是一道幻影,你为什么还要殚精竭虑地从事《烤烟种植与山东农民》的写作?"

文笃修尴尬地笑了笑,双手推着脚踏车加快了脚步。他走进瞻可园,将脚踏车交给匆忙走出门房的一名保安团团丁,问道:"老爷回来了吗?"

"还没,只有三太太回来了。"

文笃修看了看陈静楠,又望了望已经亮起电灯的望云楼。望云楼的窗帘还没有拉上,暖暖的灯光悄无声息地融入暮色中。从潍安汽车路一直到瞻可园，文笃修不停地跟陈静楠谈论着与《烤烟种植与山东农民》有关的话题，因为夏美云而激起的情感波澜，逐渐消失了。再一次看到望云楼，再一次想象着夏美云正躲在某一扇窗子后面注视着自己，文笃修脸上再次火辣辣的。他在溪光桥上停下脚步，双手扶着东面的桥栏杆，静静地俯视着桥下的匹练溪。陈静楠侧过头看了看文笃修，独自穿过生长着四棵玉兰树的小广场，踏上了望云楼门前的台阶。因为月亮和星星还没有升起，匹练溪的溪水完全被望云楼的灯光染黄了。文笃修望着自己留在水面上的模模糊糊的倒影，清晰地看到了自己在瞻可园的尴尬处境，也逐渐失去了同时面对文澄怀和夏美云的勇气。

真的要提前离开瞻可园吗？如果提前离开瞻可园的话，又怎么向父亲解释呢？

匹练溪水静静地流淌着，粼粼的波光像数不清的目光，明灭不定。文笃修拍了拍桥栏杆，转身离开溪光桥，意外地听到望云楼内响起了《美丽的梦神》的旋律。他慢慢地走在望云楼南面的小广场上，仰起脸注视着玉兰树的树冠，以及玉兰树遮挡着的望云楼，思绪又一次飞离二十里堡，飞到了杜克大学的校园。因为来自被忽略甚至被蔑视的国度，就读于杜克大学的文笃修除了在图书馆看书，很少参加学校组织的舞会。所参加过的屈指可数的几次舞会，几乎都能听到《美丽的梦神》的旋律，而《美丽的梦神》的旋律，文笃修在齐鲁大学读书时就非常熟悉了。文笃修记不住《美丽的梦神》的全部歌词，但其中的两句始终无法忘怀，那就是"听我用歌声来向你求爱，生活的烦忧已经离开"。

谛听着《美丽的梦神》的旋律迈上望云楼门前的台阶，文笃修眼前不时地闪现着杜克大学和齐鲁大学的影像，那些骤然间从心底泛起的青春记忆，像匹练溪水一样闪烁着粼粼波光。望云楼一楼大厅的电灯全部燃亮了，夏美云和陈静楠伴随着《美丽的梦神》的旋律，手牵着手翩翩起舞。文笃修推开楼门，仿佛又一次回到了大学校园，而且更像是齐鲁大学的校园。夏美云停下舞步，对着文笃修招了招手说道："笃修，快来，快来。我不太会跳外国舞，还是你来陪着静楠跳吧。你们都上过洋学堂。"

陈静楠同样停下舞步，愣愣地看着夏美云问道："刚才不是你提议跳舞的吗？"

夏美云好像没有听到陈静楠的问话，她将文笃修拽到陈静楠身边，说道："你陪着静楠跳一会儿。我到楼上去一趟，马上下来。"

文笃修和陈静楠都没有继续跳舞，而是不约而同地转过身，默默地望着夏美云的背影。夏美云的身影刚刚消失在楼梯转角处，陈静楠便走到留声机旁边，移开唱针，关闭了留声机。一楼大厅突然安静下来，文笃修又一次感到不知所措。他对着陈静楠摆了摆手，独自走到漱芳轩门前，推开轩门，迈进了门槛。漱芳轩的后窗还开着，窗外的梧桐树向天空静静地伸展着枝叶。文笃修径直走到后窗下，闭上眼睛感受着阵阵微风，脑海里晃动着夏美云的身影。轻轻的敲门声响过，陈静楠走进了漱芳轩。她拉亮吊灯，不解地望着文笃修说道："饭菜早已摆上餐桌了……你爸爸还没回来，你也不到餐室里去。"

"我爸爸还没回来？"

"对，还没回来。他每天都是按时返回瞻可园的，如有特殊情况，也都是提前告知家里。"

文笃修不知道应该说什么，他到卫生间洗了洗手，快步走向已经站在轩门口的陈静楠。一楼大厅的吊灯早就熄灭了，只有四周的壁灯还在发散着亮光。文笃修带上漱芳轩的轩门，和陈静楠并肩走进餐室，再一次见到了夏美云。餐室里灯火通明，独自坐在长条桌旁的夏美云左手按着桌面站起身，对着陈静楠和文笃修说道："我刚才给他打了个电话……他临时有事，还要过一段时间才能返回瞻可园。"

"会有什么事呢？"

陈静楠反问了一句，目光停留在夏美云脸上。每次迎接文澄怀回家，夏美云都会在晚饭前化妆的。陈静楠惊讶地发现，夏美云脸上出现了脂粉也涂抹不出的光泽，而且眼睛里还多了一份甜蜜和羞涩。夏美云注意到陈静楠惊讶的眼神，微笑着将目光移向文澄怀固定的座位，说道："咱们是现在开饭呢，还是再等等他。"

"还是等他回来再开饭吧。"

陈静楠紧靠着夏美云坐下了。

文笃修也发现了夏美云脸上不同以往的光泽，他羞愧地低下头，目光还是不时地移向夏美云。夏美云躲避着文笃修的目光，但嘴角不时地流露出笑意。她贴在陈静楠耳边低语了几声，起身走出餐室，随手带上了餐室门。陈静楠将身体往椅背上靠了靠，注视着文笃修说道："最近一段时间，你还经常陪着美云练习骑脚踏车吗？美云能独自上路了吗？"

听到陈静楠提及"陪着美云练习骑脚踏车"，文笃修猛然抬起了头。他拿起面前的一个空玻璃杯，慢慢旋转着说道："她已经很熟练了，肯定能独自上路了。"

"嫁给你爸爸前，我主要生活在济南市区，没有机会接触农民；嫁给你爸爸后，我主要生活在瞻可园，也没有机会接触农民。到英美烟公司服务后，我虽然也没有机会接触农民，但还是从那一摞摞档案中读出了农民的卑微和艰辛。我很期待能读到你修订过的《烤烟种植与山东农民》，如果你信任我，我可以帮你译成中文。"

"如果你有兴趣将《烤烟种植与山东农民》译成中文，我当然求之不得。相对于我们，广大农民自然是卑微的。相对于英美人，我们何尝不是卑微的？在齐鲁大学读书期间，我曾经非常活跃；但在杜克大学读书期间，我像鼹鼠一样藏匿了身影。我意识到，即使我是文澄怀的儿子，美国人也不会高看一眼的，因为大多数中国人还处于赤贫状态，整个中国还看不到富强的曙光。"

陈静楠望了望紧闭着的餐室门，说道："农民问题，有可能是中国面临的急需解决的问题。但解决农民问题，需要强有力的政府。而现在的政府……"

文笃修苦涩地一笑，说道："现在的政府实际上是列强的傀儡。如果政府失去了尊严，国民怎么会有尊严？"

"如果你能将你的真实思想写入《烤烟种植与山东农民》，一定会引起有识之士的关注。"

文笃修长叹一声，将手中的空玻璃杯轻轻地放在餐桌上。

凯迪拉克轿车碾压甬道的声音越来越近，最后消失在望云楼门前。陈静楠对着文笃修点了点头，站起身离开餐桌，敞开了餐室门。关闭车门的声音刚刚响过，楼门开了。夏美云挽着文澄怀的左臂走进一楼大厅，满脸幸福地走向楼梯口。待月轩开闭轩门的声音连续响过，文澄怀和夏美云又出现在一楼大厅。夏美云依然挽着文澄怀的左臂，但与文笃修目光相遇时，还是不自然地低下了头。跟往常一样，文澄怀脸上始终堆满了笑容，但文笃修注意到，文澄怀脸上的笑容是挤出来的，或者说，文澄怀脸上的笑容已经无法遮掩满腹的心事。文澄怀刚刚在长条桌旁坐下，饭菜便摆满了长条桌。他拿起筷子指了指文笃修，说道："你不愿意涉足商界和政界，也许是对的。"

文笃修不知道文澄怀为什么说出这句话，陈静楠和夏美云也颇感意外。他们不安地对视了一眼，不约而同地将目光移到文澄怀身上。文澄怀右手捏着筷子，右臂撑在桌面上说道："山西太原已经成了中国的另一个政治中心，阎锡山和冯玉祥真正联手了。蒋介石在江苏徐州召开了高级军官会议，阎锡山和冯玉祥也在河南郑州召开了高级军官会议。山东、河南、安徽这三大烤烟种植基地，无疑会成为蒋阎冯鏖战的战场，大规模内战即将爆发。"

文澄怀的迟归，还是因为即将爆发的战事。

对于即将爆发的战事，陈静楠一脸冷漠，倒是夏美云表现得有些焦灼。她夹了几种菜肴放在文澄怀面前的盘子里，说道："河南和安徽跟咱们没有什么关系，但山东就不一样了。丹渊公司的利益主要涉及胶济铁路沿线，如果山东变为战场，丹渊公司……"

"覆巢之下，岂有完卵？丹渊公司肯定会遭受重大损失，但损失再大，也不会影响我们的生活，只是苦了那些升斗小民……"

文笃修咽下嘴里的饭菜，摇了摇头说道："民国十七年七月，我还在杜克大学读书的时候，曾经在报纸上看到过蒋介石、阎锡山、冯玉祥以及李宗仁在北京西山碧云寺恭谒孙中山遗体的照片。面对着那张照片，我沉思了很久。我原以为中国从此会告别战争，人民不再遭受苦难……"

文澄怀笑了笑，说道："咱们还是先吃饭吧，估计你们都很饿了。"

陈静楠掰了一块馒头捏在手里，说道："前几天，洛克伍德突然出现在二十里堡，而且来去匆匆。对于洛克伍德的到来，吉尔伯特事先没有提及。我注意到，洛克伍德离去后，吉尔伯特整天心事重重的。"

文澄怀皱了皱眉，说道："英美烟公司一向消息灵通。不管是蒋介石还是阎锡山，他们都不难见到。吉尔伯特的心事重重，应该与洛克伍德的这次二十里堡之行关系密切。英美烟公司不会不关心即将爆发的蒋阎冯大战。"

陈静楠将手中的馒头塞进嘴里，慢慢咀嚼着说道："我还没有从吉尔伯特嘴里听到有关战争的消息。"

"跟吉尔伯特在一起的时候，多留意他说了些什么。说到底，丹渊公司跟英美烟公司是利益共同体。"

文澄怀毫无食欲，他仅仅吃了很少一点饭便离开了长条桌。夏美云看了看陈静楠，站起身跟在了文澄怀身后。文笃修等候文澄怀和夏美云的脚步声消失在楼梯口，放下筷子，双手叠压在长条桌上说道："战争一旦爆发，生命立刻贱如草芥。我为修订《烤烟种植与山东农民》所付出的种种努力，也将变得毫无价值。"

"所有人都要面对死亡，这是没有办法的事情。在死神还没有真正降临之前，我们总还得为活下去找点理由吧。"

"在赶往杜克大学前夕，以及在赶往杜克大学的路上，我曾经豪情满怀。我盼望着学成归国后，能为我们这个积贫积弱而又多灾多难的国家做些什么。可是在取得了博士学位以后，尤其是回到二十里堡以后，我反而开始怀疑自己曾经的选择。中国是蒋介石、阎锡山、冯玉祥以及李宗仁、张学良他们的，跟我们这些普通中国人好像没有关系。"

"我们生活在中国，怎么会没有关系呢？"

陈静楠对着文笃修笑了笑，无奈地站起了身。文笃修跟着陈静楠走出餐室，在楼梯口遇到了夏美云。夏美云的脸颊红红的，裤脚还出现了一块湿渍。她没有理睬文笃修，而是抬起右手往后拢了拢头发，对着陈静楠说道："他在我房间里洗完澡，却到你房间里去了。他好像有事跟你商量……"

陈静楠愣了愣，跟随夏美云上了楼梯。文笃修等候陈静楠和夏美云的身影消失在楼梯转角处，转身走到漱芳轩门前，推开了轩门。起居室的吊灯和卧室的床头灯已经燃亮，窗帘也已经拉上。文笃修有些奇怪，他先是推开卫生间的房门往里面看了看，随后回到了卧室。跟卫生间里一样，卧室里也没有异常情况，只是床铺被整理了，而且两个枕头摆放得整整齐齐。因为女佣经常整理房间，文笃修也没往深处想。他关闭轩门，仰面躺在床上，痴痴地望着卧室中央没有燃亮的吊灯。

除了亲吻过阿格尼丝，文笃修再也没有亲吻过其他女性，也没有接受过其他女性的亲吻。下午在小叶朴树北面的那座烤烟房，他虽然没有主动亲吻夏美云，却被动接受了夏美云的亲吻。想到夏美云热烈的情感，想到夏美云缠绵的话语，文笃修渐渐地燥热难耐。想到阿格尼丝留在熙春医院的孤独的身影，想到夏美云是父亲的姨太太，文笃修又不免羞愧难当。

怎么会这样呢？

脱光衣服走进卫生间，文笃修调好水温，站在喷头下面。暖暖的水流冲击着裸露的身体，文笃修再次感受到夏美云在烤烟房里亲吻自己时的热情。"女人真是不可思议"，文笃修听到自己无意中发出的声音，竟然吓了一跳。他胆怯地四下里看了看，伸出右手抓过一块力士牌香皂，将全身涂满了泡沫。夏美云不愧是戏子，简直太有表演天才了。文笃修慢慢地擦拭着身体，眼前竟然出现了两个不同的夏美云：一个夏美云活动在烤烟房里，一个夏美云生活在瞻可园里。活动在烤烟房里的夏美云像熊熊燃烧的火焰，生活在瞻可园里的夏美云却像虞河平静的水面。

"女人真是不可思议！"

文笃修再次感叹了一声，但没有再次将夏美云跟戏子联系起来。夏美云在烤烟房里所说的那些话，不可能完全是虚假的，更不可能是早就编写好的台词。夏美云在烤烟房里所做的一切，肯定是有预谋的，但这预谋绝不可能基于欺骗。文笃修将头发上同样涂满香皂泡，双手慢慢地搓着头发，心里不自然地涌出了一丝甜蜜。

而这甜蜜，又一次让他感到了羞愧。

匆匆地冲掉头发以及身体上的泡沫，文笃修关闭喷头，披上了浴巾。他走出卫生间，一边擦拭着头发一边坐在罗汉床上。罗汉床上的矮茶几上摆放着一个白瓷盖杯，是文笃修常用的。文笃修拿掉杯盖，刚想往杯子里倒水，意外地发现杯子里已经倒进了咖啡，而且杯沿上还有一个鲜红的唇印。他提着暖瓶的右手停顿了片刻，还是将热水倒进了杯子。

杯子里的咖啡肯定是夏美云倒进去的，杯沿上的唇印肯定也是夏美云留下的。放下暖瓶，茫然地望着杯子里袅袅升腾的雾气，文笃修的思绪也像雾气一样袅袅升腾着。不管怎么说，夏美云是父亲的姨太太。即使她对自己的感情是真挚的，也是不应该接受的。文笃修阅读过大量的西方文学作品，比如《红与黑》，比如《包法利夫人》，但从未想到自己会充当偷情者的角色，而且是跟父亲的姨太太偷情。

想到这里，文笃修脸上火辣辣的。

端起杯子，慢慢地喝着咖啡，文笃修的目光还是被杯沿上的唇印吸引了。那唇印呈玫瑰色，即使嘴唇的纹路也清晰可辨。文笃修想象着夏美云制造这一唇印时的情形，似乎又看到了夏美云在烤烟房里亲吻自己时微眯的眼睛，似乎又嗅到了夏美云诱人的体香。他喝光杯子里的咖啡，并没有到卫生间洗掉杯沿上的唇印，而是将杯子里加满水，端着杯子走进了卧室。

卧室里的床铺肯定也是夏美云整理的了。文笃修将杯子放在床头柜上，将两个枕头摞起来靠在床头上。他将浴巾放回卫生间，随后熄灭卫生间和起居室所有的灯，背靠着摞起来的两个枕头坐在床上。因为床头灯罩着灯罩，除了灯罩下方的床铺以及床头柜，卧室里的其他部分还是一片模糊。文笃修将双臂抱在胸前，伸直双腿，目光又一次落在床头柜上的《老残游记》上。

床头柜上的《老残游记》是光绪三十三年上海神州日报馆出版的，文笃修在齐鲁大学读书期间，从大明湖岸边的一个旧书摊购买的。但是直到从齐鲁大学毕业，文笃修也没有认真阅读。因为知道书中有关于济南的大量描写，文笃修带着这本书到了美国。杜克大学或者说是美国留给文笃修的新鲜感消失后，文笃修越来越怀念贫穷的中国，怀念济南和潍县。也就在那个时候，他开始阅读《老残游记》，并且沉溺其中。一遍又一遍地阅读《老残游记》，文笃修在遥远的美国同样感受到故乡的温情。在杜克大学，文笃修还读过蒂森选编的《李希霍芬中国旅游日记》和卫礼贤撰写的《中国心灵》。虽然李希霍芬和卫礼贤的著作都有关于山东的大段描写，但文笃修总觉得他们笔下的山东，不如刘鹗笔下的山东亲切。

不知是因为咖啡的效力，还是刚刚洗过澡的缘故，文笃修没有了睡意。他随手拿起《老残游记》，慢慢地翻到昨晚结束阅读的书页，喉咙突然间干渴起来。文笃修在杜克大学用过的一张书签依然夹在书页间，只是书签上多了一个玫瑰色的唇印，唇印的椭圆形空白处，竟然出现了文笃修的名字。他惶恐地合上书，随后从书中取出那张带有唇印的书签，仔细端详着。

书签上的唇印和咖啡杯上的唇印，用的是同一种唇膏，而且色彩的浓度和鲜艳度几乎完全相同。文笃修端起杯子，慢慢地喝着里面混合有咖啡残汁的水，目光不时地在杯沿上和书签上移来移去。这两处唇印应该是夏美云离开餐室后留下的，她留下这两处唇印，到底意味着什么？难道她……文笃修不知道应该怎样表述他跟夏美云的暧昧关系，想到这里，思维停顿了。

除了远远传来的火车的颠簸声和汽笛声,整个瞻可园或者说整个二十里堡,都进入了梦乡。文笃修到卫生间清洗掉咖啡杯上的唇印,倒了一杯白开水放在床头柜上,背靠着撂起来的两个枕头再一次捧起了《老残游记》。在杜克大学阅读《老残游记》的时候,文笃修的脑海里经常出现太平洋的万顷波涛;可是回到二十里堡后,文笃修每次捧起《老残游记》,脑海里出现的,却是自己在杜克大学读书期间的种种往事。

不管怎么说,毕竟已经身在中国了。

双手捧着《老残游记》,文笃修却失去了阅读兴趣。他将那张带有唇印的书签重新夹到书页中,懒懒地将书放在床头柜上,随手熄灭了床头灯。就在床头灯熄灭的那一瞬间,文笃修看到了沈漱芳的照片,照片上的沈漱芳好像突然间睁大了眼睛。文笃修不由自主地哆嗦了一下,展开双臂躺在床上,茫然地望着眼前的漆黑。他连续几次燃亮床头灯,又连续几次熄灭了。火车的颠簸声和汽笛声很长时间没再响起,文笃修所听到的,只有自己辗转反侧的声音。不知道过了多长时间,漱芳轩的轩门被轻轻地敲响了。那敲门声轻微得完全可以忽略,准确地说,不是敲,而是手指的触摸。

确信自己的耳朵没有出现幻觉,文笃修摸索着穿上睡衣,悄无声息地走到轩门后面,停下了脚步。手指触摸轩门的声音还在持续,和触摸声同时响起的,还有急促的喘息。对于轩门外的喘息声,文笃修下午在烤烟房里就非常熟悉了。他反复告诫自己不要开门,但右手还是伸向了门上的插销。因为窗子上仅拉了一道薄窗帘,一楼大厅里还有一丝亮光。借助这一丝亮光,文笃修看到了站在轩门口的夏美云。夏美云身着看不清颜色的睡衣,梦一般地溜进漱芳轩,悄无声息地插上了轩门。文笃修忐忑不安地说了声"你",嘴巴立刻被夏美云捂住了。

"不要说话,不要说话。"

夏美云的声音低低的,近乎梦呓。她依偎着文笃修走进卧室,脱掉睡衣扔到床上,赤裸着身子抱住了文笃修。"不要这样,不要这样",文笃修喃喃自语着,却无力挣脱夏美云的怀抱。他一步一步地后退到床边,先是坐到床沿上,随后躺下了。夏美云贪婪地亲吻着文笃修的身体,含含糊糊地说道:"笃修,不要取笑我,不要取笑我……如果再得不到你,我就疯了,彻底疯了……我爱你,但不会独自占有你,不会……"

文笃修想挣扎着坐起来,但没有成功。他双手捧起夏美云的脸颊,说道:"你毕竟是我名义上的母亲,这……不可以的。"

"我知道,我知道,但我无法控制自己……自从见到你的那一天起,我的心思就全在你身上了……"

"你即使不顾忌咱们的母子关系,难道你就不怕……"

"你父亲在女人身上很粗心,他不会怀疑咱们俩的。咱们俩的关系即使被你父亲察觉了,我也会遮掩过去的……你怎么看待我都行,只要你能接纳我……如果你愿意,我也可以让陈静楠光着身子躺在你身边,不骗你……你跟什么样的女人交往,我都不会嫉妒。你想跟什么样的女人交往,我都可以帮助你……"

文笃修虽然上过洋学堂,虽然获得了博士学位,但一直非常拘谨。他除了跟阿格尼丝有过肌肤之亲,再也没有接触过其他女性。夏美云感受到文笃修的笨拙和慌张,越发兴奋和满足。她在黑暗中颇为自得地展示着迷人的风情,颇为自得地谛听着文笃修急促的喘息。正如夏美云所期待的,文笃修忍不住脱掉睡衣,赤裸着身子瘫倒在夏美云身上。

"美云……"

文笃修低低地叫了一声。夏美云的眼睛里早已充满了泪水,她听到文笃修的呼唤,泪水竟然夺眶而出。

"笃修……"

夏美云不知道怎样表达自己的幸福,同样低低地叫了一声。

短暂的慌乱过后,卧室里恢复了沉寂。文笃修没有再去触摸夏美云的身体,他枕着双手仰躺在床上,两条腿懒懒地垂到床下。夏美云也没有继续触摸文笃修的身体，她将自己的身体和文笃修的身体靠在一起，侧过头感受着文笃修尚未平复的呼吸，说道："笃修，你让我感到了幸福。进入瞻可园后，我从来没有这么兴奋过，真的，不骗你。"

文笃修并不清楚夏美云的话外之音，他叹息了一声，说道："我再也无法直视父亲的眼睛了。"

夏美云站起身，摸索着穿上睡衣，俯下身子吻了吻文笃修说道："你没有必要责备自己……即使事情败露，我也不会让你承担责任……我也想压抑自己的欲望，但我不是圣人，相信你也不是。"

"美云……"

文笃修再次低低地叫了一声。

"好好休息吧，我走了。"

漱芳轩里没有亮灯，黑暗像黑色的河流，悄无声息地漫溢着。夏美云再次俯下身子吻了吻文笃修，摸索着走出漱芳轩，带上了轩门。夏美云闭合轩门的声音很小，但在文笃修听来，竟然像突然炸响的惊雷。他悄悄地站起身，悄悄地走到轩门后面，仔细捕捉着望云楼内的任何声响。夏美云梦幻般的脚步声刚刚从楼梯上消失，待月轩随后响起了轻微的开关轩门的声音。文笃修放心地回到卧室，颓然倒在床上。

因为身体和精神的双重疲惫，文笃修很快进入了梦乡。反复出现在文笃修睡梦中的，是夏美云留在烤烟房里的身影，和出现在漱芳轩的迷人的裸体。睡梦中的文笃修既恐惧又甜蜜，偶尔还发出了几声有关夏美云的呓语。早上醒来，文笃修拉开窗帘，惊恐地看到床上出现了一件粉红色睡衣，而自己的白色睡衣却不知去向。他披上粉红色睡衣坐到窗下的圈手椅上，慢慢地在胸前交叉起双手，意外地发现双臂以及胸前布满了或深或浅的唇印。

自己怎么可以跟父亲的……

想到这里，文笃修的身体又一次汹涌起滚滚的热浪。他到卫生间冲了个澡，仔细清除身体上的唇印，披着浴巾回到了卧室。床铺上的被子异常凌乱，另一个枕头已经掉到了床下。文笃修叠起那件粉红色睡衣放进衣柜，捡起枕头扔到床上，穿上家居服打开了北窗。他瞥了一眼不远处的露香亭，再一次坐在窗子下面的圈手椅上，闭上眼睛感受着丝丝缕缕的微风。

昨天发生的一切，是真实的吗？

即使亲吻过夏美云灼热的双唇，即使抚摸过夏美云温润的身体，文笃修还是感觉有些虚幻，似乎昨天发生的一切，只是自己的臆想。可是，刚刚放进衣柜的粉红色睡衣毕竟是真实的，刚刚清除掉的身上的唇印，也是真实存在过的。东面虞河的涛声越来越响，北面露香亭里也洒满了阳光。文笃修在起居室来回转了几圈，再次回到了卧室。他从床头柜上抓起《老残游记》，盯着那张涂有唇印的书签愣怔了片刻，将《老残游记》放进床头柜的抽屉里。窗外的光线越来越强烈，空气中飘散着温热的泥土气息。文笃修站在窗前，望着窗子外面的梧桐树，以及更远处的花草，神情依然有些恍惚。他犹豫再三，踌躇再三，鼓足勇气敲开了漱芳轩的轩门。

早已拉开的窗帘静静地下垂着，一楼大厅洒满了阳光。文笃修轻轻地带上漱芳轩的轩门，径直走向晚钟斋，推开了斋门。让文笃修惊讶的是，夏美云低着头坐在书桌旁，神情专注地凝视着书桌上的一本英文教科书，书桌的右上角，还摆放着一个鼓胀起来的牛皮纸袋。夏美云好像也吃了一惊，她侧过头看了看文笃修，脸颊立刻绯红了，眼睛里还流露出几分羞涩。文笃修不好意思地对着夏美云笑了笑，说道："你……早起来了？"

"我跟静楠和你爸爸一起吃的早饭……他们都离开瞻可园了。"

文笃修坐到书桌斜对面的长沙发上，脸上堆满了尴尬。夏美云瞅了瞅书桌右上角的那个牛皮纸袋，说道："趁着他们俩不在，快将我的睡衣还给我吧。"

文笃修的身上再一次涌出了热浪。他走到书桌前打开牛皮纸袋看了看，拎着牛皮纸袋走出了晚钟斋。一楼大厅静悄悄的，除了文笃修的脚步声和心跳声，再也没有其他声响。文笃修尽可能快地回到漱芳轩，提着牛皮纸袋的右手掌，竟然汗津津的。他从牛皮纸袋里取出自己的白色睡衣挂在衣架上，又从衣柜里取出夏美云的粉红色睡衣，装进了牛皮纸袋。

因为热衷于学习英文，夏美云经常出现在晚钟斋。因为有了昨天下午，尤其是昨天晚上的经历，再一次在晚钟斋见到夏美云，文笃修禁不住产生了异样的感受。他没有立刻返回晚钟斋，而是将牛皮纸袋放在床铺上，下意识地从床头柜的抽屉里取出了那本《老残游记》。因为伴随着自己在杜克大学度过了4年的留学时光，又因为经常翻阅，《老残游记》的封面出现了略微的破损。文笃修从书页中找出那张涂有唇印的书签，又望了望那个曾经涂有夏美云唇印的杯子。

夏美云毕竟是父亲的姨太太，而且又共同生活在瞻可园，完全不接触是无法做到的。可是如何交往下去，已经是文笃修必须尽快解决的难题。作为儿子，竟然跟父亲的姨太太有了肌肤之亲，想到这里，文笃修脸上还是火辣辣的。他将书签插进《老残游记》，又将《老残游记》放回床头柜的抽屉，神情略微有些恍惚。因为插入了那张涂有唇印的书签，略微有些破损的《老残游记》，竟然透出了暧昧。文笃修拎着牛皮纸袋回到晚钟斋，重新将牛皮纸袋放在书桌的右上角，依然羞愧难当。夏美云站起身，从书桌南侧绕到文笃修面前，说道："跟我交往，你不要有任何负担。我跟许多人说过谎，但不会对你说谎。知道你没吃早饭，咱们还是提前吃午饭吧。"

文笃修低着头注视着书桌上的牛皮纸袋，没有接触夏美云的目光。

"你可不要忘了，除非咱们俩单独在一起，我可是你的三妈……半个小时后我来叫你。"

夏美云笑了笑，拎着牛皮纸袋走出晚钟斋，带上了斋门。就在斋门轻轻闭合的一瞬间，文笃修的思维出现了暂时停滞。他双臂撑着桌面坐在椅子上，将夏美云用过的英文教科书推到书桌的右上角，随手将那部题为《烤烟种植与山东农民》的书稿拉到了面前。相对于给自己赢得了博士学位的论文，正在修订的《烤烟种植与山东农民》又补充了很多资料，这些资料主要涉及地方文献和对烟农的采访记录。文笃修翻到昨天早上修订的部分，右手拿起钢笔，笔尖却一直没有接触书稿。他痛苦地拧上钢笔帽，双手捂着脸颊趴在桌面上。

轻轻的敲门声响过，晚钟斋的斋门开了。夏美云走到书桌旁拍了拍文笃修的后背，转过身走出晚钟斋，什么话也没说。文笃修极不情愿地站起身，跟在夏美云身后走进餐室，和她面对面坐在长条桌旁。因为只有两个人用餐，长条桌上的饭菜数量比文澄怀和陈静楠在场时少了很多，气氛也宽松了许多。夏美云等候女佣回到厨房，侧过头望了望已经闭合的厨房门，说道："我看到你心事重重的……"

"我害怕看到你……"

"昨天下午以及晚上发生的一切，是我期待已久的。你没有拒绝我，我很感激。当我最初决定……你的时候，我也有心理负担。"

文笃修看了看夏美云很少出现的羞涩的眼神，低下了头。

"昨天晚上回到待月轩，我也反思过自己的行为。我知道对不起你父亲，也让你很为难，但我无法控制自己。其实，这种尴尬的局面不会持续太久，你不是说过八月底就要离开二十里堡到上海去吗？"

"对，到复旦大学教书。"

"是带着阿格尼丝一起去吗？"

"对。她一直希望拥有属于自己的家。"

"我虽然跟阿格尼丝没有太多的交往，但我很喜欢她。你跟她在一起，一定会非常幸福。"

"可是……"

"因为跟我有了肌肤之亲，你觉得对不起她。"

文笃修抬起头看了看夏美云，又低下了头。夏美云盛了一碗紫菜鸡蛋汤放到文笃修面前，又盛了一碗紫菜鸡蛋汤放在自己面前，说道："你如果真的厌恶咱们之间这种不明不白的关系，可以立刻终止。我不会难为你。如果你在离开二十里堡之前能够跟我维持这种关系，我将永远感激你……"

文笃修抬起头看着夏美云，依然没有说话。

"昨天晚上回到待月轩，我既感到甜蜜，又感到失落。我从没奢望独自拥有你，但和阿格尼丝共同拥有你的时间也太短暂了。想到八月底你将和阿格尼丝一起离开二十里堡，一起到上海组建属于你们的家庭，我还是……"

"我看得出来，我爸爸是很爱你的。"

"我很感激你爸爸，但我们之间谈不到爱……如果一定要说爱，你爸爸更爱陈静楠，尽管你爸爸睡在我床上的时间更多。"

"为什么？"

夏美云沉默了片刻，说道："你跟我也有了肌肤之亲，但你心里不是只有阿格尼丝吗？"

## 十五

依然没有从澄明法师的讲法中得到所需要的心灵慰藉，贺惟忠彻底失望了。他对着澄明法师摇了摇头，苦笑着退出方丈室，踏上了方丈室门前的东西甬道。甬道南侧的小树林已经绿茵满地，甬道北侧的竹篱笆也爬满了喇叭花、豆角以及丝瓜的秧蔓。贺惟忠摘下一朵喇叭花捏在手里，穿过小树林走到大雄宝殿东侧，长时间仰望着在阳光下金光闪闪的殿顶。

"天下熙熙，皆为利来；天下攘攘，皆为利往。"

贺惟忠将《史记·货殖列传》中这句话背诵了一遍，猛然扔掉手中的喇叭花，用力挥了一下拳头。他连续穿过大雄宝殿和天王殿，站在照壁南侧四处张望着。潍安汽车路上尘土飞扬，车辆和行人汇聚在东西两侧，像两道奔腾的河流。贺惟忠不愿意返回保安团，但脑海里挥之不去的，还是保安团那100多张熟悉的面孔。庄季江担任保安团团长之前，保安团的团丁大都公开或者私下里向贺惟忠表示过忠心；可是就在庄季江担任保安团团长后不久，那些曾经向贺惟忠表示过忠心的人，已经对贺惟忠惟恐避之不及了。

沿着潍安汽车路走到车站三街的街口，贺惟忠没有继续北行，而是向西拐上了车站三街。跟往常一样，车站三街的南北两侧排列着许多地摊，不管是销售蔬菜的地摊，还是销售粮食以及日用百货的地摊，都簇拥着不少顾客。讨价还价的声音，叫卖的声音，此起彼伏。贺惟忠在人群中挤来挤去，第一次向那些一直熟视无睹的摊主投去了羡慕的眼光。他们中的大多数人，所追求的无非是温饱。除了温饱，他们还有其他追求吗？譬如权力？

想到权力，贺惟忠再次想到了庄季江。

现在的庄季江，跟第一次走进保安团的庄季江没有两样，依旧温文尔雅，依旧笑容满面。不经意间，庄季江的眼里也会闪过一道深邃的光。尽管倏忽即逝，那道光常常让贺惟忠恐惧不已。如果不外出，庄季江总是到餐厅跟团丁们一起吃饭；除非有重要事情，庄季江基本上不乘坐周振武驾驶的那辆三轮摩托车。庄季江不愿意乘坐，贺惟忠自然也就不好经常乘坐，那辆三轮摩托车竟然闲置了。摩托车闲置了，曾经的主人也就被冷落了。

"贺团长，您……也逛市场？"

低着头走到陶记百货店门前，贺惟忠意外地听到了陶明礼的叫声。他像受到了惊吓似的转过身，对着站立在百货店门前的陶明礼笑了笑。陶明礼身着便装，好像又长高了。他侧着身子将贺惟忠迎进百货店，对着站在柜台与货架之间的陶绍安说道："爸，这是保安团贺团长。"

陶绍安赶紧对着贺惟忠鞠了一躬，说道："贺团长驾临小号，不胜惶恐，不胜惶恐。"

贺惟忠对着陶绍安摆了摆手，跟着陶明礼走进了东面的接待室。因为开着前后窗，接待室里并不憋闷，只是太嘈杂了。陶明礼关闭前窗，从车站三街挤进接待室的喧嚣声明显减少了。他邀请贺惟忠坐在木排椅上，随即泡了一杯茶递给了贺惟忠。贺惟忠注视着陶明礼的一举一动，意外地体味到了在澄明法师那里没有体味到的欣慰。

陶明礼是庄季江的学生和救命恩人，又是吉尔伯特的贴身随扈，但他在贺惟忠面前始终表现得非常谦卑。贺惟忠在跟陶明礼的频繁接触中渐渐觉得，陶明礼救助庄季江，仅仅是出于尚未泯灭的良知，或者说是作为学生对于老师的热爱，并没有任何功利性。陶明礼将方桌旁的那把椅子搬到茶几对面，端正身子坐在椅子上说道："发生了这么大的事情，您还有闲情在市场上散步，实在令人感佩。"

"发生了什么大的事情？"

陶明礼瞥了一眼大开着的北窗，弯下腰靠近贺惟忠说道："吉尔伯特先生一早就接到了通知，说是蒋介石和阎锡山、冯玉祥，在河南归德打起来了。"

"你说什么？蒋介石和阎锡山、冯玉祥打起来了？"

"对，这是吉尔伯特先生亲口告诉我的。"

"吉尔伯特怎么看待这场战争？也就是说，蒋阎冯谁将是最后的赢家？"

"这也正是吉尔伯特先生焦虑的地方。蒋介石和阎锡山、冯玉祥势均力敌，关外的张学良态度暧昧。"

贺惟忠突然间燥热难耐，他接连喝了两杯茶水，匆匆地离开了陶记百货店。陶记百货店门前的车站三街依然喧闹不已，贺惟忠却已经置若罔闻。他挤到车站东路路口搭上一辆黄包车，双手把着扶手仰靠在车厢里。车站东路两侧的刺槐树几乎将整条道路都覆盖了，密密麻麻的树叶随风抖动着。贺惟忠呼吸着刺槐树叶散发出的淡淡的清香，脑海里翻腾的却是滚滚硝烟。他渴望借助全面爆发的蒋阎冯大战，收回已经渐渐失去的权力。

真是天无绝人之路！

在保安团大门前下了车，付了车费，贺惟忠还是一脸兴奋。他走进大门，将上衣的纽扣全部解开，感觉整个身体依然像不灭的火焰。甬道两侧的树木枝繁叶茂，从枝叶间滴落的阳光一簇一簇的，像大雨过后的积水。贺惟忠慢慢地踱到度因院的月亮门东侧，禁不住长长地吸了一口气。他故作平静地走进月亮门，首先瞥了一眼房门大开的度义斋，随后走到了属于自己的因民斋门前。

因为清晰地意识到自己已经不是保安团的主宰，贺惟忠很不愿意踏进属于自己的因民斋，即使靠近，心里也会不自然地涌出袅袅的悲凉之

285

雾。可是再次站在因民斋门前,贺惟忠反而莫名其妙地激动起来。他感谢这场突如其来的战争,并且希望战争尽快波及二十里堡,至少是尽快波及山东。

战争,也只有战争,才会为他的重新崛起创造机会。

连续几天没开窗,因民斋里的空气有些污浊,桌面上也出现了一层薄薄的尘土。贺惟忠打开房门,敞开前后窗,从脸盆架下面抓起一块抹布到院子里的水龙头下淘了淘,认真地擦拭着办公桌的桌面。他将抹布重新放到脸盆架下,颇为轻松地到院子里的水龙头下洗了洗手,一边甩着手一边走进了度义斋。度义斋正冲着房门的北墙上出现了一张很大的中国地图,会议桌上摊放着很多种报纸。庄季江左手举着放大镜站立在地图前,目光好像黏在了河南省所处的位置。贺惟忠蹑手蹑脚地走到庄季江身边,循着庄季江的目光找到陇海铁路,问道:"打起来了?"

"打起来了,全面开战了。"

庄季江转过身,将放大镜放在会议桌上,拍了拍会议桌上的报纸说道:"阎锡山、冯玉祥和蒋总司令,都在陇海铁路、津浦铁路、平汉铁路沿线集结了精锐部队,战争规模是空前的。从报纸上透露出的消息来看,冯玉祥的部队主要担负陇海、平汉两线作战,阎锡山的部队主要担负山东境内的津浦、胶济两线作战。从冯玉祥和阎锡山的战略部署来看,夺取徐州,是他们第一阶段的作战目标。"

"夺取徐州之前必须先夺取济南。如果夺取徐州是阎锡山和冯玉祥第一阶段的作战目标,山东将不可避免地成为战场,因为山东还控制在蒋总司令手里,具体说是控制在韩复榘手里。"

"相信过不了多久,山东将变成暴风雨中的一叶孤舟。"

"但愿二十里堡能保持相对平静。"

"你以为可能吗?"

庄季江反问了一句,拖过一把椅子交给贺惟忠,自己坐在另外一把椅子上。贺惟忠仔细观察着庄季江的一举一动,心里渐渐地笼罩上了阴云。

自己已经好几天没有踏进因民斋了，难道庄季江就没有发现？如果发现了而故作不知，其用意又是为何？贺惟忠转过身，仰望着地图上山东所处的位置，沉默了。庄季江没有等到贺惟忠的答案，叹息着说道："如果阎锡山想夺取山东，胶济铁路沿线肯定是主战场，二十里堡不可能置身事外。"

"如果战争波及二十里堡，我们怎么办？"

"自然是效忠蒋总司令了。"

贺惟忠长叹一声，站起身走出度义斋，回到了因民斋。因民斋里的污浊空气早已散尽，贺惟忠却感觉空气更加污浊了。他侧着身子坐在办公桌前，痴痴地望着院子里的葡萄架，心里激荡着涩涩的潜流。院子里不时地出现脚步声，葡萄架下偶尔还会响起说笑声，但那些脚步声再也没有在因民斋门前停顿过。贺惟忠感觉自己真正成了秋风纨扇，他仰起头站立了片刻，极为酸楚地走出因民斋，锁上了斋门。

站立在葡萄架下的两名团丁看到了贺惟忠，不约而同地流露出尴尬的神情。他们怯怯地叫了一声"贺团长"，并没有像以前那样热情地跑到贺惟忠身边。贺惟忠对着他们摆了摆手，头也不回地走出度因院和保安团，再一次感到自己成了地地道道的丧家之犬。他从车站一街拐上车站东路，跟跟跄跄地经过一棵又一棵粗大的刺槐树，突然听到刺耳的刹车声。一辆黑色凯迪拉克轿车缓缓停在贺惟忠身边，后车门随即打开，坐在后座上的文澄怀对着贺惟忠招了招手。贺惟忠顺从地钻进车厢，带上车门，苦涩地一笑。文澄怀什么话也没说，只是端正身子，闭上了眼睛。凯迪拉克轿车辗转驶进丹渊公司，停在办公楼前面。文澄怀没有跟随司机走进办公楼，而是约着贺惟忠走出丹渊公司，走进了芳菲苑。舞女们好像刚刚起床，她们三三两两地站立在舞厅门前，沐浴着难得一见的阳光。对于文澄怀的出现，黄泓丽颇感意外。她对着贺惟忠点了点头，快步走到文澄怀身边，笑着说道："丹渊公司和芳菲苑虽然只隔着一条达勒姆路，文老板却极少迈进芳菲苑的大门。芳菲苑里的舞女，难道就没有一人能入文老板的法眼？"

"关键是我入不了你们的法眼……哪位年轻女性会喜欢我？我还是有自知之明的。"

黄泓丽收敛了笑容，问道："您这次是？"

"找一个安静的房间，我跟贺团长休息休息。"

"您喜欢谁，就到谁的房间吧。"

文澄怀拍了拍贺惟忠的左肩，问道："贺团长，您看……"

贺惟忠略一迟疑，还是将目光移向了不远处的舞女。舞女们虽然不知道黄泓丽和文澄怀、贺惟忠谈论了些什么，但完全明白已经处于被挑选的境地。她们虽然还在说笑着，但明显有些拘束。贺惟忠将站在院子里的舞女环视了一遍，目光在林伊萍身上停顿了片刻。黄泓丽对着文澄怀微微一笑，抬起右手指了指林伊萍。林伊萍故作矜持地走到文澄怀身边，很自然地挽起了文澄怀的左臂。

贺惟忠跟在文澄怀和林伊萍身后走进属于林伊萍的莲香阁，立刻嗅到了浓烈的脂粉香。卧室的房门大开着，里面的光线透着红色。起居室的南窗上拉着粉红色的薄纱窗帘，阳光透过窗帘，像粉红色的水流一样荡漾着。林伊萍挽着文澄怀的左臂走到南窗下，转过身对着贺惟忠笑了笑。南窗下有一张小圆桌，圆桌旁等距离摆放着三把椅子。文澄怀挣脱林伊萍的手臂，将林伊萍轻轻地推到贺惟忠怀里，说道："贺团长比我年轻而且英俊，你还是跟贺团长在一起吧。"

林伊萍倒是没有丝毫尴尬，她低下头走到贺惟忠身边，依偎在贺惟忠怀里。虽然不是第一次走进莲香阁，虽然不是第一次接受林伊萍的温存，贺惟忠面对着文澄怀，还是有些不自然。文澄怀背对着窗子坐在圆桌旁，抬起左手指了指圆桌旁的另外两把椅子。贺惟忠和林伊萍刚刚坐在椅子上，黄泓丽也出现在莲香阁。她走到文澄怀身边，将一份菜谱和一支铅笔交给文澄怀，说道："给您准备中餐还是西餐？"

文澄怀将目光投向林伊萍，林伊萍又将目光投向了贺惟忠。贺惟忠从文澄怀手里接过菜谱和铅笔，右手捏着铅笔在菜谱上圈了几个圈，答道：

"还是中餐吧。你以为文老板喜欢西餐,还是我喜欢西餐?"

黄泓丽从小圆桌上拿起菜谱和铅笔,斜瞅着文澄怀说道:"贺团长不喜欢西餐,不知是否喜欢西方美人?"

贺惟忠没有回答黄泓丽的问话,他撩起黄泓丽的旗袍下摆,摸了摸黄泓丽的大腿说道:"吉尔伯特到底哪里好,你那么喜欢他?"

黄泓丽急忙闪到文澄怀身边,挑衅似的瞅着贺惟忠说道:"你说呢?"

文澄怀禁不住哈哈大笑,但随即收敛了笑容。他指了指林伊萍,说道:"你先到卧室里休息吧,需要你的时候再叫你。"

林伊萍答应了一声,随即走进卧室,带上了卧室门。黄泓丽也知趣地站起身,右手捏着菜谱和铅笔走出莲香阁,带上了阁门。贺惟忠站起身推了推卧室门,又拽了拽阁门,重新回到小圆桌旁边。他将椅子往文澄怀身边移了移,贴近文澄怀说道:"保安团完全被庄季江掌控了,我已成了局外人。"

"所以你就丧魂失魄了。"

贺惟忠羞愧地低下了头。

"否极泰来。庄季江毕竟不是二十里堡人,他怎么可能永远待在二十里堡?庄季江离开二十里堡后,你不又有了机会?到时候只需将不忠于你的人清除掉就可以了。你现在所做的便是韬光养晦,尽量维护庄季江的权威,避其锋芒。如果实在无所事事,就到芳菲苑里找舞女玩玩,所需费用记到丹渊公司账上就可以了。"

"我心情不好,倒不是因为失去了权力,而是因为……"

"何必欺骗自己……大多数人都是很现实的,只有睿智的人才会展望未来。"

"您的意思是……"

"你只要能把握好时机,失去的都会重新找回的。"

"已经爆发的蒋阎冯大战,肯定就是最好的时机,只是战争尚未波及二十里堡。"

文澄怀皱了皱眉头，盯着贺惟忠说道："战争绝不是儿戏。如果有机会，多从庄季江那里了解一些有关战争的消息，蒋阎冯大战毕竟是势均力敌的战争，谁胜谁败，短时间不可能明朗。"

"您的意思是……"

"丹渊公司是依托英美烟公司发展起来的，但毕竟不是英美人的企业。如果战争波及二十里堡或者说胶济铁路沿线，丹渊公司将遭受重大损失。如果能提前得到某些消息，丹渊公司的损失也许能减少一些。"

贺惟忠点了点头。

轻轻的敲门声响过，两位女佣分别托着一个托盘，走进了莲香阁。她们将托盘里的菜肴和一瓶法国布根地出产的红葡萄酒放在小圆桌上，转身走出莲香阁，带上了阁门。文澄怀并没有更多的话要说，他对着卧室的门努了努嘴，拿起酒瓶，将小圆桌上的三个高脚杯里倒满了酒。贺惟忠将自己的椅子移回原来的位置，转过身敞开卧室门，对着半躺在床上的林伊萍说道："出来吧，饭菜都上来了。"

林伊萍穿上鞋子下了床，刚才还毫无表情的脸上瞬间堆满了笑容。他跟在贺惟忠身后回到小圆桌旁边，欠着身子坐在椅子上。可能是因为该说的话已经说完，也可能是因为林伊萍在场的缘故，文澄怀没再提起新的话题。他喝了半杯红葡萄酒，连饭也没吃就离去了。贺惟忠将文澄怀送出芳菲苑，重新回到莲香阁，也没有了喝酒吃饭的兴趣。他到卧室里拉上厚厚的天鹅绒窗帘，脱了衣服躺在床上，很快睡着了。林伊萍悄悄地躺到贺惟忠身边，闭上眼睛感受着贺惟忠的呼吸，也睡着了。

从酣睡中醒来，抻了个懒腰，贺惟忠触到了躺在身边的林伊萍。林伊萍还在熟睡中，乳房完全裸露了出来。贺惟忠收回伸向林伊萍乳房的左手，背靠着床头坐在床上，默默地注视着林伊萍。因为常年生活在见不到阳光的舞厅里，林伊萍裸露的身体也呈现不健康的白色，但青春的印记依然清晰。可以跟任何一个男人上床，而且在任何一个男人床上都能熟睡，林伊萍以及其他舞女们的生存状态，深深地触动了贺惟忠。

既然还活着，总得继续活呀！

穿上衣服走出卧室，轻轻地带上卧室门，贺惟忠坐到小圆桌旁的椅子上。小圆桌上的饭菜还没收拾，高脚杯里残留的红葡萄酒依然像情人的血泪。贺惟忠将自己用过的高脚杯加满白开水，放下暖瓶，仰靠在椅背上。高脚杯里升腾着淡淡的白雾，贺惟忠的思绪也像眼前的白雾一样，时而清晰时而模糊。卧室的房门轻轻开启，林伊萍裸露着乳房出现在贺惟忠面前，脸上依然睡意蒙眬。她拢了拢头发，说道："原本只是想在你身边躺一躺的，没想到睡着了。"

"我也是刚刚醒来。"

"你是客人，跟我不一样的。"

"有什么不一样的？不可能不一样的。"

林伊萍揉了揉眼睛，说道："晚上你是留在这里，还是……"

"如果你愿意，我就留在这里。"

林伊萍弯下腰亲了亲贺惟忠，独自回到卧室，换上了一件浅灰色的牛仔裤和一件深蓝色的衬衫。她对着贺惟忠微微一笑，敞开阁门走出了莲香阁。贺惟忠从小圆桌上端起那个盛有白开水的高脚杯，站起身走到窗台前，仰望着天空中丝丝缕缕的白云。仅仅过了很短的时间，两位女佣和林伊萍同时出现在贺惟忠身后。那两位女佣谁都没有理睬贺惟忠，她们收拾干净小圆桌，低着头告别了林伊萍。贺惟忠端着高脚杯回到小圆桌旁，跟林伊萍面对面坐在椅子上。

晚饭很简单，每人一碗龙虾浓汤，一碗肉酱意粉，和一盘水果沙拉。贺惟忠吃了晚饭，等候女佣再次将小圆桌收拾干净，主动关闭了阁门。他将林伊萍揽到怀里，像溺水者突然抓住了一段漂浮的檩木一样，似乎使出了全部的力量。林伊萍颇为惊讶，但什么话也没说。她感觉贺惟忠搂抱着自己的双手渐渐松弛下来，亲吻着贺惟忠说道："你只要不离开我的房间，我就是你的。不管你有什么要求，我都会满足你。"

"我能有什么要求？我只是感觉凄凉。虽然夏天已经到了，但我还是感受不到温暖。"

林伊萍似乎也有些伤感,她依偎着贺惟忠走进卧室,和贺惟忠并肩坐到床沿上说道:"像贺团长您这样的贵人都感受不到温暖,我们这些当舞女的,岂不是永远生活在寒风里?人不是为痛苦而活着,尽量找寻欢乐吧。"

贺惟忠点了点头又摇了摇头。

"你们这些上等人,所谓的痛苦无非是掌握的权力还不够大,拥有的金钱还不够多,根本不存在生计问题。可是对我们这些下等人来说,所谓的痛苦大都是因为生活得不到保障造成的。您的痛苦倒是让我对于痛苦有了更深切地体味。只要是人,只要还活在世界上,谁都无法摆脱痛苦。"

林伊萍说到这里,突然间沉默了。贺惟忠轻轻地拍了拍床铺,笑着问道:"你现在跟我在一起,是痛苦还是快乐?"

"你愿意听真话吗?"

"当然。"

"无所谓痛苦,也无所谓快乐。"

"为什么?"

"我早就是一具行尸走肉……仅仅还能呼吸而已。"

贺惟忠脸上的笑容瞬间凝固了,隐约流露出怅惘的神情。林伊萍伸出左手将贺惟忠揽在怀里,说道:"你说过你愿意听真话的。让你快乐是我的职责,这也是真话。你是希望我在莲香阁陪着你呢,还是希望我陪着你到舞厅里转一转?"

"先到舞厅里转一转吧。"

林伊萍快速地吻了一下贺惟忠,站起身脱掉身上的衣服,赤裸着身子找出一件粉红色旗袍,扔到了贺惟忠身上。她在贺惟忠面前穿上内裤和乳罩,又从贺惟忠身上取下了旗袍。贺惟忠帮着林伊萍穿上旗袍,认真地扣上旗袍的纽扣,随即将林伊萍抱在怀里。林伊萍再次吻了一下贺惟忠,说道:"我会让你快乐的。咱们现在就……一切都随你。"

"还是先到舞厅里转一转吧。"

林伊萍拿掉贺惟忠搂抱着自己的双手，背对着贺惟忠坐到梳妆台前，非常仔细地往脸上涂抹着脂粉。贺惟忠坐在林伊萍身后，饶有兴味地望着镜子里越来越美丽的林伊萍，油然而起的冲动渐渐地被莫名其妙的凄楚取代了。前任保安团团长调离二十里堡后，贺惟忠便以副团长的名义主持保安团的工作。在很多人看来，贺惟忠从副团长跃升为团长，仅仅只有一步之遥。因为庄季江的出现，这一步之遥竟然变得难以企及。

　　想到庄季江，梳妆台前以及镜子里风情万种的林伊萍，顿时失去了吸引力。

　　贺惟忠没有想到自己的情绪会这么剧烈地波动，他头枕着双手倒在床上，痴痴地望着林伊萍的背影，脑海里反复出现的依然是庄季江，以及庄季江主政保安团后自己所感受到的世态炎凉。林伊萍站起身，熟练地往身上洒了一些香水，禁不住愣了愣。她将香水瓶放在梳妆台上，俯视着贺惟忠问道："你不舒服？"

　　贺惟忠站起身，将林伊萍懒懒地抱了抱，脸上挤出了一丝笑容。林伊萍帮着贺惟忠整理了一下衣服，挽着他的左臂走出莲香阁，随手带上了阁门。贺惟忠跟林伊萍走在一起，努力从脑海里清除庄季江的身影，脸上的笑容还是非常勉强。他呼吸着林伊萍的身体所散发出的幽香，又渐渐地有了某种冲动。林伊萍紧紧地依偎着贺惟忠，友好地跟其他舞女打着招呼，微笑着迈进了舞厅的门槛。

　　虽然乐队还没有出现在音乐台上，留声机传出的歌声已经像水流一样在舞厅里荡漾着。在二十里堡生活的外国人，在坊子火车站、坊子煤矿或者潍县火车站工作的外国人，像往常一样聚集在舞池四周，窃窃私语着。林伊萍望了望空荡荡的音乐台，又侧过头将目光投向了贺惟忠。贺惟忠没有选择靠近音乐台的地方，而是走向了音乐台斜对面一处光线较为暗淡的卡座。林伊萍没有表示异议，她隔着小圆桌坐在贺惟忠对面，小声问道："啤酒还是葡萄酒？"

　　"还是啤酒吧。"

林伊萍举起左手轻轻抖了抖，不远处的一位女侍立刻走到了林伊萍身边。林伊萍跟那位女侍低语了几声，随后对着贺惟忠微微一笑。舞客越来越多，乐师们也出现在音乐台上。留声机的乐声刚刚停息，乐师们对弦的声音便响了起来。林伊萍从女侍手中接过两瓶青岛啤酒和一个果盘，俯身放在贺惟忠面前，说道："想跳什么舞？如果不会，我可以教你。"

贺惟忠将林伊萍和自己面前的高脚杯里倒满啤酒，摇了摇头说道："还是看他们跳吧……如果你想跳，我不反对。"

林伊萍端起高脚杯跟贺惟忠碰了碰杯，说道："我说过，今晚我是你的。"

贺惟忠喝了半杯啤酒，随后将高脚杯放在小圆桌上。

音乐台刚刚响起《圣母座前的祷歌》的旋律，舞客和舞女们便手牵着手步入了舞池。贺惟忠感受着霓虹灯缤纷的色彩，聆听着哀婉的倾诉般的旋律，感到眼前的一切越来越虚幻。林伊萍捏起一瓣橘子放进贺惟忠嘴里，再次端起高脚杯跟贺惟忠碰了碰杯，说道："芳菲苑原本就是个寻欢作乐的地方，贺团长何必这么矜持？你如果不愿意跟我跳，完全可以跟其他舞女跳。"

贺惟忠将另外半杯啤酒一饮而尽，举着高脚杯说道："我不是柳下惠，寻欢作乐也需要心情。"

《圣母座前的祷歌》的最后一个音符还未消失，舞厅里的电灯全部燃亮了。舞客和舞女们陆续走向各自的卡座，舞池四周出现了一阵骚乱。邵佩珊牵着楚颖凯的手坐在贺惟忠身后的卡座上，倒了一杯葡萄酒递给楚颖凯，微笑着离去了。可能是被林伊萍的美貌所吸引，楚颖凯放下手中的高脚杯，站起身走到林伊萍身边，身体禁不住颤抖了一下。贺惟忠表现出跟楚颖凯素不相识的样子，他对着楚颖凯点了点头，又对着林伊萍摆了摆手。林伊萍跟贺惟忠交换了一下目光，攥着楚颖凯的左手站起身，离开了卡座。舞厅里的光线再次暗淡，乐池里响起了《我是一个捕鸟人》的旋律。贺惟忠不知道《我是一个捕鸟人》是莫扎特创作的，更不知道莫扎特创作《我是一个捕鸟人》的初衷，甚至也没有留意《我是一个捕鸟人》的旋律，只是不时地将目光投到楚颖凯和林伊萍身上。乐曲终了，电灯再次全部燃亮，林伊萍独自回到贺惟忠身边。她的脸颊红红的，满脸愠色。贺惟忠端起果盘对着林伊萍晃了晃，问道："怎么了？"

林伊萍接过果盘放在小圆桌上，恼怒地说道："那个人折磨我，他用力捏我的奶头。"

"那个人？"

贺惟忠心里一惊，随即释然了。想到已经展开的蒋阎冯大战，想到楚颖凯是陈调元的警卫营副营长，贺惟忠心里一阵激动，随后又有些不安。他用叉子叉起一块香蕉片放进林伊萍嘴里，又叉起一块香蕉片放进自己嘴里，慢慢咀嚼着说道："那个人是哪里人？"

"他一张嘴就是河北话，有时候还带有山西口音。"

"他还带有山西口音？"

贺惟忠反问了一句，若无其事地仰靠在椅背上。

舞池内的舞客和舞女越来越少，楚颖凯又回到了贺惟忠身后的卡座。林伊萍没有理睬楚颖凯投向自己的目光，脸上的神情始终冷冷的。贺惟忠端起酒杯绕到楚颖凯身边，俯下身子跟楚颖凯碰了碰杯，说道："林小姐是芳菲苑最红的小姐，没想到老兄慧眼识珠。"

楚颖凯回过头看了看林伊萍，笑着说道："真的吗？"

"听老兄的口音，既像是河北人，又像是山西人。"

"应该说，我以前的老板是河北人，现在的老板是山西人。"

"老兄到访二十里堡……"

"主要是考察胶济铁路沿线市场，顺便做点小买卖。"

贺惟忠和楚颖凯再次碰了碰杯，相继一饮而尽。他们各自说了几句祝福的话，但都表现得非常拘谨。贺惟忠跟楚颖凯说话的时候，不远处一位身材魁梧的舞客始终盯着贺惟忠，好像要看透贺惟忠的五脏六腑似的。又一支曲子响起，楚颖凯再次步入舞池。他和那位舞客各自拥着一位舞女，不时地擦身而过。林伊萍还是余怒未消，她拉着贺惟忠的手站起身，盯着不远处的楚颖凯说道："那个人太变态了。舞女也是人，谁的皮肉捏起来不疼？"

"何必耿耿于怀？过会儿我让他多给你一些钱。"

"这不是钱的事。如果你能揍他一顿，我就满足了。"

"你让我揍他？"

贺惟忠突然笑了。

"今晚我可是你的女人。你的女人被别人欺负了，难道你就不应该有所作为？你不还是保安团副团长吗？副团长也不可能什么事都办不了吧？"

听到林伊萍用讥讽的口气两次提到"副团长"，贺惟忠并没有像以前一样燃起怒火。他将林伊萍抱在怀里，紧贴在林伊萍耳边说道："你将他引入莲香阁，我让他给你磕头，然后向你求饶。"

"真的？"

"只要你能将他引入莲香阁。"

林伊萍鄙夷不屑地笑了笑，拉着贺惟忠滑到楚颖凯身边，欢快地扭动着腰肢。电灯刚刚全部燃亮，贺惟忠意外地看到了段裕征的身影。他对着楚颖凯摆了摆手，又对着林伊萍意味深长地笑了笑。楚颖凯瞥了一眼刚刚走出舞池的贺惟忠，犹犹豫豫地走到林伊萍身边，抓起了林伊萍的右手。林伊萍故意别转头，但没有抽出右手。楚颖凯吻了一下林伊萍的脸颊，拥着她走向离音乐台较远的一处卡座。贺惟忠若无其事地走到段裕征身边，跟着段裕征走进了男厕。段裕征在男厕内四处看了看，解开腰带提着裤子靠近贺惟忠，小声说道："程铭淮刚才带人搜查过聚贤馆。据程铭淮说，有两名阎锡山的情报人员混入了二十里堡。"

"你是怎么知道我在这里的？"

"程铭淮刚才在聚贤馆提到过你。"

"你到这里来，没被人发现吧？"

"芳菲苑的西墙正中有一个洞，我是从那洞里钻进来的，没人注意。"

"我估计程铭淮也会搜查芳菲苑,你还是尽快返回聚贤馆吧。"

"我知道。"

段裕征答应了一声,双手扎紧腰带,离开了男厕。贺惟忠瞥了一眼重新闭合的男厕门,点上了一支烟长长地吸了一口。程铭淮能准确地知道自己的去处,显然早就派人监视自己了。想到这里,贺惟忠先是不寒而栗,随后对段裕征产生了感激之情。庄季江主政保安团才短短三个月时间,自己提携过的一些人,曾经宣誓永远效忠自己的一些人,逐渐远离了自己,唯有段裕征还一如既往地对待自己,至少还没有抛弃自己。

真正看清楚一个人,是多么难啊!

将烟蒂扔进便池,贺惟忠走出男厕,回到了舞厅。乐队正在演奏柴可夫斯基的《不要相信我的话》,舞客和舞女们在舞池里翩翩起舞,舞池旁的卡座上也有不少人。贺惟忠找到自己原先的卡座,侧着身子坐在卡座上,默默地注视着在舞池里绕来绕去的林伊萍和楚颖凯。林伊萍真的会基于惩罚楚颖凯的目的而将楚颖凯引入莲香阁吗?贺惟忠还在冥思苦想中,林伊萍牵着楚颖凯的手走向了舞厅的西便门。在西便门的门口,林伊萍悄悄地转过身,对着贺惟忠洋洋自得地点了点头。

慢慢地喝光小圆桌上的两瓶啤酒,贺惟忠也离开了舞厅。他在舒缓的乐曲声中走到莲香阁门前,停下脚步,屏住了呼吸。莲香阁里没有任何声响,也没有任何光亮。贺惟忠悄无声息地推开阁门,随后将阁门插上了。他摸索着走进卧室,再次悄无声息地关闭卧室门,从衣架上摸到了楚颖凯的衣服。楚颖凯竟然发出了轻微的鼾声,这倒是出乎了贺惟忠的意料。他从楚颖凯的裤兜里摸出手枪,拉亮卧室中央的吊灯,攥着手枪站在了床前。

阁门显然是林伊萍预留的,贺惟忠进入房间的整个过程,林伊萍显然也感知到了。可是就在吊灯燃亮的一瞬间,她猛然坐起身,啜泣起来。楚颖凯迷迷糊糊地睁开眼睛,惊恐地望着贺惟忠手中的手枪,并没有反抗的表示。他将被子围在腰间,背靠在床头上说道:"贺团长,您这是……"

贺惟忠没有说话，只是将手枪对着林伊萍晃了晃。林伊萍光着身子下了床，指着乳头以及双腿上的血晕，哭着说道："我是被迫的，他那么壮……"

贺惟忠抬起左手抽了林伊萍一记耳光，再次将枪口指向了楚颖凯。楚颖凯真正感到了危险，他双手抱拳，对着贺惟忠晃了晃说道："要是知道林小姐是大哥的女人，我不会这么唐突的。相信林小姐不可能是大哥的妻妾，大哥也只是临时占有而已。对于我的唐突，大哥肯定也会理解。咱们早就是朋友了……大哥想怎么处置我都可以，您开个条件吧。"

林伊萍擦了一把眼泪，低着头依偎在贺惟忠身边，啜泣不已。贺惟忠用枪口指了指林伊萍乳头上的血晕，又将枪口对准了楚颖凯。楚颖凯叹息了一声，说道："我不知道她是大哥的女人，刚才仅仅将她当成普通舞女了。想必大哥也是走南闯北的人，舞厅里的规矩一定也了解一些……我把口袋里的钱全部留给林小姐，算是对林小姐的补偿，您看怎样？"

贺惟忠没有说话，只是从衣架上取下楚颖凯的衣服，扔给了林伊萍。林伊萍掏出所有的纸币和硬币扔到紧贴着卫生间墙壁的衣柜上，又将楚颖凯的衣服挂在衣架上。贺惟忠将目光移向林伊萍，问道："还需要他向你道歉吗？"

林伊萍看了看赤身裸体的自己，又望了望围着被子靠在床头上的楚颖凯，转身走进了卫生间。哗哗的水流声刚刚响起，贺惟忠便垂下枪口，靠近楚颖凯小声说道："楚营长受惊了。刚才的一幕是我导演的。二十里堡保安团正在搜寻您和您的同事……您怎么从陈调元的警卫营副营长变成了阎锡山的情报人员？"

楚颖凯如释重负。他斜瞅着卫生间的房门小声说道："我妹妹前些日子嫁给了晋军第五军第十四师的师长杨敬钊……我跟着我妹夫干，自然比跟着陈调元干更有晋升的机会……我现在已是副团长了。"

"战争刚刚爆发，您和您的同事就来二十里堡搜集情报。难道阎锡山真到要进军山东？"

298　烟

"夺取山东,是阎锡山的既定方针。担任胶济铁路作战的,很可能就是第五军……"

楚颖凯的话音未落,芳菲苑一阵骚乱,莲香阁门前的走廊里也响起了急促而又沉重的脚步声。楚颖凯的脸色顿时惨白,他无助地望着贺惟忠,额头上渗出了细密的汗珠。贺惟忠倒是不慌不忙,他指了指卫生间的房门,对着楚颖凯说道:"你躲到卫生间里吧,告诉林伊萍不要慌张。"

楚颖凯下了床,从衣架上取下衣服抱在怀里,推开房门走进了卫生间。他在关闭房门的同时,对着贺惟忠谦卑地点了点头。贺惟忠将手枪装进裤兜,回到起居室带上卧室门,从长沙发上拎起一张报纸坐在小圆桌旁。他将报纸平铺在小圆桌上,谛听着卧室里哗哗的水流声。沉重的敲门声依次响过,莲香阁的阁门也被敲响了。贺惟忠长长地吸了一口气,站起身敞开阁门,对着站在阁门口的程铭淮笑了笑。程铭淮接连叫了两声"贺团长",脸上流露出尴尬的神情。贺惟忠看了看程铭淮身后的保安团团丁,邀请程铭淮走进莲香阁,闭合阁门问道:"出了什么事?"

"有两名晋军的情报人员混入了二十里堡,而且很有可能就躲藏在芳菲苑。庄团长命令我……"

贺惟忠微微一笑,说道:"没想到铭淮兄这么快就改换了门庭。"

"贺团长……"

贺惟忠再次微微一笑,随手推开卧室的房门,哗哗的水流声更加响亮了。他回过头看了看程铭淮,轻轻地敲了敲卫生间的房门,说道:"伊萍,程参谋长正在搜捕晋军的情报人员,你开开门让程参谋长看看吧。"

程铭淮退回到莲香阁的阁门口,再次叫了一声"贺团长"。卫生间里哗哗的水流声慢慢消失,随后传出了林伊萍的声音:"我还光着身子呢。等我穿上衣服再开门吧。"

"光着身子有什么关系?程参谋长又不是外人。"

突然间,车站三街和车站东路的丁字路口方向响起了密集的枪声。程铭淮愣了愣,随即走出莲香阁,带着那队保安团团丁告别了贺惟忠。贺惟忠等到匆匆的脚步声消失在达勒姆路上，冷笑着插上莲香阁的阁门，走进了卧室。林伊萍披着浴巾坐在床沿上，满脸惊恐。楚颖凯坐在靠近南窗的圈手椅上，非常感激地望着贺惟忠。贺惟忠看了看林伊萍，对着楚颖凯说道："咱们还是先离开卧室，让林小姐换上衣服吧。"

楚颖凯站起身，跟着贺惟忠走进起居室，随手带上了卧室门。贺惟忠拉着楚颖凯走到小圆桌旁，小声说道："从刚才密集的枪声来看，你的同伴肯定被击毙了。你不要急着离开莲香阁，我先让林伊萍陪着我到外面看看情况再说。芳菲苑的西墙正中有一个洞，出了洞就是铁路。林伊萍再次回到莲香阁后，你可让她将你带出洞口，但你不能让她活着回来。"

"我明白。"

楚颖凯回望着卧室门答应了一声。

贺惟忠将楚颖凯的手枪交还楚颖凯，推开卧室门走进了卧室。林伊萍刚刚梳妆完毕，正站在梳妆台前扣着旗袍的纽扣。贺惟忠拍了拍林伊萍伸向最下面的纽扣的双手，对着随后走进卧室的楚颖凯说道："最下面的这个纽扣还是由你扣吧。林小姐救了你，你理应为林小姐效劳。"

林伊萍斜瞅了贺惟忠一眼，站起身问道："今天晚上……"

"自然是跟我在一起了。"

林伊萍似乎有些羞涩。她再次斜瞅了贺惟忠一眼，低下了头。贺惟忠哈哈一笑，对着楚颖凯说道："你离开二十里堡后，千万不要忘了林小姐的再生之恩啊！"

"那是当然，那是当然。"

楚颖凯一边答着话，一边弯下了腰。他帮着林伊萍扣上旗袍最下面的纽扣，贴在林伊萍耳边说道："一个久旷的男人见到了让他着迷的女人，行为有些粗鲁也是难免的。你千万不要太往心里去。贺团长跟你在一起的时候，我不相信一直都是文质彬彬的。等我下次来二十里堡的时候，行为肯定更加粗鲁。"

林伊萍伸出右手捂住楚颖凯的嘴巴，媚笑着靠在贺惟忠身上。贺惟忠将林伊萍揽在怀里,轻拍着她的脸颊说道:"咱们先到外面看看。如果安全了,你就回来帮着你这位新情人离开芳菲苑。具体线路,他会告诉你的,你只需按照他的要求行动就可以了。至于衣柜上的钱,我建议你还是让他带走吧。没有钱,他即使能够逃离二十里堡,也不会逃得太远。"

林伊萍什么也没说,只是微笑着瞅了楚颖凯一眼,依偎着贺惟忠走出了莲香阁。贺惟忠带上阁门,随后听到了插销轻微的碰撞声。因为程铭淮所带领的保安团团丁的惊扰,舞厅里的舞客减少了许多,但乐师们依然在音乐台上演奏着音乐。贺惟忠和林伊萍牵着手步入舞池,慢慢地滑到舞池中央,正巧遇到了吉尔伯特和黄泓丽。黄泓丽侧过头对着贺惟忠笑了笑,小声问道:"保安团正忙着搜捕晋军的情报人员,你怎么还有闲情在这里跳舞?"

"庄团长上任后,我就不再过问保安团的事了。我的不作为,实际上是对庄团长的最大支持。"

吉尔伯特并不关心所谓的晋军情报人员,他搂抱着黄泓丽快速旋转了几圈,渐渐靠近了音乐台。音乐依然缠绵,舞池内却多了几份冷清。贺惟忠带着林伊萍在舞池内绕来绕去,仔细捕捉着舞客以及舞女的对话。乐曲终了,舞客和舞女们陆续离开舞池,回到了各自的卡座。贺惟忠带着林伊萍到舞厅外面转了转,再次步入了舞池。贺惟忠有意将自己和林伊萍的活动范围限定在黄泓丽的视线之内,有时候还故意跟吉尔伯特和黄泓丽打个招呼。乐曲再次终了,贺惟忠贴在林伊萍耳边小声说道:"芳菲苑四周是安全的,你可以先回莲香阁了。等我回到莲香阁的时候,希望你光着身子给我开门。"

"要是别人敲错了门呢?"

贺惟忠故作严肃地说道:"你真的以为我不吃醋?"

林伊萍轻轻地拧了一下贺惟忠的左臂,转身走向舞厅的西便门。贺惟忠望着林伊萍渐渐远去的身影,心里又有些忐忑不安。他所担心的,并不是楚颖凯能不能顺利逃离二十里堡,而是楚颖凯能不能顺利结束林伊萍的生命。吉尔伯特牵着黄泓丽的手经过贺惟忠身边，对着贺惟忠点了点头。贺惟忠跟在吉尔伯特和黄泓丽身后回到他们原先的卡座，跟吉尔伯特和黄泓丽面对面坐在一起。黄泓丽将小圆桌上的一个空酒杯里倒满红葡萄酒，端起酒杯递给贺惟忠，问道："林伊萍怎么不陪你了？"

"她说是有点小事回一趟莲香阁，马上回来。我问她什么事，她只是笑，并没有告诉我。"

"女人的事，你何必知道那么多？"

黄泓丽端起酒杯跟贺惟忠碰了碰杯，对着吉尔伯特暧昧地眨了眨眼睛。

乐师们陆续离开音乐台，留声机传出《梦醒之后》的旋律。《梦醒之后》是最近一段时间吉尔伯特特别喜欢的歌曲，其旋律响起，也就意味着舞会已经临近尾声。几乎所有的舞客和舞女都离开卡座步入了舞池，惟有贺惟忠孤零零地坐在卡座上。霓虹灯不停地放射着五颜六色的光，舞厅里的一切越发光怪陆离。贺惟忠抬起左臂看了看手表，心里还是忐忑不安。舞厅里没有异常，芳菲苑里也没有异常，楚颖凯应该安全离开芳菲苑了。贺惟忠不由自主地叹息了一声，目光移向了舞厅的西便门。

送走吉尔伯特，黄泓丽隔着茶几坐在贺惟忠对面，端起刚才用过的酒杯对着贺惟忠晃了晃，说道："林伊萍是不是不舒服？她怎么还没回来？"

"我也有些纳闷。她说是马上回来的。"

"我陪你到莲香阁看看吧。"

"也好。"

贺惟忠喝光属于自己的那杯红葡萄酒，跟着黄泓丽走出舞厅的西便门，一同走到莲香阁门前。莲香阁的阁门紧闭着，黄泓丽轻轻一推便开了。她拽着贺惟忠走进莲香阁，随手关闭了阁门。莲香阁里黑乎乎的，只有卧室里亮着床头灯。贺惟忠燃亮起居室、卧室以及卫生间里的所有电灯，紧张的心情终于放松了。卧室里的床铺依然凌乱，但衣柜上的纸币和硬币已经不见了踪影。

# 十六

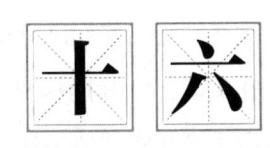

"芳菲苑那位名叫林伊萍的舞女,到底是自杀还是他杀,已经很难得出准确的结论。如果是自杀,她为什么要自杀?如果是他杀,凶手是谁?唯一可信的就是林伊萍已经死了,是被火车碾死的,而且车轮直接碾下了头颅……"

文澄怀像介绍丹渊公司的经营业绩一样介绍完林伊萍的死,左手端起那碗银耳羹,右手拿起了匙子。夏美云、陈静楠和文笃修面面相觑着,餐室里突然间陷入了沉寂。文澄怀喝了几匙银耳羹,将瓷碗放在长条桌上,继续说道:"林伊萍的死亡现场惨不忍睹,原本不该在吃饭的时候提及。我之所以提及,是希望你们注意自身安全。蒋阎冯大战已经全面爆发,战况空前惨烈。战争期间,什么事情都有可能发生。也有人怀疑林伊萍的死是晋军情报人员杀人灭口,当然,也只是怀疑,没有证据。"

夏美云往文澄怀的瓷碗里盛了两勺银耳羹,将汤勺放回汤盆里说道:"你反复提及那位名叫林伊萍的舞女,不会是因为以前跟她有过什么吧?"

文澄怀没有理睬夏美云的揶揄,而是环视着文笃修、陈静楠和夏美云说道:"时局越来越乱,市面上也越来越不太平。从明天起,笃修不要再进行野外调查了;如果没有非常重要的事情,美云尽量不要走出瞻可园;

静楠不便于辞去英美烟公司的工作，但上下班一定要乘坐家里的轿车。瞻可园、丹渊公司和英美烟公司的安全，还是有保障的。"

文笃修和陈静楠先后点了点头，夏美云也就没再说什么。吃完饭，文澄怀、文笃修和陈静楠、夏美云同时离开餐室，来到了楼梯口。夏美云跟在文澄怀和陈静楠身后迈上一级台阶，对着站在楼梯口的文笃修笑了笑，右手搭在腰间悄悄地摆了摆。文笃修的眼睛里流露出一丝惶恐，他躲避着夏美云的目光，心里又一次产生了深深的自责。夏美云慢慢地走到楼梯转角处，俯下身子对着文笃修挤了挤眼，脸上的笑意渐渐扩大了。

到了二楼的楼梯口，文澄怀跟始终依偎在身边的陈静楠低语了几声，主动走向了待月轩。夏美云望着文澄怀的背影，有些困惑，也有些着急。她跟陈静楠交换了一下目光，抢先走到待月轩门前，推开了轩门。文澄怀迈进待月轩的门槛，转身将夏美云抱在怀里，静静地站立着。夏美云仰起头吻了吻文澄怀，双手揽着文澄怀的脖颈问道："你不会有什么事吧？你的情绪好像从来没有像今天这么低落过。"

"我经历了民清鼎革，也经历了日德战争和护国讨袁战争，还没有遇到过目前这么复杂的局面。这一次的蒋阎冯大战，其结果难以预料，其对社会的破坏程度，也难以预料。"

文澄怀叹息着拍了拍夏美云的脸颊，脱下衣服挂在衣架上。他走进卫生间刷了刷牙，随后迈进浴缸，拧开了喷头。自从跟文笃修有了肌肤之亲，夏美云每次见到文澄怀的裸体，心里总是会产生异样的感觉。她尽管曾经游历情天恨海，但想到文澄怀和文笃修是亲父子，还是经常感到愧疚。也可能是基于对文澄怀的愧疚，夏美云更加留意文澄怀的情绪变化，对于文澄怀也更加体贴。哗哗的水流声绵绵不绝，卫生间里飘出了混合着水汽的香皂味。夏美云脱下衣服挂在文澄怀的衣服旁边，赤裸着身子走进了卫生间。

蒋阎冯大战全面爆发后，如果晚上不外出或者不接待访客，文澄怀总是在饭后冲个澡，半躺在涵虚轩或者待月轩的床上，听陈静楠和夏美云读报。陈静楠所读的，主要是《字林西报》《大美晚报》等英文报纸，夏美云所读的，主要是《申报》《大公报》等中文报纸，但文澄怀所关心的新闻高度一致，那就是蒋阎冯大战的战争进程，以及围绕这次大战，各种政治势力的纵横捭阖。

关闭喷头，迈出浴盆，文澄怀光着身子站在夏美云面前。夏美云从浴盆旁的吊杆上取下一条浴巾披在文澄怀身上，又取下一条毛巾，轻轻地擦拭着文澄怀的头发。文澄怀的左手始终搭在右胸上，神情有些尴尬又有些紧张。夏美云颇为疑惑地移开文澄怀的左手，发现文澄怀右胸上有一处已经变紫的咬痕。她故作生气地将文澄怀拉到梳妆台前，将那处咬痕用力擦了擦。文澄怀讪讪地笑着，双手抱住了夏美云。夏美云用力挣脱文澄怀的怀抱，指着那处咬痕说道：“刚才在饭桌上左一个林伊萍，右一个林伊萍，这处咬痕不会是林伊萍留下的吧。”

文澄怀皱了皱眉头，无奈地说道：“你胡说些啥？这是昨天晚上陈静楠留下的。”

"陈静楠？"

夏美云反问了一句，随即缄默了。她将文澄怀的身体以及头发再次擦拭了一遍，随手将浴巾和毛巾搭上吊杆，取下文澄怀的睡衣交给了文澄怀。文澄怀穿上睡衣走进卧室，背靠着床头躺在床上。夏美云走到梳妆镜前望着镜中裸露的自己，眼前竟然出现了赤裸着身子纠缠在一起的陈静楠和文澄怀。她想象着陈静楠在文澄怀胸脯上留下咬痕的过程，第一次意识到陈静楠也是一个充满了欲望的女人。

洗完澡，慢慢地擦干身体，夏美云听到了敲击轩门的声音，随即又听到了开启和关闭轩门的声音。她知道进入待月轩的是陈静楠，也就没有关闭卫生间的房门或者遮蔽自己的裸体。陈静楠捧着一摞报纸经过卫生间门口，不好意思地叫了一声"美云"。夏美云听懂了那一声"美云"的内涵，有意赤裸着身子走出卫生间，拽着陈静楠走进卧室，对着文澄怀说道："你先让静楠陪陪你吧，我马上过来。"

陈静楠的脸颊顿时像绽放的桃花,她将捧在手里的报纸放在两把圈手椅之间的小圆桌上,低着头坐在正对着床头的圈手椅上。夏美云微笑着回到卫生间,再一次站立在梳妆镜前,心里有了一种越来越强烈的渴望。文笃修正在干什么呢?是在晚钟斋为他那本《烤烟种植与山东农民》准备资料呢,还是已经躺在了漱芳斋的床上?想到文笃修裸露的身体,夏美云顿时口渴得难受。她将文澄怀喜欢的夏奈儿5号香水洒在身上,穿上睡衣回到了卧室。卧室里的双层窗帘已经拉上,电灯全部燃亮了。夏美云倒了一杯白开水放在陈静楠旁边的小圆桌上,又倒了一杯白开水递给文澄怀,问道:"今天是先读英文报,还是先读中文报?"

"还是先读中文报吧。"不管是中文报还是英文报,都是陈静楠准备的,而且都是陈静楠事先读过的。陈静楠将几篇做了标志的文章递给夏美云,自己静静地坐在圈手椅上。夏美云脱了鞋子和文澄怀并肩靠在床头上,随手捧起那几张报纸,念了起来。陈静楠做了标记的文章,都是与蒋阎冯大战有关的,譬如"北平召开党务谈话会,对汪精卫起草的宣言稿全体赞同",譬如"阎锡山致电汪精卫,请速命驾,并谓此后党务悉听主持",譬如"蒋介石赴陇海铁路马牧集督战,刘峙部占领柳河车站"等等。夏美云读完那几篇文章,下了床坐在陈静楠旁边的另一把圈手椅上。文澄怀闭着眼睛靠在床头上,像睡着了似的一动不动。夏美云紧张地注视着文澄怀,眼睛的余光不时地投向陈静楠。陈静楠依旧静静地坐在圈手椅上,神情像杯子里的白开水一样没有一丝波澜。文澄怀慢慢地睁开眼睛,扭过头望着陈静楠问道:"英文报上有重要消息吗?"

"跟中文报上的内容大同小异。"

"蒋介石都到了马牧集,说明陇海铁路沿线战事已进入胶着状态,但愿战争能尽快结束。"

陈静楠从小圆桌上拿起那几份英文报,慢慢翻阅着说道:"关于这次的蒋阎冯大战,以前的许多报道都说陇海铁路沿线是重点,津浦和平汉铁路沿线是两翼。到目前为止,津浦和平汉铁路沿线还没有发生大的战事,胶济铁路沿线更是风平浪静。"

"暂时的风平浪静，很可能预示着更大的风暴。前些日子，二十里堡不是出现了两名晋军情报人员吗？如果阎锡山对于胶济铁路没有企图，他有什么必要往胶济铁路沿线派遣情报人员？虽然其中的一名情报人员被击毙在车站三街，但另一名情报人员至今下落不明。有人怀疑林伊萍的死与那名下落不明的情报人员有关，也不无道理。"

夏美云根本不关心林伊萍的死是否与那名下落不明的晋军情报人员有关，在她看来，林伊萍这个名字所代表的并不是悲惨，而是暧昧。陈静楠将手中的英文报和夏美云手中的中文报全部摞到小圆桌上，神情又恢复了平静。夏美云突然想到了什么，她拽着陈静楠一起坐到床沿上，撩起文澄怀的睡衣故作夸张地说道："面对着静楠和我，你说实话，右胸上的这处咬痕是不是那个林伊萍留下的？张嘴林伊萍，闭嘴林伊萍，我就不相信你跟林伊萍没有关系。"

望着文澄怀右胸上的咬痕，陈静楠的脸颊再一次像绽放的桃花。夏美云偷偷地瞥了陈静楠一眼，对着文澄怀一本正经地说道："你在静楠和我面前没有一点精神，我们以为你在别人面前也不可能有精神。没想到你让我们俩守活寡，你却……"

陈静楠望着文澄怀，低声说道："美云……"

夏美云依然不依不饶。她撩开文澄怀身上的被子，站起身指着文澄怀的裸体说道："你没有那个能力，我们即使守活寡也没有怨言，谁叫我们是你的小老婆呢？可是……"

陈静楠不好意思地拽了拽夏美云的睡衣，说道："那是我留下的，跟那个林伊萍无关。"

夏美云流露出恍然大悟的样子，她猛然拽开陈静楠的睡衣带子，扯下陈静楠的睡衣抱在怀里，将赤裸着身子的陈静楠推到了床上。陈静楠突然间不知所措，她拽过床上的被子围在身上，羞愧地望着夏美云。夏美云绕到文澄怀身边，俯下身子亲了亲他的脸颊，笑着说道："今晚还是让静楠在这里陪着你吧,我到涵虚轩去睡了。"

陈静楠不知道应该说什么,只是叫了一声"美云"。文澄怀无奈地说了一声"随你吧",侧过头对着陈静楠笑了笑。夏美云将陈静楠的睡衣挂在衣架上,微笑着退出待月轩走进了涵虚轩。涵虚轩内只有卧室里亮着一盏床头灯,床头灯下的床头柜上摊放着一册《全元散曲》。夏美云背靠着床头坐在床上,拿起那册《全元散曲》翻到夹有书签的那页,发现是周文质的《越调寨儿令》:"挑短檠,倚云屏,伤心伴人清瘦影。薄酒初醒,好梦难成,斜月为谁明?闷恹恹听彻残更,意迟迟盼煞多情。西风穿户冷,檐马隔帘鸣。叮,疑是佩环声。"

在青岛新舞台的时候,夏美云曾经演唱过不少散曲,周文质的这首《越调寨儿令》就是保留曲目。陈静楠显然反复读过周文质的这首散曲,其中的"伤心伴人清瘦影"和"斜月为谁明",还有铅笔圈过的痕迹。夏美云再次将周文质的这首《越调寨儿令》读了一遍,心里突然间一阵酸涩。她熄灭床头灯,绕到北窗前拉开窗帘,静静地望着夜幕下的虞河以及虞河西岸的垂柳。深远的天空非常晴朗,除了几颗明灭不定的星星,并没有所谓的"斜月",浮动在夏美云眼前的,却是面对着斜月的陈静楠的清瘦影。文澄怀右胸上的那处咬痕,让夏美云看到了陈静楠冷漠的外表下燃烧的欲火;周文质的这首散曲,又让夏美云看到了陈静楠隐秘的内心世界。陈静楠反复阅读周文质的这首《越调寨儿令》,显然是有所期待,而不仅仅是为了抚慰心灵。

她到底是在期待谁呢?

走出涵虚轩站在轩门前的走廊里,夏美云撩起一角窗帘,将额头贴在窗玻璃上。晚钟斋窗前的地面上铺着长长的光影,文笃修显然还没有离开晚钟斋。夏美云俯视着那片光影,心里油然生出一丝甜蜜和失落。跟夏美云有了肌肤之亲之后,文笃修明显疏远了夏美云。他虽然在餐桌上还是跟夏美云有说有笑,但总是避免跟夏美云单独在一起。夏美云委婉地提出再次相会的约请,他也是故作不解风情。

松开窗帘，带上涵虚轩的轩门，夏美云悄无声息地走到待月轩门前。待月轩内响起了熟悉的鼾声，那声音忽高忽低，显然是文澄怀发出的。"闷恹恹听彻残更，意迟迟盼煞多情"，夏美云默念着周文质的那首《越调寨儿令》，心里越来越焦躁不安。火车的汽笛声远远传来，仿佛长长的呼唤，又仿佛长长的叹息。夏美云等候火车的汽笛声慢慢消失，毅然走下楼梯，蹑手蹑脚地走到漱芳轩门前。她看了一眼从晚钟斋的门缝里泻出的灯光，轻轻地敲开漱芳轩的轩门，随后又将轩门轻轻地闭合了。

漱芳轩内没有开灯，光线非常暗淡，夏美云摸索着走到卧室门口，呼吸越来越急促。文笃修果然没在漱芳轩，不过，架子床上的薄棉被已经铺好。夏美云坐在床沿上，心里依然惴惴不安。除了被迫陪着自己练习骑脚踏车，文笃修的大部分时间都用在了那部题为《烤烟种植与山东农民》的书稿上。夏美云感觉到，文笃修对于《烤烟种植与山东农民》的执着，跟文澄怀对于丹渊公司的执着，毫无二致。单从这一点上，完全不必怀疑文澄怀和文笃修之间的血缘关系。可是，文澄怀怎么就不行了呢？或者说，他是什么时候不行了的呢？

想到文澄怀，夏美云隐隐地感到一丝愧疚。

除了不能满足自己作为女人的欲望，文澄怀是夏美云接触过的最优秀的男人之一。之所以强调之一，是因为文笃修也进入了夏美云的生活。不管是对于夏美云还是对于陈静楠，文澄怀不同程度地表现出父亲般的慈爱。面对文澄怀，夏美云也常常想向他忏悔，可是每次话到嘴边，都会失去忏悔的勇气。也许是看透了自己的内心世界，夏美云并不在意文笃修对于自己的冷淡，并且完全能够理解文笃修对于自己的冷淡，因为她知道文笃修肯定也有着难以突破的心理障碍。

站起身，犹犹豫豫地走向漱芳轩的轩门，夏美云并没有将手伸向门把手，只是面对着轩门静静地站立着。晚钟斋里响起了拖动椅子的轻微的声响，随后又响起了关闭窗子的声响。夏美云悄悄地回到卧室，脱掉睡衣扔到圈手椅上，贴着架子床的最里侧躺下了。漱芳轩的轩门轻轻开启又轻轻闭合，文笃修回到了漱芳轩。他没有开灯，而是接连打了几个哈欠。夏美云直挺挺地躺在床上，一动也不动，似乎连呼吸也停止了。文笃修并没有意识到夏美云的存在，他脱掉睡衣摸索着挂在衣架上，径直走到床边，仰面躺在床上。夏美云再也无法保持沉默了，她伸出左手按住文笃修的嘴巴，贴在文笃修耳边小声说道："是我，美云，夏美云。"

文笃修没有挣扎，他将夏美云的左手从嘴巴上移开，只是叹息了一声，什么话也没说。夏美云尝试着将上半身压到文笃修身上，双手揽着文笃修的脖颈，长时间亲吻着文笃修。文笃修没有拒绝夏美云的亲吻，也没有表现出热情。他等候夏美云抬起头，喘息着说道："咱们继续这样下去，是很危险。儿子跟父亲的姨太太偷情，怎么说也是不光彩的。"

"到了晚上，望云楼内只有四个人，除了我们俩，就是你父亲和陈静楠……不会有人知道的。"

"即使没有人知道，时间长了，我的精神也会崩溃的。真的，美云。我不是正人君子，但我们毕竟不是普通的男女……而且，我爱着我的父亲，也爱着阿格尼丝。"

"你也爱着我。我能感觉出来。"

"可是……"

夏美云没让文笃修继续说下去。她将整个身体压到文笃修身上，随后感受到火山爆发般的激情。文笃修大口大口地喘着气，身上满是汗水。夏美云再次吻了吻文笃修，侧着身子依偎在文笃修怀里，说道："我也多次告诫自己不要再对你有非分之想，可是我管不住自己。等你跟阿格尼丝结婚后，我也许会退出的。我不需要你对我负什么责任，我只需要你能……"

文笃修伸出左臂将夏美云揽在怀里，抚摸着她的后背说道："你是跟我有过肌肤之亲的第二个女人，也可能是最后一个女人……爱上阿格尼丝后，我从未想到还会投身另一个女人的怀抱。"

"对不起，实在对不起。"

夏美云挣脱文笃修的怀抱，仰面躺在床上，再也没有触及文笃修的身体。她望着卧室里的一片漆黑，眼角不知不觉地渗出了泪水。文笃修同样仰面躺在床上，似乎忘记了躺在身边的夏美云。夏美云并没有擦拭溢出眼角的泪水，而是下了床，穿上睡衣，站在床前静静地注视着文笃修。文笃修什么话也没说，身体连动也没动。夏美云再次说了声"对不起"，悄悄地走出漱芳轩，带上了轩门。

一楼大厅还是一片黑暗，空气中飘散着不知名的花香。夏美云四处张望着走到楼梯口，右手扶着栏杆爬上二楼，走到涵虚轩门前推开了轩门。卧室里竟然开着灯，夏美云惊恐地张大了嘴巴。她闭上轩门，向前探着身子看了看背靠着床头半躺在床上的陈静楠，微笑着走进了卧室。陈静楠抬起头望着夏美云，说道："躺在你的床上，我睡不着。你还是去陪他睡吧……你刚才到哪里去了？"

"睡不着，在一楼大厅坐了一会儿。"

"文笃修也没睡？"

"不清楚。"

陈静楠笑了笑说道："我还以为你睡到他床上了呢？"

"他？"

"就是他儿子呀！"

夏美云撩起陈静楠身上的薄棉被，弯下腰拧了一下陈静楠的大腿，讪笑着走出了涵虚轩。她带上涵虚轩的轩门，并没有立刻走向待月轩，而是拉开涵虚轩门前的窗帘，双手按着窗台静静地站立着。小广场上的玉兰树不知疲倦地向天空伸展着枝叶，黑黑的枝叶虽然微微抖动着，但没有发出一丝声音。夏美云想象着躺在漱芳轩的文笃修，身上涌起了一阵又一阵的热浪。

自己身上没有留下他的某种印记吧？

隐隐约约地，夏美云似乎嗅到了一种膻膻的气味。她走到待月轩门前，悄悄地推开轩门，又一次听到了文澄怀的鼾声。那鼾声不再忽高忽低，而

311

是拖得很长，涟漪一样在待月轩荡漾着。夏美云关闭轩门，摸索着走进卫生间，随手将卫生间的房门关闭了。她打开房间中央的吊灯，脱掉睡衣挂在衣架上，站在梳妆镜前仔细观察着镜子里的自己。文笃修虽然最终还是突破了心理防线，但没有在夏美云的身体上留下任何痕迹。夏美云放心地换上一条崭新的内裤，走进卧室躺在文澄怀身边。

　　文澄怀依然处于酣睡之中，涟漪一样荡漾的鼾声依然连绵不断。夏美云紧贴着床边躺在床上，尽量远离文澄怀的身体。她回味着文笃修火山爆发般的激情，似乎又感受到了文笃修灼热的呼吸。也许是失去了跟女性亲热的能力，文澄怀一旦倒在床上，总会酣然入梦，而且极少失眠。夏美云侧过身望着身边的文澄怀，脑海里反复出现的却是文笃修的身影。离开青岛新舞台，进入瞻可园成了文澄怀的姨太太，夏美云多次告诫自己不要再对其他异性有非分之想，但没想到会在瞻可园遇到文笃修，而且朝夕相见。

　　陈静楠肯定也对文笃修有着好感，只是不表现出来罢了。

　　虽然将身体仔细检查过了，夏美云还是不完全放心。她在迷迷糊糊中迎来第二天的黎明，背对着文澄怀闭上了眼睛。文澄怀从酣睡中醒来，看到躺在床上的人变成了夏美云，并没有表现出惊讶。他悄悄地下了床，穿上衣服走出待月轩，轻轻地闭合了轩门。夏美云睁开眼睛，翻过身仰躺在床上，思绪还是一团乱麻。她听到望云楼南面的小广场上响起了发动机的声音，穿上睡衣走出待月轩，撩起南窗的窗帘俯视着停在四棵玉兰树之间的凯迪拉克轿车。

　　开启楼门的声音响过，陈静楠挽着文澄怀的左臂走下楼前的台阶，走向了凯迪拉克轿车。他们分别拉开东西两侧的后车门，同时钻进了车厢。凯迪拉克轿车慢慢地驶出瞻可园大门，随即消失了。夏美云叹息着回到待月轩，脱掉睡衣扔到床上，光着身子走进了卫生间。卫生间的光线还是有些暗淡，但夏美云并没有开灯。她打开喷头，站在浴盆里感受着温暖的水流，思绪漫无边际地飞扬着。文澄怀和陈静楠离开瞻可园后，原来就非常寂静的瞻可园更加寂静了。整幢望云楼内除了哗哗的水流声，再也听不到其他声音。夏美云将全身涂满香皂仔细清洗了两遍，才放心地关闭喷头，用浴巾擦干了身体。

虽然望云楼内只有文笃修和自己，夏美云还是决定不再打搅文笃修。她虽然还不能完全理解《烤烟种植与山东农民》对于文笃修意味着什么，但已经感受到《烤烟种植与山东农民》在文笃修心里的分量。更重要的是，夏美云担心对于文笃修索取过多，会引起文笃修的反感。她从脑海里摒除文笃修的形象，关闭轩门躺在床上，很快睡着了。睡梦中，夏美云竟然重温了文笃修火山爆发般的激情。她怅然若失地睁开眼睛，再次到卫生间洗了洗脸，穿上衣服下了楼。漱芳轩开着门，晚钟斋的斋门却紧闭着。夏美云莫名其妙地笑了笑，径直走出望云楼，站在楼前的小广场上。

玉兰树早已枝繁叶茂，玉兰花却不见了踪迹。夏美云仰望着玉兰树茂密的枝叶，努力想象着曾经艳丽的玉兰花，突然间极度酸楚。美好终究是短暂的。想到在青岛新舞台的艰难岁月，想到在瞻可园的安逸生活，夏美云不由得一阵战栗。如果文澄怀了解了自己跟文笃修已经发生的一切，会有什么举动呢？瞻可园非常寂静，园子里以及虞河西岸的树木上不时地响起悠扬的鸟鸣。夏美云懒懒地踏上溪光桥，沐浴着暖暖的阳光，长时间仰望着虞河西岸的树木。

瞻可园门前的车站一街上远远地响起了脚踏车的车铃声，园门开启，阿格尼丝推着脚踏车出现在园门口。她将脚踏车交给等候在园门口的保安团团丁，从车筐里拎起挎包背在了身上。夏美云离开溪光桥走到微吟桥上，面对着阿格尼丝停下了脚步。阿格尼丝还是身着浅色的牛仔裤和白色衬衣，只是头发有些凌乱。她快步走到夏美云面前，双手拢着头发说道："潍安汽车路上出现了不少军车，车站一街刚刚解除交通管制。"

夏美云笑了笑，说道："只要能见到文笃修，任何困难都是能克服的。交通管制算得了什么？"

阿格尼丝也笑了笑，问道："他在吗？"

"我上午没见到他。估计是在晚钟斋。"

阿格尼丝没再说什么，她和夏美云并肩走进望云楼，又一起走到晚钟斋门前。晚钟斋的斋门依然紧闭着，里面没有一点声响。夏美云轻轻地敲了敲斋门，随后转动了门把手。文笃修正坐在书桌前紧张地写着什么，他看到阿格尼丝和夏美云同时出现在斋门口，不安地站起身，问道："你们……"

夏美云将阿格尼丝推到书桌前，对着文笃修笑了笑，说道："阿格尼丝为什么来瞻可园，难道你不知道？还愣着干啥？"

文笃修的脸颊顿时涨得通红，他邀请阿格尼丝坐到长沙发上，尴尬地望着夏美云。夏美云没有理睬文笃修，她对着阿格尼丝摆了摆手，说道："小别胜新婚。我就不影响你们了。"

阿格尼丝站起身，不好意思地望着夏美云。夏美云在斋门口转过身，颇为失落地上到二楼，走进了待月轩西侧的此君斋。她闭合斋门的一瞬间，泪水悄然滑过脸颊。因为在舞台上扮演过不少哀怨的女子，夏美云知道自己不过是瞻可园的囚徒，尽管拥有华贵的衣服和美味的饮食；也知道自己跟文笃修的恋情见不得阳光，只能在暗夜里进行。但她看到阿格尼丝的到来，心里还是弥漫着凄楚。自己毕竟也是年轻人啊，而且是比阿格尼丝和文笃修还要年轻的年轻人啊！

文澄怀昨晚没有走进此君斋，书桌上还保持着昨天下午的样子。夏美云擦拭掉脸颊上的泪水，坐到书桌前拖过那本多次翻阅过的英文教材，眼睛还是模糊了。最初决定学习英文，更多的还是为了增加跟文笃修接触的机会，因为练习骑脚踏车跟文笃修接触的机会更多，所谓的英文学习也就不了了之。夏美云慢慢地翻阅着自己在教材中留下的痕迹，眼前又出现了文笃修陪伴自己学习英文时的场景。她叹息着合上书，离开了书桌。

此君斋内没拉窗帘，阳光静静地泻到靠近南窗的鼓式圆桌、鼓式坐墩以及贵妃榻上。夏美云走到南窗下，呆呆地凝望着横湖中央的蓼屿，心里无法排遣的还是莫名的失落和惆怅。蓼屿上的树木遮住了阳光，蓼屿北侧的水面透着阴冷。想到文笃修和阿格尼丝有可能正在进行的亲密接触，夏美云下意识地叹息了一声。她抬起左手看了看手表，犹犹豫豫地离开此君斋，下到了一楼。漱芳轩依然大开着轩门，晚钟斋的斋门依然紧闭着。夏美云走进餐室看了看，随后又走到晚钟斋门前，屏住呼吸敲了敲斋门。

斋门开启，阿格尼丝出现在夏美云面前。她邀请夏美云坐到书桌西南面的长沙发上，随后坐在了夏美云身边。文笃修依旧坐在书桌前，他抬起头对着夏美云笑了笑，继续在面前的一摞书稿上写着什么。夏美云努力维持着脸上的笑容，轻拍着阿格尼丝的右手说道："你们读书人一天到晚待在书房里，不觉得枯燥吗？"

阿格尼丝往夏美云身边靠了靠，望着文笃修说道："你问他。"

文笃修不好意思地放下手中的钢笔，什么话也没说。夏美云拽着阿格尼丝的右手站起身，走到书桌前对着文笃修说道："午饭已经准备好了，咱们先吃饭吧。不管怎么说，阿格尼丝现在还是客人。"

文笃修依然什么话也没说，他双手按着桌面站起身，跟在夏美云和阿格尼丝身后走进了餐室。夏美云对着站立在长条桌旁的一名女佣摆了摆手，那名女佣立刻退回到北面的厨房，带上了房门。夏美云等候文笃修和阿格尼丝先后坐在长条桌旁，主动将长条桌上的三个高脚杯内倒满了红葡萄酒。夏美云端起高脚杯跟阿格尼丝碰了碰杯，说道："笃修在杜克大学留学期间，你们没法见面；笃修回到了二十里堡，你们还是不经常见面。这到底为了啥？"

阿格尼丝喝了一口红葡萄酒，放下高脚杯拽了拽文笃修的衣袖，说道："你说为了啥？"

文笃修看了一眼对面的夏美云，对着阿格尼丝说道："等我到复旦大学任教后，咱们就不再分离了。"

夏美云的右嘴角微微向上翘了翘，说道："那又何苦呢？"

阿格尼丝笑了笑，说道："在乐道院读书的时候，笃修就立志成为中国最好的经济学家。正在修订的那篇博士论文，已经给他赢得了一定的声

315

誉，否则复旦大学也不会聘用他。什么时间结婚倒无所谓，只要他不移情别恋就行。"

听到阿格尼丝提及"移情别恋"，文笃修的脸上立刻浮现出一抹红晕。夏美云端起高脚杯跟文笃修碰了碰杯，笑着说道："阿格尼丝等了你那么多年，你可不要做陈世美啊。"

"陈世美？"

阿格尼丝皱了皱眉头。

文笃修看了看夏美云，侧过脸对着阿格尼丝说道："一个著名的移情别恋的戏曲人物。"

阿格尼丝长吁一口气，对着夏美云说道："我不在笃修身边的时候，你可要帮我监督他啊！"

"放心吧。"

夏美云笑了笑，文笃修也笑了笑。

吃完午饭，陪着阿格尼丝和文笃修走到楼梯口，夏美云对着阿格尼丝悄悄地摆了摆手。阿格尼丝顿时满脸羞涩，她跟着文笃修走到漱芳轩门前，回过头望了望依然站在楼梯口的夏美云。夏美云再次对着阿格尼丝摆了摆手，微笑着迈上楼梯，随即收敛了笑容。她回到待月轩闭合轩门，打开留声机放进唱片，转身走进了卧室。陈静楠没到英美烟公司任职前，夏美云还没觉出时间的漫长；陈静楠到英美烟公司任职后，尤其是午后时光，夏美云的情绪常常极度低落。她换上睡衣回到起居室，躺在长沙发上谛听着留声机里传出的缠绵的歌声："雨打梨花深闭门，忘了青春，误了青春。赏心乐事共谁论？花下销魂，月下销魂。愁聚眉峰尽日颦，千点啼痕，万点啼痕。晓看天色暮看云，行也思君，坐也思君。"

进入青岛新舞台的最初时间，除了拿顶、踢腿、吊嗓子，夏美云还跟师傅们学唱了许多歌曲，留声机播放的这首《一剪梅》，就是那时候学唱的。孤独地躺在长沙发上，想象着正在漱芳轩的文笃修和阿格尼丝，夏美云越发惆怅。她将唱针再次移到《一剪梅》的位置，静静地站在留声机旁边俯视着慢慢旋转的唱片。听师傅们讲，这首《一剪梅》是一位叫唐伯虎的才子写的，而且已经流传400多年了。夏美云无法忍受那缠绵的歌声，她苦笑着关掉留声机，摇了摇头。

唱片早已停止转动，《一剪梅》的歌声似乎还在待月轩萦绕。夏美云回到卧室躺在床上，渐渐地对于那位叫唐伯虎的才子产生了怨恨。她怨恨唐伯虎看穿了她的心事，也怨恨唐伯虎道出了她的心声。望云楼内没有任何声音，西面的胶济铁路上也没有响起火车的汽笛声或者车轮跟铁轨的碰撞声，难耐的寂寞像铁幕一样罩住了夏美云。她下了床，穿着睡衣下到一楼，茫然地望着漱芳轩紧闭的轩门。

漱芳轩内没有任何声响，整幢望云楼简直成了午夜的墓地。夏美云努力克制着自己想冲进漱芳轩的冲动，再次回到待月轩，连轩门也没关就走进了卧室。她仰面躺在床上，慢慢地松开睡衣的腰带，下意识地抚摸着光滑的身躯。肌肉还是那么有弹性，乳房还是那么坚挺，大腿上还是没有一点赘肉。夏美云闭上眼睛，脑海里又出现了黑暗中大汗淋漓的文笃修，以及想象中跟文笃修相拥在床上的阿格尼丝。

阿格尼丝才是文笃修真正的意中人啊！

夏美云叹息了一声，拽过被子盖在身上，茫然地谛听着自己的心跳。大约过了两个小时，走廊里响起了细微的脚步声。夏美云首先想到了文笃修，随后又摇了摇头。脚步声越来越近，最后消失在待月轩门前。夏美云坐起身，扎紧睡衣的腰带，下了床。轻轻的敲门声响过，阿格尼丝走到卧室门口对着夏美云说道："我以为你还在休息呢？"

夏美云笑了笑，问道："有事？"

"笃修非常疲惫，还在酣睡。他说他昨晚一夜未眠。"

夏美云瞥了一眼阿格尼丝红润的脸颊，心里咯噔一下。她邀请阿格尼丝坐在起居室的长沙发上，一边给阿格尼丝泡着咖啡一边说道："笃修的全部心思好像都在那本书上了。你跟他在一起，也是经常谈论书吗？"

阿格尼丝的脸颊飞上了一抹胭红，她将双手插到两腿间，低下头说道：

"他学的是经济学,我学的是医学。"

夏美云将咖啡杯递给阿格尼丝,说道:"也许笃修已经告诉你了,我以前是个唱戏的,除了几句戏文,什么都不懂,更不用说经济学和医学了。"

"笃修说你很聪明,还说你如果能够受到良好教育,肯定会在学术上有所成就。"

"一个给人家做姨太太的……"

夏美云禁不住笑了。

虽然生在中国,而且大多数时间长在中国,阿格尼丝还是无法理解中国的一夫多妻制。好几个女人共同拥有一个丈夫,对于阿格尼丝来说,是无法想象的,也是难以接受的。她听到夏美云主动提及自己的姨太太身份,突然间沉默了。夏美云知道阿格尼丝沉默的原因,依旧笑着说道:"论年龄,我是你和笃修的妹妹。因为笃修父亲的缘故,我成了笃修名义上的母亲,你名义上未来的婆婆……你是不是觉得很好笑?"

阿格尼丝的嘴角动了动,但没有说话。

"嫁汉嫁汉,穿衣吃饭。所有做姨太太的,无非是这一个目的,尽管各人有各人的说辞。"

"难道就没有一点爱情吗?"

夏美云笑了笑,问道:"你来找我,不会有什么事吧?"

阿格尼丝喝了几口咖啡,将咖啡杯放到茶几上说道:"笃修还在酣睡,我想请你陪着我到南面的斐非寺看看。笃修的母亲还健在的时候,曾多次带着我到里面撞钟。"

"你见过笃修的母亲?"

"我们很熟的,她很爱笃修,也很喜欢我。在我的记忆里,她好像跟笃修的父亲不很融洽。"

"为什么?"

"不清楚。我问过笃修,笃修也不清楚。笃修的母亲非常漂亮,也非常优雅,但她在笃修的父亲面前始终冷冰冰的。"

对于文笃修的母亲,也就是文澄怀的大太太沈漱芳,夏美云一直充满了好奇。进入瞻可园的最初时间,尤其是躺在文澄怀怀里的时候,夏美云经常问起沈漱芳的有关情况,但文澄怀总是顾左右而言他。文笃修回到瞻可园以前,夏美云曾经多次进入漱芳轩。面对沈漱芳的遗像,夏美云所意识到的,只是文澄怀的大太太而已。文笃修回到瞻可园以后,尤其是跟文笃修有了肌肤之亲以后,夏美云每次看到沈漱芳的遗像,竟然不由自主地产生儿媳面对婆婆的感觉。

自己是文澄怀的姨太太,怎么可能成为沈漱芳的儿媳呢?

夏美云到卧室里换上衣服,又到卫生间洗了洗脸,跟随阿格尼丝走出了待月轩。她们并肩下到一楼,不约而同地瞥一眼漱芳轩。阿格尼丝对着夏美云笑了笑,蹑手蹑脚地走到漱芳轩门前听了听,又蹑手蹑脚地走进了晚钟斋。她给文笃修留了一张说明外出原因的纸条,再次回到了夏美云身边。夏美云跟在阿格尼丝身后走出瞻可园,在照壁西侧停下了脚步。她望了望瞻可园和斐非寺之间大片的烟田,又望了望车站一街跟胶济铁路的交汇处,问道:"咱们是走着去,还是骑着脚踏车去?"

"走着去吧。"

靠近车站一街的烟田里刚刚浇了水,烟苗格外娇嫩。几位农人直起腰,双手拄着铁锹把,远远地望着夏美云和阿格尼丝。夏美云看到距离自己最近的那位农人黧黑的面容和无望的神情,心里油然生出绵绵的酸楚。她知道那位农人肯定不会比文澄怀年长,但看起来要比文澄怀苍老许多。阿格尼丝或许被眼前的田园风光触动了,不时地跟夏美云谈论着法国画家米勒的风景画。望云楼的餐室里就挂着阿格尼丝的父亲希布纳的风景画,但夏美云看到的不是呈现在画面上的田园风光,而是画面上的农人的艰辛。夏美云从来不知道自己的父母是谁,但她想象自己的父母的时候,脑海里出现的,常常就是在烟田里劳作的看不到任何希望的农人,尽管很多时候自己就躺在文澄怀身边。

从车站一街拐上潍安汽车路，阿格尼丝边走边停。她折下一段刺槐树枝，不时地用刺槐树枝拍拍陆续经过的一棵棵刺槐树干。夏美云和阿格尼丝并肩走在一起，手里没拿任何东西，眼里倒是充满了艳羡。阿格尼丝比夏美云年长3岁，可是夏美云似乎觉得阿格尼丝比自己至少年轻两个3岁。捏在阿格尼丝手里的刺槐树枝，透露出她未泯的童心。到了斐非寺西北角的围墙处，阿格尼丝扔掉手中的刺槐树枝，双手搅在一起说道："除了略微有些破败，斐非寺跟20年前没有大的变化，只是我的心境跟以前不一样了。"

"第一次走进斐非寺，是你爸爸陪着你吧？"

"还有妈妈、文叔叔、沈阿姨，和笃修。"

"你跟笃修算是青梅竹马了。"

阿格尼丝笑了笑，略微有些羞涩。她挽着夏美云的左臂进入天王殿，指着弥勒坐像旁边的对联说道："大肚能容，容天下难容之事；慈颜常笑，笑世间可笑之人。记得第一次走进斐非寺的时候，文叔叔曾经向父亲详细讲解了这副对联的含义。如今文叔叔依然康健，父亲却早已化为泥土了。中国人崇尚佛教、道教，英美人崇尚基督教，无非是寻求心灵寄托，为看不到希望的人生增添某种虚幻的色彩。"

"我从小唱戏，已经在戏台上无数次体味过人生了。所谓的恩怨情仇，也都是过眼烟云。人生确实没有多大意义，但很少有人主动选择死亡。"

阿格尼丝叹息了一声，挽着夏美云的左臂绕到了弥勒坐像东侧。弥勒坐像东侧供奉着韦陀立像，韦陀立像的旁边也是一副对联，上联为"韦陀天将，惟获南弥三世界"，下联为"菩萨化身，不到北俱一卢洲"。阿格尼丝将对联念了一遍，悄悄地松开夏美云的左臂，侧过身问道："你知道这副对联是什么意思吗？"

"不知道。你文叔叔第一次带着我进入斐非寺的时候，曾经给我讲过，可是我忘记了。"

天王殿东面连通大雄宝殿的甬道静悄悄的，只有刺槐树浓浓的树荫和从刺槐树的枝叶间泻下的斑驳的阳光。澄明法师面对着天王殿站立在大雄宝殿前面的廊檐下，右手扶着汉白玉石栏杆，微眯着眼睛。因为多次陪着文澄怀到斐非寺拜访澄明法师，夏美云跟澄明法师也不陌生。她对着澄明法师微微一笑，拽着阿格尼丝登上大雄宝殿前面的石级，挽着阿格尼丝的左臂站在台阶上。澄明法师好像从冥想中回到了现实，他对着夏美云双手合十，问道："文夫人怎么有时间驾临寒寺？这位施主……"

"阿格尼丝，笃修的未婚妻，英国人。"

"失迎，失迎。"

"20年前，阿格尼丝就来过这里。那时候你在斐非寺吗？"

澄明法师再次双手合十，答道："受戒之后，除了短期游历，我大部分时间都在斐非寺。"

阿格尼丝凝视着澄明法师的面容，极力追忆着20年前第一次走进斐非寺的情形，始终缄默着。第一次走进斐非寺，她曾经跟着父亲和文澄怀拜访过一位法师，但那位法师是否就是眼前的澄明法师，已经无法证实。不知因为阿格尼丝是英国人的缘故，还是因为阿格尼丝在20年前曾经游历过斐非寺的缘故，澄明法师对于阿格尼丝表现出很大兴趣。他慈爱地打量着阿格尼丝，说道："笃修是个好孩子，他是我看着长大的。"

"阿格尼丝跟笃修很小就认识，青梅竹马。"

夏美云随后说道。

澄明法师对着夏美云笑了笑，再次将目光转向阿格尼丝，问道："笃修是在美国获取的博士学位吧？"

"对，杜克大学。"

"你是英国人，怎么没建议笃修到英国留学？"

"笃修原本想到英国留学的，但最终还是遵从了文叔叔的建议。"

"文老板是精明的生意人，他建议笃修到杜克大学留学，主要还是想进一步密切跟英美烟公司的联系。因为杜克大学是以英美烟公司首任董事长詹姆斯·杜克的名字命名的。"

澄明法师的嘴角流露出一丝不易觉察的笑意。

听惯了斐非寺的晨钟暮鼓，夏美云始终将斐非寺的僧人看做人世间的另类。她聆听着澄明法师跟阿格尼丝的对话，渐渐地意识到澄明法师并没有跳出所谓的红尘，而且深陷红尘之中。文澄怀拥着夏美云躺在床上的时候，曾经提及送文笃修到杜克大学留学的原因，密切跟英美烟公司的联系虽然不是最重要的原因，也是最重要的原因之一。对于文澄怀送文笃修到杜克大学留学的用意，澄明法师竟然洞若观火，这不能不让夏美云心生感慨。阿格尼丝虽然没有像夏美云那样产生那么多的感慨，但也有所感触。她跟夏美云交换了一下目光，对着澄明法师说道："我一直以为你们僧人是跟清风明月为伴的，没想到你们也留意人世间的滚滚红尘。"

"所有的寺庙都建在人世间，生活在寺庙里的僧人怎么可能不留意人世间的滚滚红尘？"

澄明法师笑了，阿格尼丝和夏美云也笑了。

# 十七

庄季江锁上度义斋的斋门，双手插在裤兜里走到葡萄架下，失神地仰视着茂密的葡萄叶。没有风，葡萄叶显得非常慵懒。庄季江攥住一根竹竿用力晃了晃，葡萄架才发出哗啦哗啦的声响。一只躲藏在葡萄架上的小鸟惊叫着飞向西面的第一复烤厂，葡萄架下浮起了一层尘土。庄季江揉了揉发涩的眼睛，到水龙头下接了一桶水，全部浇在葡萄根部。他放下水桶，用凉水洗了洗脸，甩着手上的水珠走到因民斋的南窗下。贺惟忠已经很长时间没有踏进保安团了，难道他真的以芳菲苑为家了。想到芳菲苑，庄季江再一次想到了那位名叫林伊萍的舞女。可以确信，林伊萍死亡的当晚，曾经跟贺惟忠在一起；同样可以确信，林伊萍死亡的时候，贺惟忠是跟黄泓丽和吉尔伯特在一起的。

林伊萍的死，真的跟贺惟忠无关吗？如果有关的话，林伊萍的死到底掩盖了什么呢？慢慢地走出保安团大门，庄季江面朝西站在大门西侧一棵刺槐树下，右手撑在树干上。他望着正在通过车站一街跟胶济铁路交叉口的一列火车，自言自语道："阎锡山、冯玉祥的部队，已经在民权、东明、宁陵和蒋介石的部队接火了。山东真的变成战场了，二十里堡不可能继续宁静了。"

也许是被火车的汽笛声所召唤，也许原本就没有什么目的，庄季江走到车站一街跟胶济铁路的交叉口，低着头踱进了扳道房门前的小菜园。薛宗汾正在从水井里提水浇菜，门前的一畦芸豆已经浇足水，水渠里的水缓缓流向芸豆畦旁边的大蒜畦。薛宗汾面无表情地对着庄季江点了点头，依旧弯着腰慢慢地往井里续井绳。庄季江跨过水渠踏上井台，从薛宗汾手中接过井绳说道："很长时间没下雨了，你的这几畦菜，倒是长势良好。"

薛宗汾退回到井台北侧的一棵枣树下，撩起衣角擦了擦额头的汗水，说道："虽然很长时间没下雨了，但这几畦菜一直没缺了水。看到蒜苗一天天长高，看到芸豆一天天长大，我就会感到未来并非毫无希望。"

庄季江提上一桶水倒进水渠，又慢慢地往井里放着水桶，问道："您的聚贤馆，开了十几年了吧？"

"从民国五年到现在，14年了。"

庄季江将水桶里打满水，往上提着井绳说道："您是二十里堡的见证者。"

薛宗汾拎着铁锹到大蒜畦的另一头看了看，回到井台旁问道："你说什么？"

"我说您是看着二十里堡一天天繁荣起来的。"

薛宗汾将铁锹靠在枣树上，将庄季江提上井口的水桶连同井绳拎到扳道房里，又拎着两个马扎回到枣树下。他将一个马扎递给庄季江，自己坐在另一个马扎上说道："从表面上看，二十里堡是在一天天繁荣。可是这繁荣跟普通中国人有关系吗？从我记事起，中国就没有停止过战争。一个连和平都无法保障的国家，还谈什么繁荣。所谓的繁荣，不过是一部分人在刀尖上舞蹈罢了。"

"蒋总司令正在领导中国走向新生，中国的未来应该是美好的。"

"你所说的蒋总司令是指蒋介石吧。他以前叫蒋志清……民国五年，他曾经在潍县担任过中华革命军东北军参谋长。那时候我跟他打过交道。"

庄季江突然间愣住了，他抬起头注视着薛宗汾，问道："您……"

薛宗汾笑了笑，说道："你应该是保安团的吧？"

"您……"

"你照顾过聚贤馆的生意，我在聚贤馆见过你。"

"我是保安团的团长，叫庄季江。"

"几个月前，二十里堡出现了一群劫匪……贺惟忠贺副团长随后走进了扳道房……你这次来找我，不会是为了那位舞女的死吧？"

"那位舞女？你是说芳菲苑的林伊萍吗？"

"她的死，也就是你所谓的繁荣所付出的代价。"

"您了解林伊萍的死因？"

"我赶到现场的时候，贺惟忠、黄泓丽和熙春医院的阿格尼丝早就在那里了。"

庄季江眼前突然出现了一个无底的深渊，贺惟忠正在深渊的另一侧眨着眼睛，坐在庄季江身边的薛宗汾竟然虚化成了一团雾。他跟薛宗汾寒暄了几句，站起身返回车站一街，低着头拐上了车站路。熙春医院的院门虚掩着，不时地有人出入。庄季江虽然想找阿格尼丝了解一些有关林伊萍的死亡讯息，但仅仅是面对着熙春医院犹豫了片刻。他沿着车站路向南时走时停，思绪依然缠绕在薛宗汾身上。薛宗汾的身世固然值得探究，他的话语更加耐人寻味。薛宗汾主动向自己提及贺惟忠、黄泓丽以及阿格尼丝，难道仅仅是不愿意谈论林伊萍的死因吗？

火车站广场上人头攒动，叫卖声还像以前那样此起彼伏。庄季江跟随着准备上车的乘客走上站台，穿过站台东侧的两个货堆之间的空隙，独自站在那处难以忘怀的土坑西侧。他望着土坑南面那棵郁郁葱葱的梧桐树，以及树下茂盛的杂草，又一次想到了差点丧失性命的那个夜晚。虽然已经过去了三个多月，每次想到那个夜晚所发生的一切，庄季江还是感到心悸。围墙东面是车水马龙的车站路，货堆西面是旅客喧嚣的站台，土坑四周却出奇的宁静。庄季江走到梧桐树下拍了拍树干，双手攀着围墙的豁口翻越了围墙。

车站路上的树荫已经缩成一团，看来又到午饭时间了。庄季江抬起左臂看了看手表，轻拍着双手走到聚贤馆门前，迈进了门槛。薛宗汾已经像往常一样站在柜台后面，他对着庄季江微微一笑，再没有其他表示。庄季江点了三两韭菜肉水饺和三两小豆腐水饺，又点了一盘拌辣皮，面对着柜台坐在方桌旁。薛宗汾瞥了一眼厨房门，将一把茶壶和一个茶碗放在庄季江面前，迅速回到了柜台后面。庄季江端起茶壶将茶碗里倒满水，反复思考的，还是薛宗汾刚才在小菜园里所说过的话。二十里堡面积不大，历史也不久远，生活其中的，却不乏高深莫测的人。

厨房门吱呦呦开启，贺惟忠跟着段裕征走出厨房，随后愣住了。庄季江也没想到会在聚贤馆邂逅贺惟忠，他站起身对着贺惟忠笑了笑，脸上的笑容好像结了冰的虞河水面。贺惟忠讪笑着走到庄季江对面，双手按着桌面坐在凳子上。段裕征犹犹豫豫地走到庄季江和贺惟忠面前，微微弯下腰，探询地看着贺惟忠。贺惟忠不耐烦地瞅了段裕征一眼，说道："庄团长点的什么饭菜，你原样给我点一份吧。"

段裕征答应了一声，转身离去了。

两盘韭菜肉水饺、两盘小豆腐水饺和两盘拌辣皮，很快摆到了庄季江和贺惟忠面前。他们互相对视了一眼，几乎同时拿起了筷子。聚贤馆内声音嘈杂，根本不适合谈话，庄季江匆匆地吃完饭，刚想结账，随即被贺惟忠制止了。贺惟忠放下筷子，付了账，首先走出了聚贤馆。车站路上依然人头攒动，路两侧的地摊倒是明显减少了。贺惟忠和庄季江躲闪着行人走到车站路和车站二街交汇处，彼此微微一笑，继续向南缓缓而行。

车站路和车站二街交汇处实际上是车站路和车站二街的终点，或者说是起点。车站二街的最西端是火车站围墙，车站路的最南端是一条长满了杂草的羊肠小道。庄季江跟着贺惟忠踏上羊肠小道，不知不觉地来到了芳菲苑的西墙外。西墙上的窟窿已经堵上了，但能清晰地看出原先的窟窿轮廓。贺惟忠约着庄季江坐在一处略微隆起的砂砾堆上，盯着西面不远处的两条铁轨说道："你没想到会在聚贤馆邂逅我吧？"

"不是没想到,是根本没想。"

"前任保安团团长调离后,我以副团长身份主政保安团。我原本以为副团长之副字终究会被删除的,没想到你来了……"

庄季江不知道贺惟忠为什么主动提及这件往事,他什么也没说,只是仰望着天空中的几朵白云。贺惟忠回过头望了望芳菲苑的围墙,抓起一块石子扔向西面不远处的两条铁轨,叹息着说道:"芳菲苑的那名舞女林伊萍,你肯定认识的,前些日子就在那里自杀的。那么年轻的生命,花朵般的生命……"

"她为什么自杀?"

"这只能请教她的亡灵了……她死得很惨,车轮正好碾过了她的脖颈和双腿。"

"自杀也需要勇气的。"

贺惟忠点了点头,说道:"在保安团服务了十几年,我目睹了很多人的死,惟有林伊萍的自杀现场经常出现在我的睡梦中。林伊萍的自杀,促使我重新思考人生的意义……人生真的有意义吗?你肯定知道,我已经好长时间没有踏进因民斋了。这些日子,我一直在芳菲苑寻欢买醉,即使林伊萍自杀的当晚,我也想跟她有床笫之欢……难道这就是我想要的生活?我早晚会脱离保安团,离开二十里堡的。希望在我找到更好的去处之前,庄团长还能让我在保安团领取一份薪水……"

"只要我在保安团任职,您的薪水肯定有保障。我所希望的,是咱们能够精诚团结,和衷共济,共克时艰……"

"我去意已决,谢谢你挽留我。要不是在聚贤馆邂逅你,我也打算近期向你说明一切的。"

庄季江不知道应该说什么,只好沉默了。贺惟忠走到铁轨东侧站立了一会儿,侧过身对着庄季江摆了摆手,沿着羊肠小道头也不回地向北走去。庄季江愣愣地望着贺惟忠渐渐远去的身影,突然感到呼吸有些困难。贺惟忠反复强调林伊萍是自杀,反复强调自己要急流勇退,真实用意又是什么？

贺惟忠的身影早已消失在羊肠小道的尽头，但他刚才说过的话语依然萦绕在庄季江耳边，夹杂其中的，还有薛宗汾的话语。庄季江站起身，回望着芳菲苑西墙上的窟窿轮廓，走到路基旁站在阳光下。伴随着渺茫的汽笛声，南面的地平线上出现了喷吐着雾气的火车头。火车头越来越清晰，随后出现了长长的车厢。车厢上悬挂着好多面军旗，没有关闭的车门旁站立着许多军人。

火车并没有在火车站停留。它缓缓地驶进车站，缓缓地驶出车站，随即加快了速度。战争已经波及山东了，刚才经过的整车的军人，他们的目的地会在哪里呢？庄季江微喟着转过身，差点撞到黄泓丽身上。黄泓丽是火车通过车站期间走到庄季江身边的，她对着庄季江笑了笑，说道："你跟林伊萍好像没有肌肤之亲，怎么也在凭吊她？"

"我在凭吊过去的自己。"

"庄团长也算是成功人士……好像只有失意的人才会……"

庄季江没有理会黄泓丽说了些什么，他踏上芳菲苑西墙外那处略微隆起的砂砾堆，转过身望着黄泓丽问道："林伊萍为什么自杀？"

"林伊萍真的是自杀吗？"

黄泓丽反问道。

庄季江沉默了片刻，问道："林伊萍去世的那天晚上，到底发生了什么？"

"那天晚上，林伊萍一直陪着贺团长跳舞。她跟贺团长跳完一支曲子后，独自离开了舞厅。没有人知道她离开舞厅后做了些什么，或者说遇到了什么人。那天晚上，贺团长原本打算在林伊萍居住的莲香阁留宿的……"

"林伊萍离开舞厅后，贺团长做了些什么？"

"一直跟我和吉尔伯特说话，是我陪着他回到莲香阁的。"

"你看到过林伊萍的死亡现场吗？"

"我是和贺团长一起赶到林伊萍的死亡现场的……林伊萍虽然嘴上不饶人，但是心地很善良。她生前居住的莲香阁，至今还保持着原样。如果你有兴趣，可以进去看看。我不相信她会自杀，要是说他杀，我想不出谁是她的仇人……"

"每个人的降生都是偶然的，死亡却是必然的，尽管死亡的时间、地点、方式，或许不一样。你经常来看望林伊萍？"

黄泓丽苦涩地一笑，说道："跟你一样，与其说是来看望林伊萍，不如说是来看望我自己。我从济南到青岛再到上海，又从上海来到二十里堡，原本想平平静静地度过余生的……看来，世外桃源是不存在的。"

"只有国家好了，国民才能好。乱世人跟丧家犬没有什么区别，无非是活着罢了。"

庄季江叹息了一声，在黄泓丽的注视下走到羊肠小道和车站二街交汇处的曲尺形拐角处，意外地发现了段裕征的身影。段裕征躲藏在车站二街南侧的一棵刺槐树后，悠闲地抽着烟。庄季江沿着车站路向北走了几步，猛然转过身，发现段裕征正窥视着自己。他微微一笑，径直走到段裕征藏身的刺槐树旁，抬起右手拍了拍段裕征的右肩说道："我要到芳菲苑喝咖啡，你跟着我去吧。"

段裕征无奈地点了点头。

从车站二街拐上达勒姆路，庄季江有意放慢了脚步。他不时地回头望望尾随在身后的段裕征，脑海里反复出现的，全部是有关聚贤馆的记忆。在二十里堡，能够派人监视自己的人，只有贺惟忠，段裕征自然是为贺惟忠服务的。让庄季江没有想到的是，自己回到二十里堡这么长时间了，竟没有发现聚贤馆原来还是情报站。想到聚贤馆所充当的情报站的功能，继而想到自己差点丧失性命的那个夜晚，庄季江禁不住又是一阵心悸。

整个芳菲苑还沉浸在睡梦之中，庄季江穿过大门踏上连通舞厅的甬道，竟没有遇到一个人。他走进舞厅，跟坐在吧台后面的女侍低语了几声，随后跟在另一位女侍身后走到莲香阁门前。林伊萍死后，芳菲苑并没有增加新的舞女，莲香阁也就没有更换主人。那位女侍打开莲香阁的阁门，不解地对着庄季江点了点头，转身离去了。莲香阁的南窗上依然拉着那道粉红色的薄纱窗帘，房间里暖融融的。所有的陈设都一尘不染，即使卧室的床铺也整整齐齐。庄季江在莲香阁里转了一圈，面对着正冲着卧室房门的一张林伊萍的写真照，停下了脚步。写真照上的林伊萍身着一条黑底碎花长裙，戴着黑色镂空长手套的右手蜷曲在胸前，同样戴着黑色镂空长手套的左手托着脸颊，脸上堆满了灿烂的笑容。

并没有闭合的阁门被轻轻敲响，一位女侍用托盘托着一盘水果和两杯咖啡跟庄季江擦身而过。她将水果盘和咖啡杯放在小圆桌上，悄悄地退出了莲香阁。仅仅过了很短时间，段裕征走进莲香阁，随手关闭了阁门。庄季江从林伊萍的写真照上移开目光，叹息着走进卧室，背对着南窗坐在圈手椅上。段裕征低着头走到庄季江面前，直挺挺地跪下了。庄季江双手搭在圈手椅的扶手上，笑着问道："谁指使你跟踪我的？"

"请庄团长饶命。我是不得已才跟踪您的……我知道您是好人。"

庄季江的脸上依然堆满了笑容，他抬起右手拍了拍圈手椅扶手，说道："告诉我，谁指使你跟踪我的？"

段裕征低下头，吞吞吐吐地说道："贺惟忠贺团长……他警告我说，如果我把这一秘密告诉别人，我们全家将死无葬身之地。您不一定了解贺团长……他说让我们活，我们不一定能活下去；他说让我们死，我们肯定活不了。"

"我不会出卖你的。告诉我，贺团长为什么指使你跟踪我？"

段裕征摇了摇头，说道："具体原因我也不清楚，他指使我跟踪您，今天是第一次。以前他只是要求我报告您在聚贤馆的情况，也就是说，你什么时间进入聚贤馆，什么时间离开聚贤馆，在聚贤馆遇见了谁，说了些什么。"

"你照做了？"

"我不照做行吗？"

庄季江站起身，拉着段裕征回到起居室，面对面坐在小圆桌旁。他端起咖啡杯对着段裕征举了举，问道："你认为贺团长为什么要监视我？"

段裕征紧紧地盯着小圆桌，答道："还不是为了钱……他仅仅当了几年副团长，就在青岛置下了好几套房产。要是当了团长，能捞到的油水岂不是更多？"

庄季江笑了笑，说道："你进入莲香阁，没被人发现吧？"

"应该是没。"

"你可以走了。贺团长安排你的任务，还可以继续执行。"

"这……"

"你无须担心，我不会怪你的。"

段裕征似懂非懂地退出莲香阁，带上了阁门。莲香阁里依然非常寂静，整个芳菲苑依然没有从酣睡中醒来。庄季江将两扇南窗的窗帘全部拉开，仔细检查着房间内的角角落落。抓捕晋军情报人员的那天晚上，也就是林伊萍惨死的那天晚上，莲香阁是芳菲苑内唯一没被搜查的地方，因为那天晚上贺惟忠就在莲香阁。没有证据证明贺惟忠跟下落不明的那名晋军情报人员有关联，但庄季江始终认为他们存在某种关联。

将莲香阁仔仔细细地搜查了一遍，庄季江虽然一无所获，心里却踏实了许多。他再次回到小圆桌旁，再次端起已经不再温暖的咖啡杯，意外地听到了敲门声。敲门声节奏感很强，但是很轻盈，显然不会是段裕征或者贺惟忠。庄季江将咖啡杯放在小圆桌上，站起身敞开阁门，对着站在阁门口的黄泓丽笑了笑。黄泓丽说了声"你果然来了"，走进莲香阁闭合了阁门。她坐在段裕征刚才坐过的椅子上，瞅着小圆桌上没有动过的那杯咖啡，问道："不会是给我准备的吧？"

庄季江隔着小圆桌坐在黄泓丽对面，笑了笑说道："置身林伊萍生前居住的莲香阁，对于生和死，会有很多感悟。"

黄泓丽转过身指了指正冲着卧室房门的林伊萍的写真照，说道："林伊萍去世后，我经常来莲香阁。墙上的这幅写真照，是我找人翻拍后挂在这里的。再漂亮的美人，最终也要与黄土为伴。"

庄季江用叉子叉起一片西瓜，连同叉子递给黄泓丽说道："刚才在铁路旁，你说林伊萍不可能是自杀。你的依据是什么？"

"林伊萍早已将忍受苦难当成了生活的要义，怎么可能自杀呢？而且出事的那天晚上，她没有任何反常表现。"

庄季江用另一把叉子叉起一片西瓜，放进嘴里慢慢咀嚼着说道："对于林伊萍的惨死，我也感到蹊跷。因为找不到证据，也不好随意猜测。林伊萍是哪里人，她的父母知道她已经不在人世了吗？"

黄泓丽摇了摇头，说道："她是个孤儿。"

"也就是说，对于林伊萍的死因，不会有人再去追究了。"

"侥幸活着的每一个人，都要面对实实在在的死亡威胁，谁会真正关心一位舞女的死因？即使林伊萍的父母尚在人世，他们有心思关心林伊萍的死因吗？有能力追究林伊萍的死因吗？"

庄季江惨然一笑，沉默了。黄泓丽也没再说什么，她苦笑着站起身，离开了莲香阁。庄季江没有挽留黄泓丽，他等候阁门再次闭合，走进卧室拉上薄纱窗帘，躺在了床上。窗外阳光灿烂，灿烂的阳光透过粉红色窗帘，似乎将卧室里的空气也涂上了暧昧色彩。庄季江的两条腿耷拉在床下，双臂平铺在床上，眼睛一直盯着天花板上的一处鸳鸯戏水图案。林伊萍活着的时候，想必也会注意到这处图案，可惜她已经红消香断了。

林伊萍生命中的最后那个晚上，贺惟忠是准备在莲香阁留宿的。想到这里，庄季江的心里又是一阵紧张。他不愿意将贺惟忠跟林伊萍的死亡联系起来，但又实在无法将贺惟忠排除在怀疑对象之外。那天晚上，贺惟忠到底做了些什么呢？庄季江越往深处想越没有睡意，他到卫生间洗了洗脸，再次仔细观察着卫生间里的一切。卫生间里依然没有自己期待的发现，庄季江并没有感到失落。他拉上起居室的薄纱窗帘，锁上阁门走到舞厅的吧台前，叮嘱女侍不要再将莲香阁包给别人，并且预付了一个月的房费。那位女侍颇为不解，但还是给庄季江办理了包房手续。庄季江接过莲香阁的钥匙装进裤兜，走出芳菲苑搭上一辆黄包车，辗转进入了熙春医院。

熙春医院的门诊室里有两名病人，阿格尼丝正在开处方。她对着庄季江点了点头，抬起右手指了指靠近房门的木排椅。庄季江坐到木排椅上，挺直身子注视着阿格尼丝。阿格尼丝等候最后一位病人捏着处方走出门诊室，对着庄季江笑了笑说道："很长时间没见到庄团长了……阎锡山、冯玉祥的军队和蒋介石的军队正在陇海铁路沿线大战，假如阎锡山和冯玉祥的军队胜了，不知国民政府是否还能存在？"

"蒋介石是国民革命军陆海空军总司令，阎锡山号称中华民国陆海空军总司令，都高举着国民政府的旗帜。像我这样的小人物，无非就是些墙头草，风往哪里吹就往哪里倒。阎锡山和冯玉祥打败了蒋介石，我就拥护阎锡山和冯玉祥；蒋介石打败了阎锡山和冯玉祥，我就继续拥护蒋介石。只要他们不将我逼上绝路就行。"

阿格尼丝叹息了一声，说道："我生在中国，长在中国，亲眼目睹了无数中国人的浮沉。对于成功者的笑声和失败者的哭声，同样不陌生。"

"我回到二十里堡的那天晚上，差点死于非命，多亏了你……"

阿格尼丝再次叹息了一声，说道："救死扶伤是我的天职，不管是谁，我都会尽力的。你没必要感谢我，要说感谢，你倒是应该感谢那位叫陶明礼的年轻人。"

"陶明礼的确很优秀，他已经到英美烟公司任职了。"

"在二十里堡，能够进入英美烟公司任职，也算是出人头地了……想必是你给他提供的机会吧？"

庄季江摇了摇头，说道："假如那天晚上我真的死于非命，墓地上的青草估计也很茂密了。"

"你过于伤感了。"

庄季江仰起头往椅背上靠了靠，盯着阿格尼丝说道："你们当医生的，所做的一切就是给病人解除痛苦。假如有一天你们离开了这个世界，肯定会有很多人怀念你们。但你们在人群中所占的比例，毕竟太小太小了。前些日子辞世的那位舞女林伊萍,曾经拜倒在她的石榴裙下的人难以计数,可有谁会关心她的死因呢?"

阿格尼丝没想到庄季江会主动提及林伊萍,她长长地吸了一口气,说道:"作为二十里堡保安团的团长,作为一个差点死于非命的人,如果你也不关心林伊萍的死因,自然不会有人关心她的死因了。"

"你不认为林伊萍是自杀?"

"你也不会认为林伊萍是自杀吧。"

门诊室里突然陷入了沉寂,阿格尼丝将身体贴近问诊桌,继续说道:"火车碾过林伊萍身体的现场,我看到了,但那不应该是第一现场。林伊萍的尸体上有抓痕,被火车碾过的脖颈上,有清晰的勒痕。"

"也就是说,林伊萍是被摆放到铁路上的,火车碾过林伊萍身体的时候,林伊萍已经死了。"

"应该是这样。"

庄季江闭上眼睛,蜷起左手顶着双唇,沉默了。阿格尼丝似乎意识到了某种危险,她四下里瞅了瞅,小声问道:"我是不是不应该告诉你这些?"

庄季江睁开眼睛,盯着阿格尼丝问道:"你怎么会出现在林伊萍的死亡现场?"

"是黄泓丽,芳菲苑的黄泓丽约我去的,贺惟忠团长也在现场。"

"贺团长知道林伊萍身上的抓痕和脖颈上的勒痕吗?"

"也许知道,也许不知道。"

"你没告知他?"

"没。"

"为什么?"

"因为贺团长并不关心林伊萍的死因。"

庄季江站起身,俯视着阿格尼丝说道:"谢谢你信任我。希望你不要再跟任何人提及此事,否则很可能给你带来意想不到的危险。"

阿格尼丝惶恐不安地站起身，双手按着问诊桌说道："好的，好的。我记住了。"

"我不会将你告诉我的话透露给任何人的，你放心好了。"

庄季江跟阿格尼丝握了握手，故作轻松地走出熙春医院，沿着车站路向南走去。阿格尼丝刚才的话语，不仅证实了林伊萍死于他杀，而且又一次将庄季江的视线引向了贺惟忠。贺惟忠绝对不是杀害林伊萍的直接凶手，但他在林伊萍的死亡事件中到底扮演了什么角色？林伊萍的死到底掩盖了什么？沿着车站路一直向南，庄季江重新踏上了那条羊肠小道。所谓的羊肠小道的确少有人行，原本就不明晰的路面杂草丛生，星星点点的野花躲藏在杂草丛中。庄季江低着头注视着脚下的杂草，慢慢地走到芳菲苑西墙上那处曾经的窟窿前。

从舞厅到铁路，最便捷的通道便是穿过芳菲苑西墙上曾经的窟窿。那位杀死林伊萍并且伪造了林伊萍死亡现场的凶手，到底是谁呢？如果凶手跟林伊萍不熟悉，林伊萍即使被胁迫着穿过西墙上的窟窿，围墙内也会留下搏斗过的痕迹。想到这里，庄季江的喉咙里一阵干渴。如果杀害林伊萍的人是林伊萍的熟人，或者是取得了她信任的人，最好的谋杀现场应该在芳菲苑的西墙外，而不是芳菲苑内。如果在火车刚刚经过后实施谋杀，有可能出现的声音也会被火车的汽笛声或者轰鸣声遮蔽。如果杀害林伊萍的凶手就是那位下落不明的晋军情报人员的话，林伊萍又是怎么对他产生信任的呢？

庄季江蹲下身子，伸出右手捡起一段枯枝，仔细拨弄着芳菲苑西墙外的杂草。就在已经封闭的窟窿南面大约两米处，出现了一枚山西省银行发行的银币。庄季江扔掉枯枝，捡起那枚银币装进口袋，站起身返回了车站二街。他拦住一辆黄包车，懒懒地说出"保安团"，双手把着扶手仰靠在车厢里。黄包车沿着车站二街来到日新小学门前，被刚刚放学的学生挡住了去路。庄季江坐直身子，默默地看着那一张张洋溢着稚气的笑脸，心里陡然涌出了阵阵悲凉。

再过几年或者十几年，也就是长到林伊萍那么大以后，他们还能开心地笑吗？

黄包车从车站二街拐上车站东路，慢慢地向北行驶着。庄季江再次双手把着扶手仰靠在车厢里，茫然地望着道路两侧粗大的刺槐树，默默地感受着徐徐吹来的微风。在芳菲苑西墙外的杂草中发现了山西省银行发行的银币，对于庄季江来说，如同找到了林伊萍的死因。因为在他的办公桌的桌面上，就摆放着一枚跟自己口袋里的银币完全相同的银币，而那枚银币是从被击毙的晋军情报人员身上搜出的。

黄包车从车站东路向西拐上车站一街，又从车站一街拐进保安团，停在度因院的月亮门前。庄季江下了车，付了车费，对着站立在月亮门前的团丁还了个军礼。他穿过月亮门，瞥了一眼因民斋紧闭的斋门，脑海里再次跳出了贺惟忠的形象。南面的操场上不停地传来整齐的脚步声和沙哑的口令声，停留在葡萄架上的一只麻雀不时地抬起头望望天空，似乎也陷入了沉思。庄季江踏上度义斋门前的台阶，打开斋门迈进门槛，随即将斋门闭合了。他坐到办公桌前，掏出口袋里的那枚银币，跟桌面上的银币排列在一起。

除了光泽，两枚银币完全一致。庄季江将它们锁进中间的抽屉，双拳顶着下颌，闭上了眼睛。杀害林伊萍的凶手果然就是那名下落不明的晋军情报人员，可是林伊萍怎么会信任他的呢？如果说林伊萍的被害真的与贺惟忠有关，显然是因为贺惟忠知道林伊萍掌握了不应该掌握的秘密。那名情报人员能够顺利出逃，难道是得到了贺惟忠的帮助？想到这里，庄季江仿佛突然间置身扑面而来的冰雪之中。

走出度义斋锁上斋门，庄季江又走出保安团大门，搭上了一辆黄包车。他对着黄包车夫的后背说了声"芳菲苑"，双手紧紧地抱在胸前，感受着不再强烈的阳光。黄包车夫不紧不慢地走着，不时地回过头望望仰靠在车厢里的庄季江。庄季江凝视着深远的天空，思绪像天空中的白云一样随意飘荡。他在芳菲苑门前下了车，付了车费，思绪依旧像一团乱麻。芳菲苑大门两侧停放着好几辆黄包车，几位黄包车夫聚集在一起，一边吸着烟一边闲聊着。芳菲苑又开始了一天的热闹，舞厅门前的台阶上不时地有人走上走下，舞厅的房门也不时地开开合合。庄季江跟站立在舞厅门前迎候客人的黄泓丽打了个招呼，径直走向舞厅的西便门，意外地看到了贺惟忠的身影。他急忙躲到西便门南侧的玻璃窗下，从窗帘的缝隙间向西张望着。

贺惟忠在西墙上曾经的窟窿附近踱来踱去，好像在找寻着什么。他时走时停，右手中的长树枝偶尔撩拨一下地面上的杂草。庄季江紧紧地盯着贺惟忠的身影，乱麻般的思绪再一次飞扬起来。贺惟忠拿着长树枝出现在曾经的窟窿附近，已经间接证实了林伊萍的死和贺惟忠有着某种关系了。可是，到底是种什么关系呢？庄季江再次瞥了一眼贺惟忠的身影，迈开脚步走到莲香阁门前，正好遇到了为自己办理包房手续的女侍。那位女侍对着庄季江笑了笑，说道："贺团长刚才想包下莲香阁。听说已经被您包下了，很失望。林伊萍活着的时候风风光光，死了也不寂寞。"

"你我都会死的，我们都是时间的过客。"

那名女侍低着头走向舞厅的西便门，神情很不自然。庄季江望着女侍的背影笑了笑，掏出钥匙打开莲香阁的阁门，迈进门槛站在阁门口。莲香阁里依然弥漫着若有若无的脂粉气，透过粉红色窗帘的光线倒是暗淡了许多。庄季江关闭阁门，拉开起居室的窗帘推开南面的窗子，背对着南窗坐在小圆桌旁。走廊里不时地响起脚步声，伴随着脚步声响起的，还有缠绵的低语。那缠绵的低语大都是女声，肯定是芳菲苑的舞女发出的。林伊萍的死会对她们的心灵产生触动吗？她们能够从林伊萍突然凋谢的生命中感受到什么呢？她们会不会将林伊萍的死当成一件遥远的往事？她们的记忆中还会有林伊萍的身影吗？庄季江望着卧室房门对面的林伊萍的写真照，独自品味着内心深处的凄楚。

虽然亲自点了一碗马赛鱼汤和一个牛排三明治，但庄季江仅仅喝了半碗鱼汤便懒懒地仰靠在椅背上，那个牛排三明治连动也没动。女侍收走餐具和剩余的食物，擦拭干净小圆桌，不安地离开了莲香阁。庄季江关闭莲香阁的阁门,关闭南面的窗子,并且将窗子上的天鹅绒窗帘也拉上了。窗帘低垂着,一动不动,所有电灯都没有燃亮,莲香阁好像提前进入了午夜。庄季江摸索着回到小圆桌旁,叹息着坐在椅子上,用力伸直了双腿。莲香阁里没有任何声响,倒是舞厅里的音乐声在庄季江耳边时高时低地回响着。

陇海铁路沿线到处都是枕藉的尸体,胶济铁路沿线早晚也会血流成河,舞厅里的人们竟然还在醉生梦死。庄季江抬起左手在半空中划了一下,莫名其妙地站起身,将莲香阁所有的电灯都燃亮了。他背靠着卧室的门框凝视着林伊萍的写真照,眼前又出现了林伊萍的死亡场景。对于林伊萍的死,尽管贺惟忠有着不可推卸的责任,但直接凶手无疑是那位不知去向的晋军情报人员。晋军的情报人员这么早就出现在二十里堡,是否意味着胶济铁路沿线的战事也会像陇海铁路沿线的战事那样惨烈?

不知是对林伊萍的遗像产生了兴趣,还是对林伊萍残留的气息产生了兴趣,庄季江决定不回保安团了。他离开莲香阁,锁上阁门,到舞厅的吧台往保安团值班室打了个电话。舞厅里的光线非常暗淡,一对对男女在舞池里晃动着身躯,如幢幢鬼影。庄季江离开吧台,慢慢地走到西便门的门口,又转过身,坐在靠近西便门的一处卡座里。他点了一杯白葡萄酒,右手举着酒杯,但始终没有送到嘴边。

一曲终了,舞厅内的灯光全部燃亮了。庄季江放下酒杯,接连眨了几下眼睛,意外地发现了携手走向自己的黄泓丽和吉尔伯特。他站起身,主动跟吉尔伯特握了握手,邀请吉尔伯特和黄泓丽隔着小圆桌坐在自己对面。吉尔伯特兴犹未尽,他跟黄泓丽并肩坐在卡座上,依旧评论着乐队的演出。庄季江招手叫来女侍,又点了两杯白葡萄酒,并且点了两个果盘。吉尔伯特结束了跟黄泓丽的谈话,对着庄季江翻转了一下双手,问道:"陇海铁路战事正酣,胶济铁路还是这么寂静,是不是太反常了?"

庄季江笑着反问道:"难道您还希望战争波及二十里堡?"

"当然不希望,但是难以避免。"

"如果战争波及二十里堡,您打算怎么办?"

"我能有什么打算?一切还不是仰仗保安团的保护?"

两杯白葡萄酒和两个果盘很快就摆上了小圆桌。庄季江举起酒杯跟吉尔伯特碰了碰杯,说道:"从清末到民国,中国战事频仍,死亡是每个中国人必须面对的现实。不管中国发生多么惨烈的战争,但从来没有影响在华的欧美人的生活,英美烟公司日益增长的在华业务,应该就是明证。保安团的作用,无非是保证英美烟公司不受窃贼的骚扰。不管是蒋介石,还是阎锡山和冯玉祥,都不会伤害英美烟公司利益的。"

吉尔伯特用叉子叉起一块香蕉递给黄泓丽,说道:"像庄团长这么有才华的人,竟然屈居二十里堡,实在太可惜了。"

黄泓丽将吉尔伯特递给自己的香蕉放进嘴里,然后放下叉子,举起酒杯跟庄季江碰了碰杯。吉尔伯特抬起左手看了看手表,贴在黄泓丽耳边低语了几声,站起身对着庄季江摆了摆手。音乐声再次响起,舞厅内的光线又逐渐暗淡了。黄泓丽望了望吉尔伯特迈向舞厅东门的身影,拉着庄季江的双手步入舞池,笑着问道:"听说你包下了林伊萍以前居住的莲香阁?"

"今天晚上我还打算住在那里。"

"你跟林伊萍好像并没有太多的交往?"

"你想多了。我对她感兴趣,完全是因为她的惨死。"

"难道你想探寻她的死亡真相?"

"谈不到探寻,仅仅是好奇。陇海铁路沿线,每天都有成千上万的人惨死在炮火下,林伊萍很快就会被遗忘的。如果战火波及二十里堡,咱们也不得不面对死亡……当然,吉尔伯特一定会保护你的。"

黄泓丽从庄季江肩头移开右手,轻轻地捅了捅庄季江的肋骨,随后搂抱着庄季江说道:"吉尔伯特对我不错,我也跟他保持着肌肤之亲,仅仅如此而已。你所看到的吉尔伯特,跟躺在我床上的吉尔伯特,不可能是一个人。吉尔伯特首先是英美烟公司的雇员,他必须无条件地执行来自上海或者纽约的指令。"

"你是说……"

"如果不影响到他的切身利益，倒无所谓。一旦影响到他的切身利益，他会牺牲任何人。我又算得了什么？"

"在大多数二十里堡人眼里，包括在我眼里，你是……"

"我是吉尔伯特的姘妇，这无可讳言。你肯定知道，对于胶济铁路沿线的烟草从业人员来说，吉尔伯特这个名字意味着什么。正因为我是吉尔伯特的姘妇，正因为吉尔伯特经常出现在芳菲苑，芳菲苑的生意才会像现在这么红火。很多人来芳菲苑消费，很大程度上是为了寻求跟吉尔伯特接触的机会。今晚的舞池里，就不乏来自济南和青岛的舞客。你留意他们的口音就知道了。"

吉尔伯特提前退场，黄泓丽似乎很放松。她跟庄季江跳了一曲又一曲，像花朵一样尽情绽放着。庄季江跟黄泓丽牵着手返回原来的卡座，竟然汗津津的。他接连吃了两片水果，又举起酒杯跟黄泓丽碰了碰杯，喝了一口白葡萄酒慢慢品味着。黄泓丽抿了一口白葡萄酒，将杯子放在小圆桌上，说道："按照吉尔伯特的说法，二十里堡也将变成战场。作为二十里堡保安团的团长，你认可吉尔伯特的说法吗？"

"二十里堡会不会成为战场，现在还很难说。因为二十里堡在烟草界有着举足轻重的地位，同时又是英美烟公司的重要利益所在，蒋介石和阎锡山、冯玉祥在二十里堡直接对阵的可能性不大，但战争肯定会波及二十里堡。"

"你是说，英美烟公司和蒋介石以及阎锡山、冯玉祥，有可能建立了联系。"

"不是有可能，而是肯定建立了联系。如果二十里堡变成了战争中的安全孤岛，最受益的肯定是你的芳菲苑。"

"如果战争波及二十里堡，生活在二十里堡的英美人还会留在二十里堡吗？他们早就撤离了。"

庄季江摇了摇头，说道："不可能全部撤离，肯定还会留下一部分。

到时候，控制二十里堡的军人将取代英美人成为芳菲苑最重要的顾客。"

"我相信你的判断。如果芳菲苑真的因为战争而空前繁荣，我感到的不可能是兴奋，更多的应该是悲哀。今天晚上，我倒是有些兴奋，但我并不知道为什么兴奋，也许是咱们过多地谈及了林伊萍。想到林伊萍早已深埋黄土之中，我们这些活着的人还有什么理由不珍惜眼下的生活？也许死神正在不远处窥视着我们。你还能够牵挂一个跟你没有任何关系的舞女，我真诚地表示感谢。"

说着说着，黄泓丽的眼睛里溢出了泪水。她从果盘里拿起一张纸巾擦了擦眼睛，苦笑着离开了庄季江。庄季江再次感受到漫无边际的凄凉，他望着黄泓丽走向舞厅东门的身影，脑海里又出现了芳菲苑西墙外那两道冷冰冰的铁轨。那两道铁轨所连通的，不光是地理意义上的起点和终点，至少也连通了林伊萍生命意义上的终点。林伊萍在芳菲苑舞厅里轻歌曼舞的时候，肯定早已习惯了火车的汽笛声和颠簸声，但她会将那两道铁轨跟自己生命的终点联系起来吗？她在弥留之际，会做何感想呢？

又一曲音乐响起，舞厅里的光线又一次黯淡下来。一对又一对男女在舞池里晃来晃去，仿佛虞河里的浪花，时聚时散。庄季江慢慢地喝着白葡萄酒，若有所思地望着舞池里的幢幢人影，无意中看到了刚刚出现在舞厅东门口的贺惟忠。站立在吧台前的黄泓丽显然也看到了贺惟忠，她快步迎向前，跟贺惟忠搭讪着。贺惟忠的再次出现，又一次让庄季江想到了贺惟忠对于莲香阁的兴趣。他离开舞厅回到莲香阁，随后将阁门关闭了。

庄季江离开莲香阁的时候忘记了熄灯，莲香阁所有的灯都亮着。他将莲香阁再次仔仔细细地搜查了一遍，还是没有满意的发现，因为贺惟忠而燃起的希望又一次变成了失望。莲香阁到底发生过什么事情？贺惟忠为什么一直对莲香阁念念不忘？庄季江脱下衣服挂在衣架上，光着身子仰躺在床上，静静地望着林伊萍曾经无数次仰望过的天花板。

舞厅里的音乐飘来荡去，最后消失了。杂沓的脚步声响过，走廊也归于了沉寂。庄季江懒懒地坐起身，走进卫生间冲了个澡，拽过一条浴巾披在身上。除了茫茫的雾气，卫生间里一切如旧。就在迈出卫生间门槛的一刹那，庄季江看到衣柜和墙壁之间好像夹着一张纸片。他心里一动，身体顿时涌出了一阵热浪。舞女们以及留宿的舞客们显然已经进入了梦乡，芳菲苑内没有一点声音。庄季江从身上扯下浴巾扔到床上，悄无声息地移动着衣柜，直至那张纸片落到地面上。

所谓的纸片原来是山西省银行发行的10元面值的钞票，庄季江捡起钞票放在床头柜上，又蹲下身子，将右手伸到衣柜和墙壁之间仔细摸索着。紧贴着墙壁的衣柜下面，竟然还有一张10元面值的钞票，而且同样是山西省银行发行的！庄季江将摸出的第二张钞票跟第一张钞票放在一起，心里豁然开朗。他将衣柜悄悄地复位，再次到卫生间冲了个澡，陆续熄灭了莲香阁所有的灯。

借助刚刚发现的两张山西省银行发行的钞票，以及下午在芳菲苑西墙边发现的那枚山西省银行发行的银元，庄季江基本廓清了有关林伊萍被杀的谜团。程铭淮带着保安团团丁出现在莲香阁的时候，那名晋军情报人员和贺惟忠、林伊萍都在莲香阁。因为那时候林伊萍正在卫生间洗澡，说明那名晋军情报人员就躲藏在卫生间，哗哗的水声只是掩护。林伊萍是在跟贺惟忠跳完舞后消失的，最大的可能就是为了放走躲藏在莲香阁的晋军情报人员。那名晋军情报人员显然是在林伊萍的帮助下穿过西墙上的窟窿逃离芳菲苑的，他应该感激林伊萍才是，为什么要杀死林伊萍呢？

灭口，只能是为了灭口。因为只要林伊萍活着，贺惟忠就不可能真正安全。想到正在进行的蒋阎冯大战，想到已经进入山东境内的晋军，庄季江还是有些不寒而栗。他背靠着床头躺到床上，从床头柜上抓起那两张10元钞票，打开床头灯仔细端详着。

## 十八

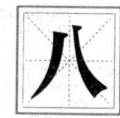

将段裕征送出百货店，陶绍安右手撑着门框，呆呆地望着段裕征西去的背影。段裕征突然到访，仅仅是邀请陶绍安中午到聚贤馆用餐，而邀请人竟然是贺惟忠。想到大名鼎鼎的贺惟忠竟然邀请自己用餐，而且是单独用餐，陶绍安颇感意外又受宠若惊。陶记百货店门前的车站三街，依然被摊贩和顾客占据了。对于嘈杂的叫卖声和讨价还价的声音，陶绍安竟然置若罔闻。他锁上店门，慢慢地回到白杨巷口的那两棵白杨树下，停下脚步仰望着白杨树硕大的树冠。

每天都要从这两棵白杨树下往返多次，陶绍安早已对这两棵白杨树熟视无睹。不管是枝头上长出新芽，还是枯黄的落叶从枝头上悄然飘落，在陶绍安看来，其意义只是提醒自己加减衣服而已，而如何加减衣服，屈蓉初早就给自己想好了。再次站在白杨树下，再次仰望着硕大的树冠，陶绍安感到的却是疑惑。

贺惟忠为什么邀请自己单独用餐？

离开白杨树回到自家街门前，陶绍安的思维还是一团乱麻。他打开街门，迈进门槛，随后将街门闭合了。院子里的阳光下铺着一领苇席，屈蓉初正坐在苇席上拆着一床棉褥子。她抬起头望着刚刚绕过影壁墙的陶绍安，右手捏着剪刀直起了腰。陶绍安拖过一个马扎坐在屈蓉初对面，说道："贺惟忠派人邀请我中午到聚贤馆用餐，说是有重要事情跟我商谈。"

"跟你商谈重要事情？堂堂的保安团副团长，跟一爿百货店的小老板商谈重要事情？不会是开玩笑吧？"

陶绍安听出屈蓉初是在奚落自己，急忙说道："不是开玩笑，我反复核实过了。来邀请我的人，是聚贤馆的跑堂，叫段裕征，他说贺惟忠只邀请了我一个人。"

屈蓉初正在拆着的棉褥子是陶明礼的，褥里上有着一块块汗渍。她将褥里和褥表拆下来扔进井台旁的大盆，依旧将褥套摊放在苇席上。陶绍安从井里提了一桶水倒进大盆，又提了一桶水放在大盆旁边。他重新坐在自己刚才坐过的马扎上，继续说道："贺惟忠居然单独邀请我到聚贤馆用餐，实在匪夷所思。是不是明礼成了吉尔伯特的贴身随扈，贺惟忠想通过我，再通过明礼跟吉尔伯特建立某种联系？"

"贺惟忠是二十里堡保安团的副团长，不可能跟吉尔伯特没有联系。即使没有联系，他也没必要求助明礼。"

"你是说……"

"你既然答应了贺惟忠，到聚贤馆赴宴就是了，没什么大不了的。不管他提出什么要求，都不要急着表态。跟你这个百货店小老板相比，贺惟忠可是老江湖了。"

"那是，那是。明礼成了吉尔伯特的贴身随扈，也确实让我有了面子。贺惟忠请我吃饭，不可能与明礼无关。"

"有关无关，你到了聚贤馆就知道了。"

屈蓉初不愿意继续谈论陶绍安还未开始的聚贤馆之行，她站起身走进北屋，将陶绍安独自留在院子里。陶绍安脱掉鞋子，双脚踩在苇席上，闭上眼睛感受着暖洋洋的阳光。不管是基于什么原因，能够受到贺惟忠的邀请，陶绍安还是感到了某种程度的自豪。因为百货店最初的资金是文澄怀提供的，因为文澄怀跟屈蓉初难以说清的关系，虽然百货店的生意一天天红火，陶绍安还是经常感到莫名的压抑。想到准备宴请自己的贺惟忠，陶绍安意外地体味到了一丝尊严。

熟悉的脚步声由远及近，屈蓉初双手捧着一件灰色中山装上衣和一条灰色长裤，重新站立在陶绍安面前。这件中山装上衣和长裤，是陶绍安春节期间穿过的新衣服。屈蓉初将中山装上衣和长裤扔到陶绍安身上，说道："你脱下身上穿的衣服，我给你洗一洗。你换上年前做的新衣服赴宴吧。百货店的小老板也是老板，场面上别太寒碜了。"

陶绍安答应了一声，当着屈蓉初的面换上新衣服，又到井台边洗了把脸。他抬起头看了看太阳，讪讪地绕过影壁墙走出了街门。因为临近中午，白杨巷南侧出现了一道浓浓的阴影。陶绍安踏着阴影走向车站东路，并没有沿着车站东路北行，而是向南拐上车站三街，从车站三街拐上了达勒姆路。达勒姆路两侧分布着服装店、咖啡厅以及中国银行和交通银行驻二十里堡办事处，但陶绍安最感兴趣的，还是东侧的丹渊公司和西侧的芳菲苑。屈蓉初跟文澄怀说不清的关系，始终是陶绍安的一块心病，每次经过丹渊公司门前，陶绍安都是步履匆匆。丹渊公司西北面不远处的芳菲苑，却对陶绍安有着巨大诱惑。每次经过芳菲苑门前，他总是放慢脚步，向里面投去好奇的目光。

再一次走到芳菲苑门前，再一次向里面投去好奇的目光，陶绍安竟然看到了陶明礼。陶明礼身着西装，脚蹬皮鞋，神采奕奕。他远远地叫了声"爸爸"，快步走到陶绍安身边，问道："你这是要到哪里去？"

"有个人请我到聚贤馆吃午饭。"

陶绍安没有告知请客人的姓名，陶明礼也没有询问。他们并肩走在一起，似乎都不知道应该说些什么。到了达勒姆路跟车站二街交汇处的丁字路口，陶绍安回头望了望芳菲苑的大门，问道："你经常进出芳菲苑？"

陶明礼并没有听出陶绍安话语中向往的意味，他叹息了一声答道："芳菲苑其实是吉尔伯特的第二个家……我刚才给他送了一份文件，英文的。"

"吉尔伯特没有老婆孩子？"

"他的老婆孩子都在上海。"

"你说芳菲苑是吉尔伯特的第二个家，难道他跟……"

两辆黄包车从陶明礼面前相继疾驰而过，坐在车厢里的两名美国人挥舞着双手大笑着。陶明礼用英文跟他们打了个招呼，随后往陶绍安身边靠了靠，问道："你刚才说什么？"

陶绍安没再继续刚才的话题，他望着疾驰而去的那两辆黄包车说道："这些美国人，是世界上最幸福的人吧？"

陶明礼讥讽地一笑，说道："在美国，他们是跟我们一样的普通人，只是一到了中国，就变得趾高气扬了。"

"为什么？"

"还不是因为中国像一盘散沙，国家不像个国家，政府不像个政府……外强中干，色厉内荏。"

陶绍安有些愕然，他盯着陶明礼问道："这是你的看法？"

"从德国人在二十里堡设立火车站，到英美烟公司在二十里堡建立烟草种植基地和复烤厂，中国政府除了被动接受，有过什么作为？又能有什么作为？到了英美烟公司任职我才知道，所谓的国民政府不过是列强在中国的代言人而已，我们是奴隶的奴隶。"

陶绍安惶恐地四处看了看，拽着陶明礼的衣袖走到车站二街北侧，说道："你怎么能这么说话？咱们能在英美烟公司谋个职位不容易，你一个月的薪水超过了咱们百货店一个月的收入。端谁家的碗就得归谁家管，国家的事、政府的事，跟咱们这些小老百姓有什么关系？你可别忘了年初在羊角沟遭的罪。"

听到陶绍安提及羊角沟，陶明礼顿时有些黯然。他和陶绍安并肩走到第一复烤厂南门，停下脚步说道："聚贤馆就在公司西门斜对面，你先到我的办公室看看吧。妈妈说是要来看看的，到现在也没来。"

陶绍安估计还没到午饭时间，就答应了一声，跟着陶明礼走进了第一复烤厂。站在门房里的那名保安团团丁主动跟陶明礼和陶绍安打了个招呼，表现出非常谦卑的样子。陶绍安跟着陶明礼走进大门西侧的经理处，油然生出一种自豪感，这种自豪感是他在陶记百货店从未体验过的。从第一复烤厂南门到经理处的甬道上没有一片纸屑，经理处内的甬道更像经过了水洗。甬道两侧的法桐树枝叶婆娑，躲藏在枝叶间的小鸟快乐地鸣叫着。

在二十里堡，英美烟公司中国分公司二十里堡经理处一直是个神秘的所在，正如溥仪出逃前的紫禁城相对于大多数中国人，甚至是北平人。陶绍安虽然曾经出入过第一复烤厂，却从未涉足过经理处。他跟在陶明礼身后慢慢接近米字庐，自豪之外又有一丝凄楚。米字庐东面的窗子只有两扇开着，一扇在北面，一扇在南面。陶明礼踏上米字庐门前的台阶，轻轻地推开庐门，回过头看了看陶绍安。米字庐内非常寂静，英格兰房门紧闭，里面也没有一点声响。陶明礼带着陶绍安走到威尔士门前，掏出钥匙打开了房门。

成为英美烟公司的雇员后，陶明礼很少回家，但每次发薪水，他总是将其中的绝大部分在第一时间送到屈蓉初手里。从陶明礼所领取的薪水，陶绍安就知道陶明礼的工作环境肯定很舒适，但站在威尔士门口，还是难以置信。他环视着威尔士的窗帘、办公桌、沙发、茶几，甚至洁净的地面，完全丧失了迈进门槛的勇气。陶明礼泡了一杯茶，双手端着放在茶几上，不解地望着依旧站在门口的陶绍安。陶绍安迈进门槛，带上房门，坐到沙发上说道："跟着吉尔伯特好好干吧，别再想三想四了。"

陶明礼将办公桌前的椅子拖到陶绍安面前的茶几旁，坐在椅子上说道："在英美烟公司任职的英美人，整天无所事事，薪水却高得离谱。大多数中国雇员的薪水，其实少得可怜……"

陶绍安一时间找不到合适的话题，只好沉默了。他端起茶杯，慢慢地喝着茶，依旧环顾着威尔士的一切。轻轻的脚步声响过，威尔士的房门被敲响了。陶明礼敞开房门，对着站在门口的陈静楠笑了笑，说道："文件已经送给吉尔伯特先生了，因为在路上遇到了我父亲，所以没来得及告知您。"

陈静楠注意到坐在沙发上的陶绍安，但没想到是陶明礼的父亲。她对着陶绍安叫了声"您好"，迈进门槛跟陶明礼站在一起。陶绍安惶恐不安地站起身，结结巴巴地说道："您，您……"

"我是明礼的同事，叫陈静楠。您快坐下吧，我不打搅你们了。"

陈静楠微笑着走出威尔士，带上了房门。陶绍安没再继续停留，他看了看墙上的挂钟，不无遗憾地说道："我走吧，快到午饭时间了。"

"也好。"

陶明礼陪着陶绍安走出威尔士，并没有锁门。他抢先推开米字庐的庐门，和陶绍安一起离开经理处，沿着经理处东墙外的甬道向北走去。到了经理处的西北角，陶绍安四处张望着拐上通往西门的甬道，突然想到了什么。他往陶明礼身边靠了靠，小声问道："听说文澄怀的二太太跟你同事？"

"你刚才不是跟她见过面了吗？"

陶绍安惊讶地睁大了眼睛。他在陶明礼的陪伴下走出西门，又在陶明礼的注视下走进了聚贤馆。早已迎候在店门口的段裕征热情地叫了一声"陶老板"，带着陶绍安走进含章居，也就是贺惟忠预定的雅间。摆放在房间中央的八仙桌上只有两个酒盅和一瓶白酒，八仙桌旁只摆放着两把椅子。陶绍安看到贺惟忠还没有出现，反而心安了许多。段裕征泡了一壶茶，连同两个茶碗一起放在八仙桌上，弯着腰退出含章居，带上了房门。陶绍安围着八仙桌来回转了几圈，最后站在窗子前面，静静地望着从窗前经过的行人，耳朵始终谛听着走廊里的脚步声。大多数行人都是从窗前匆匆走过，偶尔有人抬起头看看站在含章居里的陶绍安。冷漠的眼神，羡慕的眼神，像走马灯似的在陶绍安眼前变换着。陶绍安抬起头望了望米字庐的庐顶，慢慢地回到八仙桌旁。他将茶碗里倒满茶水，喝了一口又倒掉了。

已经过去很长时间了，贺惟忠还是没有出现。陶绍安只好坐在八仙桌西面的椅子上，将茶壶里加进一些开水，倒了一碗茶慢慢地喝着。走廊里不时地有人经过，但始终没有人在含章居门前停留。陶绍安仔细捕捉着时轻时重的脚步声,心里越来越惴惴不安。作为二十里堡保安团的副团长,贺惟忠有什么必要请一个百货店的小老板吃饭?难道是那个段裕征在开自己的玩笑?

陶绍安摇了摇头。他再次站在窗子前面,双手按在窗台上。

车站路上的行人和车辆依然川流不息,陶绍安却没有了刚才的闲适和轻松。他向着车站路的南北两侧来回张望着,努力从人群中辨识着贺惟忠的身影。终于听到房门开启的声音,陶绍安惊喜地转过身,随即失望了。站在门口的是个陌生人,他对着陶绍安说了声"对不起",随后带上了房门。陶绍安再次坐到八仙桌旁,极不情愿地换掉茶壶里的茶水,右手不停地敲击着桌面。

含章居的房门再次开启了,和段裕征同时出现在门口的,就是期待已久的贺惟忠。贺惟忠快步走到陶绍安身后,用力按着陶绍安的双肩。对于贺惟忠的姗姗迟来,陶绍安虽然有些不快,但心里总算踏实了。他等候贺惟忠从自己肩头拿掉双手,右手撑着桌面站起身,目光一直停留在贺惟忠身上。贺惟忠坐在陶绍安对面的椅子上,突然间满脸愠色。他拍了拍桌面,将面前的空茶碗推到一边,用左手的食指点着段裕征说道:"陶老板都等了这么长时间了,为什么不上菜?"

段裕征站在八仙桌旁不安地嗫嚅着,并没有发出清晰的声音。陶绍安看了看段裕征,对着贺惟忠说道:"是我没让他上菜的。您还没到,我担心菜凉了。"

贺惟忠叹息了一声,抬起左手对着段裕征摆了摆。段裕征对着陶绍安感激地一笑,随后离去了。贺惟忠脸上的愠色转瞬间消失殆尽,他对着陶绍安双手抱拳,晃了晃说道:"劳您久等,实在不好意思。庄季江就任二十里堡保安团长后,我就很知趣地退出了,这几个月来基本上无所事事。刚才在来聚贤馆的路上,竟然遇到了庄季江。庄季江说二十里堡的治安还是应该由二十里堡人负责,他这个外乡人力不从心。"

陶绍安颇为惊讶。他默默地盯着贺惟忠,极力维持着脸上谦卑的神

349

情。房门慢慢开启，段裕征和薛宗汾每人端着一个托盘出现在含章居门口。他们将托盘里的菜肴一样一样摆在八仙桌上，相继退出含章居，带上了房门。贺惟忠拿起酒瓶，将陶绍安和自己面前的酒盅里倒满白酒，斜睨着含章居刚刚闭合的房门说道："庄季江是否真的力不从心，对我来说已经毫无意义，因为我对保安团早就没有兴趣了。我请你来，主要是想跟你商量件事情。"

"跟我商量事情……"

贺惟忠将酒瓶放在八仙桌上，举起酒盅跟陶绍安碰了碰，说道："对于我来说，脱离保安团仅仅是时间早晚而已。经过这几个月的思考，我打算创办一家经贸公司。如果你感兴趣，我想请你出任总经理。"

"我？总经理？"

"不需要你出资。不瞒你说，我在保安团服务了这么多年，虽然没发大财，但也有了一些积蓄。我请你出任总经理，主要是因为你有经营才能。"

陶绍安抿了一口酒，端着酒盅反问道："我有经营才能？"

"我早就注意到你了。这些年来，陶记百货店能够在二十里堡站稳脚跟，并且在东南面的坊子也有不错的口碑，实属不易。如果陶记百货店能够注入充足的资金，相信一定会日新月异。"

陶绍安突然间百感交集。他将酒盅里的酒一饮而尽，放下酒盅说道："我这个百货店的小老板能进入贺团长的法眼，实在受宠若惊。如果贺团长真的创办经贸公司，总经理一职还希望您另请高明。一是我的能力有限，难以胜任；二是我担任了您的总经理，又经营着自己的百货店，肯定有很多事无法说清。"

贺惟忠笑了笑，说道："你所说的这两条，都不是问题。我之所以请你出任总经理，就是因为相信你的能力。至于陶记百货店，你完全可以继续经营。你的百货店和咱们的经贸公司又不是一本账，有什么说不清的？"

"不管怎么说，总经理一职，还需您慎重决定。"

贺惟忠再次笑了笑，说道："你没必要现在做出决定。过几天咱们再联系吧。"

陶绍安答应了一声，没再提及贺惟忠即将设立的经贸公司，只是静静地聆听贺惟忠谈论有关蒋阎冯大战的种种传闻。贺惟忠兴致很高，他不时地跟陶绍安碰碰酒盅，但并没有强迫陶绍安一饮而尽。陶绍安实在不胜酒力，一瓶酒仅仅喝了一半，便已全身燥热了。贺惟忠将自己刚刚喝干的酒盅里倒满酒，用筷子夹了一块炸肉放进嘴里，慢慢咀嚼着说道："我准备创办经贸公司一事，还没有第三个人知道，希望你暂时保密。我不相信我离开保安团后会一事无成。"

"创办经贸公司也会遇到诸多困难，不可能一帆风顺。我倒希望您留在保安团，你刚才也说过了，庄季江毕竟是个外乡人。"

贺惟忠放下筷子，冷笑着说道："前任团长走了，我认为自己能接任团长，最后不还是失望了。如果说我还有所期待，那就是期待未来的经贸公司能够财源广进。如果我能有文澄怀那么多钱，我还当什么保安团团长？过去我一心当保安团团长，还不是为了……"

贺惟忠伸出右手，将拇指和食指、中指在陶绍安面前搓了搓。

陶绍安相信贺惟忠说的不完全是假话，但并没有发表意见。他听出贺惟忠虽然没有直接发泄对庄季江的不满，但话语中的蔑视还是显而易见的。贺惟忠喝干酒盅里的酒，慢慢地放下酒盅，脸上突然流露出不安的神色。他双手按着桌面站起身，盯着陶绍安说道："我忘记了。明礼是你儿子吧？"

陶绍安也站起身，答道："对。"

"是他救了庄季江一命吧？"

"对。庄季江曾经是明礼的老师。"

贺惟忠猛地将右拳跟左掌撞击在一起，皱着眉头闭上眼睛，脸上流露出痛苦的神情。陶绍安不解地望着贺惟忠，问道："明礼还很不懂事，他是不是有什么地方冒犯您了？"

"我刚才跟你说的话，你可千万不要告诉明礼啊！他是庄季江的救命恩人，如果他知道了，很可能会告诉庄季江的。我现在毕竟还没离开保安团，我计划创办的经贸公司，毕竟还没落到实处。"

"您放心吧。我完全能做到守口如瓶。"

贺惟忠长吁一口气，举起酒盅跟陶绍安碰了碰盅，说道："我倒不担心庄季江为难我，只是担心庄季江取笑我……明礼经常见到庄季江吗？"

"明礼自从到英美烟公司任职后，很少回家。即使回家，也是来去匆匆。至于他做了些什么，跟什么人有交往，我从未过问，也不便于过问。"

贺惟忠没再喝酒，话也明显少了。他和陶绍安一起吃了饭，一起走出含章居，迎面遇到了段裕征。段裕征对着贺惟忠和陶绍安谦卑地一笑，将账单交给了贺惟忠。贺惟忠到柜台前付了账，陪着陶绍安走出聚贤馆，独自向北走去。陶绍安并没有立刻折而向南，而是站在聚贤馆门前望着贺惟忠渐渐远去的身影。对于贺惟忠要创办经贸公司一事，陶绍安并不觉得意外。贺惟忠在保安团干了这么多年，完全具有创办经贸公司的财力和人脉，他觉得意外的是，贺惟忠竟会邀请自己出任总经理。

又一列火车停在西面的铁路上，又一群顾客走进了聚贤馆。陶绍安瞥了一眼第一复烤厂紧闭的西门，沿着车站路慢慢地拐上车站二街，在第一复烤厂南门对面停下了脚步。第一复烤厂的南门虚掩着，只留下一道狭窄的缝隙。陶绍安望着那道狭窄的缝隙，脑海里又出现了米字庐和陶明礼用作办公室的威尔士，以及出现在威尔士的陈静楠的身影。想到陈静楠，陶绍安很自然地想到了文澄怀；想到文澄怀，陶绍安又极不情愿地想到了屈蓉初。而一旦将屈蓉初跟文澄怀联系起来，陶绍安常常会极度沮丧。

文澄怀有什么了不起？不就是有钱吗？

迈开脚步，匆匆地穿过达勒姆路路口，陶绍安还是禁不住瞥了一眼芳菲苑的大门。芳菲苑的大门同样虚掩着，门前仅停靠着一辆黄包车。芳菲苑斜对面的丹渊公司倒是大门大开，一辆黑色的凯迪拉克轿车慢慢地驶出大门，随后从陶绍安身边疾驰而过。凯迪拉克轿车拉着一半窗帘，陶绍安从后座上看到了文澄怀的身影。他没有像凯迪拉克轿车一样拐上车站东路，而是走到日新小学的铁栅栏门前，透过铁栅栏向校园内张望着。

校园内没有一个人，一群小鸟在操场上起起落落，朗朗的读书声在陶绍安耳边时起时伏。陶绍安知道不可能从读书声中分辨出陶明义的声音，但还是细心分辨着。虽然屈蓉初跟文澄怀关系暧昧，虽然陶绍安怀疑陶明义是文澄怀的血脉，虽然陶绍安真正牵挂的是自己的亲生儿子陶明礼，可是他清楚地感受到他跟陶明礼之间有着一堵无形的墙，倒是陶明义常常让自己这个名义上的父亲感受到做父亲的幸福。

难道这是天意？

轻轻地擦拭了一下略微湿润的眼角，陶绍安拐上车站东路，走进了白杨巷。他推开自家街门，走进院子，在影壁墙西侧放慢了脚步。院子里的两棵柿子树间出现了一根麻绳，麻绳上挂着已经拆洗过的陶明礼的褥表、褥里、被套以及陶绍安上午换下的衣服。屈蓉初捧着一本英文书坐在树下的马扎上，神情有些怅惘。陶绍安走到屈蓉初身边说了声"我回来了"，随后到井台旁洗了洗脸。屈蓉初对着陶绍安笑了笑，拎着书走进当门里。她将书放在方桌上，倒了一杯白开水捧在手里。陶绍安走到屈蓉初身边，从屈蓉初手中接过盛有白开水的杯子，说道："我遇到明礼了，他还带我到他的办公室看了看。"

"你不是到聚贤馆赴宴了吗？"

陶绍安坐到方桌东侧的凳子上，端着杯子喝了几口白开水，说道："是赴宴之前遇到明礼的。明礼很不安分，你得提醒提醒他。能够在英美烟公司任职就很好了，不要再想三想四……你虽然不是他亲妈，但他更愿意听你的。"

屈蓉初坐到方桌西侧，什么话也没说。

"明礼的办公室宽敞明亮，沙发、茶几、办公桌，什么都不缺……而且薪水也高。"

屈蓉初侧过脸望着陶绍安，说道："明礼都这么大了，咱们还是尊重他的意愿吧。"

"我担心明礼……"

屈蓉初叹息了一声，说道："明礼很长时间没回家了，他没说什么时候回家？"

"我知道你对明礼放心不下，原本打算问问他的。没想到被文澄怀的小老婆打断了。"

"文澄怀的小老婆？"

"叫陈静楠。现在英美烟公司当翻译，跟明礼对门办公。"

为了陶明礼能够从羊角沟顺利返回二十里堡，为了陶明礼能够在二十里堡谋到一份还算体面的工作，屈蓉初曾经求助过文澄怀。求助文澄怀的过程中，屈蓉初曾经跟陈静楠有过接触。英美烟公司的翻译竟然会跟文澄怀的姨太太联系在一起，倒是出乎屈蓉初的意料。即使是翻译，毕竟也是雇员。文澄怀让自己的姨太太充当英美烟公司的雇员，肯定不是为了赚取薪水。屈蓉初低着头坐在方桌旁，眼睛一直盯着桌面上的那本英文书。陶绍安依然兴犹未尽，他将杯子放在桌面上，将身体侧向屈蓉初，问道："你知道贺惟忠为什么请我吃饭？"

"为什么？"

"他想创办一家经贸公司，认为我是总经理的最佳人选。"

屈蓉初表现出一丝惊讶，她盯着陶绍安问道："你答应了？"

"没答应，也没拒绝。"

陶绍安颇为得意，他坐直身子，右手轻轻地敲击着桌面。屈蓉初抬起左手将陶绍安的右手按在桌面上，问道："贺惟忠为什么要创办经贸公司？准备什么时候创办经贸公司？"

"贺惟忠准备创办经贸公司的主要目的是想脱离保安团。至于他的经贸公司什么时候创办，还没有具体时间。也许很快……"

"这些日子，有关蒋阎冯大战的消息充斥大街小巷。贺惟忠再鲁笨，也能意识到胶济铁路沿线即将成为战场。因为英美烟公司的原因,二十里堡有可能避免战火,但不可能远离战争。贺惟忠在战争即将波及二十里堡的时候创办经贸公司,太反常了吧。"

陶绍安突然间非常丧气,他双手交叉着抱在胸前,说道:"贺惟忠既然决心离开保安团,创办经贸公司,也许是不得已之举。"

"你在二十里堡也生活很多年了,不会不知道保安团的重要影响和所作所为。如果贺惟忠离开了保安团,他还能在二十里堡立足吗?他还敢在二十里堡立足吗?"

"你是说……"

"如果贺惟忠真的想创办经贸公司,必定不会离开保安团;如果贺惟忠决心离开保安团,就不可能留在二十里堡,至少不会在二十里堡创办经贸公司。"

"你是说……"

"至于贺惟忠为什么请你吃饭,为什么要创办经贸公司,为什么邀请你出任总经理,你还是听听明礼的意见吧。他现在英美烟公司,了解的事情肯定比你我更全面一些。"

"你让我征求明礼的意见?贺惟忠特意叮嘱我不让明礼知情的。"

"不管怎么说,明礼也是你儿子,而且是亲生儿子。你不会愚蠢到不相信明礼而完全相信贺惟忠吧?"

陶绍安没再说什么,他端起杯子喝了几口水,又将杯子放在桌面上。屈蓉初也没再说什么,她到院子里扑打了扑打挂在绳子上的被套,回到当门里对着陶绍安问道:"晚上想吃点什么?"

"你看着做吧。我中午吃得很饱。"

陶绍安懊恼地走出房门和街门,举起左手用力拍了拍围墙。白杨巷里空无一人,一只大黄狗叼着一根肉骨头从车站东路窜进白杨巷,旁若无人地从陶绍安身边经过。陶绍安低着头走到白杨巷巷口,下意识地转过身,向东张望着。就在陶绍安转身的同时,那只大黄狗也叼着肉骨头转过身,摇曳着尾巴张望着陶绍安。陶绍安似乎受到了侮辱，他抓起一粒石子，猛然掷向了大黄狗。大黄狗迅速转过身，叼着肉骨头箭一般的向东跑去。

从白杨巷巷口走到南面的两棵白杨树之间，陶绍安越来越懊恼。他虽然对于屈蓉初刚才的话语不无反感，但又无法漠然置之。贺惟忠庄重的许诺，或许就是大黄狗嘴里的那块肉骨头。他抛出肉骨头，到底想得到什么呢？陶绍安围绕着两棵白杨树踱来踱去，耳边又一次响起贺惟忠在含章居对自己说过的话。贺惟忠的态度是诚恳的，话语也很朴实，只是，只是……

心事重重地踏上车站三街，心事重重地回到陶记百货店门前，陶绍安茫然地望着车站三街上的行人和车辆。因为太阳已经西斜，街道两侧的地摊大都撤离了，行人和车辆也不像早晨那么拥挤了。陶绍安叹息着打开店门，第一次感到百货店内是那么阴暗，货架上的物品是那么凌乱。他莫名其妙地笑了笑，甩着双手走进接待室，眼前竟然出现了米字庐的景象。

难道自己的人生真的要与所谓的陶记百货店相始终吗？

陶绍安并不甘心。他想象着陶明礼窗明几净的办公室，颓然坐在紧靠着东墙的木排椅南端，愣愣地望着百货店的店门。南面和北面的窗子都开着，接待室里徐徐地吹拂着微风，空气中弥漫着若有若无的烟草的辛辣气息。一直到太阳收敛了光芒，百货店里仅来过三拨客人。每送走一拨客人，陶绍安都会回到接待室内那张木排椅的南端，独自感受着涌动在内心深处的悲凉。到了晚饭时间，陶明义蹦跳着走进百货店，面对着接待室大声喊道："哥哥回家了。妈妈让我来叫你回家吃饭。"

陶绍安仿佛刚刚睡醒的样子，他迎着陶明义走出接待室，脸上渐渐地堆满了笑容。陶明义叫了声"爸爸"，背靠着柜台说道："哥哥到英美烟公司任职后，变了许多。"

"怎么个变法？"

"首先是英语更流利了。还有很多变化，我说不出。"

"你只要好好学习，长大后肯定比哥哥优秀。"

"老师多次表扬我，说我的英语发音是标准的美国口音。老师问我跟谁学过英语，我说妈妈。"

"你妈妈是在乐道院读的中学，那里的老师大都用英语授课，而且大都来自美国。你虽然……但我……你这个爸爸虽然很窝囊，没出息，但我还是希望你长大后能离开二十里堡，到青岛，到上海，到纽约。像文澄怀的……那个儿子文笃修一样。"

陶明义并不能完全理解陶绍安的话语，他点了点头，说道："爸爸，我会努力的。妈妈希望我也能像文澄怀的儿子一样到美国留学。听妈妈说，文笃修是在杜克大学获得的博士学位，还未回国就接到了复旦大学的聘书。"

"你妈妈说得对。你只要努力，肯定会超过那个文笃修的。"

陶明义笑了笑，依偎着陶绍安走出陶记百货店，默默地站立在店门前。陶绍安锁上店门，揽着陶明义的右肩走进白杨巷，推开了自家的街门。陶明义迈进门槛，抢先跑到影壁墙西侧，对着北屋喊道："妈，哥哥，爸爸回家了。"

陶绍安闭合街门，绕过影壁墙，在北屋的房门前遇到了陶明礼。陶明礼换上了居家衣服，只是脚上还穿着那双擦得锃亮的皮鞋。他对着陶绍安叫了声"爸爸"，跟在陶绍安身后回到当门里。方桌离开了北墙，四个盘子和四双筷子摆放在桌面上，已经燃亮的美孚灯摆放着四个盘子中间。屈蓉初招呼陶绍安、陶明礼和陶明义围坐在方桌旁边，每人给了一个玉米面窝头。

陶明礼到英美烟公司任职后很少回家，能够跟家人围坐在一起吃饭，竟然成了奢望。他慢慢地吃着饭，不时地抬起头看看屈蓉初、陶明义以及陶绍安，越来越清晰地感受到自己跟家庭的距离。作为吉尔伯特的随身扈从，陶明礼进入过许多以前不可能进入的场所，包括芳菲苑，开阔了视野的同时，也对人生和社会有了更多的思考。他很自然地将二十里堡分成了两个世界，一个是富人的世界，一个是穷人的世界。"朱门酒肉臭，路有

357

冻死骨"，是对这两个世界最形象的概括。

因为急着做作业，陶明义匆匆地吃完饭，走进西间放下了门帘。陶明礼从口袋里掏出一个信封放在屈蓉初和陶绍安之间的方桌上，小声说道："下午刚刚发了薪水，我留下了5块钱。"

以前每次将薪水交给屈蓉初，陶明礼总是背着陶明义而且当着陶绍安的面；以前每次从方桌上拿起装有陶明礼薪水的信封，屈蓉初总是不说一句话，只跟陶绍安交换一下目光。出乎陶绍安意料的是，屈蓉初没有像以前那样将信封放到东间的箱子里，而是放下筷子，将窝头放在两个盘子之间的缝隙上，对着陶明礼说道："你发的薪水，我都给你存起来了。咱们家的日常开销，还是从百货店里出吧。早就进入民国了，早就时兴自由恋爱了，我和你爸爸希望你早成个家。"

陶明礼将凳子往后移了移，说道："成家的事，我也曾经想过，但那是到英美烟公司任职以前。到英美烟公司任职以后，我完全放弃了成家的念头，至少在短时间内不会成家。"

"为什么？"

屈蓉初和陶绍安几乎同时问道。

"如果有机会，我想到外面的世界看一看。我不相信中国会永远被列强欺辱，也不相信中国人永远是二等国民。"

陶绍安的嘴角略微动了动，但没有发出任何声音。屈蓉初对着陶绍安微微地摇了摇头，注视着陶明礼说道："我年轻的时候，也有过跟你类似的想法，现在想来有些荒唐。民国尚未建立之前，总认为民国一旦建立，所有问题都会迎刃而解；民国建立后，感受最深的就是失望。袁世凯当了大总统乃至中华帝国的皇帝，总觉得只要打倒他，中华民国就会焕发勃勃生机。谁知袁世凯死后，所谓的勃勃生机依然没有在中国出现。中华大地上战争频仍，但战争的结果，不过是一个野心家取代了另一个野心家。已经全面爆发的蒋阎冯大战，也不过是大大小小的野心家在荼毒生灵。中国的问题，绝不是咱们这些小百姓能够讲清楚的。"

陶明礼凝视着屈蓉初，沉默了。陶绍安看了看屈蓉初，对着陶明礼小心翼翼地说道："你妈的意思是，能够多挣些钱，生活不至于太拮据，对于我们这些小百姓来说，也就很好了。国家的事，跟咱们这些小百姓有什么关系？不管是谁，年轻的时候都想到外面的世界看一看。但看过之后，大都会失望的。吉尔伯特以及在二十里堡服务的那么多英美人，他们万里迢迢来到二十里堡，不可能仅仅是为了看一看外面的世界吧？说白了，不过是为了多挣些钱，生活得更好而已。"

陶明礼没再说话，陶绍安也沉默了。屈蓉初对着他们笑了笑，收拾起盘子和筷子，用抹布将方桌擦了擦。陶明礼帮着陶绍安将方桌抬到北墙边，随后走进西间，换上了那套西装。他叮嘱了陶明义几句"一定要好好学习"之类的话，撩起门帘回到了方桌旁。陶绍安将屈蓉初刷过的盘子和筷子放进饭橱，垂着双手站在屈蓉初身边。陶明礼对着陶绍安和屈蓉初叫了声"爸妈"，刚要离开，便被屈蓉初叫住了。他跟着屈蓉初和陶绍安走进东间，面对着他们站在炕前里。陶绍安知道屈蓉初留住陶明礼的用意，便尽可能详尽地将贺惟忠在午饭时说过的话向陶明礼叙述了一遍。陶明礼听后摇了摇头，坚定地说道："贺惟忠不可能离开保安团的。"

陶绍安微微一愣，说道："贺惟忠已经很长时间没有出现在保安团了。"

"没有出现在保安团，跟辞去保安团副团长的职务，是两回事。贺惟忠做梦都想当保安团的团长，他怎么会主动离开保安团呢？我没法判断贺惟忠是否会创办经贸公司，但我敢肯定，他即使真的创办经贸公司，也不会辞去保安团副团长一职，除非迫不得已。"

陶绍安偷偷地瞥了屈蓉初一眼，继续说道："贺惟忠反复叮嘱我，不要将他准备辞职创办经贸公司一事告知你。他说你跟庄季江关系密切……"

陶明礼说了声"我知道了"，转身走出东间，随后又走出了北屋。陶绍安陪着屈蓉初将陶明礼送出街门，站在街门前望着陶明礼的背影，再次追忆着贺惟忠在含章居所说过的话。贺惟忠反复强调的，无非是他要离开保安团，他将创办一家经贸公司，他想聘请自己出任即将创办的经贸公司的总经理。而离开保安团，应该是贺惟忠创办经贸公司的前提。如果真如陶明礼所说的，贺惟忠不可能离开保安团，那么他邀请自己单独吃饭的用意又是什么呢？

陶明礼走到车站东路，转过身对着屈蓉初和陶绍安摆了摆手，随后向北走去。屈蓉初拽了拽呆立在街门前的陶绍安，默默地迈进了门槛。陶绍安跟着屈蓉初回到院子，关闭街门，又一起回到当门里。方桌上的美孚灯还在燃亮着，西间里还在回响着陶明义背诵课文的低语声。陶绍安坐在陶明礼刚才坐过的凳子上，目光随着屈蓉初的身影移来移去。屈蓉初走到方桌旁拍了拍陶绍安的左肩，说道：“没必要再为贺惟忠动脑筋了。如果他真的创办了经贸公司，真的请你出任总经理，再想也不迟。"

"如果他既不离开保安团，又不创办经贸公司，为什么要请我吃饭？请我这样一个百货店的小老板？"

"贺惟忠的心思咱们怎么能搞懂？"

屈蓉初再次拍了拍陶绍安的左肩，撩起西间的门帘走进西间，像往常一样辅导陶明义学习英文。陶绍安吹灭方桌上的美孚灯，站起身走出北屋，站在西窗前向里张望着。西间靠近窗子的书桌上同样燃亮着一盏美孚灯，陶明义和屈蓉初围坐在书桌旁，用英文低语着。陶绍安转过身，悄悄地走出街门，随手将街门带上了。他走出白杨巷，从车站东路拐上车站三街，在陶记百货店对面停下了脚步。陶记百货店的店门已经关闭，里面黑乎乎的。虽然贺惟忠能否创办经贸公司还是未知数，虽然自己能否出任总经理更是未知数，陶绍安还是从渺茫的希望中看到了陶记百货店的破败。陶记百货店所服务的对象主要是二十里堡四周的农民，从那些烟农、菜农、粮农手里赚取每一枚铜元，都需要赔着笑脸。难道自己这辈子只能跟这些下等人打交道吗？

想到这里，陶绍安还是心有不甘。

再一次瞥了一眼店门紧闭的陶记百货店,陶绍安沿着车站三街继续东行,来到了车站三街跟潍安汽车路交会处的丁字路口。他穿过空无一人的潍安汽车路,低着头走进东面的烟田,围绕潍县护国讨袁死难将士纪念碑慢慢地踱步。烟田里的烟苗已有半米高,烟叶都在星光下舒展着。伴随着阵阵微风,诱人的辛辣味时浓时淡。很多年了,每次遇到烦心事或者难以解决的难题,陶绍安总会走进潍安汽车路东侧的这块烟田。也不知是什么原因,陶绍安每次走进这块烟田,总会在护国讨袁死难将士纪念碑四周停下脚步,或者说,护国讨袁死难将士纪念碑便是陶绍安每次进入烟田的终点。

纪念碑的碑身下面是个方形底座。陶绍安围着底座转了一圈,像往常一样面朝北坐在底座的台阶上,凝望着北面不远处的斐非寺。因为纪念碑至斐非寺的南墙之间都是烟田,夜色下的斐非寺越发雄伟,大雄宝殿的殿顶竟然像陡峭的山峰。虽然斐非寺遮住了视线,陶绍安的眼前还是幻化出瞻可园明亮的灯光。他凄楚地闭上眼睛,脑海里又幻化出文澄怀的身影。跟屈蓉初生活了十几年,陶绍安也清楚屈蓉初跟文澄怀很少交往,他们至少后来是清白的。陶绍安无法理解的是,不管为了什么事,屈蓉初只要找到文澄怀,总能得到满意的结果,而且屡试不爽。

想到文澄怀和屈蓉初,陶绍安再次烦躁起来。他解开上衣的全部纽扣,用力眨了眨眼睛。有关瞻可园以及文澄怀的幻觉消失了,出现在陶绍安眼前的,依然是斐非寺清晰的轮廓。"他不就是有俩臭钱吗?"陶绍安恨恨地骂了一句,急忙四下里看了看。纪念碑四周依然一片苍茫,天空中只有几颗星星懒懒地眨着眼睛。

陶绍安所咒骂的"他"自然就是文澄怀,而自己的百货店甚至老婆,说到底都是文澄怀施舍的。"自己凭什么要忍受屈辱,他不就是有俩臭钱吗?"陶绍安再次恨恨地骂了一句,双手按着纪念碑的底座,无奈地苦笑着。

## 十九

　　文澄怀竟然从二楼沿着楼梯滚到了一楼,阿格尼丝感到匪夷所思。文澄怀才50多岁,身体状况也非常好,而且是在自己家里。阿格尼丝从自己的住处赶到诊室,背起药箱锁上门诊室的门,匆忙坐进停靠在医院门口的凯迪拉克轿车。凯迪拉克轿车拐上车站一街,眨眼间拐进了瞻可园。阿格尼丝在望云楼南面的小广场上下了车,背着药箱走到等候在玉兰树下的文笃修面前,问道:"严重吗?"

　　"左腿的膝盖处已经血肉模糊,额头上也碰出了血。左腿还能动,估计没伤着骨头。"

　　"怎么会这样呢?"

　　"可能是踩空了。我当时没在现场,不清楚具体情况。"

　　"文叔叔现在哪里?"

　　"待月轩。是我将他背上去的。"

　　阿格尼丝没再继续追问,她抢先登上望云楼门前的台阶,推开了楼门。文笃修从阿格尼丝肩上取下药箱拎在手里,跟在阿格尼丝身后爬上二楼,走向了待月轩。待月轩的轩门大开着,夏美云背靠着门框站立在轩门口,神情有些凝重。她对着阿格尼丝点了点头,伸手接过文笃修手中的药箱,陪着阿格尼丝走进了卧室。文澄怀背靠着床头半躺在床上,额头和裸露的左腿上还残留着血迹。阿格尼丝绕到双人床北侧，跟站在床边的陈静楠交换了一下目光，分别托起文澄怀的左右腿轻轻活动着。文澄怀紧紧地闭着双唇，流露出痛苦的神情。确信文澄怀没有伤着骨头，阿格尼丝转身打开了夏美云放在床头柜上的药箱。她将文澄怀额头和左腿膝盖处的创伤面消了毒，敷上药缠上绷带，又给文澄怀打了一针。文澄怀伸直双腿平躺在床上，对着站在床边的陈静楠说道："你没有必要留在家里，还是尽快赶到经理处吧。我仅仅是受了点皮肉之苦，没关系的。阿格尼丝来了，你也就可以完全放心了。"

陈静楠抬起左手看了看手表，低着头走出了待月轩。文澄怀又对着文笃修摆了摆手，说道："阿格尼丝肯定没吃早饭，你陪着阿格尼丝先去吃早饭吧。美云在这里陪陪我就可以了。我有点累，如果我睡着了，美云也没必要守在待月轩。"

夏美云将一把圈手椅拖到床边，坐在圈手椅上对着阿格尼丝和文笃修笑了笑。文笃修带着阿格尼丝走出卧室，禁不住回过头望了望躺在床上的文澄怀和坐在圈手椅上的夏美云。文澄怀非常疲惫，已经闭上了眼睛，倒是夏美云痴痴地望着文笃修，目光里满是期待。文笃修慌忙回过头，跟在阿格尼丝身后离开待月轩，对着刚刚带上涵虚轩轩门的陈静楠笑了笑。阿格尼丝和文笃修陪着陈静楠下到一楼，又陪着她走出楼门，目送着她渐渐南去的身影。

数不清的小鸟躲藏在南北甬道两侧的刺槐树上，清脆的叫声此起彼伏。匹练溪的溪水静静地流淌着，粼粼的波光不时地映照在溪光桥的石栏杆上。阿格尼丝从陈静楠身上收回目光，挽着文笃修的左臂转过身，回到了一楼大厅。餐室的房门已经开启，一名女侍静静地站在房门内侧。阿格尼丝和文笃修刚刚迈进餐室的门槛，那名女侍便走进厨房，将饭菜端上了长条桌。文笃修对着那名女侍摆了摆手，那名女侍立刻回到厨房，闭上门再也没有出来。阿格尼丝坐在长条桌旁，对着随后坐在对面的文笃修说道："文叔叔虽然没伤着骨头，但至少要静养半个月。因为伤在膝盖处，应该尽量减少活动。"

文笃修将一个煮鸡蛋剥了皮递给阿格尼丝，说道："我从美国回到二十里堡，已经三个多月了。父亲的情绪一直很不好，整天心事重重的。因为我不愿意接手丹渊公司的事务，父亲也不愿意跟我谈论他的烦恼。最近一段时间，他好像承受着巨大压力。他从二楼摔下，显然是神情恍惚所致。我没有跟他商量就接受了复旦的聘书，说不定是种错误。"

"沈阿姨去世后，尤其是陈静楠和夏美云进入瞻可园后，我就不愿意再踏进瞻可园。瞻可园曾经的温馨，好像随着沈阿姨的去世永远消失了。"

"从杜克大学返回瞻可园，我也感到了陌生。如果妈妈还活着，肯定不会允许咱们的婚事一拖再拖。我也肯定愿意在瞻可园举办咱们的婚礼。可是现在……"

阿格尼丝端起牛奶杯跟文笃修碰了碰杯，说道："婚礼早一天举行，晚一天举行，没有关系的。咱们都等了这么多年了。我们如果现在结了婚，肯定要生活在瞻可园。虽然陈静楠和夏美云都对我很友好，但我还是难以接受她们的'二妈、三妈'身份。跟她们生活在一起，我肯定非常尴尬。"

文笃修叹息了一声，从盘子里抓起一个馒头咬了一口，又夹了一筷子韭菜炒鸡蛋放进了嘴里。阿格尼丝的饮食习惯早已中国化了，她吃掉文笃修递给自己的煮鸡蛋，掰了一块馒头捏在手里，说道："你从美国回到二十里堡后，我重新频繁出入瞻可园。在跟文叔叔以及陈静楠、夏美云的接触中，我发现文叔叔在陈静楠和夏美云面前，表现得更像是父亲，而不是丈夫。陈静楠面对文叔叔，更像是学生面对老师。倒是夏美云跟文叔叔在一起，还有一点妻子对丈夫的意味，仅仅是有一点意味而已。"

听到阿格尼丝提及夏美云，文笃修的脸颊慢慢变红了。他接连吃了两口菜，说道："夏美云进入瞻可园之前，曾经是青岛新舞台的演员。人倒是很聪明，只是……"

文笃修的话音未落，一楼大厅响起了细微的脚步声。阿格尼丝和文笃修相互对视了一眼，不约而同地将目光投向餐室的房门。细微的脚步声响过，夏美云出现在餐室里。她身着宽松的上衣和长裤，脚穿粉红色的绣有鸳鸯图案的拖鞋，像一阵温柔的风。阿格尼丝和文笃修相继站起身，微笑着望着夏美云。夏美云坐在阿格尼丝身旁的椅子上，不动声色地瞥了一眼文笃修，侧过脸对着阿格尼丝说道："他睡着了，而且睡得很沉。"

"他……我刚才给文叔叔打的那一针，含有镇静药物……文叔叔睡一觉，精神会好很多。"

"伤得那么重却没伤着骨头，真是不幸中的大幸。你们俩既然谁都离不开谁，为什么不早结婚呢？你们结了婚，他肯定就少了一桩心事。最近一段时间，他经常神情恍惚。"

跟文笃修单独谈论起文澄怀，夏美云一直使用"你爸爸"。这个"你爸爸"自然是个准确的称呼，但又不乏调情的意味。跟阿格尼丝谈论起文澄怀，夏美云有时候使用"你文叔叔"，有时候也使用"他"，而这个"他"又是夏美云和陈静楠对于文澄怀的习惯称号。每次跟阿格尼丝提及"他"，夏美云都能体味到难以言说的暧昧。她字斟句酌地跟阿格尼丝谈论着文澄怀，眼睛的余光始终没有离开文笃修。

自从跟文笃修有了床笫之欢，夏美云便感觉文笃修时时处处地回避自己。她在失落之余，又感到了失望。文笃修除了进行所谓的田野调查，就是躲在晚钟斋里。不管是在晚钟斋还是在漱芳轩，文笃修总是插着门，似乎开着门随时会遇到危险。有一段时间，夏美云也接受了文笃修的刻意回避，但是面对跟阿格尼丝在一起的文笃修，面对阿格尼丝因为文笃修而表现出的舒心和满足，她再次产生了沮丧之后的不快。阿格尼丝自然不知道夏美云跟文笃修的情感纠葛，她喝光杯子里的牛奶，用餐巾擦了擦嘴，对着夏美云说道："文叔叔静养期间，您肯定会劳累许多。您做不了的事情，招呼笃修做就可以，没必要客气。每天下午，我也会来给文叔叔换药。"

"笃修是大博士，还在忙着写书，尽量不麻烦他。我自己完全能够照顾你文叔叔，而且还有静楠帮忙。"

尽管多次感受到夏美云在不经意间投来的目光，文笃修都故意视而不见。尽管早就听出了夏美云的话外之音，文笃修还是尽量维持着脸上的笑容。他慢慢地举起牛奶杯，但没有贴到唇上。阿格尼丝瞥了一眼文笃修，对着夏美云摇了摇头说道："文叔叔受了伤，笃修自然应该尽心照料……即使在英国，这也是作为儿子义不容辞的义务。"

夏美云没再说什么，她对着阿格尼丝笑了笑，站起身走出了餐室。文笃修谛听着夏美云渐渐远去的脚步声，突然间嗅出了弥漫在空气中的淡淡的香水味，而这种香水味是从阿格尼丝身上从未嗅到的。跟文笃修一样，因为夏美云的悄然离去，阿格尼丝也没有了食欲。她约着文笃修离开餐室，再次走进了待月轩。文澄怀平躺在床上，还处在酣睡之中。他的左腿裸露在薄棉被外面，膝盖处的绷带上已经渗出了血渍。夏美云双手扶着扶手坐在圈手椅上，懒懒地活动着搭在双人床上的双脚。她看到了阿格尼丝和文笃修，急忙移下双脚，走出卧室带上了房门。阿格尼丝探询地望了望卧室的房门，对着夏美云小声问道："还在睡？"

"睡得很香。"

阿格尼丝跟文笃修交换了一下眼色，相继转过身，离开了待月轩。他们在夏美云的目送下走到楼梯口，相继回过头对着夏美云笑了笑。夏美云同样对着阿格尼丝和文笃修笑了笑，脸上明显流露出怅惘的神情。阿格尼丝挽着文笃修的左臂下到一楼，又挽着文笃修的左臂走进了漱芳轩。她关闭轩门，紧紧地搂抱着文笃修的脖颈说道："文叔叔娶了两位年轻的姨太太，对我们来说也是一件好事。文叔叔这次仅仅是皮肉之伤，半个月后就能痊愈。如果文叔叔得了重病，我们又不在身边，那该怎么办？"

"我回到二十里堡的最初时间，爸爸就希望我接手丹渊公司，可是我实在没有兴趣。现在想起来，不免有些后悔。不是后悔没有接手丹渊公司，而是后悔自己那种决绝的态度。作为丹渊公司唯一的继承人，我不替父亲分忧，谁会替父亲分忧呢？"

阿格尼丝松开搂抱着文笃修脖颈的双手，亲吻着文笃修说道："文叔叔才50多岁，身体又不错，再坚持10年应该没有太大的问题。如果文叔叔的身体真的有了问题，你再介入丹渊公司吧。文叔叔将你送到杜克大学留学，初衷绝不是让你成为学者。"

"这我知道，不过……"

阿格尼丝再次吻了吻文笃修，说道："下午下了班，我还会来给文叔叔换药，到时候咱们再聊吧。最近几天，医院里病号很多，我先回医院了。"

文笃修将阿格尼丝搂在怀里，注视着阿格尼丝的眼睛说道："除了父亲，你是我最亲近的人。可是……"

"晚几天结婚，没有关系的。再说，结婚不过是个形式……"

阿格尼丝微笑着拉开了漱芳轩的轩门。文笃修陪着阿格尼丝走出漱芳轩和望云楼，站在依然等候在那四棵玉兰树之间的凯迪拉克轿车旁边。阿格尼丝坐进车厢，摇下车窗玻璃，默默地望着文笃修。凯迪拉克轿车驶出瞻可园，转瞬间便驶进了熙春医院。阿格尼丝下了车，思想依然沉浸在刚刚离开的漱芳轩。她先是到病房里看了看住院的病人，随后回到自己的诊室，坐在问诊桌前。

问诊桌上的那杯茶还是昨天的，阿格尼丝摸了摸茶杯，懒懒地推到了一边。熙春医院非常寂静，除了一楼偶尔响起小孩的啼哭声，只有走廊里偶尔响起轻轻的脚步声。见到了躺在病床上的文澄怀，阿格尼丝很自然地想到了弥留之际的希布纳，想到了希布纳求生的欲望和对生命的不舍。希布纳辞世后，阿格尼丝感觉自己成了真正的流浪者。父亲的故乡已经回不去了，镌刻着童年和少年印记的潍县，难道是自己的故乡吗？除了文笃修，阿格尼丝已经没有了任何牵挂。轻轻的敲门声响过，文笃修出现在阿格尼丝面前。阿格尼丝惊讶地站起身，问道："文叔叔不会有什么事吧？"

"没事的，还在酣睡……如果有可能，你还是请几天假，和我一起陪陪父亲吧。"

"没问题的，也是我应该做的。"

阿格尼丝和文笃修一起离开诊室,锁上了房门。她将自己住处的钥匙交给文笃修,自己到院长办公室办理完请假手续,随后回到了住处。文笃修早已等候在房门后面,他关闭房门,将阿格尼丝抱在怀里,既没有说话,也没有进一步的动作。阿格尼丝将双手搭在文笃修的双肩上,说道:"你没有必要过于难过,文叔叔很快就会痊愈的。我告诉过你了,他只是皮肉之伤。"

文笃修叹息了一声,松开紧抱着阿格尼丝的双手,坐在阿格尼丝的书桌前。阿格尼丝的书桌上摆放着一本《解剖学》和一本《老残游记》。文笃修捧起《老残游记》翻了翻,轻轻地撂在《解剖学》上面。阿格尼丝揽着文笃修的脖颈坐到文笃修腿上,说道:"你多次谈起这本书,我也产生了浓厚的阅读兴趣。你为什么喜欢这本书?"

"我说不清为什么喜欢这本书,正如我说不清为什么喜欢你。不瞒你说,我到杜克大学读书以前,并没有认真阅读这本书。到了美国以后,才真正爱上了这本书。作者将书名冠以老残,不仅仅表示他所处的中国棋局已残,也表示他所处的中国残局已尽。其实,老残主要体现了作者的心态。反复阅读这本书,我感到了无处不在的凄凉。"文笃修重新拿起《老残游记》,翻到二编的自序,念道,"是以人生百年,比之于梦,犹觉百年更虚于梦也!"

阿格尼丝站起身,说道:"《老残游记》所表现的,并不全是凄凉和绝望。我总感觉,这本书是古老中国的末日山水画,或者说是中国古典文化的挽歌。"

"你所说的也有道理。"

阿格尼丝没再跟文笃修继续谈论有关《老残游记》的话题,她从文笃修手中抽出《老残游记》放在书桌上,约着文笃修离开自己的住处,锁上了房门和院门。熙春医院的大门内侧停放着一辆脚踏车,脚踏车沐浴着阳光,好像也有些孤独。文笃修打开车锁,攥紧车把蹬开撑子,让阿格尼丝坐上了后货架。他骑上脚踏车,带着阿格尼丝回到瞻可园门前,慢慢停住了。阿格尼丝下了车，抢先走进瞻可园，踏上了暗香桥。文笃修将脚踏车推进门房东面的车棚，快步走到阿格尼丝身边。

暗香桥上方的花架爬满了连翘花，桥下的溪水似乎被浓浓的花香陶醉了，连续不断地发出哗哗的声响。阿格尼丝长长地呼吸了两次，侧过头对着文笃修笑了笑。文笃修勉强挤出一丝笑意，跟在阿格尼丝身边走到望云楼南面的小广场上，不由自主地望了望此君斋的窗子。此君斋的窗子大开着，夏美云静静地站在纱窗后面，雕像似的一动不动。

文笃修心里一沉，不安地看了看阿格尼丝。阿格尼丝也看到了站在此君斋纱窗后面的夏美云，她举起右手对着夏美云挥了挥，揽着文笃修的左臂迈上了望云楼门前的台阶。文笃修有些不自然，但还是跟阿格尼丝依偎着走进了一楼大厅。一楼大厅内还是寂静无声，阿格尼丝和文笃修刚刚走到晚钟斋门前，随即听到楼梯上响起了脚步声。他们不约而同地转过身，向西张望着。夏美云走下楼梯，微笑着走到阿格尼丝和文笃修面前，对着文笃修说道："我又不是照顾不了你父亲，你何必再麻烦阿格尼丝？"

文笃修一脸尴尬，他支吾了几声，低下了头。阿格尼丝推开晚钟斋的斋门，和夏美云一起迈进门槛，隔着茶几坐在靠近南窗的单人沙发上。文笃修泡了两杯茶分别递给夏美云和阿格尼丝，自己讪讪地坐在书桌前，漫无目的地翻检着桌面上的书稿。阿格尼丝抬起右手拍了拍夏美云的左手，问道："文叔叔还在酣睡吧？"

"还在酣睡。"

"他醒来后，精神会好很多，疼痛也会减轻很多。"

夏美云翻转左手抓住阿格尼丝的右手，说道："你还是尽快跟笃修结了婚，住在瞻可园吧。一是瞻可园太冷清，二是你文叔叔要是有个病啊灾的，也能得到及时救护。"

阿格尼丝看了看文笃修，对着夏美云说道："笃修已经接受了复旦大学的聘书……他一旦到复旦任教，我们就结婚。结婚对我们来说，仅仅是对外界进行某种宣示而已。文叔叔有你们照料，肯定不会出问题。"

369

"你所说的你们指的是我和静楠吗？我一个唱戏的，除了那几曲戏文，什么也不懂。静楠虽然读过很多书，好像也不懂得医术。什么复旦不复旦的，我建议你劝劝笃修，辞了复旦的教职留在二十里堡吧。你文叔叔就笃修一个儿子，笃修总有一天要接手丹渊公司。笃修要是不接手，谁来接手？你和笃修不会希望我和静楠接手吧？"

阿格尼丝没再说什么，她对着文笃修微微一笑，低下了头。文笃修左手搭在桌面上，缓慢而又冷漠地说道："就父亲目前的身体状况来说，再干10年也不会有任何问题。我们现在就考虑10年以后的事情，是不是操之过急了。"

"凡事预则立，不预则废，你父亲经常说这句话。你一个美国博士，难道不懂得这个道理？"

夏美云的语气有些生硬，显然不高兴了。阿格尼丝从夏美云的左手中抽出右手，拽了拽夏美云的衣袖说道："您别跟他一般见识。他整天思考他那本书，快成书呆子了。"

夏美云的脸上顿时堆满了笑容，她朝着阿格尼丝侧了侧身，紧盯着文笃修说道："你们都是读书人，我一个唱戏的，说不过你们。再说，丹渊公司是你们文家的，我又何必操心呢？你们的父亲活着，我靠着他吃碗饭。如果有一天你们的父亲不在了，还希望你们俩能赏我碗饭吃。"

"你有点杞人忧天了。"

文笃修答道。

夏美云面露戚容。她按着阿格尼丝的右肩站起身，对着文笃修摇了摇头说道："不打搅你们了。我还是上楼陪着你父亲吧。相信你父亲不会嫌弃我的。"

阿格尼丝听出夏美云的话里有话，但又不知道真正的内涵，只好讪讪地站起身，和文笃修一起将夏美云送出了晚钟斋。夏美云瞥了一眼文笃修，目光中流露出一丝哀怨。她叹息了一声，慢慢地走到楼梯口，右手扶着栏杆踏上了楼梯。阿格尼丝跟着文笃修回到晚钟斋，再次依偎在文笃修怀里，说道:"文叔叔的这次意外受伤,对于夏美云产生了很大刺激。可能因为是姨太太的缘故,她在瞻可园并感受不到家的温馨。"

"她在瞻可园感受不到家的温馨,我在瞻可园就能感受到家的温馨吗?从美国回到二十里堡后,我所感受到的大都是伤感。"

"仅仅是因为沈阿姨去世了的缘故吗?"

"是,但不完全是。"

阿格尼丝勉强一笑,说道:"文叔叔午饭前就有可能醒来。他醒来后如果大小便,需要两只架杖拄着……他的左腿不能用力。"

"我也想到这一点了,可是哪里卖架杖呢?"

"熙春医院里有几只架杖,是从陶记百货店买的。咱们先到陶记百货店看看吧。"

文笃修答应了一声,跟着阿格尼丝走出晚钟斋和望云楼,一起到门房东面的车棚里推出一辆脚踏车,一起出了瞻可园。瞻可园和斐非寺之间的烟田里散布着不少农人,他们不时地弯下腰,后背上的汗渍在阳光下格外清晰。阿格尼丝揽着文笃修的腰坐在脚踏车的后货架上,眼前意外地出现了希布纳的身影。阿格尼丝很小的时候,希布纳带着她从乐道院来到二十里堡布道,这片烟田就给她留下了很深的印象。脚踏车慢慢地拐上潍安汽车路,完全暴露在阳光下。阿格尼丝将脸颊贴在文笃修的后背上,双手紧紧地把着后货架,尽可能地躲避着耀眼的阳光。脚踏车行驶到斐非寺的照壁西面,阿格尼丝坐直身子问道:"是先有的瞻可园,还是先有的斐非寺?"

文笃修回过头看了看阿格尼丝,答道:"应该是先有斐非寺。你怎么关心这个问题?"

"我感觉瞻可园和斐非寺似乎存在某种联系。"

文笃修没有答话,只是用力蹬起了脚踏车。

车站三街依然像往常一样热闹,销售各种农产品的地摊依然分布在街道两侧,行人和车辆只能小心翼翼地穿行其间。文笃修在潍安汽车路跟车站三街的交汇处停下车，回头看了看阿格尼丝。阿格尼丝跳离后货架，抬起右手拢了拢垂到额角的头发。文笃修离开车座，双手扶着车把，站直身子望了望东面烟田里的护国讨袁死难将士纪念碑。阿格尼丝知道潍安汽车路和车站东路之间的车站三街会非常拥挤，但眼前的拥挤程度，还是超出了她的想象。她挤到文笃修前面，导引着文笃修来到陶记百货店门前，帮着文笃修锁上了脚踏车。

可能因为恰逢集市的原因，陶记百货店的柜台前站满了顾客，陶绍安和屈蓉初都在忙碌着。阿格尼丝牵着文笃修的手走到柜台前，微笑着说明了来意。听说是购买架杖，陶绍安摇了摇头，显得有些难为情。倒是屈蓉初好像突然记起了什么似的，她往陶绍安身边靠了靠，小声说道："去年你帮着熙春医院采购架杖，是不是多出了两只？"

陶绍安恍然大悟。他对着阿格尼丝和文笃修连说两声"对不起"，转身走出后门，消失了。屈蓉初送走其他客人，掀开柜台门走到文笃修和阿格尼丝身边，邀请他们进了接待室。她跟文笃修和阿格尼丝寒暄了几句，便清楚了文笃修和阿格尼丝的真实身份。文笃修无疑是文澄怀的儿子，那眉眼，那身材，尤其是那神情，跟年轻时的文澄怀如出一辙。屈蓉初努力从脑海里摒除文澄怀年轻时的形象，对着阿格尼丝问道："你为什么购买架杖？"

阿格尼丝侧过脸看了看文笃修，答道："他爸爸摔伤了腿。"

"怎么摔伤的？"

屈蓉初着急地问了一句，随后感到了不妥。文笃修叹息了一声，答道："家父是从楼梯上摔下的，当时我没在现场。"

"没伤着骨头吧？"

"骨头倒是没伤着，只是左腿膝盖处的肌肉磕烂了，额头上也碰出了血。"

屈蓉初皱了皱眉头，说道："没伤着骨头已是万幸了……"

屈蓉初话音未落，陶绍安右手提着两只刚刚擦拭过的架杖出现在接待室门口。他将架杖靠在方桌上,站在屈蓉初身边对着文笃修说道:"没想到还能找到……要不是蓉初提醒,我都忘记曾经进过架杖了。也不知当时为什么多进了两只。"

"你们这里有架杖吗?"

文笃修走到方桌旁拿起架杖,突然听到百货店门口响起了陈静楠的声音。他转过身走出接待室,举起架杖对着陈静楠挥了挥。陈静楠没想到会在陶记百货店邂逅文笃修,她从文笃修手里接过架杖,愣愣地望着刚刚走出接待室的屈蓉初和阿格尼丝。阿格尼丝对着陈静楠笑了笑,什么话也没说。倒是屈蓉初谦卑地叫了一声"文太太",侧过身邀请陈静楠进了接待室。文澄怀的二太太、儿子和未来的儿媳竟然在陶记百货店相聚,更是出乎陶绍安的预料。他一脸惶恐地对着陈静楠弯了弯腰,说道:"文少爷和少奶奶能够踏进小店,我已经深感荣幸了;您的到来,更是让小店蓬荜生辉。"

陈静楠没说什么,只是在脸上堆满了笑意。她和重新回到接待室的阿格尼丝并肩坐到木排椅上,对着随后坐在方桌旁的屈蓉初和文笃修点了点头。也许是觉得接待室太拥挤,也许是为了照顾店里的生意,陶绍安跟屈蓉初耳语了几声,随后退出接待室带上了房门。屈蓉初泡了一壶茶,分别给陈静楠、文笃修和阿格尼丝倒了一杯,欠着身子坐在方桌旁说道:"没想到会在这个简陋的小店里见到文太太。"

"您有些面熟,咱们应该见过面。"

"我因为明礼的事求助过文老板。在丹渊公司的接待室,我有幸跟文太太见过一面。"

"明礼?您是明礼的母亲?"

听到屈蓉初提及陶明礼,陈静楠不由自主地想到了跟屈蓉初的那次邂逅。关于那次邂逅,她仅仅有着模糊的记忆而已。同样是偶然相遇,屈蓉初却记住了陈静楠。因为陈静楠是文澄怀的二太太,因为陈静楠恬淡的神情。将近20年了,每次想到文澄怀,屈蓉初总会想到自己跟杨敬钊曾经

373

租住的那个小院子，想到沈潋芳突然冲入小院子的情形。面对满脸怒色的沈潋芳，赤身裸体的屈蓉初和同样赤身裸体的文澄怀都显得非常慌乱。

"明礼的英文很标准，他说您是他的老师。如果您有兴趣，欢迎您到米字庐做客。米字庐藏有不少英文书。"

再次听到陈静楠的话语，屈蓉初才从遥远的往事中挣脱出来。她说了声"谢谢"，脸上依然弥漫着惆怅的神情。文笃修抬起左手看了看手表，站起身跟阿格尼丝交换了一下目光。陈静楠也觉得没有必要继续留在百货店，她站起身，跟在文笃修和阿格尼丝身后走出了接待室。陶绍安正在柜台后面跟一位顾客交谈着，他看到刚刚走出接待室的文笃修、阿格尼丝和陈静楠，急忙对着那位顾客摆了摆手。文笃修从陈静楠手里要过架杖，走到陶绍安面前问道："多少钱？"

"不要钱。我们送给文老板的。"

文笃修将架杖放在柜台上，摇了摇头说道："那不行！"

屈蓉初有些尴尬，也有些不快。她带上接待室的房门，拍了拍文笃修放在柜台上的架杖，对着陶绍安问道："多少钱？"

陶绍安看出了屈蓉初的不快，他讪讪地收下架杖钱，和屈蓉初一起将陈静楠、文笃修和阿格尼丝送出了百货店。百货店店门的东西两侧分别停放着一辆脚踏车，陈静楠和文笃修各自打开一辆脚踏车的车锁，同时对着站立在店门前的陶绍安和屈蓉初点了点头。车站三街上的行人依然摩肩接踵，阿格尼丝双手抱着架杖，跟着陈静楠和文笃修拐上车站东路，轻松地嘘了一口气。陈静楠停下脚步，回过头看了看阿格尼丝和文笃修，说道："刚才在陶记百货店门前看到你们的脚踏车，我就意识到你们俩是因为架杖而来的。"

文笃修等候阿格尼丝坐到后货架上，说道："是阿格尼丝想到要给父亲买架杖的。"

"还是儿媳妇想得周到……达勒姆路上的几家商店，都不卖架杖。"

阿格尼丝笑了笑，伸出右手揽在文笃修腰间。

两辆脚踏车一前一后回到瞻可园，已经临近午饭时间。文笃修将陈静楠和自己骑过的两辆脚踏车一起推进车棚，又从阿格尼丝手里接过了架杖。他跟在阿格尼丝和陈静楠身后走进望云楼，悄无声息地踏上了楼梯。待月轩的轩门依然大开着，文澄怀紧靠着夏美云站立在卫生间门口。文笃修急忙走进待月轩，将手中的架杖交给了文澄怀。文澄怀脸上满是细密的汗珠，他将架杖撑到腋下，抬起右手擦了一把脸。夏美云的上衣已经被汗水洇湿了，乳罩的轮廓显露了出来。她双手提了提上衣，到卫生间拿出一条湿毛巾给文澄怀擦了擦汗，也给自己擦了擦汗。文澄怀挂着架杖回到卧室，小心翼翼地坐到床上，将架杖交给了文笃修。文笃修将架杖靠到墙上，弯下腰将文澄怀受伤的左腿慢慢地抬到床上，问道："您什么时候醒的？"

　　"刚刚醒来。睡了一觉，感觉头不那么疼了。"

　　夏美云将湿毛巾放回卫生间，和陈静楠、阿格尼丝并肩站在床前，对着文澄怀说道："你刚说没架杖不方便，笃修就把架杖送来了。不愧是亲生儿子。"

　　文笃修没有理睬夏美云，只是笑了笑。文澄怀望着文笃修，说道："瞻可园里不可能有架杖。你是从哪里买的？"

　　文笃修看了看阿格尼丝，又看了看陈静楠，答道："我和阿格尼丝到陶记百货店买的。我们刚到那里，二妈也到了。二妈说，达勒姆路上的商店都不卖架杖。"

　　夏美云不无夸张地说道："怪不得静楠中午返回瞻可园了，原来是为了送架杖啊！"

　　陈静楠什么话也没说，脸上甚至没有一丝表情。文澄怀将目光转向陈静楠，流露出舒心的笑意。陈静楠不好意思地往文澄怀面前靠了靠，说道："吉尔伯特下午想到丹渊公司拜访您，让我提前告知您一声。"

　　"到丹渊公司拜访我？你没告诉他我伤着了？"

　　"没。他以为您还像往常一样在丹渊公司。"

　　文澄怀略一沉思，说道："你下午见到吉尔伯特，可以将我受伤的消息告知他，并强调我现在不方便见客。"

陈静楠答应了一声，低下头退回到夏美云和阿格尼丝身边。文澄怀侧过脸望了望靠在墙壁上的架杖，闭上眼睛说道："达勒姆路上的商店怎么可能卖架杖？陶记百货店也不应该卖架杖。"

文笃修看了看阿格尼丝，说道："陶记百货店曾经帮着熙春医院采购过架杖，这两只架杖是当时多进的。"

文澄怀睁开眼睛望着陈静楠，说道："陶记百货店是陶明礼的父母开的，也算是二十里堡的老店了。"

陈静楠看了看文笃修和阿格尼丝，说道："我们到店里的时候，陶明礼的父母都在。"

"陶明礼的父母都在？"

文澄怀反问了一句，脸上流露出疲惫的神情。

陈静楠侧过身看了看文笃修和阿格尼丝，答道："陶明礼的父亲一看就是个小商人，他的母亲一看就知道受过良好的教育，而且能讲英文。陶明礼的母亲竟然能跟陶明礼的父亲生活在一起，实在不可思议。从陶明礼的年龄推算，陶明礼的母亲至少应该40岁了，可是给人的感觉，也就是30多岁。"

文澄怀叹息了一声，说道："人生不如意事常八九，可与人言无二三。已经到午饭时间了，咱们还是到餐室里用餐吧。"

"你也到餐室里用餐？你的左腿……"

夏美云盯着文澄怀，似乎有些着急。

"到餐室里用餐更方便一些……有了架杖，上下楼应该没问题了。"

文澄怀慢慢地坐起身，右脚试探着穿上了拖鞋。文笃修急忙将架杖交给文澄怀，弯下腰将另一只拖鞋穿到文澄怀的左脚上。文澄怀拄着架杖走出待月轩，慢慢地走到了楼梯口。文笃修不同意文澄怀拄着架杖下楼梯，文澄怀只好将架杖交给夏美云，搂着文笃修的脖颈趴在文笃修后背上。文笃修背着文澄怀走下楼梯，脸色涨得通红，呼吸也变得急促了。文澄怀从夏美云手中接过架杖撑在腋下,长长地吸了一口气。

到了餐室,搀扶着文澄怀坐到长条桌旁,夏美云将两只架杖靠在墙壁上,又到水池旁淘了一条湿毛巾,给文澄怀擦了擦手和脸。阿格尼丝、文笃修和陈静楠先后洗过手,陆续坐到长条桌旁。全家人能够聚集在一起吃午饭,是很长时间来少有的事。文澄怀望着坐在长条桌东侧的陈静楠、夏美云和坐在长条桌西侧的文笃修、阿格尼丝,嘴角渐渐地流露出笑意。陈静楠和夏美云仿佛一对姊妹花,娇艳而又聪慧,足以点缀枯寂的生活。文笃修和阿格尼丝虽然还没有结婚,但他们已经不可能分开。想到文笃修和阿格尼丝的婚事,文澄怀依然有些伤感。即使成了洋博士,即使娶了个洋媳妇,中国的老规矩也没有必要全部抛弃吧。何必非要到复旦大学任教后再结婚呢?

因为是午饭,又因为文澄怀的左腿和额头都受了伤,夏美云并没有让女侍上酒。她一边吃着饭,一边观察着坐在对面的文笃修和阿格尼丝。阿格尼丝虽然还有些拘束,但明显将自己当成了瞻可园的一员。惟有文笃修很少抬头,而且尽量躲避着夏美云的目光。在床上躺了一上午,文澄怀并没有食欲。他放下筷子,慢慢地喝着碗里的小米稀饭,注视着文笃修问道:"你的那本题为《烤烟种植与山东农民》的著作,大体什么时间定稿?"

"我到复旦大学任教前,一定能定稿。"

"还是计划在美国出版英文版吗?"

"我在回国前就答应我的导师了。"

"你的这本书是有关中国的,最好能出个中文版,能读懂英文的中国人,凤毛麟角。你爸爸是个商人,但你爸爸也崇尚学术。如果你爸爸仅仅是个商人,不会允许你到复旦大学任教的。"

文笃修咽下嘴里的食物,说道:"我也希望《烤烟种植与中国农民》能出中文版,二妈愿意充当中文版的译者。"

文澄怀将身体往椅背上靠了靠,笑了。夏美云莫名其妙地感到了紧张,她夹了一筷子黄瓜片放进嘴里,眼睛却始终盯着陈静楠。陈静楠放下手中的筷子，目光缓缓地从文澄怀和夏美云脸上移过，最后停留在文笃修脸上。她略一踌躇，平静地说道："我完成翻译后，会将译文寄给你，你抽时间修订一下。你如果觉得没有修订价值，随手扔进废纸篓即可。"

"您的英文和中文都不错，您的译笔，肯定能弥补我的许多缺憾。"

夏美云重新盛了一碗小米稀饭放在文澄怀面前，笑着说道："《烤烟种植与山东农民》的英文原著是笃修完成的，中文译著将由静楠完成。这本书的中文版一旦出版，肯定会引起轰动，恐怕比程艳秋两年前首演的《梅妃》还要轰动。"

文澄怀没有听出夏美云话语中酸涩的意味，他看了看文笃修、阿格尼丝和陈静楠，对着夏美云说道："笃修是学者，程艳秋是个唱戏的。你怎么能将笃修跟个唱戏的相提并论？"

夏美云突然间满脸怒色。她拿起筷子敲了敲长条桌，说道："唱戏的怎么了？唱戏的怎么了？你的第二个小老婆不就是唱戏的？你要是瞧不起唱戏的，赶快给我一纸休书，将我赶出瞻可园就是。"

阿格尼丝没想到餐室里的空气会变得如此紧张，她不安地看了看文笃修，放下了匙子。文笃修紧闭着双唇，眼睛始终盯着长条桌上的菜肴，丝毫没有理睬夏美云。陈静楠仿佛置身事外，她重新拿起筷子，夹起一条肉丝放进了嘴里。文澄怀并没有将夏美云的愤怒当回事，他哈哈一笑，端起稀饭碗对着夏美云举了举，说道："用不了多长时间，笃修和阿格尼丝就要到上海去了；静楠白天大都在英美烟公司，不在瞻可园。我为什么要将你赶出瞻可园？这么大个园子，总得有人看护吧。"

"我还以为我是什么人呢？原来是个看门的。"

夏美云脸上的怒色眨眼间消失殆尽，取而代之的，是灿烂的笑容。文澄怀接连喝了几口小米稀饭，随后放下瓷碗，双手按住了桌面。文笃修急忙将靠在墙壁上的架杖撑到文澄怀腋下，搀扶着文澄怀离开了长条桌。夏美云站起身紧走几步，跟在了文笃修后。阿格尼丝跟陈静楠交换了一下目光，一起走出餐室站在了一楼大厅。她们等候文澄怀、文笃修和夏美云消失在楼梯口,不约而同地走到靠近北窗的沙发旁,坐下了。阿格尼丝将双手搭在膝盖上,说道:"我曾经也想将笃修的著作译成中文,因为中文不是我的母语,而且学的又是医学,始终没敢尝试。"

"我也不一定能译好,但我愿意尝试。"

阿格尼丝侧过身子望了望楼梯口,犹犹豫豫地问道:"你也完全可以留在瞻可园的,为什么还要到英美烟公司任职?"

"整天待在瞻可园,也没有多大意思。"

"你的英文和中文都不错,为什么还要……"

说到这里,阿格尼丝语塞了。她不安地看了一眼陈静楠,低下了头。陈静楠微笑着站起身,轻轻地拍了拍沙发的后背说道:"我先上楼看看你文叔叔,随后还要回英美烟公司。"

阿格尼丝一脸尴尬。她在楼梯口跟陈静楠分了手,独自走出望云楼,面对着西面的栏杆站在微吟桥上。闪烁着波光的匹练溪平静地流淌着,几棵水草漂浮在水面上,两条红鲤鱼快乐地追逐着水草。西面不远处的横湖像一面巨大的明镜,蓼屿上茂密的树木在水面上留下了清晰的倒影。望云楼的楼门轻轻开启,陈静楠和文笃修一起走下了台阶。他们低语着穿过楼前的广场,踏上了微吟桥。陈静楠对着文笃修点了点头,又对着阿格尼丝摆了摆手,拖着长长的身影向南走去。她到门房东侧的车棚里推出脚踏车,慢慢地踏上连通园门和望云楼的南北甬道,又回过头望了望站在微吟桥上的阿格尼丝和文笃修。文笃修从陈静楠身上收回目光,抬起左手拍了拍阿格尼丝的右肩,拽着阿格尼丝的右手走进了过溪亭。过溪亭四周全是树木和修竹,亭内的光线似乎被染绿了,而且还透着丝丝凉意。阿格尼丝隔着石桌站在文笃修对面,说道:"你爸爸的这两位姨太太,的确有着天壤之别。"

"你的意思是……"

"夏美云过于热情,陈静楠又过于冷漠。"

"真的吗?冷漠比热情要好得多。"

379

阿格尼丝不解地看了一眼文笃修，转身踏上连通寒芦港的鹅卵石小路，仰望着小路上方狭窄的天空。文笃修回过头瞥了一眼望云楼，心事重重地走到阿格尼丝身后，再次抓住了阿格尼丝的右手。阿格尼丝走到横湖北岸，站在长条石上说道："很长时间了，你一直无精打采的……你到底有什么心事？"

"我能有什么心事？我们现在都生活在二十里堡，什么时候都可以见面。曾经的太平洋和大西洋……"

"你知道我关心的是什么。你没必要敷衍我。"

"如果说我有心事，只能是因为那部书稿。"

"这么多年了，我还是了解你的。你不会因为那部书稿变得郁郁寡欢。"

文笃修勉强笑了笑，说道："你是说……"

"你跟夏美云之间到底发生了什么？"

文笃修的脸色顿时涨得通红，他盯着阿格尼丝问道："你觉得我和夏美云之间发生了什么？"

"夏美云对你有着强烈的抵触情绪，我怎么会看不出来？你有必要跟她将关系搞得这么紧张吗？虽然我们终究要离开二十里堡，但离开并不是永别。夏美云毕竟是你父亲的姨太太，你名义上的母亲。如果你跟夏美云将关系搞僵了，文叔叔会怎么想？他能高兴吗？"

文笃修骤然加速的心跳慢慢减速了，他没再说什么，只是对着阿格尼丝苦涩地一笑。

## 二十

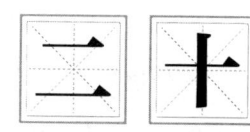

吉尔伯特将几份报纸摞起来放在办公桌的右上角，侧过身子望着西面的米字庐以及米字庐门前的那棵法桐树，脑海里反复萦绕的，还是刚才看过的报纸上的那些黑色大字标题，譬如"平汉线蒋军徐源泉部占领临颖"，譬如"津浦路晋军由左右两翼抄袭济南"，譬如"蒋军韩复榘部拆毁泺口黄河铁桥"，譬如"晋军傅作义部攻克长清"。他将右手搭在桌面上，自言自语道："战争已成胶着状态，胶济线大战一触即发了。"

轻轻的脚步声响过，陶明礼右手提着一把暖瓶出现在钱伯斯街。他将吉尔伯特的茶杯里续满水，将暖瓶轻轻地放在西北角的桌子上。吉尔伯特拿起杯盖吹了吹还没有沉底的茶叶，重新盖上杯盖问道："你最近在保安团见到过贺惟忠吗？"

"他已经很长时间没到保安团办公了。"

"他真的是因为没能升任团长闹情绪？"

"我跟他很少接触，不知道他的真实想法。"

吉尔伯特点了点头，没再追问下去。陶明礼悄无声息地退出钱伯斯街和星条庐，跟从南面匆匆走来的陈静楠擦肩而过。陈静楠走进星条庐和钱伯斯街，将捏在右手里的一份电报交给吉尔伯特，静静地站在吉尔伯特的办公桌前面。吉尔伯特将电报放在那摞报纸上，问道："文老板还整天躺在床上吗？"

"已经能够下床活动了，就是下楼时还需要扶着栏杆。"

"天有不测风云……期待文老板早日康复。"

"相信过不了几天，他就能回到丹渊公司了。"

陈静楠离开星条庐，随手将庐门带上了。吉尔伯特望着陈静楠走向米字庐的身影，轻轻地摇了摇头。虽然在中国生活了十几年时间，虽然已经能够熟练地使用汉语，吉尔伯特依然感到中国是个神秘的国度，依然感到无法触及中国人的心灵世界。要不是吉尔伯特主动提及文澄怀，陈静楠很少在吉尔伯特面前提及文澄怀，即使不得不提及，也只是用"他"代替。吉尔伯特知道陈静楠并不是文澄怀唯一的姨太太，但并不知道姨太太跟他所熟悉的情人和妓女差别在哪里。他拉上钱伯斯街的窗帘，坐在办公桌前打开中间的抽屉，拿出了那本用作密码本的长篇小说《牛虻》。

电报是从河北石家庄发来的，发报人竟然是洛克伍德。吉尔伯特译出电文，反复看了几遍，随后将电报纸烧掉了。洛克伍德将于近期再次莅临二十里堡，而且将公开活动。吉尔伯特不知道洛克伍德为什么强调公开活动，但还是感到了针对文澄怀的意味。如果不能在战争期间并吞丹渊公司，或者进一步挤压丹渊公司的生存空间，以后就很难找到合适的机会了。

除了用作密码本的《牛虻》，中间的抽屉里还藏有那本题为《查特莱夫人的情人》的长篇小说。尽管吉尔伯特多次翻阅《牛虻》，但并没有认真阅读过。也许是因为《查特莱夫人的情人》有着大段大段的色情描写的缘故，也许是因为陈静楠留在书中的一张张小纸条的缘故，吉尔伯特早已对《查特莱夫人的情人》烂熟于胸。吉尔伯特将《牛虻》放回中间的抽屉，随手拿出《查特莱夫人的情人》，慢慢翻阅着陈静楠留在书中的小纸条。借助这些小纸条，吉尔伯特不光理解了陈静楠的冷漠，也窥视到了中国家庭最隐秘的角落。大名鼎鼎的文澄怀，竟然失去了性生活能力，这让吉尔伯特颇为感慨。更让吉尔伯特感慨的是，一个失去了性生活能力的人，竟拥有两位年轻漂亮的姨太太！

轻轻地敲了敲桌面，吉尔伯特将《查特莱夫人的情人》锁进中间的抽屉，走出星条庐站在廊檐下。根据报纸上刊发的消息可知，几天前，阎锡山曾经在石家庄的正太饭店宴请过反蒋联盟的骨干成员。洛克伍德出现在石家庄，肯定与阎锡山有关。他再次莅临二十里堡，除了计划并吞丹渊公司或者进一步挤压丹渊公司的生存空间，是否还有其他使命？

想到丹渊公司，吉尔伯特下意识地瞥了一眼英格兰的窗子。窗子虽然大开着，但里面没有一点声音。在米字庐服务的日子里，陈静楠几乎从未大声说过话，即使脚步声，也像法桐树的落叶一样轻微。吉尔伯特在廊檐下静立了片刻，转身锁上星条庐的庐门，走进了米字庐。听到吉尔伯特的脚步声，陶明礼慌忙走出威尔士，探询地望着吉尔伯特。吉尔伯特对着陶明礼摆了摆手，径直走到英格兰门前，敲了敲房门。

房门很快开了，和陈静楠同时出现的，是一阵扑面而来的微风。陈静楠耳边的几缕头发随风抖动了几下，吉尔伯特随即嗅到了淡淡的幽香。陈静楠的办公桌上摊放着一本书，茶几上的玻璃杯还在冒着热气。吉尔伯特迈进门槛，瞥了一眼陈静楠的办公桌，再次谈到了文澄怀的伤势。陈静楠邀请吉尔伯特坐到长沙发上，自己重新坐到办公桌前，尽量躲避着吉尔伯特的目光。常年在经理处以及第一、第二复烤厂服务的英美人不下几十人，再加上二十里堡火车站雇佣的英美技术人员以及在熙春医院任职的英美医务人员，生活在二十里堡的英美人将近一百人，但是陈静楠能够频繁接触的，只有吉尔伯特。因为吉尔伯特经常跟芳菲苑的舞女们混在一起，因为自己的姨太太身份，陈静楠除了不得不进行的工作上的交往，几乎很少涉及各自的家庭生活。陈静楠不知道吉尔伯特为什么反复谈及文澄怀的伤势，她除了告知文澄怀已经能够下床活动之外，更多的时候仅仅是点点头或者摇摇头。吉尔伯特再次感受到陈静楠的冷漠，他将右手搭在沙发后背上，注视着陈静楠说道："既然文老板能够下床活动了，我想请你陪我到瞻可园看看文老板。"

"这……好吧。"

383

陈静楠原本想婉拒吉尔伯特的瞻可园之行,或者对吉尔伯特即将开始的瞻可园之行表示谢意,但话到嘴边,又咽下了。因为自己仅仅是文澄怀的姨太太,陈静楠觉得不管是婉拒还是表示谢意,似乎都不甚妥当。尽管文澄怀严密封锁自己受伤的消息,这一消息还是不胫而走。有不少人,譬如庄季江、贺惟忠,都陆续出现在文澄怀的病床前。尤其让陈静楠不解的是,陶明礼专程到瞻可园看望过文澄怀,而且还代表屈蓉初。吉尔伯特似乎有些伤感,他站起身,继续注视着陈静楠说道:"我跟你一样,都是英美烟公司的雇员,文老板才是自己的主人。"

陈静楠不知道应该表达什么,只是微微笑着。吉尔伯特也没再说什么,他抓起陈静楠办公桌上的话筒,拨通陶明礼办公室的电话,要求他通知司机将凯迪拉克轿车开到经理处的黑漆铁门前。吉尔伯特刚刚放下话筒,米字庐内便响起了匆匆的脚步声。陈静楠关闭窗子,跟着吉尔伯特走出米字庐,并肩走向南面的黑漆铁门。陶明礼早已站立在凯迪拉克轿车旁边,他没等吉尔伯特和陈静楠迈出黑漆铁门,便将轿车的后车门全部打开了。陈静楠对着陶明礼笑了笑,跟在吉尔伯特身后钻进车厢,随手带上了车门。

凯迪拉克轿车驶出第一复烤厂,沿着车站二街一直往东,最后拐上了潍安汽车路。因为不愿意让司机听到谈话内容,吉尔伯特和陈静楠都没有说话,只是默默地望着车窗外的景色。凯迪拉克轿车从潍安汽车路向东拐上车站一街,缓缓行驶着。透过前面的挡风玻璃,陈静楠看到了面朝东站立在虞河西岸的文澄怀,和站立在文澄怀身边的夏美云。陈静楠要求司机在瞻可园门前停下车,随后推开车门对着夏美云的背影喊了一声"美云"。夏美云回过头看了看刚刚迈出车门的陈静楠,搀扶着文澄怀转过了身。

陈静楠等候吉尔伯特下了车,陪着吉尔伯特走到虞河西岸,跟文澄怀和夏美云面对面站在一起。吉尔伯特跟文澄怀寒暄了几句,目光不时地投向夏美云。作为英美烟公司中国分公司二十里堡经理处处长,吉尔伯特自然经常跟文澄怀打交道,但大多数的交道,都是在丹渊公司或者第一复烤厂院内的经理处完成的。吉尔伯特很少踏进瞻可园,一方面是因为丹渊公司跟英美烟公司既合作又竞争的关系,更重要的是他担心跟文澄怀过于密切,有可能引起英美烟公司高层的警觉甚至不安。

在床上躺了一周左右的时间,文澄怀消瘦了许多,脸上也透露出衰老的迹象。想到文澄怀只能像欣赏鲜花一样欣赏两位漂亮的姨太太,想到陈静楠留在《查特莱夫人的情人》中的那些小纸条,吉尔伯特的脑海里竟然浮现出《查特莱夫人的情人》中所描写的色情场景。他颇为惶恐地从夏美云和陈静楠身上移开目光,对着文澄怀说道:"一直想来看看您。因为担心影响您休养,也就没来。刚才听文夫人说您已经能够下床活动了,也就匆匆赶来了。"

"区区皮肉之伤……惭愧!惭愧!"

沈漱芳去世后,"文夫人"这一称呼便从瞻可园消失了。意外地从吉尔伯特嘴里听到这一称呼,而且明确指向了陈静楠,夏美云的心里略过了一丝不快。陈静楠到英美烟公司任职前,作为文澄怀的三太太,夏美云从未对二太太陈静楠产生过一丝妒忌,因为自己近乎"春从春游夜专夜",因为陈静楠的宽容和恬淡。陈静楠到英美烟公司任职后,夏美云真正意识到自己仅仅是供文澄怀消遣的花瓶,更不可能是所谓的"文夫人"。她故意往文澄怀身边靠了靠,对着吉尔伯特微笑着。陈静楠读懂了夏美云的笑容,她走到夏美云身边,攥着夏美云的左手对着吉尔伯特说道:"夏美云,真正的文夫人。"

吉尔伯特故意流露出惊讶的神情,接连说了两声"失敬"。夏美云也有些难为情,但什么话也没说。

瞻可园东墙外的小路上并排摆放着两把折叠椅,每一把折叠椅的椅背上都站立着一只小鸟。夏美云捡起一块小石子扔向折叠椅,两只小鸟鸣叫着飞向虞河东岸的柳树。整天待在第一复烤厂,出门不是喧嚣的车站路,就是同样喧嚣的车站二街或者达勒姆路,吉尔伯特也对虞河的碧波以及两岸的绿树产生了浓厚兴趣。他搀扶着文澄怀走到最南面的折叠椅前面,又搀扶着文澄怀坐到折叠椅上。文澄怀双手攥着合并在一起的两只架杖,望着从河岸上手牵着手慢慢走下的陈静楠和夏美云说道:"一个男人同时拥有两个女人,是不是罪过?"

吉尔伯特感觉文澄怀窥视到了自己的内心世界,他微笑着坐到文澄怀北面的折叠椅上,答道:"我虽然在中国生活了十几年,但还是无法理解中国。中国太神秘了。"

文澄怀晃了晃立在面前的架杖,说道:"与其说中国神秘,不如说中国古老,太古老了,即使林则徐、魏源、康有为、梁启超,甚至孙中山,也没能为中国找到一条通向新生的路。几十年来,中国除了战争,还是战争。难道老百姓的血泪就能催生一个新的中国?难道新的中国必须用老百姓的血泪催生?"

"你怎么看待如火如荼的蒋阎冯大战?"

"不可能是中国最后的战争,很可能是中国人深重灾难的开始。"

虞河水平静地流淌着,水面上不时地出现一层又一层的涟漪。陈静楠和夏美云一前一后走在靠近河面的小路上,河面上留下了她们清晰的倒影。在第一复烤厂院内的经理处,吉尔伯特经常见到陈静楠,但坐在米字庐里的陈静楠,跟漫步在虞河岸边的陈静楠似乎不完全是一个人。虽然陈静楠的脸上依然透露出淡淡的哀愁,但坐在米字庐里的陈静楠更多的是冷漠,而漫步在虞河岸边的陈静楠,则多了几份柔媚。

"一条大鲢鱼!"

紧跟在陈静楠身后的夏美云发出了一声惊叫。吉尔伯特和文澄怀不约而同地坐直身子,默默地望着陈静楠和夏美云,以及虞河两岸的垂柳。陈静楠和夏美云相继停下脚步,手拉着手俯视着虞河平静的水面,窃窃私语着。她们的身材都很窈窕,衣着也极为相似,鲜花般盛开在吉尔伯特的视野。微风偶尔掠过河面,陈静楠和夏美云的头发和衣袂随风抖动,跟虞河以及虞河两岸的垂柳完全融为了一体。吉尔伯特突然间非常伤感,他将右手搭在折叠椅背上,小声说道:"晋军已经对济南形成包抄态势,蒋军败退济南,仅仅是时间而已,而且毫无悬念。"

"济南的北西南三面已经被晋军占领，蒋军败退济南，只能沿着胶济铁路往东撤，这一点也非常明朗了。"

"控制整个山东，自然是晋军的作战目标，只是蒋军会轻易让出山东吗？韩复榘军肯定会沿着胶济铁路节节抵抗，等待援军。但愿战火不要烧到二十里堡。"

文澄怀笑了笑，说道："至于战火会不会烧到二十里堡，不是你我所能决定的。"

"即使战火烧到二十里堡，战争的双方也都会切实保护英美烟公司的利益，这一点不会有任何问题。如果二十里堡始终由蒋军控制，丹渊公司同样不会有任何损失。我所担心的……"

文澄怀再次笑了笑，说道："即使晋军控制了二十里堡，丹渊公司也不一定遭受灭顶之灾。跟蒋介石一样，阎锡山也高举着孙中山的旗帜，即使他对丹渊公司不感兴趣，对我本人不感兴趣，我相信他对丹渊公司的税款不会不感兴趣。"

吉尔伯特原本想再次提及丹渊公司即将面临的困境，思虑再三，最终作罢了。文澄怀也没再继续有关战争的话题，他跟吉尔伯特谈论了一番虞河的自然风光，都把目光投向了靠近河面的小路。除了并肩漫步的陈静楠和夏美云，小路上又出现了澄明法师的身影。澄明法师踽踽独行，身影透着凄清。文澄怀知道吉尔伯特对佛教不感兴趣，也极少踏进斐非寺的山门，但还是将身体侧向吉尔伯特说道："斐非寺的住持，澄明法师。"

来到二十里堡的最初的日子，吉尔伯特曾经到斐非寺参访过，唯一感兴趣的就是钟楼里发出的悠扬的钟声。那钟声常常让他想到家乡的教堂，想到儿时曾经参加的唱诗班的歌声。文澄怀再次跟吉尔伯特低语了几声，双手撑着架杖站起身，对着澄明法师招了招手。澄明法师的脚步略一停顿，随后加快了。他走到吉尔伯特和文澄怀的正下方，双手合十，问道："文老板不会是伤了腿吧？"

"不小心摔了一跤，没大碍了。法师怎么有闲情？"

"随便走走，虞河岸边是个极好的处所。相信无数的先人曾经在这里漫步过，相信无数的后人也会在这里漫步。"

"我们都是过客。"

澄明法师没再说什么，他继续往北，经过陈静楠和夏美云身边时，也双手合十，点了点头。跟往常一样，澄明法师的终点还是露香亭东面的苦楝树。他面对着虞河一动不动地坐在裸露的树根上，再也没有理睬文澄怀、吉尔伯特以及陈静楠和夏美云。陈静楠和夏美云从澄明法师身上收回目光，小心翼翼地爬上了河岸。文澄怀对着吉尔伯特点了点头，也拄着拐杖离开了折叠椅。夏美云急忙离开陈静楠，跟文澄怀并肩走在一起。陈静楠不无尴尬地瞥了一眼吉尔伯特，和吉尔伯特默默地跟在文澄怀和夏美云身后。文澄怀拄着拐杖走到瞻可园的照壁东侧，转过身对着走在陈静楠身边的吉尔伯特说道："难得你来瞻可园，中午还是留在瞻可园用餐吧。"

吉尔伯特没有拒绝，继续和陈静楠跟在文澄怀和夏美云身后。

因为临近正午，连通瞻可园园门和望云楼的南北甬道上洒满了阳光。夏美云搀扶着文澄怀慢慢地走着，不时地回过头望望跟在身后的吉尔伯特和陈静楠。吉尔伯特踏着自己的身影走到暗香桥上，伸出右手摘下一朵连翘花，往陈静楠身边靠了靠说道："像你这么优秀的女性，为什么不离开瞻可园，到更加广阔的天地里去？"

陈静楠斜瞅了吉尔伯特一眼，什么话也没说。

吉尔伯特望了望搀扶着文澄怀的夏美云，继续说道："文老板独自占有两位年轻漂亮的女性，不太道德，而且他……"

吉尔伯特说到这里，戛然而止。

陈静楠不知道吉尔伯特为什么会在提及文澄怀时戛然而止，但心跳还是骤然加速了。她注视着吉尔伯特脸上不太自然的神情，又一次想到了那本题为《查特莱夫人的情人》的长篇小说，想到了自己留在书页中的小纸条。吉尔伯特认为文澄怀"独自占有两位年轻漂亮的女性，不太道德"，仅仅是指独自占有这一事实本身呢，还是另有所指？如果不是另有所指，他又何必戛然而止？

吉尔伯特到底想表达什么？

陈静楠始终不相信吉尔伯特会丢失那本题为《查特莱夫人的情人》的长篇小说，而且相信《查特莱夫人的情人》依然在吉尔伯特手中，相信吉尔伯特反复阅读过那些夹在书页中的小纸条。吉尔伯特在谈及文澄怀"不太道德"后戛然而止，显然是不想让陈静楠难堪。而文澄怀丧失了性行为能力，应该是最让陈静楠难堪的事情。如果吉尔伯特阅读了那些夹在《查特莱夫人的情人》的书页中的小纸条，自然也就会知道文澄怀完全丧失了性行为能力。陈静楠从吉尔伯特脸上移开目光，抬起右手拍了拍身边的桥栏杆，说道："我虽然不是文澄怀唯一的女人，但文澄怀是我唯一的丈夫。你在我面前臧否我的丈夫，是否不太礼貌？"

吉尔伯特尴尬地一笑，匆匆地穿过了暗香桥。

因为借助架杖才能行走，文澄怀走得很慢。他和夏美云刚刚踏上微吟桥，吉尔伯特和陈静楠就出现在他们身后。跟文澄怀四目相对的一刹那，陈静楠的脸颊微微变红了。他不再理睬吉尔伯特，而是主动走到文澄怀的另一侧，跟文澄怀并肩走在一起。文澄怀转过身，左手举起架杖指了指槐樱草堂南面的刺槐树和樱花树，对着吉尔伯特说道："这些刺槐树是二十里堡火车站建成那年，德国人提供的树苗。这些樱花树是二十里堡火车站被日本人占领后，日本人提供的树苗。刺槐树和樱花树已经亭亭如华盖，提供树苗的德国人和日本人却不见了踪影。所谓沧海桑田，原来不需要太长时间。"

"对于自然界的沧海桑田，即使像哥白尼、牛顿那样伟大的科学家，都不能给予充分的解释；至于人世间的沧海桑田，原因恐怕更为复杂。因为火车站的设立，二十里堡不再是一片旷野；因为烤烟在坊子的成功种植，以二十里堡为中心的胶济铁路沿线成了重要的烤烟种植基地。因为二十里堡地处烤烟种植基地，临近煤炭生产基地，又有着便利的铁路运输，英美烟公司才会在二十里堡设立经理处和复烤厂。如果英美烟公司不在二十里堡设立经理处和复烤厂，二十里堡会是现在这个样子吗？"

"你是说……"

"二十里堡的沧海桑田，是由德国人、日本人和美国人造成的，尤其是美国人造成的。"

文澄怀没有将有关二十里堡沧海桑田的话题继续下去，而是示意陈静楠和夏美云退到一边，自己跟吉尔伯特慢慢地走向望云楼。

望云楼俨然人迹罕至的古堡，或者枯草凄凄的墓穴。吉尔伯特陪着文澄怀踏上望云楼门前的台阶，推开楼门走进一楼大厅，感觉空气似乎也是寂寞的。他在文澄怀的引导下坐在西北面的沙发上，清晰地听到了自己的喘息声。夏美云陪着陈静楠走到吉尔伯特和文澄怀面前，但没有陪着陈静楠在沙发上落座，而是泡上一壶茶给每人倒了一杯，随后走进餐室带上了餐室门。

或许不愿意继续暗中跟文澄怀交锋，或许是已经明了了文澄怀的底牌，吉尔伯特再也没有涉及有关丹渊公司或者英美烟公司的话题。他先是跟文澄怀谈起了斐非寺的历史，随后又谈起了自己在中国经历的种种往事。陈静楠坐在吉尔伯特和文澄怀斜对面，什么话也没说，只有目光在吉尔伯特和文澄怀的脸上徜徉着。餐室门缓缓开启，夏美云走到吉尔伯特、文澄怀和陈静楠面前，笑着说道："午饭已经准备好了。"

文澄怀双手撑着架杖站起身，注视着夏美云问道："笃修到哪里去了？我怎么一上午都没见到他？"

"除了晚钟斋，他还能到哪里去？"

夏美云的话音未落，阿格尼丝推开楼门，站在了楼门口。她对着文澄怀、陈静楠和夏美云分别叫了一声"文叔叔""二妈"和"三妈"，又对着吉尔伯特叫了一声"吉尔伯特先生"。文澄怀脸上立刻堆满了笑容，他对着阿格尼丝招了招手，提高了声音说道："你来得正好，快去招呼笃修吃午饭吧。"

阿格尼丝答应了一声，转身走向了晚钟斋。夏美云望着阿格尼丝走向晚钟斋的身影，心里突然间一阵怅惘。她热情地招呼吉尔伯特走进餐室，又热情地招呼吉尔伯特坐在了长条桌旁。因为吉尔伯特在场，午餐比平时丰盛许多。文澄怀等候文笃修和阿格尼丝分别坐在吉尔伯特和夏美云身边，端起酒杯说了几句祝福的话，午宴算是正式开始了。吉尔伯特虽然跟文笃修有过几次接触，但在一起用餐，还是第一次。他不时地跟文澄怀、陈静楠、夏美云交谈着，但目光更多地投向了文笃修。文笃修有些忧郁，很少主动说话，即使回答他人的问话，也极其简短。

因为不止一次在熙春医院遇到阿格尼丝，吉尔伯特对于阿格尼丝并不陌生。出乎他意料的是，阿格尼丝竟然会是文澄怀未来的儿媳妇，而文澄怀这个未来的儿媳妇，竟然比文澄怀的两位姨太太还要年长。吉尔伯特不停地喝着酒，目光不时地投向陈静楠、夏美云和阿格尼丝。跟吉尔伯特面对面坐在文澄怀面前，不时地感受到吉尔伯特不无暧昧的目光，陈静楠越来越真切地意识到自己的姨太太身份。她的脸上维持着笑意，但心里极为酸楚。

听说吉尔伯特毕业于杜克大学的前身三一学院，文笃修的话语多了起来。他跟吉尔伯特谈论着他们共同熟悉的大学校园，共同熟悉的老师，脸上的神情不再那么凝重了。文澄怀聆听着吉尔伯特和文笃修的对话，眼前持续不断地出现一幕幕陌生的场景，久违的遗憾又在心里浮现出来。要是自己不执意将文笃修送到杜克大学留学，文笃修也许不会拒绝接手丹渊公司，文笃修跟阿格尼丝的孩子也许好几个了！想到这里，文澄怀叹息了一声，对着吉尔伯特说道："你从三一学院毕业后，为什么没选择继续读书，而是选择来到中国？"

"我也打算继续读书的，但我的父母已经无力支付我继续读书的费用。至于来到中国，并非我的选择，而是受公司派遣……生存是第一位的。"

吉尔伯特似乎有些伤感，他对着文澄怀微微一笑，沉默了。陈静楠望着吉尔伯特脸上凄楚的神情，心里也是酸酸的。不管是在星条庐还是在米字庐，吉尔伯特留给陈静楠的记忆几乎都是昂扬向上的，至少从未消沉过。

因为跟吉尔伯特谈及杜克大学以及杜克大学的前身三一学院，文笃修竟然说了那么多话，同样出乎夏美云的意料。自从跟夏美云有了肌肤之亲，文笃修不光刻意躲避着夏美云，即使面对面坐在餐桌旁，也变得沉默寡言。一所遥远的大学，竟能让文笃修敞开心扉，夏美云实在无法理解。她不失时机地对着文笃修露出笑脸，但文笃修似乎视若无睹。

吃了午饭，吉尔伯特随即告辞了。陈静楠跟文澄怀交换了一下目光，引领吉尔伯特走出望云楼，走向停在玉兰树下的凯迪拉克轿车。文澄怀和夏美云、阿格尼丝并排站在望云楼的台阶上，拄着架杖默默地望着吉尔伯特和陈静楠的身影。文笃修快步跑下台阶，分别拉开两扇车后门，静静地站立在轿车旁。吉尔伯特和陈静楠先后钻进车厢，伸出手对着站立在台阶上的文澄怀、夏美云和阿格尼丝摆了摆，又对着站立在轿车旁的文笃修说了声"谢谢"。

凯迪拉克轿车缓缓驶出瞻可园，吉尔伯特和陈静楠都把目光投向了瞻可园和斐非寺之间的烟田。烟苗已经将烟田完全覆盖了，几位农人在烟田里弯着腰移动着脚步。凯迪拉克轿车辗转拐上车站二街，明显放慢了速度。车站二街上的行人和车辆川流不息，庄季江独自漫步在街道北侧，愣愣地望着从身边驶过的凯迪拉克轿车。吉尔伯特心里一动，随后在达勒姆路路口下了车，对着庄季江挥了挥手。庄季江快步走到吉尔伯特身边，望着仅仅载有陈静楠的凯迪拉克轿车说道："正打算到经理处找你的。"

"有事？"

"到星条庐再谈吧。"

走进第一复烤厂，还未接近经理处的黑漆铁门，庄季江就听到星条庐和米字庐四周的法桐树上响起了鸟鸣声。那鸟鸣声此起彼伏，像虞河里荡起的涛声一样柔和缠绵。庄季江跟在吉尔伯特身后来到星条庐门前，意外地遇到了从米字庐匆忙跑出的陶明礼。陶明礼总是称呼庄季江"庄老师"，即使在吉尔伯特面前也不例外。庄季江跟陶明礼寒暄了几句，便跟着吉尔伯特走进星条庐，随手闭合了庐门。吉尔伯特邀请庄季江坐到钱伯斯街的长沙发上，泡了一杯茶递给庄季江，问道："莫非济南已经失守？"

庄季江将茶杯放在茶几上，答道："济南尚未失守，但无法坚守到本月下旬。"

"为什么？"

"我刚才接到电报，29师86旅374团将驻扎二十里堡，我也将回任团长。"

"你回任团长后，谁将继任二十里堡保安团团长？"

"只要374团驻扎在二十里堡，谁继任保安团团长并不重要。"

吉尔伯特拖过一把椅子坐在庄季江对面，问道："济南失守后，韩复榘总指挥只能沿着胶济铁路往东退却。你估计二十里堡有可能被晋军占领吗？"

"韩总指挥退出济南后，一定会在淄河设防。如果淄河防线也被晋军突破，韩总指挥一定会放弃二十里堡，退守潍河。"

"也就是说，二十里堡的未来还无法预测？"

"作为你来说，还是应该未雨绸缪。"

"谢谢。"

庄季江喝了一口茶水，心事重重地站起身，无奈地对着吉尔伯特笑了笑。吉尔伯特并没有挽留庄季江，他将庄季江送出星条庐，同样心事重重地站在庐门前的法桐树下。庄季江低着头走向南面的黑漆铁门，始终没有回头。吉尔伯特从庄季江身上收回目光，叹息着返回星条庐和钱伯斯街，静静地仰靠在长沙发上。庄季江用过的茶杯已经不再冒热气，但是庄季江所说过的话语，好像还在吉尔伯特耳边回响。

除了英美烟公司中国分公司的几名高管，以及国民政府行政院的几名高官，吉尔伯特是真正了解庄季江背景的人。英美烟公司在中国创造的商业神话，其主要依托便是以二十里堡、门台子和许昌为中心的三个原料基地，尤其是以二十里堡为中心的胶济铁路沿线基地。保障这三个原料基地的安全，实际上是保障了英美烟公司的商业利益。端起庄季江用过的茶杯和自己用过的茶杯到卫生间刷了刷，吉尔伯特又回到钱伯斯街，将刷过的茶杯放在茶几上。他将自己的茶杯重新泡上茶，枕着沙发扶手躺在长沙发上，默默地追忆着从早上开始发生的一切。对于即将莅临二十里堡的洛克伍德，吉尔伯特不愿意多想，因为他的话语需要仔细甄别；对于庄季江提出的问题，吉尔伯特也不愿意过多考虑，因为洛克伍德莅临二十里堡后，所有问题都会获得明确答案。吉尔伯特感兴趣的，倒是陈静楠在文澄怀面前的表现。他发现陈静楠在文澄怀面前更像是女儿，而不是妻子。

因为洛克伍德的缘故，吉尔伯特再次想到了格蕾丝，再次感到了迷茫。她还是自己的妻子吗？因为二十里堡地处偏僻，格蕾丝坚决要求留在上海。她虽然来过一次二十里堡，仅仅是出于好奇。吉尔伯特突然间非常烦躁，他猛然坐起身，随后又倒下了。格蕾丝在上海能够做些什么呢？她除了花掉自己大部分的薪水，便是制造无数绯闻。至于自己那个所谓的儿子的真正的父亲，吉尔伯特断定绝不是自己，而是洛克伍德。

在二十里堡生活了十几年，吉尔伯特早已不再对家庭有任何奢望，甚至对于爱情也产生了怀疑。他之所以还没有决定跟格蕾丝离婚，一是因为对于洛克伍德还有所忌讳，二是因为离婚是一件非常麻烦的事情。来到二十里堡的最初时间，吉尔伯特的足迹很少踏进芳菲苑，觉察到自己所谓的儿子有可能来路不明之后，吉尔伯特便成了芳菲苑的常客。他的身影之所以经常出现在梅韵阁，仅仅因为黄泓丽比其他舞女有着更丰富的人生阅历，能够给予自己生理和心理双重满足。

可是，黄泓丽跟自己的交往，毕竟是基于金钱啊！

在文澄怀已经完全丧失性行为能力的情况下，陈静楠能够成为文澄怀的两位姨太太中的一位，又是基于什么呢？

可能是因为跟陈静楠经常见面的缘故，吉尔伯特对于陈静楠有了越来越强烈的好感，对于陈静楠的心灵世界也越来越好奇，尤其是读到了夹在《查特莱夫人的情人》的书页中的小纸条以后。不管对谁，陈静楠都是那么冷漠，尽管脸上偶尔流露出淡淡的笑意。时间长了，吉尔伯特从陈静楠的笑意里读出的竟然是极度的绝望和刻骨铭心的寂寞，感受到的竟然是难以言说的哀愁。

因为同时开着窗子和房门，钱伯斯街不时地有微风吹过。窗帘微微抖动着，淡淡的绿色像涟漪一样在钱伯斯街荡漾着。吉尔伯特掏出钥匙打开办公室中间的抽屉，拿出那本题为《查特莱夫人的情人》的长篇小说，回到长沙发上慢慢翻阅着那些夹在书页中的小纸条。每个人的精神世界都像宇宙一样浩瀚，而每个人的精神世界都弥漫着酸楚。自己背井离乡，跨越辽阔的太平洋来到中国，到底是为了什么？想到名义上的妻子早已面容模糊，想到所谓的儿子也跟自己没有血缘关系，吉尔伯特苦涩地一笑，双手捧着《查特莱夫人的情人》闭上了眼睛。

轻轻的脚步声响过，陈静楠右手拿着一个大信封走到吉尔伯特面前。吉尔伯特依然闭着眼睛，双手依然捧着那本《查特莱夫人的情人》。陈静楠以为吉尔伯特已经睡着了，她转过身刚要离去，无意中看到了吉尔伯特捧在手里的书。《查特莱夫人的情人》？陈静楠的脑袋嗡的一声，右腿撞到了茶几上。吉尔伯特显然受到了惊吓，他猛然睁开眼睛，对着陈静楠微微一笑，脸颊倏地红了。陈静楠将手中的大信封放在吉尔伯特的办公桌上，盯着吉尔伯特手里的《查特莱夫人的情人》说道："你不是说……"

吉尔伯特顿时满脸通红，他将《查特莱夫人的情人》交给陈静楠，说道："我以为这本书丢在火车上了，没想到，没想到……我不是故意的。"

陈静楠什么也没说，她双手捧着《查特莱夫人的情人》走出钱伯斯街和星条庐，脚步异常匆忙而且沉重。吉尔伯特并没有理睬陈静楠带来的大信封，他锁上办公桌中间的抽屉，忐忑不安地走进米字庐，站在英格兰门前。英格兰紧闭着房门，吉尔伯特连续敲了几次门，都没有听到回声。他尝试着推开房门，随手将房门闭上了。陈静楠双手交叉着坐在办公桌前，脸上没有一丝笑容。她面前的桌面上端端正正地摆放着那本《查特莱夫人的情人》，只是书的右侧有一个小纸条揉成的纸团。而那些揉成纸团的小纸条，是吉尔伯特非常熟悉的。他极其尴尬地走到陈静楠对面，盯着桌面

395

上的《查特莱夫人的情人》说道："我不是有意欺骗你，我只是……"

陈静楠面无表情地低下头，额头渐渐地触及了桌面。

"看到了书中的小纸条，我才看到了你冷漠的外表所遮掩着的热情……我没想到你……我之所以告知你书丢了，完全是为了维护你的自尊，因为你一旦知道我了解了纸条上的内容，肯定会十分羞愧。"

陈静楠慢慢地抬起头，眼睛里已经满是泪水。她将揉成一团的小纸条一张张展开，苦笑着摞在一起，任凭泪水源源不断地滴落到手背上。吉尔伯特不知道还能够再说些什么，他凝视着陈静楠手背上的泪痕，沉默了。陈静楠擦掉手背上的泪痕，抓起桌面上的那摞小纸条，站起身走到废纸篓旁边。吉尔伯特急忙攥住陈静楠那只攥着小纸条的右手，将陈静楠抱在怀里。陈静楠并没有挣扎，她将手里的小纸条交给吉尔伯特，额头紧贴着吉尔伯特的胸膛，轻轻啜泣着。

吉尔伯特左手攥着那摞熟悉的小纸条，右手揽着陈静楠的后背，意识出现了从未有过的空白。陈静楠好像突然间想到了什么，她怯怯地挣脱吉尔伯特的怀抱，再次回到办公桌前，茫然地望着窗外的法桐树。吉尔伯特悄悄地退出英格兰，带上房门，攥着那摞纸条回到了星条庐和钱伯斯街。他将小纸条一张张铺平压在书桌上的汉英词典下面，拿起剪刀剪开了桌面上那个大信封的封口。

大信封是上海寄来的，但不是英美烟公司中国分公司寄来的。吉尔伯特端详着信封上有些熟悉的笔迹，终于想到了格蕾丝。大信封内的信纸由两部分构成，一部分是两份已经由格蕾丝签过名的离婚协议书，一部分是格蕾丝写给吉尔伯特的简短的信。格蕾丝已经签过名的离婚协议书并没有让吉尔伯特难以接受的内容，吉尔伯特认真看了看，随即拿起钢笔，在留给自己签名的空白处签上了名字。

因为用力过猛，吉尔伯特刚刚写完自己名字的最后一个字母，笔尖便折断了。他将折断了笔尖的钢笔连同笔帽一起扔进废纸篓，又将其中的一份离婚协议书和压在汉英字典下面的那些小纸条，锁进中间的抽屉。虽然跟格蕾丝早已近乎路人，吉尔伯特还是渴望能够收到格蕾丝寄来的信件。颇具嘲讽意味的是，吉尔伯特期盼了很久的来信，竟然夹带着离婚协议书。他拽了拽中间的抽屉，从桌面上抓起格蕾丝的那封亲笔信，坐到长沙发上。

信很短，字迹很潦草，内涵却很丰富。吉尔伯特看完信，身体仿佛突然着了火。他愤怒地踢倒沙发前的茶几，随后将手里的信纸撕成了碎片。陶明礼听到茶几倒地的巨大声响，匆忙跑进钱伯斯街，进门的时候连门也没敲。原先摆放在茶几上的茶壶、茶碗以及茶杯都成了碎片，地面上还出现了一大片湿渍。吉尔伯特没有理睬陶明礼，他铁青着脸回到办公桌前，闭着眼睛仰靠在椅背上。

匆匆的脚步声再次响过，陈静楠走到了陶明礼身边。陶明礼扶起茶几，拿起放在墙角的笤帚和撮子，仔细清扫着地面上的陶瓷碎片、茶叶和纸片。陈静楠看了看满脸愠色的吉尔伯特，到卫生间拿过一块抹布，慢慢地擦拭着茶几的几面。陶明礼倒掉撮子里的陶瓷碎片、茶叶和纸片，随后又回到了钱伯斯街。他将笤帚和撮子放回原处，惴惴不安地瞥了一眼依旧闭着眼睛靠在椅背上的吉尔伯特，蹑手蹑脚地退出了星条庐。陈静楠将抹布放回卫生间，随后听到了吉尔伯特近乎沙哑的声音："你能来帮帮我吗？"

陈静楠皱了皱眉头，但还是返回了钱伯斯街。她隔着办公桌望着满脸憔悴的吉尔伯特，小声问道："刚才发生了什么事情？"

吉尔伯特指了指桌面上的离婚协议书，坐直身子说道："你自己看吧。"

陈静楠犹犹豫豫地拿起那份离婚协议书，匆匆地看了一遍，愣住了。离婚协议书，竟然是离婚协议书！陈静楠有些不相信自己的眼睛。她再次将手中的离婚协议书看了一遍，心里还是油然生出无限感慨。尽管离婚绝不可能是非常愉快的行为，但离婚协议的签字方毕竟是平等的。陈静楠曾经读过许多英文原著，对于所谓的离婚协议书并不陌生，但是看到离婚协议书的原件，还是第一次。她将手中的离婚协议书放在桌面上，盯着吉尔伯特近乎惨白的脸色问道:"你需要我做些什么?"

吉尔伯特用右手抓起桌面上的离婚协议书和大信封,叹息了一声说道:"你将这份协议书封起来交给陶明礼,让他按照这个大信封上的地址尽快寄出吧。"

陈静楠接过离婚协议书和大信封,再一次问道:"您不再考虑考虑?"

"没什么可考虑的。对我来说,早一天离婚,早一天解脱。"

陈静楠似懂非懂,但还是捏着那份离婚协议书和那个大信封,犹犹豫豫地转过了身。星条庐恢复了墓地般的寂静,吉尔伯特似乎听到了自己心跳的声音。他在星条庐漫无目的地转来转去,索性插上庐门,回到瑞灵顿街躺在了床上。虽然跟格蕾丝的婚姻早已名存实亡,虽然对于解除跟格蕾丝的婚姻早就有所期待,但格蕾丝寄来的信函还是让吉尔伯特恼羞成怒。按照格蕾丝信中所言,格蕾丝给吉尔伯特写信的时候,洛克伍德尚在天津;吉尔伯特接到格蕾丝的信件的时候,洛克伍德肯定在从天津开往上海的客轮上。洛克伍德抵达上海后,将和格蕾丝公开生活在一起,而且还将在黄浦江畔购置一幢别墅作为他们的新房。在信的最后,格蕾丝郑重地告诉吉尔伯特,洛克伍德回到上海后,将正式出任英美烟公司中国分公司总经理。

那封来自石家庄的电报证实洛克伍德不可能从天津直接赶往上海,吉尔伯特还是相信格蕾丝寄来的信函的真实性,尤其是字里行间流露出的熟悉的语调。从格蕾丝寄来的信函判断,洛克伍德即将开始的二十里堡之行并非预定的行程,而且绝非他愿意开启的行程。可是他即将开启的二十里堡之行,到底赋有什么使命呢?如果仅仅是为了并吞丹渊公司或者挤压丹渊公司的生存空间,完全可以列入正式行程啊!如果洛克伍德在离开上海之前就打算开启二十里堡之行,格蕾丝应该会知道的呀。

想到洛克伍德即将成为格蕾丝的丈夫,想到洛克伍德即将出任中国分公司总经理,吉尔伯特不时地感受到一阵阵突如其来的寒意。如果格蕾丝真的成了洛克伍德的妻子,自己还有脸面继续留在英美烟公司吗?洛克伍德还会允许自己继续留在英美烟公司吗？想到这里，吉尔伯特回到钱伯斯街连续喝了几杯茶水，叹息着走出了星条庐。太阳已经躲在米字庐西面，晚霞将米字庐顶部涂上了淡淡的红色。陈静楠双手推着脚踏车站立在米字庐门前，呆呆地仰望着同样被晚霞染红了的法桐树树冠。吉尔伯特锁上星条庐的庐门，走到陈静楠面前说道："夕阳西下了，你也应该回家了。"

陈静楠愣了愣，反问道："家？你是说瞻可园吗？"

吉尔伯特也愣了愣，随即沉默了。他和陈静楠并肩走出经理处和第一复烤厂，在车站二街上遇到了步履匆匆的陶明礼。陶明礼用左手背擦了一下渗出额头的汗珠，对着吉尔伯特和陈静楠说道："信件已经送到了邮局，但收信方最早也得半个月才能收到。"

陈静楠跟吉尔伯特交换了一下眼色，问道："怎么这么慢？"

"还不是因为战争？"

吉尔伯特没说什么，他对着陶明礼和陈静楠摆了摆手，头也不回地走到车站二街西首，随后踏上了南面的羊肠小道。羊肠小道以及西侧的路基上长满了茂密的杂草，几朵不知名的小花点缀在杂草丛中。吉尔伯特踏着茂密的杂草走到芳菲苑的西墙外，背对着墙壁上的窟窿轮廓坐在一个小土堆上。

一列火车轰鸣着驶过西面的铁轨，即使经过北面的火车站也没有减缓速度。吉尔伯特望着绿色帆布覆盖着的大炮，望着聚集在车厢里的数不清的军人，心里越发悲凉。火车拖着长长的汽笛声消失在暮色中，吉尔伯特似乎又被潮水般涌来的凄楚和孤独吞噬了。他凝视着铁道西面一望无际的烟田，和烟田尽头不再绚丽的晚霞，反复萦绕在脑海的，还是格蕾丝的那封信。

又一列火车轰鸣着驶过，火车运送的还是大炮和军人。吉尔伯特默默地感受着大地剧烈的颤动，内心的凄楚也像虞河的流水一样波动着。他恨恨地抓起一块石头，用力扔向西面的路基。

## 二十一

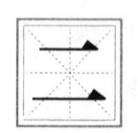

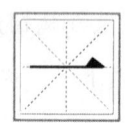

走出天王殿，对着站在殿门两侧的哨兵回了个军礼，程铭淮走到潍安汽车路跟车站三街形成的丁字路口，呆呆地望着东面不远处的潍县护国讨袁死难将士纪念碑。29师86旅374团竟然移防二十里堡，这是程铭淮没有想到的；尤其出乎程铭淮意料的是，庄季江竟然以二十里堡保安团团长的身份兼任了374团的团长；准确地说，庄季江以二十里堡保安团团长的身份回任了374团团长。

在火车站内的土坑旁遇到庄季江以后，尤其是右手被陶明礼抛出的石块击中以后，程铭淮非常惧怕遇到庄季江。庄季江的目光还像以前那么谦和、平静，甚至还有一丝忧伤，程铭淮却从中读出了深邃和意味深长。因为它的深邃，程铭淮常常彻夜难眠；因为它的意味深长，程铭淮的心脏常常会在不经意间加速跳动。程铭淮并不后悔接受贺惟忠的命令暗杀庄季江，而是后悔没能将庄季江置于死地。

庄季江不可能意识不到暗杀他的人是谁，为什么至今还平静得像一潭死水？每次想到这里，程铭淮都会长时间皱紧眉头。374团移防二十里堡，将团部设在了斐非寺。作为374团的团长，庄季江并没有进入斐非寺办公，而是继续留在保安团办公。回任374团团长，庄季江仅仅做了两件事，一是举荐陶明礼担任374团警卫连连长；二是举荐程铭淮兼任374团政训处处长,并要求程铭淮到斐非寺办公。

如果庄季江想抓捕自己,完全可以在保安团进行,没有必要移交374团的,庄季江举荐自己兼任374团政训处处长,或许并无深意。按照庄季江的安排,作为374团政训处处长的程铭淮,短时间的主要任务是让全团官兵尽快了解二十里堡以及潍县的风土人情。对于二十里堡以及潍县的风土人情,程铭淮也实在所知有限,几天下来,只好知难而退了。他除了到藏经楼跟澄明法师喝茶聊天,便是在藏经楼和大雄宝殿之间的树林里仰望被枝叶割裂的天空。

虽然二十里堡增加了一个团的部队,虽然嘹亮的军号声不时地从斐非寺传出,车站三街上的摊主和顾客依然置若罔闻。他们像往常一样叫卖着,讨价还价着,偶尔还会愤怒地争吵。兼任374团政训处处长以后,程铭淮既没有穿军装,也没有继续穿保安团的制服,而是换上了好多年没有穿过的便装。身着便装从潍安汽车路拐上车站三街,程铭淮第一次感觉自己跟身边的引车卖浆者没有两样,都普通得像脚下的泥土。

想到自己曾经受命暗杀庄季江,想到庄季江深邃而又意味深长的目光,程铭淮知道自己不可能像身边的引车卖浆者一样生活了。他到陶记百货店买了一盒香烟,低着头走到车站三街与车站东路交叉口西北面的一棵刺槐树下,弹出一支点燃了。淡青色的烟雾在程铭淮眼前时聚时散,车站三街上嘈杂的市声似乎消失了。庄季江即使不能确定自己曾经暗杀过他,至少会怀疑自己曾经暗杀过他。庄季江以前的隐忍,如果是避免打草惊蛇,在374团移防二十里堡以后,完全可以像屠夫宰杀羔羊一样置自己于死地。

他为什么迟迟不动手呢?想到这里,程铭淮的思绪再次陷入了停顿。他奋力扔掉手中的烟蒂,无意中看到了刚刚从北面走到白杨巷口的陶明礼。陶明礼显然也看到了程铭淮,他对着程铭淮挥了挥手,快步穿过车站东路,对着程铭淮行了个军礼。对于陶明礼被委以重任,程铭淮觉得顺理成章,但看到陶明礼身上的军服,心里还是有些凄楚。他抓住陶明礼还未垂下的右手,笑着说道:"374团移防二十里堡,也就意味着韩总指挥即将弃守济南了,两家复烤厂的安全保卫自然成了重中之重。你怎么有闲暇……"

"两家复烤厂的安全保卫,还是由保安团负责。保安团所有的工作,跟您离开保安团以前没有任何改变,包括值班表。"

"真的?"

"当然是真的。庄团长听说我很长时间没回家了,特意安排我回家陪陪父母。庄团长不止一次说过,374团一旦开拔,他就会离开二十里堡。贺团长正在筹备成立自己的经贸公司,看样子不可能再回保安团了。保安团团长的重任,有可能落到您的头上。"

程铭淮努力控制着激动的情绪,重新点上一支烟长长地吸了一口,说道:"不可能的。我已经兼任374团的政训处处长了,374团一旦开拔,我怎么可能留在二十里堡?"

"怎么没有可能?374团移防二十里堡以前,您想到过会兼任374团的政训处处长吗?"

"那倒也是。"

陶明礼没再跟程铭淮继续交谈下去,他回头瞥了一眼白杨巷,再次对着程铭淮行了个军礼。程铭淮望着陶明礼远去的背影,心里的凄楚和不安减轻了许多。贺惟忠正在筹备成立自己的经贸公司,程铭淮已有所耳闻。374团不可能永久驻防二十里堡,也是程铭淮意料之中的。他唯一没想到的,就是庄季江也将随着374团开拔。陶明礼很快就从程铭淮的视野消失了,但他刚才说过的话越来越清晰地回响在程铭淮耳边。程铭淮打消了返回斐非寺的念头,而是沿着车站三街继续西行,拐上了达勒姆路。

达勒姆路被刺槐树浓浓的树荫笼罩了,几对英美男女在树荫里漫步着,偶尔发出痴痴的笑声。道路两侧的商店全部开着门,留声机发出的音乐声混杂在一起,像暖洋洋的微风。程铭淮跟着那几对英美男女走进芳菲苑,恰巧遇到了邵佩珊。邵佩珊身穿明黄色旗袍,刚刚梳理过的头发湿漉漉的。

她袅袅婷婷地走到程铭淮面前，迫不及待地问道："贺团长一个多星期没来芳菲苑了，你们保安团到底出了什么事？"

"贺团长一个多星期没来芳菲苑了？"

程铭淮反问了一句，心跳骤然加速了。芳菲苑已经成了贺惟忠在二十里堡的家，他一个多星期没来芳菲苑，一定是离开了二十里堡。程铭淮皱了皱眉头，仔细追忆着跟贺惟忠最后一次见面的时间。374团移防二十里堡不过一个多星期，贺惟忠显然是在374团移防二十里堡的当天离开的。他为什么要离开？难道他策划暗杀庄季江一事暴露了？想到这里，程铭淮骤然出了一身冷汗。邵佩珊没有注意到程铭淮突然发白的脸色，她望了望达勒姆路上的行人，叹息着说道："我们这些当舞女的，跟抹布没有什么两样。用过之后就不会有人想起了。"

"如果你真的将自己当成抹布的话，像你这样的抹布，没有几个人用得起。"

邵佩珊笑了笑，说道："没想到程参谋长这么会讨女人欢心。难怪贺团长那么信任你了。您到芳菲苑来，不会是找我的吧？"

想到黄泓丽可能了解贺惟忠的去向，程铭淮勉强一笑，径直走向了梅韵阁。梅韵阁闭着阁门，但开着窗子。程铭淮经过窗前，无意中看到了吉尔伯特的身影。他略一踌躇，还是敲了敲阁门。黄泓丽没想到敲门的会是程铭淮，她敲开阁门后微微一愣，随即对着坐在长沙发上的吉尔伯特说道："你不是说找不到贺团长了吗？程参谋长肯定知道他的行踪。"

程铭淮谦卑地对着吉尔伯特点了点头，说道："我也在四处寻找贺团长。"

"没想到贺团长这么神秘。不光邵佩珊小姐不知道贺团长的行踪，原来您也不知道贺团长的行踪。"

程铭淮紧靠着远离吉尔伯特的扶手坐在长沙发上，眼睛却一直盯着黄泓丽。黄泓丽泡了一杯茶放在程铭淮面前的茶几上，微笑着回到办公桌前，坐在椅子上说道："你们保安团那么多长官，除了贺团长经常光顾我们芳菲苑，庄团长和您对我们芳菲苑似乎没有兴趣。是我们这里的舞女不对你们的口味，还是……"

程铭淮瞥了一眼吉尔伯特，对着黄泓丽双手合十，前后晃动着说道："怎么可能？怎么可能？"

"自从来到二十里堡，吉尔伯特先生一直是芳菲苑的常客。你不要忘了，吉尔伯特先生来自伟大的美利坚合众国，是见过大世面的。吉尔伯特先生认为，芳菲苑的舞女绝不亚于上海滩的舞女，即使跟纽约的舞女比起来，也毫不逊色。"

程铭淮的脸颊越发红了。他跟黄泓丽和吉尔伯特寒暄了几句，悄悄地站起身，退出了梅韵阁。虽然太阳早已高过树梢，但芳菲苑的早晨并没有来临。程铭淮重新踏上达勒姆路，点上一支烟站在芳菲苑门前，茫然地望着斜对面的丹渊公司。跟陶记百货店门前的车站三街一样，达勒姆路上同样熙熙攘攘，只是行人中多了一些英美人的面孔。程铭淮决定踏进芳菲苑，原本是寻找贺惟忠的。他没想到贺惟忠会不告而别，更没想到吉尔伯特也在关心贺惟忠的行踪。邵佩珊左手托着一个牛皮纸包穿过达勒姆路，打开牛皮纸包伸到程铭淮面前，笑着说道："怎么这么快就出来了？这次不是在等我吧？"

牛皮纸包里是许多糖块和巧克力。程铭淮吸了一口烟，用右手从牛皮纸包里捏出一块巧克力，说道："我现在囊中羞涩，等我有了足够的钱再找你吧。再说你是贺团长的人。"

"准确地说，我是有钱人的人，也是有权人的人。"

程铭淮微微一笑，捏着那块巧克力向南走去。

虽然阳光灿烂，但走在刺槐树浓浓的树荫里，程铭淮隐隐感到丝丝寒意。他在达勒姆路和车站三街形成的丁字路口转过身，面朝北站在车站三街路南面，将半截纸烟连同那块巧克力扔到一名乞丐面前。芳菲苑斜对面的丹渊公司依然有人出出进进，但出来的人几乎都拐向了车站二街。程铭淮望着那些步履匆匆的身影，又一次想到了贺惟忠。丹渊公司也是贺惟忠经常光顾的地方，他会躲在丹渊公司吗？下意识地摇了摇头，程铭淮向东踏上潍安汽车路，意外地看到了迎面而来的段裕征。段裕征对着程铭淮挥了挥手，尽可能快地跑到程铭淮面前，喘着粗气说道："刚才到斐非寺找你，他们说你往南去了，不让进。"

"我不在斐非寺，他们肯定不让你进了。"

段裕征冷笑了一声，说道："以前到保安团，也不是回回都能见到你和贺团长，可是从没有受到阻拦……"

"不要再提以前了……找我有事？"

段裕征四下里看了看，约着程铭淮走进东面的烟田，在潍县护国讨袁死难将士纪念碑北侧停下了脚步。因为完全暴露在阳光下，纪念碑四周弥漫着烟草的辛辣味和泥土的潮湿气。程铭淮坐在碑座最下面的台阶上，随手薅出一棵车前草，捏着穗状花序的长柄对着段裕征说道："你找我到底有什么事？"

段裕征坐在程铭淮身边，望着斐非寺的围墙以及大雄宝殿和天王殿的殿顶说道："我是找不到贺团长才找你的。"

"贺团长到底去哪里了？"

"374团开进二十里堡的当天下午，贺团长就坐上了西行的火车。"

"他临行前在聚贤馆用过餐？"

段裕征摇了摇头。

"他临行前跟你打过招呼？"

段裕征再次摇了摇头，说道："我是在火车站广场上无意中发现他的。他走得很匆忙，并没有发现我。"

"这件事已经过去一个多星期了，你为什么今天才告诉我？"

"我最初并没有意识到贺团长出走的严重性。贺团长在374团开进二十里堡的当天下午离开二十里堡，原因只有一个，那就是惧怕庄季江对他实施报复。庄季江应该早就了解了自己被暗杀的真相，他之所以不动声色，主要是没找到实施报复的合适机会。"

"你的意思是，只要374团驻扎在二十里堡，庄季江就可以无所顾忌？"

段裕征点了点头，答道："374团开进二十里堡之前，庄季江虽然担任了保安团团长，但毕竟形只影单……现在情况不同了。"

"贺团长的突然出走，的确是非常严重的事情。如果以前庄季江仅仅怀疑贺团长对他实施了暗杀，贺团长的突然出走，也就证实了庄季江的怀疑。"

"贺团长的出走，客观上将我们俩置于了危险境地，尤其是你。我毕竟只是知情者，而你却是实施者。好在贺团长的出走，暂时转移了庄季江的视线，相信他不会对我们贸然下手。"

说到这里，段裕征戛然而止。他望着斐非寺的围墙以及大雄宝殿和天王殿的殿顶，脸上流露出忧郁的神色。程铭淮下意识地揉捏着手中的车前草，也没再说什么。了解到贺惟忠已经逃离了二十里堡，程铭淮有了被出卖的感觉。他原本以为贺惟忠真的会跟自己同甘苦共患难的，没想到危险尚未降临，贺惟忠就逃之夭夭了。贺惟忠独自西行，又会到哪里去呢？韩复榘放弃济南，已经只是时间问题。难道他……

程铭淮扔掉手里的车前草，沉默了。

"我之所以急于见到你，主要还是希望咱们能够共同面对目前的危险。没有人愿意充当替罪羊。"

段裕征说完，怅怅地站起身，向着潍安汽车路走去。程铭淮不知道应该说什么，只是一动不动地坐在原处，长时间凝望着段裕征的背影。段裕征显然感到了巨大压力，这压力难道仅仅来自贺惟忠的不告而别？程铭淮隐隐约约地知道段裕征是贺惟忠的情报员，但并不知道段裕征具体做了些什么。他默默地仰望着斐非寺上方的天空，再也没有了对于佛教圣地的崇敬，所能感受到的只有刺刀的寒光。斐非寺自然是二十里堡最理想的驻军场所，不光有大量的房屋可供军人居住，坚固的围墙也便于防守。可是，斐非寺毕竟是佛教圣地啊！自从374团入住斐非寺，钟楼里的钟声再也没响过，倒是军号声不时响起，那样凄厉，那样令人心惊肉跳。

虽然不愿意踏进斐非寺，但又不能像贺惟忠一样一走了之，程铭淮感觉自己成了虞河里无根的浮萍，只能随波逐流了。他走下台阶，围绕纪念碑慢慢地转了一圈，点上一支烟用力吸了一口。除了纪念碑四周的几棵杂草，烟田里几乎看不到杂草，烟农们的付出可想而知。那些在烟田里劳作的农人是可怜的，没有希望的，自己的希望又在哪里的呢？

将烟蒂扔到烟田里，程铭淮循着段裕征的足迹踏上潍安汽车路，极不情愿地向着斐非寺走去。天王殿殿门两侧依然挺立着两名哨兵，他们同时挺起胸膛，对着程铭淮行了个军礼。程铭淮没有理睬那两名哨兵，而是低着头走进天王殿，走到澄明法师身边。澄明法师弯着腰站在过道里，聚精会神地注视着镶嵌在南墙上的一块刻石，嘴角始终带着一丝笑意。程铭淮循着澄明法师的目光眨了眨眼睛，才看清那块刻石是重修天王殿碑。澄明法师直起腰叹息了一声，说道："斐非寺始建于明朝万历二年，至今已经356年了，即使道光元年重修的这座天王殿，至今也已经109年了……斐非寺见证了人世间的沧桑巨变。"

程铭淮笑了笑，说道："从佛教寺院变成国民革命军的军营，恐怕应属沧桑巨变吧？"

澄明法师没有笑，脸上也没有一丝愠色。他双手合十，问道："庄季江团长刚才派人到藏经楼找过你，说是有急事。你见到庄团长了？"

"庄团长找我？"

程铭淮吃了一惊。

"来人说，庄团长正在保安团。"

程铭淮没再说什么，他转身走出天王殿，再次踏上了潍安汽车路。庄季江到底有什么急事？难道他真的掌握了自己谋害他的证据？程铭淮在斐非寺的照壁北侧搭上一辆黄包车，忐忑不安地端坐在车厢里，失神地望着道路两侧的烟田。如果庄季江真的要抓捕自己，斐非寺是最好的地点，何必非要自己赶往保安团呢？想到这里，程铭淮轻松了许多。

从潍安汽车路拐上车站一街,再从车站一街来到保安团大门前,程铭淮的心跳还是禁不住加速了。他下了车,付了车费,暗暗地告诫自己一定要冷静。站在大门两侧的哨兵同时对着程铭淮行了个军礼,神情依然像以前那样谦卑,其中的一位还有一种想跟他诉说的欲望。大门内的南北甬道上鲜有人迹,只有南面的操场时偶尔响起喊杀声。程铭淮故作平静地接近度因院的月亮门,看到站立在门前的哨兵也跟平常没有两样。

庄季江找自己,真的是因为有急事吗?

度因院里的葡萄架早已被浓密的叶子覆盖了,远远望去,一穗又一穗的葡萄像一颗颗即将滴落的巨大的露珠。程铭淮走到葡萄架下,脚步略微放缓了。因民斋大开着房门,会议桌四周的椅子摆放得整整齐齐。程铭淮愣了愣,鼓足勇气迈进了门槛。除了中国地图,度义斋的北墙上增添了一张大比例尺的山东省地图,庄季江左手捏着一个放大镜,聚精会神地注视着二十里堡四周的区域。他听到了脚步声,转身将放大镜放在会议桌上,对着程铭淮说道:"派人到斐非寺找你,你不在。我以为你也像贺团长一样失踪了呢?"

程铭淮的心脏仿佛要跳出喉咙,他双手抓住椅背,双腿竟然有些瘫软了。庄季江抬起右手指了指地图上的济南,说道:"济南已经成了死城,守下去根本没有任何意义。相信韩总指挥很快就会率部东撤的。"

听到庄季江并没有跟自己摊牌的意思,程铭淮的神情渐渐恢复了正常。他尝试着移动到庄季江身边,说道:"韩总指挥率部东撤,是不是意味着山东将变成阎锡山的天下?"

庄季江拿起放大镜对着地图上的淄河戳了戳,说道:"淄河是济南以东的第一道天然屏障。如果韩总指挥派重兵守护,晋军不一定能够进入淄河以东地区。"

"如果淄河防线无法阻挡晋军,二十里堡会受到战争蹂躏吗?"

"淄河防线一旦被晋军突破,二十里堡一定会被放弃,因为四周无险可守。即使晋军突破了淄河防线,也会在潍河东岸止步,因为韩总指挥一定会构筑更加坚固的潍河防线,而且蒋总司令绝不会允许阎锡山在山东称孤道寡。"

跟庄季江谈论着想象中的战事,程铭淮不再专注庄季江的脸色,而是和庄季江一起将目光投向了地图上那条长长的胶济铁路。庄季江再次将手中的放大镜放在会议桌上,随手拿起一张委任状交给程铭淮,说道:"遵照上峰的指示,二十里堡保安团将被整编为374团独立营,我保举你担任了营长。因为时间太紧张,并没有事先征求你的意见,想必你不会反对。"

程铭淮大吃一惊。他展开委任状仔细看了看,挺直身子对着庄季江行了个军礼,说道:"程铭淮即使衔环结草,也不能报答您的知遇之恩。"

庄季江约着程铭淮坐在椅子上,说道:"咱们兄弟就无须客气了。二十里堡保安团虽然号称团,实际人数还不到一个营。这次整编的目的,主要还是为了纯洁思想,振奋精神,更好地服务地方。春节后上峰派我来担任保安团团长,主要目的就是摸清保安团的实际情况,提出切实可行的整编建议。要不是贺惟忠团长处处给我设置障碍,并且拒绝跟我合作,想必我早就返回374团了。当然,要不是贺团长处处给我设置障碍,并且拒绝跟我合作,你也不可能担任374团独立营营长。"

程铭淮依然处于迷雾之中,感觉看到和听到的一切,都那么不真实。他小心翼翼地卷起委任状,说道:"贺团长处处给您设置障碍,并且拒绝跟您合作,主要是因为您担任了保安团团长。而保安团团长一职,是他梦寐以求的。"

"我作为374团的团长,一名正规部队的团长,会对二十里堡保安团团长一职感兴趣吗?"

"贺团长实在目光短浅。"

"目光短浅情有可原,但我没想到他那么心狠手辣。"

程铭淮的神经猛然紧绷起来,他不安地望着庄季江,问道:"您是说……"

"我差点命丧二十里堡火车站,不可能是别人策划的。我来二十里堡上任,我的警卫班一直将我护送到潍县火车站。在二十里堡,除了贺团长,谁有动机暗杀我?谁有能力暗杀我?又有谁知道我到达二十里堡的准确时间?"

"如果真的是贺团长对您实施了暗杀,他也太……"

"贺团长不知去向,想必与374团突然移防二十里堡有关,他担心我会……"

庄季江笑了笑,没再说下去。

程铭淮的脸颊早就涨得绯红了,他站起身说道:"保安团完成整编后,我一定着手调查具体谋害您的人,想必贺惟忠不会亲自下手。"

庄季江长叹一声,说道:"具体谋害我的,是两个人。要不是我放松了警惕……我已经派人将因民斋清扫了一遍,以后就归你使用了。度义斋还是暂时保留着吧,不过我不会常来了。"

"您……"

"我离开374团,已经4个月了……保安团的整编由你主持,我没有什么不放心的,只要整编后的独立营绝对忠诚蒋总司令即可。二十里堡不光给英美烟公司创造了巨额财富,也是国民政府的重大利益所在,不能有半点闪失。整编过程肯定会遇到各种阻力,但你也没必要担心。374团就驻扎在二十里堡,想必没有人敢轻举妄动。"

结束了跟程铭淮的谈话,庄季江关闭了度义斋内所有的窗子,并且拉上了所有的窗帘。程铭淮跟着庄季江走出度义斋,站在门前说道:"我尽快起草整编方案,请您审阅。"

庄季江锁上度义斋的斋门,走出月亮门跟哨兵低语了几声,随后消失了。程铭淮左手攥着那张委任状走进因民斋,也就是贺惟忠以前发号施令的地方,静静地环顾着房间里的一切。除了更换了新的办公桌,其他一切如旧。不管是文件橱、沙发还是茶几,都是贺惟忠曾经使用过的。贺惟忠以副团长的身份主政保安团期间,即使庄季江最初主政保安团期间,程铭淮也是因民斋的常客，对于因民斋的一切，自然是熟悉的。可是以主人的身份进入因民斋，程铭淮还是有了不一样的感受。他走到崭新的办公桌前，用两块镇纸将委任状压在桌面上，双手交叉着抱在胸前。

因为开着前后窗，因民斋里不时地有微风吹过。程铭淮走到窗前，默默地望着葡萄架上微微抖动的葡萄叶，第一次意识到衣服的后背已经被汗水浸湿了。他回到办公桌前，卷起委任状锁进中间的抽屉，拔出钥匙装进了裤兜。对于贺惟忠策划的那次暗杀，庄季江早已洞若观火。他之所以隐忍不发，有可能是对于贺惟忠有所顾忌或者还有其他考虑；贺惟忠在374团移防二十里堡的当天不辞而别，显然是意识到庄季江不再有任何顾忌。可是，庄季江真的不知道自己参与了那次谋杀吗？

程铭淮关闭前后窗，斜躺在以前只能正襟危坐的长沙发上，茫然地望着曾经熟悉的一切。那天晚上实施谋杀的时候，程铭淮和周振武并没有给予庄季江回头的机会，也就是庄季江并不清楚是谁实施了谋杀。庄季江将谋杀的策划者认定为贺惟忠，依靠的应该是推理，而不是实实在在的证据。

除了贺惟忠和自己，掌握庄季江被害真相的，应该只有段裕征和周振武。只要段裕征和周振武能够守口如瓶，庄季江就不可能将自己跟那天晚上的谋杀案联系在一起。可是，怎样才能够让段裕征和周振武守口如瓶呢？闭上眼睛，默默地想象着段裕征和周振武的面容，程铭淮感到了越来越强烈的不安。周振武是知情人，是因为参与了谋杀。段裕征没有参与谋杀，他又是怎么掌握内情的呢？想到段裕征和贺惟忠的密切关系，程铭淮更是不寒而栗。他坐起身，到院子里的水龙头旁洗了洗脸，又回到了因民斋。

虽然因民斋乃至整个保安团都变成了自己的领地，程铭淮还是感觉不踏实，毕竟这一切来得太突然，甚至自己从来没有奢望过。他锁上斋门，将钥匙攥在手里，痴痴地望着南面不远处的葡萄架。已经临近午饭时间，茂密的葡萄叶无精打采地感受着阳光，似乎有些慵懒。程铭淮刚刚走到月亮门口，哨兵就挺直身子行了个军礼，并且叫了一声"程营长"。程铭淮愣了愣，随即点了点头，脸上堆满了笑意。保安团大门前的车站一街依然像以前那样忙碌，南北两侧的刺槐树依然像以前那样静静地伫立在阳光下，微风偶尔吹过，树叶依然像以前那样发出细微的声响。程铭淮走到大门西侧的一棵刺槐树下，默默地望着西北面的那几座烤烟房，以及车站一街东首的瞻可园，感觉呼吸比以前畅通了许多。他沿着车站一街向西拐上车站路路口，还不知道自己最终要去哪里。

熙春医院的院门不时地开启又闭合，不少人神情凝重地出出进进，只有一对英美男女的脸上像绽放的花朵。火车站广场上依然聚集着许多人，商贩们的叫卖声依然时起时伏。程铭淮漫无目的地走到火车站东面围墙的豁口处，跟豁口下面的一位水果摊摊主闲聊着。除了增加了一些炉灰，除了长出了一些杂草，豁口西面的土坑还保持着几个月以前的样子，土坑南西北三面的货物依然堆积如山。想到几个月前那次不成功的暗杀，程铭淮有些不安，又有点窃喜。要是那次暗杀成功了，自己还能够担任374团独立营营长，继而成为二十里堡未来的主宰吗？水果摊摊主看到程铭淮并没有购买水果的欲望，也就不再说话了，他低下头，面无表情地注视着眼前穿着各种各样的鞋子的脚。程铭淮读懂了摊主的神情，他从口袋里掏出几枚铜元扔到水果摊上，转身向南走去。

嘹亮的汽笛声从北面远远传来，一列客运列车停在了火车站。乘务员发出的哨音和车门开启的声音响过，车站路上越发热闹起来。程铭淮走到车站路和车站二街的拐角处，没有折而向东，而是继续向南，踏上了杂草丛生的羊肠小道。沐浴着毫无遮拦的阳光，小道上的杂草也失去了生机，好像要睡着了的样子。程铭淮踏着杂草向南走了几步，随后靠近小道东侧的墙壁，踏着墙壁下的阴影慢慢地踱来踱去。

不管庄季江基于什么目的保举自己担任374团独立营营长，委任状毕竟已经拿到了。只要自己利用整编的机会牢牢掌控保安团，也就是所谓的独立营，二十里堡自然便会进入新的时代。到了芳菲苑西墙上的窟窿轮廓处，程铭淮面朝北坐在刺槐树下的一块石头上，眼前又一次浮现出和周振武暗杀庄季江的那天晚上的场景。贺惟忠的出走，已经证实了他的暗杀策划人身份，即使有一天他向庄季江告发自己是暗杀的具体实施者，庄季江也不会完全相信，最多将信将疑。可是如果周振武和段裕征向庄季江告发自己，情况就完全不一样了。想到这里，程铭淮觉得自己依然处在冰山之上，冰山一旦融化，自己将葬身大海。

长时间没有火车经过，程铭淮清晰地听到了自己剧烈的心跳。假如庄季江确认自己参与了那次暗杀，会轻易放过自己吗？程铭淮抬起头向北望了望，颇为惆怅地站起身，目光落在芳菲苑西面围墙的窟窿轮廓上。他皱了皱眉头，脑海里渐渐浮现出林伊萍的身影。如果段裕征和周振武也能像林伊萍那样死于非命，自己脚下的冰山，至少不会迅速融化了。

"段裕征和周振武不应该活在世上了。"

程铭淮向北走了几步，突然听到了一个熟悉的声音。他惊恐地四处看了看，才意识到那声音来自他的心底。从羊肠小道重新回到车站路和车站二街的拐角处，程铭淮站在车站二街南侧的一棵刺槐树下，目不转睛地望着北面不远处的聚贤馆。因为有行人和车辆的遮挡，程铭淮只能看到聚贤馆南面的山墙和房顶，连聚贤馆的房门都看不到，但他仿佛看到了段裕征犹疑不定的眼神。而那眼神，时时透着寒光。庄季江死而复生的消息，在庄季江死而复生的第二天就传播开了，周振武怎么敢向别人透露实情？段裕征所了解的实情，只能来自贺惟忠。更有可能的是，自己和周振武暗杀庄季江的那天晚上，段裕征充当了贺惟忠的另一双眼睛。程铭淮再次惊恐地四处看了看，仿佛又听到了那个来自心底的声音。他沿着车站路走到聚贤馆门前，脚步有些迟疑。因为已经过了午饭时间，聚贤馆里不再拥挤了，段裕征拖着长音穿梭在顾客们之间，热情但又略显疲惫。他见到了程铭淮，脸上的笑容立刻像绽放的花朵。程铭淮对着他点了点头，问道："还有雅间吗？"

"有。"

段裕征答应了一声，带着程铭淮走进含章居，随手闭上了房门。程铭淮双手按着餐桌还未落座,段裕征突然挺直身子行了个军礼,郑重地说道:"祝贺程营长!"

程铭淮心里一沉,但脸上的表情并没有变化。他坐在餐桌旁抬起右手,指了指身边的另一把椅子。段裕征侧着身子坐在程铭淮身边,说道:"贺团长出走后,我整天提心吊胆,睡觉时都睁着一只眼睛。您接管了保安团,我算是可以安心睡觉了。"

"你自然可以安心睡觉了,我却睡不着觉了。"

"为什么?"

"还不是因为我和周振武暗杀庄季江那事。庄季江保举我担任374团独立营营长,显然是不知晓我曾参与暗杀他。要是庄季江知道我参与了那次谋杀,我除了乖乖地将已经到手的独立营营长拱手相让,甚至还可能招来杀身之祸。只要374团驻扎在二十里堡,庄季江想除掉我,不比踩死一只蚂蚁困难。"

段裕征神情庄重地点了点头,说道:"您想……"

"我还没下最后的决心……都是在一起摸爬滚打过的弟兄……再说也没有正当理由。要是其他弟兄问起来,我怎么回答?"

"您如果不忍心下手,就交由我来处理吧。周振武死后,我希望您能给他开个追悼会,并且多给他的家人一些抚恤金,就说是被晋军的密探杀死的……"

程铭淮未置可否,他往段裕征身边靠了靠,说道:"我来找你,主要还不是因为周振武,而是希望你能回独立营助我一臂之力。我希望你能将我以前承担的工作承担起来,但具体名分,还得跟庄季江协商……不管怎么说,咱们都是贺团长的人。"

"贺团长都逃离二十里堡了,我继续留在聚贤馆也没啥意思了……我没想到您这么看重我。"

段裕征站起身,再次对着程铭淮行了个军礼。程铭淮也站起身,注视着段裕征说道:"独立营的整编工作一旦完成,我就会通知你离开聚贤馆,到独立营任职。没有你的协助，我心里不踏实。你最近几天如果有事，可以到芳菲苑的舞厅找我，而且最好利用晚上时间。咱们见面后，也要装出不期而遇的样子。"

"我明白。今天晚上我就将周振武处理掉。"

程铭淮依然未置可否。他再次往段裕征身边靠了靠，说道："该说的咱们都说了，我还是尽快离开这里吧，以免引起别人怀疑。"

"也好。"

走出聚贤馆，意味深长地回头看了一眼段裕征，程铭淮沿着车站路向北走去。车站路两侧的行人依然川流不息，道路中间出现了一道南北走向的缝隙。缝隙里倾泻进明亮的阳光，仿佛隆冬季节虞河冰封的河面。程铭淮望着道路中央那道明亮的光影，心里弥漫着凄凉。他原本打算说服段裕征处死周振武的，没想到段裕征竟然主动请缨。

唉，人啊！

搭乘黄包车从车站路拐上车站一街，远远地望着保安团大门，程铭淮再一次想到了段裕征。段裕征在见到自己以前，显然已经获取自己就任独立营营长的消息了。他怎么这么快就能获取相关消息呢？程铭淮真切地感受到巨大的威胁。难道保安团有人向段裕征提供情报？或者说段裕征早就将手伸进了保安团？程铭淮不愿意让站立在保安团大门两侧的哨兵看到自己，他要求黄包车夫重新回到车站路，又从车站路辗转来到斐非寺的天王殿殿门前。站立在殿门两侧的两名哨兵依然对着程铭淮行了个军礼，程铭淮依然没有理睬他们。他下了车，付了车费，快步穿过天王殿中间的通道，直接走向斐非寺西北角紧靠着藏经楼的那排僧舍，也就是374团政训处所在地。

政训处总共占用了3间房屋，西面两间没有间隔，东面那间供程铭淮独自使用。距离政训处还有十几米，程铭淮就听到了嘈杂的说笑声，他刚刚走到政训处门前，说笑声随即戛然而止。几名工作人员坐在各自的办公桌前，目不转睛地盯着桌面上的报纸或者文件。程铭淮一直将自己当作政训处甚至374团的过客,根本不愿意介入政训处的具体事务,甚至没有跟政训处其他人员交往的兴趣。他对着他们笑了笑,走进自己的那间办公室,闭上了房门。

程铭淮在政训处使用的办公桌,就是原来在保安团使用的办公桌。虽然桌面上的油漆已有部分剥落,但还是一尘不染。程铭淮坐到办公桌前的椅子上,掏出钥匙打开中间的抽屉,拿出一个小玻璃瓶装进了口袋。他重新锁上抽屉,离开办公桌走到窗子前面,默默地望着不远处的藏经楼。程铭淮原本就在政训处度日如年,既然已经接任了独立营营长,更没有必要留在政训处了。他走出政训处,不无告别意味地回望着藏经楼,慢慢地绕过了大雄宝殿。

再次踏上潍安汽车路,程铭淮右手插进裤兜,抚摸着里面的小玻璃瓶站立了很长时间。取走放在办公桌内的小玻璃瓶,所谓的政训处对于程铭淮来说便没有了任何牵挂。他没必要再次踏进斐非寺,也不愿意立刻走进保安团,一时间竟然迷惘了。潍安汽车路上的行人极其稀疏,倒是一辆辆军车拖着尘土的迷雾来来往往。程铭淮搭上一辆黄包车,才意识到自己还没吃午饭。他对着黄包车夫的背影说了声"达勒姆路",双手把着扶手懒懒地躺在车厢里。

黄包车从潍安汽车路拐上车站三街,慢慢地来到达勒姆路路口,停在路口西北角的一棵刺槐树下。程铭淮下了车,掏出一把铜元扔到车厢里,在黄包车夫疑惑的目光里向北走去。他走走停停,眼睛一直望着芳菲苑的大门。多少年以来,直至早上见到那张写有自己名字的委任状之前,程铭淮一直将芳菲苑视为可望不可及的地方,不是手里缺少金钱,而是因为贺惟忠经常出入芳菲苑,见面时难以避免尴尬。再次远远地望着芳菲苑的大门,程铭感觉不像以前那样可望而不可即了,甚至也不再感到拘束了。

虽然以前仅仅出入过几次芳菲苑,程铭淮对于芳菲苑内的布局以及规矩却了然于胸。他走进芳菲苑,先是在舞厅门前的大柳树下驻足了片刻，随后踏上了舞厅的台阶。舞厅里光线黯淡，两位女侍站在吧台里，显得有些慵懒。程铭淮轻轻地拍了拍吧台的台面，问道："那个邵佩珊有客人吗？"

程铭淮绝不是舞厅的常客，但他话语中的"那个"，还是透着某种威严。一位女侍翻开登记簿看了看，说道："还没有。您找她？"

程铭淮点了点头，没再说话。另一位女侍走出吧台，亲热地挽起程铭淮的左臂。

舞池西北角的卡座上坐着一对男女，他们旁若无人地相拥着，手中的高脚杯连续发出轻微的碰撞声。虽然有女侍依偎在身边，程铭淮还是感觉脚步不怎么踏实。他走出舞厅的西便门，走进东西两侧都开着窗子的长廊，内心深处油然而生的自信终于取代了忐忑不安。长廊南侧半开着几扇阁门，若有若无的音乐声挤出门缝，在程铭淮身边涟漪般荡漾着。对于眼前的这道长廊，程铭淮也不陌生，那位名叫林伊萍的舞女惨死的当天晚上，他曾经进出过林伊萍居住的莲香阁。

邵佩珊居住的菊英阁竟然在莲香阁西侧，而且是隔壁，这又是程铭淮没有想到的。搀扶着程铭淮的女侍敲了敲菊英阁的阁门，暧昧地瞥了程铭淮一眼，转身离开了。阁门慢慢开启，身着浅紫色睡衣的邵佩珊出现在阁门口。她看到站在长廊里的程铭淮，顿时流露出惊讶的神色。程铭淮瞥了一眼阁门紧闭的莲香阁，侧身走进菊英阁，依然有些拘束地站在卧室门口。邵佩珊关闭阁门，对着程铭淮笑了笑说道："程参谋长怎么有闲暇来芳菲苑？庄贺两位团长都离开二十里堡了？"

"二十里堡保安团已经整编为374团独立营。我不再是保安团的参谋长，而是独立营的营长了。"

"恭喜程营长。有需要我效劳的吗？"

程铭淮走到靠近南窗的圆桌旁，面对着邵佩珊坐在椅子上，说道："我还没吃午饭，你先给我弄点吃的吧……不要西餐。"

"不要西餐？"

417

邵佩珊反问了一句，微笑着走出菊英阁，很快就用托盘端着一碗馄饨和两碟小菜站在程铭淮面前。程铭淮接过托盘放在小圆桌上，略微将身体往椅背上靠了靠，不经意间叹息了一声。邵佩珊关闭阁门，到卫生间洗了洗手，紧靠着程铭淮坐下了。她将那一碗馄饨和那两碟小菜摆放在小圆桌上，站起身将托盘放在长沙发前面的茶几上，说道："来芳菲苑的人，大都是为了满足性欲的，很少是为了满足食欲的。"

"你以为我来芳菲苑，仅仅是为了满足食欲吗？要是为了满足食欲，我还有必要找你吗？"

邵佩珊没再说什么，只是努力维持着脸上的笑意。程铭淮吃掉碗里的馄饨和荷包蛋，端起碗喝了几口汤，随后到卫生间冲了个澡。邵佩珊拉上卧室的窗帘，服侍着程铭淮躺在床上，背靠着床头坐在程铭淮身边。程铭淮呼吸着枕头发出的芬芳，伸展着四肢躺在床上，耳边反复回响着段裕征在聚贤馆跟自己的全部谈话。段裕征承诺晚上将周振武处理掉，他真的能将周振武处理掉吗？也许是因为高度紧张，也许是因为菊英阁太温馨，程铭淮渐渐地进入了梦乡。梦中的他一会儿飘荡在天空中，一会儿沉浮在大海里，仿佛一片脱离了树枝的枯叶。等到夜幕四合，邵佩珊燃亮床头灯，轻轻地推了推程铭淮，说道："早就过了晚饭时间了，想吃点什么？"

程铭淮下了床，在邵佩珊的注视下穿上衣服，笑着说道："你想吃点什么？"

"我现在不饿，一点都不想吃。"

"我也不饿。咱们到舞厅里随便吃点点心吧。"

邵佩珊答应了一声，毫无顾忌地在程铭淮面前脱下睡衣，换上了一件暗红色旗袍。对于邵佩珊的裸体以及身上的暗红色旗袍，程铭淮似乎视而不见。他到卫生间洗了洗脸，抬起左腕看了看手表，跟着邵佩珊走出了卧室。邵佩珊在阁门后面抱住程铭淮的脖颈，贴在程铭淮耳边小声说道："在我的房间里待了一下午，你还没有亲过我嘛。"

程铭淮抬起右手拍了拍邵佩珊的屁股，说道："今晚咱们不是还要睡在一张床上吗？"

邵佩珊吻了一下程铭淮的脖颈，松开双手，敞开了阁门。阁门开启的一瞬间，缠绵的歌声像流水一样冲进菊英阁，程铭淮的身体突然间颤动了一下。他走出菊英阁，等候邵佩珊锁上阁门，伸出左手将邵佩珊揽在怀里。邵佩珊依偎着程铭淮走进舞厅，拉着程铭淮的双手步入舞池，身体慢慢地晃动起来。程铭淮无法配合邵佩珊的节奏，只好停住脚说道："我不会跳舞，以前从没有进过舞池。"

"你以为我们这些当舞女的，一生下来就会跳舞？"

程铭淮跟着邵佩珊转了几个圈，最终还是离开了舞池。他牵着邵佩珊的手走到舞厅的西北角，坐在一处僻静的卡座上。邵佩珊对着站在不远处的一位女侍招了招手，那位女侍立刻走到了程铭淮身边。程铭淮点了一瓶产自意大利伦巴第的红葡萄酒和一盘点心、一盘水果，双臂交叉在胸前，仔细分辨着舞厅里的男男女女。邵佩珊将程铭淮和自己面前的高脚杯里倒满红葡萄酒，捏起一块点心送进程铭淮嘴里，说道："来到二十里堡这么多年，我从来没有像今晚这么轻松过。"

"你如果想跳舞，可以找别人。"

"一旦跳舞成了谋生的手段，也就等同于种地打鱼了。"

"如果是这样，你先回菊英阁吧。我想在这里独自坐一会儿。"

邵佩珊犹豫了片刻，又捏起一片香蕉放进程铭淮嘴里。程铭淮等候邵佩珊的身影消失在舞厅的西便门，立刻从裤兜里掏出了那个小玻璃瓶。他将小玻璃瓶里的白色粉末分别倒进邵佩珊和自己面前的高脚杯，又将小玻璃瓶拧紧盖放进了裤兜。舞池里依然人影幢幢，缠绵的歌声依然像水波一样荡漾着。程铭淮从陆续进入舞厅的人群中分辨出段裕征模模糊糊的身影，身体立刻像着了火一样。他将茶几上的两个高脚杯轻轻地晃了晃，闭上眼睛仰躺在靠背上。轻轻的脚步声过后，段裕征隔着茶几坐在程铭淮对面。他端起邵佩珊的那杯红葡萄酒一饮而尽，呼吸还是有些急促。程铭淮睁开眼睛，懒懒地抻了抻腰，盯着段裕征面前已经空了的高脚杯问道："顺利吗？"

"顺利。他现在正吊在保安团东北面的一间烤烟房里呢……就是事后口渴得厉害。"

程铭淮将自己的那杯红葡萄酒推到段裕征面前，说道："你马上赶到斐非寺南面的护国讨袁死难将士纪念碑处，我还有事跟你商量。这里说话不方便。"

段裕征再次端起高脚杯一饮而尽，随后离开了。程铭淮站起身，不动声色地将茶几上的两个高脚杯扔到地上，放心地看着在霓虹灯下闪闪发光的玻璃碎片。

## 二十二

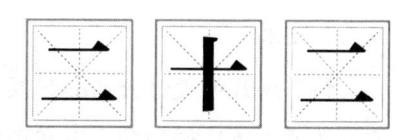

淅淅沥沥的小雨早已停了，天空依然灰蒙蒙的。陈静楠独自站在米字庐的廊檐下，懒懒地仰望着庐门前的法桐树。经过雨水冲洗，树叶更加娇嫩，空气也更加清新。陈静楠对着星条庐紧闭的庐门和窗子意味深长地笑了笑，弯下腰捡起一片法桐树叶。她捏着叶柄仔细欣赏着叶面，偶尔摇摇头，发出一两声叹息。

山东战事日趋紧张，胶济铁路几乎变成了运兵线，战争的阴云在二十里堡上空弥漫着。吉尔伯特似乎不再关心各大报纸相继推出的"每日战况"，他除了到第二复烤厂进行所谓的巡视，便是到芳菲苑感受黄泓丽的温情。想到吉尔伯特给自己看过的那份离婚协议书，陈静楠对于吉尔伯特的放浪竟然多了几分理解。她穿过甬道敲了敲星条庐的庐门，失望地扔掉手里的树叶，再次回到米字庐的廊檐下。陶明礼担任374团警卫连连长后离开了经理处，吉尔伯特的大部分时间都在芳菲苑，陈静楠常常是一个人在米字庐品味孤独。她走进英格兰，将茶几上的茶杯里倒满水，端着茶杯坐在办公桌前。办公桌上摆放着一本最新出版的《英美烟公司月报》，《英美烟公司月报》上面却压着《查特莱夫人的情人》。

对于失而复得的《查特莱夫人的情人》，陈静楠再也没有了阅读兴趣。也许是对陈静楠撒过谎又被陈静楠揭穿了的缘故，吉尔伯特总是尽量回避陈静楠，即使不得不见面，也显得很不自然。陈静楠原本就没有多少事可做，因为经常见不到吉尔伯特，更像是被遗忘了一样。她除了将《烤烟种植与山东农民》一章一章地译成中文，便是望着书桌上的《查特莱夫人的情人》发呆。

到了离开英美烟公司的时候了！陈静楠将《烤烟种植与山东农民》的第五章英文稿拉到面前，下意识地叹息了一声。要不是文澄怀鼓励自己到英美烟公司任职，现在的自己会是什么样子呢？橐橐的脚步声响过，星条庐的庐门被敲响了。陈静楠侧过头向外望了一眼，不禁愣住了。敲门的竟然是洛克伍德！洛克伍德将星条庐的庐门反复敲了几遍，拎着手提箱走到米字庐的廊檐下。陈静楠走出英格兰敲开米字庐的庐门，平静地叫了声"洛克伍德先生"，随后接过洛克伍德的手提箱，说道："吉尔伯特先生说您将于后天莅临二十里堡，这几天他一直在筹备针对您的欢迎仪式。"

"后天？如果等到后天，我就来不了二十里堡了。韩复榘已经决定放弃济南，我所乘坐的火车有可能是晋军占领济南前发出的最后一列了。火车经过淄河的时候，我看到韩复榘的军队正在淄河两岸构筑工事，淄河两岸恐怕会发生大战。"

"韩复榘现在淄河？"

"我不清楚韩复榘现在哪里，但他的指挥部已经迁至潍县城里，听说他本人一直乘坐铁甲车穿梭在益都和淄河之间的铁路线上。"

陈静楠邀请洛克伍德走进英格兰，将手中的手提箱放在茶几上，泡上一杯咖啡递给了洛克伍德。洛克伍德端着咖啡杯懒洋洋地坐在长沙发上，目不转睛地凝视着陈静楠。陈静楠不愿意接触洛克伍德颇具挑战意味的目光，她收敛了勉强堆起的笑容，说道："吉尔伯特先生刚才还在星条庐，我到外面找找他……"

洛克伍德并没有在意陈静楠的冷淡，他将陈静楠送出米字庐，对着陈静楠摆了摆手。

因为刚刚下过雨，经理处和第一复烤厂院内的甬道以及车站二街上出现了不少水洼。陈静楠躲闪着一个个水洼拐上达勒姆路，在路西侧的一棵刺槐树下停下了脚步。刺槐树的树皮被雨水浸湿了，树冠上的水珠不时地滴落到陈静楠脸上。陈静楠望着芳菲苑东南面的丹渊公司，脑海里闪现出文澄怀的身影。文澄怀的左腿虽然除掉了绷带，但走路还是有些蹒跚。想到早已坐在二乐斋里的文澄怀，陈静楠也不时地感到酸楚。丹渊公司之于文澄怀，难道仅仅意味着财富吗？陈静楠踏着被雨水洗刷得一尘不染的青石板走到芳菲苑的大门前，又禁不住望了望丹渊公司的大门。跟芳菲苑的大门一样，丹渊公司的大门也虚掩着，办公楼的西面山墙湿湿地透着清冷。作为文澄怀的二太太，陈静楠从不主动走进丹渊公司，即使不得不走进，也从不主动提出任何建议。虽然文澄怀始终像关心女儿一样关心着陈静楠，但姨太太的身份还是让陈静楠时常感受到屈辱。

还是在齐鲁大学读书期间，陈静楠就知道胶济铁路中段有一个二十里堡，知道二十里堡有一家芳菲苑舞厅。最初来到二十里堡，陈静楠曾经跟着文澄怀到芳菲苑跳过舞，后来再也没有踏进过芳菲苑。芳菲苑的舞女大都出卖肉体，她们道具般的微笑，常常强化陈静楠的姨太太身份。作为姨太太的自己跟芳菲苑的舞女有什么两样，不都是靠出卖肉体生活吗？

从丹渊公司大门收回目光，陈静楠虽然不情愿，但还是走进了芳菲苑。芳菲苑内静悄悄的，数不清的水洼像夜晚的星星一样眨着眼睛。邵佩珊独自站在舞厅门前的大柳树下，左手拽着一把柳丝，背对着大门仰望着灰蒙蒙的天空。她听到橐橐的脚步声，慢慢地转过身，上下打量着陈静楠。陈静楠对着邵佩珊笑了笑，问道："不知黄老板在哪个房间？"

"你是……"

"我是英美烟公司的职员，有重要事情请示吉尔伯特先生。"

"跟我走吧。"

邵佩珊松开攥着柳丝的左手，带着陈静楠辗转走到梅韵阁门前，什么话也没说就离开了。梅韵阁的阁门和窗子都紧闭着，窗帘也没有拉开。陈静楠轻轻地敲了敲阁门，随后退后几步，像大柳树下的邵佩珊一样仰望着灰蒙蒙的天空。阁门悄无声息地开启，身着白色睡衣的黄泓丽探出头对着陈静楠笑了笑。陈静楠再次走到梅韵阁的阁门前，说道："我是英美烟公司的……"

黄泓丽略微一愣，还是认出了陈静楠。她邀请陈静楠走进梅韵阁，随后闭上阁门，系了系睡衣的腰带。因为所有的窗帘都没有拉开，梅韵阁里的光线十分黯淡，黄泓丽闭合阁门的那一瞬间，陈静楠仿佛提前进入了黄昏。黄泓丽拉着陈静楠的手坐在紧靠着东墙的长沙发上，指着没有关闭的卧室门小声说道："他还在睡。"

黄泓丽的睡衣虽然系紧了腰带，但乳房和大腿还是裸露了出来。她抬起双手向后拢了拢有些凌乱的头发，绕过办公桌将北面的窗帘拉开一道缝隙，随手推开了一扇窗子。可能是窗子开启的声音过于响亮，吉尔伯特还是醒了。他懒洋洋地下了床，光着身子走出卧室，双手急忙遮挡在双腿间。陈静楠的脸上顿时飞上了一抹胭红，她不知所措地站起身，低低地叫了声"吉尔伯特先生"。

除了文澄怀，陈静楠从来没有看到过其他成年男人的裸体。她尽管从《查特莱夫人的情人》中读到过不少令她面红耳热的情景，但真正面对吉尔伯特的裸体，尤其是吉尔伯特双手遮挡着的部位，还是第一次。吉尔伯特早已习惯了赤身裸体地面对黄泓丽，但赤身裸体地站在陈静楠面前，不免有些羞愧。他继续将双手遮挡在双腿间，注视着陈静楠地问道："你到这里来了？你怎么到这里来了？"

一时间，陈静楠也忘记了为什么会出现在梅韵阁。她低着头走向阁门，不小心撞到了黄泓丽身上。尽管已经阅人无数，黄泓丽也是很少遇到这么尴尬的场面。她拽了拽睡衣，背靠着阁门说道："你们竟没有……"

陈静楠的脸颊越发红润了，她往一旁推拨着黄泓丽的身体，反问道："没有什么？"

黄泓丽同时抓起陈静楠的左手和吉尔伯特的右手，将他们的两只手扣在一起，说道："那又何必呢？"

感受着吉尔伯特的体温，面对着吉尔伯特的裸体，陈静楠的身体渐渐瘫软了。她双手搂着吉尔伯特的脖颈，禁不住啜泣起来。黄泓丽到卧室里换上衣服，悄悄地走出梅韵阁，带上了阁门。吉尔伯特双手托起陈静楠，走进卧室平放在床上，小心翼翼地剥下了陈静楠的衣服。陈静楠没有拒绝，更没有反抗，只是静静地感受着吉尔伯特的呼吸、心跳和火一般的热情。吉尔伯特大汗淋漓地离开陈静楠，头枕双手仰躺在陈静楠身边，喘着粗气说道："没想到你真的还是处女。"

陈静楠将薄棉被盖在脸上，紧紧地咬着嘴唇，无声地哭泣着。吉尔伯特扯掉陈静楠脸上的被子，将陈静楠抱在怀里说道："我已经记不清跟多少女人有过床笫之欢了。刚才的一切发生得太突然，希望你不要怨恨我。自从见到你的那一天起，我就对你有好感，但从未奢望……"

陈静楠双手捂着眼睛，说道："你是我的第一个男人，我谢谢你，真的谢谢你。"

突然间，梅韵阁的阁门开了，黄泓丽微笑着走进卧室，拉开了窗帘。陈静楠急忙下了床，穿上衣服站立在黄泓丽和吉尔伯特面前，脸上又飞上了红晕。黄泓丽从衣架上取下吉尔伯特的衣服扔到床上，说道："这位不知名的美女说是有要事找你，所谓的要事就是刚才发生在床上的事吧？"

陈静楠突然间张大了嘴巴。她低下头，往吉尔伯特身边靠了靠，说道："洛克伍德来了，现在英格兰。"

吉尔伯特微微一愣，随即释然了。他一边穿着衣服一边说道："没关系的，你回去告诉他，就说没找到我。"

陈静楠点了点头，羞愧地转过了身。

地面上还是有着数不清的水洼，天空还是灰蒙蒙的，即使刚才遇到的邵佩珊，依然站在舞厅门前的那棵大柳树下。陈静楠走到大柳树下对着邵佩珊笑了笑，回过头看了看依旧站在梅韵阁门前的吉尔伯特，伸手折下了一根柳枝。她在邵佩珊和吉尔伯特的目送下走出芳菲苑，晃动着柳枝回到米字庐，身体轻松得仿佛失去了重量。洛克伍德依然等候在英格兰，不过不是坐在长沙发上，而是坐到了办公桌前面的椅子上。他将《烤烟种植与山东农民》的英文稿往旁边推了推，侧过身子望着陈静楠说道："没找着吉尔伯特先生？"

陈静楠点了点头，脸上又飞上了一抹胭红。

洛克伍德回到长沙发上，端起咖啡杯说道："吉尔伯特先生经常外出吗？"

陈静楠将自己的茶杯里倒满水，坐在办公桌前的椅子上答道："胶济铁路沿线的烤烟种植区，吉尔伯特先生几乎跑遍了。对于铁路沿线的各个烤烟收购点，他更是了如指掌。"

"你知道我为什么突然出现在二十里堡吗？"

陈静楠摇了摇头，脸上透出疲惫的神情。洛克伍德看出陈静楠对于自己肩负的使命一无所知，随即转移了话题。他将咖啡杯放在茶几上，望着压在《英美烟公司月报》上面的《查特莱夫人的情人》问道："这本《查特莱夫人的情人》，应该是我落下的吧？"

陈静楠未置可否，只是尴尬地笑了笑。刚才发生在梅韵阁的一切，简直就是一场梦。作为女人，陈静楠第一次有了夏美云曾经对她描绘过的种种体验，这体验使她沉醉，又使她羞愧。与陈静楠不期而遇，洛克伍德印象最深的就是冷艳；没想到仅仅隔了一个多小时，洛克伍德又从陈静楠的冷艳中读出了一丝温柔。他接连喝了几口咖啡，端着咖啡杯转向陈静楠说道："《查特莱夫人的情人》的出版，在西方世界引起了轩然大波。作为东方女性，不知您如何评价这本书？"

"这本书……"

想到《查特莱夫人的情人》，陈静楠首先想到了书中大篇幅的色情描写；想到书中大篇幅的色情描写，陈静楠又想到了刚才发生在梅韵阁的一切。虽然是第一次感受男性的激情，但对于这激情本身，陈静楠并不陌生。文澄怀的此君斋里，就藏有十几本明清时期的春宫图画册，因为不止一次翻看，陈静楠对于画册所呈现的内容早已不陌生。《查特莱夫人的情人》

中的色情描写呈现给陈静楠的，不仅仅有此君斋里那些春宫图所呈现的场景，更有细微的心理体验。阅读《查特莱夫人的情人》的过程中，陈静楠经常如身临其境。洛克伍德将手中的咖啡杯放在茶几上，感慨地说道："人本来是圆球状的，四只手，四条腿，一颗头颅上生长着相反的两张脸，是宙斯用一根头发丝将人一分为二的。被剖开的两半急切地扑向对方，希望重新合为一体……男女之间所发生的一切，都是合理的，不应该受到责备的。"

陈静楠聆听着洛克伍德的话语，脑海里浮现出的还是刚才发生在梅韵阁的一切。难道这一切真的都是合理的，不应该受到责备的？陈静楠不知道洛克伍德为什么这么关注《查特莱夫人的情人》，她拿起书桌上的《查特莱夫人的情人》递给洛克伍德，说道："既然这本书是您落下的，还是还给您吧。您所说的我不太懂，我毕竟是个中国人。"

"作为中国人，您能阅读英文原著，实在不简单。您办公桌上的英文书稿，是文老板的公子撰写的吧？"

陈静楠点了点头，但没再说什么。在英美烟公司服务期间，陈静楠经常感受到洛克伍德无所不在的权威，即使吉尔伯特谈及洛克伍德，似乎也有些拘谨。出乎陈静楠意料的是，吉尔伯特竟然会长时间冷落洛克伍德，而洛克伍德竟然会跟自己侃侃而谈，而且饶有兴味。因为吉尔伯特迟迟没有露面，陈静楠只好重新泡了一杯咖啡放在茶几上，极为勉强地对着洛克伍德笑了笑。洛克伍德并没有对吉尔伯特迟迟不出现而心生怨恨，他站起身说了声"谢谢"，随手从陈静楠的办公桌上捧起了一摞《烤烟种植与山东农民》的英文稿。陈静楠默默地望着洛克伍德手中的英文稿，终于听到了吉尔伯特熟悉的脚步声。她像遇到了大赦似的走到窗前，双手按着窗台向外张望着。吉尔伯特并没有走进米字庐，甚至没有向米字庐瞥上一眼。他打开星条庐的庐门走进星条庐，随手将庐门闭合了。

"吉尔伯特先生回来了。"

陈静楠对着洛克伍德说了一声，匆匆地跑到星条庐门前敲了敲庐门，

427

随后将庐门推开了。她对着等候在钱伯斯街的吉尔伯特笑了笑，说道："你怎么这么晚才回来？"

吉尔伯特捧起陈静楠的脸颊吻了一下，转身走出星条庐走进了米字庐。陈静楠没有跟着吉尔伯特返回英格兰，而是背靠着钱伯斯街的门框，通过星条庐大开着的庐门望着对面的米字庐。陈静楠经常出入星条庐，对于星条庐的一切自然是熟悉的。可是因为有了早上在梅韵阁的经历，曾经熟悉的星条庐，竟然有些陌生了。没过多长时间，吉尔伯特回到了星条庐。他微笑着将陈静楠揽在怀里，小声说道："洛克伍德想吃聚贤馆的炒肝。你到聚贤馆定个雅间，咱们一起陪着他吃顿饭吧。"

"我跟你们在一起，合适吗？"

"你说呢？"

吉尔伯特陪着陈静楠走出星条庐，锁上了庐门。陈静楠没有再次踏进米字庐，而是沿着经理处东墙外的甬道，独自向北走去。甬道上早已不见了水洼，但还是湿湿的。陈静楠从经理处的东北角折而向西，走出第一复烤厂的西门踏上车站路，突然间出现了某种幻觉。她回味着吉尔伯特刚才跟自己说话的语调，感受到一种从未感受过的温暖。因为还未到午饭时间，聚贤馆里的顾客并不多。陈静楠到柜台前点上饭菜以及酒水，才意识到接待自己的是一位年轻的跑堂。这位年轻的跑堂将陈静楠引领到含章居门前，谦卑地推开了房门。陈静楠走进含章居，转过身友好地问道："你是新来的吧。原先的跑堂呢？"

"原先的跑堂……死了。被毒死在斐非寺南面的烟田里……死了好多天才被发现。"

"他怎么会被毒死呢？"

陈静楠摇了摇头，长长地吸了一口气。年轻的跑堂没再说什么，他不安地瞅着陈静楠，悄悄地带上了房门。陈静楠围绕着餐桌转了一圈，慢慢地踱到窗子前面，停下了脚步。她跟段裕征仅仅是萍水相逢，但对于段裕征的死还是颇为感慨。不管段裕征因何而死，毕竟已经离开了人世。想到曾经艳帜高张的舞女林伊萍，想到被毒死在烟田里的段裕征，陈静楠又一次对于人生产生了困惑。每个人的最终归宿都是墓地，人生的意义又在哪里呢？

房门轻轻开启，吉尔伯特和洛克伍德走进了含章居，跟在他们身后的，还是那位年轻的跑堂。吉尔伯特、洛克伍德和陈静楠刚刚围坐在餐桌旁，年轻的跑堂就泡了一壶茶，摆放在餐桌上。他托着托盘连续三次进出含章居，餐桌上最终摆满了菜肴。陈静楠等候年轻的跑堂最后一次退出含章居，端起酒壶给吉尔伯特和洛克伍德每人倒了一盅白酒。洛克伍德从陈静楠手里接过酒壶，将陈静楠面前的酒盅里也倒满酒，说道："文老板同时拥有两位太太，您是不是也应该同时拥有两位丈夫？"

陈静楠的脸色倏地红了，她不安地望着吉尔伯特，脸上有了一丝愠色。吉尔伯特对着陈静楠摇了摇头，随后对着洛克伍德说道："千万不要唐突，洛克伍德先生。文老板是咱们重要的合作伙伴，而且，而且中国是个神秘的国度。"

洛克伍德并没有表现出尴尬，他将酒壶放在桌面上，言不由衷地说了两个"对不起"。陈静楠什么话也没说，但嘴角流露出一丝轻蔑的笑意。洛克伍德端起酒盅跟陈静楠碰了碰盅，说道："刚才在米字庐，我将你办公桌上的《烤烟种植与山东农民》匆匆浏览了一遍，感觉非常有见地。没想到文老板的公子是卓有成就的经济学家，更没想到文老板的夫人竟然是功力深厚的翻译家。"

陈静楠冷冷地一笑，端起酒盅抿了一口，说道："您莅临二十里堡，肯定有重要事情跟吉尔伯特先生商谈，我还是回避吧。"

洛克伍德急忙对着陈静楠摆了摆手，说道："我这次来二十里堡，主要是想跟文老板商谈进一步合作事宜。无论是作为文老板的夫人，还是作为英美烟公司的职员，你都没有必要回避。"

陈静楠将酒盅放在餐桌上，端正身子问道："蒋阎冯大战已经在山东拉开帷幕，英美烟公司还有必要跟丹渊公司进一步合作吗？"

"正在进行的蒋阎冯大战,已经在陇海铁路沿线和平汉铁路沿线,造成了重大的人员伤亡和财产损失。即将在胶济铁路沿线爆发的战争,同样会造成重大的人员伤亡和财产损失。没有必要对文夫人隐瞒什么,我这次二十里堡之行,是在跟阎锡山充分沟通之后的临时决定。阎锡山明确答复我,假如晋军占领了二十里堡,也会像蒋军对待英美烟公司一样友好。庄季江原本是29师86旅374团团长,元宵节后突然接任二十里堡保安团团长,是赋有秘密使命的。英美烟公司已经得到保证,假如蒋军不得不撤离二十里堡,也会留下一个营的兵力保护英美烟公司,直至晋军担负起二十里堡的防务。"

吉尔伯特始终沉默着。陈静楠只是在跟吉尔伯特目光接触的一瞬间,感受到某种暖意。因为开着窗子,胶济铁路和车站路上的嘈杂声不时地挤进含章居,洛克伍德和陈静楠的谈话不得不出现暂时的停顿。洛克伍德吃了两碗炒肝,陈静楠和吉尔伯特每人吃了一碗炒肝,午宴便结束了。至于酒壶里的白酒,至少剩下了一半。

离开聚贤馆,跟在吉尔伯特和洛克伍德身后走进第一复烤厂西门,陈静楠的目光不时地落在吉尔伯特身上。在英美烟公司服务了三个多月,陈静楠还是第一次认真地观察吉尔伯特。吉尔伯特身材笔挺,脚步极有节奏感,仿佛受过专门训练。他身上的牛仔裤已经泛白,西服便装也不再整洁,但全身上下洋溢着强烈的男性魅力。恍惚之中,陈静楠又想到了早上发生在芳菲苑的梦幻般的一切。到了米字庐和星条庐中间的甬道上,吉尔伯特转过身对着陈静楠摆了摆手,抢先走到星条庐门前,掏出钥匙打开了庐门。洛克伍德跟着吉尔伯特走进星条庐,转过身对着陈静楠点了点头,目光里透着某种期待。陈静楠没有理会洛克伍德的目光,她走进米字庐闭上庐门,下意识地瞥了一眼南面的威尔士。

威尔士房门紧闭,陶明礼的身影已经很长时间没有出现过了。陈静楠面对着威尔士静静地站立着,眼前不知不觉地出现了陶明礼的身影。陶明礼在米字庐办公期间,跟陈静楠的交往也仅仅是见面时打个招呼,或者只是笑一笑。因为知道陈静楠跟文澄怀的关系，陶明礼在跟陈静楠接触时，不免有些拘谨。尽管跟陶明礼没有太多的交流，因为有陶明礼在米字庐，陈静楠感觉米字庐还有一线生机，并非一片死寂。她颇为惆怅地从威尔士移开目光，谛听着自己的脚步声走进英格兰，颓然坐在办公桌前。

洛克伍德用过的咖啡杯还在茶几上，但是残留的咖啡透着清冷。《查特莱夫人的情人》依然摆放在那摞《英美烟公司月报》上面，但是跟早上的摆放位置也有了变化。倒是《烤烟种植与山东农民》的英文稿和中文译稿，被分别整理成两摞，整齐地摆放在一起。陈静楠没有像往常一样将书或者文稿拖到面前，而是闭上眼睛仰靠在椅背上，静静地感受着从窗外吹来的丝丝缕缕的微风。

米字庐的庐门慢慢开启，吉尔伯特随即出现在陈静楠面前。陈静楠早已熟悉了吉尔伯特的脚步声，但再次听到，还是有了异样的感觉。她没有像往常一样站起身，只是睁开眼睛，对着吉尔伯特羞涩地笑了笑。吉尔伯特走到陈静楠的办公桌旁边，俯下身子说道："你有些憔悴，早回瞻可园休息吧……我没想到会拥有你的第一次……"

陈静楠抬起左手触到额头上，垂下眼睑说道："你有过那么多女人，不会在意我的。"

吉尔伯特抬起右手拍了拍陈静楠的左脸颊，说道："从今天起，我不会再跟其他女人有任何形式的肌肤之亲……说到做到。"

陈静楠站起身望着吉尔伯特，问道："你将洛克伍德晾在星条庐，就是为了告诉我这些？"

"不完全是这样……文老板现在瞻可园还是丹渊公司？洛克伍德想尽快见到他。"

"现在丹渊公司。还是商谈进一步合作事宜？"

"洛克伍德这次莅临二十里堡，主要就是想跟文老板达成深度合作协议。"

吉尔伯特弯下腰吻了吻陈静楠，离开米字庐回到了星条庐。陈静楠站起身走到窗子前面,静静地望着星条庐的庐门,感觉被吻过的脸颊火辣辣的。仅仅过了很短的时间,吉尔伯特跟在洛克伍德身后走出星条庐锁上庐门,悄悄地瞥了一眼站在英格兰的陈静楠。陈静楠望着吉尔伯特和洛克伍德并肩走在一起的身影,犹犹豫豫地插上窗子,锁上英格兰的房门和米字庐的庐门,推着脚踏车从西门走出了第一复烤厂。

聚贤馆门前门可罗雀,跟中午熙熙攘攘的场景迥然不同。陈静楠愣愣地望着聚贤馆长时间无人进出的房门,连续眨了眨眼睛。对于一家餐馆来说,热闹和冷清就出现在不长的时间里。人生呢?人生呢?陈静楠在心里反复追问着,骑上脚踏车驶进熙春医院,在阿格尼丝居住的小院门前下了车。小院的院门大开着,阿格尼丝和文笃修正坐在北屋的房门前择韭菜。他们看到了陈静楠,惊讶地站起身,同时叫了一声"静楠"。陈静楠将脚踏车停在院门西侧,锁上车锁走进院子,对着文笃修说道:"闲着无聊,想跟阿格尼丝说说话,没想到你在这里。"

文笃修的左手依然攥着一把韭菜,他看了看阿格尼丝,对着陈静楠说道:"再过两个多月,我和阿格尼丝就要离开二十里堡了。到了上海,我们将有自己的小家庭。我们的小家庭不可能像瞻可园那么奢华,一定是质朴的、温馨的。柴米油盐、一日三餐,肯定由我们自己张罗。"

"你们的小家庭肯定也是富有诗意的。"

陈静楠说完,文笃修和阿格尼丝都笑了。

一条碎石铺就的甬道将小院子分成了东西两个菜畦,东面的菜畦里种着黄瓜,西面的菜畦里种着韭菜。陈静楠走到北屋的房门前,坐在文笃修交给自己的马扎上,从韭菜堆里抓起了一把韭菜。文笃修到北屋里找出一个小板凳,又坐在了阿格尼丝身边。陈静楠跟阿格尼丝面对面择着韭菜,恍惚之中,眼前出现了济南那个再也回不去的家。她不经意间叹息了一声,注视着阿格尼丝问道:"你们择这么多韭菜,准备做什么?"

"包韭菜馅的饺子。你如果没有重要事情,就留在这里一起吃饺子吧。我和笃修到上海后,咱们就不可能经常见面了。"

"如果我留下，够吃的吗？"

"再来一个人，也够了。笃修买了很大一块肉，面粉有很多，韭菜不够再割。"

"如果是这样，就麻烦你往瞻可园打个电话，说我在你这里吃完饭再回去。"

阿格尼丝将手中的韭菜递给文笃修，到水龙头下面的搪瓷盆里洗了洗手，甩着双手出了院门。文笃修从阿格尼丝身上收回目光，对着陈静楠笑了笑，继续择起了韭菜。陈静楠抬起头看了看文笃修，又低下头说道："你那本《烤烟种植与山东农民》，的确很有见地。我的翻译工作结束后，你最好再修订一下我的译文。"

"你能承担中文版的翻译，我很感激……我在离开二十里堡前，根本无法完成英文版的修订。胶济铁路沿线即将爆发的战事，将我平静的心境打破了……但愿修订后的英文版和您翻译的中文版都能够早日出版。"

陈静楠笑了笑，刚想说什么，院墙外响起了阿格尼丝的脚步声。阿格尼丝非常兴奋，她走到陈静楠和文笃修面前，擦了擦额头上的汗水说道："接电话的是美云，她说她也要赶到这里。"

陈静楠再次笑了笑，没说什么。倒是文笃修的脸颊立刻变得绯红，他从水龙头旁拿起一把韭菜刀，到韭菜畦里割了一大把韭菜放在陈静楠面前。阿格尼丝从文笃修手里接过韭菜刀，说道："你先到北屋里和面吧，估计美云很快就来了。"

文笃修答应了一声，转身走进了北屋。阿格尼丝将韭菜刀放在水龙头旁边，又坐在了陈静楠对面。她认真地择着每一棵韭菜，脸上透着幸福和满足。韭菜全部择完后，陈静楠随即将择好的韭菜放进水龙头下面的搪瓷盆，拧开了水龙头。阿格尼丝急忙将陈静楠推到一边，蹲在搪瓷盆旁边将韭菜反复淘洗后，掐在手里进了北屋。陈静楠知道自己暂时帮不上忙，也就依旧站在院子里，失神地望着黄瓜架上的几只黄瓜。

阿格尼丝生在乐道院，长在乐道院，大学毕业后又来到了二十里堡，

433

她的汉语已经带有明显的潍县口音，生活习惯也跟潍县人趋同了。陈静楠颇为感慨地在黄瓜畦和韭菜畦之间的甬道上来回踱了几步，若有所思地转过身，向房门大开的北屋张望着。所谓的北屋只有两间，开有房门的那间又被隔成了起居室和小厨房。紧靠着起居室的西面墙壁有一张长沙发，长沙发前摆放着一张茶几。茶几上摆放着一张菜板。阿格尼丝正坐在茶几旁，聚精会神地切着韭菜末。起居室的西北角摆放着一张方桌，方桌上摆放着一张面板，文笃修正站在方桌旁反复揉着面团。

在瞻可园生活了一年多时间，陈静楠还是第一次看到这么温馨的生活场景。她后退到院门口，右手扶着门框，静静地站立着。叮铃铃的车铃声响过，夏美云骑着脚踏车出现在陈静楠身后的小路上。她下了车，将自己的脚踏车跟陈静楠的脚踏车停靠在一起，贴近陈静楠说道："刚才经过烤烟房南面的车站一街，看到好多人围着一具已经腐烂的男尸。据说那具男尸就是失踪已久的周振武，只是面目全非了。真吓人！"

"周振武？就是在保安团开摩托车的周振武？"

"有要人到访瞻可园的时候，他还临时充当过门卫……周振武被人发现前，一直吊在烤烟房里，看来是寻了短见。谁都不会永远活着，何必自己结束自己的生命呢？"

陈静楠摇了摇头，随后叹息了一声。她帮助夏美云锁上脚踏车的车锁，拉着夏美云走进院门，随手将院门闭合了。阿格尼丝早已迎候在北屋的房门口，文笃修则双手按着面盆里的面团，侧着身子站在方桌旁。夏美云跟阿格尼丝寒暄了几句，随后对着文笃修笑了笑。她到水龙头旁洗了洗手，跟着陈静楠走进了北屋。阿格尼丝邀请陈静楠和夏美云坐在长沙发上，双手端起茶几上的菜板走进小厨房，又端出盛在搪瓷盆里的饺子馅，放在茶几上。文笃修站在方桌旁擀饺子皮，陈静楠和夏美云坐在茶几旁包饺子，阿格尼丝从黄瓜架上摘下两根黄瓜，洗干净后分别递给了陈静楠和夏美云。陈静楠接过黄瓜咬了一口，随后将黄瓜放进了果盘。夏美云没有接黄瓜，而是一边包着饺子，一边对着阿格尼丝说道："这么新鲜的黄瓜，我们吃了你不心疼？还是留给笃修吃吧。"

文笃修没有理睬夏美云，依旧站在方桌旁擀着饺子皮。倒是阿格尼丝的脸颊立刻涨得通红，她揽过文笃修的左脸颊亲了一口，故意将手中的黄瓜塞进文笃修嘴里。文笃修只好咬了一口，一边咀嚼一边偷偷地瞥了一眼夏美云。夏美云感受到文笃修羞涩的眼神，心里略微有些欣慰。她抬起右臂捅了捅陈静楠，压低声音说道："咱们俩不应该来这里蹭饭吃。要不是咱们俩在这里，他们俩……"

阿格尼丝从面板上拿过一摞饺子皮放在夏美云面前的盖垫上，笑着问道："我们俩怎么了？"

"我是说，要不是我和静楠在场，你们俩还不知怎样甜蜜呢？"

阿格尼丝终于笑了，她将手中的黄瓜递给文笃修，说道："用你们中国人的话说，我和笃修是青梅竹马，两小无猜……在乐道院读书的时候，我们就亲过嘴了。"

文笃修接过黄瓜，用擀面杖轻轻地敲了敲面板，眉头禁不住皱了皱。夏美云微笑着看了看陈静楠，对着阿格尼丝说道："我还以为文博士一点也不解风情呢？原来在少年时代就偷尝禁果了。"

"你们说啥呢。"

文笃修将黄瓜放在案板上，又擀起了饺子皮。陈静楠聆听着夏美云、阿格尼丝以及文笃修的对话，只是偶尔笑笑，始终没有接话。"青梅竹马，两小无猜"，从阿格尼丝嘴里听到这些极具中国色彩的词汇，陈静楠的脑海里不经意间出现了吉尔伯特的身影。虽然自己被动地变成了真正的女人，虽然自己跟吉尔伯特之间谈不到爱情，但要说自己对于吉尔伯特没有任何好感，那也不符合事实。要说自己从吉尔伯特身上得到了欲望的满足，或许更准确一些。

在齐鲁大学读书期间，陈静楠曾经对于爱情和婚姻有过种种幻想，但从未想到会进入瞻可园，成为文澄怀的二太太。作为文澄怀的二太太，自己和文澄怀之间存在着婚姻关系，但这种婚姻关系并非基于爱情，甚至连女人可怜的欲望都无法满足。想到这里，陈静楠的心里又充满了凄楚。夏美云虽然跟文笃修和阿格尼丝热烈地交谈着，但脸上同样弥漫着怅惘的神情。吃完饺子，帮着阿格尼丝收拾起碗筷，陈静楠和夏美云随即告辞了。阿格尼丝要求文笃修陪着陈静楠和夏美云返回瞻可园，但被陈静楠和夏美云拒绝了。

推着脚踏车离开阿格尼丝的院门，陈静楠和夏美云谁都没有回望并肩站在一起的文笃修和阿格尼丝。她们在熙春医院门前骑上脚踏车，默默地来到那几座烤烟房南面的车站一街上，不约而同地下了车。夏美云右手扶着车把，左手指着街道北面通往烤烟房的那条小路，说道："下午我从路口经过的时候，周振武的尸体刚被抬到车站一街上……我真真切切地呼吸到了死亡的气息。"

"两年前我的父母离世后，我一度痛不欲生……毕竟还是活了下来。要不是极度绝望，没有人会选择自杀。蒋阎冯大战如火如荼，每天都有成天上万的人死于炮火。相信那些人在弥留之际，依然会对生命怀有深深的眷恋。"

"如果，如果……"

夏美云侧过头看了看陈静楠模模糊糊的面容，推着脚踏车穿过潍安汽车路，停放在车站一街南侧的一棵刺槐树下。陈静楠跟在夏美云身后穿过潍安汽车路，将自己的脚踏车跟夏美云的脚踏车停放在一起，面朝南站立着。月亮还没有升起，南面的烟田里一片模糊，即使靠近车站一街的烟株也变成了一幅幅剪影。陈静楠望着斐非寺模糊的轮廓，轻拍着夏美云的脚踏车车座说道："你被周振武的尸体吓着了？"

"周振武的尸体？"

夏美云摇了摇头。

"你有心事？"

夏美云抬起右脚踢了踢树下的杂草，幽幽地问道："要是我们不再对他忠贞，他会怎么处置我们？"

陈静楠的心脏突然加速了跳动,她盯着夏美云问道:"你是什么意思?"

夏美云叹息了一声,仰望着刺槐树的树冠说道:"我怀孕了。"

"你说什么?"

"我怀孕了。"

"这是真的?"

"真的,千真万确。"

想到早上发生在梅韵阁的一幕,陈静楠的心跳越来越快。她四下里看了看,小声问道:"孩子的父亲是谁?"

"他……儿子。"

"他儿子?文笃修?"

夏美云点了点头。

听到夏美云怀了文笃修的孩子,陈静楠并没有丝毫惊讶。文笃修回到二十里堡后,夏美云的视线完全被文笃修左右了,她和文笃修之间发生任何事情都是可能的。陈静楠略微感到惊讶的,是夏美云从未有过的慌乱。文澄怀毕竟早就失去了生育能力,夏美云的怀孕必定会在瞻可园掀起轩然大波。想到吉尔伯特炙烤着自己的欲望的火焰,想到初次床笫之欢带给自己的亢奋和愉悦,陈静楠感受到的,却是巨大的心理压力。她清晰地意识到自己也有可能怀孕,也有可能面对夏美云正在面对的困境。

南面的潍安汽车路上出现了明亮的车灯,长长的光柱颤抖着移上车站一街,在陈静楠和夏美云身边熄灭了。陈静楠和夏美云相继转过身,对着身边的凯迪拉克轿车挤出了一丝笑意。文澄怀推开后车门,上下打量着陈静楠和夏美云,问道:"这么晚了,你们俩怎么站在这里?"

夏美云拍了拍后车门,答道:"你不在家,我和静楠到阿格尼丝那里去了。笃修也在那里。"

"战争很快就会波及二十里堡,市面上很不安宁。前些日子,斐非寺南面的烟田里出现了死人;今天下午,失踪已久的周振武的尸体也找到

437

了……晚上还是尽量留在瞻可园吧。"

夏美云答应了一声，随手关闭了后车门。凯迪拉克轿车轰鸣着向东驶去，很快就拐进了瞻可园。陈静楠回到自己的脚踏车旁边，双手按着车把蹬开撑子，回望着夏美云说道："他是做过父亲的人。你怀孕的事，他早晚会看出来的……你打算怎么办？"

夏美云推着脚踏车跟陈静楠走在一起，说道："纸里是不可能包住火的，我也在为这件事烦恼……要是他不特别留意，两个月之内不一定能发现我怀孕的迹象。两个月之后，文笃修就要到上海去。他要是能带上我就好了，我怀的毕竟是他的孩子。"

"文笃修知道这件事吗？"

"不知道。"

"阿格尼丝呢？"

"也不知道。"

陈静楠叹息了一声，说道："你是文澄怀的姨太太，文笃修怎么可能带着你到上海去？即使文笃修愿意带着你到上海去，阿格尼丝能同意吗？阿格尼丝可是英国人，不是中国人。"

"我只要离开瞻可园，就不是文澄怀的姨太太了。如果文笃修同意，我也可以给他做姨太太。我毕竟怀了他的孩子。"

陈静楠再次叹息了一声，说道："美云，你的这些想法都是不现实的……我建议你还是尽快将孩子打掉吧，趁着文澄怀还不知道你已经怀孕。"

夏美云没再说什么，她和陈静楠回到瞻可园，一起将脚踏车推进车棚，又一起走进了望云楼。一楼大厅内仅亮着壁灯，光线有些模糊。夏美云拽着陈静楠的左手登上楼梯，慢慢地迈上二楼的最后一级台阶，突然将陈静楠抱住了。她看了看涵虚轩内泻出的灯光，贴在陈静楠耳边说道："他到你房间里去了……我没想到会怀孕的，我真的不知道以后的路应该怎么走了。"

"你还有时间做出决定，我会替你保密的。"

夏美云松开陈静楠，颇为惆怅地走向了待月轩。陈静楠回望着夏美云走到涵虚轩门前，悄无声息地推开了虚掩着的轩门。起居室和卧室内都亮着灯，卫生间内虽然没有亮灯，但不停地溢出雾气。陈静楠关闭轩门走进卧室，对着背靠着床头半躺在床上的文澄怀笑了笑，问道："洛克伍德和吉尔伯特找你了？"

文澄怀将后背往床头上靠了靠，说道："你先到卫生间冲冲澡吧，我刚冲过了。"

陈静楠答应了一声，脱光衣服走进卫生间，将里面所有的电灯都燃亮了。浴盆附近的墙壁上挂满了水珠，地面上尽是湿渍，空气中还弥漫着香皂的气息。陈静楠闭合卫生间的房门，拧开喷头站在浴盆里，静静地感受着温暖的水流。因为有了早上在梅韵阁的经历，陈静楠感觉温暖的水流竟然像吉尔伯特亲吻自己的双唇以及抚摸自己的双手，缠绵而又温柔。

想到吉尔伯特，陈静楠很自然地想到了黄泓丽。自己和吉尔伯特之间所发生的一切，黄泓丽了如指掌。她会不会向给文澄怀告发自己呢？想到这里，陈静楠禁不住哆嗦了几下。如果夏美云不打掉肚子里的孩子，她能够在瞻可园生活的时间至少还有两个月；如果黄泓丽向文澄怀告发了自己，自己随时会被赶出瞻可园。洗了洗头，将身上涂满香皂冲了冲，陈静楠关闭喷头迈出了浴盆。她慢慢地擦拭着身子，无意中从梳妆台上的镜子里看到左乳上的血晕，身体顿时一阵燥热。

怎么办？怎么办？陈静楠焦灼地披上浴巾，熄灭浴室和起居室所有的电灯，连同卧室的吊灯也熄灭了。文澄怀已经枕着枕头躺在床上，他没有理睬披着浴巾走进卧室的陈静楠，只是呆呆地望着已经熄灭的吊灯。陈静楠双手拽着浴巾绕到双人床的另一侧，背对着文澄怀坐在床上，慢慢地躺下了。文澄怀熄灭床头灯，摸索着将陈静楠揽到怀里，问道："洛克伍德跟你谈起准备跟丹渊公司深度合作的事了？"

"谈过了。"

"所谓的深度合作，实际上就是吞并丹渊公司，也就是将丹渊公司变成英美烟公司的下属公司。因为怕你担心，也怕你了解了这一情况后跟吉尔伯特交往起来不自然，我一直没有将英美烟公司的真实意图告诉你。事实上，从今年春节开始，英美烟公司就加速了吞并丹渊公司的进程。洛克伍德接连出现在二十里堡，唯一的目的就是说服我，并且持续给我施加压力。如火如荼的蒋阎冯大战，给英美烟公司吞并丹渊公司提供了千载难逢的机会。今天晚上在芳菲苑，洛克伍德跟我反复谈及所谓的深度合作事宜……洛克伍德的谈话近乎最后通牒。"

听到文澄怀提及芳菲苑，陈静楠再次哆嗦了几下。她将浴巾扔到紧靠着窗子的圈手椅上，用薄棉被遮住双乳，试探着问道："你打算怎么办？"

"合作是应该的，但丹渊公司不可能变成英美烟公司的下属公司。丹渊公司的确是依靠英美烟公司发展起来的，但它是中国企业，不是英美两国的企业。这么多年来，我跟英美烟公司多次妥协，但从未突破这一底线。如果国家像个国家，政府像个政府，丹渊公司何至于此？"

说到这里，文澄怀叹息了一声。

"要是洛克伍德持续对你施压呢？"

"走一步看一步吧……假如有一天我遭遇了不测，你能担负起丹渊公司这副重担吗？"

"我？"

"在中国，一旦成为所谓的学者，便无足道。笃修执着于学术，也许会在学术史上占有一定位置，但对于丹渊公司来说，没有丝毫价值。虽然你是我的姨太太，但我是将你作为女儿培养的，相信你能体味我将你送进英美烟公司的良苦用心。我也有过年轻的时候，我知道你跟一个失去了性行为能力的人在一起……"

陈静楠没再说什么，但眼睛里已满是泪水。

## 二十三

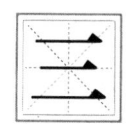

贺惟忠离开二十里堡后,主要在济南找寻楚颖凯。济南到处都是晋军,找寻楚颖凯无异于大海捞针,但贺惟忠还是在杆石桥上与楚颖凯不期而遇。对于贺惟忠的突然出现,楚颖凯先是惊讶,后是惊喜。他紧紧地攥着贺惟忠的双手,再一次谈及了逃离二十里堡的那个夜晚,再一次对贺惟忠表达了由衷的感激。

因为在二十里堡的冒险经历,因为杨敬钊的奥援,楚颖凯已经担任了第5军第14师第23团的团长。按照预定的作战计划,淄河防线一旦突破,第14师将负责夺取潍县火车站、二十里堡火车站和坊子火车站,并由第23团控制二十里堡。能够在济南找到楚颖凯,已经出乎贺惟忠的意料了;听到楚颖凯的第23团将控制二十里堡,贺惟忠更是欣喜若狂。他跟楚颖凯谈话期间,脑海里不时地出现二十里堡保安团的因民斋,以及因民斋隔壁的度义斋。

出于对贺惟忠的感激,楚颖凯曾邀请贺惟忠游历济南的花街柳巷,但被贺惟忠拒绝了。贺惟忠不是对于济南的花街柳巷不感兴趣,而是更渴望重新挺直身子出现在二十里堡。跟楚颖凯接上了头,贺惟忠的济南之行也就达到了目的。他带着楚颖凯请他收购铜的5000元预付银票从黄台乘船抵达羊角沟,又从羊角沟乘坐汽车赶往益都火车站,最后从益都火车站乘坐火车回到了二十里堡。

前些年，贺惟忠也曾经多次往返二十里堡和济南，但这一次返回二十里堡，意外地有了君临一切的感觉。他围绕着火车站广场东北角的那棵合欢树转了几圈，悄悄地走到聚贤馆对面，故作悠闲地漫步着。早已过了晚饭时间，聚贤馆里的客人已经很少了，除了一名陌生的跑堂，段裕征的身影始终没有出现。贺惟忠突然间有了不祥的预感，他重新回到火车站广场，从一名叫卖香烟的小男孩手里买了一盒香烟，随手将找回的零钱扔到小男孩胸前的香烟箱里，漫不经心地说道："我每次来二十里堡，总会在聚贤馆吃上一顿饭。几乎每次吃饭，都会遇到一名叫段裕征的跑堂。"

小男孩将贺惟忠扔到香烟箱里的零钱装进口袋，问道："你是不是奇怪这次没见到他？"

"对。他怎么了？"

"死了。被人毒死在斐非寺南面的烟田里。"

"怪不得呢。"

贺惟忠对着小男孩笑了笑，转身离开火车站广场，向南走去。段裕征竟会被毒死，而且是死在斐非寺南面的烟田里，贺惟忠感到不可思议。谁会对段裕征下毒手呢？为什么要对段裕征下毒手呢？段裕征的死亡地点为什么会是斐非寺南面的烟田呢？贺惟忠低着头走到火车站东面围墙的豁口处，不经意间瞥了一眼围墙内的土坑，胸部的肌肉突然揪紧了。他快步踏上连通车站路的羊肠小道，在芳菲苑的西墙外走来走去。

段裕征的死肯定与庄季江有关，但庄季江不可能亲自给段裕征下毒。难道是程铭淮或者周振武为了保全自己而杀人灭口？在二十里堡，程铭淮和周振武都是有能力将段裕征置于死地的。渐渐地，贺惟忠感觉自己熟悉的二十里堡变成了陌生的渊薮，危险像徐徐的微风一样扑面而来。一时间，贺惟忠想到了逃离，刚刚回到二十里堡时的那种君临一切的感觉，逐渐被莫名的恐惧取代了。即将控制二十里堡的楚颖凯是自己东山再起的唯一依靠，自己只有留在二十里堡，哪怕像老鼠一样躲藏在二十里堡，才能够获取重新崛起的机会。

"蒋军已经处于败势，想必淄河防线很快就会被晋军突破的。"

贺惟忠在心里默念了一句，双手攀着墙头向院内看了看，随后翻过墙壁，站在一棵桃树下。

芳菲苑西面的院子里阒无人迹，淡淡的花香像夜色一样弥漫着。从舞厅里传出的音乐声荡漾在花草树木间，像潺潺的流水。贺惟忠长长地吸了一口气，大摇大摆地走到梅韵阁门前，故作悠闲地四处张望着。梅韵阁门前的甬道上同样阒无人迹，即使荡漾在花草树木间的音乐声也减弱了许多。贺惟忠知道此时的黄泓丽一定是在舞厅里跟舞客们周旋，但还是小心翼翼地敲了敲阁门，从开着的窗子翻进了卧室。

卧室里没有开灯，但并非一团漆黑。贺惟忠蹑手蹑脚地走到起居室，坐在紧靠着卧室房门的长沙发上。长沙发前面的茶几上摆放着两个玻璃杯，一个玻璃杯里是白开水，一个玻璃杯里是咖啡。不管是白开水还是咖啡，都已经凉了。贺惟忠喝光杯子里的白开水和咖啡，枕着沙发扶手躺在长沙发上，猛然间想到了吉尔伯特。吉尔伯特经常在梅韵阁留宿，其中的一个玻璃杯或许是吉尔伯特用过的。

吉尔伯特会不会突然出现在梅韵阁？贺惟忠坐起身，闭着眼睛仰靠在沙发背上，突然听到了越来越清晰的脚步声。他屏气凝神地返回卧室，从开着的窗子看到黄泓丽的身影，剧烈的心跳骤然放缓了。黄泓丽独自走在连通舞厅东门的甬道上，脚步缓缓的，右手不时地轻拍着额头。贺惟忠躲在阁门后面，悄悄地张开了两只手。黄泓丽敲开阁门，懒懒地迈进门槛，嘴巴立刻被贺惟忠捂住了。贺惟忠用左脚轻轻地闭合阁门，贴着黄泓丽左耳小声说道："是我，贺惟忠。"

听到是贺惟忠，黄泓丽近乎瘫软的身体又挺直了。她抬起右手摸了摸贺惟忠的脸颊，说道："你关上门，打开灯就可以。今晚不会有人到我这里来。"

贺惟忠关上阁门，打开电灯，面无表情地注视着黄泓丽。黄泓丽身着浅绿色长裙,脸颊红红的透着春意。她对着贺惟忠笑了笑,说道:"你什么时候学会做贼了?刚才可把我吓死了。"

"茶几上的另一个玻璃杯,是谁用过的?"

"除了吉尔伯特,还能有谁?你放心,他已经走了,至少今晚不会回来了。"

贺惟忠坐在长沙发上,撩起黄泓丽的长裙抖了抖,问道:"你不是吉尔伯特的二十里堡夫人吗?他怎么舍得让你独守空房?"

黄泓丽从贺惟忠手里拽出长裙,笑着说道:"我可以是吉尔伯特的二十里堡夫人,也可以是你的二十里堡夫人,可以是众多有权势的人的二十里堡夫人。"

贺惟忠并没有心思跟黄泓丽调情,他再次撩起黄泓丽的长裙抖了抖,斜睨着墙壁上的挂钟问道:"吉尔伯特这么早就离场,不会是有什么事吧?"

"洛克伍德还在二十里堡……吉尔伯特最近一直很早就离场,而且也没在我这里留宿。"

"洛克伍德在二十里堡待了很长时间了?"

"大约十几天了吧。"

"洛克伍德为什么要在二十里堡待这么长时间?"

"洛克伍德的秘密,我怎么可能知道?我即使知道,也不会告诉你的,正如我不会将你的行踪告诉任何人。这么多年来,我黄泓丽之所以能在二十里堡站稳脚跟,主要是因为我给所有的英雄豪杰都提供方便,并且对于掌握的秘密守口如瓶。告诉我吧,你离开二十里堡后到哪里去了?"

贺惟忠沉吟片刻,答道:"到济南去了。我在济南见到了晋军第5军第14师的师长杨敬钊。晋军突破韩复榘构筑的淄河防线仅仅是时间问题,淄河防线一旦被晋军突破,第14师将负责夺取潍县火车站、二十里堡火车站和坊子火车站,并控制二十里堡。我秘密返回二十里堡,负有特殊使命。"

黄泓丽坐到贺惟忠身边，将长裙的下摆塞到两腿间，说道："什么使命不使命的，跟我有什么关系？你偷偷摸摸地跑到我这里来，到底有什么事？"

"最急切的是两件事，一是给我弄点吃的，我还没吃晚饭；二是给我安排个住的地方。"

"这两件事我都能办到，只是你准备怎么回报我？"

"晋军一旦出现在二十里堡，我可以保证芳菲苑不受任何侵扰。如果你愿意，我也可以将杨敬钊介绍到你的床上。"

黄泓丽用右手的食指和中指戳了一下贺惟忠的额头，笑着走出梅韵阁，随手将阁门带上了。贺惟忠插上阁门回到卧室，站在窗帘后面向外张望着。天上没有月亮，甬道上的几盏路灯格外明亮。舞厅和芳菲苑大门之间的空地上依然有人走动，但脚步声已经非常稀疏。贺惟忠最终决定躲藏在芳菲苑，一是相信黄泓丽不会出卖自己，二是因为芳菲苑是二十里堡重要的信息传播中心。

橐橐的脚步声由远及近，黄泓丽再次出现在贺惟忠的视野。她右手提着一个牛皮纸袋，左手轻轻地向后掠着鬓发，甬道上留下了她暗淡的身影。贺惟忠离开卧室回到起居室，悄悄地拔开阁门上的插销，敞开了阁门。黄泓丽迈进门槛，将手中的牛皮纸袋交给贺惟忠，靠着最南面的沙发扶手坐在长沙发上，侧着身子说道："纸袋里有一个牛肉汉堡、一个热狗和两盒牛奶，你将就着吃吧。"

贺惟忠打开牛皮纸袋，将里面的汉堡、热狗和牛奶摆放在茶几上，随手抓起那个牛肉汉堡咬了一口。黄泓丽从牛皮纸袋里摸出一支吸管插进一个牛奶盒，左手捏着牛奶盒递给贺惟忠，说道："林伊萍去世后，莲香阁被庄季江包下了，但他仅在里面睡了一个晚上，以后再也没有光顾过。你躲在那里应该是最安全的。林伊萍活着的时候，你不止一次上过她的床。再次躺在她的床上，说不定还能重温旧梦。"

听到黄泓丽提及已经死去的林伊萍，贺惟忠叹息了一声。他吃掉那个牛肉汉堡，喝光一盒牛奶，盯着黄泓丽问道："我离开二十里堡这段时间，二十里堡有什么重要新闻？"

"能有什么重要新闻？聚贤馆死了一名叫段裕征的跑堂，保安团死了一名叫周振武的摩托车司机，程铭淮成了374团的独立营营长。"

贺惟忠颇为诧异，他抓起那个热狗咬了一口，反问道："程铭淮成了374团的独立营营长？"

"庄季江原先就是374团的团长。374团驻扎在二十里堡后，庄季江回任了原职，并将二十里堡保安团整编为374团独立营。如果你想见到程铭淮的话，我可以将他叫过来。他现在正在舞厅里搂着邵佩珊跳舞。"

"暂时不要让程铭淮知道我已经回到二十里堡。没有我的许可，你也不要将我已经回到二十里堡的消息告诉任何人。"

"放心吧。"

程铭淮竟然成了374团的独立营营长，这一消息实在出乎贺惟忠的意料。他从黄泓丽手中接过莲香阁的钥匙，故作轻松地离开梅韵阁，随即走到了舞厅的墙根处。墙根处光线昏暗，还有些阴冷。贺惟忠背靠着墙壁静静地站立着，直至梅韵阁变成了一团漆黑。程铭淮能够担任374团的独立营营长，说明他已经取得了庄季江的信任。为了巩固自己的地位，程铭淮一定会除掉庄季江遇刺案的知情人，段裕征和周振武的生命旅程只能提前结束了。

想到这里，贺惟忠的心里一阵悲凉。他进入连通舞厅西便门的长廊，快步走到莲香阁门前，掏出钥匙打开了阁门。舞厅里还在轻歌曼舞，长廊里依然飘荡着缠绵的歌声。贺惟忠放心地走进莲香阁，随手将阁门关闭了。他摸索着将卧室的南窗开了一道缝，从裤兜里掏出无声手枪塞到枕头下面。

正如黄泓丽所说的，林伊萍活着的时候，贺惟忠不止一次在莲香阁留宿。对于林伊萍的这间卧室以及整个莲香阁，贺惟忠都是熟悉的。他虽然已经非常疲惫，但还是没有睡意。卧室里的圈手椅、橱柜以及墙壁上的挂画都呈现模模糊糊的轮廓,尽管模糊,还是勾起了贺惟忠绵绵的思绪。他不管是闭着眼睛还是睁着眼睛,似乎都能看到林伊萍曾经熟悉的身影,感受到林伊萍曾经的妩媚和风情。

大约是在午夜时分,隔壁菊英阁的阁门开了,贺惟忠听到了程铭淮和邵佩珊说话的声音。他虽然听不清程铭淮说了些什么,但完全能分辨出程铭淮的语调和音色。一阵短暂的忙乱过后,菊英阁归于了沉寂。贺惟忠摸了摸藏在枕头下面的无声手枪,再一次想到了程铭淮。不管是二十里堡保安团团长,还是374团的独立营营长,事实上都是二十里堡的三号人物,仅次于吉尔伯特和文澄怀的三号人物。成了二十里堡的三号人物,自然也就可以将芳菲苑当作自己在二十里堡的家了。想到程铭淮以前在自己面前畏畏缩缩的样子,贺惟忠怎么也想象不出贵为独立营营长的程铭淮,在邵佩珊面前会有何表现。

假如晋军出现在二十里堡,庄季江肯定会逃走的。那时候的程铭淮,又会作何打算呢?要不是担任了374团的独立营营长,程铭淮是不可能在芳菲苑留宿的。既然程铭淮已经品味了权力酿造的美酒,他会轻易交出已经获得的权力吗?贺惟忠在床上翻了几个身,终于睡着了。不管是从黄台乘船抵达羊角沟的途中,还是从羊角沟乘坐汽车赶往益都火车站的途中,贺惟忠都是高度紧张。即使从益都火车站坐上了开往二十里堡的火车,贺惟忠同样也忐忑不安。沉沉的一觉醒来,他懵懵懂懂地睁开眼睛,将枕头下的无声手枪装进了裤兜。

窗帘跟墙壁之间的缝隙出现了明亮的光晕,卧室里也不再昏暗了。贺惟忠下了床,将卧室和起居室的窗帘先后拉开一道缝隙,面对着墙壁上新增加的林伊萍写真照静静地站立着。他反复追忆着林伊萍去世前的那个晚上发生的一切,依然唏嘘不已。尽管已经是上午10点多钟,芳菲苑里还是一片死寂,曾经繁忙的胶济铁路,也没有响起火车的颠簸声或者汽笛声。贺惟忠再次躺在床上,终于听到长廊里响起了橐橐的脚步声。那脚步声消失在莲香阁门前,随后又响起了钥匙转动门锁的声音。贺惟忠知道开门的是黄泓丽,但还是悄悄地躲在阁门后面,右手伸进裤兜攥紧了无声手枪。阁门开启,黄泓丽将手里的食盒交给贺惟忠,关闭阁门小声问道:"睡得好吗?"

"连续几天都没能睡上安稳觉了……昨晚很想洗洗澡,又怕惊动了睡在菊英阁的程铭淮。"

"程铭淮一早就离开芳菲苑了。你如果想洗澡现在就洗吧,我在这里,没有人会怀疑你。"

贺惟忠将食盒放在小圆桌上,走进卫生间闭合房门,打开了电灯。卫生间里一切如旧,梳妆台上的化妆品同样摆放得整整齐齐,只是蒙上了一层灰尘。贺惟忠脱掉衣服挂在衣架上,打开浴盆上方的喷头站在浴盆里,眼前不时地出现林伊萍迷人的身影。洗完澡,擦干身子穿上衣服,贺惟忠回到了起居室。不管是卧室的窗子,还是起居室的窗子,都打开了,空气中弥漫着若有若无的饭菜香。黄泓丽背对着南窗坐在小圆桌旁的椅子上,脸上堆满了笑容。她打开放在茶几上的食盒,将里面的饭菜摆放在靠近南窗的小圆桌上,对着贺惟忠点了点头说道:"先吃饭吧,不管谁在芳菲苑,都是安全的。"

刚刚洗过澡,贺惟忠明显精神了许多。他隔着小圆桌坐在黄泓丽对面,问道:"是不是发生了意想不到的事情?不然的话,程铭淮怎么可能一早就离开芳菲苑?"

"什么事都逃不过贺团长的眼睛……今天凌晨,374团移防东关,二十里堡的防务完全由程铭淮领导的独立营负责了。"

"374团已经移防东关?"

贺惟忠反问了一句,眉头皱紧了。

小圆桌上的饭菜很丰盛,有番茄汁管面,有肉酱意粉,有酥皮牛柳,还有罗宋汤。贺惟忠用叉子叉起一块酥皮牛柳,举到嘴边问道:"你确信庄季江没有带走独立营?"

黄泓丽点了点头。

贺惟忠长嘘了一口气,说道:"我很快就可以在二十里堡公开活动了。"

"你是说……"

"如果374团仅仅接管了东关的防务,说明县城将由更高编制的部队接管。韩复榘加强潍县县城以及东关的防务,说明正在紧张对峙的淄河防线面临崩溃,或者说韩复榘准备放弃淄河防线。因为二十里堡无险可守,韩复榘将374团调往围墙坚固的东关,也就顺理成章了。"

"这对你来说很重要吗?"

"当然了。昨晚我告诉过你,我这次回到二十里堡,是带有特殊使命的。"

黄泓丽笑了笑,说道:"你们男人天生就是政治动物,我们女人只能在你们男人的身子底下讨生活了。告诉我,我除了给你提供食宿,还能帮你做些什么?"

贺惟忠将叉子上的酥皮牛柳塞进嘴里,又喝了几匙子罗宋汤,说道:"你只需帮我将陶记百货店的老板叫到莲香阁就可以了。"

"是陶明礼的父亲陶绍安吗?"

"对,就是他。"贺惟忠放下叉子和匙子,拿起餐巾擦了擦嘴和手。黄泓丽从贺惟忠手里接过餐巾,连同小圆桌上的饭菜、匙子和叉子全部收拾进食盒,提着食盒离开莲香阁,锁上了阁门。贺惟忠仰着头坐在小圆桌旁,透过开着的窗子凝望着湛蓝的天空,嘴角不时地抽动着。庄季江离开了二十里堡,就不可能再回来了。假如早就料到会是这样的结局,自己何必策划那次暗杀?要是不策划那次暗杀,自己怎么可能被程铭淮取代?贺惟忠笑着摇了摇头,似乎是在嘲讽自己。

渐渐地,莲香阁东西两侧响起了开闭阁门的声音,寂静的长廊里也响起了杂沓的脚步声。跟杂沓的脚步声同时响起的,还有依依惜别的缠绵的情话。贺惟忠颇为惆怅地站起身,在起居室和卧室里踱来踱去。钥匙转动门锁的声音响过,莲香阁的阁门开启了。陶绍安跟在黄泓丽身后走进莲香阁，惊讶地张大了嘴巴。黄泓丽将拎在手里的一把暖瓶放在茶几上，对着贺惟忠点了点头，随即离开了莲香阁。陶绍安不安地关闭阁门，走到贺惟忠身边小声说道："没想到急着见我的人是你。听明礼说你失踪了。"

贺惟忠将茶几上的两个茶杯里泡上茶，邀请陶绍安坐在长沙发上，说道："失踪并不意味着逃亡或者死亡。前些日子，我在济南见到了晋军的好多位将领，其中就包括即将接管二十里堡防务的第5军第14师的师长杨敬钊。你肯定已经知道，晋军占领二十里堡乃至整个山东，仅仅是时间问题。我原本打算跟着第14师一起返回二十里堡的，因为想到咱们早就筹划的经贸公司，就提前回来了。"

"兵荒马乱的，你怎么还有心思……"

贺惟忠将带在身上的5000元银票摸出来放在茶几上，说道："因为我还不便于在二十里堡公开出现，咱们的经贸公司自然不便于公开运行，但公司的业务必须尽快开展。咱们公司目前的业务只有一项，那就是收购铜。不管是黄铜、红铜还是青铜，只要是铜就可以。我们的经贸公司挂牌之前，你可以先行收购，最后再按市场价格加价两成卖给我就可以了。这是预付金。"

陶绍安再次张大了嘴巴。他收回伸向银票的右手，弯着腰坐在长沙发上沉默了很长时间，说道："用这么高的价格收购铜，肯定不是难事。你又怎么能将收购的铜卖出去呢？"

"我要是没有畅通的销售渠道，怎么敢做这个买卖？不瞒你说，他们给我的预付金，不止这5000银元。"

陶绍安虽然将信将疑，但还是从茶几上拿起那张银票，装进了裤兜。他端起茶杯，吹了吹浮在水面上的茶叶，说道："你离开二十里堡期间，又有两人莫名其妙地死了。听明礼说，程铭淮有可能是幕后主使。"

"我刚回到二十里堡就听说了。被害的两个人，一个是聚贤馆的跑堂段裕征，一个是保安团的摩托车司机周振武。"

陶绍安点了点头，说道："听明礼说，程铭淮一直在查找你的下落，我担心他……"

贺惟忠笑了笑，说道："除了你和黄泓丽，没有人知道我就在芳菲苑。你放心吧，在二十里堡，还没有人敢对我贺惟忠动手动脚。"

"那倒也是。"

陶绍安急忙点了点头。

"庄季江既然将374团带到了东关，怎么将程铭淮领导的独立营留下了？"

陶绍安将手中的茶杯放在茶几上，愣愣地望着贺惟忠说道："听明礼说，保安团整编为独立营后，庄季江明确地宣布了独立营的职责，那就是全力保证英美烟公司的安全。庄季江曾对程铭淮面授机宜，那就是374团移防东关后，程铭淮应将一个完整的没有遭到破坏的英美烟公司，交到晋军手里。"

贺惟忠叹息了一声，说道："也就是说，程铭淮已经提前接到投降晋军的命令了。"

"可以这么说吧。"

轻轻的脚步声响过，黄泓丽左手托着托盘走进莲香阁，右手关闭了阁门。她将托盘放在茶几上，微笑着坐在贺惟忠身边。贺惟忠将托盘里的一盘水果和一盘干果拿出来摆放在陶绍安面前，对着黄泓丽说道："陶老板以后要经常出入芳菲苑……你将莲香阁登记在陶老板名下。费用由我来付。"

陶绍安支吾了几声，但没有表达出清晰的意见。贺惟忠对着黄泓丽笑了笑，说道："陶老板既然将成为芳菲苑的常客，就不应该在舞女们面前太拘谨。正好是午睡时间，你先找位舞女陪着陶老板休息休息吧。"

陶绍安的脸颊顿时涨得通红，但还是仅仅支吾了几声，没有表达出清晰的意见。黄泓丽挽着陶绍安的左臂刚刚走出莲香阁，贺惟忠便关闭阁门，拉上起居室和卧室的窗帘，背靠着门框站在卧室门口。他静静地望着卧室门对面墙壁上的林伊萍写真照，耳边反复萦绕的，竟是陶绍安所透露的有关程铭淮的消息。将保安团整编为独立营,再让独立营负责保证英美烟公司的安全,这一计划的确非常缜密和高明。不管庄季江背后的主使是谁,英美烟公司分明是最大的受益者。为了保护英美烟公司的利益,正在流血的敌对双方竟然配合默契,实在令人唏嘘不已。

林伊萍的写真照非常甜美,灿烂的笑靥、袅娜的身躯,依然透着诱惑。贺惟忠颇为留恋地躺到床上,仔细追忆着林伊萍曾经留给自己的美好,再一次想到了自己的无情和决绝。因为林伊萍对于自己的安全有可能产生威胁,自己便让她从人间消失了;因为庄季江阻碍了自己的升迁,自己也差点让他魂归大地;已经担任了独立营营长的程铭淮,会允许自己出现在二十里堡吗?

莲香阁里的光线越来越暗淡,芳菲苑终于苏醒了,歌唱声、说笑声以及弹奏乐器的声音不绝于耳。贺惟忠到卫生间洗了洗脸,在起居室一边抻着懒腰,一边慢慢地踱着。他重新泡上一杯茶,坐在长沙发上默默地望着杯口越来越稀薄的雾气,终于听到了黄泓丽熟悉的脚步声。贺惟忠打开阁门,从黄泓丽手中接过食盒放在小圆桌上,问道:"程铭淮每天都来芳菲苑吗?"

"菊英阁已经是程铭淮在芳菲苑的家了。"

黄泓丽闭合阁门,将食盒里的饭菜全部摆放在小圆桌上,随手将食盒放在茶几上。贺惟忠并没有食欲,他吃了很少一点饭,便放下了刀叉。黄泓丽将贺惟忠剩下的饭菜连同用过的刀叉装进食盒,说道:"天黑以后你不妨到外面转转。二十里堡一切如旧……只要你见不到程铭淮,就不会有危险。"

贺惟忠没有答话,只是不以为然地盯着黄泓丽。黄泓丽急忙抬起左手对着贺惟忠摆了摆,说道:"我不是说你遇到程铭淮一定会有危险,我只是说……邵佩珊曾经告诉我,程铭淮非常关心你,他好像不希望你再次回到二十里堡。"

"他怎么可能希望我再次回到二十里堡?"

黄泓丽笑了笑，说道："从今天中午开始，胶济铁路几乎停运了。偶尔经过的货车，装载的全是武器弹药和其他战略物资，偶尔经过的客车，装载的全部是军人……程铭淮倒是很镇静，没有一丝惊慌。我来你这里之前，他已经坐在舞厅里了。"

"这更能说明芳菲苑的确有着巨大的魅力啊！"

黄泓丽将贺惟忠的茶杯里加满热水，说道："你和程铭淮的心思我都明白了。我不会介入你们的争斗，但我还是希望你们不要让我为难。"

"咱们都是明白人，你有什么要求完全可以当面说出来。"

黄泓丽将拎在手里的暖瓶放在茶几旁边，直起腰俯视着贺惟忠说道："我知道你是爬墙进入芳菲苑的，我希望你在二十里堡公开出现之前，不要从大门出入芳菲苑。我的心思你肯定也明白，我的苦衷你肯定能体谅。"

"你不说，我也会这么做的。"

黄泓丽说了声"谢谢"，俯下身子吻了吻贺惟忠的脸颊。她提着食盒走出莲香阁，脚步声轻盈了许多。贺惟忠插上阁门，侧着身子仰躺在长沙发上，静静地谛听着自己的心跳。夜色越来越浓，月亮渐渐升起了。贺惟忠摸了摸裤兜里的钥匙和无声手枪，悄悄地敞开阁门，迈出了门槛。他锁上阁门四下里看了看，机警地接近舞厅的西便门，随后进入了舞厅西面的院子。

院子里黑乎乎的，一名在英美烟公司任职的美国人和一名年轻的舞女相拥着站在靠近西墙的甬道上，甜蜜地喁喁私语。贺惟忠不知道那位舞女的名字，但并不感到陌生。他躲避着他们走到西墙边，站在一棵桃树的阴影里。因为黄泓丽的提醒，贺惟忠才意识到铁路线上已经很长时间没有响起火车的汽笛声或者轰鸣声了。他等候相拥在一起的美国人和年轻舞女回到舞厅，迅速攀上墙头，随后出现在铁路旁。因为没有火车通过，铁路两旁墓地般寂静。贺惟忠面朝北站立在枕木上，默默地望着火车站空无一人的站台，脑海里不时地出现保安团的景象。自己像蝙蝠一样在白天藏匿了身影，不就是为了随时能够大摇大摆地出入保安团吗？

攥紧双拳用力往上举了举，贺惟忠慢慢地走下路基，沿着路基东侧的羊肠小道踏上了车站路。车站路上静悄悄的，只有暗淡的路灯光伴随着贺惟忠孤独的身影。贺惟忠拽了拽身上的西装，右手攥住裤兜里的无声手枪，贴着火车站的东墙向北走去。聚贤馆依旧大开着房门，但里面已经没有了顾客；火车站广场上同样空无一人，只有第一复烤厂的院子里不时地响起杂沓的脚步声。谛听着那些杂沓的脚步声，贺惟忠知道所谓的独立营依然担负着英美烟公司的警卫。即使程铭淮将所谓的独立营重新交给自己，庄季江和程铭淮烙在独立营的印记，还能彻底清除吗？

想到这里，贺惟忠仰起头叹息了一声。

熙春医院的院门已经闭合，大多数诊室和病房也没有亮灯。贺惟忠机警地拐到车站一街北侧，远远地望着站立在保安团大门前两名的团丁，再一次感到了巨大失落。他从裤兜里抽出右手，向北踏进烟田里一条干涸的水渠，沿着水渠走到了保安团的大门对面。保安团院内寂静无声，站在大门口的两名团丁面朝北站在一起，不停地吸着烟。贺惟忠望着他们的身影站立了很长时间，极为惆怅地走到靠近潍安汽车路的那几座烤烟房西侧，面对小路中央的那棵小叶朴树坐在一处土堆上。

南面的车站一街上看不到一个人，东面的潍安汽车路上也看不到一个人，二十里堡似乎变成了远离大陆的孤岛。楚颖凯或者杨敬钊，不会在今天晚上就率部出现在二十里堡吧？想到这里，贺惟忠有了一丝欣慰，又有了一丝焦灼。小路中央的小叶朴树虽然沐浴着月光，依然是一幅剪影。树枝和树叶模糊成一片，月光像水流一样从树冠四周泻下，溅落在地面上。

突然间，连通烤烟房和车站一街的小路上响起了时断时续的脚步声。贺惟忠急忙站起身，钻进西北面的第一间烤烟房，静静地蹲在烤烟房门口。脚步声越来越近，小路东端出现了一个模糊的身影。那身影在小叶朴树东侧停下脚步，面朝东坐在那块凹凸不平的大青石上。夏美云？文澄怀的三太太夏美云？贺惟忠紧张地捕捉着四周的声响，眼睛始终盯着夏美云和她面前的小路。

　　这么晚了，夏美云为什么独自来到这里？文澄怀怎么可能允许她独自来到这里？贺惟忠正在紧张地思索着，东面的小路上又响起了脚步声。坐在大青石上的夏美云好像突然放松了，她站起身向东走了几步，又四下里看了看。仅仅过了很短时间，文笃修出现在小路上。他走到夏美云面前，小声说道："你不是说不再影响我的生活吗？为什么还要将我叫到这里来？"

　　夏美云双手抱住文笃修的脖颈，说道："笃修，我的确决心不再影响你的生活了，但是我实在控制不住自己。再有一个多月你就要到上海去了，而且是和阿格尼丝一起去。在你离开二十里堡之前，你就不能再给我一些温存？你要知道，我也是个女人，一个跟阿格尼丝一样的女人，一个比阿格尼丝还要年少的女人。"

　　文笃修挣脱夏美云的怀抱，绕过大青石走到小叶朴树下，左手撑着树干面朝北站立着。夏美云犹犹豫豫地走到文笃修面前，再次双手抱住文笃修的脖颈，啜泣起来。文笃修静静地站立着，始终仰着头。他等候夏美云的情绪慢慢平复下来，低下头小声说道："美云，你何必这么逼我呢？你知道咱们是不可能生活在一起的，从名分上说，你是我的庶母。"

　　"名分算什么？咱们不是早就……"

　　文笃修摇了摇头，双手捧着夏美云的脸颊说道："我承认我们之间有了不该有的行为，但我是被迫的，具体情形你最清楚。我一直忏悔我的行为，我也对你和父亲怀有深深的歉意。父亲是要脸面的人，我是要脸面的人，相信你也是要脸面的人。"

　　"你说得太对了，我们都是要脸面的人。正因为要脸面，我才将你叫到这里来，没有在瞻可园哀求你。"

　　文笃修收回捧着夏美云脸颊的双手，面对着树干坐在大青石上，说道："你知道，美云。我和阿格尼丝恋爱了十几年，很快就要结婚了。你忍心逼迫我们分手吗？阿格尼丝要是知道了我们之间发生的事，能饶恕我吗？即使我和阿格尼丝分了手，咱们也不可能生活在一起的！你是我父亲的姨太太，我是你丈夫的儿子。美云，咱们还是将那些曾经的美好珍藏在心底吧。"

夏美云跟文笃修并肩坐在一起，双手抱住膝盖，说道："在你离开二十里堡之前，我可以不再跟你单独见面。但我希望你离开二十里堡时，能带上我。"

"你说什么？"

"我希望你能带着我和阿格尼丝一起离开二十里堡。"

文笃修双手合十，顶着额头说道："你觉得这可能吗？"

"怎么不可能？跟你在一起，我不需要任何名分。离开二十里堡以后，你和阿格尼丝完全可以将我当成你们的老妈子。我可以给你们做饭、洗衣服，也可以帮你们看小孩、当保姆……"

"即使咱们不顾及我父亲，阿格尼丝也不会同意的。"

夏美云站起身，双手按着文笃修的双肩，头顶着文笃修的额头说道："你父亲是什么态度，我不关心。如果你同意，我打算跟阿格尼丝谈一谈。我一定能够说服阿格尼丝的。"

文笃修猛然推开夏美云，站起身说道："你不会是疯了吧？文澄怀的儿子跟文澄怀的三太太通奸，这种见不得人的事你也能说出口？假如阿格尼丝知道了咱们那些见不得人的事，一定会精神崩溃的。你要知道，阿格尼丝已经无父无母，她虽然在英国还有几位亲戚，但也形同陌路。我是他唯一的精神寄托……"

夏美云扑到文笃修怀里，说道："我不会影响你跟阿格尼丝的生活，真的不会。我只是希望你偶尔看我几眼……"

文笃修将夏美云抱在怀里，轻拍着她的后背说道："三妈，我不想再敷衍你了。我们还是友好地分手吧，你毕竟是我父亲的三太太。我们之间的不正常关系，不应该持续下去了。"

"三妈？我是你三妈？你还记得我是你三妈？"

"美云，你不要用这种语气说话。"

"文博士，请你告诉我。作为你的三妈，我应该用什么样的语气跟你说话？"

"夏美云，如果你继续没完没了地纠缠我，我只好……"

文笃修说到这里，转身向东走去。夏美云从身后抱住文笃修，脸贴着文笃修的后背说道："笃修，你千万不要这么绝情，求你了……告诉你吧，我怀孕了，你的孩子。"

文笃修的身体突然僵住了，他慢慢地转过身，望着夏美云问道："你说什么？"

夏美云跪在地上，仰望着文笃修说道："笃修，我说的是真话，不骗你的。你是个善良的人，你就可怜可怜我这个怀了你孩子的女人吧。"

文笃修俯视着夏美云沉默了很长时间，说道："你没有必要要挟我。你即使怀了我的孩子，难道还能将孩子生下来？如果你真的怀了我的孩子，我建议你尽快打掉，这对你对我都是最好的选择。"

"你还有更好的建议吗？"

夏美云的声音有些颤抖。

"你说呢？"

文笃修的话语透着寒意。

"你的这个建议的确很好。我马上就到熙春医院，请阿格尼丝帮助我打掉孩子。并且告诉她，这个孩子是文澄怀的儿子的。如果文澄怀知道他的三太太怀了他儿子的孩子，同样会很高兴的。为了让文澄怀相信我所说的话，我已经将我穿过的一件灰色长裙放入漱芳轩的衣柜，长裙旁边就是那本《老残游记》。"

文笃修狠狠地抽了夏美云一记耳光，说道："你简直是个女流氓！"

"你打我？你打我？"

夏美云哭喊着扑向文笃修，跟文笃修扭打在一起。不知是文笃修丧失了理智，还是没有控制住怒火，他把夏美云用力推向小叶朴树东侧的大青

457

石，而且自己差点倒在地上。贺惟忠下意识地皱了皱眉头，随即听到夏美云的后脑勺重重地摔在大青石上的声音。除了戛然而止的哎哟声，夏美云再也没有发出任何声响。贺惟忠悄悄地移动了一下脚步，继续凝视着躺在小叶朴树下的夏美云，和站立在夏美云旁边的文笃修。文笃修贴近夏美云的脸颊低低地叫了两声"美云"，瘫坐在夏美云脚下喃喃自语道："美云，我不是故意的，我不是故意的。"

文笃修的喃喃自语声在夜色中波动着，像涟漪一样四散开去。夏美云竟然死了！除了感叹生命的脆弱，贺惟忠并没有更深切的感受。喃喃自语过后，文笃修开始了啜泣；啜泣过后，文笃修跪在夏美云脚下磕了几个头，站起身向东走去。贺惟忠等候文笃修的身影消失在夜色中，小心翼翼地钻出烤烟房，走到小叶朴树树下。他伸出右手接近夏美云的鼻孔，不无遗憾地绕过小叶朴树，回到西面那条干涸的水渠。

突然间，西北面传来火车嘹亮的汽笛声。贺惟忠的身体不由得一阵颤抖，随即燥热难耐。他匆忙解开上衣纽扣，跌跌撞撞地向西跑去。汽笛声越来越响亮，车轮跟铁轨的碰撞声也越来越清晰。贺惟忠刚刚跑到保安团对面的烟田里，一列火车已经顶着长长的光柱驶进了火车站。月亮不知什么时候藏匿了身影，天空中只有几颗星星懒懒地眨着眼睛。贺惟忠望着四周的大片烟田，脑海里又出现了躺在小叶朴树下的夏美云，以及夏美云空洞的眼神。他回望着那棵已经变成一团模糊的小叶朴树，再一次听到西北面传来了火车嘹亮的汽笛声。真的是晋军来到二十里堡了？万一是败退的蒋军呢？在贺惟忠脑海里倏忽而现的夏美云的身影又倏忽而去，巨大的喜悦过后是巨大的失落。

无处不在的辛辣气息时浓时淡，贺惟忠走在齐腰高的烟株之间，仿佛漂荡在海面上的一叶孤帆。他深一脚浅一脚地来到车站路跟车站一街的丁字路口，躲藏在一棵刺槐树北侧向南张望着。车站路上列队站立着许多军人，刺刀的亮光在路灯下闪闪烁烁。他们到底是晋军还是蒋军？贺惟忠四处张望着走到还亮着灯火的废弃的扳道房门前，左手扶着门框，右手敲了敲房门。门开了,薛宗汾出现在房门口。让贺惟忠大吃一惊的是,程铭淮竟然攥着手枪站立在薛宗汾身后。薛宗汾回头看了看程铭淮,对着贺惟忠说道:"贺团长您也来了?失迎,失迎。"

扳道房里的光线虽然暗淡,贺惟忠还是看清了程铭淮脸上尴尬的神色。他迈进门槛,关闭房门,对着程铭淮说道:"早就知道你担任了374团的独立营营长,原本想当面祝贺的。因为再也见不到段裕征和周振武了,所以一直没有打起精神。想必你完全掌握段裕征和周振武的死因吧。"

程铭淮收起手枪,坐在靠近北墙的一个凳子上,将自己刚才坐过的椅子让给了贺惟忠。贺惟忠没有谦让,他等候薛宗汾坐在方桌东南角的椅子上,也坐下了。程铭淮背靠着墙壁盯着贺惟忠,说道:"兵荒马乱的,死几个人太正常,我倒是对于老长官的失踪颇为担忧。因为您不在二十里堡,我只好暂时充任了独立营营长。您既然已经回到二十里堡,我也就没有必要继续留任了。"

"接连来了两火车军人,我去看看是哪个部队的。"

薛宗汾不愿意介入贺惟忠和程铭淮的谈话,他对着贺惟忠和程铭淮笑了笑,走出扳道房带上了房门。贺惟忠紧贴着方桌侧过身子,盯着程铭淮说道:"老弟没必要过谦,没有人比你更适合担任独立营营长。我不想再给别人看家护院了,正在筹建自己的经贸公司。战争结束的时间,也就是我的经贸公司挂牌的时间。不管是蒋介石最终获胜,还是阎锡山、冯玉祥最终获胜,只要能尽快结束战争就好。"

程铭淮向前探了探身子,问道:"这么多天,您到底去哪里了?"

"我能去哪里,还不是待在二十里堡?"

"您一直在二十里堡?"

"这有什么可怀疑的?而且就住在你的隔壁。"

程铭淮的脸色突然大变,他站起身,将右手插进裤兜,问道:"你难道住在莲香阁?"

贺惟忠猛地一拳将程铭淮打倒在地,左脚踩着程铭淮的后背,夺过了程铭淮的手枪。他用程铭淮的手枪对着程铭淮晃了晃，说道："昨晚你不是跟邵佩珊在一起吗？"

程铭淮站起身，再次坐在靠近北墙的凳子上，什么话也没说。贺惟忠左手攥着手枪坐在薛宗汾刚才坐过的椅子上，说道："从你刚才的举动，我就知道谁是杀害段裕征和周振武的凶手了，尽管我一直不愿意相信。"

"段裕征和周振武的确是我杀死的。我杀死段裕征和周振武，一方面是为了保护我，另一方面也是为了保护你。他们要不是参与了你设计的暗杀庄季江的行动，我何须杀死他们？如果将你换作我，你也不会让他们活着……咱们这么晚来到扳道房，还不是有着同样的目的？我也想知道刚刚下车的部队是蒋军还是晋军？"

贺惟忠还想说点什么，扳道房门外响起了脚步声。他将攥着手枪的左手插进裤兜，又站起身，往房门口靠了靠。薛宗汾拉开房门，走到方桌旁说道："聚集在火车站的是晋军第5军第14师的一个团，团长叫楚颖凯。"

"真的吗？"程铭淮反问了一句，猛然站起身，扑向了房门口。贺惟忠迅速将右手插进裤兜，掏出无声手枪对着程铭淮的后脑勺扣动了扳机。程铭淮跟跟跄跄地扑到薛宗汾身上，随后慢慢地滑到了地上。薛宗汾左手按着桌面站立了片刻，突然转过身跑到了房门口。贺惟忠再次举起无声手枪，指向了薛宗汾的后脑勺。

# 二十四

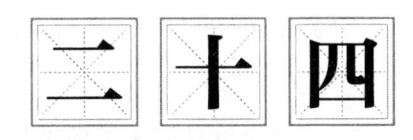

  关闭收音机，拎着马扎坐在井台旁的柿子树下，屈蓉初所呼吸到的，依然是记忆中的硝烟气息。韩复榘将部队主力撤退到潍河东岸前夕，先是将 86 旅 374 团布防在东关，随后又将 59 旅布防在县城。韩复榘这样做，一方面是为了牵制晋军东进，另一方面也是为了将来反攻埋下了伏笔。晋军的第 5 军第 14 师虽然包围了潍县县城和东关，而且师部就设在斐非寺，但双方并没有发生战事，只是僵持着。

  不管是县城还是东关，都有高大的围墙作为凭借，晋军是很难攻破的，民国五年的护国讨袁，屈蓉初就有深切的体会。时间虽然已经过去了 14 年，对于自己亲身经历的那场战争，屈蓉初还是记忆犹新。她想象着陶明礼身着军装威风凛凛的样子，再次想到了自己曾经的军旅生涯。往事都如炊烟般飘散了！屈蓉初叹息了一声，站起身走出街门，右手扶着门框向西张望着。

  尽管不时地有军车通过，白杨巷西端的车站东路上依旧熙熙攘攘。一阵急促的脚步声响过，陶明义出现在屈蓉初的视野。他回过头看了看替自己背着书包的陶绍安，激动地对着屈蓉初招了招手。屈蓉初没想到陶明义会这么高兴，她迎着陶明义向西走了几步，不解地望着陶明义身后的陶绍安。陶明义走到屈蓉初面前，拽着屈蓉初的双手说道："上午在我们学校操场举行了一次追悼会,我作为学生代表到主席台上发了言……主持人是一个叫楚颖凯的团长。"

屈蓉初拍了拍陶明义的脸颊,将他揽在怀里问道:"谁的追悼会?"

"程铭淮和薛宗汾的追悼会,他们是英雄!"

"是吗?"

"薛宗汾就是聚贤馆的老板。他曾经参加过民国五年的护国讨袁战争,跟当时驻扎在潍县城里的蒋介石有过交往。他看透了蒋介石的狡诈、贪婪和虚伪,最终选择了跟蒋介石分道扬镳。蒋介石担心薛宗汾揭露他以前的罪行,前些日子派人将薛宗汾暗杀了。我们应该打倒蒋介石,拥护阎主席。"

屈蓉初对着刚刚走到自己身边的陶绍安笑了笑,俯视着陶明义的眼睛问道:"程铭淮又是怎么回事?"

"程铭淮生前担任过二十里堡保安团的参谋长和86旅374团独立营的营长。他虽然没有脱离蒋介石的统治,但一直追求光明。阎主席刚刚发动讨伐蒋介石的战争,程铭淮就跟阎主席取得了联系。蒋介石不愿意看到程铭淮弃暗投明,也派人将他暗杀了。薛宗汾和程铭淮是为国家的独立自由而死的,我们应该永远纪念他们!他们的英名将永垂不朽!"

陶明义说完,像在追悼会上演讲结束时那样用力挥了一下拳头。他蹦跳着跑进院子,在水瓮旁的脸盆里洗了洗手,甩着手上的水珠走进当门里。中午的饭菜很简单,一瓦盆猪肉炖芸豆,一盘蒜拌黄瓜,外加玉米糊糊和玉米煎饼。屈蓉初等候陶绍安将陶明义的书包放进西间,随手掀开锅盖垫,将饭菜从锅里一样一样端上了方桌。陶明义依然沉浸在演讲时的兴奋之中,吃饭时依然不停地重复着演讲稿上的话语。屈蓉初脸上一直维持着微笑,不时地点点头。因为下午临时放假,陶明义放下筷子,便走进西间放下了门帘。陶绍安咬了一口煎饼,夹了一筷子拌黄瓜放进嘴里,叹息着说道:"薛宗汾和程铭淮都死在车站一街北面那处废弃的扳道房,程铭淮死在扳道房内,薛宗汾死在扳道房外,都是被枪杀的。"

"薛宗汾和程铭淮为什么被枪杀？"

"陶明义不是告诉你了吗？"

"你觉得可能吗？"

"贺惟忠已经担任了二十里堡保安团团长，他在追悼会上也是这么说的。"

屈蓉初慢慢地吃着饭，没再说什么。陶绍安好像突然记起了什么似的，他将最后一点煎饼塞进嘴里，说道："薛宗汾和程铭淮被枪杀的那天晚上，文澄怀的三太太死在车站一街北面那几座烤烟房之间的小叶朴树下，文澄怀唯一的儿子溺死在虞河里……"

"这怎么可能呢？"

屈蓉初愣住了。

"文澄怀并没有参加今天早上的追悼会……要不是出了这么大的事，他不可能不参加的。"

"文澄怀的三太太是谁杀死的？文澄怀的儿子又是怎么溺死的？"

陶绍安摇了摇头。

"有关文澄怀的消息是谁告诉你的？"

"贺惟忠。"

"贺惟忠？"

陶绍安躲避着屈蓉初的目光，支支吾吾地答道："最近一段时间，我们经常在一起。"

"我建议你不要跟贺惟忠有太多的来往，尤其不要参与他的那些过于机密的事情。他在二十里堡经营了这么多年，可以轻而易举地让你像薛宗汾和程铭淮那样永垂不朽。"

陶绍安放下筷子，尴尬地往身后拖了拖凳子。屈蓉初吃掉碗里剩下几根芸豆和几点肉末，将盛有玉米煎饼的饭笝箩放进饭橱，用搪瓷盆端着用过的碗筷到院子里刷了刷。陶绍安没有像往常一样返回百货店，而是继续坐在方桌旁。他帮着屈蓉初将碗筷放进饭橱，斜睨着西间的门帘小声说道：

"我要去一趟县城，晚上很晚才能回家。"

"兵荒马乱的，你到县城干什么？"

"谈一笔生意。"

"虽然蒋军大部已撤到潍河东岸，县城和东关毕竟还控制在他们手里。蒋军和晋军不可能永远僵持下去，他们之间随时可能炮火相向。你平时很少出门，战争状态下倒是忙碌起来了。"

"做买卖还不是靠把握机会？风险越大获利越多。"

陶绍安显得有些不耐烦，他站起身拽了拽衣角，头也不回地走到院子里。屈蓉初跟在陶绍安身后迈出街门，继续说道："我知道你最近一直忙着收购铜。你这次到潍县城去，是不是也是在做铜的生意？蒋阎冯大战如火如荼，不管哪一方都对铜有着巨大需求，做铜的生意肯定一本万利。但这个生意不是你所能做的，做这个生意的人……"

"你所说的我都考虑过了。我的前半辈子已经够窝囊的了，后半辈子不应该再窝囊下去。你所说的蒋阎冯大战，正是我发财的千载难逢的机会。即使把命搭上，我也认了。"

听到陶绍安这么决绝，屈蓉初不好再说什么。他们在一起生活了十几年，始终谨言慎行，可谓相敬如宾。但所谓的相敬如宾，实际上是基于双方对现实的绝望。陶明礼的母亲去世后，陶绍安带着陶明礼艰难度日，极为窘迫。他接受已经怀了陶明义的屈蓉初，尤其是文澄怀提供的资助，内心深处始终存在着强烈的屈辱感。屈蓉初要不是为了给陶明义找个父亲，怎么可能跟陶绍安生活在一起？因为陶绍安主动提及自己的窝囊，屈蓉初再一次想到了陶明义的生父杨敬钊。他还活着吗？如果活着，他还会想起自己吗？还会牵挂从未谋面的孩子吗？

想着想着，屈蓉初的脸颊禁不住红了。

陶绍安坚定地走向车站东路，身体挺直了许多。他在白杨巷口搭上一辆黄包车，仰躺在车厢里，对着屈蓉初摆了摆手。屈蓉初望着巷口的那两棵白杨树站立了片刻，回到院子关闭街门，默默地坐在井台旁的柿子树下。

刚才从陶绍安嘴里听到夏美云和文笃修的死讯，屈蓉初极为震惊。她因为担心陶绍安产生不必要的联想，还是尽量掩饰了自己的情绪。突然间失去了文笃修和夏美云，文澄怀能受得了吗？屈蓉初似乎看到了文澄怀骤然衰老的面容。

西间里静悄悄的，陶明义显然已经熟睡了。跟陶绍安一起生活后的最初时间，尤其是陶明义出生后，陶绍安曾经多次追问文澄怀和陶明义的关系。除了否认，屈蓉初始终没有提及杨敬钊。作为陶明义的生父，作为自己曾经的丈夫，杨敬钊在屈蓉初的记忆中越来越模糊了。屈蓉初跟杨敬钊的婚姻，更多的是意气用事，而不是基于男欢女爱。如果说还有一点感情，那也是当时的护国讨袁战争激发出来的。真正让屈蓉初体味到甜美爱情的，文澄怀是唯一的人。

站起身，围绕柿子树转了几圈，屈蓉初最终决定跟文澄怀见上一面，哪怕什么话也不说。她到西间里看了看熟睡中的陶明义，在一张纸条上写了几个字，随后放在陶明义的枕头旁。陶明义蜷曲着身子躺在床上，鼻翼翕张着，呼吸有些急促。屈蓉初突然间感到了莫名的幸福，她用右手的食指抹掉溢出眼眶的泪水，悄悄地走出了西间和北屋。院子里静悄悄的，白杨巷静悄悄的，惟有屈蓉初的心潮在澎湃激荡着。她迟迟疑疑地走到白杨巷口南侧那两棵白杨树下，脚步还是停顿了。一队年轻军人沿着车站东路整齐地向北行进着，上衣的后背都出现了汗渍。14年前的自己也是跟他们一样英姿飒爽啊！恍惚之间，屈蓉初似乎看到了自己跟杨敬钊并肩行军时的身影。

文澄怀会在哪里呢？丹渊公司还是瞻可园？屈蓉初从那队年轻军人身上收回目光，沿着车站东路向南又向西，拐上了车站三街。这么多年来，虽然跟文澄怀共同生活在二十里堡，虽然也能了解到有关文澄怀的不少信息，屈蓉初还是尽量避免跟文澄怀接触。她最近一年跟文澄怀的几次接触，全部是因为陶明礼。毕竟已经不年轻了，曾经的情爱也应该随风而逝了。可是从陶绍安嘴里听到有关夏美云和文笃修的噩耗，屈蓉初还是无法抑制尽快见到文澄怀的冲动。她从车站三街拐上达勒姆路，慢慢地踱到丹渊公司大门口，随即被担任警卫的保安团团丁拦住了。听说是找文澄怀，那位团丁摇了摇头，叹息道："文老板好几天没来公司了，好几天没来公司了。"

"为什么？"

屈蓉初故意问道。

那位团丁又叹息了一声。

证实了陶绍安提供的消息，屈蓉初愣怔了片刻。她犹豫再三，辗转拐上了车站东路。车站东路上疾驰着很多军车，每一辆军车后面都拖着一团尘土。屈蓉初透过一团团的尘土遥望着曾经熟悉的瞻可园，感觉久远的往事像军车后面的尘土一样扑面而来。她神情恍惚地走到瞻可园的园门前，犹犹豫豫地举起右手，随后又垂下了。文澄怀自然是非常痛苦的，他即使见到了自己，就能减轻痛苦吗？自己即使见到了他，又能说些什么呢？屈蓉初退后几步，又向前几步，还是从园门前离开了。她沿着车站一街一直走到虞河西岸，小心翼翼地走下岸坡，意外地见到了文澄怀。文澄怀面对着虞河站在正冲着露香亭的那棵苦楝树下，神情有些呆滞。

紧靠着水面的小路少有人行，路面几乎全被野草覆盖了。屈蓉初踏着厚厚的野草走到文澄怀身边，轻轻地咳嗽了一声。文澄怀像受到了惊吓似的转过身，愣愣地望着屈蓉初，不知不觉地流出了泪水。他用手背擦了擦眼角，对着屈蓉初勉强笑了笑，问道："你也听说了？"

"笃修和三太太，真的……"

文澄怀点了点头。

"到底是什么原因？"

"什么原因都不重要了……人已经死了。"

苦楝树裸露的树根和地面的缝隙间塞着几张报纸，文澄怀约着屈蓉初坐在树根上，拽出那几张报纸卷成一个纸筒，攥在右手里轻轻抖动着。屈蓉初静静地望着虞河平静的水面，想说什么但又找不到恰当的语言。文澄怀侧过头看了看屈蓉初,长叹一声说道:"美云是出事的第二天埋葬的,笃修是今天埋葬的。你也知道,笃修是我跟这个世界唯一的联系。他死了,我也就成了孤家寡人。年轻的时候,我反复阅读郭嵩焘、刘锡鸿、薛福成、宋育仁等人的著作,总想实业救国,与他妈的德国人、日本人和英美人一争短长。外国人逼迫我,中国的政客们盘剥我,我在夹缝中艰难求生。现在想想,过去的努力纯粹是自寻烦恼。丹渊公司即使能将英美烟公司挤出中国市场,真正受益的也不过是几个军阀,像蒋介石、阎锡山和冯玉祥那样的军阀。"

"不管怎么说,丹渊公司在烟草行业还是有一定影响的。"

"我的很多烦恼,也就是因为这所谓的影响造成的。笃修死了,丹渊公司没必要存在下去了。"

"何必这么伤感呢?静楠还很年轻,你也不老,你们完全可以有个孩子……"

文澄怀沉默了片刻,说道:"自从咱们俩被沈漱芳堵在了床上,我那个……就再也没有一丝生气。如果静楠来到瞻可园之前是处女的话,现在还应该是处女。要是当年我坚持将你留在瞻可园,咱们……"

"即使当年你将我留在瞻可园,我也成不了你的妻子……一个有钱人家的少爷,怎么可能跟他的侍女结婚?过去的事,没必要再提了。"

屈蓉初从文澄怀的右手里抽出那个由报纸卷成的纸筒,低下头摊开了。那几份报纸虽然版式不同,但关注的重点都是正在进行的蒋阎冯大战,其中就有"蒋总司令严令李韫珩部星夜赴鲁,胶济路困境不日可解"之类的大字标题。文澄怀抬起右手指了指屈蓉初手中的报纸,说道:"李韫珩率领的第 16 军一旦在青岛登陆,胶济线战事必然会发生逆转。那时候,二十里堡真正的劫难就降临了。"

"你是说……"

"如果晋军不得不退出二十里堡,而且退出后很难再回到二十里堡的话,他们会将二十里堡完整地交给蒋军吗?蒋军撤离二十里堡时之所以没有实施破坏，主要因为他们有重返二十里堡的信心或者希望，否则的话，二十里堡早已面目全非了。"

屈蓉初重新卷起报纸攥在手里，说道："我知道你不需要任何人的安慰，但我还是来了。"

文澄怀站起身，俯视着屈蓉初笑了笑说道："既然来了，就到家里坐坐吧。我记得春节后你因为明礼的事来过一次瞻可园，因为当时的山东省政府主席陈调元派人来敲诈我，咱们仅仅在槐樱草堂见过一面。"

屈蓉初跟着文澄怀爬上河岸，说道："要不是你帮忙，明礼怎么可能进入英美烟公司……"

"后来的事情我也知道了。我没想到明礼会从军……好在各人有各人的造化，咱们这些当家长的，没必要过分担心……笃修倒是没从军，而且还到美国取得了博士学位……"

屈蓉初没法再说什么，只好跟着文澄怀走进了瞻可园。她看到望云楼南面的小广场上并排停放着两辆黑色轿车，立刻将攥在手中的报纸递给文澄怀，脚步有些踟蹰。文澄怀对着屈蓉初摇了摇头，说道："肯定是吉尔伯特来了，你没必要回避的。你以为他还会将咱们堵在床上吗？"

"你说啥呢？"

屈蓉初瞥了文澄怀一眼，低着头走在文澄怀身边。她们刚刚走下暗香桥，槐樱草堂的房门便开了。陈静楠面无表情地走到暗香桥北侧，极为勉强地对着屈蓉初挤出一丝笑意，无奈地跟文澄怀交换了一下目光。文澄怀对着屈蓉初苦涩地一笑；转身走向槐樱草堂。陈静楠跟屈蓉初面对面站在一起，小声说道："很长时间没见到明礼了，听说他跟着庄季江驻扎在东关？"

"明礼离开二十里堡前，说是要到东关驻扎的。"

"前几天杨敬钊和楚颖凯到经理处拜访洛克伍德和吉尔伯特，说是晋军并没有夺取县城和东关的信心。只要不发生战事，明礼应该是安全的。"

从陈静楠嘴里听到杨敬钊的名字，屈蓉初随即愣住了。她四下里看了看，盯着陈静楠问道："杨敬钊是干什么的？"

"晋军的一位师长，现在斐非寺。杨敬钊告诉洛克伍德和吉尔伯特，说是民国五年，他曾经在潍县参加过护国讨袁战争，战争结束后就离开了潍县。"

确信陈静楠所说的杨敬钊就是陶明义的生父，屈蓉初的身体略微摇晃了几下，呼吸也变得急促了。陈静楠往屈蓉初身边靠了靠，说道："杨敬钊没有夺取县城和东关的信心，庄季江也不可能冒险突围。他们只是僵持着……明礼肯定是安全的。"

屈蓉初勉强一笑，缄默了。陈静楠也没再说什么，她和屈蓉初相继走进槐樱草堂，并肩坐在靠近房门的长沙发上。槐樱草堂里的氛围非常压抑，所有人的脸上都没有笑容。文澄怀端起茶杯喝了几口茶水，环顾着坐在自己身边的洛克伍德、吉尔伯特、陈静楠和屈蓉初说道："笃修和美云死了，自然也就不可能复活了。我们这些尚在世间苟延残喘的人，也就没有必要过分悲痛了。坟墓，是我们共同的归宿。"

吉尔伯特看了看洛克伍德，对着文澄怀犹犹豫豫地说道："他们毕竟太年轻了，尤其是令公子。作为拥有杜克大学博士学位的年轻学者，令公子的早逝，实在是中国学界的巨大损失……"

文澄怀长叹一声，眼角还是润湿了。他将手中的茶杯放在茶几上，双手交叉着扣在胸前，闭上了眼睛。洛克伍德望着闪耀在文澄怀眼角的泪花，缓慢而又清晰地说道："我这次在二十里堡滞留了这么长时间，一方面是因为胶济铁路全线停运，更重要的是因为我的使命还没有完成……您正处于悲痛之中，我也不方便再次提及咱们的合作事宜。"

文澄怀睁开眼睛冷冷地一笑，站起身指了指陈静楠说道："除了坐在你们面前的我的这位二太太，我已经成了孤家寡人，对于世间的一切，早就不再留恋了。不管你们说什么，你们的真实目的实际上就是想吞并丹渊公司，继而完全控制整个山东的烤烟种植与销售……要是我早知道我唯一的儿子会先我而死，我早就答应你们了。你今天就拟个合同，我将丹渊公司捐赠给英美烟公司吧。"

洛克伍德突然间非常尴尬,他坐直身子仰望着文澄怀,说道:"英美烟公司计划收购丹渊公司,并非完全为了英美烟公司的利益,对于丹渊公司也是有益的。"

"我唯一的儿子和我的三太太死于非命,按照你们所信奉的基督教的说法,应该也是一件愉快的事情,因为他们提前进入了上帝温暖的怀抱。对吧?"

文澄怀话音未落,满脸憔悴的阿格尼丝走进槐樱草堂,站在洛克伍德和吉尔伯特面前哽咽着说道:"我们英美人总以为比中国人高贵,有修养。就是所谓的比中国人高贵而且有修养的英美人,竟然逼迫一位刚刚经历了丧子和丧妻之痛的中国人签订城下之盟。我们英美人所谓的高贵和修养体现在哪里?我知道英美烟公司是1902年进入中国的,也知道当时的全部投资不过21万美元。短短18年的时间,英美烟公司在中国的资产规模就增加了几百倍乃至上千倍。要不是中国四分五裂,要不是中国的政客们专注于一己之私,英美烟公司怎么可能在中国聚敛起这么巨额的财富?中国不会永远衰落下去的,中国人也不会允许像蒋介石、阎锡山和冯玉祥这样的军阀永远横行下去。我建议你们马上离开瞻可园,马上离开!"

吉尔伯特跟阿格尼丝有过多次接触,但他看到的阿格尼丝一直像平静的虞河水,更多的是浪花的呢喃。第一次面对燃烧着怒火的阿格尼丝,吉尔伯特实在不知所措。他对着文澄怀尴尬地笑了笑,拽着洛克伍德走出了槐樱草堂。文澄怀站起身拍了拍阿格尼丝的左肩,嘴角略微动了动。屈蓉初和陈静楠对视了一眼,不约而同地站起身,跟在了文澄怀身后。

凯迪拉克轿车从北面缓缓驶上暗香桥,吉尔伯特和洛克伍德讪讪地钻进车厢,随即消失了。屈蓉初站在陈静楠身边,不时地回望着依然站立在槐樱草堂门前的阿格尼丝,无意间想到了对于杨敬钊彻底绝望后的年轻的自己。她抑制住突然间涌上心头的凄楚,轻轻地攥了攥陈静楠的左手,走到文澄怀身边说道:"你好好休息休息吧。我走了。"

文澄怀点了点头，刚想说什么，一辆吉普车穿过瞻可园尚未关闭的园门，驶上了暗香桥。车门开启，楚颖凯和杨敬钊先后下了车，微笑着走到文澄怀面前。文澄怀愣愣地望着楚颖凯和杨敬钊，脸上的神情仿佛冰封的大地，没有一丝热情。楚颖凯庄重地对着文澄怀行了个军礼，说道："今年年初，我曾经作为陈调元主席的警卫营副营长拜访过文老板，后来又奉陈主席的命令打扰过文老板。现在的我已经弃暗投明，在阎主席麾下担任了团长。我们的师长杨敬钊，特意来拜访文老板。"

"杨师长军务繁忙，何必这么客气？"

文澄怀极为勉强地跟杨敬钊和楚颖凯寒暄了几句，转身走向了槐樱草堂。楚颖凯跟在杨敬钊身后走下暗香桥，主动往文澄怀身边靠了靠说道："第一次来府上拜访的时候，您好像正在等待即将从美国学成归来的令公子。不知令公子现在哪里高就？"

文澄怀惨然一笑，不安地瞥了一眼跟自己擦肩而过的阿格尼丝。阿格尼丝低着头踏上暗香桥，双手按着东面的桥栏杆，呆呆地俯视着桥下的溪水。屈蓉初默默地绕到阿格尼丝身后，目不转睛地凝视着杨敬钊的背影。杨敬钊的身体明显发福了，走路也不像以前那么匆忙了，除了说话的声音，似乎一切都是陌生的。尽管想跟杨敬钊再见上一面，屈蓉初还是走出了瞻可园。她在陈静楠的目送下向西穿过潍安汽车路，在车站一街北侧连通烤烟房的小路口搭上一辆黄包车，眼前尽是杨敬钊年轻时的身影。他离开潍县后到底去哪里了？他怎么成了晋军的师长？他还记得自己吗？

在白杨巷口下了车，付了车费，屈蓉初叹息着回到自家街门前，意外地听到院子里不时地响起哗啦哗啦的水声。她敲开街门，快步绕过影壁墙，走到井台旁的柿子树下。陶明义正蹲在搪瓷盆旁边洗韭菜，他抬起头看了看屈蓉初，说道："做完作业后，我割了点韭菜，刚刚择好……最近一段时间爸爸忙什么？怎么经常不回家？"

"你爸爸还能忙什么？无非是谈生意呗。"

屈蓉初望着满脸稚气的陶明义，又一次想到了杨敬钊。他知道他的孩子已经这么大了吗？他刚才怎么连看都没看自己一眼？屈蓉初炒了一盘韭菜鸡蛋，又用青椒丝调了一盘咸菜丝，随后将大锅里加进水和小米，并将玉米煎饼摊放在笼子上。当门里的炊烟渐渐散尽，天色也越来越黑了。陶明义念叨了几遍"爸爸怎么还不回来"，脸上流露出焦灼的神情。屈蓉初在陶明义的央求下赶到陶记百货店，发现店门紧锁着。她不无忧虑地回到自家院子，悄悄地闭合街门，对着站立在影壁墙西侧的陶明义摇了摇头。

当门里的方桌上已经燃起了美孚灯，除了那盘韭菜鸡蛋和那盘青椒咸菜丝，还出现了三个盛有小米稀饭的瓷碗和三双筷子。屈蓉初和陶明义一起到水瓮旁的脸盆里洗了洗手，一起走进当门里坐在方桌旁，意外地听到了开启与闭合街门的声音。开启与闭合街门的声音刚刚响过，陶明礼竟然出现在院子里。陶明义兴奋地叫了声"哥哥"，蹦蹦跳跳地匆忙跑出了房门。陶明礼揽着陶明义的肩头走进当门里，对着呆立在方桌旁的屈蓉初叫了声"妈"。屈蓉初答应了一声，上下打量着一身便装的陶明礼问道："你不是被围在东关了吗？怎么回家了？"

陶明礼似乎没有听到屈蓉初的话语，他望着方桌上的三碗小米稀饭问道："爸爸还在店里？"

屈蓉初对着陶明礼摇了摇头，答道："他谈生意去了……你快洗洗手，坐下吃饭吧。"

陶明礼并没有追问陶绍安最终的去处，他到院子里洗了洗手，背朝南坐在方桌旁。屈蓉初将锅里的玉米煎饼拾进饭笸箩，又从饭笸箩里拿出一张玉米煎饼递给了陶明礼。陶明礼匆匆忙忙地吃了三张玉米煎饼，抬起左手拍了拍陶明义的后背说道："哥哥要去很远很远的地方了……不知道咱们俩还能不能见面。即使能够见面，恐怕也是多少年以后了。哥哥今晚回家，主要是向你和爸爸妈妈告别的。你现在还小，一定要好好学习。未来的中国，肯定需要大批高素质的建设者。"

陶明义愣愣地望着陶明礼，点了点头。他吃完饭，独自走进西间，放下了门帘。屈蓉初跟着陶明礼走进东间，点燃煤油灯，眼睛里满是困惑。

陶明礼从口袋里掏出一个信封在屈蓉初面前晃了晃,小声说道:"374团到东关驻防后,我曾经多次往返二十里堡,主要任务是给庄季江和杨敬钊传递信函。因为来去匆匆,同时又担心给家里带来不必要的麻烦,所以……"

"给庄季江和杨敬钊传递信函?他们不是敌对双方的指挥官吗?"

"如果不是亲自参与了这件事,我也是不会相信的。就目前正在进行的战争来说,不管是蒋介石,还是阎锡山、冯玉祥,谁不是满嘴礼义廉耻?事实上他们想的都是个人的私利。蒋介石和阎锡山、冯玉祥尚且没有道德操守和政治操守,具体到战场上的指挥官,怎么可能有道德操守和政治操守?庄季江和杨敬钊,不过是个小蒋介石或者小阎锡山而已。"

"难道你……"

陶明礼将手中的信封重新装进口袋,又从口袋里掏出一把银元放在炕上,说道:"这是我加入374团后收到的部分津贴,前些日子没来得及交给你……"

"不管怎么说,我也是你妈。能告诉我你的真实打算吗?"

陶明礼踌躇片刻,答道:"您听说过共产党吗?"

"怎么没听说过?县城的城门楼上,不就悬挂过共产党的人头吗?"

"我已经加入共产党了。"

"什么?你说什么?"

屈蓉初惊讶地张大了嘴巴。

"米字庐的苏格兰其实是经理处的图书室,里面有一本马格斯、安格尔斯合著、陈望道翻译的《共党产宣言》,是那本书改变了我的信仰。其实我看到的《共党产宣言》应该叫《共产党宣言》,不知哪个印刷环节出了错误。鸦片战争以来,无数的仁人志士探索了无数条挽救中国危亡的道路,事实上都失败了。正在进行的蒋阎冯大战同样是军阀混战,不管哪一方赢得最后的胜利,中国都看不到希望。中国的希望应该在那些信奉《共产党宣言》的人们身上。不管以后面对怎样的艰难困苦,我都准备按照《共产党宣言》所指定的道路走下去。苟利国家生死以,岂因祸福避趋之?"

屈蓉初什么话也没说,也实在不知道应该说什么。她的脑海里反复出现的,竟然是悬挂在县城城门楼上的共产党人的头颅。

"我这次回家,还有一个很重要的事情,那就是希望父亲远离贺惟忠,尤其是不能再帮着贺惟忠收铜了。父亲贪财而又目光短浅,肯定是从贺惟忠那里得到了超乎寻常的许诺。您读过很多书,肯定知道铜对于战争双方意味着什么?不管是庄季江还是杨敬钊,都会轻而易举地找到处死他的借口,而且贺惟忠本身就是见利忘义之人。"

屈蓉初将炕上的银元重新塞进陶明礼的口袋,依然什么话也没说。陶明礼再次从口袋里掏出银元放在炕上,恋恋不舍地到西间看了看正在读书的陶明义,在屈蓉初的陪伴下走出了北屋和院子。他走到巷口望了望南面的两棵白杨树,又回过头对着屈蓉初叫了声"妈",随即拐上了车站东路。屈蓉初谛听着陶明渐渐远去的脚步声,若有所失地关闭街门和北屋的房门,吹灭了方桌上的美孚灯。她到东间里脱了衣服躺在炕上,痴痴地望着挂在墙壁上的煤油灯,耳边回响的全是陶明礼的话语。

共产党到底有什么样的感召力,以至于像陶明礼这样的年轻人都会成为无畏的追随者,以至于有无数人已经无怨无悔地献出了生命?陶明礼在谈话中不止一次提及杨敬钊,每次提及用的都是不屑一顾甚至蔑视的语气。难道杨敬钊已经不再是以前那个激情澎湃的青年?难道杨敬钊真的变成了一个小蒋介石或者小阎锡山?想到跟杨敬钊共同生活的那些日子,想到杨敬钊得知自己即将成为父亲后的近乎孩子般的惊喜,屈蓉初又摇了摇头。

屈蓉初在炕上辗转反侧着,虽然疲惫但没有睡意。她等候第一缕晨曦出现在窗玻璃上,下了炕吹灭已经结了灯花的煤油灯,穿上衣服打开了房门和街门。虽然已经是盛夏,早晨的空气还是非常清爽。屈蓉初洗了洗脸,回到当门里做好早饭,撩起西间的门帘走到陶明义床前。陶明义还在熟睡,鼻翼微微翕张着,不时地发出甜甜的鼾声。屈蓉初俯视着陶明义胖乎乎的脸颊，脑海里又出现了杨敬钊的身影。杨敬钊肯定不知道自己就生活在他驻防的二十里堡，如果知道的话，会来看望自己吗？如果他知道陶明义是他的亲生儿子，会怎么办？如果陶明义知道杨敬钊是自己的亲生父亲，会怎么办？如果陶绍安知道杨敬钊是陶明义的亲生父亲，会怎么办？

也许嗅到了屈蓉初的气息，陶明义闭着眼睛揉了揉鼻子，随后坐起了身。屈蓉初对着睡眼惺忪的陶明义笑了笑，说道："时间还早，你还可以再睡一会儿的。"

"不睡了，还是早到学校吧。"

屈蓉初将陶明义扔到陶明礼床上的衣服递给陶明义，帮着陶明义扣紧衣服纽扣，走进当门里掀开了锅盖。一团热气腾空而起，当门里的空气顿时有了热度。早饭是玉米煎饼和昨晚剩下的小米稀饭。屈蓉初舀出一碗小米稀饭放在方桌上，又拿出两张玉米煎饼放进了饭笸箩。陶明义到院子里洗了洗脸，就着昨晚剩下的青椒咸菜丝吃完两张玉米煎饼，站起身喝光了碗里的小米稀饭。他用手背擦了擦嘴，到西间里背起书包，哼着歌走向了影壁墙。屈蓉初坐在方桌旁默默地望着陶明义的背影，感觉陶明义走路的姿势更像陶绍安，而不是杨敬钊。

又是杨敬钊！自己这是怎么了？陶绍安一夜未归，他到底去哪里了？屈蓉初匆匆地吃了点饭，连碗筷也没收拾，就到东间里躺在了炕上。她一觉醒来，意外地看到了睡在身边的陶绍安，而且还嗅到了香水的气味。香水的气味是从陶绍安的衬衫发出的，衬衫的前胸还有一小块红酒留下的斑痕。屈蓉初皱着眉头下了炕，静静地俯视着陶绍安。

跟陶绍安一起生活了 14 年，自然免不了床笫之欢，但每次床笫之欢，屈蓉初都像是在完成某种任务，既没有热情，也不表示反感。因为从屈蓉初那里得不到热烈的回应，陶绍安渐渐地压抑自己的欲望，所谓的床笫之欢最终变成了模糊的记忆。默默地观察着陶绍安的裸体，屈蓉初眼前恍惚出现了裸露着身子躺在床上的杨敬钊！虽然那是很多年前的事了，再次想起来，屈蓉初还是感觉脸上火辣辣的。

陶绍安连续翻了几次身，双腿慢慢地分开了。他的两条大腿内侧，分别有一个红红的唇印。那两个唇印几乎能重叠在一起，显然是刻意留下的。屈蓉初意味深长地笑了笑，悄悄地走到院子里的柿子树下，面对着井台坐在马扎上。虽然陶绍安一直如影随形地生活在屈蓉初身边，但屈蓉初很少关心他的内心世界。她看到了陶绍安大腿上的红唇印，似乎才真正意识到陶绍安还是一个男人，一个同样有着欲望的男人。

沐浴着火一样灼人的阳光，柿子树的树叶无精打采的，即使从树冠上发出的蝉鸣，也显得有气无力。穿着长裤光着上身的陶绍安悄无声息地走出北屋，对着坐在柿子树下的屈蓉初笑了笑。他拎起水桶踏上井台，接连往水瓮里提了三桶水。屈蓉初将坐过的马扎递给陶绍安，从水桶的提把上解下井绳，脸上的神情还是有些不自然。陶绍安接过马扎放在屈蓉初身边，接连打了几个哈欠说道："咱们俩到学校门口接上明义，一起到饭馆里吃顿饭吧。这些日子我一直在外面忙碌，算是挣了几个小钱。"

"何必这么奢侈呢？"

"咱们还是一起到饭馆里吃顿饭吧，过去那种捉襟见肘的生活，算是一去不复返了。"

"明义下午还要上学……这样吧，你到炸货店买点炸货，我摘下两根黄瓜用蒜拌拌。"

陶绍安没再坚持，他回到北屋里穿上衬衫，颇为自得地消失在影壁墙南面。屈蓉初将手中的井绳搭在柿子树的丫杈上，到菜畦里摘下两根黄瓜洗了洗，甩着水回到了北屋。北屋里的门窗都开着，依然没有一丝风。屈蓉初拌好黄瓜，馏透玉米煎饼，到水瓮旁的脸盆里洗了洗手。开启和闭合街门的声音刚刚响过，陶绍安跟陶明义身后出现在影壁墙西侧。他将提在手里的三个纸包交给陶明义，抬起右手拍了拍陶明义的脑袋。陶明义快步走到屈蓉初面前，晃了晃手中的三个纸包说道："爸爸买了三包炸货。"

纸包里是切成条的炸里脊、炸藕合和炸刀鱼段。屈蓉初接过纸包走进北屋，将炸里脊、炸藕合和炸刀鱼段分别盛到三个盘子里，又掀开锅盖垫，将玉米煎饼拾进了饭笸箩。陶明义洗了洗手坐到方桌旁，首先夹起一筷子炸里脊塞进了嘴里。或许是因为睡了一早上觉，或许是因为看到了陶绍安大腿上的红唇印，屈蓉初没有一点食欲。陶绍安似乎也没有食欲，他除了偶尔将筷子伸向拌黄瓜，根本没有理睬方桌上的炸里脊、炸藕合和炸刀鱼段。陶明义倒是食欲大增，他放下筷子，不好意思地看了看屈蓉初和陶绍安，用手背擦着嘴走进了西间。屈蓉初放下西间的门帘，重新坐在方桌旁小声说道："明礼昨晚回过家。"

"他不是被围在东关了吗？"

陶绍安猛然抬起头，惊讶地注视着屈蓉初。屈蓉初停顿了片刻，继续说道："明礼这次回家，主要是告诫你要远离贺惟忠，尤其不要再帮着他收铜了。"

"刚刚当上个连长，就开始用总司令的口气说话了。"

屈蓉初再一次感到了绝望。她哼了一声，懒懒地问道："你收的那些铜，贺惟忠准备卖给谁？"

"销路是没有任何问题的，贺惟忠跟驻扎在二十里堡的晋军第14师的师长杨敬钊，是多年的朋友。坊子站以西的铁路已经恢复通车，无论多少铜，都能随时运往太原。"

"杨敬钊不是阎锡山的部下吗？贺惟忠怎么可能跟他是多年的朋友？"

从陶绍安嘴里听到"杨敬钊"，屈蓉初还是皱了皱眉头。

"可能是因为楚颖凯的原因。楚颖凯是杨敬钊的一位姨太太的哥哥……二十里堡保安团之所以能够恢复建制，贺惟忠之所以能够担任二十里堡保安团的团长，主要是因为楚颖凯的支持。最近一段时间，我的确因为收铜挣了不少钱，但大头还是让贺惟忠挣去了。我如果能跟楚颖凯拉上关系，不再由贺惟忠转手，挣得肯定比现在多得多。你要知道，我收的铜，全部堆积在晋军占据的斐非寺，贺惟忠最近也经常出现在斐非寺。"

陶明义的养父竟然想跟陶明义的生父攀关系，其目的仅仅是想获取更

477

多的利益，屈蓉初毫无遮拦地看到了真实的人生。陶绍安不时地强调自己"挣了几个小钱"，自然带有炫耀的成分，内心深处或许想引起屈蓉初的关注。他望着屈蓉初脸上不以为然的神情，好像突然记起了什么似的问道："明礼还说了些什么？"

"明礼说他要去一个很远的地方了。"

"他要去一个很远的地方？那里挣钱多吗？"

"青年人的未来，还是让青年人自己决定吧。我们所能做的，只有祝福。"

陶绍安摇了摇头，说道："明礼虽然不是你亲生的，但很多地方像你……我原本希望战争结束后，他能和我一起经营咱们自己的产业。明礼当过兵，更容易跟军方人士攀上关系。杨敬钊不就是个师长吗？贺惟忠仅仅跟杨敬钊的姨太太的哥哥建立了联系就赚得盆满钵满，我们要是能跟杨敬钊建立直接联系呢？我们要是能跟阎锡山建立直接联系呢？"

再次听到"杨敬钊的姨太太"，屈蓉初愣了愣，下意识地问道："杨敬钊的姨太太？"

## 二十五

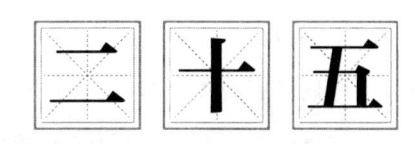

下了一夜的小雨还在下着，天地间灰蒙蒙一片。吉尔伯特和洛克伍德每人拎着一把油纸伞站在星条庐的廊檐下，面朝西仰望着庐门前透着亮色的法桐树树冠。法桐树叶绵绵不绝地发出窸窸窣窣的声音，仿佛恋人甜蜜的私语。洛克伍德右手撑起油纸伞举过头顶，望了望米字庐紧锁着的庐门，走到甬道上说道："蒋军第16军的先头部队已经在青岛登陆，晋军和蒋军在潍河两岸的对峙很快就要结束了。"

"你是说晋军将要被迫后撤？"

"蒋阎冯在陇海线和平汉线的战况我不清楚，但蒋军在胶济线已经呈现明显的优势。二十里堡估计很快就会回到蒋军手中，至于济南，晋军也不一定能守住。"

"只要英美烟公司没有遭受损失，至于控制二十里堡的是蒋军还是晋军，对我们来说实在无所谓。"

洛克伍德抖了抖右手中的油纸伞，说道："还是有所谓的。杨敬钊要不是接受了我们提供的10万美元，英美烟公司以及二十里堡，怎么可能一片升平？在中国，战争是最好的交易，军官的收益实在难以想象。不管是晋军还是蒋军，其实质都是武装利益集团。只要能获得金钱，战场上的态势就会瞬间改变。"

"你是说……"

洛克伍德再次抖了抖右手中的油纸伞，说道："文澄怀不是拒绝跟我们合作吗？杨敬钊将代替我们给予警告，条件是我们再给他提供的账户汇入5万美元。"

"杨敬钊将怎样教训文澄怀？"

"杨敬钊离开二十里堡的同时，瞻可园以及斐非寺将同时变成废墟。"

吉尔伯特叹息了一声，问道："为什么要殃及斐非寺？"

"如果仅仅是让瞻可园成为废墟，目标太明确了。"

"你确信杨敬钊一定会将瞻可园和斐非寺变成废墟吗？"

洛克伍德鄙夷不屑地哼了一声，撑着油纸伞向南走去。甬道上湿湿的，几处水洼像星星一样眨着眼睛。吉尔伯特望着洛克伍德手中的油纸伞，心里好像也在落着雨。因为蒋军和晋军依旧在胶济铁路和津浦铁路沿线紧张对峙，洛克伍德只好留在二十里堡，并且跟杨敬钊有了频繁接触。因为没有一名晋军士兵闯入过第一、第二复烤厂，吉尔伯特就知道洛克伍德已经跟杨敬钊达成了某种协议。除了已经支付的10万美元，对于协议的其他内容，吉尔伯特并没有过问。他听说瞻可园和斐非寺将变成废墟，还是大吃一惊。

吉尔伯特知道格蕾丝已经是洛克伍德的未婚妻，但洛克伍德并不知道吉尔伯特已经收到了格蕾丝的离婚协议书以及信函。洛克伍德在跟吉尔伯特交谈的过程中，还在不时地将格蕾丝和吉尔伯特联系在一起。每次听到洛克伍德将格蕾丝和自己联系在一起，吉尔伯特只是微微一笑。洛克伍德一旦回到上海，他跟格蕾丝的关系肯定会在二十里堡迅速公开。想到自己会以格蕾丝前任丈夫的身份成为格蕾丝现任丈夫的部下，吉尔伯特再一次感受到强烈的羞辱。

洛克伍德的身影早已消失了，吉尔伯特还在痴痴地向南张望着。突然间，斐非寺方向响起了一阵枪声，枪声过后便归于了沉寂。自从蒋军的374团和晋军的第14师先后来到二十里堡，零星的枪声经常响起，吉尔伯特早就习以为常了。他到餐厅用完早餐，回到星条庐走进钱伯斯街，坐在办公桌前打开了中间的抽屉。抽屉里除了用作密码本的那本长篇小说《牛虻》，和格蕾丝寄来的离婚协议书以及信函，新近增加了一份辞职报告。这份辞职报告是吉尔伯特在洛克伍德抵达二十里堡的第二天晚上写就的，因为还没有下定最后的决心，也就没有送交洛克伍德。他再次将辞职报告看了一遍，闭上眼睛仰靠在椅背上。

熟悉的脚步声响过，米字庐的庐门吱呦一声开了。吉尔伯特将辞职报告锁进中间的抽屉，走出星条庐走进了米字庐。因为文笃修和夏美云的突然辞世，陈静楠跟吉尔伯特一度亲密的关系随即中止了。她除了必要的外出，几乎很少离开米字庐。即使在米字庐，也是待在英格兰望着窗外的法桐树出神。因为跟吉尔伯特早已不是单纯的上下级关系，陈静楠对于吉尔伯特的出现没有像以前那样热情。她将文笃修遗留下的那部题为《烤烟种植与山东农民》的英文书稿摞在一起，默默地望着桌面上的两方铜镇尺。吉尔伯特坐在长沙发上，对着陈静楠勉强笑了笑，说道："文老板的心情……好些了吗？"

"他一直喜怒不形于色……只有时间才能抚平他的伤痛。"

"文笃修不在了，万一文老板有什么意外，丹渊公司怎么办？"

"丹渊公司跟英美烟公司一样，早晚会衰落甚至从地球上消失。"

吉尔伯特尴尬地笑了笑，说道："文笃修和夏美云去世后，你的情绪一直很不好。不管他们是怎么死的，毕竟已经不在人世了……我们活着的人，还是应该好好活下去。"

"与其说我在为他们伤感，不如说我在为自己的命运伤感。因为文笃修和夏美云的突然辞世，我对人生有了更深切的感悟。"

吉尔伯特关上米字庐的庐门，重新回到英格兰，将陈静楠抱在怀里说道："我已经离不开你了，我知道你也离不开我了……"

陈静楠的眼里不知不觉地溢出了泪水，她将脸颊贴在吉尔伯特胸前，哽咽着说道："我原本以为自己会老死在瞻可园的，没想到遇到了你……

要让我离开文澄怀,我还是下不了决心,尤其是现在。"

"只要你能最终答应我,等多少时间都无所谓的,只是……只是我留在二十里堡的时间不会太多了。"

"为什么?"

"我决定辞职了。"

陈静楠惊讶地挣脱吉尔伯特的怀抱,不解地望着吉尔伯特。吉尔伯特没再说什么,他攥着陈静楠的手走出英格兰和米字庐,猛然间跟陈静楠拉开了距离。星条庐空无一人,用作客房的第一大道开着房门,里面同样没有丝毫声响。陈静楠走到第一大道的房门前,主动往吉尔伯特身边靠了靠,回望着星条庐的庐门问道:"洛克伍德到哪里去了?"

"你不可能不知道的……芳菲苑。"

陈静楠冷冷地一笑,说道:"芳菲苑不也曾经是你在二十里堡的后宫吗?你们这些男人……"

"你负责任地告诉我,自从咱们有了那种关系以后,我有没有再跟芳菲苑的舞女有过密切接触?"

"这是现在,谁知道以后你会怎么样?"

吉尔伯特揽着陈静楠的腰肢走进钱伯斯街,颇为惆怅地走到了办公桌前。他打开办公桌中间的抽屉,从里面拿出辞职报告递给陈静楠,又将里面的那本《牛虻》拿出来放在桌面上。陈静楠将吉尔伯特的辞职报告看了一遍,若有所思地跟《牛虻》放在一起,坐在长沙发上说道:"对于英美烟公司来说,你还是有价值的。你如果不辞职,他们不可能赶你走。而且在二十里堡,你是真正的统治者。"

吉尔伯特左手抓起《牛虻》对着陈静楠晃了晃,说道:"这本书在我这里好多年了,我从未认真读过。最近一段时间,尤其是蒋阎冯大战爆发后,我竟然对这本书产生了浓厚兴趣。我感觉书中所描绘的那场席卷亚平宁半岛的风暴,一定会席卷中华大地。中国原本就是世界的中心,不可能被长期边缘化。中国人曾经创造过高度发达的文明,肯定还会给世界带来新的惊喜……"

亲身经历了两年前发生在济南的五三惨案，又目睹了蒋军和晋军在二十里堡的所作所为，陈静楠早已对中国的未来不抱任何希望。她打断了吉尔伯特的话语，问道："离开二十里堡以后，你打算到哪里去？"

吉尔伯特放下手中的《牛虻》，盯着陈静楠说道："只要你能陪着我，到哪里去都无所谓。如果你愿意，我可以带着你回到我的故乡达勒姆。"

"即使到了你的故乡达勒姆，我也不会忘记二十里堡。文澄怀跟我虽然没有夫妻之实，但他毕竟给了我关爱……说到底，他也是个可怜的人。你们英美烟公司想方设法挤压他，诸如蒋介石和阎锡山等军阀们想方设法盘剥他……"

吉尔伯特双手按着办公桌坐在椅子上，随手将辞职报告装进一个大信封，苦笑着说道："你们英美烟公司？我跟你一样，也是英美烟公司的雇员。如果你没有意见，我就将辞职报告交给洛克伍德了，麻烦你帮我起草个简短的电报稿，尽快发往公司总部。"

"你还是再慎重考虑考虑吧。"

"我早就慎重考虑过了，我现在最关心的，是怎么带你离开二十里堡。"

陈静楠叹息了一声，说道："我愿意跟你离开二十里堡，但我不可能偷偷地离开二十里堡。"

"我知道你不好意思直接面对文澄怀……如果你同意，我想跟文澄怀当面谈一谈，相信他不会……"

"你不要跟他谈及我们之间已经发生了什么。"

吉尔伯特欣喜若狂，他围绕着办公桌来回转了几圈，匆匆地走出了钱伯斯街和星条庐。第一复烤厂院内的甬道上遍布着水洼，车站二街上的水洼更是连成了一片。吉尔伯特躲闪着一个个水洼走在车站二街南侧，刺槐树上的水珠不时地滴落到他发烫的脸颊上。在二十里堡生活了十几年，吉尔伯特最熟悉的街道莫过于车站二街和达勒姆路，但是再一次走在上面，还是感到了陌生。不管是车站二街还是达勒姆路,依然像往常一样熙熙攘攘的,只是那些操着山西口音的军人藏匿了身影。吉尔伯特沿着达勒姆路西侧走到芳菲苑门前,禁不住向里瞥了一眼。因为是早晨,芳菲苑里还是像往常一样寂静。黄泓丽独自站在舞厅门前的那棵大柳树下,对着吉尔伯特微微笑着。吉尔伯特略一踟蹰,转身走到了黄泓丽面前。黄泓丽抬起左手攥住几条柳丝,心不在焉地说道:"你很长时间没来芳菲苑了,不会是对我厌倦了吧?"

"洛克伍德不是还在芳菲苑吗?最近一段时间事特别多,我实在脱不开身。"

"你不就是不愿意让洛克伍德在芳菲苑见到你吗?洛克伍德只对年轻舞女感兴趣,像我这样的半老徐娘,他连看一眼的兴趣都没有。"

吉尔伯特不知道应该说什么,同样抬起左手攥住了几条柳丝。

"前些日子,达勒姆路上到处都是当兵的,到处都聒噪着山西话,今天怎么一个人影都不见了?他们是不是要撤?"

吉尔伯特回过头望了望丹渊公司的办公楼,说道:"难道你希望阎锡山的军队永久留在二十里堡?"

"阎锡山的军队跟蒋介石的军队有什么两样?我只是希望他们不要频繁地更换防区。他们每一次离开二十里堡,我都会……蒋介石和阎锡山的确是伟大的统帅,伟大得连我们这些下贱女人的卖身钱都不嫌弃。"

吉尔伯特再次回过头望了望丹渊公司的办公楼,说道:"洛克伍德不是还在芳菲苑吗?如果他向杨敬钊打个招呼,晋军即使撤走,也不至于……"

"该交的钱我已经亲手交给杨敬钊了,但愿他不会食言……你不时地朝着丹渊公司张望,不会是想到那里去吧。文老板倒是个谦谦君子,只是命运也太……"

吉尔伯特松开手中的柳丝,无奈地对着黄泓丽摇了摇头。

丹渊公司的大门大开着,办公楼南面的小广场上停放着文澄怀经常乘坐的那辆凯迪拉克轿车。因为是丹渊公司的常客，吉尔伯特并没有受到阻拦。他上了楼，径直走到二乐斋门前，敲了敲斋门。作为文澄怀在二十里堡最重要的合作伙伴和竞争对手，吉尔伯特可以随时出入文澄怀的这间办公室，但是再次听到文澄怀的熟悉的"请进"的声音，还是有些拘谨。他推开斋门，不无尴尬地笑了笑。文澄怀像往常一样离开办公桌，邀请吉尔伯特坐到办公桌前面的沙发上，又像往常一样给吉尔伯特泡了一杯茶。二乐斋里虽然有些热，但房间顶部的吊扇和办公桌旁边的落地扇都没有运转。文澄怀重新坐在办公桌前的椅子上，双手交叉着抱在胸前，斜睨着办公桌上的两张支票说道："洛克伍德好几天没到我这里来了，不知是否有了新的合作方案？"

"我这次来找您，与英美烟公司无关……"

说到这里，吉尔伯特双手攥在一起，沉默了。

"你们美国人实在逼人太甚。你们的企业在中国享受着超国民待遇，不光税负远远低于中国企业，而且还受到政府的格外青睐……与英美烟公司相比，丹渊公司所占的市场份额不过是九牛一毛，你们何必非要将丹渊公司逼上绝路？仅仅因为这家公司属于中国人？属于我文澄怀？"

面对明显苍老而又满脸凄楚的文澄怀，吉尔伯特实在不知道应该怎样提起有关陈静楠的话题。他端起茶杯接连喝了几口茶水，双手捧着茶杯说道："我已经写好了辞呈，下午就将交给洛克伍德，相关电报也将在下午发往英美烟公司总部……我这次踏进丹渊公司，是向您告别的。以前我代表英美烟公司，现在只代表我自己。"

"为什么要辞职？"

吉尔伯特苦涩地一笑，说道："在中国，我永远是个异乡人，而且，我也不想再为英美烟公司服务了。"

"你准备回达勒姆？"

"当然是先回达勒姆。我离开达勒姆，也有十几年时间了……胶济铁路一旦恢复通车，我就去青岛。"

文澄怀点了点头,突然问道:"你回美国的时候,能带上陈静楠和阿格尼丝吗?"

吉尔伯特的身体不经意间颤抖了一下,他将茶杯放在茶几上,不安地问道:"为什么?"

"因为两年前发生在济南的那场惨案,陈静楠的命运发生了转折,惨案发生前,她是齐鲁大学的学生。她能够成为我的二太太,主要是为了摆脱人生的困境,准确地说,是暂时找个吃饭的地方……跟陈静楠相处了不到两年时间,我还是对她充满了感激。我已经临近生命的暮年,没必要让她继续陪伴我了。"

"您的意思……"

"我希望她能完成学业,最好能像笃修一样取得杜克大学的博士学位。至于阿格尼丝,就更没有必要留在二十里堡了。"

吉尔伯特顿时放松了,他低下头,目不转睛地盯着自己面前的茶杯。

"你只需将她们俩带到达勒姆即可。她们俩在求学期间所有的花费,全部由我承担。至于她们俩完成学业后的选择,我就不过问了,那是她们俩的事情,包括婚姻。"

吉尔伯特不知道应该说什么,只是微微点着头。文澄怀抬起右手指了指办公桌上的电话机,说道:"麻烦你给静楠打个电话,要她到熙春医院约着阿格尼丝来这里一趟。"

吉尔伯特犹豫了片刻,还是走到文澄怀身边抓起了话筒。电话另一端的陈静楠非常胆怯,她听到吉尔伯特正跟文澄怀在一起,连声调都改变了。吉尔伯特不便于向陈静楠透露刚才跟文澄怀的谈话内容,只好提高了声音说道:"文老板要你到熙春医院约着阿格尼丝尽快赶到丹渊公司。"

吉尔伯特刚刚扣上话筒,二乐斋的斋门又被敲响了。文澄怀皱了皱眉头,但还是将目光移向了斋门。斋门开启,屈蓉初出现在斋门口。文澄怀双手按着桌面站起身,不解地望着屈蓉初呆滞的眼睛。吉尔伯特探询地望着文澄怀,刚要离开,随后被文澄怀阻止了。屈蓉初对着吉尔伯特点了点头,步履蹒跚地走到文澄怀面前,侧着头说道:"陶绍安死了。"

"怎么死的?"

"被晋军枪决的。斐非寺早上响起的那一阵枪声,就是……"

"晋军为什么枪决陶绍安?"

"可能与他帮着贺惟忠收购了大量的铜有关。"

"贺惟忠呢?"

"也被枪决了。"

"和陶绍安、贺惟忠同时被枪决的,还有陶明义……因为放假,陶明义在斐非寺帮着陶绍安记账。"

文澄怀邀请屈蓉初坐在吉尔伯特身边的单人沙发上,说道:"铜是极其重要的战略物资。战争期间,如果没有军方背景,谁敢做铜的买卖?"

"我提醒过他,可他完全被贺惟忠蛊惑了。他说贺惟忠跟晋军第14师的师长……关系密切,收购的铜将全部发往太原。"

吉尔伯特仰起脸长叹一声,说道:"这个杨敬钊也太黑了。为了自己的利益最大化,竟然……不管是晋军胜还是蒋军胜,中国都没有希望。"

对于吉尔伯特的判断,文澄怀未置可否。他重新坐在办公桌前的椅子上,蜷起左臂顶着桌面,右手紧紧地抓着椅子的山柱板。屈蓉初望着文澄怀渐渐苍白的脸色,心里越来越不安。她紧紧地攥着双手,前倾着身子说道:"澄明法师不允许在斐非寺杀人,被打伤了。听说被抬进了藏经楼的地下室。"

"佛教圣地变成了刑场,所谓的佛法也只能屈服于枪炮了。"

默默地聆听着文澄怀和屈蓉初的对话,吉尔伯特渐渐紧张起来。晋军看样子真的要撤走了,临行前,杨敬钊除了依约将斐非寺和瞻可园变成废墟,会不会再制造意想不到的灾难?陈静楠怎么还没有赶到丹渊公司?莫非……文澄怀和屈蓉初似乎也陷入了沉思,他们不时地望望吉尔伯特,谁都没再说话。吉尔伯特听到走廊里响起了两个人的脚步声,匆忙站起身,敞开了二乐斋的斋门。

487

脚步声果然是陈静楠和阿格尼丝发出的。她们对着吉尔伯特笑了笑，一起走进二乐斋，站在文澄怀面前。陈静楠明显惊魂未定，她回头看了看屈蓉初和重新坐到长沙发上的吉尔伯特，尽可能平静地对着文澄怀说道："整个火车站都被封锁了，第一复烤厂的西门也被封锁了，我是从南门绕道车站东路才进入熙春医院的……开往火车站的好多辆军车都装满了铜，黄泓丽和芳菲苑的所有舞女，也被驱赶到了火车站。"

吉尔伯特从陈静楠身上移开目光，默默地望着坐在办公桌前的文澄怀。对于陈静楠所说的一切，文澄怀没有丝毫兴趣。他耐心地等候陈静楠把话说完，便将桌面上的两张支票分别递给陈静楠和阿格尼丝，说道："这每张支票都是5万美元，我送给你们的。吉尔伯特先生很快就要返回美国，他答应将你们安全带到达勒姆。坐落在达勒姆的杜克大学是笃修的母校，我希望你们也能够顺利考入杜克大学，并在那里完成学业。如果有机会，我希望你们能够再回二十里堡看一看……"

阿格尼丝失神地看着捏在手中的支票，什么话也没说。陈静楠将支票放在桌面上，双手捂着脸颊，渐渐地哽咽起来。吉尔伯特抬起左手抵住紧闭的双唇，尽量不发出任何声音。文澄怀对着阿格尼丝点了点头，注视着陈静楠微微耸动的双肩说道："从名义上说，你是我的二太太，实际上我是将你当作女儿看待的。笃修对经营企业兴趣不大，我原本期盼你能成为丹渊公司的接班人……我艰难地经营丹渊公司，并非仅仅为了金钱，更重要的，是对中国还残存着一丝希望。这次空前惨烈的蒋阎冯大战，彻底让我绝望了。一个从不为百姓谋利的政府，一群只知向洋人屈膝的军阀……"

陈静楠从脸上移开双手，泪水随即汩汩而出。她哽咽着跑出二乐斋，灰色长裙犹如秋风中瑟瑟抖动的枯叶。文澄怀拿起陈静楠放在桌面上的支票交给阿格尼丝，说道："到了达勒姆，你们就是姐妹了。对于你和静楠来说，达勒姆都是异乡，我希望你们能够互相照顾……"

阿格尼丝也不知道应该说些什么，她捏着那两张支票跑出二乐斋，连续呼喊着"静楠"。吉尔伯特谛听着阿格尼丝渐渐远去的脚步声，心里有一份感动，又有一份羞愧。想到晋军第 14 师已经开始撤退，想到瞻可园随时都有可能发生爆炸，他犹犹豫豫地走到文澄怀面前，说道："既然火车站已经被封锁，想必晋军开始撤退了……瞻可园的安全是否能有保障？"

"瞻可园终究会荒废的……你见过世界上有多少恒久不变的私有财产？"

"我是说……"

"即使他们将瞻可园洗劫一空，也无所谓了。笃修和美云去世后，我经常牵挂的就是静楠和阿格尼丝。她们如果能安全抵达美国，我也就放心了……你先回经理处看看吧，如果火车站解除了封锁，尽快给我个电话。我到聚贤馆请你们吃顿饭，算是送行。"

"这……"

吉尔伯特皱了皱眉头，心里又有了一丝凄楚。

"论起二十里堡的饭菜质量，最好的莫过于芳菲苑和聚贤馆。你们到了美国后，芳菲苑里的饭菜不难吃到，聚贤馆的饭菜恐怕就很难吃到了……虽然聚贤馆更换了老板，想必饭菜质量还是会有保障的。这么多年来，我吃的西餐越多，越觉得中国的烹饪技术世界第一。当然，要让整个世界都接受中国的烹饪技术，必须在中国强大以后，如果中国还有可能强大的话。"

吉尔伯特没再说什么，他讪讪地走出二乐斋，下了楼。

丹渊公司办公楼前的地面湿湿的，达勒姆路的路面湿湿的，吉尔伯特心里也是湿湿的。他踏着自己的身影走到车站二街北侧，站在正冲着达勒姆路的一棵刺槐树下，不时地向着车站二街的东西两侧以及达勒姆路张望着。这熟悉的街道，街道上亭亭如华盖的刺槐树，都将远去了！吉尔伯特叹息了一声，怅怅地回到第一复烤厂，感觉院内的甬道以及自己常年生活的经理处，也有了异样的色彩。经理处内的甬道上没有一点尘土，甬道两侧的法桐树也像刚刚沐浴过的少女，清新而又妩媚。吉尔伯特慢慢地走到星条庐门前,突然听到对面的米字庐传出了厮打声。他满腹疑惑地走进米字庐,听到厮打声竟然是从英格兰传出的。跟厮打声同时响起的,还有陈静楠恐惧的哀求声。

洛克伍德!

吉尔伯特的脸色立刻变得像暴风雨来临前的天空,呼吸也骤然急促起来。英格兰的房门紧闭着,吉尔伯特推了几次都没有推开。他用力敲了敲门,接连喊了两声"静楠"。可能是听到了吉尔伯特的呼喊,陈静楠的哀求声越来越大。吉尔伯特猛然撞开房门,厮打声随即消失了。档案室的房门开着,短暂的静寂过后,响起了洛克伍德粗声粗气的声音:"吉尔伯特来了你也逃不出这间房子。你现在就是我的羔羊,谁也救不了你。"

已经不需要走进档案室,吉尔伯特就知道里面发生了什么。他铁青着脸站在档案室门口,冷冷地环顾着档案室。陈静楠蜷缩在单人床上,满脸恐怖;洛克伍德左脚踩着一个乳罩站在单人床西侧,脸颊涨得通红。吉尔伯特的意外出现增加了陈静楠的勇气,她哭啼着跳下床,双手提了提已经滑到大腿上的内裤。洛克伍德根本没有理睬脸色铁青的吉尔伯特,他将陈静楠抱在怀里,粗暴地撕扯着陈静楠已经破碎的灰色长裙。

"你想干什么!"

吉尔伯特大喊一声,奋力掰开洛克伍德搂抱着陈静楠的双手,将陈静楠挡在身后。陈静楠直起腰,身上的长裙随即脱落了。她拽过床单披在身上,瑟缩着身子靠在墙上,依然满脸惊恐。洛克伍德俨然一头暴怒的狮子,他面对着吉尔伯特攥起双拳,颤抖着身子问道:"你想干什么?"

吉尔伯特看了看瑟瑟发抖的陈静楠,压低了声音说道:"我希望你尊重她。"

"一个下贱的中国女人,值得我们高贵的美国人尊重吗?"

洛克伍德说完,再次扑向了陈静楠。吉尔伯特没再说什么,他将左手搭在洛克伍德的右肩上往前用力一拽,右拳随即落到了洛克伍德脸上。洛克伍德站直身子,抬起左手擦掉流到嘴边的鼻血,也对着吉尔伯特挥起了拳头。陈静楠紧张地望着厮打在一起的吉尔伯特和洛克伍德，一边贴着墙壁向外移动着身子，一边哀求道："不要打了，不要打了。"

不管是吉尔伯特还是洛克伍德，谁都没有理睬陈静楠的哀求。他们厮打在一起，脸上、身上已经满是血迹。可能是踩到了地上的乳罩，吉尔伯特不小心滑倒了。洛克伍德对着吉尔伯特狠狠地踢了一脚，随即坐到吉尔伯特身上，双手卡住了吉尔伯特的脖子。吉尔伯特奋力推拉着洛克伍德的手腕，脖颈不停地扭动着。陈静楠走出档案室，将办公桌上的两方青铜镇尺同时攥在右手里，悄悄地走到了洛克伍德身后。

洛克伍德依然骑在吉尔伯特身上，吉尔伯特还在挣扎着。陈静楠望着吉尔伯特渐渐发紫的脸颊，用力挥起右手，将攥在一起的两方青铜镇尺砸向了洛克伍德右侧的太阳穴。砰的一声响过，洛克伍德卡在吉尔伯特脖颈上的双手突然松开，身体缓缓地倒在地上。吉尔伯特坐起身剧烈咳嗽着，过了很长时间才缓过神来。他从陈静楠手中接过青铜镇尺，再次对着洛克伍德的脑袋敲了几下，直至镇尺上沾满了鲜血和脑浆。陈静楠惊恐地望着气喘吁吁的吉尔伯特，再次哀求道："不要打了，不要打了。"

吉尔伯特站起身，到卫生间清洗掉镇尺上的鲜血和脑浆，又洗掉了脸上和手上的血迹。他回到英格兰，将清洗过的青铜镇尺放到陈静楠的办公桌上，再次走进档案室，站在了陈静楠身边。档案室弥漫着血腥气，洛克伍德的头部还在冒着鲜血和脑浆。陈静楠紧紧地依偎在吉尔伯特怀里，俯视着洛克伍德的尸体说道："怎么办？怎么办？"

"你觉得像他这样的烂人，不早就应该离开这个世界吗？"

"我是说……如果有人追查起来……"

"即使追查起来，也不会有结果的。最近半年，二十里堡已经不明不白地死了很多人，包括文笃修和夏美云。"

"我还是……"

吉尔伯特拍了拍陈静楠的右肩，若无其事地拽了拽身上皱巴巴的衣服，走出米字庐走进了星条庐。他到瑞灵顿街换上一身洁净衣服，又将一件自己穿过的牛仔上衣搭在左臂上。第一大道的房门大开着门，洛克伍德经常带在身边的那个黑皮箱静静地躺在书桌上。吉尔伯特到第一大道面无表情地转了转，再次回到米字庐，将左臂上的牛仔上衣递给了陈静楠。陈静楠用床单围住下身，穿上牛仔上衣，指着洛克伍德的尸体说道："他不可能继续躺在这里吧。"

"我准备先将他藏在凯迪拉克轿车里，那里应该是最安全的。我去把车倒到米字庐门前，你帮我将他抱进车厢里就可以了。"

"中午咱们还要陪着文澄怀吃饭的，我这个样子怎么能见文澄怀？"

吉尔伯特也有些为难。他看了看陈静楠裸露的双腿，说道："我先帮你到商店里买一身新衣服吧？"

陈静楠指了指档案室里破碎的灰色长裙，说道："我刚才是穿着这件裙子跟文澄怀见面的。我要是换了新裙子，他会发现的。"

"这怎么办？"

"夏美云有一件跟我这件裙子完全相同的裙子，你开着车带我到瞻可园换上吧。"

瞻可园？吉尔伯特的脑海里突然出现了一道闪电，随后出现的并不是雷鸣声，而是爆炸声。如果在瞻可园变成废墟前将洛克伍德的尸体运进瞻可园，即将出现的废墟岂不就是洛克伍德最有说服力的死因吗？想到这里，吉尔伯特竟然有些兴奋。他再次走出米字庐，随后将凯迪拉克轿车倒到了米字庐门前。

经理处依然一片寂静，似乎连小鸟的叫声也消失了。吉尔伯特将车窗的窗帘全部拉上，走进米字庐将洛克伍德的头部用枕巾包裹起来，像搀扶病人一样将洛克伍德搀扶到后车座上。他关闭后车门，再次走进米字庐，亲自清除了档案室里的鲜血和脑浆。陈静楠重新整理好床铺，背靠着档案室的房门忐忑不安地望着吉尔伯特。吉尔伯特将米字庐里的窗子全部打开，随后锁上庐门，带着陈静楠坐进了凯迪拉克轿车。

驾驶着凯迪拉克轿车驶上车站二街，吉尔伯特向西看了看站立在车站路路口的晋军士兵，对着坐在副驾驶座上的陈静楠点了点头。陈静楠挺直身子直视着前方，似乎担心已经倒在后车座上的洛克伍德再次将她抱在怀里。凯迪拉克轿车从车站二街拐上车站东路，又从车站东路拐上车站一街，车速明显减缓了。车站一街上不时地有军车疾驰而过，军车的后面大都拖着炮车。斐非寺里不时地响起的呼喊声减轻了吉尔伯特内心的恐惧，因为晋军还没有完全撤离，预想中的爆炸声不可能马上响起。他驾驶着凯迪拉克轿车驶进瞻可园，慢慢地停在望云楼南面的小广场上。陈静楠意识不到有可能随时发生的危险，她下了车，四处张望着登上台阶，推开了楼门。吉尔伯特虽然非常紧张，但还是锁上车门，跟着陈静楠走进了待月轩。因为好多天没开窗，待月轩除了潮湿味，依然残留着夏美云经常喷洒的夏奈尔5号香水的气味。陈静楠深深地吸了一口气，叹息着说道："夏美云死了，我也要离开了。"

吉尔伯特没有心思跟陈静楠谈论夏美云，他紧张地谛听着四周的声响，感受到的是越来越强烈的恐惧。陈静楠找遍了整个待月轩，也没有发现夏美云的那件灰色长裙。她将打开的橱门全部关上，又带着吉尔伯特走出待月轩，带上了轩门。吉尔伯特越来越着急，他跟着陈静楠走进漱芳轩，衬衣的后背已经出现了汗渍。陈静楠打开卧室的衣柜，仔细翻检着里面的衣服，终于找到了夏美云的那件灰色长裙。让陈静楠颇为不解的是，和夏美云的那件灰色长裙放在一起的，竟然是一本《老残游记》。

陈静楠了解夏美云和文笃修的恋情，知道夏美云的那件灰色长裙有可能留在漱芳轩，可是一本普通的《老残游记》怎么会跟夏美云的灰色长裙放在一起呢？她拿起《老残游记》随便一翻，首先看到了那张带有夏美云唇印的书签，以及唇印中间的文笃修的名字。吉尔伯特抬起左手擦了擦额头上的汗水，说道："裙子既然找到了，就换上走吧。文老板不是还要请我们吃午饭吗？"

陈静楠顺从地将《老残游记》放在床上，在吉尔伯特面前脱下牛仔上衣和围在身上的床单，换上了夏美云的灰色长裙。她将换下的牛仔上衣和床单装进文笃修曾经用过的一个布包,将布包背在身上说道:"我走后,瞻可园对于文澄怀来说,就跟坟墓差不多了。真正要离开他了,我还是有些于心不忍。"

"每个人的生命终点都是坟墓,这是没有办法的事情。能够在活着的时候体味到坟墓的孤寂,或许是一种幸福。"

"但愿如此吧。"

陈静楠再次从床上拿起那本《老残游记》,一边翻阅着一边走出了望云楼。吉尔伯特快步走下望云楼的台阶,掏出钥匙打开凯迪拉克轿车的车门,坐到了驾驶座上。他接连发动了几次车,又接连熄了火。陈静楠将《老残游记》装进布包,背着布包站在轿车旁边,慢慢地环顾着瞻可园内的一切。吉尔伯特下了车,闭上车门,无奈地站在陈静楠身边。突然间,一队晋军士兵冲进了瞻可园。他们有的背着导火索,有的背着炸药包,有的仅仅背着步枪。不知道躲藏在哪个角落的仆人们惊恐地跑向瞻可园大门,呼叫声和哭啼声同时响了起来。吉尔伯特望着背在士兵们身上的导火索和炸药包,什么都明白了。他拽着陈静楠尽可能快地跑出瞻可园,在潍安汽车路路口西侧停下了脚步。陈静楠弯下腰大口喘息着,双手按着双腿问道:"他们想干什么?"

吉尔伯特帮着陈静楠捶了捶后背,答道:"他们背着导火索和炸药包冲进瞻可园,又能干什么?"

"难道他们……"

吉尔伯特叹息了一声。

"那位叫杨敬钊的师长,是从文澄怀手里拿了钱的。"

吉尔伯特再次叹息了一声。他搀扶着陈静楠继续西行,在连通烤烟房的小路路口停下了脚步。小路两侧的烤烟差不多一人高了,经过雨水的洗刷,原本娇嫩的烟叶越发娇嫩。长满了杂草的小路上虽然没有了积水,但路面还是有些松软。陈静楠和吉尔伯特不约而同地拐上小路,向北又向西来到小路尽头的小叶朴树下。树下的大青石一尘不染,夏美云曾经留在上面的鲜血和脑浆,早已不见了踪迹。吉尔伯特从陈静楠背在身上的布包里拿出床单铺在大青石上,约着陈静楠面朝东坐在床单上。陈静楠抬起左脚向后踢了踢屁股下面的石块,说道:"夏美云就是死在这上面的,至今死因未明。"

"据我所知,中国的有钱人大都妻妾成群,但妻妾们之间大都关系紧张。你跟夏美云,怎么那么融洽?"

"她很聪明,也很豁达,更重要的,我们在一起能够减轻孤独。"

"共同守着一个没有性行为能力的男人,难道你们……"

"你到底想知道什么?"

陈静楠不满地瞅了吉尔伯特一眼。她的话音未落,南面的车站一街上从东往西响起了整齐的脚步声。吉尔伯特没再回答陈静楠的问话,而是站起身,绕到小叶朴树西侧,向南张望着。曾经出现在瞻可园的那队晋军士兵奔跑着出现在吉尔伯特的视野,瞻可园里接连响起了巨大的爆炸声。爆炸声响起的同时,奔跑在车站一街上的晋军士兵相继停下脚步,说说笑笑地向东张望着。吉尔伯特再次绕到小叶朴树东侧,跟已经站直身子的陈静楠并肩站在一起。

爆炸声还未消失,瞻可园里又腾起了漫天的烟雾和熊熊的火光。陈静楠拽着吉尔伯特的左手回到车站一街,依然满脸惊恐。瞻可园四周的围墙全部倒塌了,横湖中央的蓼屿上的树木凸显出来。除了过溪亭和门房,瞻可园其他的建筑大都不见了踪影。陈静楠拽着吉尔伯特的左手走到车站一街跟潍安汽车路交会处的西北角,再次听到了震耳欲聋的爆炸声。她惊恐地倒在吉尔伯特怀里,捂着耳朵向南张望着。

伴随着震耳欲聋的爆炸声,巍峨的大成殿以及天王殿和藏经楼像融雪一样消失了,斐非寺内燃起了冲天大火。陈静楠挣脱吉尔伯特的怀抱,拎着盛有吉尔伯特的牛仔上衣和《老残游记》的布包跑到瞻可园大门口,呆呆地站在完好无损的照壁北面。她将布包重新背在肩上,自言自语道:"眨眼之间就变成了一片瓦砾?瞻可园眨眼之间就变成了一片瓦砾?"

495

吉尔伯特同样黯然神伤。他走到陈静楠身后，揽着陈静楠的腰肢踏上暗香桥，指着大火中的槐樱草堂说道："槐樱草堂是因为刺槐树和樱花树得名的，刺槐树代表着德国，樱花树代表着日本。德国人和日本人已经从二十里堡消失了，槐樱草堂的消失，也在情理之中。"

陈静楠侧过头看了看吉尔伯特，反问道："望云楼呢？南面的斐非寺呢？它们的消失又有什么必然的理由？"

"一个连它的国民都保护不了的国家，什么样的事情都会发生的。望云楼和斐非寺又算得了什么？被称为万园之园的圆明园，不也成了一片瓦砾？"

陈静楠没再说什么，她独自走到已经没有了栏杆的溪光桥上，转过身对着跟在身后的吉尔伯特招了招手。吉尔伯特立刻赶到陈静楠身边，再次将陈静楠揽在怀里。小广场东北面的玉兰树拦腰折断了，洛克伍德的尸体被压在树冠下面。曾经停在小广场上的凯迪拉克轿车底朝天横亘在溪光桥西侧的匹练溪上，玻璃已经全部破碎。陈静楠叹息着转过身，意外地看到了澄明法师的身影。她悄悄地拽了拽吉尔伯特的衣袖，独自返回了溪光桥。

澄明法师的腋下撑着架杖，右脚始终没有接触地面。他对着陈静楠摇了摇头，艰难地穿过溪光桥，继续向北走去。陈静楠不知道澄明法师为什么会出现在已经成为废墟的瞻可园，也不知道他为什么执着地走向已经燃起大火的望云楼，只是愣愣地望着他的背影。吉尔伯特远远地望着澄明法师，眼睛里同样充满了困惑。澄明法师绕过小广场东南面的玉兰树，向着东北方向艰难地走了几步，猛然摔倒了。陈静楠和吉尔伯特向前搀扶起澄明法师，不安地望着澄明法师磕出了血的左手。澄明法师什么话也没说，继续撑着架杖向东北方向走去。陈静楠再次赶到澄明法师身边，按住他的左臂问道："您这是要到哪里去？"

"露香亭。"

澄明法师终于说话了，但声音明显有些嘶哑。陈静楠望了望同样成了废墟的露香亭，大声说道："也倒塌了，成了瓦砾了。"

澄明法师没再理睬陈静楠，反而加快了迈向露香亭的脚步。陈静楠也没再说什么，只是拽着吉尔伯特，紧紧地跟在澄明法师身后。露香亭虽然变成了一堆瓦砾，但还没有起火。澄明法师走到那堆瓦砾南面，眼睛里闪动着泪光。他指了指瓦砾堆中那块镌刻着"露香亭"的匾额，对着吉尔伯特说道："能帮我将那块匾额掏出来吗？"

吉尔伯特跟陈静楠交换了一下目光，弯下腰清除压在匾额上面的瓦砾，双手托着匾额交给了澄明法师。澄明法师用衣袖擦了擦匾额上面的尘土，泪水缓缓地滴落在匾额上面。陈静楠大惑不解，她注视着满脸泪痕的澄明法师和澄明法师手中的匾额，问道："这块匾额对您来说很重要吗？"

澄明法师似乎没有听见陈静楠的问话，他扔掉左边的架杖，用左手将匾额抱在胸前，右手撑着架杖艰难地向南走去。陈静楠捡起澄明法师扔掉的架杖，目光随着澄明法师的身体慢慢移动着。澄明法师向南走了不到10米，身体摇晃了一下，匾额坠落在地上。他双手拄着仅有的那只架杖蹲下身子，泪水模糊了双眼。陈静楠将手中的架杖再次递给澄明法师，走到望云楼的废墟旁撕下一块还未燃烧的窗帘，将露香亭的匾额包起来系在澄明法师身上。澄明法师说了声"谢谢"，双手撑着架杖绕到望云楼废墟南面的小广场上，失神地望着压在玉兰树树冠下面的洛克伍德的尸体。

没有了围墙的遮挡，瞻可园东面的虞河，南西北三面的烟田，第一次跟瞻可园融为了一体。陈静楠的目光掠过横湖的水面向着西南方向张望着，脸颊像横湖的水面一样被火光映红了。空无一人的车站一街上，黑色的凯迪拉克轿车像黑色的幽灵，风驰电掣般地从西往东疾驰着。凯迪拉克轿车刚刚在照壁北面停住，文澄怀、屈蓉初和阿格尼丝先后钻出了车厢。他们站在坍塌了的大门口四处望了望，不约而同地向北迈开了脚步。陈静楠和吉尔伯特迎着文澄怀、屈蓉初和阿格尼丝跑向前，侧着身子站在甬道旁。文澄怀的目光从吉尔伯特和澄明法师身上掠过，停留在陈静楠脸上说道："你和吉尔伯特早来了？澄明法师也来了？"

陈静楠点了点头,和屈蓉初、阿格尼丝一起跟在文澄怀身后。

　　文澄怀走到溪光桥上,眉头突然间皱紧了。他弯下腰看了看洛克伍德的遗体,随后又直起腰望着横亘在匹练溪上的凯迪拉克轿车。陈静楠、吉尔伯特、屈蓉初以及阿格尼丝相继走到文澄怀身边,只有澄明法师依然站在小广场上。文澄怀侧过脸看了看吉尔伯特,叹息着问道:"洛克伍德怎么会在这里,而且……"

　　"我也是来到这里后才发现洛克伍德的……瞻可园发生爆炸的同时,洛克伍德显然在瞻可园。"

　　"发生在瞻可园和斐非寺的大爆炸,应该就是洛克伍德策划的吧?难道他不知道爆炸的准确时间?而且我白天很少在瞻可园,他如果有事找我,也应该到丹渊公司啊!"

　　"除了洛克伍德,恐怕没有人能回答您的问题。可惜他……"

　　文澄怀对着阿格尼丝苦涩地一笑,抬起右手指了指已成废墟的望云楼,说道:"大火熄灭后,你爸爸留下的那几幅画作也就变成灰烬了……也好,你爸爸的画作变成了灰烬,你熟悉的瞻可园变成了瓦砾,笃修也……你可以毫无牵挂地离开二十里堡了。"

　　阿格尼丝叹息着仰起头,泪水悄悄地溢出了眼角。澄明法师独自站在小广场上,突然间哈哈大笑。他撑着架杖慢慢地接近望云楼的废墟,取下背在身上的匾额扔进大火中。陈静楠和吉尔伯特愣了愣,同时跑到了澄明法师身边。澄明法师瞥了一眼陈静楠和吉尔伯特,撑着架杖跌跌撞撞地走到文澄怀面前,说道:"文老板,知道我刚才扔进火里的是什么东西吗?"

　　"是块匾额吧。"

　　"对。露香亭的匾额。"

　　"知道我为什么想带走这块匾额最后又将它丢弃了吗?"

　　文澄怀摇了摇头。

　　澄明法师对着已经开始燃烧的露香亭的匾额双手合十,闭上眼睛说道:"因为那是我曾祖父的遗物,唯一的遗物。"

文澄怀的脸色突然变了，他盯着澄明法师问道："你曾祖父？"

"对。你原本姓陶，不姓文的。车站三街上的陶记百货店的那位老板，是你刚出五服的兄弟。你的高祖原先是瞻可园的佣人，曾经跟我曾祖父的一位小妾私通。事情败露后，你的高祖就设计毒死了我曾祖父和我的祖父以及叔祖父，并占有了瞻可园。我父亲是我祖父的遗腹子……斐非寺原先叫斐斐寺，知道我为什么改称斐非寺吗？因为非之于斐，丢了文。既然文都丢了，区区一块匾额还有保留的必要吗？"

望着屈蓉初、陈静楠、阿格尼丝以及吉尔伯特骤然睁大的眼睛，澄明法师再次哈哈大笑，大笑过后便头也不回地拐上连通瞻可园大门的甬道，撑着架杖一步一顿地向南走去。文澄怀从澄明法师身上收回目光，对着屈蓉初、陈静楠、吉尔伯特以及阿格尼丝平静地说道："咱们也走吧。估计车站路已经解除封锁了。我说过请你们到聚贤馆吃午饭的。"